LES

MOHICANS

DE PARIS

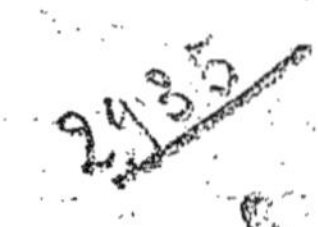

LAGNY. — TYPOGRAPHIE DE VIALAT.

SALVATOR.

 TYP. J. CLAYE.

LES

MOHICANS

DE PARIS

PAR

ALEXANDRE DUMAS

TOME PREMIER

PARIS

DUFOUR, MULAT ET BOULANGER, ÉDITEURS

6, RUE DE BEAUNE, PRÈS LE PONT-ROYAL

(Ancien hôtel de Nesle)

1859

LES

MOHICANS DE PARIS

—

I

DANS LEQUEL L'AUTEUR LÈVE LE RIDEAU SUR LE THÉATRE OU VA SE JOUER SON DRAME.

Si le lecteur veut risquer avec moi un pèlerinage vers les jours de ma jeunesse, et remonter la moitié du cours de ma vie, c'est-à-dire juste un quart de siècle, nous ferons halte ensemble au commencement de l'an de grâce 1827, et nous dirons aux générations qui datent de cette époque ce qu'était le Paris physique et moral des dernières années de la Restauration.

Commençons par l'aspect physique de la moderne Babylone.

De l'est à l'ouest, en passant par le sud, Paris en 1827 était à peu près ce qu'il est en 1854. Le Paris de la rive gauche est naturellement stationnaire, et tend plutôt à se dépeupler qu'à se peupler; au contraire de la civilisation, qui marche d'orient en occident, Paris, cette capitale du monde civilisé, marche du sud au nord; Montrouge envahit Montmartre.

Les seuls travaux réels qui aient été faits sur la rive gauche, de 1827 à 1854, sont la place et la fontaine Cuvier, la rue Guy-Labrosse, la rue de Jussieu, la rue de l'École-Polytechnique, la rue de l'Ouest, la rue Bonaparte; l'embarcadère d'Orléans, celui de la barrière du Maine; enfin l'église Sainte-Clotilde, qui s'élève sur la place Belle-Chasse, le palais du conseil d'État, sur le quai d'Orsay, et l'hôtel du ministère des affaires étrangères, sur le quai des Invalides.

Il en a été bien autrement sur la rive droite, c'est-à-dire dans l'espace compris du pont d'Austerlitz au pont d'Iéna en longeant le pied de Montmartre. En 1827, Paris, à l'est, ne s'étendait en réalité que jusqu'à la Bastille, et encore tout le boulevard Beaumarchais était-il à bâtir; au nord, que jusqu'à la rue de la Tour-d'Auvergne et la rue de la Tour-des-Dames, et à l'ouest que jusqu'à l'abattoir du Roule et l'allée des Veuves.

Mais du quartier du faubourg Saint-Antoine, qui de la place de la Bastille va jusqu'à la barrière du Trône; du quartier Popincourt, qui du faubourg Saint-Antoine va jusqu'à la rue Ménilmontant; du quartier du faubourg du Temple, qui va de la rue Ménilmontant au faubourg Saint-Martin; du quartier Lafayette, qui va du faubourg Saint-Martin au faubourg Poissonnière; mais enfin du quartier Turgot, du quartier Trudaine, du quartier Breda, du quartier Tivoli, du quartier de la place de l'Europe, du quartier Beaujon; des rues de Milan, de Madrid, Chaptal, Boursault, de Laval, de Londres, de Constantinople, d'Amsterdam, de Berlin, etc., etc., il n'en était point encore question. Quartiers, places, squares, rues, la baguette de cette fée qu'on appelle l'Industrie les a tous fait jaillir de terre, pour servir de cortége à ces princes du commerce qu'on appelle les chemins de fer de Lyon, de Strasbourg, de Bruxelles et du Havre.

Dans cinquante ans, Paris aura rempli tout l'espace qui reste vide aujourd'hui entre ses faubourgs et ses fortifications; alors, tout ce qui est faubourg sera Paris, et de nouveaux faubourgs s'allongeront à toutes les ouvertures de cette vaste enceinte de murailles.

Nous avons vu ce qu'était le Paris physique en 1827; voyons ce qu'était le Paris moral.

Charles X régnait depuis deux ans; depuis cinq ans M. de Villèle était président du conseil; enfin depuis trois ans M. Delavau avait succédé à M. Anglès, si gravement compromis dans l'affaire Maubreuil.

Le roi Charles X était bon; il avait à la fois le cœur faible et honnête, et laissait croître autour de lui les deux partis qui, en croyant l'affermir, devaient le renverser : le *parti ultra* et le *parti prêtre*.

M. de Villèle était moins un homme politique qu'un homme de bourse : il savait déplacer, remuer, tripoter les fonds publics, mais voilà tout. Au reste, personnellement honnête homme et devant se retirer des finances, au bout de cinq ans, aussi pauvre qu'il y était entré, après y avoir manié des milliards. M. Delavau était sans valeur individuelle, entièrement dévoué, non pas au roi, mais au double parti qui agissait en son nom : son chef du personnel exigeait des certificats de confession des employés et même des agents; on ne pouvait être reçu mouchard, si l'on ne s'était confessé au moins dans la quinzaine précédant le jour de l'admission.

La cour était tristeet seulement égayée par la jeunesse, le besoin de distraction, et le côté artiste qu'il y avait dans le caractère de madame la duchesse de Berry.

L'aristocratie était inquiète et divisée; une portion se rattachait aux traditions semi-libérales de Louis XVIII, et prétendait que la tranquillité de l'avenir reposait sur une sage distribution du pouvoir entre les trois grands corps de l'État: le roi, la chambre des pairs, la chambre des députés; l'autre portion se jetait violemment en arrière, voulant renouer 1827 à 1788, niait la révolution, niait Bonaparte, niait Napoléon, et croyait n'avoir pas besoin d'autre soutien que celui auquel s'étaient appuyés Louis IX, leur ancêtre, et Louis XIV, leur aïeul, c'est-à-dire le droit divin.

La bourgeoisie était ce qu'elle est en tout temps : amie de l'ordre, protectrice de la paix. Elle désirait un changement, et tremblait que ce changement n'eût lieu; elle criait contre la garde nationale, contre l'ennui de faire sa faction, et devint furieuse, lorsqu'en 1828 la garde nationale fut supprimée. En somme, elle suivait le convoi du général Foy, prenait parti pour Grégoire et pour Manuel, souscrivait aux éditions Touquet, et achetait par millions les tabatières à la Charte.

Le peuple était franchement de l'opposition, sans savoir bien nettement s'il était bonapartiste ou républicain ; ce qu'il savait, c'est que les Bourbons étaient rentrés en France à la suite des Anglais, des Autrichiens et des Cosaques. Or, détestant les Anglais, les Autrichiens et les Cosaques, il détestait naturellement les Bourbons, et n'attendait que le moment de s'en débarrasser. Toute conspiration nouvelle était saluée de ses acclamations : pour lui, Didier, Berton, Carré étaient des martyrs; les quatre sergents de La Rochelle des dieux!

Maintenant que, par trois degrés successifs, nous sommes descendus du roi à l'aristocratie, de l'aristocratie à la bourgeoisie, et de la bourgeoisie au peuple, descendons un degré encore, et nous allons nous trouver dans ces limbes de la société éclairés seulement par les pâles réverbères de la rue de Jérusalem. Supposez que nous nous trouvions transportés dans la soirée du mardi gras de 1827.

Depuis deux ans il n'y a plus de mascarades de police : les voitures dont la double ligne sillonne les boulevards, toutes chargées de poissardes et de malins qui, chaque fois qu'ils se croisent, s'arrêtent et, pardonnez-moi, je dois me servir du terme courant, *s'engueulent*, sont des voitures particulières.

Quelques-unes de ces voitures appartiennent de fondation à un excellent jeune homme nommé Labattue, qui, trois ou quatre ans plus tard, ira mourir d'une maladie de poitrine à Pise, et, quoiqu'il fasse tout au monde pour que l'on sache que ces immenses mascarades, que ces sonneurs de cor, que ces hommes à cheval sont bien à lui, les spectateurs s'obstinent à ignorer son nom et à en faire honneur à lord Seymour.

Les cabarets en vogue sont : à la Courtille, Desnoyers, le Salon de Flore; à la barrière du Maine, Tonnelier. Les bals fréquentés sont : la Chaumière, tenue par Lahire; deux races en train de disparaître aujourd'hui y dansent sur le volcan qui doit les engloutir : les étudiants, les grisettes ; la lorette et les Arthurs qui les ont remplacés sont encore inconnus : Gavarni créera pour eux son charmant costume de débardeur; le Prado, qui flamboie en face du Palais de Justice; le Colysée, qui bruit derrière le Château-d'Eau; la Porte-Saint-Martin et Franconi, qui ont seuls avec l'Opéra le privilége des bals masqués.

Nous ne parlons bien entendu ici de l'Opéra que pour mémoire; à l'Opéra on ne danse pas, on se promène, les femmes en domino, les hommes en habit noir. Dans les autres bals, c'est-à-dire chez Desnoyers, au Salon de Flore, au Sauvage, chez Tonnelier, à la Chaumière, au Prado, au Colysée, à la Porte-Saint-Martin, chez Franconi, on ne danse pas non plus, on *chahutte.* Le chahut est une danse ignoble, laquelle était au cancan ce que le brûle-gueule et le tabac de caporal sont au cigare de la Havane.

Au-dessous de tous les lieux que nous venons de nommer, et qui descendent du théâtre à la guinguette et de la guinguette au cabaret, sont les bouges immondes qu'on appelle les tapis-francs.

Il y en a sept à Paris : au *Chat-Noir,* rue de la Vieille-Draperie, dans la Cité; au *Lapin-Blanc,* en face du Gymnase; aux *Sept-Billards,* rue de Bondy; *Hôtel d'Angleterre,* rue Saint-Honoré, en face de la Civette; chez *Paul Niquet,* rue aux Fers; chez *Baratte,* même rue; enfin chez *Bordier,* au coin de la rue Aubry-le-Boucher et au coin de la rue Saint-Denis.

Deux de ces tapis-francs ont des spécialités. Le Chat-Noir réunit particulièrement les voleurs à la *carouble* et à la *fourline;* le Lapin-Blanc les *charrieurs,* les *scionneurs* et les *vantarniers.*

Oh! qu'on se rassure, nous n'allons pas nous engager dans un dialogue d'argot et faire un livre que l'on ne puisse comprendre qu'à l'aide du dictionnaire infâme de Bicêtre et de la Conciergerie. Nous nous hâtons au contraire de nous débarrasser, pour n'y plus revenir, de tous ces termes immondes qui nous répugneraient autant qu'à nos lecteurs. Disons donc rapidement ce que sont les voleurs à la carouble et à la fourline, les charrieurs, les scionneurs et les vantarniers.

Les voleurs à la carouble sont les voleurs avec fausses clefs; les voleurs à la fourline sont les tireurs de bourses, de montres, de mouchoirs. Les charrieurs sont ceux qui entrent chez les changeurs sous prétexte de choisir des pièces à l'effigie de tel roi, au millésime de telle année, et qui, tout en choisissant les pièces demandées, en fourrent pour 50 francs dans chaque manche. Les scionneurs sont ceux qui entourent d'un mouchoir ou d'une corde le cou de la personne qu'ils veulent voler, et la chargent sur leurs épaules, tandis que leurs complices la *barbottent,* c'est-à-dire la fouillent. Enfin les vantarniers sont ceux qui volent la nuit par les fenêtres à l'aide d'une échelle de cordes. Les cinq autres tapis-francs sont tout simplement des réceptacles de voleurs de toutes les catégories.

Pour veiller sur toute cette population de forçats libérés, de filous, de filles, de voleurs de toute sorte, de bandits de toute espèce, il n'y a que six inspecteurs et un officier de paix par arrondissement; les sergents de ville ne sont point encore créés, et ne le seront qu'en 1828 par M. de Belleyme. Ces inspecteurs font leur service en bourgeois.

Tout individu arrêté par eux est conduit d'abord à la salle Saint-Martin, c'est-à-dire au dépôt; là, moyennant seize sous pour la première nuit et dix sous pour les autres nuits, on a droit à une chambre séparée. De là les hommes sont envoyés à la Force ou à Bicêtre; les filles aux Madelonnettes, rue des Fontaines, près du Temple; les voleuses à Saint-Lazare, rue du Faubourg-Saint-Denis. On exécute sur la place de Grève. Monsieur de Paris* demeure rue des Marais, n° 43.

La première question que le lecteur se fait à lui-même, et qu'il nous ferait si nous n'allions pas au-devant d'elle, c'est celle-ci : « Puisque la police sait où prendre les voleurs, pourquoi la police ne les prend-elle pas? »

La police ne peut arrêter qu'en flagrant délit; la loi sur ce point est positive et les voleurs de toutes classes le savent bien. Si la police pouvait arrêter les voleurs autrement que la main dans le sac, comme elle les connaît à peu près tous, un coup d'épervier jeté dans tous les bouges de Paris, et il n'y aurait plus de voleurs, ou si peu du moins que ce ne serait pas la peine de s'en plaindre!

Aujourd'hui, aucun de ces tapis-francs n'existe plus : les uns ont disparu dans les démolitions que nécessitent les embellissements de Paris; les autres sont fermés, éteints, morts. Bordier seul a survécu; mais le tapis-franc de 1827 est devenu une élégante boutique d'épiceries, où l'on vend des fruits secs, des confitures et des liqueurs fines, et qui n'a plus rien du bouge immonde où nous allons être forcé de conduire nos lecteurs.

II

LES GENTILHOMMES DE LA HALLE.

Nous avons déjà prévenu nos lecteurs que la première page de notre livre portait la date du mardi gras de l'an de grâce 1827. Seulement ce jour de suprême folie touchait à sa dernière heure, minuit allait sonner.

Trois jeunes gens se tenant bras dessus bras dessous descendaient la rue Saint-Denis; deux chantonnaient les motifs principaux des quadrilles qu'ils venaient d'entendre au Colysée, où ils avaient passé les premières heures de la nuit; le troisième se contentait de mordre en jouant la pomme d'or d'une petite canne.

Les deux fredonneurs portaient la livrée du jour et le déguisement de l'époque : ils étaient costumés en forts de la halle. Le troisième, celui qui ne chantait pas, qui se tenait au milieu des deux autres, qui semblait l'aîné des trois, ou du moins le plus sérieux, qui dépassait ses amis de toute la tête, et qui mordait, comme nous l'avons dit, la pomme de sa canne, était enveloppé d'un de ces grands manteaux de drap solitaire à collet de velours comme on en portait en ce temps-là, et comme on n'en voit plus aujourd'hui qu'aux frontispices des œuvres de Chateaubriand et de Byron. Celui-là sortait d'une soirée d'artistes qui avait eu lieu rue Sainte-Appoline.

Sous son manteau il était vêtu d'un pantalon noir dessinant une jambe ner-

* C'est le titre du bourreau.

veuses, aux fines attaches et au pied élégant chaussé d'un bas de soie à jour et d'un escarpin verni; son frac noir, boutonné militairement, quoiqu'il fût bien visible que le personnage ne touchait en aucun point à l'armée, ne laissait passer, par en haut et par en bas, que les extrémités d'un gilet de piqué blanc; son cou jouait à l'aise dans une cravate de satin noir, et sa tête, dont les cheveux frisaient naturellement, était coiffée d'un de ces chapeaux aplatis que l'on portait sous le bras au bal, qu'on enfonçait jusque sur les oreilles en sortant, et qu'on appelait des chapeaux-claques.

Si les rares passants qui suivaient à cette heure la rue Saint-Denis eussent pu lever le manteau sous lequel se drapait l'individu dont nous décrivons en ce moment la toilette, ils se fussent assurés que ce pantalon boutonné au-dessus de la cheville et collant comme un maillot tricoté, que ce frac à la coupe élégante et aux basques retombant avec grâce, que ce gilet de piqué anglais à boutons d'or ciselé, sortaient évidemment du magasin d'un des tailleurs en renom du boulevard de Gand, et avaient été confectionnés pour un de ces jeunes gens à la mode qu'on appelait à cette époque des *dandys*, et qu'on désigne aujourd'hui sous le nom déjà un peu usé de *lions*.

Et, cependant, celui qui portait cet habit ne paraissait pas le moins du monde avoir la prétention de passer pour un élégant; il suffisait, en effet, de le regarder un instant pour acquérir la certitude qu'on n'avait pas devant les yeux ce que l'on appelle un homme à la mode : il y avait dans toute son allure quelque chose qui révélait une trop grande indépendance de mouvements, pour s'appliquer à l'un de ces mannequins esclaves des plis de leur cravate ou de la raideur de leur col. Ensuite, comme si elles eussent répugné à cette entrave fashionable, ses mains, à la sortie de la soirée, s'étaient hâtées de se débarrasser de leurs gants, ce qui permettait de voir, à l'index de la droite, un de ces gros anneaux dits bagues à la chevalière, et qui, d'habitude, servaient de cachet, soit qu'ils portassent une devise personnelle ou des armes de famille.

Au reste, les deux autres jeunes gens faisaient, avec cette espèce d'apparition byronienne, un singulier contraste. Costumés, comme nous l'avons remarqué déjà, en forts de la halle, ou plutôt en malins, comme on disait alors; vêtus de vestes de peluche blanche à collet cerise, de pantalons de satin rayés blanc et bleu; le corps serré, l'un dans un cachemire rouge, l'autre dans un cachemire jaune; chaussés de bas de soie à coins d'or, et de souliers à boucles de diamant; empanachés de la tête aux pieds de rubans de toutes couleurs; le chapeau à longs poils ceint d'une guirlande de camélias blancs et roses, dont le plus modeste, en ce temps de l'année, ne valait pas moins d'un écu chez madame Bayon ou chez madame Prévost, les deux fleuristes en renom ; les joues enluminées de la pourpre de la jeunesse, le feu dans les yeux, la joie sur les lèvres, la gaieté dans le cœur, l'insouciance écrite en lettres d'or sur toute leur personne, ces deux jeunes gens étaient bien la double incarnation de la gaieté française, l'image de ce joyeux passé dont leur ami, vêtu de noir, sombre comme l'avenir, semblait religieusement mener les funérailles.

Maintenant, comment se trouvaient réunis ces trois hommes, de costume et, à ce qu'il paraît, de caractères si différents, et pourquoi piétinaient-ils à pareille heure dans une de ces cinquante rues boueuses qui sillonnent Paris du boulevard Saint-Denis au quai de Gèvres ?

C'est bien simple : les deux forts n'avaient point trouvé de voiture à la porte du Colysée; le jeune homme au manteau brun en avait vainement cherché une dans la rue Sainte-Appoline.

Les deux malins, déjà passablement échauffés par le bischoff et par le punch, avaient résolu d'aller manger des huîtres à la halle.

Le jeune homme au manteau brun, maintenu dans la plénitude de sa raison par quelques verres d'orgeat et de sirop de groseille, rentrait se coucher chez lui, rue de l'Université.

Tous trois s'étaient rencontrés, par hasard, à l'angle de la rue Sainte-Appoline et de la rue Saint-Denis ; les deux malins avaient reconnu un ami dans le jeune homme au manteau brun, lequel, certes, ne les eût pas reconnus.

Tous deux alors s'étaient écriés à l'unisson :

— Tiens ! Jean Robert ! — Ludovic ! Pétrus ! avait répondu le jeune homme au manteau brun.

En 1827, on s'appelait non plus Pierre, mais Pétrus; non plus Louis, mais Ludovic. Tous trois s'étaient serré les mains avec effusion, en se demandant ce qu'ils faisaient à cette heure indue sur le pavé du roi. D'une part comme de l'autre, l'explication avait été donnée.

Après quoi les deux malins, qui étaient Pétrus, un peintre, et Ludovic, un médecin, avaient tant insisté, qu'ils avaient obtenu de Jean Robert, qui était poëte, de venir souper avec eux chez Bordier, à la halle. Voilà donc ce qui avait été arrêté entre les trois jeunes gens, et l'on eût pu croire, à la rapidité de leur marche vers le rendez-vous, que c'était une détermination sur laquelle aucun des trois ne reviendrait, quand tout à coup, arrivé à vingt pas de la cour Batave, Jean Robert s'arrêta.

— Ah çà ! demanda-t-il, il est bien décidé, n'est-ce pas, que nous allons souper...? Chez qui, dites-vous ? — Chez Bordier. — Soit ! chez Bordier. — Certainement que c'est bien décidé, répondirent d'une seule voix Pétrus et Ludovic ; pourquoi pas ? — Parce qu'il est toujours temps de reculer, quand on est en train de faire une bêtise.— Une bêtise ! et en quoi ? — Parbleu ! en ce que, au lieu d'aller souper tranquillement chez Véry, chez Philippe ou aux Frères-Provençaux, vous voulez passer la nuit dans quelque ignoble bouge où nous boirons de l'infusion de bois de Campêche, sous prétexte de vin de Bordeaux, et où nous mangerons du chat, en place de lapin de garenne. — — Que diable as-tu donc ce soir contre les chats et le bois de Campêche, ô poëte ? demanda Ludovic. — Mon cher, dit Pétrus, Jean Robert vient d'avoir un grand succès au Théâtre-Français ; il gagne cinq cents francs tous les deux jours ; il a de l'or plein ses poches, et il est devenu aristocrate. — N'allez-vous pas dire que c'est par économie que vous allez là, vous autres ? — Non, dit Ludovic, c'est pour tâter un peu de tout. — Pouah ! la belle nécessité, fit Jean Robert. — Je déclare, reprit Ludovic, que je ne me suis affublé de cet absurde costume, grâce auquel j'ai l'air d'un meunier qui vient de tirer à la conscription, que pour souper à la halle ce soir ; je suis à cent pas de la halle : j'y soupe ou je ne soupe pas ! — Ah ! voilà, dit Pétrus, tu parles en carabin : l'hôpital et l'amphithéâtre t'ont préparé à tous les spectacles, si hideux qu'ils soient ; philosophe et matérialiste, tu es cuirassé contre toutes les surprises. Moi qui, en ma qualité de peintre, n'ai pas toujours eu du vin de Campêche à boire et du chat à manger ; moi qui ai fréquenté les modèles des deux sexes, cadavres vivants, qui ont sur les morts l'infériorité de l'âme; moi qui suis entré dans la loge des lions et qui suis descendu dans la fosse des ours. quand je n'avais pas trois francs pour faire monter chez moi le père Cadamour ou mademoiselle Rosine la Blonde, je ne suis pas dégoûté, Dieu merci! Mais, ajouta-t-il en montrant son compagnon à la haute taille, ce jeune homme impressionnable, ce poëte-sensitive, cet héritier de Byron, ce continuateur de Goëthe, le nommé Jean Robert enfin, quelle figure va-t-il faire dans ce mauvais lieu? A-t-il, avec ses petites mains, son petit pied, son charmant accent créole, la moindre idée de la façon dont on doit se conduire dans le monde où nous allons le présenter? S'est-il jamais demandé seulement, lui qui, dans la garde nationale, n'a jamais pu partir du pied gauche, de quel pied on entre dans un tapis-franc; et ses chastes oreilles, habituées au *Jeune Malade* de Millevoye et à la *Jeune Captive* d'André Chénier, sont-elles de taille à entendre les menus propos qu'échangent entre eux les gentilshommes de nuit qui émaillent cet endroit? Non! En ce cas, que vient-il faire avec nous? nous ne le connaissons pas! Quel est cet étranger qui vient se mêler à nos fêtes? *Vade retro,* Jean Robert! — Mon cher Pétrus, répondit le jeune homme qui venait d'être l'objet d'une diatribe à laquelle, autant qu'il était en notre pouvoir, nous avons conservé l'esprit qui avait cours dans les ateliers du temps, mon cher Pétrus, tu n'es qu'à moitié ivre, mais tu es tout à fait Gascon! — Ah! bon! je suis de Saint-Lô!... S'il y a des Gascons à Saint-Lô, mettons qu'il y a des Normands à Tarbes. — Eh bien! je te dis, moi, Gascon de Saint-Lô! que tu fais étalage de défauts que tu n'as pas pour déguiser les qualités que tu as. Tu fais le roué, parce que tu as peur de paraître naïf; tu fais le mauvais sujet, parce que tu rougis de paraître bon! Tu n'es jamais entré dans la loge des lions; tu n'es jamais descendu dans la fosse aux ours, et tu n'as jamais mis le pied dans un cabaret de la halle, pas plus que Ludovic, pas plus que les jeunes gens qui se respectent ou les ouvriers qui travaillent. — *Amen!* dit Pétrus en bâillant. — Bâille et moque-toi tant que tu voudras; fais flamberge de tes vices imaginaires pour éblouir la galerie, parce que tu as entendu dire que tous les grands hommes avaient des vices, qu'André del Sarte était voleur et Rembrandt crapuleux; fais poser le bourgeois, comme tu dis, puisque c'est ton état et ta nature de faire poser; mais devant nous, qui te savons bon, mais devant moi, qui t'aime comme un frère plus jeune que moi, reste ce que tu es, Pétrus : franc et naïf, impressionnable et enthousiaste. Eh! mon cher, s'il est permis d'être blasé, à mon avis ce n'est jamais permis, c'est lorsqu'on a été proscrit comme Dante, méconnu comme Machiavel ou trahi comme Byron. As-tu été trahi, méconnu ou proscrit? regardes-tu la vie du côté de l'horizon triste et aride? des millions ont-ils fondu dans tes mains en y laissant, pour trace unique, la crasse de l'ingratitude ou la cicatrice de la désillusion? Non! tu es jeune, tu vends tes tableaux, ta maîtresse t'aime, le gouvernement t'a commandé une *Mort de Socrate :* il est convenu que Ludovic posera pour Phédon, et que je poserai, moi, pour Alcibiade; que diable veux-tu de plus?... Souper dans un tapis-franc? Soupons, mon cher! Cela aura du moins un résultat! c'est de t'en dégoûter à ce point, que de ta vie tu n'y voudras revenir! — As-tu fini, l'homme à l'habit noir? demanda Pétrus. — Oui, à peu près. — Alors, remettons-nous en marche.

Pétrus se remit en marche en entonnant une chanson moitié bachique, moitié obscène, comme s'il eût voulu se prouver à lui-même que la leçon grave et affectueuse qu'il venait de recevoir de Jean Robert n'avait fait aucune impression sur lui.

Au dernier couplet, on était en pleine halle; minuit et demi sonnait à l'église Saint-Eustache.

— Ah! voyons, dit Ludovic, qui, comme on l'a vu, avait pris peu de part à la conversation, et qui, esprit pensif et observateur, se laissait facilement mener où l'on voulait le conduire, certain que, partout où va l'homme, soit qu'on le mène en face de l'homme ou en face de la nature, il trouvera matière à observation ou à rêverie; ah! voyons, il s'agit maintenant de faire un choix... Entrons-nous chez Paul Niquet, chez Baratte ou chez Bordier? — Bordier m'est recommandé : entrons chez Bordier, dit Pétrus. — Entrons chez Bordier! répéta Jean Robert. — A moins que tu n'aies tes habitudes ou tes affections dans quelque autre temple, chaste nourrisson des Muses! — Oh! tu sais bien que jamais je ne suis même venu dans ce quartier... Ainsi, peu importe! Nous souperons mal partout; je n'ai donc pas de préférence. — Nous y voici. Le cabaret te paraît-il suffisamment borgne? — Oui, je le trouve même aveugle. — En ce cas, pénétrons.

Et, enfonçant son chapeau de malin sur une oreille, Pétrus s'élança dans le cabaret, avec le dégagé, le sans-façon et l'effronterie d'un vieil habitué de l'établissement. Ses deux amis le suivirent.

III

LE TAPIS-FRANC.

Le cabaret était plein, plus que plein : il regorgeait. Le rez-de-chaussée, que l'on aurait peine à reconnaître en voyant le magasin charmant et coquet qui le remplace aujourd'hui, le rez-de- chaussée se composait d'une salle basse, enfumée, humide, nauséabonde, où grouillaient, entassés dans un incroyable pêle-mêle, tout un monde d'hommes et de femmes costumés des façons les plus diverses, et parmi lesquels dominaient, cependant, les déguisements de malins et de poissardes. Quelques-unes des femmes, et, il faut le dire, c'étaient les plus coquettes et les plus jolies, quelques-unes des femmes déguisées en poissardes, décolletées jusqu'à la ceinture, les manches retroussées jusqu'à l'aisselle, barbouillées de vermillon, tachetées de mouches; quelques-unes de ces femmes, par une voix plus mâle, par un juron plus accentué qu'il ne convenait à leur robe de soie et à leur bonnet de dentelle, trahissaient un double déguisement : déguisement de costume et déguisement de sexe; mais, par un étrange abus des fantaisies du carnaval, sans doute ce n'étaient pas celles-là que fêtait le moins la foule d'hommes qui composait les deux tiers à peu près de la noble assemblée.

Tout cela, assis, debout, attablé, couché, riait, causait, chantait sur les tons les plus incohérents et avec une telle confusion, que la masse échappait à toute description, et que quelques détails se détachaient seuls de l'informe ensemble et frappaient les yeux.

C'était un fouillis impénétrable, où tout se mêlait, se confondait, se perdait : les bras musculeux des hommes semblaient appartenir aux femmes; les jambes déliées des femmes semblaient appartenir aux hommes; une tête barbue semblait sortir d'une gorge luxuriante; une poitrine velue avait l'air de supporter la tête mélancolique d'une juive de quinze ans! Il eût été impossible, même à Pétrus, après avoir reconstruit à grand'peine les torses et rendu à chacun sa tête, de distinguer à qui étaient les pieds, les jambes, les bras, les mains, tant tous ces membres étaient confondus, noués, tordus, inextricablement enchevêtrés les uns dans les autres!

Les groupes que l'on distinguait à part étaient : un pierrot qui faisait semblant de dormir contre la muraille, avec une pierrette à califourchon sur ses épaules; en sorte que le pierrot, la tête cachée par le pourpoint de calicot de la pierrette, avait l'air d'un géant à la tête trop petite et aux bras trop courts; un polichinelle qui essayait de faire le tour de la salle en portant un enfant sur chacune de ses bosses; un turc qui allait en sautant à cloche-pied pour prouver qu'il n'était pas ivre; un jeune garçon déguisé en singe, déguisement mis à la mode par Mazurier, et qui bondissait de chaise en chaise, de groupe en groupe, faisant pousser aux prêtres de la déesse Folie et du dieu Carnaval, la plus triste des déesses et le plus triste des dieux, les exclamations les plus inattendues de leurs voix les plus glapissantes.

Un hourra formidable accueillit les trois amis à leur entrée dans la salle. Le pierrot dénonça son androgynéité en relevant le pourpoint de la pierrette et en montrant sa seconde tête. Le polichinelle s'arrêta dans son mouvement de rotation, comme un astre qui accrocherait une comète. Le turc essaya de lever les deux jambes à la fois, ce qui amena sa chute instantanée, et la rupture complète d'une table sur laquelle il tomba.

Enfin le singe se trouva d'un bond sur les épaules de Pétrus, et se mit, au milieu des rires de la société, à effeuiller les aristocrates camélias de son chapeau.

— Si tu m'en crois, dit Jean Robert à Pétrus, nous sortirons d'ici, le cœur me manque! — Sortir avant d'être entrés! répondit Pétrus; y songes-tu? On croirait que nous avons peur et l'on nous donnerait la chasse dans les rues de Paris, comme Sa Majesté Charles X fait aux sangliers de la forêt de Compiègne. — Ton avis? dit Robert à Ludovic. — Mon avis, répondit Ludovic, est, puisque nous y sommes, d'aller jusqu'au bout. — Allons donc! — Attention! fit Pétrus, on nous regarde. Toi qui es un homme de théâtre, tu sais que tout dépend des débuts.

Et allant droit à l'espèce de cratère qui s'était ouvert sous le turc, où le corps de l'infortuné s'était englouti et d'où ne sortaient plus que la pointe de ses bottes et l'extrémité de son aigrette :

— Seigneur musulman, dit-il toujours coiffé de son singe, vous connaissez le mot de votre patron Mohammed-ben Abdallah, neveu du grand Abou-Thaleb, prince de La Mecque? — Non, répondit une voix des profondeurs de la table défoncée. — *Puisque la montagne ne vient pas à moi, je viens à la montagne!*

Alors, prenant au dépourvu le singe par la peau du cou, il l'enleva de ses épaules comme il eût fait de son chapeau, et saluant le turc avec le gamin qui se débattait au bout de son bras tendu :

— Mes hommages respectueux, bon musulman ! lui dit-il.

Et il remit sur ses épaules l'enfant, qui se hâta de se laisser glisser le long de son corps, ainsi qu'il eût fait le long d'un mât de cocagne, et qui disparut en grimaçant dans un coin où ne pénétrait pas la lumière des trois ou quatre lampes qui éclairaient le bouge.

Cette preuve de courtoisie et de forces combinées valut à Pétrus des applaudissements universels. Quant au turc, il ne répondit que fort machinalement à la politesse ; seulement il se cramponna comme un noyé à la main que lui tendait Pétrus, lequel, d'une secousse, le remit sur ses pieds, base visiblement insuffisante, pour le moment du moins, à un monument si profondément ébranlé.

— Décidément, dit Pétrus lorsqu'il eut accompli l'exploit que nous venons de raconter, il y a trop de monde ici... Montons au premier. — Comme tu voudras, répondit Ludovic, quoique ce spectacle ne manque pas d'intérêt.

Un garçon qui les suivait depuis leur entrée dans l'établissement, pour s'assurer sans doute qu'il avait affaire à des consommateurs, se mêla incontinent à la conversation.

— Ces Messieurs désirent monter au premier ? dit-il. — En effet, nous n'en serions pas fâchés, dit Pétrus. — Voici l'escalier, fit le garçon en leur montrant une espèce d'échelle en colimaçon.

En le voyant, on se rappelait malgré soi l'ascension de Mathurin Régnier dans *le Mauvais Gîte.*

La montée était torte et de fâcheux accès.

Cependant les trois amis s'y engagèrent au milieu des huées et des rires des masques, qui riaient et qui huaient sans même savoir pourquoi, mais pour faire le bruit avec lequel s'enivrent les gens qui ne sont que gris et se soûlent les gens qui ne sont qu'ivres.

Au premier étage comme au rez-de-chaussée la salle était pleine ; c'était le même entassement de gens dans une même pièce enfumée, aux murailles curieuses, regardant à travers les déchirures d'un papier gris sale à rosaces, aux rideaux rouges avec des grecques jaunes et vertes, au plafond noir.

Vu du seuil de la porte, ce monde, qui paraissait d'un degré au-dessous de celui qu'on venait de quitter ; ce monde, éclairé, sinon obscurci par les lueusr rougeâtres et blafardes de trois ou quatre quinquets, était l'image vivante, la matérialisation tangible des idées confuses, bariolées, disparates qui se heurtent dans le cerveau d'un homme ivre.

— Oh ! oh ! dit Jean Robert, qui avait monté le premier et qui avait poussé la porte, il paraît que l'enfer de Bordier est tout le contraire de l'enfer de Dante : plus on monte, plus on descend ! — Eh bien ! qu'en dis-tu ? demanda Pétrus. — Je dis que ce n'était qu'horrible, mais que cela devient curieux. — Montons toujours, alors ! reprit Pétrus. — Montons ! approuva Ludovic.

Et les trois jeunes gens reprirent leur ascension par l'escalier de plus en plus dégradé, et de plus en plus étroit. Au second, même affluence, même spectacle dans un décor à peu près pareil, si ce n'est que là le plafond était plus bas, l'atmosphère plus épaisse et l'air respirable chargé, par conséquent, de plus de vapeurs malfaisantes.

— Eh bien? fit Ludovic. — Qu'en dis-tu, Jean Robert? demanda Pétrus. — Montons toujours, dit le poëte.

Au troisième, c'était pis encore. Il y avait sur les tables et sous les tables, sur les bancs et sous les bancs une cinquantaine de créatures humaines, si l'homme descendu au-dessous du niveau de la brute mérite de conserver ce nom. Ces cinquante créatures, hommes, femmes, enfants, étaient étendus, couchés, endormis à côté d'assiettes brisées et de bouteilles en éclats, tachés par les sauces, rougis par les vins. Un seul quinquet éclairait ténébreusement la salle. On eût dit la lampe d'un sépulcre, si de rauques ronflements partis de quelques poitrines n'eussent hautement révélé l'existence matérielle de ces ivrognes morts intellectuellement. Le cœur manquait à Jean Robert; mais Jean Robert était maître de lui : son cœur eût pu rompre, sa volonté n'eût pas plié.

Pétrus et Ludovic se regardaient, tout prêts, l'un malgré son enthousiasme, l'autre malgré sa froideur, à retourner en arrière. Mais Jean Robert voyant que l'escalier, en se collant à la muraille, montait vers l'étage supérieur à la façon d'une échelle de meunier, Jean Robert s'engagea dans l'escalier en disant, plus à son aise en apparence à mesure qu'il l'était moins en réalité :

— Allons, Messieurs, vous l'avez voulu; plus haut! plus haut!

On entr'ouvrit la porte du quatrième étage. Là, la décoration restait la même, mais la scène changeait.

Cinq hommes seulement étaient attablés autour d'une table, sur laquelle on distinguait des débris de charcuterie au milieu de huit ou dix bouteilles s'élevant comme des quilles, mais moins symétriquement rangées. Ces hommes étaient en habit de ville.

Quand nous disons qu'ils étaient *en habit de ville,* nous voulons dire simplement qu'ils n'étaient pas costumés et ne portaient que des blouses, des sarreaux ou des vestes.

Les trois amis entrèrent; le garçon, qui les avait suivis d'étage en étage, entra derrière eux. Les nouveaux venus s'arrêtèrent sur le seuil de la porte, jetèrent un regard autour de la salle, et Jean Robert fit un signe qui voulait dire : « Voilà qui nous convient. » La pantomime était si expressive, que Pétrus répondit :

— Parbleu! nous serons ici comme des princes! — En effet, dit Ludovic, il ne nous manquera plus que de l'air respirable. — Bon! dit Pétrus, on en fera en ouvrant la fenêtre. — Où ces Messieurs veulent-ils qu'on leur dresse la table? demanda le garçon. — Là! dit Jean Robert en désignant du doigt le côté de la salle opposé à celui où se trouvaient les cinq premiers occupants.

La salle était si basse de plafond qu'il fallait forcément ôter son chapeau en entrant; et même, en ôtant son chapeau, Jean Robert, le plus grand des trois jeunes gens, touchait le plafond de sa tête.

— Que désirent ces Messieurs? demanda le garçon. — Six douzaines d'huîtres, six côtelettes de mouton et une omelette, répondit Pétrus. — Combien de bouteilles? — Trois chablis première, avec de l'eau de Seltz, s'il y en a dans l'établissement.

A cette demande, qui sentait son aristocratie d'une lieue, un des cinq convives primitifs se tourna vers les nouveaux venus.

— Oh ! oh ! dit-il, du chablis première et de l'eau de Seltz! nous avons affaire à des muscadins, à ce qu'il paraît! — A des fils de famille ! répondit un second. — Ou à des citoyens de la haute pègre! reprit le troisième.

Et les cinq buveurs se mirent à rire. Comme les romans modernes et les *Mémoires de Vidocq* n'avaient pas encore familiarisé les gens de bonne société avec les termes d'argot, nos trois coureurs d'aventure ne comprirent pas qu'on venait tout simplement de les traiter de voleurs; aussi ne firent-ils qu'une médiocre attention aux rires qui suivirent cette insulte. Jean Robert avait déjà déposé son manteau sur une chaise, et sa petite canne dans l'angle de la fenêtre.

Le garçon, de son côté, s'apprêtait à aller commander le menu du souper, quand celui des hommes qui avait parlé le premier et traité les jeunes gens de muscadins, arrêta le garçon par le pan de son tablier.

— Eh bien! lui demanda-t-il. — Eh bien, quoi? répondit le garçon. — Est-ce qu'on ne t'a pas déjà demandé des cartes? — Si fait. — Alors, pourquoi n'en as-tu pas apporté? — Parce que vous savez bien qu'on n'en donne pas à ces heures-ci. — La raison? — Demandez-la à M. Delavau. — Qu'est-ce que c'est que M. Delavau? — C'est le préfet de police. — Qu'est-ce que ça me fait, le préfet de police! — Ça peut ne rien vous faire, à vous; mais ça nous ferait quelque chose, à nous. — Ça vous ferait quoi? — Ça nous ferait fermer l'établissement; ce qui nous donnerait le chagrin de ne plus vous recevoir. — Mais alors, si l'on ne joue pas, que veux-tu que nous fassions ici? — On ne vous force pas d'y rester. — Ah çà! mais, tu me fais l'effet d'un drôle pas trop poli, sais-tu bien? et l'on préviendra le bourgeois. — Oh ! prévenez le pape, si vous voulez ! — Et tu crois que nous allons nous contenter de cela? — Il le faudra bien. — Et si nous ne sommes pas contents?.. — Eh bien ! dit le garçon avec ce rire narquois qui accompagne d'habitude les plaisanteries des gens du peuple, si vous n'êtes pas contents, savez-vous ce que vous ferez? — Non. — Vous prendrez des cartes! — Mille tonnerres! je crois que tu te moques de moi! vociféra le buveur en se levant et en frappant sur la table un coup de poing qui fit sauter à six pouces de hauteur les bouteilles, les verres et les assiettes. Des cartes! c'est justement ce que nous demandons.

Mais le garçon était déjà à moitié de l'escalier, et le buveur fut obligé de se rasseoir, n'attendant, selon toute probabilité, qu'une occasion de faire éclater sa mauvaise humeur.

— Ah ! murmurait-il, il paraît que le drôle a oublié que je me nomme Jean Taureau, et que je tue un bœuf d'un coup de poing. Il faudra que je le lui rappelle.

Et, prenant sur la table une bouteille à moitié vide, il en porta le goulot à sa bouche, et la vida d'un trait.

— Jean Taureau a de la peine, murmura un des cinq convives à l'oreille de son voisin, et, je le connais, il faudra que cela retombe sur quelqu'un! — En ce cas, répondit celui à qui cette confidence était faite, gare aux muscadins !

IV

JEAN TAUREAU.

Nous avons dit que celui des cinq buveurs qui avait demandé des cartes, et qui s'était baptisé lui-même du nom de Jean Taureau, lequel nom semblait, du reste, merveilleusement approprié à son encolure, n'attendait qu'une occasion favorable pour faire éclater sa mauvaise humeur.

L'occasion ne tarda point à se présenter. Nous espérons que le lecteur nous suit avec assez d'attention pour n'avoir pas oublié l'observation que Ludovic avait faite à l'endroit de l'atmosphère de la salle.

En effet, la vapeur des mets, l'odeur du vin, la fumée du tabac, les émanations des convives avaient rendu l'air de cette espèce de grenier impossible à respirer par des poitrines habituées à un air pur. Selon toute probabilité, on n'avait pas ouvert la fenêtre depuis le dernier rayon de soleil du dernier automne; il en résulta qu'un même instinct de conservation poussa les trois amis vers la seule fenêtre qui donnât de la lumière à ce bouge, et, dans les cas extrêmes comme celui où l'on se trouvait, de l'air.

Pétrus y arriva le premier; il en souleva la partie inférieure et accrocha l'anneau au clou destiné à la soutenir. La fenêtre était ce qu'on appelle une fenêtre à guillotine.

Jean Taureau avait trouvé l'occasion qu'il cherchait. Il se leva de son escabeau, et, appuyant ses deux poings sur la table :

— Ces Messieurs ouvrent la fenêtre, à ce qu'il paraît? dit-il en s'adressant collectivement aux trois jeunes gens, mais plus particulièrement à Pétrus. — Comme vous voyez, mon ami, répondit celui-ci. — Je ne suis pas votre ami, dit Jean Taureau; fermez la fenêtre! — Monsieur Jean Taureau, reprit Pétrus avec une politesse ironique, voici mon ami Ludovic, qui est un physicien distingué et qui va vous expliquer en deux secondes de quels éléments l'air doit se composer pour être respirable. — Que chante-t-il donc, celui-là, avec ses éléments? — Il dit, monsieur Jean Taureau, répondit Ludovic d'un ton de politesse qui ne le cédait en rien à celui de Pétrus, pas même dans la nuance de raillerie que celui-ci avait adoptée, il dit que l'atmosphère, pour ne pas être nuisible aux poumons d'un honnête homme, doit se composer de soixante-quinze à soixante-seize parties d'azote, de vingt-deux à vingt-trois parties d'oxygène et de deux parties d'eau, un peu plus, un peu moins. — Dis donc, Jean Taureau, interrompit à son tour un des quatre hommes en blouses, je crois qu'il te parle latin? — Bon! alors, moi, je vais lui parler français. — Et s'il ne comprend pas?.. — On bûchera, alors!

Et Jean Taureau montra deux poings qui égalaient en grosseur la tête d'un enfant.

Puis, d'une voix qui, s'il eût eu affaire à des hommes de sa classe, n'eût point admis d'opposition :

— Allons, dit-il, fermons cette fenêtre, et plus vite que cela! — C'est peut-

JEAN TAUREAU.

LES MOHICANS DE PARIS.

TYP. J. CLAYE.

être votre avis, maître Jean Taureau, dit tranquillement Pétrus en se croisant les bras devant la fenêtre ouverte, mais ce n'est pas le mien. — Comment, ce n'est pas le tien? tu as donc un avis, toi? — Pourquoi donc un homme n'aurait-il pas son avis, quand une brute en prétend avoir un? — Dis donc, Croc-en-Jambe, fit Jean Taureau en fronçant le sourcil et en s'adressant à l'un des convives qu'il eût été facile de reconnaître pour un chiffonnier, quand même il n'eût pas été dénoncé par le nom significatif que lui donnait son interlocuteur, je crois que ce muscadin de malheur m'appelle brute? — Ça me semble aussi, répondit Croc-en-Jambe. — Eh bien! qu'est-ce qu'il y a à faire? — Il y a à lui faire fermer la fenêtre d'abord, puisque c'est ton idée, et à l'assommer ensuite. — Bon! voilà qui est parler!

Puis, comme s'il adressait à des révoltés une troisième sommation :

— Allons, tonnerre! fermez la fenêtre! — Oh! répondit tranquillement Pétrus, il n'y a ni tonnerre ni éclairs, la fenêtre restera ouverte.

Jean Taureau emplit si brusquement sa poitrine de cet air qui semblait aux jeunes gens impossible à respirer, que cette aspiration ressembla au mugissement de l'animal dont il avait pris le nom.

Robert sentit la querelle, et voulut l'empêcher, quoiqu'il comprît bien que c'était déjà presque impossible. Au reste, si quelqu'un pouvait arriver à ce résultat, c'était assurément lui, c'est-à-dire le seul qui fût de sang-froid. Il alla d'un air calme au-devant de Jean Taureau, et essayant de composer :

— Monsieur, lui dit-il, nous venons du dehors, et, en entrant dans cette salle, nous avons été suffoqués. — Je crois bien, dit Ludovic, on n'y respire que de l'acide carbonique! — Permettez-nous donc d'ouvrir la fenêtre un seul instant pour renouveler l'air; nous la fermerons ensuite. — Vous l'avez ouverte sans ma permission, dit Jean Taureau. — Eh bien! après? fit Pétrus. — Il fallait la demander, et peut-être vous l'aurait-on accordée, la permission. — — Allons, assez! dit Pétrus; je l'ai ouverte, parce que cela m'a plu; et elle restera ouverte tant que cela me plaira. — Tais-toi, Pétrus! interrompit Jean Robert. — Non, je ne me tairai pas... Crois-tu donc que j'aie l'habitude de me laisser mener par des drôles de cette espèce?

Au mot de *drôles*, les quatre camarades de Jean Taureau se levèrent de table à leur tour, et s'approchèrent dans l'intention évidente de seconder les mauvaises intentions du provocateur.

A en juger par la dureté de leurs traits et par la férocité, ou tout au moins la sauvagerie farouche dont leur physionomie était empreinte, c'étaient là quatre rudes gaillards qui, renforcés du cinquième personnage dont nous connaissons déjà les allures, ne cherchaient, comme lui, qu'une occasion propice de rompre, par une belle et bonne querelle, la monotonie de leur nuit de carnaval. Au reste, il était facile d'assigner une profession à chacun de ces hommes.

Celui que Jean Taureau avait appelé Croc-en-Jambe était évidemment, non pas un chiffonnier proprement dit, comme auraient pu le faire croire la lanterne posée sur la table et l'instrument qui lui avait valu le nom caractéristique de Croc-en-Jambe, mais un individu appartenant à une variété de l'espèce, et qu'on appelait *ravageurs,* du nom de leur industrie, qui consistait, non à fouiller dans les tas d'ordures, mais à ravager, avec la pointe de leur croc, l'entre-deux des pavés du ruisseau.

Pour cette classe d'industriels, supprimée depuis huit ou dix ans par ordonnance de police, et surtout par la substitution des trottoirs aux chaussées, le ruisseau se transformait parfois en Pactole, et plus d'un y trouva des bagues, des bijoux, des pierres précieuses, soit perdus, soit jetés par les fenêtres en secouant une natte ou un tapis, comme, dans mes Mémoires, j'ai raconté que, vers l'époque où se passent les événements qui font le sujet de ce livre, avaient été jetées les boucles d'oreilles de Georges, lesquelles avaient échappé heureusement à messieurs les ravageurs.

Le second buveur, que Jean Taureau n'avait pas nommé, et que nous, qui sommes appelé à réparer cet oubli, désignerons par son nom de guerre, s'appelait Sac-à-Plâtre, sobriquet qui eût suffi à révéler son état, quand même les taches de chaux et la poussière blanchâtre dont étaient couvertes sa figure et ses mains ne l'eussent pas présenté comme un maçon à ses amis et à ses ennemis.

Parmi les premiers, et de ses meilleurs, était Jean Taureau : la manière dont ils avaient fait connaissance ne manque pas de caractère, et peindra la force herculéenne de l'homme que nous venons de mettre en scène, et qui est destiné à jouer, dans cette histoire, non pas un des premiers rôles, mais un rôle, la suite nous le prouvera, qui n'est pas tout à fait sans importance.

Une maison de la Cité brûlait ; l'escalier, atteint par les flammes, était tombé ; un homme, une femme et un enfant criaient : « Au secours ! » d'une fenêtre du second.

L'homme, qui était maçon, ne demandait qu'une échelle, ou même qu'une corde ; avec cette échelle ou cette corde, il sauvait sa femme et son enfant.

Mais les assistants perdaient la tête ; on apportait des échelles de moitié trop courtes, des cordes qui ne pouvaient supporter le poids de trois personnes.

Le feu gagnait ; la fumée sortait à bouffées par les fenêtres, précédant la flamme, dont on voyait déjà les lueurs. Jean Taureau passait. Il s'arrêta.

— Eh bien ! s'écria-t-il, n'avez-vous donc ici ni cordes ni échelles ? vous voyez bien que ces gens-là vont brûler !

Et en effet le danger était imminent. Jean Taureau regarda autour de lui, et, voyant qu'aucun des objets demandés n'arrivait :

— Allons, dit-il en tendant les bras, jette l'enfant, Sac-à-Plâtre !

Le maçon, interpellé de ce nom, n'eut garde de se fâcher ; il prit l'enfant, l'embrassa sur les deux joues, et le jeta à Jean Taureau.

Il y eut un cri d'effroi parmi les assistants. Jean Taureau reçut l'enfant dans ses bras, et le passa immédiatement à ceux qui étaient derrière lui.

— Maintenant, dit-il, jette la femme !

Le maçon prit la femme dans ses bras, et, malgré les cris de celle-ci, il lui fit prendre le même chemin que venait de prendre l'enfant. Jean Taureau reçut la femme dans ses bras ; seulement, il fit un pas en arrière.

— Ça y est ! dit-il en posant sur ses pieds la femme à moitié évanouie, tandis que les spectateurs éclataient en bravos et en acclamations. Maintenant, cria-t-il à l'homme en s'arc-boutant sur ses jambes de toute la puissance de ses robustes reins, maintenant, à ton tour !

Des deux mille personnes qui assistaient à ce spectacle, il n'y en eut pas une dont on entendit le souffle pendant les cinq secondes qui suivirent. Le maçon monta sur le rebord de la fenêtre, fit le signe de la croix; puis, fermant les yeux, il sauta en murmurant :

— A la grâce de Dieu !

Cette fois, le choc fut terrible : Jean Taureau plia sur ses jarrets, fit trois pas en arrière, mais ne fut pas renversé. Il y eut alors un cri immense dans la foule.

Tout le monde se précipita vers l'homme qui venait d'accomplir cet effroyable tour de force; mais, avant qu'on fût arrivé à lui, Jean Taureau avait desserré les bras et était tombé à la renverse, évanoui et vomissant le sang. Ni l'enfant, ni la femme, ni l'homme, n'avaient une seule égratignure. Jean Taureau avait une veine du poumon rompue. On le transporta à l'Hôtel-Dieu, d'où il sortit le surlendemain.

Le troisième compagnon, qui avait la figure aussi noire que Sac-à-Plâtre l'avait blanche, et qui appartenait visiblement à l'estimable classe des charbonniers, s'appelait Toussaint. Jean Taureau qui, dans ses relations avec les architectes, avait par ceux-ci entendu parler d'un nègre de génie, lequel avait failli faire une révolution à Saint-Domingue ; Jean Taureau, qui ne manquait pas d'un certain esprit naturel, l'avait surnommé *Toussaint-Louverture*.

Le quatrième était un homme d'une cinquantaine d'années à peu près, à l'œil vif, aux gestes rapides, dont toute la personne exhalait une forte odeur de valériane ; il était vêtu d'une veste de velours, d'un pantalon, d'un gilet et d'une casquette de peau de chat; il répondait, dans l'intimité, au nom de père *la Gibelotte*.

C'était lui qui entretenait tous les cabarets de la halle de ces lapins de gouttière que Jean Robert craignait si fort qu'on ne lui servît au lieu et place de lapins de garenne, et l'odeur de valériane qu'il exhalait était celle à l'aide de laquelle il attirait les malheureux animaux, dont il vendait la chair dix sous aux gargotiers, et la peau quinze sous aux tanneurs.

L'industrie était productive, mais dangereuse, et nous nous rappelons avoir lu, vers 1834 ou 1835, le compte rendu d'un procès où un confrère du père la Gibelotte fut condamné à un an de prison et 500 francs d'amende, malgré le plaidoyer éloquent dans lequel il avait, en traitant la question gastronomique à la manière de Carême et de Brillat-Savarin, essayé de démontrer aux juges l'incontestable supériorité de la chair du chat sur celle du lapin.

Le cinquième acolyte, que nous reportons à la fin en vertu de cet axiome évangélique : *les premiers seront les derniers*, le cinquième était Jean Taureau lui-même, lequel, d'après ce que nous venons de raconter de sa force musculaire, pourrait se passer d'une plus ample description, si nous ne tenions pas à préparer, par un portrait physique aussi exact que possible, le développement moral d'un des caractères les plus singuliers que nous ayons connus.

Jean Taureau était un homme de cinq pieds six pouces à peu près, droit et solide comme les poutres de chêne qu'il équarrissait, étant charpentier de son état ; espèce d'Hercule Farnèse taillé dans un bloc de granit, bloc lui-même, et qui, à la première vue, au lieu d'avoir besoin des quatre alliés qui s'avançaient à son secours, semblait bâti de manière à écraser l'un après l'autre ses trois ennemis rien qu'en les touchant du doigt.

Maintenant, si nous passons de la description du corps à celle de la physionomie et des vêtements, nous dirons que le visage du garçon charpentier, encadré de favoris noirs et épais, qui lui faisaient un collier sous le menton, était celui d'un homme de trente à quarante ans; des cheveux courts et crépus, dont les anciens avaient fait, chez le fils de Jupiter et de Sémélé, le symbole de la force; un cou dont la grosseur justifiait le nom ambitieux que notre homme s'était donné lui-même ou avait accepté de ses camarades, complétaient l'ensemble de ce type de la force inintelligente et brutale.

Ajoutons un détail oublié : Jean Taureau était vêtu d'une veste, d'un pantalon, d'un gilet et d'une casquette de velours verdâtre à côtes.

De la poche de sa veste sortait le sommet d'une équerre en bois, et, du gousset de son pantalon, la tête d'un long compas de fer placé à cheval sur la couture, de façon qu'une des branches se perdait dans la poche, et que l'autre pendait en dehors.

Tels étaient les cinq antagonistes auxquels allaient avoir affaire, à moins qu'ils ne reculassent, et peut-être n'était-ce pas même un moyen infaillible d'éviter la querelle, auxquels, disons-nous, allaient avoir affaire Ludovic le médecin, Pétrus le peintre et Jean Robert le poëte.

V

LA BATAILLE.

Nous avons dit, au commencement du précédent chapitre, dans quelle position stratégique se trouvaient, relativement à leurs ennemis, les trois héros de notre histoire que nous avons conduits de la rue Sainte-Appoline à l'entrée des halles, et que nous avons suivis, à travers leur imprudente odyssée, jusqu'au quatrième étage du tapis-franc.

Pétrus, appuyé contre la fenêtre ouverte, se tenait debout, les bras croisés, et regardant les cinq hommes du peuple d'un air de défi.

Ludovic examinait Jean Taureau avec une curiosité qui diminuait pour lui la gravité de la situation, et, homme de science, il se disait qu'il donnerait bien cent francs pour avoir à disséquer un sujet comme celui-là.

Peut-être, en y réfléchissant, en eût-il donné deux cents pour que ce sujet fût Jean Taureau lui-même; car il eût eu visiblement tout à gagner à avoir un pareil athlète mort et étendu sur une table plutôt que de l'avoir devant lui, plein de vie, debout et menaçant.

Jean Robert, comme nous l'avons dit, s'était avancé moitié pour essayer d'arranger l'affaire, moitié, le cas échéant, pour recevoir ou donner les premiers coups.

Au reste Jean Robert, qui, si jeune qu'il fût, avait lu beaucoup de livres, et particulièrement la théorie du maréchal de Saxe sur les influences morales, Jean Robert n'ignorait pas, en toute circonstance où l'emploi de la force doit être appliqué, le grand avantage qu'il y a de frapper le premier coup.

Une savante pratique de la boxe et de la savate combinées par un professeur alors inconnu, mais dont le nom devait acquérir plus tard une grande célébrité, rassurait, en outre, Jean Robert, doué personnellement d'une force physique qui eût pu rendre la lutte douteuse, s'il eût été placé en face d'un homme moins redoutable que Jean Taureau.

Comme nous l'avons dit, il était donc résolu à employer les moyens de conciliation, jusqu'au moment où il y aurait lâcheté à ne point accepter le combat.

Aussi fut-il le premier qui reprit la parole, paralysée aux lèvres de tous pendant le mouvement agressif opéré par les quatre hommes qui venaient en aide à Jean Taureau.

— Voyons, dit-il, avant de nous battre expliquons-nous... Que désirent ces Messieurs ? — Est-ce pour nous insulter que vous nous appelez *ces messieurs*, dit le ravageur; nous ne sommes pas des messieurs, entendez-vous ? — Vous avez bien raison, s'écria Pétrus, vous n'êtes pas des messieurs : vous êtes des maroufles ! — On nous a appelés maroufles ! hurla le tueur de chats. — Ah ! nous allons vous en donner, des maroufles ! cria le maçon. — Mais laissez-moi donc passer ! dit le charbonnier. — Taisez-vous, tous tant que vous êtes, et tenez-vous tranquilles, ça me regarde. — Pourquoi ça te regarde-t-il plus que nous ? — D'abord, parce qu'on ne se met pas cinq contre trois, surtout quand il suffit d'un seul. A ta place, Gibelotte ! à ta place, ravageur !

Les deux hommes interpellés obéirent, et le tueur de chats et Croc-en-Jambe allèrent se rasseoir en grommelant.

— C'est bien ! dit Jean Taureau. Et maintenant, mes petits amours, nous allons reprendre la chanson sur le même air, et au premier couplet. Voulez-vous fermer la fenêtre, s'il vous plaît ? — Non, répondirent ensemble les trois jeunes gens, qui n'avaient pas pu, vu l'intonation de la voix, prendre au sérieux la formule polie qui accompagnait l'invitation. — Mais, dit Jean Taureau en levant ses deux bras au-dessus de sa tête, et tant que le plafond leur permettait de s'étendre, vous voulez donc vous faire pulvériser ? — Essayez, dit froidement Jean Robert en s'avançant d'un pas de plus vers le charpentier.

Pétrus ne fit qu'un bond, et, de ce bond, vint se placer en face de l'hercule, comme pour faire à Robert un rempart de son corps.

— Tiens les deux autres en respect avec Ludovic, dit Jean Robert en écartant Pétrus d'un revers de main ; je me charge de celui-ci.

Et, du bout du doigt, il toucha la poitrine du charpentier.

— Je crois que c'est de moi que vous parlez, mon prince ? dit en gouaillant le colosse. — De toi-même. — Et qu'est-ce qui me vaut l'honneur d'être choisi par vous ? — Je pourrais bien te répondre que c'est parce qu'étant le plus insolent, c'est toi qui mérites la plus rude leçon ; mais ce n'est pas là la raison. — J'attends la raison. — Eh bien ! c'est que, comme nous portons tous les deux le même prénom, nous sommes naturellement appareillés : tu t'appelles Jean Taureau, et je m'appelle Jean Robert. — Je m'appelle Jean Taureau, c'est vrai, dit le charpentier ; mais toi, tu mens, quand tu dis que tu t'appelles Jean Robert, tu t'appelles Jean F... !

Le jeune homme en habit noir ne le laissa point achever ; de ses deux poings ramenés en croix sur sa poitrine, l'un se détacha comme un ressort d'acier, et alla frapper le colosse à la tempe. Jean Taureau, qui n'avait pas bougé en recevant dans ses bras une femme lancée du second étage, Jean Taureau fit trois ou quatre pas en arrière, et s'en alla tomber à la renverse sur une table dont les deux pieds se brisèrent sous son poids.

Une évolution à peu près pareille s'accomplissait, dans le même moment, entre les quatre autres combattants. Pétrus, maître en bâton et en savate, à défaut de bâton, passait la jambe au maçon et l'envoyait rouler auprès de Jean Taureau, tandis que Ludovic, en sa qualité d'anatomiste, lançait au charbonnier, dans la région du foie, entre la septième côte et le col du fémur, un coup de poing dont l'effet fut tel, qu'on put voir pâlir son visage sous la couche de charbon qui le couvrait. Jean Taureau et le maçon se relevèrent.

Toussaint, qui était resté debout, alla s'asseoir sans haleine et les deux mains appuyées au flanc, sur un tabouret adossé contre le mur.

Mais, comme on le comprend bien, cela n'était qu'une première attaque, une espèce d'escarmouche précédant le combat ; et les trois jeunes gens n'en doutèrent pas, car chacun d'eux se tint prêt à un nouvel assaut. Au reste, la surprise avait été aussi grande pour les spectateurs que pour les acteurs.

A la vue de leurs deux camarades, Jean Taureau et Sac-à-Plâtre, qui tombaient à la renverse ; à la vue de Toussaint-Louverture, qui allait s'asseoir en homme *qui en tient,* ils se levèrent tous les deux, et, sans s'inquiéter de la défense de Jean Taureau, ils vinrent, l'un son croc, l'autre une bouteille à la main, pour prendre leur part de la fête.

Le maçon n'avait été victime que d'une surprise, et s'était relevé avec plus de honte que de douleur.

Quant au charpentier, il lui avait semblé que l'extrémité d'une solive lancée par quelque catapulte était venue le frapper à la tête. L'ébranlement de son cerveau se communiqua en un instant à tout son corps ; il demeura, pendant deux ou trois secondes, abasourdi, avec un nuage de sang sur les yeux, un bruissement aux oreilles.

Au reste, le nuage de sang n'était point une figure : le coup de poing de Jean Robert avait, en glissant sur la tempe, sillonné le front, et la chevalière que le jeune homme portait à l'index avait ouvert, un peu au-dessus du sourcil du charpentier, un sillon sanglant.

— Ah! mille tonnerres! s'écria-t-il en revenant sur son antagoniste d'un pas encore mal assuré, ce que c'est que d'être pris au dépourvu : un enfant vous battrait! — Eh bien! cette fois-ci, prends ton temps, Jean Taureau, et tiens-toi bien! car mon intention est de t'envoyer casser les deux autres pieds de la table.

Jean Taureau s'avança le poing levé, se livrant de nouveau à son adversaire, comme fait presque toujours, à l'adresse, la force inexpérimentée et confiante ; toute la théorie de la boxe repose là-dessus ; il faut moins de temps au poing pour parcourir une ligne droite que pour décrire une parabole.

Cependant, cette fois, ce n'était point l'attaque, c'était seulement la défense que Jean Robert avait confiée à ses mains ; son bras droit ne lui servit plus qu'à amortir le coup terrible dont le menaçait Jean Taureau, et, au moment où le poing du charpentier s'abattait sur lui, Jean Robert faisait lestement un tour sur lui-même, et, grâce à sa grande taille, détachait au beau milieu de la poitrine de son adversaire un de ces terribles coups de pied en arrière dont Lecour seul, à cette époque, avait encore le privilége et le secret.

Jean Robert n'avait point menti dans la prédiction qu'il avait faite au charpentier : celui-ci reprit à reculons le chemin qu'il avait déjà fait, et alla, sinon tomber, du moins se coucher de nouveau sur la table. Du reste, il ne cria ni même ne parla ; le coup qu'il venait de recevoir avait complétement éteint sa voix. Quant aux trois autres, voici ce qui était arrivé :

Pétrus, avec son agilité habituelle, avait fait face à deux adversaires : au ravageur, qui s'avançait sur lui son croc à la main, il avait envoyé un tabouret au visage, et tandis que l'homme et le meuble se débarbouillaient ensemble, d'un coup de tête dans le ventre, il avait, en véritable Breton qu'il était, jeté sur son derrière le maçon.

Ludovic n'avait donc eu affaire qu'au tueur de chats, adversaire peu redoutable, que, dans son ignorance de l'art où ces deux compagnons étaient passés maîtres, il avait pris corps à corps, et avec lequel il avait roulé sur le plancher. Seulement Gibelotte avait eu tout le désavantage de la lutte, et était tombé dessous.

Mais, au lieu de profiter de son avantage, Ludovic, en maintenant son adversaire sous son genou, s'était demandé d'où venait cette odeur de valériane qu'il répandait avec tant de profusion. Il réfléchissait à ce problème passablement insoluble, quand le ravageur et le maçon, voyant le charpentier démantelé pour la seconde fois, Toussaint se remettant à peine de son coup de poing dans le côté, et le tueur de chats sous le genou de Ludovic, se mirent à crier :

— Aux couteaux! aux couteaux!

En ce moment, le garçon rentrait, apportant des huîtres. D'un coup d'œil il jugea la situation, posa ses coquilles sur la table, et descendit vivement l'escalier, sans doute pour prévenir qui de droit de ce qui se passait. Mais son apparition, pour les acteurs de la scène, ne fut qu'un détail.

Ils avaient trop affaire pour s'occuper de son apparition et de sa disparition, si rapides que, ne fussent les huîtres qui attestaient la présence d'un garçon, on eût pu croire à un rêve. Mais ce qui n'était pas un rêve, c'est ce qui se passait au quatrième et à l'étage au-dessous.

Au bruit de la double chute du charpentier, au craquement de la table brisée, aux cris : « Aux couteaux! aux couteaux! » les ivrognes endormis dans la salle du troisième s'étaient réveillés en sursaut ; les moins ivres avaient prêté l'oreille ; un d'eux, en chancelant, avait été ouvrir la porte, et ceux qui voyaient encore avaient vu le garçon passer tout effaré dans la pénombre de l'escalier.

Alors, en gens d'expérience, ces hommes s'étaient doutés de ce qui arrivait, et tout à coup les trois jeunes amis avaient entendu par les degrés un bruit de pas précipités et des vociférations semblables aux rugissements de la mer pendant l'orage. C'était l'écume de la halle qui montait, et bientôt, par la porte béante, on vit la salle s'emplir de personnages étranges, avinés, hébétés, furieux surtout d'avoir été troublés au milieu de leur sommeil.

— Ah çà! mais on s'égorge donc ici? crièrent vingt voix enrouées et dissonantes.

A l'aspect de cette foule ou plutôt de cette meute, Jean Robert, le plus impressionnable des trois jeunes gens, sentit malgré lui courir dans ses veines cette sensation de froid glacial qu'éprouve tout être, si fort qu'il soit, au contact d'un reptile, et se tournant vers son camarade le peintre, il ne put s'empêcher de murmurer :

— Ah! Pétrus, où nous as-tu conduits!...

Mais Pétrus improvisait tout un nouveau système de défense. Aux cris : « Aux couteaux! aux couteaux! » que répétaient les quatre forcenés, car le charpentier et Toussaint, qui avaient retrouvé la voix, faisaient leur partie dans ce concert de menaces, Pétrus avait répondu par le cri : « Aux barricades ! » qui n'avait pas été poussé une seule fois dans les rues de Paris depuis la fameuse journée à laquelle ce système de défense a donné un nom historique.

On sait que les Parisiens se sont dédommagés plus tard de ce mutisme de deux cent cinquante ans. Et en poussant le cri : « Aux barricades ! » Pétrus, tirant Jean Robert après lui et forçant Ludovic à se relever, se réfugia avec ses deux compagnons dans un angle qu'ils séparèrent à l'instant même du reste de la salle par un rempart de tables et de bancs.

Pétrus avait en outre profité de l'instant de trêve, si court qu'il fût, que lui avait donné sa victoire, pour arracher de la fenêtre le bâton jadis doré qui soutenait les rideaux, bâton qui, depuis le commencement du combat, faisait l'objet de son ambition. Jean Robert avait emporté sa canne. Ludovic se contentait des armes que la nature lui avait données.

En un instant les trois amis se trouvèrent à l'abri derrière leur forteresse improvisée.

— Tenez, dit Pétrus aux deux autres en leur montrant dans le coin le plus reculé du bastion un monceau de bouteilles vides, de fragments de plats, de coquilles d'huîtres, de fourchettes de fer, de couteaux sans manches, de manches sans lames, vous voyez que les munitions ne nous manqueront pas ! — Non, dit Jean Robert ; mais où en sommes-nous, comme coups et blessures ? quant à moi, j'ai donné mais je n'ai pas reçu. — Sain et sauf ! dit Pétrus. — Et toi, Ludovic ? — Moi je crois que j'ai reçu un coup de poing entre la mâchoire et la clavicule ; mais ce n'est pas cela qui me préoccupe. — Et qu'est-ce qui te préoccupe donc ? dit Jean Robert. — Je voudrais savoir pourquoi celui à qui j'ai eu affaire en dernier lieu sent si fort la valériane.

C'est en ce moment que les rugissements de la foule étaient venus ajouter une nouvelle préoccupation aux préoccupations déjà passablement graves des trois jeunes gens.

VI

MONSIEUR SALVATOR.

La vue de la foule avait produit sur les hommes du peuple un effet tout opposé à celui qu'elle avait produit sur les gens du monde : le charpentier et ses compagnons sentaient que c'était un secours qui leur arrivait ; Jean Robert et ses amis comprenaient que c'étaient de nouveaux adversaires qui venaient à eux. Naturellement les sympathies vont aux semblables.

Aussi, tout en jetant des regards féroces sur les trois jeunes gens retirés dans leur fort, cette foule entourait-elle Jean Taureau et ses compagnons en leur demandant l'explication de tout ce bruit. L'explication était difficile à donner ; le charpentier avait eu un premier tort : c'était d'exiger des jeunes gens qu'ils fermassent la fenêtre.

Puis il avait eu un second tort, bien plus grave que le premier : c'était d'avoir reçu de Jean Robert un coup de poing et un coup de pied qui lui avaient, l'un déchiré le visage, l'autre défoncé la poitrine. Il conta son cas à la foule; mais, de quelque façon qu'il tournât la chose, il ne pouvait sortir de ce double cercle : « J'ai voulu fermer la fenêtre, et la fenêtre est restée ouverte! J'ai voulu battre, et j'ai été battu ! »

Aussi la foule, en brave foule qu'elle était, pleine de sens au fond, malgré ses préjugés contre les habits noirs, comprenant, pour me servir d'une expression vulgaire, mais qui peint parfaitement ce qu'elle veut peindre, la foule comprenant, dis-je, que Jean Taureau était le *dindon de la farce,* se mit à lui rire au nez.

Le charpentier n'avait pas besoin de cette nouvelle excitation. Il n'était que furieux : ce rire le rendit fou. Il chercha des yeux les trois jeunes gens, les vit barricadés dans leur coin, et déjà attaqués par ses quatre compagnons, aussi exaspérés que lui.

— Arrêtez! leur cria-t-il, arrêtez! laissez-moi pulvériser l'habit noir.

Mais ses quatre compagnons étaient sourds. Il est vrai qu'en échange ils n'étaient pas muets.

Le ravageur venait de recevoir au-dessous de l'œil un tesson de bouteille lancé par Ludovic, lequel tesson lui avait ouvert la joue. Jean Robert d'un coup de tabouret avait fendu la tête à Toussaint. Enfin Pétrus, de deux coups de pointe de son bâton avait, à travers les interstices de la barricade, atteint le tueur de chats à la poitrine et le maçon au flanc. Les quatre blessés hurlaient à tue-tête :

— A mort! à mort!

C'était bien en effet devenu un combat à mort. Exaspéré par les rires de la foule et par la vue du sang qui ruisselait sur les vêtements de ses compagnons et sur les siens, Jean Taureau avait tiré de sa poche son compas de fer, et l'arme terrible à la main, s'avançait seul contre la barricade.

Pétrus et Ludovic s'élancèrent d'un même mouvement, armés chacun d'une bouteille, et prêts à casser la tête au charpentier; mais Jean Robert voyant que c'était le seul adversaire sérieux qui restât, et qu'il fallait pour une bonne fois en finir avec lui, fit descendre ses deux amis en les tirant par leurs vestes de malins, donna dans la barricade un coup de pied qui ouvrit une brèche, et sortant par cette brèche, sa petite badine à la main :

— Mais vous n'en avez donc pas encore assez? demanda-t-il à Jean Taureau.

La foule éclata de rire et battit des mains.

— Non! dit celui-ci, et je n'en aurai assez que quand je t'aurai fourré six pouces de mon compas dans le ventre! — C'est-à-dire que, comme vous n'êtes pas le plus fort, Jean Taureau, vous voulez être le plus traître? c'est-à-dire que, ne pouvant me vaincre, vous voulez m'asssasiner? — Je veux me venger, mille tonnerres! cria le charpentier, s'excitant au bruit de ses propres paroles. — Prends garde, Jean Taureau ! dit le jeune homme ; car, sur mon honneur, tu n'as jamais couru danger pareil à celui que tu cours en ce moment.

Puis s'adressant à la foule :

— Vous êtes des hommes, dit-il ; faites entendre raison à cet homme : vous voyez que je suis calme et qu'il est insensé.

Quatre ou cinq hommes se détachèrent du cercle et s'avancèrent entre le charpentier et Jean Robert. Mais cette intervention, au lieu de calmer Jean Taureau, sembla redoubler son exaspération. Il repoussa les cinq hommes rien qu'en étendant les bras.

— Ah! dit-il, jamais je n'ai couru danger pareil à celui que je cours! Est-ce avec cette badine que tu comptes te défendre contre mon compas? dis!

Et il brandissait au-dessus de sa tête l'instrument aigu qui, en se développant, avait pris au moins dix-huit pouces de longueur.

— C'est justement où tu te trompes, Jean Taureau, dit le jeune homme : ma badine n'est point une badine; c'est une vipère, et si tu en doutes, tiens, ajouta-t-il en tirant de la frêle canne l'épée à laquelle elle servait de fourreau, voilà son dard!

Et une lame triangulaire, fine, aiguë, longue de douze à quinze pouces, brilla au poignet du jeune homme, qui se posa en garde comme pour un duel. La foule tout à la fois hurla de joie et frémit de terreur.

Le vin était bu, le sang allait couler : les choses suivaient la progression ordinaire; les péripéties se succédaient, selon la loi de l'art dramatique, plus intéressantes les unes que les autres.

— Ah! dit le charpentier visiblement soulagé du remords contre lequel il luttait, tu as donc une arme aussi? Je n'attendais que cela!

Et, la tête baissée, le bras levé, découvrant sa poitrine avec l'inexpérience de la force, Jean Taureau s'élança sur le jeune homme à l'habit noir et à la fine épée. Mais tout à coup une main puissante lui saisit le poignet, et, le secouant vigoureusement, lui fit lâcher le compas qui, en tombant, resta fiché en terre.

Le charpentier se retourna en poussant une imprécation terrible. Mais à peine eut-il vu celui à qui il avait affaire, que sa voix passant de l'accent de la menace à l'intonation du respect :

— Ah! monsieur Salvator! dit-il; pardon, c'est autre chose... — Monsieur Salvator! répéta la foule; ah! soyez le bienvenu : ça allait mal tourner! — Monsieur Salvator? murmurèrent à la fois Jean Robert, Pétrus et Ludovic. Qu'est-ce que cela? — Voilà un gaillard dont le nom est de bon augure, ajouta Pétrus; voyons s'il fera honneur à son nom.

Le personnage qui, pareil au dieu antique, était intervenu si miraculeusement pour substituer, selon toute probabilité, un dénoûment pacifique à une sanglante péripétie, et qui semblait, lui aussi, être sorti d'une machine, tant son apparition était imprévue et instantanée, semblait un homme de trente ans à peu près.

C'était bien en effet au moment où il apparut, et où il promena son regard dominateur sur la foule, le mâle et doux visage de l'homme à cette trentième année de la vie, où la beauté est dans toute sa force et la force dans toute sa beauté. Un instant plus tard, il eût été fort embarrassant, pour ne pas dire impossible, de lui assigner un âge positif, à dix ans près. Son front avait bien la candeur et la sérénité de la jeunesse quand son regard errait autour de lui curieux et bienveillant; mais, dès que le spectacle que rencontraient ses regards lui inspirait le dégoût, ses sourcils noirs se fronçaient, et son front couvert de rides empruntait l'aspect de la virilité.

Ainsi lorsque, après avoir arrêté le bras du charpentier et lui avoir, par la simple pression de sa main, fait lâcher l'arme dont il menaçait son adversaire;

lorsque, après avoir jeté un coup d'œil rapide sur les trois jeunes gens et les avoir reconnus pour des hommes du monde égarés dans un mauvais lieu, il acheva d'embrasser le cercle dont il n'avait encore parcouru que la moitié, et qu'il vit le ravageur étendu sur une table, la figure ouverte; les habits du maçon marqués de larges taches de sang; le charbonnier, pâle sous son masque noir, et le tueur de chats, les deux mains sur son côté, criant qu'il était mort, cette vue, à laquelle il devait cependant s'attendre, imprima sur toute sa physionomie un air de rudesse et de sévérité qui fit baisser la tête aux plus farouches et pâlir les plus avinés.

Comme c'est le héros principal de notre histoire que nous venons de mettre en scène, il faut que nos lecteurs nous permettent de faire pour lui ce que nous avons fait pour des personnages bien moins importants, c'est-à-dire de leur donner la description la plus exacte possible de sa personne. C'était d'abord, comme nous l'avons dit, un homme de trente ans, *ou à peu près.*

Ses cheveux noirs étaient souples et bouclés, ce qui les faisait paraître moins longs qu'ils n'étaient en réalité, et qui, dans toute leur longueur, fussent retombés sur ses épaules; ses yeux étaient bleus, doux, limpides, clairs comme l'eau d'un lac, et, de même que l'eau du lac, à laquelle nous venons de les comparer, réfléchit le ciel, les yeux du jeune homme au nom sonore et doux semblaient être le miroir où se reflétaient les plus sereines pensées de l'âme.

L'ovale de son visage était d'une pureté raphaëlesque; rien n'en troublait le contour gracieux, et l'on en suivait les lignes harmonieuses avec cette joie ineffable que l'on éprouve à la vue de la courbe suave qu'aux premiers jours de mai le soleil levant profile à l'horizon.

Le nez était droit et fort sans être trop largement accusé; la bouche était petite, bien meublée et fine en apparence, car, sous la moustache noire qui l'ombrageait, il était impossible d'en apercevoir exactement le dessin.

Son visage, plutôt mat que pâle, était entouré d'une barbe noire et fournie, quoique peu épaisse; les ciseaux ou le rasoir n'avaient certainement jamais passé par là : c'était le poil follet dans toute sa ténuité, la barbe vierge dans toute sa grâce, soyeuse et clair-semée, adoucissant les traits au lieu de les durcir.

Mais ce qu'il y avait surtout de frappant dans ce jeune homme, c'était le ton blanc, c'était la mateur de sa peau; ce ton n'était, en effet, ni la pâleur jaunâtre du savant, ni la pâleur blanche du débauché, ni la pâleur livide du criminel; pour donner une idée de la blancheur immaculée de ce visage, nous ne trouverons d'image et de comparaison que dans la pâleur mélancolique et lumineuse de la lune, dans les pétales transparents du lotus blanc, dans la neige intacte qui couronne le front de l'Himalaya.

Quant à son costume, il consistait en une espèce de patelot de velours noir, qu'on n'aurait eu besoin que de serrer à la taille pour lui donner l'air d'un pourpoint du XVe siècle, en un gilet et en un pantalon de velours noir.

Une casquette de même étoffe était posée sur sa tête, et l'on était tout étonné, si peu artiste que l'on fût, de chercher inutilement la plume d'aigle, de héron ou d'autruche qui, de cette casquette, eût fait une toque.

Ce qui donnait, au milieu de la foule, un singulier caractère d'aristocratie à ce costume, complété par un foulard de soie de couleur pourpre, noué négligemment autour du cou, c'est que ce costume, au lieu d'être en velours de coton, comme celui des gens du peuple, était en velours de soie, comme la robe d'une actrice ou d'une duchesse.

Ce costume pittoresque frappa non-seulement Jean Robert et Ludovic, mais, encore Pétrus ; l'effet qu'il produisit sur ce dernier fut même si grand, qu'après s'être écrié, comme nous l'avons dit, en entendant prononcer le nom de Salvator : « Voilà un gaillard dont le nom est de bon augure ; voyons s'il fera honneur à son nom, » il ajouta :

— Sacrebleu ! le beau modèle pour mon Raphaël chez la Fornarina, et comme je lui donnerais bien six francs par séance, au lieu de quatre, s'il voulait poser !

Quant à Jean Robert, en sa qualité de poëte dramatique, cherchant partout et dans tout des effets de théâtre, ce qui l'avait le plus frappé, c'était l'accueil respectueux dont ce jeune homme avait été l'objet de la part de la foule furieuse, accueil qui lui avait rappelé le *quos ego* de Neptune, nivelant sous son trident divin les flots irrités de l'archipel de Sicile.

VII

OU JEAN TAUREAU BAT DÉFINITIVEMENT EN RETRAITE ET OU LA FOULE LE SUIT.

Depuis l'entrée du mystérieux étranger salué du nom de monsieur Salvator, le plus profond silence régnait dans la salle, et l'on entendait à peine la respiration des trente ou quarante personnes qui l'encombraient.

Ce silence fut pris par le charpentier pour un blâme tacite ; un moment étourdi par la présence du nouveau venu, et par la façon dont celui-ci l'avait désarmé, il se remit peu à peu, et adoucissant autant qu'il lui était possible les sons rauques de sa voix :

— Monsieur Salvator, dit-il, laissez-moi vous expliquer... — Tu as tort ! interrompit le jeune homme du ton d'un juge qui prononce une sentence. — Mais puisque je vous dis... — Tu as tort ! répéta le jeune homme. — Mais, enfin... — Tu as tort, te dis-je ! — Comment le savez-vous, au bout du compte, puisque vous n'étiez pas là, monsieur Salvator ? — Ai-je besoin d'être là pour savoir comment les choses se sont passées ? — Dame ! il me semble...

Salvator étendit la main vers Jean Robert et ses deux amis, qui s'étaient réunis en groupe, et qui s'appuyaient les uns aux autres.

— Regarde, dit-il. — Eh bien ! je regarde, répondit Jean Taureau. Après ? — Que vois-tu ? — Je vois trois muscadins à qui j'ai promis de donner une tripotée, et qui la recevront un jour ou l'autre. — Tu vois trois jeunes gens bien mis, élégants, *comme il faut*, qui ont eu le tort de venir dans un bouge tel que celui-ci ; mais ce n'était pas un motif pour leur chercher querelle. — Moi, leur chercher querelle ? — Allons, ne vas-tu pas dire que ce sont eux qui t'ont provoqué, toi et tes quatre compagnons ? — Et cependant vous voyez bien qu'ils étaient en état de se défendre. — Parce que l'adresse, et surtout le droit, étaient de leur côté... Tu crois que la force est tout, toi qui as changé insolemment ton nom de Barthélemy Lelong contre celui de Jean Taureau ? Tu viens d'avoir la preuve du contraire ; Dieu veuille que la leçon te profite ! — Mais puisque je vous dis que ce sont eux qui nous ont appelés drôles, maroufles, rustres... — Et pourquoi vous ont-ils appelés ainsi ? — Qui nous ont dit que nous étions ivres. — Je te demande pourquoi ils vous ont dit cela ? — Parce que nous voulions leur faire fermer la fenêtre. — Et pourquoi ne voulais-tu pas que la fenêtre fût ouverte ? — Parce que... parce que... — Parce que quoi.. ? Voyons ! — Parce que, dit Jean Taureau, je n'aime pas les courants d'air. — Parce que tu étais ivre, comme ces Messieurs te l'ont dit ; parce que tu voulais chercher une dispute à quelqu'un, et que tu as saisi l'occasion aux cheveux ; parce que tu as encore eu quelque querelle chez toi, et que tu voulais faire payer aux innocents les caprices ou les infidélités de mademoiselle... — Taisez-vous, monsieur Salvator ! ne prononcez pas son nom, interrompit vivement le charpentier ; la malheureuse, elle me fera mourir ! — Ah ! tu vois bien que j'ai touché juste !

Puis fronçant le sourcil :

— Ces Messieurs ont bien fait d'ouvrir la fenêtre : l'air qu'on respire ici est infect, et comme ce n'est pas trop de deux fenêtres ouvertes pour quarante personnes, tu vas ouvrir à l'instant même la seconde. — Moi ? dit le charpentier en se cramponnant pour ainsi dire au parquet par les pieds ; moi, aller ouvrir une fenêtre quand je demande qu'on ferme l'autre ? moi, Barthélemy Lelong, fils de mon père ? — Toi, Barthélemy Lelong, ivrogne et querelleur, qui déshonores le nom de ton père, et qui as bien fait par conséquent de prendre un sobriquet, je te dis, moi, que tu vas aller ouvrir cette fenêtre, pour te punir d'avoir insulté ces trois Messieurs. — Le tonnerre gronderait au-dessus de ma tête, dit Barthélemy Lelong en levant son poing au plafond, que je n'obéirais pas. — Alors je ne te connais plus sous aucun nom ; tu n'es plus pour moi qu'un ouvrier grossier et insulteur, et je te chasse d'où je suis.

Puis, étendant la main avec un geste d'empereur :

— Va-t'en ! dit-il. — Je ne m'en irai pas ! hurla le charpentier écumant de rage. — Au nom de ton père, dont tu as invoqué le nom tout à l'heure, je t'ordonne de t'en aller ! — Non, tonnerre ! non, je ne m'en irai pas ! répondit Barthélemy Lelong en se mettant à cheval sur un banc et en serrant le banc de ses deux mains, comme s'il se fût préparé à s'en faire une arme en cas de besoin. — Tu veux donc me pousser à bout, dit Salvator d'une voix si calme qu'on n'eût jamais pu penser qu'elle renfermait une suprême menace.

Et en même temps il marchait sur le charpentier.

— N'approchez pas, monsieur Salvator ! s'écria celui-ci en se reculant de toute la longueur du banc à mesure que le jeune homme s'avançait ; n'approchez pas ! — Vas-tu sortir ? demanda Salvator.

Le charpentier prit le banc et le souleva comme pour en frapper le jeune homme. Puis, le rejetant loin de lui :

— Vous savez bien que vous pouvez me faire tout ce que vous voudrez, et que je me couperais la main plutôt que de vous frapper. Mais de bonne volonté, non ! non ! non ! je ne sortirai pas. — Misérable entêté ! s'écria Salvator en saisissant à la fois Jean Taureau par la cravate et par la ceinture de son pantalon.

Jean Taureau poussa un rugissement de rage.

— Vous pouvez m'emporter, dit-il; je me laisserai faire, mais je ne serai pas sorti de bonne volonté. — Qu'il soit donc fait comme tu désires, dit Salvator.

Et donnant une violente secousse au colosse inerte, il le déracina, pour ainsi dire, du parquet, comme il eût déraciné un chêne de terre, et le portant jusqu'à l'escalier, au-dessus duquel il le balança :

— Veux-tu descendre l'escalier marche à marche, ou le descendre d'une seule fois? demanda-t-il. — Je suis dans vos mains : faites de moi ce que vous voudrez; mais pour m'en aller de bonne volonté, non, je ne m'en irai pas! — Tu t'en iras donc de force, alors, misérable!

Et il le lança comme un ballot du quatrième au troisième étage. On entendit rouler et rebondir de marche en marche le corps de Jean Taureau ou de Barthélemy Lelong, selon que le lecteur préférera appeler le charpentier de son nom de famille ou du sobriquet qu'il s'était donné lui-même.

La foule ne poussa pas un cri, ne souffla pas un mot : elle était satisfaite, elle admirait. Les trois jeunes gens seuls étaient profondément émus. Pétrus le rieur était devenu sombre, Ludovic le flegmatique sentait son cœur battre violemment; quant à Jean Robert, le poëte-sensitive, il était le seul qui, en apparence, eût conservé son sang-froid.

Seulement, quand il vit Salvator rentrer sans le charpentier, il remit son épée au fourreau, et passa son mouchoir sur son front couvert de sueur.

Puis il alla droit à Salvator, et lui tendit la main.

— Merci, Monsieur, lui dit-il, de nous avoir délivrés, mes amis et moi, de cet ivrogne endiablé; seulement, je redoute fort pour lui les suites de cette chute. — Ne redoutez rien pour lui, Monsieur, répondit Salvator en mettant sa main blanche et aristocratique, cette main qui venait d'accomplir un si prodigieux tour de force, dans la main qu'on lui tendit : il gardera quinze jours ou trois semaines le lit, voilà tout, et, pendant ces quinze jours ou ces trois semaines, il pleurera amèrement la scène qui vient de se passer. — Comment! cet homme féroce pleurera? demanda avec étonnement Jean Robert. — Il pleurera des larmes amères, des larmes de sang, comme je vous le dis... C'est le meilleur cœur et le plus honnête homme que je connaisse. Ne vous inquiétez donc pas de lui, mais de vous. — Comment! de moi? — Oui... Voulez-vous me permettre de vous donner un conseil d'ami? — Parlez, Monsieur. — Eh bien! dit Salvator en baissant la voix de manière à ce que nul autre que celui auquel il s'adressait ne pût l'entendre, eh bien! si vous voulez m'en croire, ne remettez jamais les pieds ici, monsieur Jean Robert. — Vous me connaissez? s'écria Jean Robert stupéfait. — Mais je vous connais comme tout le monde, répondit Salvator avec une exquise politesse; n'êtes-vous pas un de nos poëtes célèbres?

Jean Robert rougit jusqu'au blanc des yeux.

— Et maintenant, dit Salvator en se tournant vers la foule, et en changeant complétement de ton et de manières, vous devez être contents, vous autres? vous en avez assez eu pour votre argent, j'espère! Faites-moi donc l'amitié de déguerpir au plus vite, il n'y a de l'air que pour quatre ici : c'est vous dire, mes chers amis, que je désire rester seul avec ces trois messieurs.

La foule obéit, comme fait une bande d'écoliers à la voix du maître; elle descendit en ordre, saluant de la voix, de la tête et de la main ce jeune homme qui paraissait commander, et dont le visage n'était pas plus ému, après la scène orageuse qui venait de se passer, que la face du firmament après la tempête.

Les quatre camarades de Jean Taureau, y compris le ravageur, que sa blessure avait dégrisé, défilèrent devant Salvator la tête basse, et chacun d'eux, en passant près de lui, s'inclina aussi respectueusement que l'eût fait un militaire pour son supérieur. Quand le dernier se fut éloigné, le garçon apparut au seuil de la porte.

— Faut-il toujours servir ces Messieurs? demanda-t-il. — Plus que jamais! dit Jean Robert.

Puis, se tournant vers Salvator :

— Nous ferez-vous le plaisir de souper avec nous? monsieur Salvator, demanda-t-il. — Volontiers, répondit Salvator; mais ne demandez rien de plus pour moi : j'étais en train de commander mon souper en bas, lorsque ayant entendu du bruit, je suis monté. — Vous entendez, garçon? dit Jean Robert. Le souper de M. Salvator avec le nôtre! — Compris! dit le garçon.

Et il descendit. Cinq minutes après, les quatre jeunes gens étaient attablés. On but d'abord aux vainqueurs, puis aux vaincus, puis à celui qui était si heureusement arrivé pour prévenir une plus grande effusion de sang.

— Au reste, dit en riant Salvator à Jean Robert, vous me paraissez posséder assez proprement la boxe, la savate et l'escrime. Vous avez donné au pauvre Jean Taureau un majestueux coup de poing à la tempe, un triomphant coup de pied vers l'épigastre, et vous alliez lui allonger un gracieux coup d'épée, quand, par bonheur, je suis intervenu... Mais n'importe, vous étiez admirablement campé, et, à la place de M. Pétrus, je voudrais faire une esquisse de vous dans cette position. — Ah! ah! dit Pétrus, vous me connaissez donc aussi, moi? — Oh! oui, répondit Salvator avec un soupir, comme si cette affirmation lui rappelait quelque mélancolique souvenir; avant d'avoir un atelier rue de l'Ouest, vous avez demeuré rue du Regard : c'est à cette époque que j'ai eu le plaisir de vous voir deux ou trois fois.

Puis se retournant vers le troisième compagnon, qui gardait un silence obstiné, et qui semblait poursuivre la solution d'un problème qu'il ne pouvait comprendre :

Qu'avez-vous donc, monsieur Ludovic? demanda Salvator; vous avez l'air tout soucieux. Je comprendrais cela, si vous aviez encore votre examen à passer et votre thèse à soutenir; mais c'est une chose faite, Dieu merci, depuis trois mois, et avec honneur!

Jean Robert regardait Salvator avec étonnement. Pétrus éclata de rire.

— Ah! pardieu! monsieur Salvator, dit Ludovic, vous qui savez tant de choses... — Vous êtes bien bon, interrompit en souriant Salvator. — Puisque vous savez que mon ami Jean Robert est un poëte; puisque vous savez que mon ami Pétrus est un peintre; puisque vous savez que moi, je suis médecin, savez-vous pourquoi le tueur de chats infectait la valériane? — Êtes-vous pêcheur, monsieur Ludovic? — Dans mes moments perdus, répondit Ludovic, mais je tâche d'être toujours occupé. — Eh bien! si peu que vous soyez pêcheur, vous savez que l'on parfume au musc ou à l'anis le blé avec lequel on amorce les carpes? — Il n'est pas besoin d'être pêcheur pour cela, il ne s'agit que d'être tant soit peu naturaliste. — Eh bien! la valériane est aux chats ce que le musc et l'anis sont aux carpes : elle les fait venir, et comme maître Gibelotte est un pêcheur de chats... — Oh! reprit Ludovic, se parlant à lui-même avec ce flegme à moitié comique qui faisait une des nuances originales de son caractère, ô science! mystérieuse déesse! sera-ce donc toujours par hasard que l'on soulèvera un coin de ton voile! Et quand on pense que si je ne m'étais pas déguisé en malin ce soir, que si Pétrus n'avait pas eu l'idée de souper au tapis-franc, nous ne nous serions pas disputés, je ne me serais pas battu avec un tueur de chats, vous ne seriez pas venu mettre la paix entre nous, et la science était peut-être dix ans, cinquante ans, un siècle encore à découvrir que la valériane attire les chats comme le musc les carpes.

Le souper fut gai. Pétrus raconta, en style d'atelier, l'histoire de vingt portraits qu'il avait faits dans une auberge de rouliers, pour payer sa dépense, qui montait à dix francs vingt centimes, ce qui mettait chaque portrait au prix exorbitant de cinquante et un centimes.

Ludovic prouva mathématiquement qu'il n'y avait jamais eu une jolie femme sérieusement malade, et il soutint ce paradoxe pendant un quart d'heure avec une verve et un entrain qu'on était loin d'attendre de sa flegmatique personne.

Jean Robert raconta le plan d'un nouveau drame qu'il composait pour Bocage et madame Dorval, sur lequel drame le jeune homme au costume de velours noir lui fit les plus judicieuses observations. Puis les bouteilles se succédèrent, et comme Pétrus et Ludovic avaient fait le complot de griser Salvator pour le faire parler, il arriva, ce qui arrive presque toujours en pareil cas, que ce fut monsieur Salvator qui garda son sang-froid, et les jeunes gens qui se grisèrent.

Quant à Jean Robert, même au tapis-franc, il ne buvait jamais que de l'eau. Peu à peu, Pétrus et Ludovic, s'excitant l'un l'autre, dépassèrent pour eux-mêmes cette limite de l'ivresse où ils eussent voulu conduire Salvator. Ils racontèrent des histoires insignifiantes ou morales; ils répétèrent des mots dont on avait déjà ri au commencement du souper. Bref, ils tombèrent tout à coup, et tous deux sympathiquement, dans l'atonie la plus complète, situation de laquelle ils passèrent, sans secours, dans le sommeil le plus profond.

VIII

PENDANT QUE PÉTRUS ET LUDOVIC DORMENT.

A peine les deux dormeurs eurent-ils indiqué par leurs ronflements qu'ils donnaient leur démission d'hommes raisonnables et abandonnaient la conversation à qui pouvait la soutenir, que Salvator, appuyant ses coudes sur la table, laissant tomber sa tête dans ses mains et regardant fixement Jean Robert :

— Voyons, demanda-t-il, seigneur poëte, pourquoi êtes-vous venu passer la nuit à la halle? — Mais pour faire plaisir à mes deux amis Pétrus et Ludovic. — Uniquement? — Uniquement. — Et rien ne vous a sollicité à cette complaisance pour eux? — Rien autre chose que je sache. — Vous en êtes bien sûr? — Autant qu'on peut être sûr de soi. — Allons, vous ne me trompez pas, mais vous vous trompez vous-même; non, ces Messieurs qui dorment là d'un si bon sommeil ne sont point la cause, ils ne sont que le prétexte; savez-vous ce que vous êtes venu faire ici? Je vais vous le dire, moi. Vous êtes venu faire votre métier de philosophe, d'observateur, de peintre de mœurs, de poëte, de romancier; vous êtes venu étudier le cœur humain *in anima vili,* comme on dit à l'école, n'est-ce pas? — Il y a du vrai dans ce que vous dites, répondit en riant Jean Robert. Je n'ai encore fait que du théâtre; mais je ne veux pas me borner là, je veux faire du roman de mœurs; seulement, je veux le faire à manière dont Shakspeare faisait ses drames, en embrassant toute une période historique et en mettant à contribution la société tout entière, depuis le fossoyeur jusqu'à Hamlet, prince de Danemarck. Eh bien! que voulez-vous que je vous dise? dans le drame d'*Hamlet,* ce n'est point la scène des fossoyeurs que j'aime le moins, et parmi les personnages, ce ne sont pas ces remueurs de tombes et ces profanateurs de cadavres que je trouve les moins philosophes. — Oui, vous avez raison, et je suis de votre avis peut-être; mais vous vous y prenez mal, ou plutôt vous choisissez mal le lieu ou la scène. Où Shakspeare montre-t-il ses fossoyeurs? à leur besogne, un pied dans la tombe, un crâne dans la main, et non chez Waughan, le marchand de vin, où le premier fossoyeur envoie le second lui chercher un verre de liqueur. Voulez-vous faire de la poésie? aimez une femme et courez les bois; voulez vous faire du théâtre? allez dans le monde jusqu'à minuit, étudiez Molière et Shakspeare jusqu'à deux heures du matin; dormez six heures là-dessus; fondez vos souvenirs avec vos lectures, et écrivez de neuf heures à midi; voulez-vous faire du roman? prenez Le Sage, Walter-Scott et Cooper, c'est-à-dire le peintre des mœurs, le peintre des caractères et le peintre de la nature; étudiez l'homme chez lui: à son atelier, s'il est peintre; à son bureau, s'il est négociant; dans son cabinet, s'il est ministre; sur son trône, s'il est roi; à son échoppe, s'il est savetier; mais pas au cabaret, où il arrive fatigué et d'où il sort ivre. C'est sur l'enseigne des cabarets qu'on devrait mettre l'enseigne de Dante: *Lasciate ogni speranza.* Et puis quelle pitoyable nuit allez-vous choisir pour vos études! une nuit de carnaval, une nuit où aucun de ces hommes n'est à sa place, où tous ont engagé depuis leur vêtement jusqu'à la toile de leur paillasse pour s'affubler de costumes prétentieux; une nuit où ils singent les gens riches; une nuit enfin où ils sont hors d'eux-mêmes. En vérité, monsieur l'observateur, continua Salvator en haussant les épaules, vous observez d'une singulière façon. — Continuez, continuez, dit Jean Robert, je vous écoute. — Eh bien! que diriez-vous d'un homme qui irait étudier le cœur humain dans une maison de fous? Vous le traiteriez de fou lui-même, n'est-ce pas? et cependant, faites-vous autre chose ici, à cette heure? Écoutez-moi, monsieur Jean Robert, le hasard nous a réunis, le mouvement habituel de la vie va nous séparer, peut-être ne nous reverrons-nous jamais, laissez-moi vous donner un conseil. Je vous parais bien hardi, n'est-ce pas? — Oh! point du tout, je vous jure. — Que voulez-vous, moi aussi j'ai fait un roman.

Et il passa soucieusement la main sur son front en poussant un soupir.

— Vous? — Oui, mais pas un de ces romans qu'on imprime, rassurez-vous; je ne vous ferai donc pas concurrence; c'était pour vous dire seulement que j'avais la prétention d'être observateur; les romans, poëte, c'est la société qui les fait; cherchez dans votre tête, fouillez votre imagination, creusez votre cerveau, vous n'y trouverez en trois mois, en six mois, en un an, rien de pareil à ce que le hasard, la fatalité, la Providence, selon le nom dont vous voudrez nommer le mot que je cherche; vous n'y trouverez, dis-je, rien de pareil à ce que le hasard, la fatalité, la Providence noue et dénoue dans une nuit dans une ville comme Paris. Avez-vous un sujet pour votre roman? — Non, pas encore. Le théâtre, j'ose encore l'aborder, il ne m'effraye pas trop; mais le roman, avec ses ramifications, ses épisodes, ses péripéties, ses escaliers qui montent aux plus hauts étages de la société; ses échelles qui descendent dans les plus profonds abîmes; un roman, avec le boudoir de la princesse et la mansarde de l'ouvrière; un roman avec les Tuileries et le tapis-franc où nous sommes, avec Notre-Dame et la place de Grève; je vous avoue que je recule devant l'œuvre, que je m'épouvante du labeur, et que cela ne me semble pas un fardeau ordinaire, mais un monde à soulever. — Eh bien! moi, reprit Salvator, je crois que vous vous trompez. — Je me trompe? — Oui. — En quoi? — En ce que vous voulez faire. — Sans doute. — Voilà où est votre tort; ne faites pas, laissez faire. — Je ne vous comprends pas. — Que faisait Asmodée, le diable boîteux? — Il soulevait les toits des maisons et disait à don Cléophas: Léandre, regarde! — Avez-vous le pouvoir d'Asmodée? non; mais je vous dirai: faites plus simplement encore; sortez de ce bouge, suivez le premier homme ou la première femme que vous rencontrerez dans la rue, dans le carrefour, sur le quai, ce premier homme ou cette première femme ne sera probablement pas le héros ou l'héroïne d'une histoire, mais il ou elle sera un des fils du grand roman humain que Dieu compose, dans quel but? lui seul le sait; faites-vous purement et simplement son collaborateur, et dès le premier pas, soyez certain que vous serez sur la trace de quelque aventure terrible ou bouffonne. — Mais il fait nuit. — Eh! raison de plus; la nuit est faite pour les poëtes, les amoureux, les patrouilles, les voleurs et les romanciers. — Alors, vous voulez que je commence mon roman tout de suite? — Il est commencé. — Vraiment? — Sans doute. — Depuis quelle heure? — Depuis l'heure où vos amis et vous avez dit: Allons souper à la halle! — Vous plaisantez! — Non, sur mon honneur; vous n'avez qu'à vouloir. Jean Taureau sera un personnage de votre roman; Gibelotte sera un personnage de votre roman; Toussaint-Louverture sera un personnage de votre roman; Sac-à-Plâtre sera un personnage de votre roman; Croc-en-Jambe sera un personnage de votre roman; vos deux amis, qui dorment sans se douter que nous leur distribuons des rôles, seront des personnages de votre roman; moi-même, si vous m'en jugez digne, je serai un personnage de votre roman; seulement, n'allez pas l'abandonner à l'exposition. — Ah! ma foi, vous avez raison, et je ne demande pas mieux que de le suivre. — Mais dites-vous bien ceci, que vous n'êtes plus un auteur qui crée des situations, pèse des événements, prépare des péripéties: vous êtes un acteur de ce grand drame humain dont le théâtre est le monde, qui a pour décorations les villes, les forêts, les mers, les océans, où chacun agit à son intérêt, à son caprice, à sa fantaisie en apparence, mais en réalité poussé par la main invisible et toute-puissante de la destinée; les pleurs qui y couleront seront de véritables larmes, le sang qui y sera versé sera de véritable sang; et vous-même mêlerez vos larmes et votre sang aux larmes et au sang des autres.

— Qu'importe au poëte qu'il souffre, si l'art a quelque chose à gagner à sa souffrance! — Allons! vous êtes bien tel que je vous jugeais. Tenez, le temps a tourné à la gelée, la nuit est belle, il fait un clair de lune magnifique; sortons et allons chercher la suite de l'histoire dont nous venons, non pas d'écrire, mais de jouer le premier chapitre. — Mais je ne puis laisser là mes deux amis. — Pourquoi pas? — S'il leur arrivait malheur! — Il n'y a pas de danger, je dirai un mot au garçon, et quand on saura qu'ils sont sous ma sauvegarde, le plus hardi bohémien de ce repaire ne touchera pas à un cheveu de leur tête. — Soit, dit Jean Robert; mais seriez-vous assez bon pour lui faire cette recommandation devant moi? — Volontiers.

Salvator s'approcha de l'escalier et fit entendre un sifflement modulé d'une certaine façon et qui tenait à la fois du sifflet du machiniste et de celui du contre-maître. On n'avait point l'habitude de faire attendre monsieur Salvator à ce qu'il paraît, car à peine les dernières notes de la singulière musique étaient-elles éteintes que le garçon apparut.

— Monsieur Salvator appelle-t-il? — Oui.

Il étendit le bras vers les deux dormeurs.

— Ces deux Messieurs sont de mes amis, maître Babylas, tu comprends? — Oui, monsieur Salvator, répondit simplement le garçon. — Venez, dit le jeune homme au poëte.

Et il sortit le premier. Jean Robert, resté en arrière, demanda la carte et paya, puis en ajoutant cinq francs pour le garçon :

— Mon ami, dit-il, faites-moi donc le plaisir de me dire quel est ce Monsieur qui vient de vous recommander mes deux amis. — Ce n'est pas un Monsieur, c'est monsieur Salvator. — Mais enfin qu'est-ce que monsieur Salvator? — Vous ne le connaissez pas? — Non, puisque je vous demande ce qu'il est. — C'est le commissionnaire de la rue aux Fers, donc! — Comment? — Je vous dis que c'est le commissionnaire de la rue aux Fers.

Le garçon avait répondu si fermement, qu'il n'y avait point à douter qu'il eût dit la vérité.

— Décidément, dit Jean Robert, je crois que monsieur Salvator a dit la vérité, et que nous commençons un roman comme il n'en a point été fait encore.

IX

LES DEUX AMIS DE SALVATOR.

Il faisait en effet, comme l'avait annoncé le commissionnaire de la rue aux Fers, un clair de lune magnifique. Il était deux heures à l'horloge de la halle aux Draps.

La fontaine des Innocents, ce chef-d'œuvre de Jean Goujon, le seul architecte-sculpteur que nous ayons jamais eu, apparut à droite aux deux jeunes gens au sortir du cabaret, magnifiquement éclairée par cette lampe splendide que la main de Dieu lui-même a suspendue à la voûte du firmament; les élégants pilastres, merveille d'architecture corinthienne, dominaient dans toute leur grâce et toute leur pureté. Les naïades, ces gouttes d'eau faites femmes, que le chevalier Bernin avait tant admirées, les belles naïades aux contours suaves, aux airs penchés, semblaient écarter leurs draperies et descendre dans le bassin pour y baigner leurs pieds blancs.

Les deux jeunes gens, malgré la distance sociale que la différence des rangs semblait mettre entre eux, se prirent bras dessus bras dessous et s'engagèrent dans la rue Saint-Denis, du côté du Palais-de-Justice. Arrivés à la place du Châtelet, ils s'arrêtèrent; la rivière coulait à leurs pieds, Notre-Dame se dressait devant eux avec la majesté des choses immobiles; la Sainte-Chapelle élevait sa crête dentelée au-dessus des maisons comme le léviathan son arête au-dessus des vagues; ils eussent pu se croire en plein Paris du quinzième siècle.

D'ailleurs, pour ajouter à l'illusion, une bande de jeunes gens vêtus de costume du temps de Charles VI et venant par le quai de Gèvres, criaient à tue-tête : « Il est deux heures quatorze minutes, nous sommes tranquilles, Parisiens, dormez. »

Et en effet rien n'empêchait de croire que ce fût une de ces troupes de malcontents que la communauté de bourgeois propriétaires suzeraine de la boucherie de Paris dépêchait de temps en temps au roi Charles VI pour lui arracher de nouvelles concessions. C'étaient *les Gois, les Thibers, les Chuillier, les Meulots,* ayant à leur tête Caboche.

Ils semblaient se promener tranquillement, n'attendant pour commencer les désordres que le coucher de la lune ou le lever du roi. Nos deux jeunes gens laissèrent défiler devant eux la mascarade, franchirent rapidement le pont au Change et arrivèrent sur la petite place située entre le pont Saint-Michel et la rue de La Harpe. Une trentaine d'étudiants et de grisettes, vêtus de costumes fantastiques, dansaient avec de grands cris de joie autour de cinq ou six bottes de paille enflammée.

Jean Robert qui était, comme travail, en pleine étude d'histoire de France, ne put s'empêcher de chercher des yeux la borne sur laquelle était sculptée une tête ayant une bourse pendue au cou, et qui demeura sur cette place, disent nos vieux chroniqueurs, jusqu'au dix-septième siècle.

Il semblait que ces jeunes gens, presque tous vêtus en costumes du moyen âge, époque qui commençait à prendre une grande faveur, étaient venus là pour protester, quatre cents ans après l'événement, contre la trahison terrible dont cette place rappelle le souvenir.

Ce fut en effet par une nuit paisible, par une nuit éclairée d'une lune aussi éclatante que celle qui brillait en ce moment, à deux heures du matin, c'est-à-dire à la même heure, que, le 12 juin 1418, Périnet-Leclerc, dérobant à son père, sous le chevet de son lit, les clefs de la porte Saint-Germain, alla ouvrir la ville à huit cents cavaliers du duc de Bourgogne, qui attendaient en dehors des murailles sous la conduite de Villiers, seigneur de l'Isle-Adam.

Tout ce qui tomba sous la main des cavaliers bourguignons fut égorgé sans merci, femmes, enfants, vieillards; les évêques de Coutances, de Saintes, de Bayeux, de Senlis, d'Évreux, furent égorgés dans leur lit; le connétable et le chancelier tirés dehors et massacrés, puis leurs membres dispersés et leurs têtes traînées dans les rues.

Le massacre dura huit jours : au bout de huit jours les Parisiens chassèrent les Bourguignons et restèrent maîtres de leur ville.

On se mit alors à la recherche du traître, cause à la fois de cette honte et de ce malheur; on remua Paris de fond en comble pour trouver Périnet Leclerc. Périnet Leclerc avait disparu, et nul n'en entendit jamais reparler.

Un maître sculpteur, alors, fabriqua à la hâte une grossière image de ce traître, et après que la foule eut porté ce buste de rue en rue, de porte en porte; après qu'on lui eut souffleté les joues, craché au visage, le même maître le sculpta, sa bourse au cou, sur cette borne où les vieux historiens l'avaient vu.

C'était ce souvenir, qui préoccupait Jean Robert, qui était cause que ses yeux quittaient le groupe bariolé et joyeux, éclairé par le reflet passager des flammes, pour aller fouiller dans la pénombre des angles et dans l'ombre des rues, et qui lui faisait, murmurant à voix basse, se demander à lui-même :

— Je voudrais bien savoir où était cette borne? — A l'angle de la place et de la rue Saint-André-des-Arcs, répondit Salvator, comme s'il eût, du premier au dernier mot, suivi, dans la pensée de Jean Robert, le monologue auquel sa demande servait de péroraison. — Comment savez-vous cela, c'est-à-dire une chose que je ne sais pas, moi? demanda Jean Robert. — D'abord, dit en riant Salvator, l'étonnement est tant soit peu présomptueux. Croyez-vous, monsieur le poëte, que ce soient toujours les gens dont c'est l'état de savoir qui sachent réellement? Il me semblait que l'ignorance de votre ami Ludovic sur la valériane eût dû cependant vous servir de leçon. — Excusez-moi, dit Jean Robert, le mot m'est échappé; cela ne m'arrivera plus; je commence à m'apercevoir que vous savez toutes choses. — Je ne sais pas toutes choses, répondit Salvator; mais je vis avec le peuple, qui est tout le monde, c'est-à-dire géant qui réalise la fable antique d'Argus aux cent yeux, de Briarée aux cent bras, qui est plus fort que les rois, et qui a plus d'esprit que M. de Voltaire. Eh bien! une des qualités ou un des défauts de ce peuple, c'est la mémoire, et surtout la mémoire vengeresse des trahisons. Tel traître que les rois ont réhabilité et couvert de cordons, à qui l'aristocratie a ouvert ses portes, que la bourgeoisie salue en passant, est toujours un traître pour le peuple : son nom, redevenu un nom d'homme pour tout le reste de la société, est toujours pour le peuple un nom infâme, un nom maudit, un nom de traître, enfin! Et le temps n'est peut-être pas loin, ajouta Salvator d'un air sombre, et qui un instant donna à sa physionomie une expression dont on l'eût cru incapable, le temps n'est peut-être pas loin où vous aurez un exemple de ce que je vous dis là... Eh bien! ce nom de Périnet-Leclerc, dont les savants seuls se souviennent dans les classes élevées de la société, ce nom, sans que le peuple sache grand'chose comme détail de la trahison qu'il rappelle, est un des souvenirs exécrés du peuple, d'autant plus exécré que la vengeance n'a pu être satisfaite, que le supplice n'a pas expié le crime, et que la Providence, cette fois, comme un juge endormi ou vendu, semble avoir fermé les yeux pour laisser passer le coupable. Venez.

Et Salvator prit la rue Saint-André-des-Arcs. Jean Robert suivit l'homme étrange dont le hasard avait fait son guide, et s'engagea avec lui dans la rue déserte et sombre.

Entre la rue Mâcon et la place Saint-André-des-Arts, le compagnon du poëte s'arrêta en face d'une petite maison blanche, propre, mais étroite et portant seulement trois croisées de front. Une petite porte peinte en couleur de bois de chêne y donnait entrée. Salvator tira une clef de sa poche, et s'apprêta à entrer.

— Maintenant, dit-il à Jean Robert, il est bien convenu que nous passons le reste de la nuit ensemble, n'est-ce pas ? — Vous me l'avez offert, j'ai accepté : retirez-vous votre offre ? — Non, Dieu merci ! Mais, que voulez-vous ? si peu de chose que je sois, j'ai deux êtres qui seraient inquiets de mon absence, si mon absence se prolongeait au delà d'une certaine limite : ces deux êtres sont une femme et un chien. — Allez les rassurer ; j'attendrai ici. — Est-ce par discrétion que vous refusez de monter ? En ce cas, vous auriez tort, je suis un de ce mystérieux qui ne cachent rien, et qui restent inconnus en affrontant le soleil. N'est-ce pas un mot de M. de Talleyrand, que, le jour où un diplomate dira la vérité, il trompera tout le monde ? Je suis ce diplomate-là ; seulement, je n'ai pas la peine de tromper un monde qui ne s'occupe pas de moi. — Alors, reprit Jean Robert, qui brûlait d'envie de monter pour connaître l'intérieur du commissionnaire de la rue aux Fers, alors, comme disent les Italiens : *Permesso !* — *Si*, répondit Salvator en excellent toscan ; *sottante vederete il cane, ma non la signora !*

La porte s'ouvrit et les deux jeunes gens s'engagèrent dans l'allée.

— Attendez, dit Salvator, que je vous fasse de la lumière.

Et, tirant de sa poche un briquet phosphorique, il s'apprêta à y plonger l'allumette ; mais tout à coup une lumière apparut au haut de l'escalier, laissant tomber ses rayons le long de la muraille. Puis une voix douce se fit entendre, qui demanda :

— Est-ce toi, Salvator ? — Oui, c'est moi, dit le jeune homme. Ma foi ! ajouta-t-il en se retournant, ce n'était pas vous qui vous trompiez ; c'était moi : vous verrez la femme et le chien.

Le chien fut celui qu'on aperçut le premier ; à la voix de son maître, il avait bondi par l'escalier, dont il descendit les degrés comme une trombe. Puis, arrivé devant son maître, le colossal quadrupède lui posa sur les épaules ses deux pattes de devant, appuya câlinement sa tête le long des joues du jeune homme, et se mit à pousser de petits cris de tendresse, comme eût pu le faire un king's charles.

— C'est bien, Roland, c'est bien ! dit Salvator ; laisse-moi passer ; tu vois bien que ta maîtresse Fragola a quelque chose à me dire.

Mais le chien, qui venait d'apercevoir Jean Robert, passa la tête par-dessus l'épaule de son maître, et fit entendre un grognement qui était, au reste, plutôt une interrogation qu'une menace.

— C'est un ami, Roland ; ainsi, soyez sage ! dit Salvator.

Et après avoir embrassé le chien sur son mufle noir, il le poussa en arrière en disant :

— Allons, laisse-moi passer, Roland !

Roland se rangea, laissa passer son maître, flaira Jean Robert au passage, et, léchant la main du poëte, prit derrière lui, et comme pour fermer la marche, son rang sur l'escalier.

Jean Robert avait jeté sur Roland un rapide coup d'œil d'amateur. C'était une magnifique bête de la race des chiens du Saint-Bernard, moitié dogue, moitié terre-neuve, qui, en se dressant sur ses pattes de derrière, pouvait avoir cinq pieds et demi de haut; son pelage était de la couleur de celui du lion.

Ces observations furent faites entre le rez-de-chaussée et le premier étage; là, toutes les préoccupations de Jean Robert abandonnèrent le chien, et se tournèrent vers Fragola. C'était une jeune femme d'une vingtaine d'années, dont les grands cheveux blonds encadraient la figure pâle et douce, sous la peau de laquelle on apercevait des teintes rosées d'une finesse charmante; la bougie qu'elle tenait à la main, dans un chandelier de cristal, éclairait ses grands yeux bleus couleur d'azur, qui plongeaient dans l'escalier, et sa bouche, souriante et à moitié entr'ouverte, laissait voir deux rangs de perles sous deux lèvres rouges comme deux fraîches cerises.

Un petit signe de naissance, placé au-dessous de l'œil droit, et que les femmes du peuple appellent un *désir*, prenait, à certaines époques de l'année, la teinte d'une petite fraise, et lui avait valu, sans doute, ce nom poétique de Fragola, bien fait pour frapper Jean Robert.

La présence de ce dernier lui avait d'abord, comme à Roland, inspiré quelque inquiétude; mais, comme Roland, elle avait été rassurée par cette réponse de Salvator : C'est un ami...

Elle commença donc par tendre à Salvator un front souriant, sur lequel le jeune homme appuya tendrement, nous allions dire respectueusement, les lèvres. Puis s'adressant à Jean Robert :

— Ami de mon ami, dit-elle avec un charmant sourire, soyez le bienvenu!

Et, tout en éclairant le poëte d'une main, elle rentra dans la chambre, embrassant de l'autre le cou de Salvator. Jean Robert les suivit. Seulement, il s'arrêta discrètement dans une petite chambre qui formait la première pièce, et paraissait servir de salle à manger.

— Ce n'est point par inquiétude, j'espère, que tu n'es pas encore couchée? demanda tout d'abord Salvator; je ne me pardonnerais pas cela, ma chère enfant.

Et le jeune homme prononça ces paroles avec un accent qui avait quelque chose de paternel.

— Non, répondit la jeune fille d'une voix douce; mais j'ai reçu une lettre de cette amie dont je t'ai parlé quelquefois. — De laquelle ? demanda Salvator; tu en as trois amies, dont tu me parles souvent. — Tu pourrais même dire que j'en ai quatre. — Oui, c'est vrai... Eh bien, de laquelle s'agit-il en ce moment? — De Carmélite. — Lui serait-il arrivé quelque malheur? — J'en ai le pressentiment! Nous devions, demain, nous trouver ensemble, elle, Lydie, Régina et moi, à la messe de Notre-Dame, ainsi que c'est notre habitude tous les ans, et voilà qu'au lieu de cela, elle nous donne rendez-vous à sept heures du matin. — Où cela?

Fragola sourit.

— Elle nous demande le secret, mon ami. — Oh! garde-le, mon cher ange bien-aimé! dit Salvator. Un secret! tu sais mon opinion là-dessus : c'est l'arche sainte, c'est la chose sacrée!

Puis, se tournant vers Jean Robert :

— Je suis à vous dans un instant, dit-il. Connaissez-vous Naples? — Non, mais j'espère bien y aller d'ici deux ou trois ans. — Eh bien! amusez-vous à regarder cette petite salle à manger : c'est un souvenir très-exact de celle de la maison du poëte à Pompéia; et, quand vous aurez fini, vous causerez avec Roland.

Et, en disant cela, Salvator entra avec Fragola dans la seconde pièce, dont il referma la porte sur lui.

X

CAUSERIE D'UN POETE AVEC UN CHIEN.

Resté seul, Jean Robert prit la bougie et la rapprocha des parois de la salle à manger, tandis que Roland, avec un soupir de satisfaction, allait se coucher sur une espèce de tapis étendu en travers de la porte par laquelle venaient de disparaître le jeune homme et la jeune fille, et qui semblait son lit accoutumé.

Pendant quelques instants, Jean Robert eut beau promener la lumière devant la muraille, il ne vit rien : ses yeux regardaient en quelque sorte en dedans; ses souvenirs passaient entre lui et ce qu'il avait devant lui.

Ce que ses yeux voyaient, c'était, dans ce quartier perdu, au haut de cet escalier sombre, cette belle jeune fille qui se penchait sa bougie à la main; c'étaient ces longs cheveux aux reflets d'or, ces beaux yeux bleus réfléchissant le ciel, même quand le ciel n'était plus là; c'était cette beauté transparente, fine comme une feuille de rose; c'était cette grâce infinie qu'imprime parfois, chez l'homme ou chez l'animal, l'exagération d'un cou trop long; chez l'animal, dans le cygne; dans l'homme, chez Raphaël; c'était tout ce corps souple comme une écharpe et sur lequel on sentait qu'avait pesé la main fiévreuse de la maladie ou la main glacée du malheur; c'était enfin cette apparition de Fragola, non moins étonnante que celle de Salvator, et dont l'une semblait compléter l'autre, pour faire aux yeux du poëte un rêve vivant et animé.

Tout lui semblait étrange, jusqu'à cette petite tache carminée placée au-dessous de l'œil, qui avait fait donner, par Salvator probablement, à la jeune fille son nom de Fragola, lequel donnait lui-même le charmant diminutif de Fragoletta.

Puis ce nom de Régina qu'avait prononcé la jeune fille avait rappelé au poëte un souvenir aristocratique qui ne pouvait avoir aucun rapport avec les créatures d'humble condition auxquelles il venait momentanément d'associer sa vie, mais qui n'en avait pas moins fait vibrer dans son cœur les fibres sonores de la jeunesse.

Peu à peu cependant l'espèce de voile qu'il avait devant les yeux devint de plus en plus transparent, et, à travers un brouillard, il commença de voir les peintures qui couvraient la muraille.

Le côté artistique reprenait le dessus sur le côté mystérieux, la réalité sur le songe; le poëte était devenu une des copies les plus exactes de la peinture décorative de l'antiquité. Les quatre grandes parties de la muraille contenaient des cadres entourés de caissons; chaque cadre représentait un paysage vu à travers les colonnes d'un péristyle ou les fenêtres d'un appartement.

Les caissons représentaient toutes ces fantaisies que la science archéologique a rendues populaires depuis, telles que les heures du jour ou de la nuit, les danseurs, la cigale conduisant deux limaçons attelés à son char, les colombes buvant à la même coupe, etc. Le tout était copié avec un goût parfait et une fidélité de ton qui indiquait le coloriste. C'eût été un étonnement nouveau pour Jean Robert si, de la part de son nouvel et singulier ami, quelque chose eût pu l'étonner.

Il alla donc, non pas étonné mais pensif, porter d'abord sa bougie sur la table, qui formait une circonférence de cinq ou six pieds seulement au milieu de la salle, puis vint s'asseoir sur une chaise. Alors ses yeux se portèrent vaguement sur les différentes parties de la salle à manger, et finirent par s'arrêter sur le chien. Il se souvint de ces mots de Salvator : « Quand vous aurez fini, causez avec Roland. » Et il sourit à ce souvenir.

Ces mots, qui peut-être à un autre eussent paru une mauvaise plaisanterie, lui semblèrent, à lui, une recommandation toute naturelle ; ils venaient de lui révéler une sympathie de plus entre lui et son nouvel ami.

En effet Jean Robert, cœur naïf, tendre et bon, ne croyait pas dans son orgueil que ce fût pour les hommes seuls que Dieu eût fait la dépense d'une âme : comme les poëtes de l'Orient, comme les brames de l'Inde, il était tout près de penser que l'animal était une âme endormie ou enchantée, subissant, aux bords du Gange, la fascination de la nature, chez les Occidentaux la magie de la grande Circé. Souvent il s'était représenté l'homme à l'enfance du monde, précédé dans la création par les animaux, ses frères inférieurs, et il lui avait semblé que c'étaient alors les animaux et même les plantes, ces sœurs inférieures des animaux, qui avaient servi de guides et de précepteurs à l'humanité. Selon le rêve reconnaissant de sa pensée, c'étaient les êtres que nous dirigeons aujourd'hui qui nous conduisaient alors, qui guidaient notre raison chancelante avec leur instinct déjà affermi, qui nous conseillaient enfin, eux, ces petits et ces simples que nous méprisons aujourd'hui ! Et en effet, se disait le poëte quand il se parlait à lui-même, le baobab, qui a commencé par être un arbre, qui est devenu une forêt, qui a vu passer les siècles comme une chaîne de grands vieillards se tenant par la main ; l'oiseau voyageur, qui fait de chaque coup d'aile une lieue, qui a vu tous les pays ; l'aigle, qui regarde en face le soleil, devant lequel nous baissons les regards ; l'oiseau de nuit aux yeux de braise, qui vole dans l'obscurité où nous trébuchons ; les grands bœufs, ruminant sous les chênes verts ou sous les pins sombres, foulant une civilisation détruite dans ces vastes campagnes de Rome aux larges et fauves horizons ; tous ces animaux n'auraient-ils pas quelque chose d'inconnu à dire à l'homme, si l'homme parvenait à comprendre leur langage, et s'il daignait les interroger*.

Jean Robert croyait se rappeler que, dans son enfance, il avait touché de la main la fraternité universelle ; il était à peu près convaincu d'avoir compris, pendant un certain temps, l'aboiement des jeunes chiens, le chant des petits oiseaux, et jusqu'au parfum des boutons de rose, auxquels il voulait parfois, au moment où ils s'entr'ouvraient, faire manger les morceaux de sucre que sa mère lui avait donnés.

* Voyez dans les *Origines du droit* les belles pages de notre grand historien-poëte Michelet, sur le même sujet.

Puis, à mesure qu'il avait grandi, il lui avait semblé que cette intelligence presque humaine, qu'enfant il avait trouvée chez les animaux et chez les plantes, avait disparu, et s'était emmêlée comme le chanvre que les follets embrouillent à la quenouille de la jeune fille bretonne, et que, lassée d'un travail inutile, elle finit dans son impatience par jeter au feu.

Qui a rompu cette union touchante qui reliait l'homme à l'animal et à la plante, c'est-à-dire au simple et à l'humble? L'orgueil.

Ce fut la différence du monde oriental avec le monde occidental.

L'Inde, à laquelle il doit toujours revenir chaque fois que, las de son Occident disputeur, l'Européen a besoin de retremper son âme aux sources primitives; l'Inde, cette mère commune du genre humain; l'Inde, notre majestueuse aïeule, fut payée de sa tendre pitié en demeurant féconde : son symbole, c'est la vache nourricière : guerres, désastres, servitudes, passent sur elle depuis trois mille ans, et son intarissable mamelle est toujours prête à désaltérer trois cents millions d'hommes, indigènes ou étrangers.

Il n'en a pas été ainsi de notre pauvre monde occidental, de notre mesquine civilisation grecque et latine. La ville grecque, la cité romaine, ont divinisé l'art et destitué la nature; elles firent des hommes des esclaves; elles appelèrent les animaux des bêtes; elles forcèrent la terre de dépenser, sans s'inquiéter de rendre de nouvelles forces à la terre. Un jour Athènes se trouva une ruine; Rome un désert! Il y eut des chemins magnifiques sur lesquels personne ne voyagea plus, des arcs de triomphe qui, la nuit, voyaient passer les ombres des armées conduites par l'ombre des triomphateurs, et des lieues d'aqueducs continuant de porter, avec des enjambées gigantesques, l'eau des fleuves aux cités muettes, qui n'avaient plus d'habitants à désaltérer!

Et toutes ces idées, qui remuaient trois civilisations, qui faisaient, par cette chaîne électrique de la pensée qui le révèle au monde moderne, tressaillir dans son sépulcre le monde antique, s'éveillaient dans l'esprit du poëte, à la vue du chien et au souvenir de ces mots de Salvator : « Quand vous aurez fini, vous causerez avec Roland. »

Jean Robert avait fini de regarder et même de penser; il appela Roland pour causer avec lui. A son nom prononcé avec cet accent bref et ferme du chasseur, Roland, qui dormait ou plutôt qui faisait semblant de dormir, le museau allongé entre ses deux pattes, leva vivement la tête et regarda Jean Robert.

Jean Robert prononça une seconde fois le nom du chien en frappant sur sa cuisse avec la main. Le chien se leva sur ses deux pattes de devant et resta accroupi à la manière des sphinx. Jean Robert renouvela une troisième fois le même appel. Le chien vint à lui, posa sa tête sur ses deux genoux et le regarda amicalement.

— Pauvre chien! dit le poëte d'une voix caressante.

Roland fit entendre un murmure moitié tendre, moitié plaintif.

— Ah! ah! ton maître Salvator avait raison : il paraît que nous allons nous comprendre.

Au nom de Salvator le chien fit entendre un petit aboiement d'amitié, et regarda du côté de la porte.

— Oui, dit Jean Robert, il est là dans la chambre à côté avec ta maîtresse Fragola, n'est-ce pas, Roland?

Le chien alla à la porte, appliqua son museau à l'interstice qui existait

JUSTIN.

TYP. J. CLAYE.

entre le bas de la porte et le parquet, respira bruyamment et revint poser, en fermant ses yeux vifs, intelligents, presque humains, sa tête sur les genoux du poëte.

— Voyons un peu, dit Jean Robert, quels sont nos père et mère... Donnez la patte, s'il vous plaît.

Le chien leva sa grosse patte et la posa, avec une légèreté qui semblait impossible, dans la main aristocratique de Jean Robert. Jean Robert examina les interstices des doigts.

— Ah! dit-il, je m'en doutais... Voyons notre âge.

Et il releva les puissantes lèvres de l'animal qui, en se relevant, découvrirent une double rangée de dents terribles, blanches comme l'ivoire, mais cependant déjà un peu fatiguées dans les profondeurs de la gueule.

— Ah! ah! dit Jean Robert, nous ne sommes plus de la première jeunesse; si nous étions une femme, nous cacherions notre âge depuis dix ans; si nous étions un homme, nous commencerions à le cacher.

Le chien resta impassible; il lui paraissait complétement indifférent que Jean Robert sût son âge. Ce que voyant le poëte, il continua son examen, espérant arriver à quelque détail qui irriterait d'une manière plus active la sensibilité nerveuse de Roland. Ce détail ne tarda pas à se présenter à la vue de Jean Robert.

Roland avait, nous l'avons dit, à part un peu plus de longueur dans son poil, légèrement frisé, surtout sous le ventre, la robe fauve du lion; seulement, Jean Robert remarqua au flanc du côté droit, entre la quatrième et la cinquième côte, un point blanc de sept ou huit lignes de diamètre.

— Ah! ah! demanda-t-il, qu'est-ce que c'est que cela, mon pauvre Roland?

Et il appuya du bout du doigt sur le point blanc. Roland poussa un gémissement.

— Tiens! dit Robert, une cicatrice.

Robert n'ignorait pas que les plaies ou les brûlures détruisent l'huile colorante qui circule dans le tissu capillaire : il avait vu, dans les haras, des chevaux noirs auxquels on faisait une étoile sur le front en y appliquant une pomme bouillante; il comprit qu'il y avait là plaie ou brûlure. Plaie plutôt que brûlure, puisque le doigt reconnaissait une cicatrice.

Il regarda au flanc gauche. Au flanc gauche Roland portait, mais seulement un peu plus bas, un stigmate pareil. Robert y appliqua le doigt comme il avait fait la première fois; le chien poussa, à cette seconde pression, un gémissement plus douloureux, gémissement qui fut expliqué au jeune observateur par le calus de la côte. Au flanc gauche la côte avait été brisée.

— Ah! ah! mon beau Roland, dit le poëte, il paraît que, comme notre homonyme, nous avons fait la guerre!

Roland releva la tête, entr'ouvrit la gueule et poussa un aboi qui fit frissonner Jean Robert jusqu'au fond de veines. Cette plainte avait un caractère si lugubre que Salvator sortit de la chambre et demanda à Jean Robert :

— Qu'est-il arrivé à Roland? — Rien... Vous m'aviez dit de causer avec lui, répondit en riant Jean Robert; je lui ai demandé son histoire, et il était en train de me la raconter. — Et que vous a-t-il raconté? Voyons! je serais curieux de savoir la vérité. — Pourquoi voulez vous qu'il mente? dit Jean Robert; ce n'est pas un homme! — Raison de plus pour répéter votre conver sation, reprit Salvator avec une insistance qui semblait mêlée de quelque inquiétude. — Eh bien! voici mot pour mot notre dialogue. Je lui ai demandé de qui il était le fils; il m'a répondu qu'il était croisé d'un chien du Saint-Bernard et d'un terre-neuve; je lui ai demandé quel était son âge : il m'a répondu qu'il avait entre neuf et dix ans; je lui ai demandé ce que c'était que cette tache blanche qu'il avait à chacun de ses flancs, et il m'a répondu que c'était la trace d'une balle qu'il avait reçue dans le côté droit, et qui était sortie du côté gauche, en lui brisant une côte. — Ah! ah! dit Salvator, tout cela est d'une exactitude parfaite. — Tant mieux! cela prouve que je ne suis pas un observateur tout à fait indigne de vos leçons. — Cela veut dire tout simplement que vous êtes chasseur; que, par conséquent, vous avez reconnu, à la membrane que Roland a entre les doigts des pattes, et à la couleur de sa peau, sa filiation avec le chien nageur et le chien de montagnes; que vous avez regardé ses dents, et que vous avez vu, à la canine dont la fleur de lis a disparu, et à la molaire un peu avariée, qu'il était hors d'âge; que vous avez tâté les deux taches, que vous avez senti, à la concavité de la peau et la convexité de l'os qu'il avait reçu une balle, laquelle était entrée du côté droit, était sortie du côté gauche, et, en sortant, avait brisé une côte. Est-ce cela? — Au point que j'en suis humilié! — Et il ne vous a pas dit autre chose? — Vous êtes entré juste au moment où il me contait qu'il n'avait pas oublié sa blessure, et qu'à l'occasion, il se rappellerait probablement celui qui la lui a faite. Maintenant, je compte sur vous pour me dire le reste. — Il n'y a qu'un malheur, et j'avoue, sur ce point, ma profonde ignorance : c'est que je n'en sais pas plus que vous. — Bah! vraiment? — Oui, un jour que je chassais, il y a quatre ou cinq ans, dans les environs de Paris... — Que vous chassiez? — Que je braconnais, voulais-je dire : un commissionnaire ne chasse pas... je trouvai ce pauvre animal dans un fossé; il était tout ensanglanté, percé à jour, expirant. Sa beauté excita ma compassion; je le portai jusqu'à une fontaine, je lavai sa plaie avec de l'eau froide dans laquelle j'avais versé quelques gouttes d'eau-de-vie; il parut renaître à ces soins que je lui donnais. L'envie me prit de m'approprier ce magnifique animal, auquel, d'après l'état où je le trouvais, son maître paraissait tenir assez peu; je le mis sur une voiture de maraîcher, et je revins suivant la voiture. Le même soir, et aussitôt mon arrivée, je le traitai comme j'avais vu traiter, au Val-de-Grâce, des hommes atteints de coups de feu, et j'eus le bonheur de le guérir; voilà tout ce que je sais de Roland... Ah! pardon, je me trompe : j'oubliais encore que Roland m'a voué une reconnaissance qui ferait honte aux hommes, et qu'il est prêt à se faire tuer pour moi et pour les gens que j'aime; n'est-ce pas, Roland?

A cet appel, Roland poussa un cri de joyeuse adhésion en posant ses deux pattes de devant sur l'épaule de son maître, comme il avait fait lors de l'arrivée de celui-ci.

— C'est bien, c'est bien, dit Salvator; vous êtes un beau et bon chien, Roland; on sait cela... A bas les pattes!

Roland reposa ses pattes à terre et alla se recoucher en travers la porte, sur le même tapis où il était lorsque Jean Robert l'avait fait lever en l'appelant.

— Et maintenant, dit Salvator, voulez-vous venir? — Volontiers; mais je crains bien d'être indiscret. — Pourquoi cela? — Mais parce que votre compagne a une course à faire ce matin, et avait peut-être compté sur vous pour l'accompagner. — Non, puisque vous l'avez entendue me répondre qu'elle ne pouvait me dire où elle allait. — Et vous laissez aller comme cela votre maîtresse dans des endroits qu'elle ne peut pas vous nommer? demanda en riant Jean Robert. — Cher poëte, sachez ceci, qu'il n'y a pas d'amour là où il n'y a pas de confiance. J'aime Fragola de tout mon cœur, et je soupçonnerais ma mère avant de la soupçonner, elle. — Soit; mais il est peut-être imprudent à une jeune fille, continua Jean Robert, de partir seule à six heures du matin et d'aller hors Paris avec un cocher. — Oui, si elle n'avait pas Roland avec elle; mais avec Roland, je lui laisserais faire le tour du monde sans craindre qu'il lui arrivât un accident. — En ce cas, c'est autre chose.

Puis, se drapant avec une certaine coquetterie dans son manteau :

— A propos, dit Jean Robert, j'ai entendu votre compagne prononcer, en parlant d'une de ses amies, le nom de Régina. — Oui. — C'est un nom peu commun... J'ai connu la fille d'un maréchal de France de ce nom-là. — La fille du maréchal de La Mothe-Houdan? demanda Salvator. — Justement! — C'est l'amie de Fragola... Venez!

Jean Robert suivit, sans ajouter un mot, son mystérieux compagnon. Il marchait de surprises en surprises.

XI

L'AME ET LE CORPS.

Pendant son séjour de dix minutes dans la chambre à coucher, Salvator avait complétement changé de vêtement.

Il était entré vêtu, on se le rappelle, du costume de velours, et en sortait avec une redingote blanche à longs poils, un gilet croisé boutonnant jusqu'au cou, un pantalon de couleur sombre. Ainsi habillé, il était impossible de dire à quelle classe précise de la société il appartenait : c'était la manière dont il porterait ces habits, c'était le langage qu'il parlerait, qui lui assigneraient un rang dans la société.

Le chapeau sur l'oreille, Salvator était un ouvrier endimanché; le chapeau droit sur la tête, Salvador était un homme du monde en négligé. Jean Robert remarquait tout : il remarqua cette nuance presque insaisissable.

— Où voulez-vous aller? demanda Salvator se retrouvant dans la rue avec le poëte, après avoir tiré la porte de son allée. — Où vous voudrez! ne vous êtes-vous pas chargé de moi pour cette nuit? — Faisons ce que faisaient les anciens, dit Salvator : jetons une plume au vent, et suivons-la.

Ils allèrent jusqu'au milieu de la place Saint-André-des-Arts. Salvator déchira un fragment de papier d'un petit portefeuille, et l'abandonna au vent, qui l'emporta dans la direction de la rue Poupée. Les deux amis suivirent le papier qui voltigeait devant eux comme un de ces beaux papillons de nuit aux ailes blanches; ils arrivèrent à la rue de La Harpe.

Un second papier jeté leur traça la route vers la rue Saint-Jacques. Ils allèrent devant eux sans savoir où ils allaient; où va la causerie, où va le rêve : au hasard, à l'aventure; ils allaient sans but, sans direction arrêtée : où vont le vent et le nuage par une belle nuit; ils allaient pour échanger les trésors de leur esprit, pour respirer les fraîches fleurs de leur âme.

Deux ou trois fois Jean Robert avait tenté de surprendre le secret du jeune homme mystérieux; mais à chaque fois, Salvator avait échappé à ses questions, comme le renard, par quelque feinte habile, échappe au lévrier qui le poursuit. Enfin, abordé par trop en face :

— Ce que nous cherchons, lui avait-il dit, c'est un roman à faire, n'est-ce pas? ce que vous voulez que je vous raconte, c'est un roman terminé? Céder à votre désir, ce serait aller en arrière. Allons en avant!

Jean Robert vit que son compagnon désirait rester inconnu, et il n'insista point davantage. D'ailleurs, le cours des idées des deux jeunes gens fut troublé par un incident. Plusieurs hommes et quelques femmes étaient rassemblés autour d'un homme étendu sur le pavé.

— Il est ivre, disaient les uns. — Il va mourir, disaient les autres.

L'homme râlait; Salvator fendit la foule, se mit à genoux, souleva la tête de l'homme, et, se tournant vers Jean Robert :

— C'est Barthélemy Lelong, qui va mourir frappé d'une congestion cérébrale, si je ne le saigne pas à l'instant même. Voyez, il doit y avoir dans les environs un pharmacien : frappez à la porte; les pharmaciens sont forcés de se lever à toute heure de la nuit.

Jean Robert regarda autour de lui; les deux jeunes gens étaient arrivés sans y penser vers le milieu du faubourg Saint-Jacques, à la hauteur à peu près de l'hôpital Cochin. En face de l'hôpital, Jean Robert lut au-dessus d'une espèce de boutique : *Pharmacie de Louis Renaud.*

Peu lui importait le nom du pharmacien, pourvu que le pharmacien ouvrît. Il frappa en homme qui veut faire comprendre la nécessité de la promptitude.

Au bout de cinq minutes, la porte cria sur ses gonds, et M. Louis Renaud parut sur le seuil de son magasin, vêtu d'un pantalon de futaine, coiffé d'un bonnet de coton, et demandant ce qu'on lui voulait.

— Préparez des bandes et une cuvette, dit Salvator; c'est un homme menacé d'une congestion cérébrale, qui a besoin d'être saigné.

On apportait le pauvre charpentier, qui était complétement sans connaissance.

— Y a-t-il un médecin pour saigner le malade? demanda M. Louis Renaud. Je ne sais pas saigner, moi, et suis plutôt herboriste que pharmacien. — Ne vous inquiétez de rien, dit Salvator; j'ai été élève en chirurgie, et je me chargerai de l'opération. — Je n'ai pas de lancette, reprit le pharmacien. — J'ai ma trousse, dit Salvator.

La foule encombrait le magasin.

— Messieurs, dit Salvator, voulez-vous être utiles à cet homme? — Bien certainement, monsieur Salvator, dit un des assistants en tendant la main au jeune homme.

Salvator prit la main qui s'avançait vers lui, et Jean Robert crut voir le commissionnaire échanger un signe maçonnique avec le nouveau venu. Quelques voix répétèrent tout bas :

— Monsieur Salvator! — Eh bien! dit le jeune homme, qui plus que jamais parut à Jean Robert mériter son nom prédestiné, pendant que je vais saigner ce malheureux, frappez à l'hôpital, et annoncez l'arrivée d'un malade.

Trois ou quatre personnes, conduites par l'homme qui avait parlé à Salvator, se détachèrent et allèrent frapper à la porte de l'hôpital.

Pendant ce temps-là le pharmacien, aidé de ceux qui étaient restés, enlevait la cravate du pauvre Jean Taureau, le dépouillait de sa veste et tirait le bras hors de sa chemise. Les veines du cou étaient gonflées à se rompre.

— Faut-il bander le bras? demanda Jean-Robert. — Avez-vous des bandes toutes prêtes? demanda Salvator au pharmacien. — J'en vais chercher, dit Louis Renaud. — Serrez vigoureusement le bras au-dessous de la veine, monsieur Robert, j'espère que cela suffira, dit Salvator.

Robert obéit. Un des assistants prit le bout du bras, un autre prit la cuvette, un troisième la lampe.

— Prenez garde à l'artère! dit Jean Robert un peu inquiet. — Oh! ne craignez rien, répondit Salvator, j'ai plus d'une fois saigné, la nuit, sans autre lumière que le clair de lune ou la lumière du réverbère. De pareils accidents sont communs chez ces pauvres diables et leur arrivent toujours en sortant du cabaret.

Il n'avait pas achevé, qu'avant même qu'on eût vu sa main, armée de la lancette, s'approcher du bras de Barthélemy, le sang jaillissait noir et spumeux.

—Diable! fit-il en secouant la tête, il était temps.

L'opération avait été faite avec la légèreté et la promptitude de main d'un praticien consommé. Barthélemy respira.

—Quand il aura perdu assez de sang, dit le pharmacien, qui arrivait avec une autre bande, vous le direz. — Oh! répondit Salvator, nous pouvons lui en ôter sans inconvénient : il n'en manque pas... Laissez, laissez couler!

Lorsque le malade eut perdu la valeur de deux palettes de sang, il ouvrit les yeux. Le premier regard fut terne, vitreux, inintelligent; mais peu à peu l'œil s'éclaira, le rayon divin y reparut, la vue de Barthélemy s'arrêta sur le chirurgien amateur.

—Ah! bon! monsieur Salvator, dit-il, je suis content, en vérité Dieu, de vous voir! — Tant mieux, mon cher Barthélemy, dit le jeune homme; et moi aussi, je suis content de vous voir : peu s'en est fallu que je n'eusse pas ce plaisir-là. — Ah! ah! dit Barthélemy en reprenant peu à peu connaissance, c'est donc vous qui m'avez saigné? — Mais oui, fit Salvator en essuyant sa lancette et en la remettant dans sa trousse. — Alors, vous ne vouliez pas ma mort? — Moi? Et à quel propos voudrais-je votre mort? — Ah! c'est que, comme vous m'avez jeté du haut en bas des escaliers, j'ai cru qu'on ne faisait cela que quand on voulait tuer un homme. — Allons donc, vous êtes fou! — Non, je conçois qu'on tue les gens qui vous mettent en colère, et je vous avais mis en colère en refusant d'ouvrir la fenêtre; mais, après avoir voulu la fermer, dame! vous comprenez, même par votre ordre, je ne pouvais pas l'aller ouvrir sans être déshonoré à mes yeux.., et avec ça que ce muscadin vous avait un air triomphant! — Ce muscadin vient de m'aider à vous sauver la vie, Barthélemy; vous voyez donc bien que, pas plus que moi, il ne vous voulait du mal.

Barthélemy se retourna et vit Jean Robert, qui le regardait en souriant.

—Ah! c'est ma foi vrai, dit-il.

Jean Robert lui tendit la main.

— Allons, sans rancune, mon ami, dit-il. — Oh! dit Barthélemy, je ne suis pas boudeur, et, dès que vous m'offrez la main... — J'aurais volontiers commencé par là, dit le poëte; vous me rendrez la justice d'avouer que c'est vous qui ne l'avez pas voulu. — Ça, c'est vrai, dit Barthélemy en fronçant le sourcil. Il faut qu'un homme soit bien bête de se faire de la peine parce qu'une femme... mais... Comprenez-vous, monsieur Salvator? Elle est encore retournée avec ce petit gringalet de chez Bobino. Je ne peux pourtant pas le casser, le petit gueux, et il compte là-dessus... Oh! elle sait bien ce qu'elle fait, la malheureuse, en ne prenant pas un homme! — Voyons, voyons, calmons-nous, Barthélemy! — Ça vous est bien aisé à dire, à vous qui vivez avec un ange du bon Dieu, monsieur Salvator; mais vous méritez ça, vu que vous ne vivez que pour faire le bien, et qu'il faudrait être dénué, quoi! pour vous faire du mal. N'importe! si vieux que je sois, je suis bon père, et je ne mérite pas qu'on m'enlève ma fille! Voilà trois jours que je suis comme un fou à chercher l'enfant; elle l'aura caché quelque part, chez sa vieille gueuse de mère; mais, celle-là... pas moyen de l'aller chercher chez elle : elle crie à l'assassin dès qu'elle m'aperçoit; si bien que je lui dois déjà deux nuits de la salle Saint-Martin... Oh! j'en passerais bien quatre, et puis six, et puis huit, des nuits, à la salle Saint-Martin, pour revoir ma fille, ma petite Fifine... Pauvre chérubin à moi, va! elle aura deux ans à la Saint-Jean d'été.

Et le colosse se mit à pleurer comme une femme.

— Eh bien! que vous disais-je? demanda Salvator à Jean Robert, qui regardait avec curiosité cet étrange spectacle. — C'est vrai, dit le poëte. — Allons, dit Salvator, on te la rendra, ta fille. — Vous ferez cela, monsieur Salvator? — Puisque je te le promets. — Oui, vous avez raison; c'est moi qui ai tort; du moment où vous promettez, c'est clair que vous tiendrez... Ah! faites cela, monsieur Salvator; faites cela, et, s'il le faut, eh bien! voyez-vous, je ne vous donnerai plus la peine de me jeter du haut en bas des escaliers. Vous me direz : « Jean, jette-toi, » et je m'y jetterai de moi-même. — Monsieur Salvator, dit en rentrant l'homme qui s'était chargé d'aller frapper à l'hôpital, c'est ouvert là, en face. — Pas pour moi, j'espère? dit Barthélemy. — Et pour qui donc? demanda Salvator. — Oh! je n'y vais pas. — Comment! tu n'y vas pas? — Je n'aime pas l'hôpital : l'hôpital, c'est bon pour les gueux, et l'on est encore assez riche, Dieu merci, pour se faire soigner chez soi. — Oui; seulement, chez soi, on est mal soigné; chez soi, on mange avant le temps, on boit avant l'heure, et, quand on s'est soigné deux ou trois fois chez soi comme tu te soignes, on entre un beau matin à l'hôpital pour n'en plus sortir qu'une nuit... Allons, Barthélemy, allons! — Je n'en veux pas, de l'hôpital, je vous dis! — Eh bien! soit; retourne chez toi, et cherche ta fille toi-même; tu commences à m'ennuyer, à la fin. — Monsieur Salvator, j'irai où vous voudrez; monsieur Salvator, où est l'hôpital?... Mais je le vénère, l'hôpital; me voilà! — A la bonne heure! — Mais vous lui reprendrez ma petite Fifine, n'est-ce pas? — Je te promets qu'avant trois jours tu auras de ses nouvelles. — Qu'est-ce que je ferai donc, pendant ces trois jours? — Tu te tiendras tranquille. — Plus tôt si c'est possible, n'est-ce pas, monsieur Salvator? — On fera ce que l'on pourra. Va-t'en! — Oui, oui, je m'en vas, monsieur Salvator. Tiens! c'est drôle... où sont donc mes jambes? je ne peux plus marcher.

Salvator fit un signe : deux hommes s'approchèrent de Barthélemy, qui s'appuya sur eux, et sortit en disant :

— Vous m'avez promis, dans trois jours au plus tard, de me donner des nouvelles de ma fille, monsieur Salvator; ne l'oubliez pas!

Et, de l'autre côté de la rue, à la porte de l'hôpital, qui allait se refermer sur lui, le charpentier criait encore :

— N'oubliez pas ma pauvre petite Fifine, monsieur Salvator! — Vous aviez raison, dit Jean Robert, ce n'est pas au cabaret qu'il faut voir les hommes.

XII

CE QU'ON ENTENDAIT AU FAUBOURG SAINT-JACQUES, PENDANT LA NUIT DU MARDI GRAS AU MERCREDI DES CENDRES, DANS LA COUR D'UN PHARMACIEN-DROGUISTE.

L'opération était finie ; le malade à l'hôpital; il ne restait plus aux jeunes gens qu'à se remettre en chemin avec cette consolante idée que, si la fantaisie ne leur fût pas venue de courir les rues de Paris, la nuit, à trois heures du matin, un homme serait mort qui avait peut-être encore trente ou quarante ans à vivre.

Mais, avant de se remettre en chemin, Salvator demanda à son hôte de l'eau et une cuvette pour laver ses mains tachées de sang. L'eau était commune, mais les cuvettes étaient rares chez le digne pharmacien ; la seule qu'il possédât contenait le sang tiré par Salvator de la veine du charpentier, et Salvator avait bien recommandé que l'on conservât soigneusement ce sang pour le montrer au docteur qui ferait le matin la visite à l'hôpital Cochin.

La demande du jeune homme eut donc d'abord l'air d'être une indiscrétion. Le pharmacien regarda tout autour de lui, et finit par dire à Salvator :

— Dame ! si vous voulez vous laver les mains à grande eau, passez dans la cour, et lavez-vous-les à la pompe.

Salvator accepta ; quelques gouttes de sang avaient aussi jailli sur les mains de Jean Robert : celui-ci suivit son ami. Mais une impression des plus douces les arrêta sur le seuil de la porte de cette cour. Tous deux se regardèrent.

En effet, leur étonnement était grand : ils entendaient tout à coup, du moment où la porte de la cuisine du pharmacien s'était ouverte, au milieu du silence et du calme de cette nuit sereine, vibrer, comme par enchantement, les accords les plus mélodieux.

D'où venaient ces sons suaves? de quel endroit? de quel instrument céleste? Il y avait là, tout près, la haute muraille d'un couvent. Le vent d'est enlevait-il à l'orgue de l'église ces ravissants accords, pour les apporter aux rares passants de la rue Saint-Jacques? Sainte Cécile elle-même était-elle descendue du ciel dans cette pieuse maison pour célébrer le mercredi des cendres? L'âme de quelque sœur novice, morte à l'âge des anges, s'élevait-elle aux cieux aux sons des harpes divines?

En effet, l'air qu'on entendait n'était certainement ni un chant d'opéra, ni le solo joyeux d'un musicien au retour du bal masqué. C'était peut-être un psaume, un cantique, une page déchirée de quelque vieille musique biblique. Celle de Rachel pleurant ses fils dans Rama, et ne voulant pas être consolée, parce qu'ils n'étaient plus! C'était cela; car, en écoutant cette mélodie, on croyait voir passer, comme des ombres plaintives, toutes les hymnes sacrées de l'enfance, toutes les mélancolies religieuses de Sébastien Bach et de Palestrina.

Si l'on eût été obligé de donner un nom à cette fantaisie, on l'eût appelée : *Résignation*. Nul nom plus ou moins expressif ne lui eût mieux convenu. L'air prévenait en faveur du musicien. Le musicien devait être mélancolique et résigné comme sa musique; les deux jeunes gens eurent cette idée-là en même temps.

Il commencèrent donc par faire ce qu'ils étaient venus faire là, c'est-à-dire par se laver les mains; après quoi, ils étaient bien résolus à se mettre à la recherche du musicien.

L'opération terminée, le pharmacien leur apporta une serviette, en échange de quoi Jean Robert, pour l'indemniser de la peine qu'on lui avait donnée, lui offrit une pièce de cinq francs. Le pharmacien, à ce prix, eût voulu être dérangé trois fois par nuit. Aussi se confondit-il en remerciements.

Ce que voyant Jean Robert, il lui demanda la permission de rester encore quelques instants dans la cour pour entendre cette plaintive mélodie, qui continuait de se répandre avec l'abondance de l'improvisation.

— Restez tant que vous voudrez, répondit le pharmacien. — Mais vous? demanda Jean Robert. — Oh! cela ne me gêne en rien, attendu que je vais refermer ma porte et me coucher. — Mais nous, comment sortirons-nous? — La porte de la rue ne ferme qu'au loquet et au verrou : il vous suffira de tirer le verrou et de lever le loquet, vous serez dans la rue. — Mais qui refermera la porte? — Ah bah! la porte! je voudrais avoir autant de mille livres de rente qu'elle reste de fois ouverte dans l'année. — Alors, dit Jean Robert, tout va bien. — Oui, tout va bien, reprit l'herboriste enchanté.

Puis il referma sa porte et laissa les deux jeunes gens maîtres de la cour. Pendant ce temps, Salvator s'était approché d'une fenêtre du rez-de-chaussée à travers les volets de laquelle on apercevait de la lumière. C'était évidemment de la chambre sur laquelle ouvrait cette fenêtre que venait la mélodie.

Salvator tira les volets à lui; ils n'étaient pas accrochés en dedans, ils cédèrent. Alors, par une ouverture du rideau, ils aperçurent un jeune homme de trente ans environ, assis sur un tabouret assez élevé, et jouant du violoncelle.

Bien qu'un cahier de musique fût ouvert sur le pupitre qui se dressait devant lui, le jeune homme ne semblait point y abaisser ses yeux, levés au ciel; il ne paraissait même pas avoir conscience du morceau qu'il jouait : son attitude était celle de l'homme en proie à la plus sombre préoccupation : sa main conduisait machinalement l'archet, mais sa pensée était ailleurs.

Il se livrait évidemment en lui quelque combat terrible; sans doute, la lutte de la volonté contre la douleur; car, de temps en temps son front se rembrunissait, et, tout en continuant de tirer les plus tristes accords de son instrument, il fermait les yeux, comme si, ne voyant plus les choses extérieures, il eût perdu avec elles le sentiment de sa douleur intime. Enfin, le violoncelle sembla, comme un homme à l'agonie, pousser un cri déchirant, et l'archet tomba des mains du musicien.

L'âme était-elle vaincue? l'homme pleurait! Deux grosses larmes silencieuses coulèrent le long de ses joues.

Le musicien prit son mouchoir, s'essuya lentement les yeux, remit le mouchoir dans sa poche, se pencha, ramassa l'archet, le ramena sur les cordes du violoncelle, et reprit son chant juste à l'endroit où il l'avait interrompu. Le cœur était vaincu : l'homme planait au-dessus de la douleur avec les ailes de la force! Les deux jeunes gens avaient porté une attention profonde et un intérêt puissant au drame solitaire qui venait de s'accomplir sous leurs yeux.

— Eh bien? dit Salvator avec l'accent de l'interrogation. — C'est incroyable! répondit Jean Robert essuyant une larme qui perlait au coin de sa paupière. — Voilà le roman que vous cherchiez, mon cher poëte, il est là, dans cette pauvre maison, dans cet homme qui souffre, dans ce violoncelle qui pleure. — Le connaissez-vous, cet homme? demanda Jean Robert. — Moi? pas le moins du monde, répondit Salvator; je ne sais pas son nom, je ne l'ai jamais vu; mais je n'ai pas besoin de le connaître pour vous dire qu'il y a en lui une des plus sombres pages du livre du cœur humain. L'homme qui essuie ses larmes et qui se remet à l'œuvre avec cette simplicité est un homme fort, je vous jure; et pour que cet homme fort ait pleuré, il faut que sa douleur soit immense. Entrons et demandons-lui de nous raconter son histoire. — Y songez-vous? demanda Jean Robert en l'arrêtant. — Je ne songe même qu'à cela, répondit Salvator en s'avançant vers la porte et en cherchant le marteau ou la sonnette. — Et vous croyez, reprit Jean Robert en arrêtant une seconde fois son compagnon, vous croyez que cet homme va raconter son malheur au premier venu qui le lui demandera? — D'abord, nous ne sommes pas des premiers venus, monsieur Jean Robert, nous sommes des...

Salvator s'interrompit. Jean Robert espérait voir s'échapper quelque éclair à l'aide duquel il lirait, ou du moins épellerait dans la vie passée de son compagnon.

— Nous sommes des philosophes, continua Salvator. — Ah! oui, des philosophes, reprit Jean Robert un peu désappointé. — En outre, nous n'avons l'air ni de bacheliers ivres, ni d'étudiants en goguette, ni de bourgeois curieux; notre diplôme d'honnêtes gens est écrit sur notre front. J'ignore quelle opinion vous avez eue de moi à première vue; mais je suis prêt à affirmer que quiconque vous verra, ne fût-ce qu'une fois, sera prêt à vous donner son secret comme je vous donne la main.

Et Salvator tendit la main au jeune poëte, comme un brevet d'honnêteté donné à un honnête homme.

— Entrons donc tête haute, continua Salvator; tous les hommes sont frères, et se doivent assistance; toutes les peines sont sœurs, et se doivent secours.

Ces dernières paroles furent prononcées avec un sentiment d'inexprimable mélancolie.

— Allons donc, puisque vous le voulez! dit Jean Robert. — N'ai-je pas levé tous vos scrupules, et avez-vous encore quelques objections à me faire? — Non... Toutefois, je ne suis pas aussi certain que vous que le musicien nous accueillera favorablement. — Il souffre, donc il a besoin de se plaindre, dit sentencieusement Salvator; nous allons devenir pour lui des êtres providentiels, des envoyés de Dieu! L'homme désespéré n'a rien à perdre, il ne peut que gagner à partager ses chagrins. Entrons donc bravement, et, s'il vous reste une ombre d'hésitation, je vous dirai que, maintenant, ce n'est plus la curiosité qui me pousse, mais que c'est le devoir.

Et, sans attendre la réponse de Jean Robert, Salvator, qui n'avait trouvé ni marteau ni sonnette, frappa trois petits coups à la porte à la manière des maçons. Pendant ce temps, Jean Robert étudiait, à travers la vitre, l'effet que produirait cette interruption sur le violoncelliste.

Celui-ci se leva, déposa son archet sur le tabouret, appuya son instrument contre le mur, et vint ouvrir la porte sans avoir manifesté le moindre signe d'étonnement.

Cette tranquillité était parfaitement en harmonie avec l'opinion émise par Salvator. Ou cet homme attendait quelqu'un, et qui pouvait-il attendre, sinon un consolateur? ou il était assez détaché des choses de ce monde pour que rien venant du monde ne l'étonnât désormais, et alors, il devait accueillir sans plaisir, mais en même temps sans impatience, les deux jeunes gens.

— A qui ai-je l'honneur de parler? demanda-t-il en apercevant Salvator et Jean Robert. — A des amis inconnus, répondit Salvator.

Ce mot suffit au violoncelliste.

— Entrez, dit-il sans s'inquiéter autrement de l'étrange visite et de l'heure de la nuit à laquelle elle était faite.

Les deux jeunes gens le suivirent; Jean Robert, qui était le dernier, referma la porte derrière lui. Ils se trouvèrent alors dans la chambre même où ils avaient aperçu le musicien par les vitres de la fenêtre. C'était une chambre dont la simplicité surprenait et ravissait en même temps; pas même une chambre, une chambrette, mais délicieuse, proprette et blanche du haut en bas; une vraie cellule de nonnain pour la rareté des meubles, un vrai palais de jeune fille pour le goût délicat et modeste qui en avait dicté le choix. On était tout surpris, en entrant, de voir un jeune homme dans cette chambre; la rougeur vous serait montée au visage en même temps que la pensée vous fût venue que ce jeune homme eût pu forcer ce chaste nid. N'était-ce pas la couchette d'un enfant qu'on entrevoyait derrière ce rideau de mousseline blanche? ces rosiers nains qui fleurissaient dans ces petits verres de cristal, n'étaient-ce pas les jouets d'un enfant? quelles mains soignaient ces oiseaux roses qui voltigeaient dans leurs cages, sinon celles d'une jeune fille de douze ans?... Ou ce n'était pas la chambre du jeune homme, ou une jeune fille habitait avec lui : sa sœur sans doute; et cependant, à la première vue, le musicien semblait habiter seul. Était-il permis d'imaginer qu'une autre femme qu'une sœur eût le droit d'entrer dans cette chambre? Non.

La chambre était chaste; le front du jeune homme, limpide. Jamais une femme impure n'avait passé dans cette chambre. Jamais l'ombre d'une mauvaise pensée n'avait ridé la surface de ce front.

Il y avait une explication : oui, ce jeune homme habitait là, mais c'était sa sœur qui prenait soin de sa chambre, qui la blanchissait, qui la polissait, qui la fleurissait. Comment pouvait-on être triste dans cette gaie retraite?

Les deux jeunes gens, invités par le violoncelliste à s'asseoir, n'en voulurent rien faire, qu'ils ne lui eussent expliqué le but de leur visite.

— Monsieur, dit Salvator, permettez-moi avant de m'installer chez vous, de vous faire une question. Est-il au pouvoir de l'homme de soulager l'infortune que vous semblez éprouver ?

Le violoncelliste regarda celui qui lui adressait cette philanthropique question avec cette même tranquillité dont il avait fait preuve, quand, à trois heures du matin, il avait ouvert sa porte sans même demander : Qui est là?

— Non, Monsieur, répondit-il simplement. — Alors, dit Salvator, nous nous retirons. Laissez-moi toutefois vous dire, en forme d'excuse, pourquoi nous nous sommes permis de vous troubler. Monsieur...

Et Salvator désigna du doigt Jean Robert.

— Monsieur est à la veille de faire un livre sur les souffrances de l'homme ; il étudie quand il peut, et où il peut. En entrant dans cette cour, nous vous avons entendu ; nous nous sommes approchés, et, à travers les vitres de cette fenêtre, nous vous avons vu pleurer.

Le jeune homme poussa un soupir. Salvator continua :

— Quelle que soit la cause de votre douleur, vos larmes nous ont touchés profondément, et nous sommes venus vous offrir notre bourse, si vous êtes pauvre ; notre bras, si vous êtes faible ; notre cœur, si vous êtes affligé.

Les yeux du violoncelliste se mouillèrent de larmes ; mais, cette fois, c'était des larmes de reconnaissance. Il y avait, dans les paroles de Salvator, dans le ton dont elles étaient dites, dans la physionomie qui les accompagnait, dans toute la personne du noble jeune homme enfin, il y avait, disons-nous, une telle loyauté, une telle grandeur, une tendresse si profonde pour son semblable, qu'on se trouvait sympathiquement entraîné vers lui.

Ce fut, poussé par cette irrésistible attraction, que le violoncelliste lui tendit les deux mains.

— Je plains, dit-il, ceux qui cachent leur plaie aux hommes, surtout quand cette plaie est saignante! montrer ses blessures à des frères, c'est leur apprendre à les éviter. Asseyez-vous, frères, et écoutez-moi.

Les deux jeunes gens s'accommodèrent chacun à sa guise, c'est-à-dire que Jean Robert s'étendit sur un fauteuil, et que Salvator se tint debout contre la muraille. L'homme au violoncelle commença.

XIII

L'ÉLÈVE ET SON PROFESSEUR.

Et maintenant, que le lecteur nous permette de substituer notre récit à celui du narrateur ; le récit en sera plus complet, puisque nous aurons la faculté de dire de l'excellent homme que nous venons de mettre en scène ce que sa modestie ne lui permettait pas de dire lui-même.

Sept ans avant le jour où s'est ouvert le péristyle de l'histoire gigantesque dans laquelle nous n'avons pas craint de nous engager, cette même chambre qu'habitait le violoncelliste, dont les deux jeunes gens avaient été si émerveillés, cette même chambre, disons-nous, était loin de ressembler à celle que nous venons de décrire dans sa charmante simplicité.

Au lieu du rideau de mousseline blanche qui tapissait le lit, et qui donnait à l'alcôve un air de petite chapelle; au lieu de la vierge de stuc dressée sur la cheminée et étendant ses deux bras au-dessus des habitants de cette chambre comme une bénédiction éternelle; au lieu des deux flambeaux supportant des bougies roses, sorte de cierges qui, avec la mousseline du lit et la statuette de la Vierge, donnaient à ce réduit un parfum de quiétude et de recueillement, c'était une espèce de salle basse, dallée plutôt que carrelée, étroite, froide et humide, sans fleurs parfumées, sans oiseaux chanteurs, sans tentures et sans papier.

Les seuls ornements des murailles consistaient dans une vieille gravure à l'eau-forte représentant la *Mélancolie*, d'Albert Durer, et dans une petite glace de forme carrée, au cadre de bois jaune, surmontée de deux branches de buis en croix, et faisant face à la gravure; le fond de la chambre était caché par un grand rideau de serge verte, lequel, accroché par des clous aux solives du plafond, retombait jusqu'aux dalles qui servaient de plancher: c'était sans doute un voile jeté par des mains amies pour dérober au visiteur le navrant spectacle de quelque pauvre couchette.

Cette chambre, en un mot, était l'habitation la plus misérable et la plus triste qu'il fût possible d'imaginer; on se sentait le cœur profondément ému en jetant les yeux autour de soi, car on eût en vain cherché un seul point où la vue pût se reposer agréablement: les murs suaient la misère; les solives du plafond, pliant sous le poids qu'elles portaient depuis trois cents ans peut-être, menaçaient ruine; l'atmosphère était lourde et viciée.

En apercevant le guichet qu'on avait percé dans la porte, on frissonnait comme en visitant un cachot. C'était bien moins, en effet, la cellule d'un austère cénobite que le cabanon d'un pauvre fou.

A l'exception d'une table de vieux chêne, d'un tableau de bois peint en noir et destiné à faire des démonstrations à la craie, d'un pupitre sur lequel était placé un gros volume contenant sans doute les œuvres de Haendel ou les psaumes de Marcello; à l'exception d'un banc assez long, pouvant contenir huit ou dix personnes, d'un tabouret élevé et d'une chaise de paille, l'intérieur de la chambre était aussi nu que les murs.

Celui qui habitait cette chambre était un pauvre maître d'école du quartier Saint-Jacques.

A cette époque, c'est-à-dire en 1820, il était parvenu, à force de patience, à fonder dans le faubourg une petite école d'enfants. Pour la somme modique de cinq francs par mois, qu'on ne lui payait pas toujours exactement, il enseignait, selon son programme, la lecture, l'écriture, l'histoire sainte et les quatre règles de l'arithmétique; mais, en réalité, il enseignait bien plus que ne promettait son programme.

Fils d'un pauvre fermier de province, il avait été envoyé au collége Louis le Grand dès l'âge de dix ans. A peine les livres lui avaient-ils été ouverts, que le professeur intelligent, aux soins duquel il avait été confié, avait reconnu en lui une aptitude peu commune et de rares dispositions.

Ce professeur, modeste et brave homme, vieux d'années, jeune de cœur, arbre qui aurait poussé des rameaux et donné des fruits au soleil du monde, mais qui, privé d'air chaud et de sucs vivifiants, s'était étiolé et rabougri derrière les murs humides et moussus d'un collége; ce professeur, au bout d'une année, le prit en amitié et s'attacha à lui aussi tendrement qu'un père pourrait s'attacher à son dernier enfant.

Lui aussi, il y avait trente ans, était venu du fond de sa province à Paris; comme lui, dépaysé au milieu de cette société en raccourci qu'on appelle le collége, entouré de fils de famille, de jeunes gens riches, lui enfant pauvre, il avait, comme son jeune disciple dans lequel il se voyait revivre, plus d'une fois regretté le sentier verdoyant qui conduisait à la ferme paternelle, plus d'une fois il avait pleuré des larmes amères au souvenir de la liberté que l'on respirait dans l'air de son pays natal; enfin, comme son élève, il avait fermé les yeux pour oublier le passé, et s'était jeté à corps perdu dans la voie aride et raboteuse de la science, où le plus clairvoyant se heurte toujours à quelque problème insoluble, à quelque théorie inconnue.

Cette sympathique similitude de pauvreté, d'intelligence et d'isolement donna tout d'abord, nous croyons l'avoir déjà dit, au vieux professeur la plus profonde affection pour le petit Justin. C'était ainsi que se nommait l'enfant.

En lui versant les premières gouttes de la science, il s'efforça de lui en adoucir les amertumes; il lui tendit la main dans les fourrés épais qui obstruent les premières avenues de l'étude; il écarta de lui les ronces aiguës, les orties brûlantes; enfin sa sollicitude n'épargna aucun soin pour lui frayer sur ses pas un chemin facile à travers les broussailles de ce pays inconnu.

De son côté, Justin conçut pour son vieux maître une tendresse abondante comme celle d'un fils, reconnaissante et respectueuse comme celle d'un écolier.

Aussi, dès que l'heure de la récréation était sonnée, après avoir serré livres et cahiers dans sa baraque, comme on dit au collége, il traversait la cour en deux ou trois enjambées; et soit qu'il ne prît aucun plaisir à la récréation, soit qu'il n'eût pas d'ami de son âge, soit, enfin, que son seul camarade, son unique ami, fût son vieux professeur, dès que la récréation était sonnée, disons-nous, il allait le retrouver dans sa chambre, et alors la plus douce causerie commençait entre eux.

Tantôt c'était l'histoire, tantôt c'étaient les mythologies ou les voyages qui faisaient les sujets de cette conversation, tantôt c'étaient les œuvres des poëtes anciens ou des grands artistes que l'on passait en revue.

Qu'un gai rayon de soleil entrât tout à coup dans la chambre, apportant avec lui comme un souvenir des champs, comme un parfum des forêts, les vers de Virgile ou de Théocrite, ces deux grands prêtres de la nature, poussaient alors sur leurs lèvres comme les fleurs de la terre au mois d'avril. Le vieillard admirait les poëtes à travers la nature et faisait entrevoir à l'enfant la nature à travers les poëtes.

C'était surtout le dimanche qui apportait dans le pan de sa blanche tunique les plus douces heures de la semaine. Au coin du feu pendant l'hiver, dans les bois de Versailles, de Meudon ou de Montmorency l'été, c'était toute une journée qu'on avait le droit de passer ensemble.

Oh! cette journée tant attendue pendant sept jours, comme on la mettait à profit en entamant une longue discussion sur quelque point en controverse! Un jour c'était un vieux camarade du professeur qui venait lui faire visite; un autre jour c'était la lettre de la famille que l'on relisait dix fois; enfin c'était sans cesse quelque causerie instructive ou intéressante.

Si par hasard, hasard qui ne se reproduisait pas trois fois dans l'année, le maître était forcé d'aller à quelque cérémonie, à quelque dîner officiel chez le proviseur ou chez un haut fonctionnaire de l'Université où il ne pouvait conduire Justin, l'enfant passait les récréations de ce dimanche à se promener avec un jeune garçon de son âge, isolé et pauvre comme lui, mais d'intelligence aussi rétive que la sienne était facile.

C'était à peu près le seul camarade qu'il eût dans le collége, non pas que les autres élèves lui fussent antipathiques, tout au contraire, il eût aimé tout le monde, mais c'était lui qui était abandonné de tous. L'inégalité de fortune sépare déjà les enfants au collége, comme plus tard elle séparera les hommes dans la société; et les deux écoliers dont on voit l'ombre réunie se profiler sur les grands murs de la palissade, dans les cours de la récréation, sont toujours deux pauvres ou deux riches.

Un jour, le vieux maître de Justin se révéla à lui sous une forme toute nouvelle. Depuis longtemps il lui ménageait une surprise aussi douce qu'inattendue : la chambre qu'habitait le bon M. Müller, c'était le nom du vieux professeur, était située au-dessus de l'infirmerie; on était donc obligé à mille précautions, et le plancher était si mince qu'on entendait les pas les plus légers. Dans la bonté de son âme, le bon professeur redoutait de causer le plus faible trouble dans la santé des malades, il avait donc renoncé à satisfaire la seule passion qui eût jamais fait battre son cœur.

Il adorait la musique, et jouait du violoncelle avec la science et l'amour d'un violoncelliste allemand. Or, nous l'avons dit, depuis trois ans qu'il habitait cette malheureuse chambre, date qui coïncidait, à peu de chose près, avec l'entrée de Justin au collége, il n'avait touché ni son archet ni son violoncelle, et cependant il attendait sans se plaindre l'instant où il pourrait, dans la nouvelle chambre qu'on lui destinait, et qu'on lui promettait depuis dix-huit mois, reprendre son occupation favorite.

Ce jour tant attendu arriva enfin. Ce fut une douce surprise pour Justin le jour où il entendit le maître bien-aimé, installé dans son nouveau logement, tirer les premiers accords du violoncelle, cet instrument grave et mélancolique comme une plainte des bois. Justin tomba dans une profonde extase, et tant que joua M. Müller, il l'écouta les mains jointes.

A partir de ce jour, Justin ne laissa pas une minute de repos à son vieux professeur, qu'il ne lui eût fait part de ces trésors d'harmonie endormis depuis si longtemps, et qui en s'éveillant avaient remué toutes les fibres de son âme. Chaque jour Justin venait prendre sa leçon, c'est-à-dire que chaque jour le jeune homme consacrait à la musique le temps qu'il consacrait autrefois à cette récréation, qui du reste n'avait jamais été qu'un travail déguisé sous les apparences du plaisir.

Alors on déchiffrait les œuvres des maîtres, on comparait les anciens avec les nouveaux, Porpora avec Weber, Bach avec Mozart, Hayden avec Cimarosa; on stigmatisait les plagiaires, on faisait l'histoire de la musique, depuis son commencement au chant grégorien jusqu'à Guy d'Arrezo, depuis Guy d'Arrezo jusqu'à nos jours; puis de la musique, mais par manière d'épisode seulement, on revenait à la peinture et à la poésie, ces deux sœurs; enfin, de même que le maître avait conduit autrefois son élève dans les plaines vertes de la science, il le conduisait maintenant dans les plaines azurées de l'art.

Toutes les semences jetées par une main douce et savante à la fois dans le cœur de l'enfant, fleurirent et fructifièrent dans cet isolement à deux. L'isolement a cela de bon, qu'il force l'homme à comprendre l'ineffable douceur qui est en lui, douceur qu'il ignorerait à jamais, perdu au milieu de cette société égoïste qui nous dérobe la moitié de notre vie. L'isolement habitue l'homme à faire un perpétuel retour sur lui-même ; c'est le recueillement quotidien.

Il y a toute une religion dans la solitude. L'isolement rend les mauvais bons, les bons meilleurs ; dans le silence, Dieu parle au cœur de l'homme ; dans la solitude, l'homme parle au cœur de Dieu. L'isolement à deux est encore mieux que l'isolement solitaire ; l'isolement à deux, c'est un rêve, un conte de fée.

Ce fut le rêve du vieux maître et de son écolier, rêve de sept années, dont le chagrin vint les tirer en sursaut. Un matin, un dimanche, un jour du mois de février 1814, la lettre hebdomadaire, la lettre de famille arriva. Elle était cachetée de noir !.. Ce n'était pas l'écriture du père ; ce n'était pas l'écriture de la mère ! Le père était-il mort ? La mère était-elle morte ? Si l'un des deux survivait, comment n'était-ce pas lui qui annonçait la nouvelle terrible qu'indiquait ce cachet, en l'enveloppant de son amour ?

Justin décacheta la lettre en tremblant. Le malheur allait plus loin que le plus triste pressentiment n'eût pu le prévoir. Les Cosaques avaient saccagé la récolte, pillé les greniers, incendié la ferme. La mère, en se jetant sur le lit de sa fille pour l'arracher aux flammes, avait eu les yeux brûlés ! La mère était aveugle !..

Mais le père, lui, pourquoi n'avait-il pas écrit ? Le père, vieux soldat de la république, avait perdu la tête en voyant l'étendue de son malheur ; il avait pris son fusil et s'était mis à faire la chasse aux Cosaques. Il en avait tué neuf ! Mais au moment où il ajustait le dixième, sans s'apercevoir qu'il était tombé, lui, dans une embuscade, une douzaine de coups de fusil partirent à la fois : deux balles lui avaient traversé la poitrine ; une troisième lui avait brisé la tête. Il était tombé raide mort !

Le maître partagea les regrets de l'écolier, les larmes du vieillard et de l'enfant se confondirent ; mais larmes et regrets n'y pouvaient rien, il fallait se quitter ! Justin embrassa une seconde fois son second père ; il méritait bien ce nom, car il avait reçu du premier la vie du corps, il avait reçu du second la vie de l'âme. Les deux amis se séparèrent.

XIV

LA BATAILLE DE LA VIE.

Le père mort, la mère aveugle, la sœur trop jeune encore pour travailler, la maison brûlée, la moisson perdue, que pouvait faire le pauvre Justin ? Un enfant de seize ans ! Il écrivit tout cela à son vieux professeur en lui demandant ce qu'il devait faire. La réponse ne se fit point attendre. M. Müller lui conseillait vivement de venir à Paris. Paris n'était-il pas le pays des ressources ? D'ailleurs il était là pour l'aider de tout son pouvoir. Le brave homme était pauvre, mais il était seul sur la terre, et dès lors il était riche. Il mit son petit trésor, économie de dix années, à la disposition de Justin, et il l'invita à descendre dans une maison voisine de la sienne. Il y aurait eu de l'orgueil à refuser : Justin n'en eut pas même l'idée, il accepta.

Ce fut alors qu'il vint s'établir à Paris, dans cette maison du faubourg Saint-Jacques, où Jean Robert et Salvator venaient d'entrer. Il s'installa dans cette misérable salle dont nous avons essayé de donner une idée à nos lecteurs. Pendant un an il demanda vainement des leçons de tous côtés. Chacun riait au nez du professeur de quinze ans et demi. Ce ne fut que la seconde année qu'il obtint quelques répétitions; mais le peu d'argent qu'elles rapportaient était loin d'être suffisant pour la nourriture de trois personnes. Ces répétitions ne lui prenaient que trois heures par jour. Il chercha quelle autre industrie il pouvait exercer.

Il apprit qu'une place de professeur de musique était vacante dans un pensionnat de jeunes filles. Il alla se présenter, muni d'une lettre de recommandation de M. Müller pour la maîtresse de la pension. Il fut reçu à bras ouverts.

Le vieux et bon maître avait mis dans sa lettre que c'était lui rendre un service véritable que d'accepter son protégé, et de lui donner la place vacante. Il en avait besoin, ajoutait-il. La maîtresse de la maison, sentant que le protégé de M. Müller était pauvre, comprit qu'elle en aurait bon marché.

Elle lui offrit vingt francs par mois. Le vieux professeur, qui avait l'orgueil de son élève, lui conseilla de refuser. Justin accepta. Avec ces vingt francs par mois et l'argent des répétitions, on pouvait vivre, modestement sans doute, très-modestement, mais enfin la vie matérielle était assurée.

De ce côté, on n'avait donc présentement aucun sujet grave d'inquiétude: le passé était noir, l'avenir n'était que sombre. Où l'inquiétude commençait, c'était quand le nom du cher maître venait à être prononcé dans la maison. Et l'heure ne sonnait pas une seule fois à l'église Saint-Jacques du Haut-Pas que ce nom ne fût prononcé. On lui devait le trésor prêté par lui, une somme de mille francs, somme énorme que Justin ne gagnait même pas en une année; comment la rembourser? où trouver du travail? On en demandait partout.

Nous le répétons, la mère était aveugle, la sœur laborieuse, mais d'une santé faible et presque toujours malade. Un marchand de bois du chantier du boulevard Montparnasse avait besoin d'un teneur de livres deux fois la semaine. Justin se présenta chez lui. Sa mise, sans être des plus pauvres, était des plus modestes.

Le marchand de bois donnait cinquante francs à son prédécesseur, dandy du faubourg qui venait quand il n'avait plus le sou, ou quand ses bonnes fortunes le lui permettaient. Le marchand de bois offrit à Justin vingt-cinq francs; Justin accepta. Avec la plus stricte économie, en glanant sur le nécessaire, il fallait quatre ans à Justin pour compléter les mille francs dont il avait besoin. Ses leçons de grec et de latin, ses leçons de musique, sa tenue de livres, ne lui prenaient pas plus de huit heures par jour. Il lui restait donc encore quatre heures de jour et douze heures de nuit.

Il se mit en quête de nouveaux élèves et d'un nouvel état; Justin se sentait capable de tout, appuyé sur ce double devoir, de soutenir sa mère et sa sœur, de rembourser le bon Müller. Un nouvel état était plus facile à trouver que de nouveaux élèves. Il le trouva.

A quelques pas de la maison, un peu plus haut dans le faubourg, était une typographie où s'imprimait un journal quotidien; le prote, brave garçon qui, douze ans d'avance, sentait probablement venir 1830, fatigué de corriger les épreuves des élégies royalistes de son patron, employé supérieur au ministère, le prote, un beau matin, brisa sa chaîne, ouvrit ses ailes et s'envola.

Le propriétaire du journal et l'imprimeur, embarrassés le soir pour faire corriger les épreuves de leur feuille, apprirent que dans le voisinage demeurait un jeune homme doué des qualités nécessaires pour ce pénible travail. On lui demanda s'il consentait à accepter cette place. Cette place, c'était la terre promise pour Justin.

Justin avait le bonheur d'ignorer la politique, dont il n'avait pas eu le temps de s'occuper; autant que son cœur pouvait haïr, il haïssait l'étranger qui avait envahi la France, les Cosaques qui avaient incendié sa ferme, brûlé les yeux de sa mère, tué son père, fait sa sœur orpheline.

Mais d'opinion il n'en avait point, ou plutôt, pauvre et honnête créature, il n'en avait qu'une seule: nourrir sa mère et sa sœur, rembourser les mille francs à M. Müller. On lui fit observer qu'il fallait passer les deux tiers de la nuit; il accepta. Quand on lui demanda ce qu'il désirait gagner, il répondit:

— Ce que vous voudrez.

Il entra donc comme prote dans cette imprimerie vers le milieu de l'année 1818. Un an après, jour pour jour, il avait rendu à son vieux maître les mille francs qu'il lui avait prêtés. Un an après il avait économisé six cents francs. Quels beaux rêves faisait le pauvre Justin! il se voyait au bout de quatre ans avec une dot de trois mille francs pour sa sœur et quatre cents francs pour les frais de noce. Mais lui?

Lui, qu'était-il? un ouvrier, un manœuvre, un moulin à travail, dont le tic-tac ne s'arrêtait que de deux heures à six heures du matin. C'est en parlant de ces hommes qu'une bouche sainte a dit: « Travailler, c'est prier. »

Le rêve de Justin eut le sort de tout rêve. Il s'évanouit! Justin tomba malade; la maladie était grave: une méningite le conduisit en huit jours à la porte du tombeau; une fièvre typhoïde qu'elle menait à sa suite le cloua pour deux mois dans son lit.

Un proverbe russe dit que les malheurs ne vont que par troupes. Ce proverbe russe a raison comme s'il était français ou espagnol.

Une fois le pauvre Justin malade, tout lui manqua. Les leçons de musique furent données à un pianiste en vogue, qui n'en avait pas besoin. Il avait la vogue, mais il ne venait que quand il avait le temps de venir.

La tenue des livres avait été rendue au dandy, qui prétendait s'être amendé. La feuille royaliste avait fait faillite, tuée par l'acharnement qu'elle avait mis à soutenir la chambre introuvable. Or, comme un prote sans journal était un luxe que le défunt propriétaire ne pouvait se passer, le journal tombé, on remercia le prote. Restaient les répétitions.

Malheureusement on était arrivé à la saison des vacances, et tous les élèves étaient partis. Le bon M. Müller était là, par bonheur; Muller! la suprême providence de la pauvre famille; celui qui avait suppléé Dieu, quand Dieu, occupé de la chute d'un empire, avait détourné ses regards de l'humble ferme incendiée.

On venait de lui rendre ses mille francs, on pouvait les lui redemander,

Justin en fit l'objet de sa première sortie, le but de sa première visite. Il se traîna encore faible, en s'appuyant aux murailles, chez le professeur. Il le trouva dans sa chambre, assis sur une petite malle qu'il venait de fermer.

— Ah ! te voilà, mon garçon, dit-il, je suis bien aise de voir que tu vas mieux. — Oui, monsieur Müller, répondit Justin, et vous le voyez, ma première visite a été pour vous. — Merci ! Ma foi, j'allais prendre congé de toi, te dire adieu. — Mais vous partez donc ?.. demanda Justin avec inquiétude. — Oui, mon ami, je vais faire mon grand voyage. — Quel grand voyage ? — Je ne t'en ai pas parlé, attendu que si je t'en avais parlé, tu ne m'aurais pas emprunté les mille francs que tu viens de me rendre. — Mon Dieu !.. murmura Justin. — Je t'ai dit que j'étais de la même ville que le grand, que l'illustre Weber ; tout enfants, nous nous sommes connus ; jeunes gens, nous nous sommes aimés ; homme, je l'ai admiré. Eh bien ! je m'étais toujours promis de ne pas mourir sans revoir l'auteur du *Freyschütz* et d'*Obéron*. J'avais, à force de travail, tu sais ce que c'est, toi, mis mille francs de côté pour poser cette couronne de joie et d'orgueil sur ma vieillesse ; j'allais partir, quand tu as eu besoin de mes pauvres mille francs. Bah ! j'ai dit, nous sommes encore jeunes, Dieu nous fera vivre assez longtemps, Weber et moi, pour que Justin ait le temps de me rendre les mille francs que je vais lui offrir. — Cher monsieur Müller. — Je te les ai offerts, mon enfant, tu les as acceptés ; j'ai vu les efforts, pauvre et cher galérien de l'honneur, que tu faisais pour me les rendre, et moi, vieil égoïste, qui aurais dû te dire : Travaille moins, tu as le temps, la jeunesse a des ressources, mais il faut les ménager, je ne t'ai rien dit de tout cela, mon pauvre cher enfant, et je t'en demande pardon, je t'ai laissé faire. Il est vrai que j'entendais dire : Le pauvre Weber est malade, on dit la poitrine prise, il n'ira pas loin, sans compter qu'il y avait dans sa musique les derniers soupirs d'une âme qui s'envole. Enfin, à force de privations, tu m'as rendu mes mille francs ; rends-moi la justice de dire que je ne t'en avais jamais parlé. — Oh ! monsieur Muller. — Non je te jure, mon pauvre enfant, j'ai besoin de cela ; à peine les ai-je eus, que je me suis dit : Bon, ce sera pour les vacances. Tu comprends, si Weber, que je n'ai pas vu depuis vingt-cinq ans, allait mourir ! Mais, Dieu merci, je l'embrasserai auparavant. Oh ! le cher grand homme ! J'ai reçu hier une lettre de lui, il est à Dresde, occupé à créer un opéra allemand pour le roi de Saxe. Ce matin j'ai fait ma malle et retenu ma place pour Strasbourg, voilà mon bulletin, ce soir je pars, j'allais sortir pour t'embrasser, mon enfant ; tu viens, nous allons déjeuner ensemble. — Ah ! monsieur Müller, murmura Justin d'une voix étouffée, je ne mange pas encore. — Quel malheur que tu ne puisses pas venir avec moi ; c'est impossible, n'est-ce pas ? — Tout à fait impossible. — Je comprends, les leçons de musique, tes répétitions, tes livres en partie double, tes corrections d'épreuves ; tout cela. — Oui, soupira Justin.

Müller était si joyeux qu'il n'entendit pas ce soupir. Ce soupir, aussi triste que la dernière pensée de Weber, c'était cependant l'adieu à une suprême espérance. Justin n'aurait eu qu'à dire : J'ai besoin de vos mille francs, cher monsieur Müller pour remonter vers la santé d'un pas plus rapide, j'ai besoin de vos mille francs pour nourrir ma mère et ma sœur ; vous verrez Weber plus tard, ou même vous ne le verrez pas, mais restez ! bon monsieur Müller, restez. Müller eût peut-être poussé un soupir aussi triste que celui que venait de laisser échapper Justin; mais à coup sûr il fût resté. Justin ne dit rien, il embrassa M. Müller, lui dit adieu, rentra chez lui en pleurant et tomba accablé sur son lit.

Le même jour, à cinq heures, Müller partit pour Dresde. Müller parti, on épuisa jusqu'aux dernières ressources. Justin convalescent fit alors un nouvel effort et se présenta pour redemander ses anciennes leçons et des leçons nouvelles. Mais les deux tiers des parents lui répondirent par ce philanthropique remerciement :

— Vous jouissez d'une trop mauvaise santé.

Ce fut alors que le jeune homme, à bout presque de courage, presque d'espérance, presque de foi, eut l'idée de créer une école primaire dans ce pauvre faubourg, trop plein d'enfants, trop vide de ressources.

Une brave ouvrière se hasarda d'abord à lui donner son fils; une autre, qui travaillait en journée et qui ne pouvait garder le sien, le lui confia plutôt pour se débarrasser que pour lui faire apprendre les quatre règles; une troisième lui en amena deux à la fois, deux jumeaux de sept ans. Au bout de six mois il avait huit petits écoliers, plus blonds, plus frais et plus roses les uns que les autres.

Mais il était obligé de les garder toute la journée, et ces huit pensionnaires lui rapportaient quarante francs par mois, car, nous l'avons dit au commencement de l'autre chapitre, il leur faisait don, pour cinq francs par mois, de toutes les richesses de l'écriture, de la lecture et des quatre règles premières. C'est encore, au reste, ce que l'on paye aujourd'hui aux pauvres maîtres d'école de ces quartiers perdus.

Enfin, au bout de deux années, vers le mois de juin 1820, époque à laquelle commence véritablement ce récit, il était arrivé à avoir dix-huit élèves, ce qui lui faisait mille quatre-vingts francs par an pour vivre, sa mère, sa sœur et lui, et avec cette somme ils vivaient tous les trois, puisque le mot vivre peut se traduire à la rigueur par cette paraphrase : ne pas mourir de faim. Quant à M. Müller, il était allé à Dresde, il en était revenu. Il avait vu et embrassé Weber, il était resté son mois de vacances tout entier avec lui, et à son retour il avait dit à Justin :

— J'ai dépensé jusqu'au dernier sou de mes mille francs; mais, foi de violoncelliste, je ne les regrette pas.

XV

INTÉRIEUR DE MAÎTRE D'ÉCOLE.

La maison dont Justin occupait le rez-de-chaussée n'avait au-dessus de ce rez-de-chaussée qu'un étage. Cet étage se composait de deux chambres et d'un cabinet dont on avait fait une cuisine. C'est à ce premier étage que demeuraient la mère et la sœur du jeune homme.

Ce corps de logis isolé dans la cour, et ne tenant aux maisons voisines que par une de ses faces, avait, selon toute probabilité, été bâti pour servir d'habitation au contre-maître de la filature dont on apercevait les ruines à quelques pas de là. C'est dans cette retraite sombre, insalubre, ne tirant son jour que d'une cour entourée de hauts bâtiments, que dépérissaient une mère, sa fille et son fils.

La mère, pauvre femme frappée de cécité, comme nous avons dit, se tenait dans la première chambre, où ses enfants se réunissaient tous les soirs; elle ne franchissait peut-être pas trois fois par an le seuil de cette chambre. Pauvre, isolée, privée de la vue, elle était patiente.

On ne l'avait jamais entendue se plaindre : elle avait la sublime résignation d'une matrone antique; elle en pratiquait les austères vertus! Sparte l'eût divinisée, un décret du sénat romain eût ordonné de se découvrir devant elle comme devant une prêtresse de la grande déesse. La société française la martyrisait. Oh! cette société française, c'est elle cette fois-ci que nous prenons corps à corps.

Nous savons bien que nous succomberons comme Jacob dans sa lutte avec l'ange. Mais quand nous irons rendre compte à Dieu et que Dieu nous dira : Qu'avez-vous fait? nous lui répondrons : Il nous était impossible de vaincre; nous avons lutté.

La fille, créature malingre, chétive, sans souffle, fleur des champs, marguerite des prés, muguet des bois transplanté dans une cave; la sœur possédait quelques-unes des solides vertus de sa mère, mais elle était loin d'avoir sa puissante abnégation.

Atteinte d'un anévrisme qui menaçait de l'emporter à la première émotion un peu violente qu'elle éprouverait, sentant instinctivement sa jeune existence fermée par le mur d'un cimetière, sa résignation la trahissait parfois; non pas qu'elle laissât jamais échapper un mot d'amertume, elle était trop chrétienne pour cela; mais elle se laissait pour ainsi dire briser intérieurement : ses désespoirs étaient en elle, de temps en temps son front couleur d'ivoire en portait l'empreinte, et sa mère, avec les yeux du cœur, apercevait ces sinistres traces.

Le fils, occupé du matin au soir à sa classe, ne pouvait que bien rarement dans la journée monter voir les deux femmes. Cette joie lui était donnée seulement lorsque le vieux professeur venait lui rendre visite et consentait à le remplacer, pendant une heure, dans la surveillance des élèves. L'école ouvrait à huit heures du matin et fermait à six heures du soir en été. Elle ouvrait à neuf heures du matin et fermait à cinq heures du soir en hiver.

Presque tous les enfants étaient fils d'ouvriers du faubourg, destinés à apprendre un jour ou l'autre l'état de leur père; ceux-là n'avaient donc pas besoin de faire des études de latin et de grec. Mais il y en avait deux dans le nombre que le père, ancien ouvrier mécanicien devenu patron aisé, destinait l'un à l'École polytechnique, l'autre à l'École des Arts et Métiers.

On devait les mettre au collège dès qu'ils auraient atteint leur douzième année. Ils avaient encore l'un deux ans, l'autre trois devant eux. Justin, les voyant doués de facultés merveilleuses, féconda ces beaux germes, et leur communiqua, pauvre Prométhée, un peu de ce feu sacré que le vieux professeur avait allumé en lui. Excepté ces deux enfants qui lui rappelaient un peu les hautes études, les autres marmots ne voulaient apprendre et leurs parents ne voulaient qu'on leur apprît que les simples éléments énoncés au programme.

Il résultait de ce peu d'exigence à l'endroit de l'enseignement, que la mère et la sœur pouvaient aider le jeune homme et le suppléer au besoin. Quand la sœur était bien portante, elle descendait dans la chambre de Justin, qui, nous l'avons dit, servait d'école, et, tandis que le fils allait pendant quelques instants tenir compagnie à sa mère, elle faisait lire les enfants et leur apprenait à compter jusqu'à cent, en dessinant les chiffres sur le tableau avec de la craie.

Chaque jour, la mère recevait le tiers de la classe dans sa chambre, c'est-à-dire six petits enfants. C'était la mise en action du *sinite ad me venire parvulos*. Ces six enfants s'agenouillaient autour du fauteuil de paille où elle était assise. Elle leur apprenait à dire leur prière, et leur racontait quelque touchant épisode de l'Ancien Testament. C'était un adorable spectacle que ces six têtes blondes et ces douze lèvres roses entr'ouvertes uniformément pour marmotter les prières.

Ainsi agenouillés, on eût dit qu'ils mettaient en commun leur innocence, pour demander à Dieu de rendre la vue à la pauvre infirme. Telle fut, jusqu'au mois de juin de l'année 1821, la vie recluse et triste que mena cette petite famille. Excepté le bon vieux professeur, qui venait souvent passer quelques heures avec eux, rien ne troubla le cours de cette existence paisible, unie comme une plaine, monotone comme elle.

Parfois, en été, on se promettait une promenade; en ce cas, c'était d'habitude du côté de Montrouge qu'on se dirigeait. Hélas! on avait dit adieu aux bois de Versailles, de Meudon et de Montmorency, aux tapis verts, pour les rebords de fossés desséchés et crayeux. La mère et la sœur ne pouvaient pas, l'une aveugle, l'autre faible, faire ces longues promenades qu'accomplissaient un homme de quarante-cinq ans et un enfant de douze.

Les grandes courses atteignaient Montrouge; mais le plus habituellement on s'arrêtait aux deux tiers ou à moitié du chemin; on s'asseyait au revers de la route, et pendant une heure ou deux, on empruntait au soleil de la lumière et de la chaleur pour toute la journée. En hiver, on se rapprochait d'un petit poêle de faïence, dans lequel on mettait religieusement deux petites bûches pour toute la soirée, qui se terminait à neuf heures.

Il y avait bien une cheminée, mais immense, et dans laquelle on eût brûlé une voie de bois tous les huit jours. On l'avait bouchée; quand les cheminées ne tiennent pas chaud, elles tiennent froid.

Si M. Müller arrivait vers neuf heures, on proposait invariablement de mettre une bûche au feu; mais, invariablement aussi, le bon vieux professeur refusait, sous prétexte qu'il était en nage; et, à partir de ce moment, on se serrait un peu plus les uns contre les autres, autour du poêle inutile.

Le brave homme alors, pour faire oublier l'absence du feu, essayait de raconter quelque histoire plaisante, comme faisait madame veuve Scarron pour faire oublier l'absence du rôti; et sa gaieté réchauffait ses auditeurs comme un rayon bienfaisant. La gaieté, c'est le soleil qui brille de temps en temps sur l'hiver de la pauvreté!

Ce fut durant ces deux dernières années surtout, que Justin apprécia les bienfaits de la musique. Dès que neuf heures étaient sonnées, et que l'on s'était assuré par la dernière vibration de l'horloge de Saint-Jacques du Haut-Pas que la soirée se passerait sans la visite de M. Müller, Justin embrassait sa mère et sa sœur, et descendait dans sa chambre.

Arrivé là, il allumait une chandelle, supportée par un chandelier scellé à un pupitre, ouvrait sur ce pupitre un vieux livre de musique, sortait son violoncelle de sa boîte, l'époussetait soigneusement avec son mouchoir, le regardait, le serrait dans ses bras comme un ami. Eh! mon Dieu! n'était-ce pas un ami, en effet? n'était-ce pas la voix divine qui exhalait, en les formulant harmonieusement, toutes les plaintes intimes du jeune homme, muettes pendant tout le reste du temps, et qui n'avaient que ces deux heures pour se répandre? N'était-ce pas la source bienfaisante où s'abreuvait ce cœur altéré? N'était-ce pas un autre lui-même, un miroir parlant, que cet instrument sonore auquel il racontait ses peines, et qui les reproduisait comme un fidèle écho?

N'ayant pour toute famille qu'une mère aveugle et une sœur malade, pour seul compagnon que son vieux maître, pour horizon que les murailles nues de sa chambre, il s'était fait de son violoncelle un ami jeune, une famille, une patrie. Il respirait ainsi le soir, pendant deux heures, l'air vivifiant qui lui avait manqué toute la journée.

Mais peu à peu son atmosphère, malgré les harmonieuses vibrations de l'instrument bien-aimé, devint plus lourde, l'air plus rare commença de lui faire défaut; il tomba à son insu dans une mélancolie profonde dont M. Müller s'aperçut bientôt, et chercha opiniâtrément à le tirer.

— Tu vieilliras avant l'âge, lui disait-il, tu te faneras dans tes belles années; il faut sortir, voir un peu de monde, coudoyer du moins la vie, si tu ne peux pas t'y mêler; voici la saison des vacances qui approche, il faudra que nous fassions une petite excursion ensemble. Apprête-toi; le 15 août, je viendrai te chercher.

Il se fanait, en effet, dans ses plus belles années, le pauvre maître d'école; son œil devenait terne, ses joues se creusaient, son front se couvrait de rides, sa peau devenait jaune comme le parchemin qui reliait ses vieux livres. On eût cru qu'il avait trente ans accomplis, et cependant il entrait à peine dans sa vingt-troisième année. Mais tout contribuait à le vieillir: les gens avec lesquels il vivait, la chambre où il habitait. Son visage, sa tournure, sa démarche, sa voix, toute sa personne enfin, empruntait à ceux qui l'entouraient et à tous les objets environnants, leur vieillesse et leur pauvreté.

Il eût inévitablement succombé, si un nouveau chagrin ne fût venu le secouer et le rendre homœopathiquement, le mot n'était pas encore inventé, mais tout ce qui doit être inventé existe d'avance, et n'était venu le rendre homœopathiquement à la vie. Hélas! il en est de la douleur comme de certaines maladies: on guérit les unes par les autres.

Justin gagnait, nous l'avons dit, mille quatre-vingts francs par an, et avec cette somme si minime, on était à l'abri des plus pressants besoins; mais pouvait-on économiser quelque chose sur ce pauvre revenu? Ne poussait-on pas déjà l'économie jusqu'à la privation?

Il faut sinon voir, du moins coudoyer le monde, disait le vieux maître. C'était bien facile à dire; mais était-ce possible à faire, avec ce même vêtement usé jusqu'à la corde, que l'on portait depuis quatre années, été comme hiver! Le trousseau tout entier de la maison était d'ailleurs à renouveler comme celui de Justin.

La sœur avait fait des prodiges de reprises sur toute la lingerie; les draps de la mère étaient un chef-d'œuvre de ravaudage, les bas du frère étaient du sommet à la base un merveilleux ouvrage de marqueterie et de mosaïque. On s'était bien promis de ne rien acheter avant d'en arriver à la dernière extrémité, mais on en était arrivé là ; tout le linge rapiécé, reprisé, ravaudé, qu'on n'aurait jamais abandonné, il les abandonnait, lui, car il en est du linge comme des amis, avait dit le vieux professeur, en citant le vers si connu :

Donec eris felix multos numerabis amicos.

— Tant que vous n'avez pas besoin de bas, avait-il dit, vous en avez, et réciproquement, ayez-en besoin, ils vous manquent.

On avait souri à la boutade du bon maître, mais tristement. Il fallut donc se mettre encore une fois à la recherche d'une industrie quelconque, et surtout il fallait se presser, car le moment allait venir où l'on serait trop mal vêtu pour courir après elle. Et attendre qu'elle vînt, on risquait d'attendre trop longtemps. Justin s'en alla donc frapper à toutes les portes. La majeure partie des portes resta fermée, quelques-unes s'ouvrirent pour laisser passer un refus. On se promenait le soir, n'osant plus se promener dans la journée.

Un soir donc que Justin se promenait du côté de la barrière du Maine, attendant son vieux professeur, avec lequel il devait aller chez une dame dont le fils demandait une répétition, il entendit au-dessus de lui, dans un de ces grands cabarets qui font guinguette, une dispute entre le contre-bassiste et le second violon.

D'où venait cette dispute ? à quelle source remontait-elle ? La chose resta inconnue à Justin, qui n'y faisait pas plus d'attention d'ailleurs qu'à une chose sans intérêt pour lui, quand ces mots vinrent frapper son oreille :

— Monsieur Duruflé, disait le contre-bassiste, je jure, après ce qui vient de se passer, de ne jamais mettre les pieds dans la même maison que vous, et la preuve, c'est que je sors d'ici à l'instant même.

Et en effet le contre-bassiste sortit d'un pas rapide, sa contre-basse sous le bras, et espadonnant de son archet comme d'un glaive flamboyant. Il fallait qu'il se fût passé en effet quelque chose de bien grave entre le second violon et lui.

— Oh ! fit tout à coup Justin, oh !... Et il se frappa le front.

C'était une idée qui lui venait. En même temps que cette idée lui venait par la fenêtre du cabaret, M. Müller, de son côté, arrivait par l'extrémité de la rue.

XVI

DE MUSICIEN MÉNÉTRIER.

Justin attendit son professeur sans faire un pas pour aller au-devant de lui. On eût dit qu'en quittant sa place, il avait peur de perdre son idée. Il lui raconta ce qui venait de se passer.

— Ah ! ah ! dit le vieux professeur, une place vacante, mais...

Tout à coup à lui aussi il lui vint une idée : c'est que cette place de contre-bassiste dans une guinguette, si répugnante qu'elle fût, aurait cela d'avantageux qu'elle romprait la monotonie de la vie du jeune homme.

En outre, le produit serait d'un grand soulagement pour la pauvre famille.

— Mais, ajouta-t-il, changeant complétement le second membre de sa phrase, mais voudra-t-on vous la donner ? — Je l'espère, répondit modestement Justin. — Je crois bien, dit le père Müller, où ils seraient diablement difficiles. — Eh bien ! je vais entrer et m'informer. — J'entre et je m'informe avec vous, dit le bon professeur.

On pense bien que Justin accepta l'offre avec joie. On comprend facilement l'effet que produisit, dans un pareil bastringue, l'entrée de ce jeune homme sérieux et de ce grave vieillard, tous deux vêtus de noir. Les danseurs les montrèrent du doigt à leurs danseuses en éclatant de rire.

Les deux amis ne s'aperçurent point de cette hilarité, si générale qu'elle fût, ou ne firent pas semblant de s'en apercevoir. Ils demandèrent à l'un des garçons à parler au maître de l'établissement.

Un gros bonhomme de cabaretier, rond comme Silène, plus rouge que le vin qu'il servait à ses pratiques, arriva d'un air empressé, croyant sans doute qu'il s'agissait de quelque commande importante.

Les deux amis lui adressèrent timidement leur requête. Et quand on pense que le cœur d'un homme intelligent, d'un artiste, d'un fils qui nourrissait sa mère, d'un frère qui nourrissait sa sœur, d'un citoyen utile et précieux, enfin, battait à l'idée d'un refus à cette demande d'être ménétrier dans une guinguette. Hélas ! c'est que tout est relatif en ce monde.

Cette place accordée se traduisait par un pantalon et un habit noir pour lui, par une douillette pour sa mère, par une robe pour sa sœur. Oh ! riez, riez, vous qui n'avez jamais eu à craindre la faim ou le froid pour des êtres chéris, mais pour moi qui ai eu aussi une mère et un fils à nourrir avec cent francs par mois, rire est un sacrilége.

Les deux amis exposèrent donc timidement leur requête. Le cabaretier répondit que ce n'était point son affaire, mais celle du chef d'orchestre. Il offrit, du reste, d'aller lui soumettre la demande du jeune homme, ce qui fut accepté, et au bout de cinq minutes il rapporta cette réponse satisfaisante que Justin, pourvu qu'il remplît les conditions de science nécessaires à l'important emploi de contre-bassiste à la barrière, pouvait entrer en fonction à l'instant même, moyennant trois francs le cachet.

Il y avait bal trois fois par semaine, cela faisait donc trente-six francs par mois. C'était à peu près ce que lui avaient rapporté ses huit premiers élèves. C'était donc le Pérou ; on disait encore le Pérou en 1821 : aujourd'hui on dit la Californie. C'était donc le Pérou pour lui, que cette place. Aussi accepta-t-il, ne demandant que le temps d'aller chercher son violoncelle au faubourg Saint-Jacques.

Mais il fut répondu que c'était inutile. On avait prévu la désertion du contre-bassiste et on s'était muni d'une contre-basse, dont à la rigueur eût joué le second violon ; un contre-bassiste s'offrait à la place de celui qui venait de partir, tout était donc pour le mieux, comme dans le monde de Candide.

Justin fut enchanté au fond du cœur que son violoncelle, instrument vierge, pieux et solitaire, échappât à la profanation dont il avait été menacé. Le jeune homme remercia M. Müller et voulut le renvoyer; mais le bon professeur déclara qu'il assisterait aux débuts de son élève, et, pour l'encourager par sa présence, ne quitterait l'établissement que le bal fini.

Justin serra la main du bon professeur, se fit apporter sa contre-basse et alla prendre sa place à l'orchestre, au grand ébahissement des spectateurs, qui, tout prêts à le siffler à son entrée, étaient maintenant presque tentés de l'applaudir.

C'était un tableau digne d'un peintre de genre que cet orchestre, s'il est permis de donner ce nom prétentieux à la réunion des huit sourds qui exécutaient les airs infernaux au son desquels dansaient les trois ou quatre cents personnes composant les habitués de la susdite guinguette; c'était, disons-nous, un tableau digne d'un peintre de genre que les exécutants faisant partie de cet orchestre avec lesquels se trouvait confondu un jeune homme grave et sérieux comme le pauvre Justin.

Il avait l'air d'un musicien martyr, jouant la corde au cou pour le divertissement d'un peuple de païens. Sa figure, éclairée par les quinquets accrochés au-dessus de sa tête, apparaissait dans toute son expression. Justin était loin d'être beau, le pauvre garçon! mais on sentait que l'air souffreteux qui donnait le ton à toute cette physionomie, était la cause réelle, ou plutôt la seule cause qui enlaidît son visage; que l'illumination des joies les plus simples vînt à passer sur ce front, qu'un pur sentiment de bonheur ou de plaisir brillât dans ces yeux, qu'un sourire entr'ouvrît ses lèvres, et certainement ce visage, à défaut de beauté, devait avoir une douceur angélique et une grande distinction.

Aux prises qu'il était des deux mains avec une contre-basse d'une taille double de son violoncelle, avec ses longs cheveux retombant sur son front quand la mesure était pressée, avec ses grands yeux bleus vagues, noyés, onduleux, avec cet air de langueur répandu sur toute sa personne, il devait nécessairement inspirer à quiconque l'eût vu en cet instant un profond intérêt, une puissante sympathie. Figurez-vous Liszt, jeune d'âge, beau d'inspiration. Eh bien! notre maître d'école Justin était cela.

Après la contredanse, le chef d'orchestre lui fit les compliments les plus sincères, et ses confrères les instrumentistes l'applaudirent. Danseurs et danseuses battirent des mains. Le bon vieux professeur ne se possédait pas; il battait des mains, trépignait, pleurait de joie! Tant il est vrai que le triomphe est toujours le triomphe, quels que soient ceux qui le décernent. Seulement, à onze heures, Justin s'informa jusqu'à quelle heure durait le bal.

On lui répondit : parfois jusqu'à deux heures du matin. Alors, il fit un petit signe au bon père Müller. Celui-ci accourut. Il s'agissait d'aller prévenir la mère et la sœur, qui devaient être d'une inquiétude mortelle : jamais Justin n'était resté dehors passé dix heures.

Le bon professeur comprit la situation; il mit ses jambes à son cou, et trouva madame Corby, c'était le nom de la mère de Justin, que nous avons l'honneur de prononcer pour la première fois, et trouva madame Corby et sa fille en prières.

— Eh bien! dit-il en entrant, vos prières sont exaucées, chère fille, sainte femme, Justin a trouvé une place de trente-six francs par mois.

Les deux femmes poussèrent à l'unisson un cri de joie. Le professeur leur raconta l'aventure. Avec ce sentiment de parfaite délicatesse que possèdent en général les femmes, madame Corby et sa fille comprirent l'étendue du sacrifice que leur fils et leur frère faisait aux exigences de la situation.

— Bon et cher Justin! murmurèrent-elles.

Et il y avait dans leur voix un accent si tendre, qu'il était presque plaintif.

— Oh! ne vous apitoyez pas sur lui, dit le professeur, c'est un triomphe! Il est beau! Il est magnifique! Il ressemble à Weber quand il était jeune.

Et ceci dit, comme M. Müller n'aurait pas su en dire davantage, il laissa les deux femmes pour retourner à la guinguette. Il ne quitta la barrière qu'avec son cher élève, c'est-à-dire à deux heures du matin. Ils trouvèrent les verrous de la porte de la rue tirés par les soins de la sœur de Justin.

A la fin du mois, Justin avait joué douze fois et avait touché trente-six francs. On put donc, avec ces trente-six francs, acheter les objets de première nécessité. Et maintenant, nous croyons avoir suffisamment montré à nos lecteurs tout ce qu'il y a de foncièrement bon et honnête dans le cœur de notre héros : nous nous bornerons donc à ajouter quelques mots pour compléter la peinture de son caractère.

Ce caractère, au reste, dans tout son ensemble, était facile à définir en un seul mot. C'était ce mot à l'aide duquel Salvator avait résumé à Jean Robert la mélodie qu'exécutait Justin : RÉSIGNATION.

Ajoutons que si cette vertu, vertu un peu négative, prenait jamais une figure humaine pour descendre sur la terre, elle n'en choisirait certes pas d'autre que celle du résigné Justin.

Eh bien! voyons, qu'on nous permette de faire un peu d'analyse, nous avons devant nous dix volumes, vingt si dix ne nous suffisent pas, et d'ailleurs ce n'est pas une aventure que nous racontons, c'est l'histoire d'un cœur souffrant; fouillons dans ce cœur jusque dans ses replis les plus cachés. Voyons, dirons-nous, ce que va devenir ce caractère si bien trempé par le malheur; voyons ce qu'il va devenir devant un bonheur immense ou une douleur infinie. Résistera-t-il? ou va-t-il se briser?

Croyez-nous, cher lecteur, il y a pour les plus froids une étude palpitante là-dessous. Voici un jeune homme vierge dans toute l'acception du mot; il a vécu jusqu'ici comme les oiseaux du ciel, allant chercher d'aire en aire, de plaine en plaine, le grain qu'il rapportait à son nid. Jusqu'aujourd'hui sa seule pensée, son soin unique, a été de satisfaire les besoins matériels de la vie : au prix de ses veilles, au prix de ses sueurs, au prix de son sang, il est parvenu à donner à sa pauvre famille, toujours l'existence, parfois même une sorte de bien-être.

Pour lui, qu'a-t-il fait? Rien! Seul au monde, s'il n'eût eu ni mère ni sœur, n'eût-il pas trouvé le moyen de continuer ses études; de se faire recevoir bachelier, licencié, agrégé, qui sait? docteur peut-être; et maintenant, au lieu de quelque chaire de faculté où il parvenait par son labeur, au lieu du rang honorable où le plaçait cette persistance qui est un des caractères distinctifs de sa nature dévouée, le voilà enfoui dans une sorte de casemate où le devoir l'a cloué, où la piété filiale l'étreint.

Oh! certes, ce n'est pas nous, qui avons tant aimé notre mère et qui étions si tendrement aimé d'elle, qui nous plaindrons jamais de la famille. Mais lorsque la famille, qui à la suite d'un grand malheur devait recevoir secours de la société, abandonnée par elle à la misère, pareille à une machine pneu-

MINA.

LES MOHICANS DE PARIS. TYP. J. CLAYE.

matique, absorbera l'air d'un de ses membres, si nous ne nous plaignons pas tout haut, nul ne saurait au moins nous empêcher de gémir tout bas.

C'était donc de sa famille que venait tout le malheur de Justin, et cependant, cœur d'or, rien ne lui eût causé un plus profond désespoir que cette seule idée, que cette famille aurait pu ne pas exister. Et cependant, comment pouvait-il sortir de là? Justin n'en voulait pas sortir. Il voulait continuer de vivre demain comme il avait vécu hier; comme il avait dévoué son adolescence, il dévouait sa jeunesse, il dévouerait son âge mur, il dévouerait sa vie!

Mais l'âge arriverait pour lui de se marier. Une jeune femme lui apporterait au milieu de ce désert, au lieu de cette aridité, toutes les gaietés, toutes les joies, tous les enivrements de la jeunesse. Mais où la trouver cette femme bénie, cette Rachel adorée? Avait-on dix ans de temps et de travail à donner à Laban? Quel monde voyait-on? Suffisait-il de se mettre à la fenêtre pour voir dans le lointain cette terre promise des jeunes gens qu'on appelle une jeune fille. Et puis, au fond, l'honnête et scrupuleux Justin oserait-il se marier?

Sa conscience ne lui disait-elle pas que le mariage est un contrat qui lie les âmes aussi bien que les mains? Et son âme lui appartenait-elle? Ses mains étaient-elles à lui? Était-il libre d'amener une étrangère au foyer maternel? Et ce qu'il aurait donné de tendresse à son épouse, ne l'eût-il pas enlevé à sa mère et à sa sœur? Voilà pour l'âme.

La femme n'absorberait-elle pas dans les exigences de sa jeunesse, de sa coquetterie, de sa toilette, une portion de l'infime revenu? Voilà pour les mains.

Non, le mariage même n'était pas un moyen de remédier à cette profonde infortune; il fallait donc faire éternellement abnégation de soi-même? C'est ce que faisait Justin. Mourir à la peine peut-être? C'est ce qu'il était prêt à faire, ou tout attendre de la bonté de Dieu. Hélas! Dieu n'avait point jusque-là gâté la pauvre famille, et sans sacrilége il lui était bien permis de douter! Ce fut pourtant la main de Dieu qui tira Justin de cet abîme.

Un soir du mois de juin, qu'après une de ces journées de soleil où tout est fête dans la nature, Justin revenait avec son vieux maître d'une excursion dans la plaine de Montrouge, le jeune homme aperçut couchée dans les blés, les coquelicots et les bluets, une petite fille de neuf à dix ans, qui paraissait dormir profondément. Dieu, sous la forme de cette petite fille, lui envoyait un de ses anges, en récompense de sa sublime vertu.

XVII

LA CHAINE DU BON DIEU

La petite fille qu'ils aperçurent ainsi à leur grand étonnement, et devant laquelle ils s'arrêtèrent, regardant inutilement pour lui trouver un père ou une mère; la petite fille était vêtue d'une robe blanche, serrée autour de la taille par un ruban bleu.

Elle était blonde et rose, et ainsi couchée au milieu des épis déjà jaunissants, des bluets et des coquelicots qui, dressés autour d'elle, formaient comme un berceau au-dessus de sa tête, elle avait l'air d'une petite sainte dans sa niche, ou d'une colombe dans son nid. Ses petits pieds, chaussés de brodequins bleus, pendaient au bord du fossé de la route avec un abandon qui dénotait chez la pauvre enfant une profonde lassitude.

On eût dit la fée de la moisson se reposant des fatigues du jour pendant la douce veillée de la lune, qui, en parcourant sa route céleste, la regardait avec amour. Sa respiration, quoique un peu pressée, était douce comme la plus douce brise de l'orient; et sous ce souffle pur se balançait avec coquetterie le panache mobile des blés.

Les deux amis eussent passé la nuit à regarder dormir cette adorable enfant, tant cette tête blonde et fraîche leur causait de ravissement. Mais ils furent promptement tirés de leur contemplation par l'inquiétude que leur donna la pensée des dangers que courait, dans son isolement, ce charmant petit être. Quelle femme était donc sa mère, qu'on cherchait vainement des yeux? et comment laissait-elle couché en plein champ, en pleine nuit, exposé aux vents et à l'humidité, ce corps si frêle et si délicat?

La pauvre petite devait être là déjà depuis longtemps: son sommeil l'attestait; d'ailleurs les deux amis, qui avaient l'habitude de s'arrêter au milieu de leur marche toutes les fois qu'un point en discussion leur paraissait difficile à établir, les deux amis s'étaient arrêtés à quelques pas de là, avaient discuté un quart d'heure à peu près sur ce point, qui méritait bien en effet d'être éclairé, et qui cependant était demeuré dans l'obscurité: la beauté du visage emprunte-t-elle, oui ou non, quelque chose à la beauté de l'âme? Et les deux amis n'avaient, pendant ce quart d'heure, ni vu ni entendu personne. Mais où était donc la mère de cette petite fille? Au reste, peut-être ses parents, fatigués d'une longue promenade, car les brodequins de la petite étaient couverts de poussière, se reposaient-ils dans les blés voisins.

Justin et M. Müller avaient déjà regardé autour d'eux inutilement; mais ils étaient tellement convaincus que la mère de la petite fille ne pouvait être plus loin d'elle qu'une fauvette ne peut l'être de son nid, qu'ils regardèrent encore. Rien!

Ils entrèrent alors dans le champ, se tenant sur la pointe du pied, marchant doucement de peur de réveiller l'enfant. Ils sillonnèrent la plaine dans toute sa longueur, dans toute sa largeur. Ils en firent le tour comme un piqueur fait d'une enceinte où il y a un gibier quelconque remisé. Rien!

Ils revinrent s'asseoir devant elle, et attendirent une heure. Rien!

Enfin ils se décidèrent à réveiller la petite. Elle ouvrit deux grands yeux d'azur fixes et surpris. On eût dit deux bluets vivants. Elle regarda les deux hommes sans effroi, presque sans étonnement.

— Que fais-tu donc là, mon enfant? demanda M. Müller. — Mais je me repose, répondit-elle. — Comment, tu te reposes? s'écrièrent à la fois les deux hommes. — Oui, j'étais bien fatiguée, je ne pouvais plus marcher, je me suis couchée là et me suis endormie.

Ainsi le premier cri de cette enfant réveillée par des étrangers n'était point d'appeler sa mère!

— Vous dites que vous étiez bien fatiguée, ma petite? demanda M. Müller.

— Oh ! oui, Monsieur, dit l'enfant en secouant sa tête pour remettre en place les boucles blondes de ses cheveux. — Vous avez donc fait une longue route ? demanda le maître d'école. — Oh ! oui, bien longue, répondit l'enfant. — Où sont donc vos parents ? demanda le vieux professeur. — Mes parents ? fit la petite fille en se mettant sur son séant et en les regardant d'un air ébahi, comme s'ils lui eussent parlé des choses d'un monde inconnu. — Oui, vos parents ? répéta Justin avec douceur. — Mais je n'ai point de parents, dit simplement la petite fille avec le même ton qu'elle eût dit : Je ne sais pas de quoi vous voulez me parler.

Les deux amis se regardèrent avec étonnement, puis la regardèrent, elle, avec commisération.

— Comment, vous n'avez point de parents ? insista le vieux professeur. — Non, Monsieur. — Où est donc votre père ? — Je n'en ai pas. — Votre mère ? — Je n'en ai pas. — Qui vous a élevée ? — Ma nourrice. — Où est-elle ? — — Elle est dans la terre.

Et la petite fille, en prononçant ces derniers mots, fondit en larmes, mais sans pousser un seul cri.

Les deux amis, attendris, se retournèrent chacun d'un côté pour se cacher l'un à l'autre qu'ils pleuraient. L'enfant se tenait immobile, et semblait attendre de nouvelles questions.

— Comment vous trouvez-vous ici toute seule ? demanda M. Müller après une pause d'un moment.

Elle essuya alors ses yeux avec le dos de ses deux petites mains ; sa lèvre inférieure, avancée et arrondie en avant, pour recevoir, comme le calice d'une fleur, la rosée de ses larmes, se referma et reprit sa place. Puis elle répondit d'une voix tremblante :

— Je viens du pays. — De quel pays ? — De la Bouille. — Près de Rouen ? demanda Justin avec joie, comme si, étant lui-même des environs de Rouen, il eût été enchanté d'être le compatriote de cette jolie enfant. — Oui, Monsieur, dit-elle.

En effet, c'était bien là un frais enfant de Normandie, aux joues rebondies et potelées, une petite fille blanche et rose, un vrai pommier en fleur.

— Mais enfin, qui vous a amenée ici ? demanda le vieux maître. — J'y suis venue toute seule. — A pied ? — Non, en voiture jusqu'à Paris. — Comment, jusqu'à Paris ? — Oui, et à pied de Paris jusqu'ici. — Et où alliez-vous ? — J'allais dans un faubourg de Paris qu'on appelle le faubourg Saint-Jacques. — Et qu'alliez-vous faire là ? — J'allais porter au frère de ma nourrice une lettre du curé de chez nous. — Pour que le père de votre nourrice vous recueillît chez lui, sans doute ? — Oui, Monsieur. — Eh bien ! comment se fait-il, mon enfant, que vous vous trouviez ici ? — Parce que la diligence est arrivée en retard, à ce que l'on a dit ; de sorte que tout le monde était couché dans le faubourg. Alors, j'ai vu la barrière ; j'ai pensé qu'il y avait des champs tout près ; je me suis mise à les chercher, et j'ai trouvé celui-ci. — De façon que vous étiez là en attendant le matin, pour vous rendre chez la personne à laquelle vous êtes recommandée ? — Oui, Monsieur ; c'est bien cela : je voulais veiller en attendant le jour ; mais voilà deux nuits que je ne me suis pas couchée ; j'étais lasse, je me suis étendue malgré moi à terre, et, aussitôt étendue, je me suis endormie. — Vous n'avez pas peur, couchée ainsi en plein air? — De quoi voulez-vous que j'aie peur? demanda la petite fille avec cette confiance superbe des aveugles et des enfants, qui, ne voyant rien, ne sauraient rien craindre. — Mais, dit M. Müller, stupéfait du sens droit avec lequel étaient faites toutes ces réponses, ne craignez-vous pas, au moins, le froid, l'humidité? — Oh! répondit-elle, est-ce que les oiseaux et les fleurs ne couchent pas dans les champs?

Tant de naïve raison dans un enfant de cet âge, tant de grâce, tant de misère, émurent profondément le cœur des deux amis. C'était la Providence elle-même qui avait mis là cet enfant pour consoler Justin, en lui montrant qu'il y avait, sous le dôme étoilé des cieux, des créatures encore plus déshéritées que lui.

Ils n'eurent besoin de se consulter ni l'un ni l'autre pour se décider sur le parti à prendre; tous deux en même temps offrirent à la petite de l'emmener. Mais l'enfant refusa.

— Merci, mes bons Messieurs, dit-elle; ce n'est pas pour vous que j'ai une lettre. — N'importe, dit Justin, venez toujours jusqu'à demain; et demain, à l'heure que vous voudrez, mon enfant, vous irez chez le frère de votre nourrice.

Et en même temps le jeune homme offrait la main à l'orpheline pour l'aider à franchir le fossé. Mais la petite fille refusa de nouveau, et répondant en regardant la lune, cette horloge des pauvres :

— Il est minuit à peu près : le jour va venir dans trois heures; ce n'est pas la peine de vous déranger pour moi. — Je vous assure que vous ne nous dérangez pas, répondit Justin, la main toujours étendue vers elle. — Et puis, ajouta le professeur, si un détachement de gendarmes passait, vous seriez arrêtée. — Pourquoi m'arrêterait-on? répondit la jeune fille avec cette logique de l'enfance qui embarrasse parfois les plus habiles jurisconsultes; je n'ai fait de mal à personne! — On vous arrêterait, mon enfant, reprit Justin, parce que l'on vous prendrait pour un de ces méchants petits enfants qu'on appelle vagabonds, et qu'on arrête la nuit... Venez donc.

Mais Justin n'avait plus besoin de dire : « Venez donc! » En entendant le mot *vagabond*, l'enfant avait sauté le fossé, et, les mains jointes, l'air effrayé, la voix suppliante, elle disait aux deux amis :

— Oh! emmenez-moi, mes bons Messieurs! emmenez-moi! — Certainement, ma belle enfant, que nous allons vous emmener, dit le professeur; certainement que nous allons vous emmener. — Bien! bien! dit Justin. Alors, venez vite! je vais vous conduire chez ma mère et chez ma sœur; elles sont bien bonnes toutes les deux; elles vous feront souper, et ensuite elles vous coucheront bien chaudement... Peut-être n'avez-vous pas mangé depuis longtemps? — Je n'ai pas mangé depuis ce matin, dit-elle. — Oh! la pauvre petite! s'écria avec autant d'horreur que de charité le vieux professeur, dont les quatre repas par jour étaient mathématiquement réglés.

La petite fille se trompa au sens de l'exclamation à la fois égoïste et compatissante du bon Müller; elle crut que l'on accusait le curé qui l'avait mise en diligence de l'avoir laissée manquer de provisions; elle s'empressa donc de le justifier.

— Oh! c'est ma faute, dit-elle; j'avais du pain et des cerises, mais le cœur si gros, que je n'ai pas pu manger... Et, tenez, ajouta-t-elle en ramenant un petit panier caché près d'elle dans le blé, et où se trouvaient en effet des cerises un peu fanées et du pain un peu sec, en voilà la preuve! —

Vous devez être trop fatiguée pour pouvoir marcher, dit Justin à l'enfant; je vais vous porter. — Oh! non, répondit-elle bravement, je ferais bien encore une lieue de pays à pied.

Les deux amis n'en voulurent rien croire, et, malgré ses refus réitérés, ils avancèrent leurs deux bras en croix, s'enchaînèrent par les mains, puis après qu'elle eut passé chacun de ses bras autour du cou de chacun d'eux, ils l'enlevèrent jusqu'à la hauteur de leur ceinture, et s'apprêtèrent à l'emporter sur ce palanquin de chair humaine que les enfants désignent sous le nom expressif de *chaîne du bon Dieu.* Mais au moment de se mettre en route, l'enfant les arrêta.

— Mon Dieu, dit-elle, j'ai donc perdu la tête? — Qu'y a-t-il, mon enfant? demanda avec intérêt le maître d'école. — J'ai oublié la lettre de notre curé. — Où est-elle? Dans mon petit paquet. — Et votre petit paquet, où est-il? — Là, dans le blé, auprès de la place où j'étais couchée, avec ma couronne de bluets.

Et elle sauta de leurs bras, franchit le fossé, prit son paquet noué dans une serviette et sa couronne de fleurs, et, avec une agilité surprenante, sautant le fossé de nouveau, elle revint prendre sa place sur les mains des deux amis, qui aussitôt se dirigèrent vers la barrière, que l'on apercevait à deux ou trois cents pas seulement.

XVIII

Ο ΑΓΓΕΛΟΣ.

La façon dont la petite orpheline tenait son paquet gênait la respiration du vieux professeur, contre la poitrine duquel il s'appuyait. Il dit à l'enfant d'attacher le paquet à la boutonnière de sa redingote.

Restaient le panier aux cerises et la couronne de bluets que la pauvrette avait tressée pour se distraire, en attendant le jour, que le sommeil ne lui avait pas donné le temps d'attendre. Elle la gardait sans doute instinctivement comme le souvenir fleuri de sa première heure de solitude en ce monde.

Justin le comprit ainsi du moins; car au moment où la petite, s'apercevant que les fleurs de sa couronne frôlaient la joue du jeune homme, fit un mouvement pour la jeter, en regardant toutefois ses compagnons de route comme pour les consulter, Justin, dont les mains étaient occupées, prit la couronne entre ses dents, la posa sur la jolie tête de l'enfant, et se remit en marche.

Elle était ravissante ainsi, la pauvre petite fille! les vêtements noirs des deux amis faisaient admirablement ressortir la blancheur de sa robe et l'angélique pureté de son visage; son front surtout, éclairé par la lune, semblait rayonner comme celui d'une créature céleste. On eût dit la jeune sœur d'une druidesse portée en triomphe vers la forêt sacrée.

La conversation, interrompue un instant, reprit son cours. Justin ne pouvait se lasser d'entendre le son harmonieux de l'enfant. Ce fut donc lui qui recommença à questionner.

— Et quelle est la profession du frère de votre nourrice, mon enfant? demanda Justin. — Il est charron, répondit l'enfant. — Charron! répéta Justin, de l'air d'un homme qui entrevoit un malheur. — Oui, Monsieur. — Dans le faubourg Saint-Jacques? — Oui, Monsieur. — Mais, dit Justin, je ne connais qu'un charron, au n° 111. — Je crois que c'est celui-là.

Justin n'acheva point; il y avait un an, à peu près, que les ateliers de charronnage du n° 111 s'étaient fermés tout à coup, et s'étaient rouverts, habités par un serrurier. Justin ne voulait rien dire qui pût inquiéter l'enfant avant d'être certain lui-même que son inquiétude était fondée.

— Ah! oui, oui, reprit la petite fille; je ne dirai même plus que je crois que c'est celui-là : j'en suis sûre. — Comment, vous en êtes sûre, mon enfant? — Oui... j'ai lu l'adresse plusieurs fois; on m'avait recommandé de l'apprendre par cœur, au cas où je perdrais la lettre. — Et le nom qui était sur cette adresse, vous en souvenez-vous? — Certainement... il y avait : « A monsieur Durier... »

Les deux amis se regardèrent, mais sans répondre. Alors, s'imaginant que leur silence venait du peu de confiance qu'ils accordaient à ses paroles, l'enfant ajouta avec un petit mouvement d'orgueil :

— Oh! je sais lire depuis longtemps. — Je n'en doute pas, Mademoiselle, répondit gravement le vieux professeur. — Et que comptiez-vous faire chez le frère de votre nourrice? — Je comptais travailler, Monsieur. — De quelle sorte de travail? — De celui qu'on voudra : je sais faire bien des choses. — Entre autres? — Je sais coudre, repasser, monter des bonnets, broder, faire de la dentelle.

Plus les deux amis faisaient parler l'enfant, plus ils lui découvraient de qualités nouvelles, plus ils la prenaient en affection. Ils surent bientôt toute sa petite histoire; elle ne manquait pas d'un certain mystère.

Une nuit, une voiture s'était arrêtée à la Bouille; c'était en 1812; un homme en était descendu, portant entre ses bras un fardeau dont il était impossible de distinguer la forme. Arrivé devant la porte d'une petite maison isolée, située à l'extrémité du village, il avait tiré une clef de sa poche, avait ouvert la porte, et, s'avançant dans l'obscurité, il avait déposé le fardeau sur le lit, une bourse et une lettre sur la table. Puis il avait refermé la porte, était remonté dans sa voiture, et avait continué son chemin.

Une heure après, une bonne femme qui revenait du marché de Rouen s'était arrêtée devant la même maison, avait à son tour tiré une clef de sa poche, et, à son grand étonnement, la porte à peine ouverte, avait entendu les cris d'un enfant.

Elle s'était alors hâtée d'allumer la lampe, et avait vu quelque chose de blanc qui se débattait sur son lit, tout en criant. Ce quelque chose de blanc qui se débattait et criait, c'était une petite fille d'un an. Alors la bonne femme, de plus en plus étonnée, avait regardé autour d'elle et avait aperçu sur la table la lettre et la bourse.

Elle avait ouvert la lettre, et elle avait lu à grand'peine, car elle ne lisait pas très-couramment, les lignes suivantes :

« Madame Boivin, on vous sait une bonne et honnête femme : c'est ce qui détermine un père prêt à quitter la France à vous confier son enfant. Vous trouverez douze cents francs dans la bourse déposée sur la table ; c'est la pension de la première année qui vous est payée d'avance.

« A partir du 28 octobre de l'année prochaine, jour anniversaire de celui-ci, vous recevrez, par l'intermédiaire du curé de la Bouille, cent francs par mois. Ces cent francs vous seront remis en mandats sur une maison de Rouen, et le curé qui les recevra ne saura pas lui-même d'où ils viennent.

« Donnez à l'enfant la meilleure éducation que vous pourrez, et surtout celle d'une bonne ménagère. Dieu sait à quelles épreuves il la réserve ! Son nom de baptême est Mina ; elle n'en doit point porter d'autre que je ne lui aie rendu celui qui lui appartient.

« 28 octobre 1812. »

Madame Boivin relut la lettre trois fois, pour la bien comprendre; puis, lorsqu'elle l'eut bien comprise, elle la mit dans sa poche, prit l'enfant dans ses bras, la bourse à la main, et courut chez le curé, afin de le consulter sur ce qu'elle avait à faire. La réponse du curé n'était pas douteuse : il donna à la mère Boivin le conseil d'accepter l'enfant que lui confiait la Providence, et de l'élever avec le plus de soin qu'il lui serait possible. La mère Boivin revint donc chez elle, rapportant l'enfant, la bourse et la lettre.

L'enfant fut mis dans le propre berceau du fils de la mère Boivin, mort depuis deux ans; la lettre fut enfermée dans un portefeuille où la brave femme serrait les états de service de son mari, sergent dans la vieille garde, et occupé dans ce moment à faire, lui quatre cent millième, la retraite de Russie; quant aux douze cents francs, ils furent insérés dans une cachette à laquelle la mère Boivin confiait ses économies.

On n'avait oncques entendu parler du sergent Boivin. Était-il mort? était-il prisonnier? Jamais la pauvre femme n'avait eu de nouvelles de son mari. Pendant sept ans, la pension de l'enfant avait été payée avec exactitude; mais, depuis deux ans et demi, les mandats avaient complétement cessé d'arriver à leur échéance mensuelle; ce qui n'avait pas empêché la bonne femme d'avoir les mêmes soins pour Mina, qu'elle regardait comme sa propre fille.

Depuis huit jours elle était morte, laissant au curé le soin de l'enfant, qui devait être envoyé à un frère, charron à Paris, qu'elle n'avait pas vu depuis longtemps, mais dont elle affirmait l'honnêteté. Ce frère s'appelait Durier, et habitait le rez-de-chaussée de la maison n° 111, faubourg Saint-Jacques, à Paris.

Voilà ce que la petite fille avait raconté, et ce que les deux amis savaient en arrivant dans la chambre de Justin. Quand Justin tardait à rentrer, il trouvait toujours sa sœur veillant et l'attendant.

Cette fois comme toujours, Céleste, c'était le nom de la jeune fille, attendait son frère. Elle ouvrit la porte au bruit des pas, et s'entendit appeler. Elle descendit aussitôt, et la première chose qu'elle vit fut la petite Mina, que lui présentait son frère.

Émerveillée de la beauté de l'enfant, elle l'embrassa tout d'abord avant de demander seulement d'où elle venait. Puis, l'enlevant de terre, elle la prit dans ses bras, et l'emporta tout courant dans la chambre de sa mère. La mère ne pouvait voir l'enfant; mais, comme tous les aveugles, elle avait des yeux au bout des doigts ; elle toucha l'orpheline, et se convainquit qu'elle était belle.

On raconta l'histoire tout entière à la mère; Céleste avait grande envie d'entendre cette histoire, mais on lui montra l'enfant, qui tombait de sommeil : il s'agissait donc pour Céleste de lui dresser, le plus vite possible, un lit dans sa chambre. C'était chose facile.

On descendit au rez-de-chaussée, on y prit le grand tableau qui servait aux démonstrations d'arithmétique, on le posa sur quatre tabourets, on y étendit un matelas, et madame Corby, ayant pris le front de l'enfant, y imposa les mains, comme une triple bénédiction de la mère, de l'aveugle et de l'hôtesse, bénédiction qui devait porter bonheur à la petite fille. Quant à celle-ci, elle alla se mettre au lit, où, à peine étendue, elle s'endormit d'un profond sommeil.

Le lendemain, avant l'entrée de ses enfants dans leur classe, Justin se rendit chez un des voisins de l'ancien charron, qui était un brave charbonnier de sa connaissance, nommé Toussaint, et lui demanda s'il pouvait lui donner quelques renseignements sur le charron qui avait habité le rez-de-chaussée de la maison 111 avant le serrurier qui l'habitait maintenant. Justin tombait à merveille. Toussaint et Durier étaient amis.

Durier avait fait partie de la fameuse conspiration Nantès et Bérard, laquelle avait pour but la prise du fort de Vincennes, et devait ainsi faire éclater un complot ourdi dans toute la France par le comité directeur, conspiration qui avait échoué grâce aux révélations de Bérard. Il avait été entraîné là, à ce que prétendait Toussaint, par un Corse nommé Sarranti, qui attachait une grande importance à avoir Durier pour complice, à cause des nombreux ouvriers dont il disposait.

Or, la veille du jour où devait éclater le complot, au milieu de la nuit, Toussaint avait entendu frapper violemment à la porte de Durier ; il s'était mis à la fenêtre, et avait reconnu l'étranger qui, depuis quelque temps, fréquentait les ateliers du charron. Un instant après, il les avait vus sortir tous deux, et se diriger à toutes jambes vers la barrière. Depuis ce jour-là, Durier et Sarranti n'avaient point reparu.

Ce n'était pas la seule accusation qui eût pesé, non pas sur Durier, mais sur le Corse : Toussaint avait su, par des agents de la police qui étaient venus faire perquisition chez Durier, que Sarranti était en outre accusé d'avoir volé chez un de ses amis une somme considérable, quelque chose comme cinquante ou soixante mille francs. C'était sans doute grâce à l'argent dont ils pouvaient disposer qu'ils avaient gagné le Havre assez rapidement pour pouvoir s'embarquer tous les deux sur un navire en partance pour l'Inde.

Depuis ce temps, on n'avait entendu parler ni de l'un ni de l'autre. Peut-être, ajoutait Toussaint, pourrait-on avoir de leurs nouvelles par un fils de M. Sarranti qui était élève au séminaire Saint-Sulpice; mais il était facile de comprendre quelle discrétion ce fils mettrait, sans doute, à répondre à des questions faites par un inconnu, dans la crainte où le tenait la grave accusation qui pesait sur son père.

Justin essaya de pousser plus loin les investigations; mais Toussaint n'en savait pas davantage. Le jeune homme rentra à la maison sans juger à propos de faire aucune démarche auprès de M. Sarranti fils. D'ailleurs, lui aimait autant que le charron fût disparu, et, étant disparu, ne reparût plus. Il rentra donc, comme nous avons dit, et, hypocrite pour la première fois, annonça à sa mère et à sa sœur *la mauvaise nouvelle*.

— Ta mauvaise nouvelle est une bonne nouvelle, au contraire! répondit madame Corby, à qui son fils avait appris, en lisant l'Évangile, le sens du mot ἄγγελος; une bonne nouvelle, puisque c'est un ange que Dieu nous envoie!

Et ce fut pour eux trois une joie immense que l'espoir de garder dans leur maison la charmante créature. Ils semblaient, en effet, être arrivés à cette période de la vie en commun où l'on sent que, se nourrissant incessamment de sa propre substance, l'intimité va décroître, faute d'aliments nouveaux. Ils éprouvaient à leur insu la nécessité impérieuse de se renouveler tous les trois. Ils étaient assez longtemps, au milieu du déluge, restés enfermés dans l'arche sainte; la colombe venait, apportant le rameau d'olivier.

On accueillit donc avec des transports de joie cette idée de garder l'enfant. Et ainsi cette brave famille, qui tout à l'heure avait à peine le nécessaire, consentait à s'appauvrir encore, pour le bonheur de posséder cet enfant. Selon eux, augmenter de ce petit être le personnel de la maison, c'était s'enrichir en s'appauvrissant.

XIX

OISEAU EN CAGE.

Cette résolution prise, Justin écrivit au curé qui avait eu soin de l'enfant depuis la mort de sa nourrice une relation exacte de la rencontre qu'il avait faite et des démarches qui en avaient été la suite. Il lui annonçait que désormais toutes nouvelles de la petite Mina devaient être demandées à lui et à sa mère, puisque c'était chez eux qu'elle allait demeurer. Puis, comme le curé était le seul être sur la terre qui, la femme Boivin morte, s'intéressât ou parût s'intéresser à l'enfant, on le priait de donner son consentement à l'adoption de l'orpheline.

La réponse ne se fit pas attendre; le prêtre, au nom de Dieu, le grand et presque toujours, hélas! le seul rémunérateur des vertus, remerciait la bonne famille de sa sainte action. S'il lui parvenait quelques nouvelles du protecteur inconnu de la petite Mina, il ferait à l'instant même parvenir ces nouvelles au maître d'école.

Ce point réglé, et la conscience de ceux qui se chargeaient de l'enfant tranquillisée, on s'interrogea sur le genre de vie qu'on allait faire mener à la petite.

— Je me charge de son éducation, dit Justin. — Moi, de sa religion, dit la mère. — Moi, de son trousseau, dit la sœur.

Puis on régla l'heure de son lever, de ses repas, de ses travaux; enfin, au bout d'une heure de conversation entre le frère, la sœur et la mère, elle était indissolublement soudée à l'intérieur de la famille. C'était au point que, si l'on fût venu la réclamer en ce moment, c'eût été un profond chagrin dans tous ces excellents cœurs.

Pendant ce temps la petite dormait, ignorant que l'avenir de sa vie venait d'être décidé, et qu'elle allait être invariablement fixée dans cet humble, mais sympathique intérieur. Tout à coup des sanglots, partis de la chambre où elle était couchée, firent tressaillir les trois personnes, réunies comme en un petit conseil de famille.

La mère, qui était assise sur son fauteuil, se leva; Justin accourut jusqu'à la porte de la chambre à coucher; mais Céleste seule entra. L'enfant était si raisonnable, que c'était presque une jeune personne, et un sentiment de pudeur avait arrêté Justin au seuil de la porte.

Ce qui faisait sangloter l'enfant, mon Dieu! ce n'était rien qu'un rêve; elle avait, pauvre petite, fait un rêve effrayant; elle s'était crue arrêtée par les gendarmes comme vagabonde; et dans son rêve, elle pleurait à sanglots; c'étaient ces sanglots qui avaient mis fin à son sommeil. Par malheur, en ouvrant les yeux elle put croire que le rêve continuait : la tenture sombre de cette pièce lui serra le cœur.

Où était-elle, sinon en prison?

Quelle différence entre cette chambre et le petit cabinet qu'elle habitait chez la mère Boivin! Les murs du cabinet n'avaient point de papier, il est vrai, mais ils étaient d'une blancheur éclatante; la fenêtre n'avait pas le rideau jaune à grecque rouge qui ornait celle de mademoiselle Céleste, mais elle s'ouvrait sur un beau jardin plein de fleurs au printemps, de fruits à l'automne, et de soleil l'été.

Dès que le temps était un peu chaud, la petite Mina dormait la fenêtre ouverte, et comme chaque soir elle avait soin de répandre du grain sur le carreau de sa chambre, elle était réveillée à l'aube par le chant des oiseaux qui gazouillaient dans l'arbre dont les branches curieuses regardaient dans sa chambre, qui voletaient sur le bord de sa fenêtre, qui picotaient à deux pieds de son lit.

Oh! c'était cette vie, cet air, ces arbres, ce soleil, ces oiseaux, qui l'avaient faite blanche et rose comme une pêche, la chère petite. Et puis, cette chambre, aussi blanche que les murs de la paroisse, c'était, à défaut d'autre point de comparaison, la plus belle chambre que l'enfant pût imaginer; elle lui rappelait l'orgue, l'encens, la Vierge et toutes ces féeries de l'église, si puissantes sur les jeunes imaginations. Mina, tout éveillée qu'elle était, demeura donc un instant dans le doute le plus profond.

Ce jeune homme grave, ce vieillard affectueux qu'elle avait rencontrés, cette promenade au clair de la lune, qu'elle avait faite portée entre les bras de deux hommes inconnus, tout lui parut un songe. Elle eut la pensée de sauter à bas de son lit et de s'assurer de la vérité, mais elle n'osa point, et, tout en comprimant ses sanglots, elle s'assit sur son lit et chercha à rassembler ses idées. C'est dans cette posture, qu'un sculpteur eût choisie pour une statuette du Doute, que la bonne Céleste la trouva. Deux grosses larmes coulaient encore sur ses joues.

— Qu'avez-vous, ma chère enfant? demanda Céleste en serrant la petite fille dans ses bras, vous pleurez!

L'enfant reconnut la pâle et maladive figure de la vieille, elle rendit à sa nouvelle amie le baiser qu'elle en avait reçu, et se mit à lui raconter son rêve.

Après quoi Céleste elle-même prit la parole, et, au bout de quelques minutes, l'enfant était au courant des démarches de Justin : elle savait que le charron avait disparu, et que la lettre du curé était inutile.

— Eh bien, alors? demanda la pauvre enfant d'une voix plaintive, et en fixant des regards si anxieux sur Céleste, que ce fut celle-ci à son tour qui sentit des larmes dans ses yeux; eh bien alors?...

Et l'enfant n'osait achever.

— Eh bien, te voilà chez nous et à nous, mon enfant! dit Céleste; tu seras la fille de notre mère; notre sœur à Justin et à moi, et, quoique nous ne soyons pas riches, nous ferons tout pour te rendre heureuse. — Oh! sœur Céleste! dit l'enfant en l'embrassant à son tour; oh! frère Justin! ajouta-t-elle en tendant ses deux petites mains vers le jeune homme, dont la tête passait par l'encadrement de la porte.

Justin n'y put tenir; il s'élança dans la chambre, et baisa les mains que l'enfant tendait vers lui. En un instant Mina fut instruite de la vie qu'elle allait mener.

Hélas! ce n'était pas la vie d'air et de liberté à laquelle l'avait habituée la campagne; ses petits pieds allaient oublier leur course matinale à travers la rosée et les fleurs; elle n'aurait plus sous les yeux cette belle rivière qui coulait majestueuse et lente, conduisant vers la mer le commerce et l'industrie; mais, pauvre enfant, elle sentait cela, elle aurait en place de bons cœurs qui l'aimeraient; elle aurait la tendresse, ce doux soleil de l'âme qui n'est pas le soleil du corps, mais qui est pourtant le seul dont la tiède chaleur puisse faire oublier la puissante et féconde chaleur de l'autre.

L'heure d'entrer en classe était venue : Justin descendit pour ouvrir sa porte aux dix-huit marmots.

La jeune fille resta seule avec l'enfant; elle voulut l'habiller; mais la petite Mina sauta à bas du lit, légère comme un oiseau, et s'habilla en un instant, voulant prouver à sa sœur qu'elle n'était pas si petite qu'elle en avait l'air, et qu'elle ferait en sorte d'être le moins possible à charge à ceux qui l'avaient recueillie. Sa toilette achevée, la petite passa dans la chambre de la mère, pour faire sa prière et déjeuner. Tant qu'il s'agit de la prière, tout alla bien : l'enfant savait toutes les douces prières de l'enfant, actes de foi, actes de grâces, actes d'amour. Mais, quand arriva le déjeuner, ce fut pour la pauvre Mina un triste désappointement. Lorsque, chez la mère Boivin, Mina sentait la faim venir, elle descendait; si c'était l'été, elle cueillait des fruits, cassait la moitié d'une miche, et mangeait son pain avec des abricots, des prunes, des fraises, des cerises ou des pêches; si c'était l'hiver, elle allait à l'étable et au poulailler : à l'étable, elle trouvait le lait tiède, qu'elle tirait elle-même du pis de Marianne; dans le poulailler, elle trouvait les œufs encore chauds, qu'elle prenait sous le ventre des poules. Mina n'avait donc pas idée que l'on pût manger autre chose à son déjeuner que des fruits, du lait ou des œufs.

A Paris il n'était plus question de cela; toute la famille déjeunait le matin avec cet affreux liquide que l'on est convaincu d'appeler du café au lait; pourquoi? nous n'en savons rien, puisqu'il entre dans l'abominable breuvage que nous soumettons à l'analyse des savants beaucoup plus d'eau que de lait, beaucoup moins de café que de chicorée.

Et ce n'est pas qu'on ignore cela; non, tout le monde le sait; offrez du véritable café aux huit cent mille consommateurs de Paris, ils le refuseront; ils vous diront que le café est échauffant, que la chicorée est rafraîchissante. Alors, soit; mais dites tout simplement : « Je déjeune avec de la chicorée au lait. » Il faut avoir le courage de ses aliments. Mais non, on tient à avoir l'air de prendre du café, parce que le café ne pousse pas à Montmartre, tandis qu'on peut trouver de la chicorée tout autre part qu'à Moka, à la Martinique ou à Bourbon.

Que le tilleul ne fleurisse qu'à Pékin, que le thé ne pousse qu'à Paris : les Chinois feront venir du thé de Paris, et les Anglais, les Français et les Russes, du tilleul de Pékin. Telle est notre opinion, du moins; on voit que nous avons le courage de celle-là comme des autres.

Toute la famille avait donc la mélancolique habitude de déjeuner avec une jatte de cette liqueur rafraîchissante; et, si un de nos lecteurs, pressé d'arriver au dénoûment, en vertu du principe d'Horace : *ad eventum festina,* prend les lignes que nous venons de hasarder pour une boutade ou une digression, nous allons le rassurer bien vite, en lui disant que c'est tout simplement une pièce justificative à mettre dans le dossier de la petite fille, afin qu'on ne lui impute pas à crime le dégoût profond qu'elle va manifester pour le café au lait de maman Corby, de frère Justin et de sœur Céleste.

A peine eut-elle mis une cuillerée de ce liquide dans sa bouche, que son pauvre petit cœur se souleva, et qu'elle la rejeta sur le plancher. Les trois convives crurent qu'elle s'était brûlée. Ce n'était pas cela : elle trouvait la chose horrible, impotable.

On eut beau lui dire, lui redire, lui jurer que c'était du lait, elle n'en voulait rien croire. Non pas qu'elle eût le caractère mal fait, non pas qu'elle fût entêtée le moins du monde; c'était tout simplement que la pauvre petite, habituée à traire elle-même la bonne vache noire et blanche, croyait connaître de bonne source le véritable goût du lait.

— Alors, dit la gracieuse enfant avec beaucoup de déférence pour la triple affirmation de ses hôtes, c'est qu'il y a le lait de Paris et le lait de la Bouille.

C'était là une vérité tellement incontestable, qu'aucun des opposants n'essaya de la combattre. Hâtons-nous de dire que, le lendemain, Mina, voyant qu'on avait fait une soupe exprès pour elle, surmonta l'horreur que lui inspirait cette boisson inconnue qu'on lui avait présentée la veille, et l'avala avec un héroïsme qui lui mérite toute notre admiration.

Le déjeuner ne fut point la seule chose qui l'étonna dans la triste maison. De même que, le soir de notre arrivée, on lui avait mis sur la tête un fichu de nuit en attendant qu'on lui eût fait un bonnet, à elle, habituée à coucher nu-tête et la fenêtre ouverte de même la tristesse de cet intérieur se répandit autour d'elle comme un voile épais.

Tout la surprenait : le papier gris de la chambre de la sœur; les rideaux bruns de la chambre de la mère; la figure grave du jeune maître d'école, sa voix, ses vêtements noirs, ses vieux livres jaunes; tout lui paraissait sombre, jusqu'au violoncelle, qui la fit fondre en larmes la première fois que, le soir, à dix heures, de son lit, au milieu d'un demi-sommeil, elle en entendit jouer.

Au reste, grâce à son excellente organisation, elle ne s'attristait pas bien profondément de tout cela, attendu qu'avec une apparence de bon sens, elle s'imaginait que, puisqu'elle ne connaissait que la vie de campagne, il était possible qu'à la ville tout le monde vécût de cette austère façon.

Elle se raisonna donc elle-même, et résolut dans son for intérieur de se soumettre à la vie semi-monastique de la maison. Mais, pauvre enfant des prés et des plaines, emprisonnée entre quatre murailles humides, elle se promettait plus qu'elle ne pouvait tenir ; elle n'était ni de tempérament ni d'âge à se conformer à cette triste règle ; ses yeux étaient trop vifs, son sang était trop jeune et trop chaud, sa fraîche voix trop claire, pour qu'elle pût dire ainsi tout à coup à sa voix matinale et joyeuse comme celle de l'alouette, de se taire ; à son sang, brûlante séve de la jeunesse, de se calmer ; à ses yeux, douces étoiles de son cœur, de s'éteindre ou de ne plus briller qu'à moitié. Il lui échappait, malgré elle, de francs rires éclatant comme des chansons, et elle s'efforçait, mais vainement, de réprimer ces trésors de gaieté enfantine qu'elle portait en elle.

Un jour qu'arrachant des herbes qui poussaient dans la cour humide et sombre, elle chantait à demi voix la ritournelle d'un air de son pays, sœur Céleste apparut à la fenêtre ; alors le couteau avec lequel la pauvre Mina arrachait l'herbe lui échappa des mains ; elle devint blême et se mit à trembler de tous ses membres.

S'être oubliée à ce point-là lui parut une profanation monstrueuse, comme d'avoir parlé haut dans une église.

Une autre fois que seule dans la chambre du maître d'école, laquelle, on s'en souvient, était en même temps la classe, elle rangeait ses vieux livres, qui parlaient une langue inconnue et pour laquelle elle avait tant de respect, elle aperçut dans un coin le violoncelle, que Justin n'avait pas eu le temps de rentrer dans sa boîte.

Depuis longtemps, elle attendait l'occasion de se trouver seule et face à face avec cet instrument. Elle s'y trouvait enfin, et se sentait partagée entre deux sentiments bien contraires : d'une part, l'impression qu'elle avait éprouvée, la première fois qu'elle avait entendu ses sons mélancoliques, l'avait animée contre lui d'une espèce de rancune qu'elle n'eût point été fâchée de manifester résolûment ; de l'autre, vivement tiraillée par une curiosité analogue à celle qui fait demander aux enfants de voir *la bête* renfermée dans une montre, elle avait une forte démangeaison de savoir ce qui se passait dans le violoncelle, lorsqu'on promenait l'archet sur ses cordes. Elle eût été bien embarrassée de dire lequel des deux sentiments, la curiosité ou la vengeance, l'emportait sur l'autre.

Nous, qui avons cinq fois son âge, nous n'hésitons pas à croire que c'était la curiosité, et nous en doutons d'autant moins que le résultat est là pour nous donner raison. Elle prit donc du bout des doigts l'archet posé sur une chaise, et s'approchant à pas de loup du violoncelle, elle commençait à scier la corde d'argent, et lui faisait rendre un ronflement sonore, lorsque le maître d'école, qui avait oublié un papier sur sa table, rouvrit la porte, et apparut brusquement sur le seuil de la chambre.

Jamais, cher lecteur ! jamais, lectrice amie ! jamais, depuis la première pécheresse, prise en flagrant délit de maraudage par l'ange gardien du paradis, jamais sous une chevelure blonde, des joues plus roses ne se couvrirent d'un vermillon plus clair !

Le cœur de la pauvre petite battait comme le cœur d'un oiseau blessé ! Il fallut, pour la rassurer, que Justin, tout souriant, lui prît la main et lui fît, presque de force, passer l'archet sur les cordes. Mais l'émotion qu'elle éprouva fut telle, qu'elle changea en haine profonde la simple antipathie que l'orpheline avait pour le pauvre instrument.

Nous vous appelions tout à l'heure *lectrice amie*, ô beaux yeux qui nous faites l'honneur de nous lire ! Savez-vous pourquoi nous vous caressons ainsi de nos plus douces épithètes ? C'est que vous êtes, à titre de femme, apte aux tendres et douces émotions, et que nous voulons obtenir que vous usiez de votre influence près de nos lecteurs, qui, trop impatients, trouveraient que nous tombons dans l'idylle.

Laissons-nous ouvrir au terrible drame que nous écrivons cette porte parfumée et fleurie de la jeunesse ; nous arriverons assez tôt aux passions de la virilité, et aux crimes des âges mûrs. N'est-ce pas donc, lectrice amie, que vous nous permettez de vous conduire quelque temps encore à travers les prés émaillés de pâquerettes et de boutons d'or, au bruit des oiseaux qui chantent et des ruisseaux qui murmurent ?

XX

LA BAGUETTE MAGIQUE.

Ces traits et d'autres semblables, loin d'indisposer contre Mina sa famille adoptive, ne faisaient, au contraire, que confirmer Justin et sa sœur dans la bonne opinion qu'ils avaient du cœur de la petite orpheline ; au lieu de la blâmer, ils l'encourageaient à suivre l'impulsion de sa charmante nature, qui jetait quelques rayons de gaieté dans la maison ; ils eussent voulu lui faire de tous ses travaux un plaisir, de tous ses jours une fête. Ils savaient bien, ces cœurs purs, que l'enfance est un dimanche éternel !

Mais la mère était aveugle, la sœur souvent malade, tous trois besogneux. Les parents ne pouvaient que donner leur tristesse à la petite fille ; ce fut donc elle qui, par la grâce de Dieu, leur donna sa gaieté.

Elle finit par prendre dans la maison un si grand empire, qu'il en fut de la maison comme il en est de la nature au sortir de l'hiver : d'abord nue et désolée, elle sembla renaître à la vie, et peu à peu, sous une sève invisible, reprit des bourgeons, des feuilles et des fleurs.

Le maître d'école, malgré les efforts du vieux professeur, et quoique, selon l'expression de celui-ci, il eût *coudoyé le monde*, le maître d'école avait succombé dans cette lutte entre sa conscience et ses goûts, entre son devoir et ses désirs ; il s'était, comme l'avait prédit M. Müller, fané au beau milieu du printemps de sa jeunesse ; en trois années il avait vieilli de dix ans.

Ce fut le contraire pour la petite Mina : à son contact la famille se réjouissait. C'est le propre, en effet, de l'insoucieuse enfance, de raviver et de rajeunir tout ce qui l'approche ; partout où traîne sa robe blanche, l'herbe pousse, les boutons fleurissent.

Il y avait deux ans à peine que la petite Mina était dans la famille du maître d'école, et déjà la maison avait subi une transformation complète. Une fois, elle avait été se promener dans la plaine de Montrouge, et dans cette plaine elle avait trouvé moyen de découvrir une douzaine de touffes de pâquerettes et de violettes sauvages. Elle les avait déracinées avec un couteau, les avait mises dans son mouchoir, les avait rapportées à la maison, et madame Corby avait été bien émue de sentir sous sa main deux pots de fleurs qui lui rappelaient ce soleil qu'elle ne pouvait plus voir.

Une autre fois, c'étaient deux rosiers nains qu'un jardinier du voisinage lui avait donnés ; elle les avait mis dans deux verres à boire, et les avait déposés sur la cheminée de Justin, tandis qu'il était sorti. Le soir, le maître d'école les avait trouvés à son retour, et il avait ressenti une bien douce émotion en regardant ces roses, qui lui rappelaient qu'il y avait autour de Paris un printemps à robe fleurie, dont il ne pouvait pas jouir.

La sœur Céleste avait eu aussi sa surprise : deux ou trois fois, devant l'orpheline, elle avait manifesté le désir d'avoir un petit chat, ne fût-ce que pour la distraire en emmêlant son fil, toujours si bien démêlé; un soir elle fut bien étonnée, lorsqu'elle leva son oreiller, de voir sortir de son lit un petit chat tout blanc, avec un ruban bleu au cou. C'était encore Mina qui avait découvert ce chat et qui lui avait fait un collier avec sa ceinture.

Chaque jour c'était une imagination nouvelle; tout le génie inventif de l'enfance était concentré dans cette blonde tête; on eût dit que, pareille au zéphyr, elle ne respirait que pour animer le printemps et faire fleurir autour d'elle les roses et le jasmin. Aussi ne voyait-on plus que par elle, ne s'entretenait-on plus que d'elle : Mina par-ci! Mina par-là! Comme une note agréable et qui plaît à tout le monde, on entendait son nom retentir du haut en bas de la maison.

Si l'on avait un achat à faire, on s'en rapportait à son goût; un parti à prendre, à sa décision; un projet quelconque à accomplir, à sa volonté. Elle était souveraine arbitre du petit État; elle gouvernait ses sujets avec son bon sens, son bon cœur et sa gaieté. Aussi tous trois sentaient-ils et reconnaissaient-ils l'influence bienfaisante qu'exerçait sur eux cet enfant; la mort d'un des membres de la famille n'eût pas causé plus de douleurs aux deux survivants que le départ de la petite fille ne leur en eût causé à tous trois. Ils l'appelaient l'*Ange de la gaieté*. Et en effet, c'était un enchantement de toutes les heures.

Un jour, elle était allée au bois de Meudon avec M. Müller et Justin; c'était un dimanche, bien entendu; elle aperçut à une douzaine de pieds, sur une branche, collé comme d'habitude au corps de l'arbre, un nid de pinsons. Sa convoitise s'éveilla aussitôt, et elle entreprit de prouver au vieux précepteur et à Justin que c'était la chose la plus facile du monde que de lui aller chercher ce nid, disant qu'elle savait monter aux arbres, et que, s'ils n'y allaient pas, elle allait y grimper elle-même.

Justin, dans sa jeunesse, avait pratiqué cet art, et ne l'avait certes pas oublié au point de reculer devant une si médiocre ascension; mais une chose le préoccupait : pour monter aux arbres, il fallait en embrasser le tronc avec les bras et les genoux, et l'opération ne pouvant se faire qu'au détriment probable de la redingote du jeune homme et de son pantalon, Justin se grattait l'oreille et regardait le nid. Le bon professeur comprit ce qui préoccupait le jeune homme; il jeta à terre son chapeau à larges bords, et, s'adossant à l'arbre, joignit les deux mains, et s'offrit en courte-échelle à son élève.

Celui-ci lui demanda pardon de la liberté grande, monta sur ses épaules, leva le bras, atteignit le nid, et mit cinq pinsons entre les mains de la jeune fille, qui les reçut en sautant de joie. C'est qu'il y a dans l'enfance une force si irrésistible, une volonté si impérieuse, une telle puissance de commandement, qu'il faut absolument lui obéir.

Ajoutons que c'est le propre des vieillards d'être plus tolérants pour l'enfance que les jeunes gens; sans doute, parce que les jeunes gens sont plus près et les vieillards plus loin de cet heureux âge. Au reste, elle savait bien ce qu'elle faisait, la petite entêtée, en demandant ces pinsons; et ce n'était pas le premier nid qu'elle convoitait : elle avait trouvé, on ne savait où, à la cave ou au grenier, une vieille cage sale et noire, qu'elle avait essuyée, grattée, polie; et, cette cage mise en état, elle voulait l'utiliser.

Elle rapporta donc ses pinsons sans répondre à Justin, qui lui disait qu'elle ne saurait où les mettre; et, cinq minutes après sa rentrée à la maison, elle arriva dans la chambre du maître d'école, toute victorieuse, avec sa cage reluisante, et sa petite famille de pinsons emménagée. Mais alors cela lui fit venir une idée qui occupa longtemps son petit cerveau avant de se produire au jour : c'était de faire, pour la cage de frère Justin, ce qu'elle avait fait pour la cage de ses pinsons; seulement, il ne s'agissait plus là de frotter, de laver et de polir; il fallait changer le papier, changer les rideaux des fenêtres, changer les rideaux du lit.

La pauvre petite y mit un an; elle eut toutes sortes de caprices, et, comme Justin ne lui savait rien refuser, tantôt c'était dix sous pour un ruban qu'elle n'achetait pas, tantôt vingt sous pour un bout de dentelle qui restait chez la marchande; enfin, de dix sous en dix sous, de vingt sous en vingt sous, elle amassa une somme de soixante-dix francs dont quinze furent employés à mettre un petit papier gris-perle avec des roses bleues à la place de l'affreux papier terreux, crasseux, humide, qui attristait l'œil, et cinquante-cinq à acheter des rideaux de mousseline qui, faits par elle et par sœur Céleste, devenue vers la fin sa complice, remplacèrent les rideaux de serge verte.

La métamorphose de la chambre s'opéra en une soirée, grâce à la complaisance d'un marchand de papier qui avait son fils dans la classe de Justin, et qui contribua à ce tour de passe-passe pour la pose du papier, que quatre ouvriers collèrent sur les murs, tandis que Justin faisait sauter les dandys et les coquettes de la barrière du Maine.

Quand frère Justin rentra, il crut qu'on avait fait un reposoir dans sa chambre; il voulut gronder, quereller, se plaindre : Mina lui présenta ses deux joues roses, et Justin ne sut plus que serrer l'enfant sur son cœur. Et c'était ainsi que, degrés par degrés, cette triste maison rajeunissait et s'égayait, comme ses habitants s'étaient égayés et rajeunis.

Quand Mina en fut à ce point d'influence, elle déclara la guerre aux vieux livres de musique religieuse, et elle fit tant, que Sébastien Bach, Palestrina, Haydn rentrèrent dans l'armoire, et que, pour remplacer ces illustres ancêtres qui avaient fait la joie de la jeunesse du maître d'école, Justin rentra un jour, tenant des fragments d'une partition d'opéra-comique, qu'il avait trouvés en bouquinant sur les quais.

Qui fut abasourdi? qui pensa tomber à la renverse? Ce fut M. Müller, qui, en entrant un soir chez Justin, le trouva déchiffrant les principaux motifs de *Don Gulistan*, cette gaieté en trois actes. Mais l'enfant déclara probablement pour satisfaire sa vieille rancune contre le violoncelle, l'enfant déclara que les airs les plus gais lui semblaient lugubres sur cet instrument.

Eh bien, jugez à quel point le pauvre maître d'école avait la tête tournée, et était prêt à obéir aux caprices de cette enfant; elle fit tant de taquineries à Justin, à propos de son violoncelle, et vous savez si le pauvre garçon aimait son instrument, mélancolique compagnon de sa vie mélancolique! ce pouvoir tyrannique de la petite Mina fut tel sur lui, qu'elle le décida à renoncer au violoncelle!

Ah! ce fut un moment bien triste que celui où le pauvre Justin renferma son violoncelle dans la prison de bois à laquelle il était condamné à perpétuité. Vous me direz qu'il lui restait trois soirs de la semaine pour jouer de la contre-basse à la barrière; mais cette musique, qui était pour le vieux maître d'école de la musique profane au premier degré, était loin de lui paraître une compensation suffisante à ce qu'il perdait en perdant Haydn, Palestrina et Sébastien Bach.

D'ailleurs, sans lui rien dire, Mina lui donnait la meilleure raison du droit qu'elle avait de lui imposer ce sacrifice. Qu'était pour lui la musique? La consolation de son ennui. Qu'avait-il besoin de se distraire, puisqu'il ne s'ennuyait plus? d'être consolé, puisqu'il n'était plus triste? N'était-elle pas la chanson vivante, elle?

Enfin, s'il est juste de dire, comme nous l'avons fait, que les malheurs vont par troupes, il est vrai de dire aussi qu'un bonheur arrive rarement seul. Aussi, un soir d'automne, à la rentrée des classes, Justin ouvrit-il tout simplement à deux battants la porte à la Fortune, qui cognait.

Elle avait pris, la capricieuse déesse, la placide figure d'un notaire de la rue de La Harpe. Vous me demandez naïvement, j'en suis sûr : « Il y avait donc des notaires rue de La Harpe? » Il n'y avait pas des notaires, il y avait un notaire. Ce notaire se nommait maître Jardy.

Il avait deux fils, lesquels désiraient ardemment faire deux classes dans une seule année; autrement dit, sauter, l'année suivante, par-dessus la classe appelée la troisième, en passant de quatrième en seconde. Justin étant occupé toute la journée, et les deux jeunes gens l'étant aussi, ils ne fallait pas penser à des leçons de jour. D'ailleurs, Justin ne pouvait renoncer à sa classe. Ce qui convenait aux jeunes gens, c'étaient des leçons du soir, trois fois par semaine, et de deux heures chacune. Dans ces conditions, la chose allait merveilleusement à Justin!

Trois fois par semaine, il faisait danser à la barrière, et, ne pouvant plus jouer du violoncelle dans sa chambre, à cause de la défense à lui faite par son petit despote, il avait pris en grand amour cette occupation qui lui permettait de serrer encore de temps en temps sa contre-basse contre son cœur.

Une contre-basse n'est pas un violoncelle; la musique de la guinguette n'était pas la musique de Beethowen; mais, on le sait, nous ne sommes pas en ce monde pour voir éclore la fleur parfumée de tous nos désirs! Justin offrit au notaire ses trois soirs de liberté.

Le notaire n'avait pas de préférence pour les jours pairs et impairs : un notaire de la rue de La Harpe n'a de loge ni à l'Opéra ni aux Italiens. Les trois soirs de Justin furent les trois soirs de maître Jardy.

Le digne tabellion offrait cinquante francs par mois, et, au bout de l'année, un rappel de cinquante autres francs si ses deux fils étaient reçus en seconde.

Justin accepta; il s'engageait à forfait, moyennant cent francs par mois, à faire un miracle. Il fut convenu que, dès le lendemain, maître Jardy enverrait ses deux fils. La propreté de cette petite chambre de Justin avait surtout séduit le notaire. Il avait répété deux fois :

— La charmante petite chambre que vous avez là, monsieur Pierre-Justin Corby!... En sa qualité de notaire, le magistrat de la rue de La Harpe ne faisait point grâce à ceux à qui il parlait d'un seul de leurs noms. La charmante petit chambre que vous avez là! Il faudra que j'en fasse arranger une pareille à madame Jardy.

Et qui avait arrangé cette petite chambre, si avenante, qu'elle séduisait jusqu'au notaire? Mina, l'ange de la gaieté. Aussi, le notaire parti, Justin, sans s'apercevoir que la petite fille courait sur ses quinze ans, la prit-il dans ses bras, et l'embrassa-t-il de toute la force de ses lèvres, en lui disant :

— Tu es mon bon génie, enfant! depuis que tu es entrée ici, le bonheur a fait son nid dans la maison.

Et il avait raison de dire cela, le brave jeune homme : c'était une véritable fée, un véritable génie, que cette petite fille avec sa baguette magique. « Sa baguette magique? dira-t-on; vous ne nous en avez pas encore parlé. »

Au contraire, chers lecteurs! au contraire, lectrices amies! nous ne vous avons parlé que de cela. Cette baguette magique, c'était la jeunesse!

XXI

SONGE D'UNE NUIT D'ÉTÉ.

C'était une nuit aussi fraîche que la journée avait été brûlante. Les oiseaux, qui, sans doute étouffés par la chaleur du jour, avaient gardé la chambre dans leurs palais de verdure, commençaient à faire entendre la voix de leurs hérauts : le rossignol, la fauvette, le rouge-gorge; ils chantaient la belle nuit d'été aux brises fraîches! Des papillons de ténèbres, si grands qu'ils semblaient des oiseaux : l'atropos, le paon, le sphinx du peuplier, voletaient sans bruit autour des arbres, avec des essaims innombrables de ces petits hannetons qui semblent les fils dégénérés des hannetons du mois de mai; et mises en branle par le vent frais de l'est, les fleurs de la plaine, balancées sur leurs tiges, semblaient danser en l'honneur du Dieu qui créa la lune et les étoiles, ces doux et pâles soleils de l'obscurité. Les coquelicots s'enlaçaient aux bluets; les marguerites donnaient la main aux violettes; les myosotis aux yeux d'or regardaient amoureusement couler le ruisseau : oiseaux, papillons, fleurs, célébraient la fête de la nature.

Assis, ou plutôt couché parmi les blés, un jeune homme, la tête appuyée en arrière sur ses deux bras croisés, les yeux levés au ciel, semblait jouir avec délices de la sérénité ineffable de cette nuit d'été.

Sur le front de ce jeune homme étaient écrits en lettres de flamme les purs enchantements d'une récente félicité; on pouvait suivre sur son visage les traces encore visibles des joies de la veille, déjà amorties, effacées par l'invasion triomphante des joies du jour. Un passant indifférent eût seul pu croire que les rides de son front étaient creusées depuis peu, comme les sillons par la charrue dans une terre nouvellement labourée; un observateur, au contraire, eût reconnu bien vite que, dans ces sillons, arides à la première vue, germaient les plus vertes et les plus fraîches pensées de la jeunesse.

Ce jeune homme, c'était notre maître d'école... ou plutôt, hâtons-nous de nous reprendre, et ne lui donnons plus ce nom, qui entraîne avec lui tout un cortége d'illusions meurtries, non, ce n'était plus le maître d'école; non, ce n'était plus le violoncelliste éveillant l'âme de son grave instrument, et la forçant de gémir sur ses douleurs; non, ce n'était plus ce jeune homme vieux avant l'âge que nous avons vu si soucieux au milieu de sa triste famille; c'était l'oiseau des champs, à qui le bonheur avait ouvert en passant la porte de sa cage, et qui savourait dans l'air embaumé du soir les fruits à peine éclos de sa liberté.

C'était, en un mot, celui que nous appelions encore dans notre avant-dernier chapitre *malheureux Justin.*

Saluez-le, chers lecteurs et lectrices amies, car il avait fait de rapides progrès sur la grande route du bonheur.

Comme un voyageur attardé, il avait vite reconquis le temps et le chemin qu'il avait perdus; il avait, tout courant, laissé derrière lui les longues années de son isolement. Le chemin est si court de l'infortune au bonheur, qu'il avait, en six mois, pu oublier les soucis de sa vie entière!

Avait-il fait tout à coup fortune? quelque parent inconnu lui était-il arrivé des îles lointaines, exprès pour l'appeler *mon neveu* et l'instituer son héritier? ou bien plutôt le travail, ce véritable oncle d'Amérique, qui donne toujours plus qu'on n'attend, lui avait-il créé ce doux loisir?

Ne devait-il pas, en ce jour, à cette heure, c'était un jeudi, jour de bal, ne devait-il pas être installé, les cheveux pendants comme les rameaux d'un saule, son instrument chanteur entre les genoux, dans l'orchestre du cabaret où nous lui avons vu demander humblement la place de contre-bassiste.

Que faisait-il donc là, couché dans les blés comme un berger de Virgile, un Tityre ou un Damœtas, lorsque son devoir l'appelait ailleurs?

Non, son devoir ne l'appelait plus à l'orchestre: ses deux élèves avaient enjambé d'un pas triomphant l'abîme de la troisième; il avait des leçons par-dessus la tête, des économies à acheter une maison, et il y avait déjà quelque chose comme trois ou quatre mois qu'il avait renoncé à faire sa partie dans cette symphonie discordante où la misère l'avait poussé.

Il était là où il devait être; nulle part il n'eût été mieux; cette place qu'il occupait sur la lisière de ce champ, la tête dans les blés, les pieds pendants au rebord de la route, par le clair de lune, au milieu d'une nuit d'été, cette place, c'était celle qu'occupait, cinq ans auparavant, la petite fille qui avait magiquement métamorphosé la pauvre maison du faubourg Saint-Jacques, et, innocente Médée, rajeuni notre héros; c'était la nuit anniversaire de sa rencontre avec Justin, et celui-ci remerciait Dieu en ce moment du trésor inappréciable qu'il lui avait envoyé.

On était au mois de juin de l'année 1826; la petite fille était devenue une grande et svelte jeune fille. L'enfant venait d'entrer dans sa quinzième année. C'était une belle ondine, pareille à celles qui se mirent dans les ruisseaux dont les cascades légères descendent du Taurus et vont se jeter dans le Rhin. Elle avait de longs cheveux blonds comme l'or des blés, des yeux azurés comme les bluets au milieu desquels on l'avait trouvée couchée, des joues rouges comme les coquelicots tremblant sur sa tête au souffle virginal qui s'échappait de sa bouche.

On l'eût crue faite de toutes les fleurs des champs où elle avait passé la nuit cinq ans auparavant; c'était un bouquet de fleurs vivant, rose et frais.

Justin, de son côté, était presque devenu beau; nous avons déjà dit qu'il y avait peu de chose à faire pour cela : à passer, par exemple, par le même chemin que le bonheur. La conscience de sa félicité enlevait à son triste visage cet air froncé qui lui était naturel autrefois, et sa figure n'avait plus gardé de sa physionomie des jours néfastes que sa douceur et sa distinction.

Un jour, il s'était regardé dans son miroir, et ne s'était pas reconnu; il avait rougi en se trouvant beau, et, depuis ce temps, comprenant qu'il devenait beau parce que Mina était belle, il avait pris pour sa personne mille soins qui lui étaient étrangers jusque-là. Et il y avait de quoi s'embellir, certainement, rien qu'au contact de cette adorable créature.

Quand ils s'en allaient promener le dimanche aux plaines de Montrouge, c'était un couple adorable à voir; lui blond, elle blonde; elle rose, lui blanc; le bras de la jeune fille enlacé comme une liane au bras du jeune homme, sa tête touchant presque son épaule, comme si elle eût voulu s'en faire un appui, c'était une harmonie délicieuse, un duo charmant!

On les regardait passer, les bons cœurs bien entendu, avec ce plaisir naïf qu'on éprouve à suivre du regard des gens illustres ou heureux; ceux qui les prenaient pour le frère et la sœur les admiraient; ceux qui les prenaient pour deux fiancés les enviaient.

Ils avaient tous deux l'air si bon, si joyeux, si jeune! à peine Justin, depuis qu'il était heureux, paraissait-il vingt-cinq ans; sa jeunesse, dont il avait si peu profité, si mal joui, lui revenait à l'âge où il l'avait quittée, c'est-à-dire presque enfantine. Tous les petits garçons couraient à Mina, toutes les petites filles couraient à Justin, tous les pauvres leur tendaient indifféremment la main à l'un ou à l'autre.

Nous avons raconté, détail par détail, comment Mina d'enfant était devenue jeune fille; comment Justin de malheureux était redevenu heureux; suivons-les tous les deux dans leur vie nouvelle.

L'éducation de l'enfant est faite : musique, dessin, histoire, littérature ancienne, littérature moderne, on lui a tout appris; elle a tout retenu. C'est une jeune fille pleine de distinction, dont le sens a grandi dans cette terre féconde qu'on appelle la famille; ses goûts sont simples comme ses habits; sa robe du dimanche est le symbole de son âme : elle en a la blancheur immaculée, et, fermée jusqu'ici aux désirs, comme le calice d'une fleur, elle attend, pour s'entr'ouvrir, ce soleil des jeunes filles qu'on appelle l'amour. C'est une âme chaste dans un corps vierge.

Dans le cœur de Justin, comme dans une bonne terre que l'on n'a jamais ensemencée, un amour jeune et vigoureux vient d'éclore, élevant déjà ses rameaux vers le ciel. Comment Justin s'aperçut-il qu'il était amoureux? Par une souffrance, souffrance d'autant plus aiguë qu'il était déshabitué de souffrir.

C'était le jeudi de la Fête-Dieu qui venait de passer. A cette époque, où les hommes avaient encore permis à Dieu d'avoir une fête, plusieurs des rues de Paris, mais principalement celles des grands faubourgs, étaient jonchées de fleurs, et ressemblaient à des tapis étendus sous les pieds du prêtre qui portait le saint-sacrement; en outre, les murs étaient tendus de draps ou de tapisseries, l'air était parfumé d'encens, les feuilles de roses volaient dans l'air lancées à pleines mains, les cloches des différentes paroisses sonnaient à toute volée. C'était un spectacle ravissant que de voir défiler sous le ciel radieux, pareilles aux théories de la Grèce, les jeunes filles en voile blanc qui suivaient la procession du clergé. Dans ce temps-là, où le gouvernement n'avait point parqué les étudiants dans les écoles de province, il y avait encore; sur les toits des faubourgs, comme des nids d'hirondelles, des nuées de jeunes gens penchés aux fenêtres de leurs mansardes pour voir défiler le chaste et blanc troupeau.

Mina faisait partie du cortége; Justin, adossé près des grilles du Val-de-Grâce, l'attendait au passage. Le cortége arriva. Justin découvrit bientôt la jeune fille, qui, comme la plus haute et la plus belle fleur d'un bouquet, dominait de la tête toutes ses compagnes.

Il n'avait pas d'autre dessein, d'autre désir que de la regarder passer; cependant, comme s'il eût été fatalement attiré de ce côté, il leva les yeux, et vit à une fenêtre un jeune homme dont les yeux ardents rayonnaient sur tout cet essaim de cygnes.

Ce jeune homme regardait-il l'une ou l'autre? Il sembla à Justin qu'il n'était venu là que pour Mina, et ne regardait que Mina. Une rougeur... nous nous trompons, une flamme monta au visage de Justin, et, à partir de ce moment, le pauvre maître d'école vit clair en lui-même. Un serpent venait de le mordre au cœur; mieux que cela : au cœur de son cœur! comme dit Hamlet; il était jaloux!

Justin cacha son visage entre ses mains, comme si la jeune fille, en passant devant lui et en voyant la rougeur de son visage, en dût comprendre la cause. De retour à la maison, il s'enferma dans sa chambre et resta seul pendant deux heures entières à s'interroger.

Si, au bout de ces deux heures, l'amour qu'il avait pour la jeune fille ne lui était pas entièrement révélé, s'il hésitait encore à nommer le sentiment de son cœur, une révolution allait s'accomplir en lui qui ne devait lui laisser aucun doute.

Le soir, vers dix heures, après avoir vaqué aux derniers soins de la journée, Mina, comme d'habitude, descendit pour dire bonsoir à Justin, et lui tendre son front pour recevoir le baiser fraternel.

Ce soir-là, lorsque Mina entra dans la chambre, le corps du jeune homme frissonna des pieds à la tête, et une flamme passa sur son visage, pareille à celle qui courut sur le front de la jeune fille le jour où Justin la surprit l'archet à la main.

Il l'embrassa sur le front; mais, en l'embrassant, il devint pâle, pâle comme Mina le jour où elle chantait sa chanson dans la cour obscure, et où, surprise par sœur Céleste, elle avait cru commettre une profanation semblable à celle que l'on commet en parlant haut dans une église.

Le baiser qu'il lui donna lui sembla impie, illicite, plein de convoitise; il recula avec terreur, renversant sa chaise, et faillit tomber à terre, quand la jeune fille, le regardant avec des yeux inquiets, lui dit :

— Oh! comme tu es pâle ce soir, frère Justin! Qu'as-tu donc? serais-tu malade?

Oh! oui, il était bien malade, le pauvre Justin! Il était frappé au cœur d'un amour mortel.

A partir de ce jour de la Fête-Dieu, de cette heure où, à la procession, il s'était senti jaloux en voyant un regard hardi se fixer sur Mina, il parut étrange à tout le monde; il avait tout à coup des élans imprévus qui étonnaient la famille, des joies sans cause apparente qui l'épouvantaient; puis il retombait subitement dans des silences mornes et obstinés.

Lui, qu'on n'avait jamais entendu chanter, s'était, un beau jour, en montant de sa chambre à celle de sa mère, mis à parcourir toute la gamme, à jeter au vent toutes les notes du clavier humain. Un autre jour, on l'avait rencontré gambadant par les rues comme un écolier en vacances.

Enfin, on le voyait s'enfermer dans sa chambre pendant des nuits entières sans que le moindre bruit y trahît sa présence; et lorsque, indiscrètement, on regardait par le trou de la serrure, on le voyait, tantôt assis et immobile comme s'il était pétrifié, tantôt marchant et gesticulant comme s'il était fou.

Ces symptômes, et d'autres encore plus effrayants, furent remarqués par sœur Céleste et par mère Corby, tout aveugle qu'elle était. Les deux femmes résolurent de s'en ouvrir au vieux professeur, qui était resté le Calchas des deux simples créatures, en même temps qu'il était le Mentor de Justin.

M. Müller, qui, depuis longtemps, avait surpris le secret du jeune homme, prit le parti d'en conférer avec lui. Ils s'enfermèrent un soir tous les deux, et, comme un vieux médecin qui n'a pas même besoin de tâter le pouls de son malade pour apprécier la gravité du mal, le bon Müller alla droit au fait et faillit renverser son élève quand, la porte à peine fermée, il l'aborda par ces mots :

— Justin, mon garçon, tu es amoureux fou de Mina!

XXII

FLAGRANT DÉLIT D'AMOUR.

Justin resta atterré. Ainsi ce secret, qu'il avait enfoncé si profondément au-dedans de lui-même qu'il l'avait cru caché même à son vieil ami, son vieil ami le savait! et si lui, qui n'habitait pas la maison, connaissait l'état de son cœur, la mère, la sœur, et qui sait? la jeune fille peut-être aussi en étaient-elles informées.

La certitude que son secret était dévoilé le troubla et l'abattit, et ce fut avec l'apparence d'un coupable que, le front baissé, la langue balbutiante, il répondit à M. Müller :

— C'est la vérité.

Le bon professeur le regarda, puis haussa les épaules.

— Allons, dit-il, relève la tête!

Justin releva la tête, soumis et rougissant comme un enfant.

— Regarde-moi, continua Müller.

Justin le regarda en balbutiant :

— Mon cher maître... — Eh bien! mais, mon cher élève, reprit celui-ci, pourquoi donc n'en serais-tu pas amoureux? — C'est que... — Qui donc en serait amoureux, sinon toi? ce n'est pas moi, je suppose! Voyons, ne fais pas le niais plus longtemps... Qu'est-ce qui te chagrine donc dans cet amour, et pourquoi en fais-tu mystère? N'es-tu pas d'âge à aimer, et pourrais-tu trouver, dans le monde entier, un plus digne objet de ton amour? Aime donc, mon garçon! aime comme tu as travaillé, aime avec honneur, avec passion, avec folie, si tu peux! On dit que c'est si bon d'aimer! — Vous n'avez donc pas aimé, vous? — Je n'ai jamais eu le temps... Il y a mille choses que tu ignores, et que l'amour t'expliquera, à ce que l'on assure. Avec le travail et l'amour tout s'éclaircit autour de nous et en nous; on travaillait : on était fort; on aime : on devient bon.

Mais Justin, malgré les paroles fraternelles de son vieil ami, secouait la tête, et ne répondait pas.

— Voyons, dit le professeur du ton de la plus profonde tendresse, et en lui prenant les mains, qui t'empêche de parler? qui te retient? à qui, si ce n'est à moi, confieras-tu les premières joies de ton cœur? n'avons-nous pas assez pleuré et souffert ensemble? où trouveras-tu un cœur plus sympathique que le mien, une oreille plus attentive que la mienne? Peut-être n'y vois-tu pas bien clair, dans ton cœur; en ce cas, débrouillons la chose à nous deux, redevenons plus jeunes de dix ans... Tu te souviens de nos promenades dans le parc de Versailles? Nous marchions la nuit, en regardant le ciel, et c'est toujours le ciel qu'on regarde, vois-tu, quand on désire ou qu'on craint quelque chose. Nous marchions donc regardant le ciel et nous tenant par la main. Un jour tu me demandas : « Si je m'égarais dans ce bois, comment retrouverais-je mon chemin? » et je te répondis : « Sois tranquille, jamais tu ne t'égareras avec moi! » Eh bien! il en est de même aujourd'hui... Tiens, donne-moi la main, et faisons route ensemble; le cœur ne ressemble-t-il pas un peu au bois inextricable où nous marchions dans l'obscurité?... Tu es perdu, donne-moi la main, et, à nous deux, nous retrouverons le sentier!

Justin sauta au cou du vieux maître, et l'embrassa, les yeux ruisselants de larmes.

— Pleure, mon fils, pleure, dit le brave homme; de joie ou de douleur, il fait toujours bon pleurer : les larmes rafraîchissent le cœur, comme les pluies d'été les jours orageux du mois d'août; mais, après que tu auras pleuré, réjouis-toi, et parlons de tes espérances. — Oh! mon bon maître! mon maître bien-aimé!... — Eh bien! quoi? — Si elle ne m'aimait pas, elle! — Es-tu fou? demanda le vieillard; et pourquoi donc veux-tu qu'elle ne t'aime pas? C'est à son âge que le cœur chante sa première chanson; pourquoi le sien ne la chanterait-il pas pour toi, mon bon digne fils? — Ainsi, mon cher monsieur Müller, demanda le jeune homme, vous croyez qu'elle m'aime? — J'en suis sûr, aussi vrai que tu es un honnête homme assez simple pour en douter. — Mais c'est que je ne le lui ai jamais demandé. — Et tu as eu grandement raison! Est-ce que c'est une demande à faire? Est-ce que nous, qui ne sommes que des amis, est-ce que nous avons eu besoin de nous dire l'un à l'autre que nous nous aimions? est-que cela ne se voit pas de reste? — Oui, vous dites vrai, mon ami, elle m'aime! — Je le crois bien! et c'est lui faire injure que d'en douter. — Oh! mon bon et vénéré maître, si vous saviez combien cette assurance de votre part me rend heureux, si vous saviez combien je me trouve tout autre que je n'étais il n'y a qu'un instant, rasséréné, transfiguré! j'en deviens, pour ainsi dire, plus cher à moi-même; j'ai de ma personne, je ne le dirai qu'à vous, mon ami, une opinion toute différente de celle que j'ai eue jusqu'ici : je m'aime en quelque sorte de me sentir aimé.

Et en effet, vous rappelez-vous votre premier amour, vous qui me lisez? ne vous a-t-il pas semblé que vous éprouviez quelque chose de plus tendre pour vous-même après le premier aveu d'une femme? ne vous a-t-il pas semblé que vous étiez autre que vous-même, ou, mieux encore, que vous deveniez plus vous-même que vous ne l'aviez jamais été? La conscience du bonheur rend orgueilleux; mais comme l'orgueil qu'on éprouve est expansif! comme on voudrait avoir des brassées de fleurs pour les jeter à pleines mains sur la tête de tous les hommes!

Ils causèrent ainsi longtemps, le jeune homme et le vieillard, le jeune homme brûlant, et le vieillard se réchauffant au feu de l'amour.

Et cependant, parfois les éclairs de joie que lançaient les yeux du jeune homme étaient voilés par les nuages qui passaient sur son front. Pendant une de ces éclipses :

— Hélas! dit-il, j'ai bientôt trente ans : elle en a seize à peine, je pourrais presque être son père. Ne craignez-vous pas, mon ami, que nous ne prenions la pitié filiale, la tendresse fraternelle pour l'amour véritable? — D'abord, répondit le vieillard, tu n'as pas encore trente ans, si j'ai bonne mémoire, et, eusses-tu trente ans accomplis, tu n'as pas l'air d'en avoir plus de vingt-cinq; tes cheveux blonds te rajeunissent de dix ans. Ne t'effarouche donc pas de ton âge; laisse même gagner à Mina sa seizième année, et jouis sans crainte et sans honte de ton amour. Tu l'as bien mérité, mon fils, par ta vertu exemplaire.

Et le vieillard embrassa Justin, comme il eût fait effectivement de son fils, et il fut convenu entre les deux amis que, Mina n'ayant que quinze ans, on garderait encore le silence devant la mère, devant la sœur et devant la jeune fille. La mère et la sœur n'auraient pas la force de garder le secret, et il répugnait aux deux amis d'éveiller dans l'âme candide de la jeune fille ces désirs bondissants dans le cœur de Justin comme des chevaux nouveau-nés.

On se promit seulement d'en parler le plus souvent possible seul à seul, entre soi. Aussi avec quelle précaution les deux amis fermaient-ils la porte, de peur que le secret, pareil à un parfum, ne s'échappât de la chambre et ne montât jusqu'à l'appartement des femmes!

Les soirs où le vieux maître revenait, tout allait bien; à dix heures, heure à laquelle on se couchait invariablement au premier étage, on se séparait des femmes, puis l'on descendait, et plus d'une fois M. Müller s'aperçut qu'il s'était attardé jusqu'à l'heure insolite de minuit à écouter, pour la centième fois, le récit des impressions amoureuses du jeune homme.

Mais quand il n'était pas là, le cher professeur, avec qui Justin pouvait-il parler d'elle? sur quoi pouvait-il répandre les trésors de sa joie intime? Oh! s'il eût osé en causer avec son violoncelle!

Parfois il tirait cet ami muet depuis si longtemps, non-seulement de son armoire, mais encore de sa caisse; il le pressait contre son cœur, le serrait entre ses genoux, faisait glisser ses doigts dans toute la longueur de son manche, et, silencieusement, passait sur les cordes l'archet suspendu. Alors il souriait, car, avec l'oreille de l'imagination, il entendait tout ce que lui eût dit le violoncelle s'il lui eût été permis de parler.

D'autres fois, ce dialogue muet ne lui suffisait pas; alors, par les belles nuits d'été, il sortait doucement, tirait les verrous de la porte de la rue, gagnait la barrière, et, avide de bruit, de solitude et de mouvement, s'en allait par la plaine, récitant à la brise, la nocturne amie de l'amour et du malheur, les plus belles strophes des poëtes grecs et latins qui ont chanté l'amour.

C'est par une de ces nuits, anniversaire de sa rencontre avec la jeune fille, qu'il s'en était allé s'étendre dans les blés, les bluets et les coquelicots, parmi lesquels nous l'avons découvert au commencement du précédent chapitre. Ce soir-là, c'était une solennité, un soir de fête; il n'était là, comme nous l'avons dit, que pour rendre grâce au Seigneur de l'ange qu'il lui avait envoyé.

Aussi, après avoir passé une heure ou deux dans les blés, comme neuf heures et demie seulement sonnaient à l'église Saint-Jacques du Haut-Pas, lui passa-t-il à l'esprit qu'il avait encore le temps de revenir à la maison, et de dire bonsoir à Mina avant qu'elle fût couchée. Il se mit aussitôt à ouvrir le compas de ses grandes jambes, et revint tout courant pour rentrer chez lui.

A la porte, il trouva un gamin d'une douzaine d'années qui l'attendait; un de ces enfants de Paris dont, trois ans plus tard, Barbier, le grand poëte de 1830, devait faire le portrait. L'enfant l'arrêta.

— Monsieur, lui dit-il, voilà votre mouchoir que vous aviez perdu. — Comment! mon mouchoir? — Oui, il est tombé de votre poche quand vous êtes sorti, il y a deux heures. — Et tu l'as trouvé? — Oui. — Pourquoi ne l'as-tu pas rendu de suite? — Je n'étais pas bien sûr que ce fût à vous; il passait plusieurs Messieurs en même temps. J'ai crié: « Ohé! qui est-ce qui perd son mouchoir? » On m'a dit: « Tiens, c'est à ce Monsieur qui est là-bas, là-bas! » Vous étiez déjà à un quart de lieue. « Bon! ai-je dit, j'aime mieux l'attendre que de courir après lui... — Reviendra-t-il, ce Monsieur? — Certainement. — Où demeure-t-il? — Il demeure là. — Quel est-il? — C'est l'amoureux de la petite. — Et la petite, où demeure-t-elle? — Elle demeure chez lui. — Ah! bon! ai-je dit, s'il est l'amoureux de la petite, et si la petite demeure chez lui, il ne tardera pas à revenir; » et je vous ai attendu. J'ai bien fait, puisque vous voilà... Eh bien! vous ne prenez pas votre mouchoir? — Si fait, mon petit ami, dit Justin, et voici pour ta peine.

Et il donna dix sous à l'enfant.

— Bon! une pièce blanche, dit celui-ci; je vais la changer, la vieille me la prendrait tout entière, au lieu qu'avec dix sous de sous je lui en donnerai cinq, et je garderai les cinq autres.

L'enfant fit quelques pas, tandis que Justin, pensif, introduisait d'une main tremblante la clef dans la serrure; mais, revenant sur ses pas:

— Dites donc, Monsieur, demanda l'enfant en le tirant par sa redingote. — Quoi? — Si vous voulez savoir si elle vous aime... — Qui? — La petite, donc, votre amoureuse. — Eh bien ? — Il faut venir trouver la vieille, rue Triperet, n° 11. D'ailleurs, si vous oubliez le numéro, elle est connue dans toute la rue; demandez la Brocante, tout le monde vous enseignera son logement. Elle vous fera le grand jeu pour vingt sous.

Mais Justin n'écoutait plus; il ouvrit la porte, et la referma au nez de l'enfant, qui s'en alla chez l'épicier changer la pièce de dix sous pour dix sous de sous, ou plutôt pour neuf sous et demi, car, à titre de courtage sans doute, il acheta pour deux liards de mélasse. Puis il reprit au galop le chemin de la rue Triperet.

Quant à Justin, au lieu de monter chez les femmes, et d'achever sa soirée en famille, il rentra chez lui, s'enferma, se jeta sur un fauteuil, et y demeura immobile et le cœur rempli des plus sombres pressentiments. Son amour n'était plus à lui; son secret était aux mains de tout le monde. Il était, pour tout le faubourg Saint-Jacques, *l'amoureux de la petite!*

XXIII

LES MOSCHITES.

Il y a dans l'Inde, mais particulièrement à Korrah, un insecte immonde, sorte de moucheron nommé moschite, dont la piqûre est des plus dangereuses; il ne se contente pas de sucer le sang comme le zinzaro, ou de piquer avec un dard comme la guêpe, il dépose, dans le trou qu'il a fait à la chair de sa victime, un petit œuf qui en trois jours éclot, donne naissance à un ver, lequel en engendre incontinent une quantité d'autres qui vous dévorent tout vivant.

Le plus souvent, on en meurt en douze ou treize jours. Pour prévenir cet accident, il faut, dès que l'on se sent piqué, étendre sur la plaie, débridée d'un coup de bistouri, une feuille de tabac mâché.

Il existe tout autour de nous, en Europe, en France, à Paris, sous une autre forme, il est vrai, mais plus dangereux encore, des insectes dans le genre des moschites de Korrah. Ce sont les voisins. Plus dangereux, nous l'avons dit, car on sait quel baume appliquer sur la blessure faite par le moucheron, tandis que les blessures faites par les voisins sont mortelles.

Le voisin est sans pitié, sans cœur, sans entrailles : il entre chez vous par la porte, si vous laissez la porte ouverte; par la fenêtre, si vous laissez la fenêtre ouverte; par le trou de la serrure, si vous fermez la fenêtre. Il vous dérobe vos secrets avec la même effronterie que le plus fieffé voleur de nuit vous dérobe votre argent; il y a, toutefois, entre les voisins et les voleurs, une différence tout à l'avantage du voleur; c'est que le voleur risque sa vie au moins, tandis que le voisin risque la vie des autres.

On se contenterait de gémir, et l'on se résignerait à ce fléau, comme l'Inde se résigne au choléra, comme l'Égypte se résigne à la peste, comme les Anglais se résignent au brouillard, s'il était démontré en histoire naturelle que cette infirmité que l'on appelle le voisinage fût inhérente à l'espèce entière; mais point du tout, elle est particulière à ce pays privilégié qui se nomme la France; partout, en Allemagne, en Angleterre, en Espagne, on a le respect des autres, ayant le respect de soi-même.

Dans notre France seule, enfermé dans sa chambre, porte close, volets tirés, on sent autour de soi l'œil et l'oreille du voisin. Ce n'est pas qu'il vous veuille précisément du mal; non : alors, il deviendrait justiciable du code pénal; souvent même, quand il vous fait du mal, c'est malgré lui, quoiqu'il vous en fasse toujours; non, il veut voir simplement ce qui se passe chez vous; vous lui devez compte de ce qui se dit, de ce qui se fait dans votre intérieur; vous êtes son débiteur naturel; il est le créancier de votre bonheur.

A cela près, tous ces gens-là sont, si vous voulez, honnêtes; ils observent les lois portées au bulletin; ils se soumettent rigoureusement à toutes les ordonnances de police; ils payent recta leurs impôts, balayent le seuil de leur boutique en hiver, arrosent la devanture de leur magasin l'été, tiennent prête une corde à puits neuve en cas d'incendie, vont le dimanche à l'église, le lundi au théâtre, montent leur garde une fois par mois, se conduisent enfin comme tout le monde, oubliant toutefois que, la discrétion étant une sublime vertu, la curiosité est naturellement un vice monstrueux.

Aussi, nous ne désespérons pas de voir d'ici à quelques années, cela commence déjà, la population intelligente de Paris déserter ces casernes qu'on appelle les maisons à quatre étages, et, les chemins de fer aidant, se confiner sur un rayon de dix lieues tout autour de Paris, dans des habitations particulières où les faiblesses des uns seront cachées, et où les vertus des autres seront à l'abri du soupçon.

Ce mot que le gamin venait de prononcer : *l'amoureux de la petite*, n'était pas, au reste, le premier de ce genre qui eût frappé les oreilles de Justin. Plus d'une fois, lorsqu'il passait dans le faubourg, donnant le bras à la jeune fille, il avait remarqué dans les yeux des voisins des regards ironiques, et sur les lèvres des sourires équivoques.

Cette belle fille au bras de ce jeune homme, quand ce n'était ni son mari ni son frère, n'y avait-il point là à mordre, et n'était-ce pas tenter les dents les moins incisives du faubourg? On l'avait connue enfant, il est vrai; mais, oubliant tout à coup qu'on l'avait vue grandir peu à peu, on ne voulait plus la prendre que pour ce qu'elle était, c'est-à-dire pour une grande demoiselle bonne à marier, et qui ne se mariait pas.

On chercha de toutes façons à trouver la cause de ce double célibat; on oublia qu'il n'y avait pas de temps perdu, puisque Mina avait quinze ans et demi à peine; on pensa qu'il y avait quelque secret là-dessous; les plus curieux, ainsi que les oiseaux pillards, s'abattirent sur la famille pour lui voler son secret; ils furent doucement repoussés; on fut réduit aux conjectures; des conjectures, on passa aux bavardages; des bavardages, aux cancans. Enfin, la calomnie s'en mêla, battit le seuil de la paisible maison, monta de degrés en degrés, et l'envahit complétement.

La vie ainsi n'était plus possible. Justin songea bien à déménager; mais quitter le quartier, c'était courir la chance d'en retrouver un pire, c'était donner raison à la méchanceté des voisins; et puis, au fond, était-ce facile de quitter cette maison où l'on avait vécu si heureux et si misérable à la fois?

n'était-ce pas une part de soi-même qu'on allait rejeter ainsi loin de soi ? la vie entière de ces quatre personnes n'était-elle pas écrite en caractères ineffaçables sur les murs de ces deux étages ? Non, c'était plus que difficile, c'était impossible !

On renonça donc à quitter la maison ; mais, comme il fallait prendre un parti, qu'on ne pouvait pas couper d'un seul coup de rasoir toutes les mauvaises langues du quartier, on résolut de consulter le vieux professeur. Au reste, c'était toujours là qu'on en arrivait dans les situations désespérées.

M. Müller vint à l'heure accoutumée ; on laissa la jeune fille dans l'appartement du haut ; la mère descendit, pour cette fois, dans la chambre de son fils, et tous les quatre réunis, M. Müller, la mère, la sœur et le jeune homme, on tint un conseil de famille. L'avis du vieux professeur fut bien simple :

— Publiez les bans demain, et mariez les enfants dans quinze jours.

Justin jeta un cri de joie. Cet avis de M. Müller répondait au vœu de son cœur. En effet, un mariage faisait taire à l'instant même tous les soupçons. Il n'y avait donc pas à hésiter ; il était inutile de chercher un autre moyen : celui-là était le vrai, le bon, le seul. On eût pris ce parti, si la mère n'eût pas étendu la main.

— Un instant ! dit-elle, je n'ai qu'une objection à faire, mais elle est grave.

— Laquelle ? demanda Justin en pâlissant. — Il n'y a pas d'objection, dit le vieux professeur. — Si fait, monsieur Müller, répondit madame Corby, il y en a une. — Laquelle ? Voyons ! — Dites, ma mère ! murmura Justin d'une voix tremblante. — On ne connaît pas les parents de Mina. — Raison de plus pour qu'elle dispose d'elle-même, puisqu'elle ne dépend de personne, dit le vieux professeur. — Puis, hasarda timidement Céleste, les parents de Mina ont renoncé à elle du jour où ils ont cessé de payer la rente qu'ils s'étaient engagés à servir à la mère Boivin.

Cette observation faite presque à voix basse, par une bouche craintive, parut cependant excellente à Justin.

— Mais oui ! s'écria-t-il, Céleste a raison ! — Je crois bien qu'elle a raison ! dit le professeur. — Elle pourrait, en effet, n'avoir pas tort, dit madame Corby, et je vais proposer un terme moyen qui, je l'espère, satisfera tout le monde. — Dites, ma mère ! fit Justin ; nous savons tous que vous êtes la sagesse descendue sur la terre. — Les lois ne permettent de se marier qu'à quinze ans et cinq mois ; vous vous mariez tout de suite, vous aurez l'air de n'avoir attendu que le moment où la loi permettait le mariage, et d'avoir profité de son bénéfice avec une promptitude dont l'intention peut être mal interprétée. — Ça, c'est vrai, Justin, murmura le professeur.

Justin soupira ; il n'avait en effet rien à répondre.

— Dans sept mois, le 5 février prochain, Mina aura seize ans ; attendons qu'elle ait seize ans. Seize ans, c'est presque l'âge de raison pour une femme ; il est important, mon fils, que l'on sache bien que Mina s'est donnée : en l'épousant aujourd'hui, tu auras l'air de l'avoir prise. — Alors ? murmura Justin tout tremblant de joie. — Alors, comme le curé de la Bouille représente, à l'heure qu'il est, le tuteur de Mina, tu te pourvoiras d'avance du consentement de ce digne prêtre, et, le 6 février prochain, Mina sera ta femme. — Oh ! ma mère ! ma bonne mère ! s'écria Justin en tombant aux genoux de sa mère, en la serrant sur son cœur et en couvrant son visage de baisers. — Mais, en attendant?... demanda Céleste. — Oui, dit le professeur, en attendant, les bavardages, les cancans, les calomnies iront leur train! — Aussi faudra-t-il aviser à mettre Mina quelque part pendant ces sept mois-là. — Quelque part, ma mère! mais où voulez-vous que nous la mettions, la pauvre enfant? — Dans un pensionnat quelconque, peu importe où, pourvu qu'elle ne reste pas ici. — Je ne connais personne à qui je consente à confier Mina! s'écria Justin. — Attendez donc, attendez donc, dit le bon professeur, j'ai votre affaire, moi. — En vérité, mon cher monsieur Müller? dit madame Corby en tendant la main à la voix du vieux professeur plutôt qu'au vieux professeur lui-même, qu'elle ne voyait pas. — Qu'avez-vous en vue et qu'allez-vous nous proposer? demanda Justin d'un ton d'impatience marquée. — Ce que je vais vous proposer, mon cher Justin? La seule chose proposable, pardieu! qu'il y ait dans la circonstance difficile où nous nous trouvons. J'ai, à Versailles, une vieille amie de trente ans, la seule femme que j'eusse aimée peut-être, ajouta le bon professeur avec un soupir, si j'en eusse eu le temps; elle tient justement un pensionnat de jeunes filles : Mina restera chez elle pendant ces sept mois, et, une fois par semaine... eh bien! une fois par semaine, tu iras lui faire ta visite au parloir. Cela te va-t-il, mon garçon?

Dans les grandes circonstances, M. Müller tutoyait Justin.

— Dame, dit Justin, il faut bien que cela m'aille. — Morbleu! comme tu deviens difficile! il y a six mois, tu eusses accepté la chose à belles baisemains. — Et je l'accepte encore avec reconnaissance, mon bon et cher ami, dit Justin en tendant les deux mains à M. Müller. — Et vous, que dites-vous, ma chère madame Corby? demanda le professeur. — Je dis que, dès demain, il faut que vous alliez à Versailles avec Justin, cher monsieur Müller.

Sur quoi l'on se sépara, en se donnant rendez-vous rue de Rivoli, à la station où l'on prenait, à cette époque-là, les *gondoles,* seules voitures qui, avec les coucous de la place Louis XV, fissent le transport des voyageurs de Paris à Versailles.

Au bout d'un quart d'heure de conversation avec la maîtresse du pensionnat, le jeune homme s'aperçut que Müller n'avait aucunement exagéré les solides vertus de sa vieille amie.

En apprenant l'intérêt que Müller portait à sa future pensionnaire, l'excellente femme offrit de prendre la jeune fille pour le seul prix de sa nourriture, et l'on convint de la lui amener le dimanche suivant.

Les deux amis sortirent du pensionnat, enchantés de la maîtresse de pension, et s'en revinrent à pied par les bois de Versailles, si remplis pour eux d'ineffables souvenirs.

Nous avons dit qu'on n'avait, à l'endroit de Mina, rien laissé transpercer de ce complot de famille; la pauvre enfant n'en savait donc pas le premier mot. Elle avait bien entendu quelques chuchottements; elle avait bien vu les uns et les autres se lancer certains regards dont elle ne comprenait pas entièrement l'expression; elle sentait vaguement qu'un mystère planait autour d'elle; elle le flairait, pour ainsi dire, mais sans en pouvoir trouver les traces.

Cette nouvelle vint donc la frapper un matin, comme un coup de foudre. Elle n'avait jamais pensé que sa vie pût changer, tant elle s'était fait de cette vie une douce habitude; de même que le mur de la cour était tout son horizon, sa vie dans la famille de Justin était tout son avenir; il ne lui était point venu à l'idée qu'elle pût avoir ou un autre avenir ou un autre horizon ; elle fermait volontairement les yeux à sa destinée, ne songeant à rien autre chose quand les feuilles tombaient, sinon que l'hiver était proche, ne voyant autre chose quand les feuilles revenaient, que le retour du printemps. Un jour, la mère lui avait demandé :

— Que deviendrais-tu après ma mort, mon enfant? — Je vous suivrais, avait répondu Mina en souriant; ne faut-il pas quelqu'un qui vous serve au ciel comme sur la terre? — Au ciel, avait répondu la mère, j'aurai autour de moi tous les anges du Paradis. — C'est vrai, avait répondu Mina ; mais ils n'ont pas, comme moi, vécu cinq ans avec vous.

Et, de même qu'il lui avait paru impossible de quitter jamais la pauvre aveugle, de même il lui paraissait impossible de quitter jamais la maison. Ce fut donc avec un profond chagrin qu'elle accueillit la nouvelle de ce brusque départ; on ne lui en expliquait d'abord les causes que très-imparfaitement; elle était si naïve, qu'elle ne savait point comprendre que l'on pût médire de ses sorties; si chaste, qu'elle ignorait les conséquences que l'on pouvait tirer de sa cohabitation avec un jeune homme. Elle eût candidement couché dans sa chambre, sans même songer que quelqu'un pouvait y trouver à redire.

On eut beau lui faire entendre que c'était un usage ayant force de loi, qu'une jeune fille de seize ans ne devait plus demeurer dans la même maison qu'un jeune homme; malgré l'avis de la mère et de la sœur, malgré l'opinion du vieux professeur lui-même, elle n'en voulut rien croire, et elle n'accepta jamais cet étrange principe qu'on pût se formaliser de voir Justin habiter avec elle, puisqu'on ne se formalisait point qu'il habitât avec Céleste.

C'était donc le cœur serré et les yeux pleins de larmes qu'elle allait quitter cette triste maison, devenue pour elle le paradis de son bonheur.

XXIV

LE PENSIONNAT.

Le premier jeudi du mois de juillet de l'année 1826, Justin, accompagné de son vieux maître, la conduisit à Versailles. Tout le long de la route, la jeune fille ne desserra point les dents; elle était pâle et morne, et levait à peine les yeux autour d'elle.

Un moment, Justin, la voyant si triste, sentit le cœur lui faillir, et songea, bravant tous les commérages du quartier, à la ramener à la maison. Il fit part de son intention à M. Müller.

Mais, soit que le vieux professeur comprît l'intérêt égoïste qui dictait malgré lui les paroles de Justin, soit que, moins intéressé que le jeune homme dans la question et ayant sa conscience plus libre pour agir, il fût déterminé à aller jusqu'au bout, M. Müller tint bon, et fit reproche à Justin de sa faiblesse dangereuse.

On arriva au pensionnat. L'innocent que l'on conduit à l'échafaud n'a pas un visage plus consterné en arrivant sur la place de l'exécution et en apercevant l'instrument de supplice, que celui de Mina en apercevant les grands murs de pierre qui entouraient la pension, et la grille de fer qui y donnait entrée. Ces murs étaient pourtant couverts de lierre et surmontés de clématites; les lances de cette grille étaient cependant dorées.

Madame de Staël, en face du lac de Genève, regrettait son ruisseau de la rue Saint-Honoré. La pauvre Mina, en face d'un palais, eût regretté sa triste maison du faubourg Saint-Jacques. Elle regarda ses deux compagnons de route avec ses deux yeux inondés de larmes.

Mon Dieu, quel douloureux regard! il fallait vraiment que les deux hommes eussent des cœurs faits de pierre comme les murailles de ce pensionnat, pour ne pas se fondre devant ses beaux yeux suppliants. Elle les regarda tous deux ainsi longuement, profondément, allant de l'un à l'autre, ne sachant plus, à cette heure suprême, auquel elle devait s'adresser, de celui qu'elle considérait comme son père, ou de celui qu'elle appelait son frère.

Justin allait faiblir; il avait détourné les yeux pour éviter la blessure dont ce regard lui transperçait le cœur. Müller lui prit la main, la lui serra avec force; ce serrement de main équivalait à ces mots: Courage, garçon! j'ai grande envie de pleurer, moi aussi, et la preuve, c'est que j'étouffe; mais tu le vois, je me contiens. Courage! si nous nous attendrissons devant elle, nous sommes perdus! tâchons donc de demeurer forts; nous pleurerons ensemble au retour.

Voilà les mille choses que signifiait ce simple serrement de main du vieux professeur. On conduisit Mina à la maîtresse de pension, qui la reçut dans ses bras, et l'embrassa bien plus comme une fille que comme une pensionnaire. Hélas! ce baiser maternel attrista Mina au lieu de la rasséréner.

C'était donc ainsi qu'était le monde? une étrangère avait donc le droit de vous embrasser comme une mère? Elle se rappela son premier réveil dans la chambre de sa sœur: le papier de la chambre de la maîtresse de pension était à peu près pareil à celui de la chambre de Céleste. Tous les souvenirs de ses premières heures de solitude lui revinrent à l'esprit; elle se sentit plus seule et plus abandonnée que jamais.

Justin l'embrassa sur le front; le vieux professeur lui baisa les deux joues, et, cinq minutes après, la pauvre Mina entendit se refermer la porte du pensionnat, avec ce serrement de cœur du prisonnier qui entend tirer sur lui les verrous de son cachot.

La maîtresse de pension la fit asseoir près d'elle, lui prit les mains et essaya de la consoler, devinant bien plus qu'elle ne lisait sur le visage de la jeune fille les traces d'un profond chagrin.

Mais, au lieu de l'adoucir, ces banales consolations ne firent que l'irriter; elle demanda à être conduite dans la chambre qu'on lui destinait; car il avait été convenu entre la maîtresse de pension et les deux amis, qu'on lui donnerait une chambre particulière, pour lui épargner les ennuis du dortoir commun.

On fit donc selon son désir, et on la conduisit à sa chambre. C'était un véritable boudoir de pensionnaire, trop coquet pour une nonne, pas assez pour une jeune fille du monde; le papier perse à fleurs bleues rappelait celui que Mina avait fait poser dans la chambre de Justin; une pendule posée sur la cheminée, entre deux vases d'albâtre contenant des fleurs artificielles, représentait Paul faisant passer le torrent à Virginie; une gravure du martyre de sainte Julie, patronne de la maîtresse de la pension, ornait la muraille, ou plutôt, à notre avis, la tachait de son cadre noir; six chaises légères en bambou et en paille de couleurs différentes, une couchette à rideaux de perse bleue tombant d'un baldaquin, un piano entre la fenêtre et la cheminée, un ou deux petits meubles de goût simple complétaient l'ameublement de la chambre, dont, à la rigueur, eût pu se contenter une jeune fille plus habituée que Mina au luxe et au confort.

L'enfant, au reste, fut frappée elle-même de la sérénité que l'on respirait dans cette chambre; solitude pour solitude, encore la valait-il mieux fleurie et parfumée. Fleurie et parfumée était le mot: par la fenêtre entr'ouverte la vue s'étendait sur d'immenses jardins pleins d'arbres et de fleurs.

Tout à coup Mina entendit de grands cris joyeux presque au-dessous d'elle. Elle alla à la fenêtre.

C'était l'heure de la récréation, et une trentaine de petites filles se précipitaient dans la cour pour employer cette heure, rayon de soleil entre la double nuit des classes, le plus joyeusement possible.

La cour était sablée, plantée de tilleuls et de sycomores. A travers le feuillage des arbres, comme à travers un voile mouvant, Mina voyait courir, jouer, sauter, danser de toutes façons la bruyante troupe.

Les grandes se promenaient deux par deux, dans les coins les plus retirés. De quoi parlaient ces cœurs et ces lèvres de quatorze ans? Oh! comme elle aussi demandait une compagne à qui dire le secret de son cœur, dont son frère Justin n'avait pas voulu!

Et cependant les rires éclatants, les cris joyeux des petites filles agirent tout autrement que les condoléances de la vieille amie du professeur; elle repassa tous les souvenirs de ses premières années; elle revit la petite maison blanche de la Bouille, la mère Boivin, la vache blanche et noire qui donnait de si bon lait qu'elle n'en avait jamais bu de pareil; son bon curé, qui avait soixante-quatre ans quand elle l'avait quitté, et qui devait en avoir soixante et dix maintenant. Elle songea, de cette fenêtre où elle était, que beaucoup de ces jeunes filles riches qu'elle voyait se promener et causer dans des coins, eussent été trop heureuses d'occuper ainsi qu'elle une chambre dans cette aristocratique maison; enfin, elle songea aux braves gens qui l'avaient recueillie, pauvre, errante, orpheline; qui l'avaient conduite à cette éducation, élevée à ce rang; elle songea à la sainte mère Corby, à la bonne sœur Céleste, à l'excellent professeur et surtout à Justin; à Justin, dont elle avait vu les larmes, dont elle avait senti trembler la main, et qui lui avait murmuré d'une voix si tendre, tout en posant ses lèvres sur son front: « Courage, ma Mina chérie! six mois sont bientôt passés. »

Alors... alors, elle trouva ses regrets égoïstes, sa tristesse ingrate; alors, elle regarda autour d'elle, vit de l'encre, une plume et du papier, prit tout cela à deux mains, et alla s'asseoir à la table, où elle écrivit à la famille du faubourg Saint-Jacques une lettre adorable de remerciements et de bénédictions.

Il était temps que cette lettre arrivât: le pauvre Justin était au bout de ses forces, et il ne fallait pas moins que ce souvenir de la jeune fille pour le tirer de la langueur où l'avait jeté ce triste départ. Hélas! quel sombre voyage ils avaient fait au retour, son vieil ami et lui!

Ils étaient revenus à pied, croyant trouver une distraction dans ce riant chemin, sûrs au moins d'y trouver la solitude. Ils n'avaient pas échangé une parole ; on eût dit deux proscrits fuyant au hasard, sans connaître le but de leur course.

M. Müller, qui avait été le plus fort en face de la jeune fille, était redevenu faible en face de Justin. A moitié route de Versailles à Paris, il avait demandé à son élève le courage que lui-même avait promis de lui donner. Quand on rentra à la maison, ce fut une scène de désolation ; la soirée qui suivit, une soirée de deuil.

Mina fût partie pour toujours, Mina eût été en danger de perdre la vie, Mina fût morte, qu'on ne l'eût pas pleurée et regrettée plus qu'on ne la pleurait et la regrettait, vivante, et à cinq lieues de Paris.

Le vieillard crut avoir retrouvé devant les femmes le courage qu'il avait perdu devant Justin, et essaya de les consoler ; mais il y avait mauvaise grâce : il sentait qu'il touchait à faux, et qu'il parlait contre sa conscience, contre son cœur ; il éclata et confondit ses larmes avec celles de la famille. Oui, de la famille, car Mina était bel et bien de la famille.

On l'accusa, alors, de n'avoir pas assez mûri son projet en éloignant la jeune fille, d'en avoir hâté l'exécution trop légèrement, d'avoir précipité le départ quand rien ne menaçait encore, et quand, d'ailleurs, on eût pu mettre l'orpheline dans un pensionnat de Paris où l'on eût été la voir tous les jours ; on le rendit responsable des suites de l'événement ; chacun crut enfin alléger sa part du malheur général en en rendant coupable le bon M. Müller.

L'excellent homme écouta toutes ces tardives récriminations, endossa tous ces reproches avec un héroïsme surhumain, et partit, comme le bouc émissaire, chargé des iniquités de la tribu.

Une fois M. Müller sorti, une fois ces trois pauvres êtres demeurés seuls, la mélancolie monotone des premières années s'abattit sur leur tête, et, comme la chauve-souris nocturne et funéraire, étendit ses ailes de crêpe, et plana silencieusement autour d'eux !

Et, en effet, l'enfant joyeux parti, les murs reprenaient leurs sombres teintes ; l'oiseau chanteur envolé, la cage était triste. Tout dans l'appartement parlait de Mina pour dire : « Elle était ici, elle n'y est plus ! »

La mère ! La mère, qui l'avait jour et nuit sous la main, qui n'avait pas même besoin d'appeler pour entendre accourir l'enfant ; la mère, qui, depuis six ans, pour soulager sa fille malade, avait chargé la petite Mina de la direction de la maison, s'en rapportant plus à elle qu'à sa propre fille, la mère avait le cœur navré en songeant que ce fragile roseau sur lequel elle avait appuyé sa vieillesse allait manquer à sa main.

La sœur ! La sœur, cette créature chétive qui ne pouvait s'endormir, le soir, sans entendre la voix de ce charmant petit être dont la venue lui avait fait aimer quelque chose au monde en dehors de son frère et de sa mère, et fait reprendre quelque goût à la vie ; la sœur, qui oubliait les biens que Dieu lui refusait en souvenir des joies qu'il donnait aux autres ; la sœur, elle aussi, était habituée à voir tourner, courir, marcher, s'agiter autour d'elle, presque toujours assise et immobile, ce salpêtre enflammé qu'on appelle un enfant.

Et le frère ! Le pauvre Justin, redevenu le triste maître d'école, n'était-ce pas lui qui souffrait le plus de cette absence ? Quand il était rentré dans sa chambre, cette chambre que Jean Robert et Salvator avaient trouvée si virginale et si proprette, il n'avait vu que les anciennes murailles nues, que la cheminée vide, que le grand tableau noir, symbole funèbre de ses joies éteintes, de ses illusions envolées.

Il s'était jeté tout habillé sur son lit, et il avait sanglotó toutes ses larmes, comprimées par la présence de la famille. Eh quoi! cette petite fille, oiseau du matin, moitié rossignol, moitié alouette, dont la chanson l'éveillait tous les jours à la même heure; cet ange qui, tous les soirs, avant de fermer ses ailes, venait lui tendre son front blanc, il n'allait plus la voir, il n'allait plus l'entendre! Mon Dieu! mon Dieu!

Quelle nuit il passa, et quel lendemain sombre suivit cette sombre nuit! Heureusement, comme nous l'avons dit plus haut, la lettre de la jeune fille arriva; c'était une action de grâces en trois pages, un cantique ravissant.

Elle demandait pardon de son absence à la famille, comme si elle eût été, elle qu'on avait traînée de force à Versailles, la seule cause de son départ. Elle les remerciait de tout le bien qu'elle avait reçu d'eux, comme si, le bien, ce n'était pas elle qui le leur eût donné!

Enfin, c'étaient les pensées d'un ange écrites par la main d'un enfant. Tout cela consola un peu le pauvre Justin. Puis, comme il avait dit à la jeune fille, l'espérance lui disait à lui : « Courage! six mois sont bientôt passés. »

Et cependant, qui sait quels événements peuvent, dans l'espace de six mois, tomber de la main entr'ouverte de la destinée?

XXV

OU IL EST QUESTION DES SAUVAGES DU FAUBOURG SAINT-JACQUES.

Chacun reprit peu à peu son petit train de vie accoutumé. Justin, sa mère et sa sœur s'enlacèrent tous les trois de la même chaîne qui les rivait autrefois les uns aux autres, et ils recommencèrent à traîner le boulet de leur lourde existence.

Seulement, c'était une vie encore plus triste, s'il était possible, que leur vie première; car la monotonie de leur vie présente s'augmentait de toutes les joies perdues de leur vie passée.

La fin de l'été s'écoula donc bien lentement à compter les jours qui les séparaient encore du retour de la jeune fille. Ce retour, nous l'avons dit, était fixé au 5 février 1827. Le mariage devait avoir lieu le lendemain.

On avait écrit au bon curé de la Bouille pour lui demander à la fois sa permission et sa bénédiction. Il avait envoyé la permission, et avait dit qu'il ferait tout au monde, le moment arrivé, pour apporter la bénédiction lui-même. C'était donc le 6 février que Justin serait le plus heureux des hommes. Aussi fut-ce Justin qui reprit courage le premier.

Un jour qu'il revenait de Versailles, où il avait été voir la jeune fille avec M. Müller, il l'avait trouvée si jolie, si gaie, si aimante, qu'à partir de ce moment, il avait en quelque sorte rendu la gaieté à la famille. On touchait au mois de janvier.

Encore cinq semaines d'attente, encore trente-sept jours de patience, et Justin devait atteindre le verdoyant sommet des félicités humaines. Puis une chose viendrait bientôt distraire toute la bonne famille : c'étaient les préparatifs du mariage.

Justin et la mère avaient bien été d'avis qu'on prévînt Mina de ce changement qui allait se faire dans son existence; mais sœur Céleste et le vieux professeur avaient répondu chacun de son côté : « Inutile! je réponds d'elle. »

Puis, il faut le dire, tout le monde se faisait une joie enfantine de l'étonnement de la chère petite, quand, le 6 février au matin, après lui avoir fait faire, la veille, ses dévotions sous un prétexte quelconque, on tirerait de l'armoire une robe blanche, un bouquet de roses blanches, un chaperon de fleurs d'oranger. Tout le monde serait là, l'entourant; tout le monde verrait sa joie, excepté la bonne mère aveugle; mais elle tiendrait la main de son fils dans la sienne, et, aux frissonnements de cette main, elle devinerait tout.

A dater du commencement de janvier, on ne songea donc plus qu'à préparer une chambre convenable pour recevoir les deux époux. Il y avait dans le même corps de logis, sur le même palier, un petit appartement pareil à celui de la mère et de la sœur, composé de deux chambres qui semblaient faites à souhait pour servir d'habitation aux deux jeunes gens.

Cet appartement était occupé par une petite famille pauvre, qui trouva un grand avantage à déménager, car Justin offrait de prendre pour son compte quatre termes dont elle était redevable. L'appartement fut libre à partir du 9 janvier, et l'on pensa à le meubler au plus vite : on n'avait pas tout à fait un mois devant soi.

On mit la maison sens dessus dessous, pour tâcher d'en tirer quelque chose qu'on pût approprier à l'appartement du jeune ménage; mais rien, dans toute la maison, ne sembla assez jeune, assez frais, assez beau pour être élevé à tant d'honneur. Tous trois tombèrent d'accord qu'il fallait acheter un nouveau mobilier, simple il est vrai, mais neuf et au goût du jour. On alla donc rôder chez tous les ébénistes des environs; car des tapissiers, dans ce pays, il n'en existait pas, et nous croyons même pouvoir assurer qu'il n'en existe pas encore un seul aujourd'hui.

Enfin, on découvrit, dans la rue Saint-Jacques, à quelques pas du Val-de-Grâce, un ébéniste dont la boutique regorgeait de meubles, de meubles en noyer bien entendu; en 1827, il n'était pas question de meubles d'acajou dans le faubourg, ni même dans la rue Saint-Jacques : on en faisait espérer aux habitants, qui en avaient aperçu en parcourant les autres quartiers; on en attendait de jour en jour; le navire qui était chargé du bois précieux pouvait arriver d'un moment à l'autre... à moins qu'il n'eût sombré!

Mais c'était tout ce que l'on pouvait tirer des ébénistes de la rue du faubourg Saint-Jacques. En attendant, si l'on était pressé d'avoir un lit, une commode, un secrétaire, il fallait les prendre en noyer, cet acajou des malheureux.

Malgré l'ambition folle de la bonne famille de posséder un mobilier d'acajou, on fut donc forcé de se contenter des meubles qu'offrait l'ébéniste. On était d'ailleurs tellement habitué à se contenter de peu, que les meubles nouveaux, même en noyer, parurent un trésor à ces braves gens.

Quant aux rideaux et à la lingerie, ce fut sœur Céleste qui s'en chargea. La pauvre fille n'était point sortie depuis six mois; c'était tout un voyage pour elle! il s'agissait d'aller jusque chez un marchand de toile, déjà célèbre à cette époque, dans le quartier Saint-Jacques, et que l'on appelait Oudot.

Il y avait loin pour la pauvre Céleste. Dieu seul connaît la sublime abnégation dont l'âme de la pauvre fille était pleine; Dieu seul sait si, pendant le trajet, l'ombre d'une pensée jalouse vint effleurer son honnête cœur, et cependant, pour qui allait-elle faire ces emplettes? Ne pouvait-elle se demander ceci, pauvre fille : Comment se fait-il, quand Dieu donne la vie à deux créatures humaines du même sexe, innocentes toutes deux de tout péché, puisqu'elles viennent de naître, comment se fait-il que l'une arrive à être belle, heureuse, et à la veille de se marier avec l'homme qui l'aime et qu'elle adore, tandis que l'autre est laide, malade, affligée, destinée enfin à mourir vieille fille?

Eh bien! elle ne se demandait point cela, et si elle se le fût demandé, cette inégalité dans deux êtres semblables ne l'eût pas même fait murmurer. Loin de là, Céleste de nom, céleste de cœur, elle s'en allait joyeuse comme si elle eût été chercher sa propre corbeille de noce.

En vérité, cette vieille fille était une sainte, et les voisins, malgré leur peu de respect pour les autres, n'attendaient pas, il faut bien le dire, sa canonisation pour l'adorer. Tous les passants la saluaient avec déférence, tant son front pâle et maladif rayonnait de splendide vertu.

La mère, qui ne pouvait rien faire pour l'embellissement de la chambre nuptiale, voulant cependant contribuer au nouveau luxe des deux jeunes gens, tira de sa commode les vieilles et riches dentelles qui avaient orné sa robe de noce, et qu'elle n'avait ni revues ni remises depuis le jour de son mariage. Elle les donna donc à Justin pour qu'il les fît blanchir et ajuster sur la robe de la jeune fille. M. Müller voulut, lui aussi, apporter son cadeau.

Un matin, c'était vers le 28 ou 29 janvier, on vit arriver, au grand ébahissement des voisins, qui regardaient tous les jours passer un meuble nouveau, sans pouvoir s'expliquer la cause réelle de ces emménagements quotidiens, on vit, disons-nous, arriver un matin, à leur grande stupéfaction, un immense chariot couvert d'une toile épaisse, et qui résonnait bruyamment sur le pavé.

A peine arrêté devant la grande porte de la maison qu'habitait Justin, le véhicule inconnu fut entouré par toutes les commères, tous les gamins, tous les chiens, toutes les poules du faubourg. On eût pu se croire à un relais de poste, dans un petit village de province.

Le faubourg Saint-Jacques est un des faubourgs les plus primitifs de Paris. A quoi cela tient-il? Est-ce parce que, entouré de quatre hôpitaux comme une citadelle l'est de quatre bastions, ces quatre hôpitaux éloignent le touriste du quartier? est-ce parce que, ne conduisant à aucune grande route, n'aboutissant à aucun centre, tout au contraire des principaux faubourgs de Paris, le passage des voitures y est très-rare?

Aussi, dès qu'une voiture apparaît dans le lointain, le gamin privilégié qui le premier l'aperçoit fait un porte-voix de ses deux mains, et la signale à tous les habitants du faubourg, absolument comme sur les côtes de l'Océan on signale une voile qu'on aperçoit à l'horizon.

A ce cri, tout le monde quitte son ouvrage, descend sur le pas de sa porte, ou se plante sur le seuil de sa boutique, et attend froidement l'arrivée de la voiture promise. A un moment donné, elle apparaît : Hourra! voilà la voiture!

Aussitôt on s'approche, on la regarde avec cette joie naïve, avec cet étonnement enfantin dont durent faire preuve les sauvages, la première fois qu'ils aperçurent ces maisons flottantes appelées des vaisseaux, et ces centaures appelés des Espagnols.

Alors les différents caractères se manifestent : quelques-uns des indigènes du faubourg Saint-Jacques l'entourent; quelques autres profitent de l'absence du cocher, qui est allé se rafraîchir, et de l'absence du voyageur égaré sur ces terres australes, qui est entré où il avait affaire : ceux-ci, de même que les Mexicains soulevaient les habits de leurs conquérants pour s'assurer s'ils faisaient on non partie de leur peau; ceux-ci, disons-nous, touchent le cuir de la voiture, ou passent leurs mains en manière de peigne dans la crinière du cheval, tandis que d'autres grimpent sur le siége, à la grande joie des mères, qui en octroient généreusement la permission.

Le cocher rafraîchi, le voyageur de retour, le cheval essaye de se remettre en route; mais ce n'est qu'avec une peine infinie qu'il peut quitter le faubourg sans écraser une demi-douzaine des enfants qui lui font escorte.

Enfin il parvient à se dégager; il part. Hourra nouveau de la population, hourra d'adieu! On le suit pendant quelque temps; plusieurs s'attellent aux ressorts de la voiture; enfin, cheval et carrosse disparaissent, au grand regret de la foule, et à la satisfaction du voyageur, enchanté de regagner des pays plus civilisés.

Maintenant, voulez-vous avoir l'idée de l'importance réelle que prend un tel événement? Entrez le même soir, cher lecteur, dans la maison de l'une des personnes qui ont vu passer cette voiture, à l'heure où le père de famille rentre du travail; vous l'entendez demander :

— Femme, qu'y a-t-il eu de nouveau dans la journée?

Et femme et enfants répondent :

— Il a passé une voiture !...

Cela posé en manière de parenthèse, on peut imaginer la surprise et la jubilation du quartier en apercevant cet immense chariot de forme tout à fait inconnue. On comprend s'il fut entouré, regardé, touché, examiné dans tous les sens.

Nous avons dit, n'est-ce pas? le plaisir qu'avait procuré, par son simple passage, ce fantastique chariot, recouvert de sa carapace mystérieuse. Eh bien! ce ne fut rien auprès des cris de joie qui s'élevèrent de tous côtés, des boutiques, des portes, des fenêtres, des toits, quand, la couverture enlevée, on vit, luxe incroyable! rêve féerique! une énorme pièce de bois d'acajou.

Le faubourg entier tressaillit; les cris d'étonnement allèrent se répercutant de maison en maison, et le pavé fut littéralement couvert d'une foule attentive et ravie. On ne comprenait pas bien précisément quelle était la destination de cette grande pièce de bois représentant un carré long d'un pied d'épaisseur à peu près. Mais, comme c'était de l'acajou merveilleusement vernissé, on se contentait de l'admirer naïvement.

On descendit le bloc énorme de la voiture, et on le passa dans la maison, dont on referma la porte au nez des curieux; mais ce n'était point le compte de la foule, qui, ayant suffisamment payé son tribut d'admiration à cette pièce, voulait à toute force en connaître l'utilité.

On s'interrogea les uns les autres; les uns penchaient pour une commode, les autres pour un secrétaire. Mais chacune de ces conjectures paraissait invraisemblable.

Les partisans de l'invraisemblance, ce que nous autres appelons les sceptiques, s'appuyaient sur ce que cet étrange objet n'avait pas de tiroirs, et qu'une commode sans tiroirs, fût-elle même en acajou, ne pouvait offrir la première des commodités que semblait promettre son nom.

Un des anciens offrait de parier que c'était une armoire; mais il eût certainement perdu sa gageure, car personne n'avait vu trace de portes; or, une armoire sans portes, quoique restant toujours un objet de luxe, devenait un meuble superflu. Il fut démontré que l'ancien avait tort.

En conséquence, on se groupa autour du chariot et l'on tint conseil. Le résultat du conseil fut d'attendre les portefaix à la sortie de la maison et de les interroger. Les portefaix parurent, et ce fut à qui porterait la parole; cette mission incomba à une grosse commère qui, les deux poings sur la hanche, s'avança fièrement.

Malheureusement pour la foule haletante, l'un des portefaix était sourd, et le second Auvergnat; il en résulta que le premier ne put pas entendre, et que le second ne put pas se faire entendre. En conséquence, jugeant une plus longue conférence inutile, le premier portefaix, faisant claquer son fouet en véritable sourd qu'il était, lança triomphalement le chariot dans le faubourg; ce qui contraignit la foule à s'écarter pour lui livrer passage.

On nous croira si l'on veut, mais jamais aucun habitant du faubourg n'eut la révélation de ce mystère, qui fait encore aujourd'hui l'aliment des longues soirées d'hiver. Nous supplierons même, en passant, ceux de nos lecteurs qui auraient deviné qu'il s'agissait d'un piano, de ne le révéler à personne, afin que ce doute continue de subsister, et soit le châtiment de ces terribles voisins!

XXVI

UNE AMIE DE PENSION.

En effet, ce morceau étrange, ce bloc énorme, cette pièce d'acajou, massive en apparence, qui avait attiré l'attention fanatique des désœuvrés du faubourg Saint-Jacques, c'était un magnifique piano que le vieux professeur envoyait comme cadeau de noce à sa chère Mina. On imagine la joie et la confusion de la pauvre famille, en recevant ce riche présent.

Le piano une fois posé dans la chambre future des deux jeunes mariés, la chambre était complète, et l'on eût dit qu'elle n'attendait plus que le meuble merveilleux, qui se trouvait si naturellement à sa place. C'était une chambre simple et charmante ainsi parée, un véritable nid de ramiers, tout rose et blanc.

On avait mis à la tête du lit, dans un cadre ovale en chêne incrusté d'or, la couronne de bluets et de coquelicots que la petite fille avait, en attendant le jour, tressée le soir où on l'avait trouvée couchée dans les blés. On eût dit, par la place qu'elle occupait, et par l'importance qu'on lui avait donnée dans l'appartement, un de ces *ex-voto* comme les marins en suspendent au-dessus de la tête de la Vierge, au retour d'un périlleux voyage.

N'est-ce pas, en effet, à partir du jour où la petite fille avait tressé cette couronne que les nuages orageux amoncelés autour de la famille s'étaient éclaircis, puis dissipés, et qu'enfin l'on avait vu descendre dans son char d'or la fée protectrice de la pauvre maison?

La chambre était donc complète, ainsi ornée, et prête à recevoir les deux époux. Encore six jours, et le soleil du bonheur allait de nouveau, et plus brillant que jamais, rayonner pour ces honnêtes gens.

Justin entretenait une longue et fréquente correspondance avec la maîtresse de la pension; celle-ci était enchantée de son élève, et voyait arriver avec douleur le moment où il faudrait se séparer d'elle. D'accord en cela avec la famille, qui l'avait mise au courant de tous ses projets, elle aussi avait été d'avis de laisser Mina dans une ignorance complète du bonheur qui l'attendait, de peur d'agiter outre mesure le cœur ardent de la jeune fille.

Et en effet, à quoi bon l'avertir même une heure d'avance? n'étaient-ils pas sûrs tous de son consentement? sœur Céleste et papa Müller n'avaient-ils pas répondu d'elle? n'avait-on pas, à chaque instant, des preuves de sa reconnaissante affection pour la famille, et de sa tendresse profonde pour le jeune homme? Vingt fois la maîtresse de pension l'avait interrogée à son insu, et vingt fois elle avait acquis et transmis à Justin la certitude que l'amour en germe dans son cœur n'attendait qu'un rayon pour éclore et fleurir.

On n'avait donc, à cette heure bienheureuse, que des causes de joie et de contentement. Sous prétexte de prendre à Mina mesure d'une robe de demi-saison, on lui avait envoyé la couturière qui lui faisait ce qu'on appelait les grandes robes, c'est-à-dire les robes des jours de fêtes; les petites robes, c'est-à-dire les robes des jours ordinaires, Mina et sœur Céleste les faisaient elles-mêmes.

C'était le 5 février, jour de l'anniversaire, que l'on devait aller chercher la petite Mina à Versailles. Plusieurs fois, Justin avait hasardé cette question :

— Comment irons-nous chercher Mina?

Et, chaque fois, le vieux professeur avait répondu :

— Ne t'inquiète pas de cela, garçon; c'est mon affaire.

La veille, Justin répéta la question.

— J'ai retenu une voiture superbe! dit M. Müller.

Justin embrassa son vieux professeur. On passa tous ensemble, moins Mina cependant, une adorable soirée; on ne dit pas un mot qui n'eût été redit cent fois; on se demanda si l'on n'avait rien oublié, si les bans avaient été affichés et publiés, si le curé de Saint-Jacques du Haut-Pas avait bien arrêté l'heure, si les souliers de satin blanc, la robe de mousseline et le bouquet de fleurs d'oranger ne seraient point en retard.

A la fin de la soirée, la mère causa aux enfants et à Müller un bien doux étonnement. Elle leur annonça qu'elle irait, le lendemain, avec eux à Versailles. On eut beau lui objecter qu'il y avait près de cinq lieues de Paris, et près de six lieues du faubourg Saint-Jacques à Versailles; qu'aller et revenir, cela ferait douze lieues; qu'elle serait brisée; que, n'étant pas sortie depuis six années, c'était risquer de compromettre sa santé : elle ne voulut rien entendre, et maintint son projet envers et contre tous, battant en brèche les raisonnements les plus solides, et se résumant par cette immuable résolution :

— J'ai été la première à l'embrasser au départ; je veux être la première à l'embrasser au retour.

On finit par acquiescer à son désir. D'ailleurs, en lui faisant toutes sortes d'objections, chacun désirait qu'elle insistât.

Il fut convenu qu'on se tiendrait prêt pour le lendemain à sept heures du matin; et, le lendemain à six heures trois quarts, en effet, on vit paraître, à la stupéfaction inénarrable des voisins, cette superbe voiture que M. Müller avait annoncée la veille. C'était un fiacre gigantesque, armorié sur les deux panneaux, et peint d'un jaune éclatant; il n'existe plus guère aujourd'hui qu'un ou deux de ces fiacres antédiluviens : ce sont les mammouths et les mastodontes de l'espèce; depuis près de dix ans ils sont passés à l'état de curiosités; nous indiquerions le musée où on les remise si nous le connaissions.

C'était une arche où, les dimanches de pluie, s'enfermait une famille entière de bourgeois; on pouvait tenir là-dedans quatre couples d'animaux, c'est-à-dire sept ou huit personnes, sans désobliger précisément son voisin; aujourd'hui, pour huit personnes, il faut quatre coupés : c'est quatre fois moins gênant, il est vrai, mais c'est huit fois plus cher. Est-ce un progrès? Nous l'ignorons; nous en laissons la honte ou la gloire devant la postérité aux loueurs de voitures.

Ce fut donc un grand fiacre d'un jaune éblouissant qui s'arrêta devant la maison du maître d'école, aux yeux hagards des sauvages du faubourg. Le professeur en descendit, entra dans la maison, et, quelques minutes après, les voisins furent au comble de la stupéfaction en voyant monter dans la voiture le fils, la sœur et la mère : la mère, qu'ils n'avaient pas vue une seule fois!

M. Müller monta le dernier, après avoir remis au pharmacien-herboriste, qui se tenait comme les autres sur sa porte, avec son garçon et une bonne qu'on appelait généralement *la pharmacienne*, la clef de l'appartement, et l'avoir prié, dans le cas où un prêtre de campagne viendrait demander M. Justin ou mademoiselle Mina, de lui remettre cette clef, en lui disant que toute la famille était à Versailles, mais reviendrait le soir avec sa pupille. En conséquence, le prêtre était prié d'attendre.

Puis le professeur prit place auprès de ses trois amis impatients, et la voiture partit au grand trot, emportant rapidement l'heureuse famille, pour la conduire au pensionnat de Versailles, où la jeune fille était loin de s'attendre à la surprise qu'on lui ménageait. Le fiacre ne fut point à vingt pas, que tous les voisins se précipitèrent vers la porte du pharmacien-herboriste, en lui demandant quel était objet qu'on lui avait donné, et la recommandation qu'on lui avait faite.

M. Louis Renaud voulu faire le discret et garder le silence d'un air rengorgé et capable; mais la chose ne parut pas nécessaire à la pharmacienne.

— Ta ta ta! dit-elle, il n'y a pas de mystère là-dessous, quoi! et puis il n'y a que les gens qui veulent faire le mal qui se cachent : la chose, c'est la clef de l'appartement, et la recommandation, c'est de la donner à un curé de campagne qui viendra demander sa pupille. — Mademoiselle Françoise, dit M. Louis Renaud en rentrant majestueusement chez lui, je vous ai toujours dit que vous étiez une bavarde. — Bon! bavarde ou non, la chose est dite, répondit mademoiselle Françoise ; elle m'aurait étouffée, et je ne veux pas mourir d'un coup de sang, donc!

La nouvelle se répandit rapidement dans le faubourg Saint-Jacques, que toute la famille était partie pour Versailles, que Mina était la pupille d'un prêtre, et que l'on attendait son tuteur dans la journée. Comme le jour qui venait de s'ouvrir était un saint jour de dimanche, et que, par conséquent, personne n'avait rien à faire, des groupes stationnèrent dans la rue pendant une partie de la journée, causant et hypothétisant.

Quand l'heure du déjeuner arrivait pour les uns ou pour les autres, ceux pour qui l'heure était arrivée posaient une sentinelle qui avait mission de venir annoncer si le prêtre apparaissait à l'horizon.

Huit heures, neuf heures, dix heures, onze heures sonnèrent à l'église Saint-Jacques du Haut-Pas, sans que l'on vît apparaître aucune soutane, et sans que les interprétations diverses fissent un seul pas vers la vérité; seulement, à onze heures et demie, quelques femmes qui sortaient de la grand'messe, et précédaient le gros des fidèles, comme une avant-garde légère précède le gros corps d'armée, accoururent faisant de grands bras, et, tout essoufflées, crièrent à droite et à gauche dans la rue :

— Ils se marient! ils se marient! le curé de Saint-Jacques a publié les bans; ils se marient! ils se marient!

La nouvelle parcourut toute la longueur du quartier Saint-Jacques avec la rapidité d'une secousse électrique. Dès lors, un peu de tranquillité reparut dans le faubourg : on savait donc le grand secret du maître d'école! Seulement, là comme partout, il y eut quelques esprits forts qui dirent :

— Je m'en étais douté! — Ah! la belle malice! dit un gamin en passant, ils se sont doutés qu'un beau garçon épouserait une belle fille! il ne faut pas les cartes de la Brocante pour faire de ces prédictions-là.

Pendant ce temps le fiacre roulait, et, à force de rouler, arrivait à Versailles, traversait trois ou quatre rues retentissantes comme les rues d'une nécropole, et s'arrêtait devant la porte du pensionnat, juste au moment où un fiacre de la même nuance s'en retournait au galop en sens opposé. On eût dit deux fiacres siamois qui venaient de rompre leur attache.

Au reste, il était temps que l'on arrivât : la mère et la sœur étaient fatiguées et mouraient d'impatience; le vieux professeur commençait à maugréer de la route, lui qui, d'ordinaire, la trouvait si courte lorsqu'il venait ou s'en retournait à pied.

Le cœur de Justin battait davantage à mesure que l'on approchait; un quart de lieue de plus, et, comme sa voisine mademoiselle Françoise, il risquait d'attraper un coup de sang. Enfin, nous le répétons, il était temps.

On entra dans la pension; la mère ne connaissait point la directrice; on la conduisit à elle; elle la remercia tout d'abord des soins dévoués dont elle avait, depuis sept mois, entouré sa fille d'adoption. On envoya chercher la jeune fille. La femme de chambre revint, disant que mademoiselle Mina n'était pas chez elle.

— Voyez chez mademoiselle Suzanne de Valgeneuse, dit la maîtresse de pension.

Puis, se retournant vers ses hôtes :

— Sans doute, continua-t elle, elle est dans la chambre d'une de ses amies, mademoiselle Suzanne de Valgeneuse, une personne charmante, très-douce, très-bien élevée, de son âge à peu près, du même pays qu'elle, et dont le père a de grandes propriétés du côté de Rouen; elles sont liées depuis l'entrée de Mina, et je n'ai vraiment qu'à me féliciter de leur liaison. Croiriez-vous qu'à elles deux, elles m'économisent une sous-maîtresse? Mina enseigne la musique, le français et l'histoire, tandis que Suzanne fait un cours de dessin, de calcul et d'anglais... Ah! tenez, la voici.

Et en effet Mina, toute rose de joie, tout essoufflée de bonheur, apparaissait à la porte, jetant un cri à la vue de toute la famille réunie. Elle n'eut l'air de reconnaître ni le vieux professeur, ni sœur Céleste, ni même Justin; elle courut droit à madame Corby, et se jeta dans ses bras en criant:

— Ma mère!

La vue de madame Corby lui avait fait penser qu'il se passait ou allait se passer quelque chose d'extraordinaire. Aussi était-elle fort émue, lorsqu'on lui dit que, comme elle avait seize ans le jour même, elle allait quitter le pensionnat pour n'y plus revenir.

Ce fut Justin qui lui annonça cette nouvelle, en l'embrassant au front selon son habitude, et en la serrant contre son cœur. Mina fut bien joyeuse, et cependant il y avait une nuance de regret dans sa joie; Mina, cœur tendre, s'était attachée à trois choses: à *Madame*, c'est-à-dire à la maîtresse; à Suzanne, son amie, et à sa petite chambre, qui donnait sur la cour de la récréation, qui était si bruyante pendant les heures de jeu, si calme tout le reste du temps.

Elle demanda donc la permission de dire adieu à sa chambre et à Suzanne, double permission qu'elle n'eut pas de peine à obtenir. Il fut convenu qu'elle irait dire adieu à sa chambre, et qu'au retour elle trouverait Suzanne au salon. Mina sortit en saluant de la main, de la tête et du rire.

Sa chambre était située au rez-de-chaussée, sur l'autre face de la maison correspondante au salon. Il n'y avait que le corridor à traverser. Elle entra; puis religieusement, saluant chaque objet, chaque meuble, comme on salue des amis auxquels on va dire adieu, elle s'agenouilla au prie-Dieu, et dit les mêmes actions de grâces qu'elle avait dites dans la petite maison du faubourg Saint-Jacques, le lendemain de son arrivée.

Pendant ce temps, on avait fait descendre Suzanne au salon. C'était une belle personne de dix-neuf ans, ou à peu près, aux grands yeux noirs, auxquels on ne pouvait reprocher qu'un peu de dureté naturelle, mais qui, selon la volonté de la jeune fille, s'adoucissaient merveilleusement; elle avait des sourcils et des cheveux noirs parfaitement en harmonie avec ses yeux; elle était grande et mince, avait la voix brève et impérieuse, enfin sentait son aristocratie d'une lieue.

La première vue de la jeune fille ne fut pas sympathique à Justin. Cependant, à la nouvelle que l'on allait pour toujours être séparée de Mina, Suzanne parut éprouver un tel regret, que l'expression vivement contrariée de sa physionomie suffit pour ramener Justin à elle. D'ailleurs, la belle jeune fille avait si gracieusement salué madame Corby, si cordialement tendu la main à sœur Céleste, si convenablement souri au vieux professeur, qui, ainsi que Justin, était de ses connaissances à elle, quoique eux ne la connussent pas, que Justin revint immédiatement sur son compte.

Puis, comme les bons cœurs, qui vont toujours dans la bonne impression plus loin que dans la mauvaise, il se pencha à l'oreille de madame Corby, et, tout bas :

— Ma mère, dit-il, Mina paraît vivement regretter son amie; je ne voudrais pas que, dans la journée de demain, Mina eût un seul regret; si nous invitions mademoiselle Suzanne à venir passer la journée de demain avec nous?

— Elle refuserait, dit la mère.

Madame Corby, avec le tact d'une aveugle, avait reconnu dans la voix de mademoiselle de Valgeneuse certaines cordes qui, résonnant avec dureté, lui faisaient mal augurer de la sensibilité amicale de la jeune fille.

— Mais, insista Justin, si elle accepte ?.. — Notre maison est une bien pauvre maison pour une si riche fille ! — Elle reviendra demain, après la cérémonie, et ce soir, elle couchera dans ma chambre. — Mais toi, où coucheras-tu ? — Oh ! je trouverai bien un endroit pour mettre un lit de sangle. — Mais qui ramènera cette demoiselle ? — Vous avez raison, ma mère.

On consulta la maîtresse sur cette grande question, et le résultat de la conférence fut celui-ci : le lendemain, la maîtresse de pension et mademoiselle Suzanne de Valgeneuse arriveraient à Paris, vers dix heures du matin, assisteraient à la bénédiction nuptiale, et retourneraient à Versailles après la cérémonie.

On communiqua ce projet à mademoiselle Suzanne, qui l'adopta avec joie, quoiqu'on lui laissât ignorer dans quel but elle allait à Paris. On craignait son indiscrétion à l'endroit de son amie.

Mademoiselle Suzanne demanda seulement la permission d'informer son frère, M. Lorédan de Valgeneuse, du projet arrêté pour le lendemain. Prévenue un instant plus tôt, elle eût pu l'en instruire de vive voix; il venait de la quitter au parloir.

Comme M. Lorédan de Valgeneuse habitait Versailles, ou plutôt y avait un pied-à-terre, Suzanne réfléchit toutefois qu'il serait assez temps de lui écrire après le départ de Mina. D'ailleurs la jeune fille rentrait et venait se jeter tout courant dans ses bras.

Justin, dans la crainte de voir briller même l'apparence d'une larme au coin de l'œil de Mina, lui annonça qu'elle pouvait, au lieu d'adieu, dire au revoir à son amie : mademoiselle Suzanne et madame Desmarest, c'était le nom de la maîtresse de pension, leur faisaient l'honneur de venir passer avec eux la journée du lendemain.

Dès lors les beaux yeux de l'enfant n'eurent plus même besoin d'être essuyés : ils se séchèrent tout seuls; elle bondit de joie, embrassa Suzanne, embrassa madame Desmarest. Puis, se retournant vers la famille bien-aimée :

— Me voilà, dit-elle, je suis prête !

On se dit au revoir une dernière fois; madame Desmarest et Suzanne promirent d'être exactes; les cinq voyageurs remontèrent dans la voiture et reprirent la route de Paris, tandis que Suzanne rentrait dans sa chambre et écrivait à son frère :

« Derrière toi est arrivée la famille; elle emmène Mina. Je crois qu'il se passera demain quelque chose d'extraordinaire rue Saint-Jacques. Nous sommes invitées, madame Desmarest et moi, à passer la journée avec eux. Si tu veux te tenir au courant des événements, arrange-toi de manière à nous conduire, madame et moi, dans ta calèche.

« Ta sœur, qui t'aime,

« S. de V. »

XXVII

LA DEMANDE EN MARIAGE.

Ainsi que l'avait espéré Justin, sa chère petite Mina sortait de sa pension et allait rentrer chez elle sans que l'ombre d'un regret eût le droit de passer sur son front.

Elle était bien un peu inquiète de la façon dont son aristocrate amie prendrait la montée du faubourg Saint-Jacques, la cour du pharmacien, la sombre entrée du logement et tous ces stigmates, sinon de la misère, du moins de la pauvreté, dont elle ne s'apercevait qu'en songeant qu'une autre pouvait s'en apercevoir.

Cependant, disons-le, Mina était inquiète, mais n'était point honteuse : elle n'eût point échangé cette pauvre demeure avec ses amis contre un palais avec des étrangers; d'ailleurs, elle croyait être sûre de Suzanne comme d'elle-même, et elle se disait que, dans quelque état qu'elle eût une amie, et si inférieur que fût cet état, elle se tiendrait toujours pour joyeuse et honorée d'être reçue par elle.

Le voyage parut court à tout le monde, mais particulièrement à Mina, qui ne s'apercevait même pas qu'il y eût voyage; la main dans celle de Justin, la tête tantôt renversée dans l'angle de la voiture, tantôt appuyée sur l'épaule du jeune homme, elle faisait de ces rêves d'or comme on n'en fait que de quinze à dix-huit ans.

On arriva vers les dix heures du soir. Quelle que fût la curiosité des habitants du faubourg, elle n'avait point su tenir contre une heure si avancée : à partir de sept heures, chacun, selon son plus ou moins de persévérance, était rentré chez soi, et la dernière porte venait de se refermer sur le dernier voisin dont la retraite laissait la rue solitaire, comme la clôture de sa porte allait la laisser obscure, lorsque l'on entendit le bruit inaccoutumé du roulement d'une voiture s'arrêtant à la porte du pharmacien.

Le pharmacien, qui n'était pas encore couché, moins pour remplir consciencieusement la mission dont M. Müller l'avait chargé que pour obéir aux devoirs de sa profession, le pharmacien, disons-nous, eut à peine entendu la voiture s'arrêter, qu'il rouvrit sa porte, et, reconnaissant ses voisins, remit la clef à M. Müller, en lui annonçant que le prêtre qu'il attendait ne s'était point présenté.

— Quel prêtre ? demanda la jeune fille. — Un prêtre de mes amis, répondit

M. Müller, mentant pour la première fois peut-être, mais excusé par l'intention.

Le brave homme mentait pour le bon motif. On renvoya le fiacre, et en le payant, M. Müller lui dit tout bas deux mots, qui n'étaient autres que ceux-ci : — Soyez ici demain matin, à dix heures précises. — On y sera, notre bourgeois, répondit le fiacre. — Vous retenez le fiacre, cher papa Müller ? demanda Mina. — Oui, mon enfant ; j'ai demain une petite promenade à vous faire faire. — Tu en es, frère Justin ? reprit Mina. — Je crois bien ! répondit Justin. — Oh ! alors, quel bonheur ! dit Mina.

Et elle rentra toute sautante dans la maison en disant bonjour à chaque meuble de l'appartement de la rue Saint-Jacques, comme elle avait dit adieu à chaque meuble du pensionnat de Versailles.

On ne se coucha, ce soir-là, qu'à minuit, et, chose extraordinaire ! madame Corby resta debout jusqu'à cette heure : ce qui, de mémoire de Mina et même de Müller, ne lui était jamais arrivé. A minuit, on se sépara.

Justin donna à la jeune fille son dernier baiser fraternel sur le front ; le baiser du lendemain devait être un baiser d'époux. Müller souhaita une bonne nuit à tout le monde ; il n'avait pas la moindre envie de se retirer, et il prétendait que, s'il y avait là des violons, il danserait avec sœur Céleste.

Pauvre sœur Céleste ! elle sourit tristement : elle n'avait jamais dansé ! Les deux hommes descendirent dans la chambre de Justin, où ils causèrent une heure encore. Puis Müller se retira.

Justin prit son violoncelle, le sortit de sa boîte, le serra entre ses genoux, et avec son archet, passé et repassé à deux pouces des cordes, il joua en idée un des motifs les plus gais d'*Il Matrimonio segreto*, qu'il broda des triples croches les plus fantastiques et des points d'orgue les plus exagérés !

Enfin, à trois heures, il se décida à se coucher ; mais il était trop heureux, et, par conséquent trop agité pour dormir sérieusement ; d'ailleurs, en dormant sérieusement, il eût perdu le sentiment de son bonheur. On eût dit qu'il ne s'endormait qu'en tenant à la main ce qui le ramenait au réveil, comme le plongeur tient la corde qui doit, lorsqu'il étouffe au fond de l'eau, le ramener à la surface de la mer.

A six heures, il était sur pieds. Il ne comprenait rien à la longueur du temps ; la pendule retardait, le grand ressort du soleil était cassé, le jour ne viendrait jamais ! Le jour vint à sept heures et demie, comme il venait dans la cour : ce n'était véritablement jamais lui, c'était un prête-nom.

Justin alla regarder à la porte de la rue. Qu'allait-il y voir ? Il n'en savait rien lui-même ; il y a des moments où l'on ouvre les portes comme si l'on attendait quelqu'un. Il attendait le bonheur ! Le bonheur, qui vient si rarement quand on lui ouvre la porte d'avance !

Il y avait déjà des boutiques ouvertes ; il y avait déjà des voisins sur le seuil de leur porte. Plusieurs personnes se montrèrent Justin avec des signes. Le boulanger d'en face, gros geindre à la figure enfarinée et au ventre rebondi, lui cria :

— Eh ! c'est donc pour aujourd'hui, voisin ?

Justin rentra et se mit à sa toilette. Elle devait lui prendre une bonne heure. Il avait les souliers vernis, les bas de soie à jour, le pantalon et l'habit noirs, le gilet et la cravate blancs. Il lissa ses beaux cheveux blonds, qui retombaient sur son cou, et lui donnaient, au dire de Müller, cet air allemand qui plaisait tant au vieux professeur, en ce qu'il faisait ressembler son élève à Weber.

Vers huit heures, il entendit du bruit au-dessus de sa tête. C'étaient les deux jeunes filles qui se levaient. Quand nous disons les deux jeunes filles, c'est que nous prenons la moyenne de l'âge de Mina et de Céleste. Mina avait seize ans, Céleste vingt-six. C'était une moyenne de vingt et un ans.

Mina éveillée, les surprises réservées pour ce jour solennel allaient commencer. Tandis que la jeune fille faisait sa première toilette, sœur Céleste sortit et alla chercher, dans la chambre des futurs époux, toute la blanche parure, moins le bouquet d'oranger.

Tout à coup, en se retournant, Mina vit, étalés sur son lit, le jupon de taffetas blanc, la robe de mousseline à dentelles, et les bas de soie. Au pied du lit étaient les souliers de satin blanc. Mina regarda tous ces objets avec étonnement.

— Pour qui donc cela ? demanda-t-elle. — Mais pour toi, petite sœur, répondit Céleste. — Est-ce que je quête aujourd'hui, par hasard ? dit Mina en souriant. — Non, mais tu es de noce.

Mina regarda sœur Céleste avec des yeux ébahis.

— Qui donc se marie ? demanda-t-elle. — C'est un secret ! — Un secret ? — Oui. — Oh ! dis-le-moi, sœur Céleste, reprit l'enfant caressant de ses deux jolies mains les joues de la vieille fille. — Tu le demanderas à Justin, dit celle-ci. — Oh ! Justin, s'écria Mina, qu'il y a longtemps que je ne l'ai vu ! où est-il donc ? — Il attend que tu sois habillée. — Oh ! alors, je vais m'habiller bien vite. Aide-moi, sœur Céleste ! aide-moi !

Et Mina, aidée de sœur Céleste, s'habilla en un tour de main. Ce qu'il y a, en général, de plus long dans la toilette des femmes, c'est la coiffure. Mais les cheveux de Mina frisaient naturellement. Un coup de peigne suffisait pour les enrouler en grosses boucles autour de ses doigts. Cinq ou six boucles tombaient ainsi de chaque côté de ses joues, roulaient sur ses épaules, se perdaient dans sa poitrine, et tout était dit.

— Me voilà habillée, sœur Céleste, dit Mina. Où est Justin ? — Viens, dit Céleste.

Il fallait, pour sortir du petit appartement, traverser la chambre de madame Corby. L'aveugle reconnut le pas de Mina. D'ailleurs, la porte à peine ouverte, Mina était dans ses bras. Madame Corby, en l'embrassant, porta la main sur sa tête ; elle avait l'air d'y chercher quelque chose. Ce quelque chose était absent.

— Elle n'a pas encore vu Justin ? demanda la mère. — Non ; Justin l'attend. — Alors, dit madame Corby, va ! il y a des moments où c'est si long d'attendre !

Sœur Céleste ouvrit la porte ; Mina s'apprêtait à descendre.

— Non, dit sœur Céleste ; par ici.

Elle ouvrit la porte en face. C'était celle de cette jolie chambre nuptiale que nous avons décrite.

Justin était au milieu de la chambre, tenant à la main ce qui manquait à la parure de Mina, ce que madame Corby avait cherché sur le front de l'orpheline : le chaperon de fleurs d'oranger. Mina comprit tout.

Elle jeta un cri de joie, pâlit, étendit les mains comme pour chercher un appui. L'appui était là. Justin ne fit qu'un bond, et la reçut dans ses bras. Puis, tout en appuyant ses lèvres sur celles de Mina, il lui mit au front la couronne d'oranger.

Ce fut ainsi, dans un petit cri étouffé, que Justin demanda Mina en mariage, et que Mina répondit qu'elle consentait à épouser Justin. Cinq minutes après, Mina était aux pieds de madame Corby, qui, cette fois, tâtant la tête de l'enfant, et y trouvant ce qu'elle avait cherché inutilement dix minutes auparavant, leva sa main tremblante et dit :

— Au nom de tout le bonheur que je te dois, sois bénie, ma fille !

En ce moment, trois personnes parurent à la porte. C'étaient, d'abord, madame Desmarest et mademoiselle Suzanne de Valgeneuse; puis, derrière ces deux dames, on apercevait la tête du professeur, qui se levait sur la pointe des pieds pour voir où l'on en était.

Tout à coup le brave Müller se sentit pris à bras-le-corps, presque étouffé. C'était Justin qui l'embrassait.

— Eh bien? demanda le brave homme. — Eh bien! s'écria Justin, elle m'aime ! — Comme sœur ? demanda Müller en riant. — Comme sœur, comme fiancée, comme femme, comme épouse ! Elle m'aime, cher monsieur Müller; oh ! je suis le plus heureux des hommes !

Justin avait raison : en ce moment, il touchait à ce point culminant qu'il est donné à si peu d'hommes d'atteindre. Il touchait au faîte du bonheur.

Cependant, un petit groom vêtu d'une redingote noire, d'une culotte blanche, chaussé de bottes à retroussis, et coiffé d'un chapeau à galon et à cocarde noirs, se frayait un chemin entre les acteurs de cette scène et arrivait jusqu'à Suzanne de Valgeneuse, à laquelle il présentait un petit papier roulé et un crayon.

— De la part de M. Lorédan, dit en anglais le groom; il y a réponse.

Suzanne déroula le petit papier, et n'y vit rien qu'un énorme point d'interrogation. Elle comprit. Au-dessous du point d'interrogation, elle écrivit ces trois lignes :

« On se marie ! Elle épouse son grand niais de maître d'école ! Paye les gages de ton amour, et donne-lui congé... quitte à le reprendre à ton service plus tard.

« S. DE V. »

— Tiens, Dick, porte cela à ton maître, dit-elle; c'est la réponse.

Justin avait tout vu, mais sans rien deviner; cependant, une espèce de pressentiment d'un malheur inconnu passa dans ses veines comme un frisson. Il alla à la fenêtre pour voir à qui ce billet serait remis.

Un beau et élégant jeune homme attendait à la porte, dans une calèche. C'était sans doute M. Lorédan de Valgeneuse. En entendant le pas du groom, il se retourna; Justin put voir son visage.

C'était ce même jeune homme qui, le jour de la Fête-Dieu, avait regardé Mina d'une si singulière façon que le maître d'école avait senti la première vipère de la jalousie le mordre au cœur. Le petit groom remit le billet au jeune homme, qui, après l'avoir lu, lui fit signe de reprendre sa place à côté du cocher. L'enfant n'était pas encore sur le siége, que la voiture partit au galop.

XXVIII

LE CURÉ DE LA BOUILLE.

Pendant que ces choses se passaient dans la petite maison de la rue du Faubourg-Saint-Jacques, un brave homme de prêtre, de soixante-dix à soixante-douze ans, montait la rue au milieu de démonstrations de curiosité et de joie dont il se demandait bien inutilement la cause.

Les habitants du faubourg Saint-Jacques, qui, sur le dire de la pharmacienne, attendaient un prêtre depuis la veille au matin, n'avaient pas plus tôt vu apparaître la soutane et le tricorne de l'abbé Ducornet, c'était le nom du curé de la Bouille, qu'ils s'étaient dit les uns aux autres, les plus proches avec la parole, les plus éloignés avec le geste : Voilà le prêtre !

Et comme on ne comptait plus sur lui après une si longue attente, son apparition, ainsi que nous l'avons dit, avait causé la plus vive impression.

Chacun s'était approché de lui ; on l'avait entouré; il marchait avec un cortége. Et comme il avait l'air de regarder à droite et à gauche pour s'orienter dans la rue, une commère, faisant la révérence, lui avait dit :

— Bonjour, monsieur le curé ! — Bonjour, ma bonne dame! avait répondu le digne abbé.

Et comme il avait vu qu'il était au n° 300 de la rue Saint-Jacques au lieu d'être au n° 20 du faubourg, il avait continué son chemin.

— Monsieur le curé vient peut-être pour un mariage? dit la commère. — Ma foi oui, dit le curé en s'arrêtant. — Pour le mariage du n° 20 ? dit une autre. — Justement! dit le curé, de plus en plus étonné.

Et, entendant sonner neuf heures et demie à l'horloge de Saint-Jacques, il continua sa route.

— Pour le mariage de M. Justin? dit une troisième commère. — Avec la petite Mina, dont vous êtes le tuteur? dit une quatrième.

Le curé regardait les commères d'un air de plus en plus stupéfait.

— Mais laissez donc ce brave homme tranquille, tas de bavardes! dit un tonnelier qui cerclait une futaille ; vous voyez bien qu'il est pressé. — Oui en effet je suis pressé, dit le bon prêtre. C'est bien loin, le faubourg Saint-Jacques! Si j'avais su que ce fût aussi loin que cela, j'eusse pris une voiture. — Ah bah! vous voilà arrivé, monsieur l'abbé; il n'y a plus qu'un pas et une coulée. — Tenez, dit une des femmes, c'est là-bas, où vous voyez un fiacre jaune qui stationne. — Tout à l'heure, dit une autre, il y avait aussi un carrosse découvert, avec un beau jeune homme dedans, un cocher poudré sur le siége et un petit domestique qui n'était pas plus gros qu'un merle ; mais il paraît que cette voiture-là n'était pas de la noce : elle s'en est allée. — Je ne vois pas le fiacre, dit le curé s'arrêtant encore et se faisant un abat-jour de sa main. — Oh ! soyez tranquille, vous ne vous perdrez pas; nous allons vous accompagner jusqu'à la porte, monsieur le curé. — Eh ! Babolin ! prends donc les devants et va dire à M. Justin qu'il ne s'impatiente pas; que le curé qu'il attendait arrive.

Et le bonhomme qu'on avait désigné sous le nom de Babolin, et qui est le même que nous avons déjà vu apparaître deux fois, prit sa course vers le haut du faubourg, en chantant sur un air de son invention :

> Eh ! oui, je vas lui dire, lui dire, lui dire...
> Eh ! oui, je vas lui dire, lui dire tout de même.

Le dialogue continuait :

— Vous n'êtes jamais venu chez les Justin ? monsieur le curé. — Non, mes bons amis, je ne suis jamais venu à Paris. — Tiens ! d'où êtes-vous donc? — De la Bouille. — De la Bouille ! Où est cela ? demanda une voix. — Seine-Inférieure, répondit une autre voix à laquelle, plus tard, M. Prudhomme devait emprunter son accent de basse. — Seine-Inférieure, en effet, reprit l'abbé Ducornet. C'est un charmant pays, qu'on appelle le Versailles de Rouen. — Oh ! vous les trouverez bien logés, allez ! — Et surtout bien meublés... Il y a trois semaines que l'on ne voit passer que cela, des meubles, et des meubles que le roi Charles X n'en a pas de plus beaux aux Tuileries ! — Il est donc riche, ce bon M. Justin ? — Riche ?... Riche comme un rat d'église ! — Eh bien ! alors, comment peut-il faire ?... — Il y a des gens qui dépensent ce qu'ils ont, puis d'autres ce qu'ils n'ont pas, dit un perruquier. — Bon ! ne vas-tu pas dire du mal du pauvre maître d'école, parce qu'il se fait la barbe lui-même ? — Oui, avec cela qu'il se la fait bien, la barbe ! il y a trois semaines, il avait au menton une entaille d'un demi-pouce. — Tiens, dit un gamin, ami intime de Babolin, son menton est à lui : il peut y faire venir ce qu'il veut; personne n'a rien à dire; il y planterait des pois de senteur, que c'est son droit. — Ah ! dit l'abbé, je vois le fiacre jaune. — Je crois bien que vous le voyez, répondit le gamin : il est gros comme la carcasse de la baleine du Jardin des Plantes; seulement, il est plus richement peint. — Arrivez vite, monsieur le curé, dit Babolin, dont la mission était déjà remplie; on n'attend plus que vous. — Allons ! dit le curé, si l'on n'attend plus que moi, j'arrive.

Et le brave prêtre, faisant un effort, se trouva en effet, au bout de cinq minutes, côte à côte avec le fiacre jaune, et en face de la porte d'entrée.

— C'est égal, murmura-t-il, c'est encore plus grand que la Bouille, et même que Rouen, Paris !

Justin et Mina l'attendaient sur la porte. En voyant ces deux beaux jeunes gens, le prêtre s'arrêta et sourit :

— Ah ! dit-il, en vérité, mon Dieu, vous les avez faits l'un pour l'autre !

Mina courut à lui et lui sauta au cou comme au temps où le bon prêtre venait voir la mère Boivin, et où elle avait huit ans, elle. Il l'embrassa, puis l'éloigna de lui pour la regarder.

Il n'eût jamais reconnu, dans cette belle jeune fille près de devenir une femme, l'enfant qu'il avait, six ans auparavant, expédiée à Paris avec sa robe blanche, ses brodequins d'azur et sa ceinture bleue. Mais il la reconnaissait à son affectueuse caresse.

On avait encore cinq minutes à attendre avant de partir pour l'église. Le curé monta. On le fit entrer dans la chambre nuptiale, où étaient mère Corby, sœur Céleste, madame Desmarest, mademoiselle Suzanne de Valgeneuse et le vieux professeur.

— Notre cher curé de la Bouille, maman Corby, dit Mina ; M. l'abbé Ducornet, Madame. — Oui, oui, dit l'abbé tout joyeux, et qui apporte la dot de sa pupille. — Comment, la dot de sa pupille ? — Eh oui ! Imaginez-vous qu'il y a trois jours, je reçois une lettre chargée avec le timbre d'Allemagne, et, dans cette lettre, un mandat de dix mille huit cents francs sur MM. Leclerc et Louis, banquiers à Rouen. — Après ? demanda Justin d'une voix altérée. — Attendez ! je procède par ordre : c'est le mandat que j'ouvre d'abord ; c'est du mandat que je vous parle d'abord. — Oui, nous écoutons.

Madame Corby pâlissait visiblement. Les autres personnes semblaient prendre au récit à peine commencé du bon prêtre un intérêt relatif, mais ne rien voir encore, pas même Mina, de ce qui commençait peut-être à apparaître déjà à Justin et à sa mère.

— Avec le mandat, continua le curé de la Bouille, était une lettre. — Une lettre ? murmura Justin. — Une lettre ? répéta madame Corby. — Ah ! ah ! une lettre ! fit le professeur, non moins ému que madame Corby et Justin. — Une lettre que voici.

Et l'abbé déplia une lettre qui, en effet, portait un timbre étranger et lut :

« Mon cher abbé,

« Un voyage que j'ai fait assez avant dans l'Inde pour que mes communications avec la France fussent interrompues, est cause que, depuis neuf ans, vous n'avez pas reçu de mes nouvelles ; mais je vous connais, mais je connais la digne madame Boivin, à qui j'avais confié mon enfant : Mina n'aura point souffert pour cela.

« Aujourd'hui de retour en Europe, et retenu à Vienne par des affaires indispensables et qui peuvent durer encore quelque temps, je m'empresse de vous envoyer, par lettre de change de la maison Acrostein et Eskeles, sur la maison Leclerc et Louis de Rouen, la somme de dix mille huit cents francs dont je suis en retard avec vous.

« Vous recevrez désormais régulièrement, jusqu'à mon retour, dont je ne puis vous préciser la date, les douze cents francs promis pour la pension de ma fille.

« Le père de Mina.

« Vienne en Autriche, ce 24 janvier 1827. »

A ces derniers mots, tandis que Mina s'écriait en frappant joyeusement des mains :

— Oh ! quel bonheur ! Justin ! papa vit encore !

Justin regardait sa mère, et, la voyant pâle comme une morte, il jetait un cri.

— Ma mère ! ma mère ! dit Justin.

L'aveugle se leva et vint à son fils, les bras étendus ; la voix l'avait guidée.

— Tu comprends, n'est-ce pas, mon fils, dit-elle d'une voix ferme, tu comprends ?..

Justin ne répondit pas, il sanglotait. Mina regardait cette singulière scène sans y rien comprendre.

— Mais qu'avez-vous donc, maman Corby ? demanda-t-elle ; mais qu'as-tu donc, frère Justin ? — Tu comprends, n'est-ce pas, mon pauvre cher enfant ? tu comprends, continua la mère, que tu pouvais épouser Mina pauvre et orpheline ?.. — Mon Dieu ! s'écria Mina, qui commençait à deviner. — Mais tu comprends aussi que tu ne peux pas épouser Mina riche et dépendant d'un père ? — Ma mère, ma mère, s'écria Justin, ayez pitié de moi ! — Ce serait un vol, mon fils ! dit l'aveugle en levant la main au ciel, comme pour adjurer Dieu ; et, si tu doutes, j'en appelle à tout ce qu'il y a d'honnêtes gens ici, et il n'y a que des honnêtes gens, j'espère.

Justin se laissa glisser aux genoux de sa mère. — Ah ! tu me comprends, reprit l'aveugle, puisque te voilà à genoux !

Puis, étendant les mains sur lui, et renversant la tête en arrière, comme si elle eût pu voir le ciel :

— Mon fils, dit-elle, je te bénis pour la douleur comme je t'avais béni pour la joie, et je serai, je l'espère, ta bien-aimée dans l'infortune, comme je l'eusse été dans la félicité. — Oh ! ma mère ! ma mère ! s'écria Justin, avec vous, avec votre appui, avec votre courage, oui, je ferai cela ; mais sans vous, oh ! sans vous, je crois que j'eusse été un malhonnête homme ! — C'est bien, mon enfant ! embrasse-moi. Céleste !

Céleste s'approcha.

— Reconduis-moi à mon fauteuil, mon enfant, dit-elle tout bas ; je sens la force qui me manque. — Mais qu'y a-t-il donc, mon Dieu ! qu'y a-t-il donc ? demanda Mina. — Il y a... il y a, Mina, dit Justin éclatant en sanglots, il y a que, jusqu'au jour où ton père donnera son consentement et, probablement, il ne le donnera jamais ! il y a que nous ne pouvons être l'un pour l'autre qu'un frère et une sœur.

Mina jeta un cri.

— Oh ! dit-elle, de quel droit mon père qui m'a abandonnée depuis seize ans vient-il me réclamer aujourd'hui ? Qu'il garde son argent ; qu'il me laisse mon bonheur ! qu'il me laisse mon pauvre Justin ! non pas comme un frère, mais, pardonnez-moi, mon Dieu ! comme un époux !... Justin... oh ! oh !.. Justin ! Justin, mon bien-aimé ! à moi ! à moi !.. ne m'abandonne pas !

Et la jeune fille, avec un dernier cri de douleur, tomba évanouie dans les bras de Justin. Une heure après, Mina partait pour Versailles, tout éplorée, une main dans la main de son amie Suzanne, et la tête sur l'épaule de madame Desmarest.

Avant de monter en voiture, Suzanne avait eu le temps d'écrire au crayon, et de donner à un commissaire un petit billet conçu en ces termes :

« Le mariage est manqué ! il paraît que Mina est riche et fille de quelqu'un.
« Nous retournons à Versailles avec la belle désolée.
« Onze heures du matin.

« S. de V. »

XXIX

RÉSIGNATION.

La désolée, comme la belle Suzanne de Valgeneuse appelait son amie, la désolée laissait derrière elle un cœur non moins désolé que le sien. Ce cœur, c'était celui de Justin. Nous nous trompons : il fallait dire *des cœurs*.

Ces cœurs, c'étaient ceux de Justin, de sa mère, du bon professeur, de sœur Céleste et du curé de la Bouille, qui ignorait le mal qu'il allait faire, et qui se croyait, dans la simplicité de son âme, un messager de la joie, quand au contraire il était le messager des douleurs. Mais celle de tous qui avait le plus souffert, car elle avait souffert pour elle et pour son fils, c'était la mère. Elle, si forte au commencement, elle avait été abattue avant la fin.

Avant les adieux, sans dire un mot, sans pousser un cri, sans verser une larme, elle s'était insensiblement évanouie. Aucun de ces égoïstes malheureux ne s'était aperçu de son évanouissement. Celui qui s'en aperçut, parce qu'il lui semblait qu'une partie de son cœur agonisait, ce fut Justin.

— Ma mère! ma mère! s'écria Justin; mais voyez donc ma mère!

On se précipita vers l'aveugle, aux genoux de laquelle Justin était tombé, et qu'il enveloppait de ses bras. Son visage était devenu couleur de cire; ses mains étaient froides comme le marbre; ses lèvres violettes. C'était le dernier-né des espérances de sa vieillesse qui venait de mourir.

Ce qu'il y avait de terrible dans tout cela, c'est qu'il n'y avait pas moyen de rejeter la faute sur personne, de récriminer contre qui que ce fût. Tout le monde avait eu bonne intention, même le pauvre curé de la Bouille. C'était de la fatalité, voilà tout.

On courut chez le pharmacien, qui donna des sels. A force de sels et de vinaigre, madame Corby revint à elle. La première chose, non pas qu'elle vit, pauvre aveugle! mais qu'elle sentit, ce fut son fils qui la consolait, lui qui avait tant besoin d'être consolé! Mais il ne s'apercevait pas de sa douleur, le bon Justin, lorsque quelqu'un souffrait près de lui, et que ce quelqu'un, surtout, c'était sa mère.

Il resta donc près de madame Corby, non-seulement jusqu'à ce qu'elle fût revenue à elle, mais encore jusqu'à ce qu'elle fût couchée. Alors, comprenant le besoin que son fils avait de pleurer lui-même, et sentant qu'il n'osait pleurer devant elle, de peur de la pousser au désespoir, elle exigea qu'il se retirât chez lui.

Justin redescendit dans sa petite chambre; tout ce qu'il emporta du premier étage fut le chaperon de fleurs d'oranger, qu'en le quittant Mina avait arraché de sa tête et lui avait jeté. Le bon professeur descendit avec Justin.

Quant au curé de la Bouille, il n'avait plus rien à faire à Paris; il reprit, à six heures du soir, la voiture de Rouen, remportant cet argent maudit qui venait de causer un si grand malheur. Pendant qu'il s'éloignait de la grande

Babylone où va bientôt se dérouler notre drame, Justin et son professeur étaient redescendus dans la chambre des écoliers, auxquels on avait donné congé à l'occasion de la grande solennité qui devait avoir lieu, et en même temps à cause du lundi gras, qui, par extraordinaire cette année-là, tombait au commencement de février.

Le visage sombre de son élève inspirait au bon Müller une profonde terreur; il se mit, dans l'espérance de le distraire, à rappeler à Justin toutes ces vieilles histoires de collége, jusqu'au moment où il en fut arrivé à la rencontre de la petite fille. Là, il voulut s'arrêter; mais ce fut Justin qui, à son tour, raconta bien minutieusement, jour par jour, la vie adorable qu'il avait menée depuis six ans.

— Nous avons été trop heureux! lui dit-il; de nombreux pressentiments m'ont averti qu'il fallait me préparer à payer cher, un jour ou l'autre, cette victoire que j'avais remportée sur mon mauvais destin... J'ai joui, pendant six ans, d'une félicité ineffable; c'est à peu près le sixième de la vie: peu d'hommes peuvent en dire autant... J'ai oublié les joies de ces six ans; j'oublierai le malheur comme j'ai oublié la joie : joies et douleurs se fondront un jour dans la teinte grise du passé. Ne soyez donc pas inquiet de moi, mon cher maître; ne me croyez jamais capable de quelque sombre résolution... Est-ce que je m'appartiens, d'ailleurs? est-ce que je ne me dois pas à ma bonne mère, à ma pauvre sœur? Non, non, cher maître, mon parti est bien arrêté; j'ai lutté contre la misère, je lutterai contre la douleur... Laissez pendant quelques jours ma blessure se cicatriser; permettez surtout que je demeure seul, il y a dans la solitude, pour les cœurs résignés, une religion inconnue : la résignation, cher maître, c'est la force des faibles, et vous me verrez rentrer plus fort et plus éprouvé dans le combat de la vie!

Le vieux maître sortit, étonné, presque effrayé de la puissance de résignation de cet homme, mais rassuré complétement sur les suites de son désespoir.

Justin, après avoir reconduit M. Müller jusqu'à la porte de la rue, rentra dans sa chambre et se promena lentement et longuement, les bras croisés, la tête basse, jetant de temps en temps les yeux au plafond, comme s'il eût voulu demander au ciel le mot de cette énigme qu'on appelle *fatalité!*

Deux ou trois fois il alla jusqu'à la porte de l'armoire où le violoncelle dormait dans sa boîte; mais il ne l'ouvrit même pas, ce soir-là, il était encore trop faible. Jusqu'à trois heures du matin, il se promena ainsi; il n'avait pas pu pleurer depuis le matin. Sa douleur se pétrifiait, pour ainsi dire, dans son sein, et l'étouffait. Il se jeta sur son lit; la fatigue l'emporta, il s'endormit.

La veille, il avait eu la même insomnie et le même sommeil : seulement, c'était la joie qui avait tenu ses yeux ouverts; c'était la fatigue du bonheur qui les avait clos! Heureusement, le lendemain était le mardi gras, jour de congé : il était donc libre de s'isoler avec sa douleur, de la prendre à bras-le-corps, de lutter avec elle, de tenter de la terrasser.

La lutte dura toute la journée. Après avoir embrassé sa mère et sa sœur, il sortit au point du jour; il alla visiter de nouveau l'endroit où, par une belle nuit de juin, il avait trouvé l'enfant, couchée dans les blés et dans les fleurs. Il n'y avait plus ni bluets, ni coquelicots, ni blonds épis; la terre était comme son cœur, nue, dépouillée, gercée par l'hiver.

Il alla se promener dans ces bois de Meudon, si gais, si riants, si pleins de soleil et de verdure, quand il s'y promenait avec son maître; il poussa jusqu'aux portes de Versailles. Il eut la force de ne pas aller jusqu'au pensionnat : à quoi bon revoir la pauvre enfant? N'était-il pas sûr qu'elle pleurait loin de sa vue? n'était-il pas sûr qu'à sa vue elle pleurerait bien davantage?

D'espoir, il ne lui en restait aucun! il était clair pour lui que Mina appartenait à quelque famille riche et aristocratique; et quelle chance y avait-il pour qu'on la lui donnât, à lui humble et pauvre? Il pouvait la voir sans doute, mais c'est justement ce qu'il n'avait pas voulu faire.

Il rentra chez lui à dix heures du soir; il avait fait quinze lieues dans sa journée, et ne ressentait pas la moindre fatigue. Sa mère et sa sœur l'attendaient, inquiètes toutes deux. Il rentra le visage souriant, les embrassa et descendit dans sa chambre.

La même chose se passa qui s'était passée la veille : il se promena encore lentement et tristement; il compta les heures jusqu'à minuit; puis enfin, après s'être, comme la veille, arrêté deux ou trois fois devant l'armoire où était son violoncelle, il se décida à ouvrir la porte, tira l'instrument de sa boîte, et le regarda avec une mélancolie profonde.

La petite fille, on se le rappelle, par un caprice d'enfant, l'avait fait renoncer à jouer de ce sombre instrument; nous l'avons vu le toucher plusieurs fois, le tirer de sa boîte, le serrer entre ses genoux, s'enivrer de la mélodie absente, mais ne pas en tirer une seule note. Aujourd'hui, il revenait à lui.

— J'ai été ingrat, dit-il, ô mon vieil ami! ô mon tendre consolateur! Je t'ai abandonné pendant mes jours de joie : je te retrouve pendant mes jours d'infortune!

Et il embrassa le violoncelle avec effusion.

— O source inépuisable de consolations! reprit-il; musique! refuge des âmes éplorées, j'ai fait comme l'enfant prodigue : je t'ai quittée un jour, chère famille de mon âme! j'ai été criblé de douleurs, et je reviens à toi, les pieds meurtris, l'âme brisée, et tu me tends les bras, harmonieuse déesse! et tu me reçois, le cœur plein de miséricorde et d'amour!

Et, comme il avait fait de l'instrument, il tira de l'armoire son vieux livre de musique, le posa sur son pupitre, l'ouvrit, s'installa sur le haut tabouret, prit le violoncelle, et posa l'archet sur les cordes. Au moment de jouer, deux larmes tombèrent de ses yeux. Il posa l'archet sous son bras gauche, prit son mouchoir, essuya lentement ses paupières humides, et commença à jouer le même chant grave et mélancolique que Salvator et Jean Robert avaient entendu, deux heures avant le commencement de ce récit...

On sait comment Salvator avait frappé à la porte, comment les deux amis avaient été introduits par Justin, comment ils lui avaient demandé la cause de ses larmes, comment enfin le maître d'école avait consenti à leur raconter son histoire : cette histoire, c'était celle que nous venons de mettre sous les yeux de nos lecteurs; cette histoire, les deux jeunes gens l'avaient écoutée avec des impressions bien différentes.

Le poëte avait été vivement ému à certains endroits : la scène de la mère condamnant son fils au malheur, plutôt que de lui laisser commettre une action douteuse, lui avait fait venir les larmes aux yeux.

Le philosophe l'avait entendue, d'un bout à l'autre, avec une insensibilité apparente; seulement, au nom de mademoiselle Suzanne et de M. Lorédan de

Valgeneuse, il avait tressailli ; on eût dit que ce n'était pas la première fois qu'il entendait prononcer ces noms, et chacun d'eux paraissait lui avoir fait au moral la même impression que fait, au physique, le contact d'un corps dur avec une blessure mal fermée.

— Monsieur, dit Jean Robert, nous serions indignes d'avoir entendu ce que vous venez de nous raconter, si nous essayions de donner à un homme comme vous de banales consolations... Voici nos adresses ; si jamais vous avez besoin de deux amis, nous vous demandons la préférence.

Et en même temps Jean Robert déchira une page de son portefeuille, y écrivit les deux noms et les deux adresses, et les donna à Justin. Celui-ci les prit et les mit entre les pages de son livre de musique. Là, il était sûr de les retrouver tous les jours. Puis, il tendit ses deux mains aux deux jeunes gens.

Au moment où ces quatre mains se pressaient, on frappa violemment à la porte. Qui pouvait frapper à cette heure ? Justin était tellement dégagé de tout autre intérêt que celui dont il se préoccupait, qu'il ne pensa pas même que ce coup frappé si vigoureusement pût l'être à son intention.

Il laissa les jeunes gens sortir, et, en sortant, ouvrir la porte au visiteur nocturne ou plutôt matinal, car les premiers rayons du jour commençaient à paraître.

Celui qui frappait à cette porte était un enfant de treize à quatorze ans, aux cheveux blonds, frisés tout autour de la tête, aux joues roses, aux vêtements légèrement déguenillés : un véritable gamin de Paris, en blouse bleue, en casquette sans visière, avec des souliers éculés. Il leva la tête pour voir qui venait lui ouvrir la porte.

— Tiens ! c'est vous, monsieur Salvator ! dit-il. — Que viens-tu faire ici, à cette heure, monsieur Babolin ? demanda le commissionnaire en prenant amicalement le gamin par le collet de sa blouse. — Ah ! j'apporte à M. Justin une lettre que la Brocante a trouvée cette nuit, en faisant sa tournée. — A propos de maître d'école, dit Salvator, tu sais que tu m'as promis de savoir lire au 15 mars ? — Eh bien ! eh bien ! eh bien ! nous ne sommes encore qu'au 7 février : il n'y a pas de temps perdu ! — Tu sais que, si tu ne lis pas couramment le 15, je te reprends, le 16, les livres que je t'ai donnés ? — Même ceux où il y a des images ?.. Oh ! monsieur Salvator ! — Tous sans exception ! — Eh bien ! tenez, vous voyez qu'on sait lire, dit l'enfant.

Et, jetant les yeux sur l'adresse de la lettre, il lut :

« A monsieur Justin, faubourg Saint-Jacques, n° 20. Un louis de récompense à qui lui remettra cette lettre.

« MINA. »

L'adresse et l'apostille étaient écrites au crayon.

— Porte vite ! porte vite, mon enfant ! dit Salvator en poussant Babolin du côté de l'appartement du maître d'école.

Babolin traversa la cour en deux enjambées, et entra en criant :

— Monsieur Justin ! monsieur Justin ! une lettre de mademoiselle Mina !.... — Que faisons-nous ? demanda Jean Robert. — Restons, répondit Salvator ; il est probable que cette lettre annonce un nouvel événement dans lequel notre assistance pourra être utile à ce brave jeune homme.

Salvator n'avait point achevé, que Justin apparaissait sur le seuil de la porte, pâle comme un spectre.

— Ah ! vous êtes encore là ! s'écria-t-il ; Dieu soit loué ! Lisez, lisez...

Et il tendit la lettre aux deux jeunes gens. Salvator la prit et lut :

« On m'enlève de force, on m'entraîne... je ne sais pas où ! A mon secours, Justin ! Sauve-moi, mon frère ! ou venge-moi, mon époux !

« MINA. »

— Ah ! mes amis ! s'écria Justin, tendant les bras aux deux jeunes gens, c'est la Providence qui vous a conduits ici ! — Eh bien ! fit Salvator à Jean Robert, vous demandiez du roman : j'espère qu'en voilà, mon cher !

XXX

AU PLUS PRESSÉ PAR LE PLUS COURT.

Les trois jeunes gens se regardèrent un instant. La première minute était à la stupéfaction ; la seconde fut, chez Salvator surtout, un retour au sang-froid.

— Du calme ! dit-il ; l'affaire est grave, il s'agit de ne point agir en enfants.

— Mais on l'enlève ! cria Justin, on l'emmène ! elle m'appelle à son secours ! elle demande que je la venge ! — Oui, parfaitement, et c'est pour cela qu'il faut savoir qui l'enlève et où on l'emmène. — Oh ! comment savoir cela ? mon Dieu ! mon Dieu ! — On sait tout avec du temps et de la patience, mon cher Justin. Vous êtes sûr de Mina, n'est-ce pas ? — Comme de moi-même. — Eh bien ! soyez tranquille, elle saura se défendre. Allons au plus pressé par le plus court. — Oh ! oui, ayez pitié de moi... Je deviens fou ! — La résignation de Justin s'évanouissait devant cette idée, que Mina était aux mains d'un ravisseur quelconque, et pouvait être soumise à quelque violence physique ou morale. — Babolin est là ? demanda Salvator. — Oui. — Interrogeons-le. — Interrogeons-le ! répéta Justin. — En effet, dit Jean Robert, c'est par là que nous devons commencer.

On rentra dans la chambre du maître d'école.

— D'abord, dit Salvator, donnez un louis à cet enfant pour sa mère, et une pièce de monnaie quelconque pour lui.

Justin tira deux louis et deux pièces de cinq francs de sa poche, et les donna à Babolin ; mais Salvator s'empara de la main de l'enfant au moment où elle se fermait, la rouvrit de force, et, au grand désespoir de Babolin, en tira un louis et une pièce de cinq francs qu'il rendit à Justin.

— Remettez ces vingt-cinq francs dans votre poche, dit-il ; d'ici à une heure, vous en trouverez l'emploi.

Puis, se retournant vers l'enfant :

— Où ta mère a-t-elle trouvé cette lettre ? demanda-t-il. — Plaît-il ? fit l'enfant d'un air boudeur. — Je te demande où ta mère a trouvé cette lettre...

quelles rues elle a *faites*. — Est-ce que je sais cela? Demandez-le-lui à elle-même. — Il a raison, dit Salvator ; c'est à elle qu'il faut le demander, et il est même probable qu'elle compte sur votre visite... Attendez! organisons bien nos batteries. — Dirigez-nous : je vous obéirai... Quant à moi, j'ai perdu la tête. — Vous savez que vous pouvez disposer de moi, mon cher Salvator, dit Jean Robert. — Oui, et je compte bien aussi vous donner un rôle dans ce drame. — Soit! et aussi actif que vous voudrez! J'ai eu mes émotions comme auteur; je ne suis pas fâché de les avoir comme acteur. — Oh! je vous en prie, je vous en prie, Messieurs! dit Justin regardant comme précieuse chaque minute qui s'écoulait. — Vous avez raison... Voici ce qu'il faut faire. — Dites! — Monsieur Justin, vous allez suivre cet enfant chez sa mère. — Je suis prêt. — Attendez... Monsieur Jean Robert, vous allez vous procurer un cheval tout sellé, et vous reviendrez avec lui rue Triperet, nº 11. — Rien de plus facile. — Moi, je vais aller faire la déclaration à la police. — Y connaissez-vous quelqu'un? — Je connais l'homme qu'il nous faut. — Bien!... et puis? — Et puis je vous rejoins rue Triperet nº 11, chez la mère de cet enfant, et là, nous aviserons. — Allons! viens, petit! dit Justin. — Laissez d'abord un mot pour tranquilliser votre mère, dit Salvator; il est possible que vous ne rentriez que tard, et même que vous ne rentriez pas du tout. — Vous avez raison, dit Justin; pauvre mère! moi qui l'oubliais.

Et il traça à la hâte quelques lignes sur un papier qu'il laissa tout ouvert sur la table de sa chambre. Il annonçait à sa mère, sans lui dire autre chose, qu'une lettre qu'il recevait à l'instant même réclamait l'emploi de sa journée.

— Et maintenant, partons! dit-il.

Les trois jeunes gens s'élancèrent hors de la maison; il pouvait être six heures et demie du matin.

— Voilà votre chemin, dit Salvator en indiquant de loin à Justin la rue des Ursulines; voilà le vôtre, ajouta-t-il en montrant à Jean Robert la rue de la Bourbe, et voici le mien, acheva-t-il en prenant la rue Saint-Jacques.

Puis, lorsqu'il eut fait une trentaine de pas, il se retourna en criant:

— Le rendez-vous est rue Triperet, nº 11.

Suivons le héros principal des événements qui se passent à cette heure, et, tandis que Jean Robert court rue de l'Université faire seller son cheval, que Salvator se hâte de se rendre à la police, suivons Justin Corby, qui s'avance vers la rue Triperet en marchant sur les talons de Babolin.

La rue Triperet est, comme chacun sait, ou plutôt comme chacun ne sait pas, une petite rue parallèle à la rue Copeau, et perpendiculaire à la rue Gracieuse.

Tout ce quartier rappelait encore, en 1827, le quartier de Philippe-Auguste. Les sentines boueuses qui circulent autour des murailles de Sainte-Pélagie donnent à cette prison l'air d'une antique forteresse bâtie au milieu d'une île; ces rues, à peine larges de huit à dix pieds, étaient obstruées par des amas de fumier et de gravois; enfin, les cloaques où végétaient les malheureux habitants de ces quartiers ressemblaient bien plus à des chaumières qu'à des maisons. Ce fut devant un de ces bouges que s'arrêta Babolin.

— C'est ici, dit-il.

L'endroit était infect, et suait par tous les pores la misère et l'impureté. Justin n'y fit même pas attention.

— Marche devant, dit-il, et je te suivrai.

Babolin entra en bonhomme habitué, comme on dit, *aux êtres* de la maison. Au bout de dix pas Justin s'arrêta.

— Où es-tu? dit-il; je n'y vois pas! — Me voilà, monsieur Justin, dit le gamin en se rapprochant du maître d'école; prenez le bas de ma blouse.

Justin prit le bas de la blouse de Babolin, et gravit pas à pas la haute échelle portant le nom prétentieux d'escalier, qui conduisait chez la Brocante. Ils arrivèrent à la porte de son chenil, et le logement de la Brocante paraissait, sous tous les rapports, justifier ce nom; car, à peine sur le palier, on entendit les abois glapissants d'une douzaine de chiens jappant, hurlant, aboyant dans tous les tons de la gamme. On eût dit une meute *qui en revoit.*

— C'est moi, mère, dit Babolin en se faisant un porte-voix de ses deux mains collées à l'orifice de la serrure; ouvrez! je suis avec de la société. — Voulez-vous bien vous taire, tas d'enragés! cria de l'intérieur de la chambre, et s'adressant à la meute, la voix de la Brocante; on ne s'entend pas ici... Te tairas-tu, César!... Te tairas-tu, Pluton! Silence, tous!

Et, à ce commandement prononcé d'une voix menaçante, il se fit un silence tel, que l'on eût entendu trotter une souris dans cette maison où, au reste, les souris ne devaient pas manquer.

— Tu peux entrer maintenant, toi et ta société, dit la voix. — Et comment cela? — Tu n'as qu'à pousser la porte; le verrou n'est pas mis. — Oh! alors, c'est autre chose.

Et Babolin, soulevant le loquet, poussa la porte, qui donna passage à l'impatient Justin, et le mit en face d'un spectacle qui, sans être des plus poétiques, mérite cependant une description particulière.

Qu'on s'imagine, en effet, une espèce de halle partagée, dans sa longueur et dans sa largeur, par deux poutres mises en croix, et destinées à soutenir la toiture de ce grenier dont on avait fait une chambre; un plafond composé de lattes servant de base aux tuiles du faîtage, et par les interstices desquelles on pouvait jouir des premières lueurs du jour; à certains endroits, des renflements du toit si menaçants, qu'il était hors de doute que la couverture allait s'effondrer au premier vent d'orage! Qu'on s'imagine des murs en plâtre, gris et humides, le long desquels couraient des araignées solitaires regardant avec dédain, des peuplades d'insectes de tous les genres, et l'on comprendra l'impression de dégoût qui eût saisi tout homme appelé dans un pareil endroit sous la puissance d'un sentiment moins impérieux que celui qui y attirait Justin.

Une douzaine de chiens, dogues, bassets, caniches, faux danois, grouillaient dans un des angles de la chambre, entassés tous les douze dans une vieille hotte où ils eussent tenu commodément quatre ou cinq tout au plus.

Sur l'angle que formaient les deux poutres, était perchée une corneille qui battait des ailes, sans doute comme une manifestation de sa joie pendant le concert des chiens.

Assise sur un escabeau, adossée au pied de la poutre qui, pareille à un pilier, soutenait tout ce chancelant édifice; entourée d'une espèce de talus de chiffons de toutes étoffes et de toutes couleurs, qui montait contre la muraille jusqu'à la hauteur de trois ou quatre pieds, une femme d'une cinquantaine d'années en apparence, grande, maigre, osseuse, efflanquée comme une cavale de cabriolet, tenait agenouillée entre ses jambes une jeune fille dont elle peignait les longs cheveux noirs avec un soin qui dénotait chez la vieille bohémienne, ou une grande affection pour la jeune fille, ou un grand respect pour la beauté de sa chevelure.

Cette scène, qui ne manquait pas de pittoresque, à cause surtout de l'opposition typique des personnages qui la composaient, était éclairée par une lampe de grès posée sur un mannequin retourné, et assez semblable, pour la forme, à ces lampes romaines retrouvées dans les fouilles d'Herculanum ou de Pompeïa.

La vieille femme, sans doute celle que Babolin avait désignée sous le nom de la Brocante, était vêtue de loques brunes, puis d'étoffes ramassées de droite et de gauche, cousues côte à côte, et qui semblaient destinées, comme une montre de tailleur, à présenter un échantillon de toutes les nuances du brun.

La jeune fille agenouillée entre ses jambes n'avait, elle, pour tout costume, qu'une longue chemise de toile écrue, pareille à celle dont Scheffer habille Mignon; cette chemise prenait la forme d'une blouse, serrée qu'elle était à la ceinture par une espèce de cordelière de coton gris et cerise, aux deux bouts de laquelle pendaient deux gros glands assez semblables à ceux qui servent aux embrasses de rideaux; le cou et la poitrine de l'enfant étaient cachés sous une écharpe de laine cerise toute déchirée, mais qui s'harmoniait avec la nuance foncée de la cordelière, autant que la laine peut s'harmonier avec le coton.

Ses deux pieds croisés, sur lesquels elle reposait accroupie, étaient nus. C'étaient deux pieds charmants, deux pieds de princesse, d'Andalouse, ou de Bohémienne.

Quant à son visage, qu'elle tourna du côté de la porte, au moment où la porte s'ouvrit pour donner passage à Babolin et au maître d'école, quant à son visage, disons-nous, il avait cette pâleur maladive des pauvres fleurs étiolées de nos faubourgs : ses traits étaient d'une régularité, d'une pureté admirables; mais les contours amaigris de cette figure souffreteuse attristaient l'admiration! Les yeux cernés, la profondeur des orbites, les regards inquiets, les méplats des joues rentrés, au lieu d'être en saillie, la bouche entr'ouverte comme un souvenir de famine ou de terreur, le front grave, la voix douce et harmonieuse, les paroles rares de cette enfant de treize ans, tout concourait à donner à son aspect quelque chose d'étrange et de fantastique qui eût rappelé à notre ami Pétrus, s'il se fût trouvé en face de ce charmant modèle, l'idée qu'il s'était faite de Médée enfant ou de Circé adolescente.

Il ne manquait à cette jeune fille qu'une baguette d'or, et l'encadrement de la Thessalie ou des Abruzzes, pour être une magicienne ; il ne lui manquait qu'une tunique à fleurs de pourpre, que des perles autour des bras et dans les cheveux, pour être une enchanteresse; il ne lui manquait qu'une couronne de nymphéas et un char de nacre traîné par deux colombes, pour être une fée.

Au reste, et afin de rentrer dans la funeste réalité, c'était, plus la poésie et une propreté étrange au milieu de cette misère, c'était, disons-nous, l'incarnation de la Parisienne de ces tristes faubourgs; le manque d'air, le manque de soleil, le manque de nourriture, l'absence de ces trois éléments de la vie était dénoncée en caractères ineffaçables sur tout le corps chétif de la pauvre créature.

Disons tout de suite, au risque d'entraver notre action, dont au reste l'histoire de Mina et de Justin n'est qu'une épisode, disons tout de suite ce que l'on savait de cette mystérieuse et poétique enfant. Nous retrouverons Babolin et le maître d'école sur le seuil de la porte, où nous les laissons.

XXXI

ROSE DE NOEL.

Un soir, c'était pendant la nuit du 20 août 1820, il était neuf heures à peu près, la Brocante revenait avec une petite charrette que Justin eût pu voir dans la cour, et un âne qu'il eût pu entendre braire dans l'écurie, la Brocante revenait, disons-nous, de vendre un lot de chiffons à la papeterie d'Essonne, lorsque tout à coup elle vit surgir sur le revers de la route, et comme si elle sortait du fossé, la silhouette d'un enfant qui se précipitait vers elle, les bras ouverts, la pâleur sur le front, la poitrine haletante, tout le corps frissonnant et empreint des signes de la plus profonde terreur, en criant :

— Au secours! au secours! sauvez-moi!

La Brocante était de cette race de bohèmes et de gitanos qui a pour instinct étrange d'enlever les enfants, comme les oiseaux de proie enlèvent les alouettes et les colombes; elle arrêta son âne, sauta en bas de sa charrette, prit la fille entre ses bras, remonta avec elle, et fouetta son âne. Et elle avait bien plus l'air, il faut le dire, en accomplissant cette action, d'une louve qui emporte un agneau que d'une femme qui sauve un enfant.

Cet événement, rapide comme la pensée, s'était accompli à cinq lieues de Paris, entre Juvisy et Fromenteau. La petite fille venait par le côté gauche de la route. Tout occupée de s'éloigner rapidement, la Brocante ne songea à examiner l'enfant qu'après avoir fait un quart de lieue à peu près au trot de son âne.

La petite fille était nu-tête; ses longs cheveux, dont les tresses s'étaient dénouées, ou dans la course qu'elle avait faite, ou dans la lutte qu'elle avait soutenue, pendaient derrière elle; son front était ruisselant de sueur; ses pieds attestaient une longue course à travers les champs, et sa robe blanche était toute sillonnée d'une rigole de sang qui s'échappait d'une blessure peu profonde par bonheur, et qui semblait avoir été faite ou plutôt essayée avec un instrument aigu et tranchant.

Une fois dans la charrette, la petite fille, qui paraissait âgée de cinq ou six ans au plus, avait, profitant de ce que la Brocante était occupée des deux mains à conduire et à fouetter son âne, glissé comme une couleuvre, des genoux de la vieille femme sur le plancher de la charrette, et s'était réfugiée dans le coin le plus éloigné, répondant à toutes les questions par ces seules paroles :

— Elle ne court pas après moi, n'est-ce pas? elle ne court pas après moi?....

Sur quoi la Brocante, qui semblait craindre tout autant que la petite fille d'être poursuivie, sortait furtivement la tête de sa charrette couverte d'une bâche de toile, regardait sur la route, et, la voyant solitaire, rassurait l'enfant, chez laquelle la terreur paraissait si grande, que le fait matériel de sa blessure et de la douleur qu'elle en devait éprouver n'était qu'un détail presque oublié.

Vers minuit, tant la Brocante, secondant l'ardeur de la jeune fille, avait échauffé le pas de son âne, vers minuit on arriva à la barrière de Fontainebleau. Arrêtée à la grille par les employés de l'octroi, la Brocante n'avait eu qu'à passer la tête et à dire : « C'est moi, la Brocante, » et, comme les employés de l'octroi avaient l'habitude de la voir passer une fois par mois avec son chargement de chiffons, et revenir le lendemain avec sa charrette vide, ils s'étaient éloignés aussitôt, et l'âne, la charrette, la vieille femme et la petite fille avaient fait leur entrée dans la ville.

Puis, par la rue Mouffetard et la rue de la Clef, ils avaient gagné la rue Triperet, qui, si nous en croyons une vieille enseigne encore existante aujourd'hui, devrait s'écrire *la rue Trippret*. Quant à la jeune fille, accroupie ou plutôt roulée sur elle-même dans le coin le plus reculé de la charrette, elle n'avait, nous l'avons dit, donné d'autres signes d'existence que de demander de temps en temps à la Brocante, d'une voix pleine d'une inexprimable angoisse :

— Elle ne court pas après moi, n'est-ce pas ? elle ne court pas après moi ?....

A peine descendue de la voiture, elle s'élança dans l'allée, et, comme si elle eût eu la faculté de voir la nuit, gagna l'escalier, et en franchit les degrés aussi rapidement qu'eût pu le faire le chat le plus agile. La Brocante monta derrière elle, ouvrit la porte de son bouge, et lui dit :

— Entre là, petite ! personne ne sait que tu es ici ; sois donc tranquille. — Elle ne viendra pas m'y chercher, alors ? demanda l'enfant. — Il n'y a pas de danger !

Et la petite se glissa comme une belette par la porte entr'ouverte. La Brocante tira la porte et la ferma à clef ; puis elle descendit pour mettre sa charrette sous le hangar, et son âne à l'écurie. En remontant, elle prit les mêmes précautions, refermant la porte derrière elle, et poussant le verrou. Puis elle alluma un bout de chandelle empalé sur l'éclat d'une bouteille cassée, et, s'éclairant de cette pâle lumière, elle chercha la pauvre petite fugitive.

Celle-ci avait été à tâtons jusqu'à l'angle le plus reculé du grenier, et là, elle s'était mise à genoux, et disait tout ce qu'elle savait de prières. La Brocante alors l'appela. Mais la petite fille lui fit de la tête un signe de refus. La Brocante alla la prendre par la main, et l'attira à elle. L'enfant vint, mais avec une répugnance marquée. La vieille l'attirait à elle pour l'interroger. Mais, à toutes ses questions, l'enfant ne répondit rien que ces mots :

— Non, elle me tuerait !

Ainsi la Brocante ne put savoir ni de quel pays était l'enfant, ni quels étaient ses parents, ni quel était son nom, ni pourquoi on voulait la tuer, ni qui lui avait fait la blessure qu'elle avait à la poitrine. La petite garda près d'une année un mutisme absolu ; seulement, pendant son sommeil, agitée d'un songe terrible, en proie à quelque cauchemar effroyable, elle s'écria une fois :

— Ah ! grâce ! grâce, madame Gérard ! je ne vous ai pas fait de mal : ne me tuez pas !

Tout ce que l'on sut donc, c'est que la femme qui avait voulu la tuer s'appelait madame Gérard. Quant à l'enfant, comme il fallait l'appeler d'un nom quelconque, et qu'elle était aussi pâle que ces roses qui fleurissent au milieu de l'hiver, la Brocante, sans se douter du baptême de poésie qu'elle lui donnait, l'appela *Rose de Noël*. Ce nom lui était resté.

Le soir même, voyant que l'enfant ne voulait rien dire, la Brocante, dans l'espoir qu'elle serait un peu plus loquace le lendemain, lui avait montré l'espèce de grabat sur lequel était couché un enfant d'un an ou deux plus âgé qu'elle, et lui avait dit de prendre place près de l'enfant. Mais elle avait refusé obstinément : la couleur du matelas, la saleté des couvertures répugnaient à la petite fille, que son linge fin et la coupe élégante de sa robe indiquaient comme appartenant à des parents riches. Elle avait pris une chaise, l'avait appuyée à la muraille, et s'y était assise, disant qu'elle serait très-bien là. En effet, elle passa la nuit sur cette chaise. Au jour seulement, elle s'endormit.

Vers six heures du matin, pendant que l'enfant dormait, la Brocante se leva et sortit. Elle allait rue Neuve-Saint-Médard acheter un vêtement complet pour la petite fille. La rue Neuve-Saint-Médard, c'est le Temple du quartier Saint-Jacques.

Ce vêtement complet se composait d'une robe de cotonnade bleue à pois blancs, d'un mouchoir jaune à fleurs rouges, d'un de ces bonnets d'enfant qu'on appelle des bonnets à trois pièces, de deux paires de bas de laine, et d'une paire de souliers. Le tout avait coûté sept francs.

La brocante espérait bien vendre la défroque de la petite fille quatre fois cette somme. Une heure après, elle était rentrée avec son emplette, et avait retrouvé la petite fille toujours accroupie sur sa chaise de paille, et résistant à tous les marivaudages que lui faisait Babolin pour la décider à jouer avec lui.

Quand la clef tourna dans la serrure, la petite fille trembla de tous ses membres; quand la porte s'ouvrit, elle devint pâle comme la mort. En la voyant près de s'évanouir, la Brocante lui demanda ce qu'elle avait.

— J'ai cru que c'était elle ! répondit la jeune fille.

Elle !... Ainsi, c'était bien décidément une femme qu'elle fuyait. La Brocante étala sur un escabeau sa robe bleue, son fichu jaune, son bonnet, ses bas et ses souliers. L'enfant la regardait faire avec inquiétude.

— Allons, viens ici ! dit la Brocante à la petite fille.

La petite fille, sans bouger de sa chaise, indiqua les vêtements du doigt.

— Ce n'est pas pour moi, ces habits ? dit-elle d'un air dédaigneux. — Et pour qui donc? demanda la Brocante. — Je ne les mettrai pas, répondit l'enfant. — Tu veux donc qu'elle te reconnaisse, alors? — Non, non, non, je ne le veux pas ! — En ce cas, il faut mettre ces habits. — Et, avec ces habits, elle ne me reconnaîtra pas ? — Non. — Alors, mettez-les-moi tout de suite.

Et, sans faire difficulté, elle se laissa ôter sa jolie robe blanche, ses bas fins, ses jupons de batiste et ses souliers mignons. Au reste, tout cela était taché de sang : il fallait promptement le laver, pour ne pas exciter les soupçons des voisins. La jeune fille revêtit les habits que lui avait achetés la Brocante, humble livrée de misère, symbole patent de la vie qui l'attendait.

La Brocante lava les vêtements de l'enfant, les fit sécher et les vendit trente francs. C'était déjà une bonne affaire. Mais la vieille sorcière espérait bien en faire un jour une meilleure en découvrant les parents de l'enfant, et en la rendant ou plutôt en la vendant à sa famille. Cette même répugnance qu'avait éprouvée la petite fille à mettre des vêtements d'une condition inférieure, elle la manifesta lorsqu'il s'agit de partager les repas de la famille.

Un reste de viande réchauffée dans un poêlon, un morceau de pain noir acheté au rebut, ou mendié par la ville, tel était l'ordinaire de la Brocante et de son fils. Babolin, qui n'avait jamais mangé à une autre table que celle de sa mère, n'avait pas de désirs gastronomiques au-dessus de sa condition. Mais il n'en était pas de même de Rose de Noël.

Sans doute elle avait été habituée, pauvre enfant, à manger des mets recherchés, avec de l'argenterie, dans des assiettes et des plats de porcelaine, car elle se contenta de jeter un regard sur le déjeuner de Babolin et de la Brocante et dit :

— Je n'ai pas faim.

Au dîner, ce fut de même. La Brocante comprit que l'élégante enfant se laisserait plutôt mourir de faim que de toucher à sa cuisine.

— Qu'est-ce qu'il te faut donc ? lui demanda-t-elle ; des faisans aux oranges ou des poulardes truffées ? — Je ne demande ni poulardes truffées, ni faisans aux oranges, répondit la petite fille ; mais je voudrais bien un morceau de pain blanc, comme on en donnait chez nous le dimanche aux pauvres.

La Brocante, toute dure qu'elle était, fut touchée de cette réponse si simple et en même temps si plaintive ; elle donna un sou à Babolin.

— Va chercher un petit pain chez le boulanger de la rue Copeau, dit-elle.

Babolin prit le sou, ne fit qu'un bond par les escaliers, qu'un saut de la rue Triperet à la rue Copeau, et revint au bout de cinq minutes, apportant un petit pain à mie blanche et à croûte dorée. La pauvre Rose de Noël avait grand'-faim ; elle le dévora jusqu'à la dernière miette.

— Eh bien ! cela va-t-il mieux ? demanda la Brocante. — Oui, Madame, et je vous remercie, dit l'enfant.

Personne n'avait jamais eu l'idée d'appeler la Brocante *madame*.

— Belle madame ! dit-elle. Et maintenant, mademoiselle Précieuse, que voulez-vous pour votre dessert ? — Je voudrais bien un verre d'eau, répondit la petite fille. — Donne le pot, dit la Brocante à son fils.

Et Babolin apporta un pot sans anse, et tout égueulé, qu'il présenta à la petite fille.

— Vous buvez là-dedans ? dit-elle d'une voix douce à Babolin. — C'est-à-dire que c'est la mère qui boit là-dedans ; moi, je bois à la régalade.

Et, élevant le pot à un demi-pied au-dessus de sa tête, il en fit découler un filet d'eau qu'il reçut dans sa bouche avec une adresse qui dénotait l'habitude qu'il avait de cet exercice.

— Je ne boirai pas, dit l'enfant. — Pourquoi donc ? dit Babolin. — Parce que je ne sais pas boire comme vous. — Bon ! tu vois bien [illegible] un verre à Mademoiselle, dit la Brocante en haussant les épaules. Si cela ne fait pas pitié ! — Un verre ? dit Babolin ; il doit y en avoir un ici, quelque part.

Et, après avoir cherché un instant, il découvrit un verre dans un coin.

— Tiens, dit-il en emplissant le verre d'eau et en le présentant à la jeune fille, bois ! — Non, dit-elle, je ne boirai pas. — Et pourquoi ne boiras-tu pas ? — Parce que je n'ai pas soif. — Mais si, tu as soif, puisque tu as demandé à boire tout à l'heure.

La jeune fille secoua la tête.

— Tu vois bien que nous sommes des goujats, dit la mère, et que Mademoiselle ne saurait boire ni dans nos pots, ni dans nos verres. — Non, quand ils sont sales, dit doucement la jeune fille ; et cependant... et cependant j'ai bien soif ! ajouta l'enfant en fondant en larmes.

Babolin descendit comme il avait fait la première fois, courut à la fontaine voisine, lava le verre à trois ou quatre reprises, et le rapporta, transparent comme un cristal de Bohême, et plein d'une eau fraîche et limpide.

— Merci, monsieur Babolin, dit la petite fille.

Et elle avala le verre d'eau d'un seul trait.

— Oh! *monsieur* Babolin! s'écria le gamin en faisant la roue. Dis donc, la mère, quand nous irons chez Croc-en-Jambe, on annoncera : « *Monsieur* Babolin et *madame* Brocante! » — Pardon, répliqua la petite, on m'a appris à dire monsieur et madame; je ne le dirai plus, si ça n'est pas bien. — Si, mon enfant, si, c'est bien, dit la Brocante subjuguée malgré elle par cette supériorité de l'éducation que les gens du peuple raillent quelquefois, mais qui, cependant, produit toujours sur eux son effet.

Le soir, la même scène que la veille se présenta pour le coucher. La mère et le fils couchaient sur un seul matelas jeté au milieu des chiffons, dans un coin de la pièce. Rose de Noël refusa constamment de prendre place à côté d'eux. Cette nuit encore, elle coucha sur sa chaise.

Le lendemain la Brocante fit un effort. Elle mit dans sa poche les trente francs, prix des vêtements de l'enfant, sortit, acheta une couchette de quarante sous, un matelas de dix francs, un peu mince, mais propre, un traversin de trois francs cinquante centimes, deux paires de draps de madapolam et une couverture de coton; le tout d'une irréprochable blancheur. Elle fit tout apporter dans son grenier. Elle en avait juste pour vingt-trois francs : elle était au pair avec la petite fille.

— Oh! le joli petit lit blanc! s'écria l'enfant, lorsqu'elle vit la couchette dressée et garnie. — C'est pour vous, mademoiselle Précieuse, dit la Brocante; puisqu'il paraît que vous êtes une princesse, on vous traite en princesse, quoi! — Je ne suis pas une princesse, répondit la petite fille, mais là-bas j'avais un lit blanc. — Eh bien, vous en aurez un ici comme là-bas..... Êtes-vous contente? — Oui, et vous êtes bien bonne! dit la petite fille. — Maintenant, où allez-vous loger? Ne faudra-t-il pas vous louer, rue de Rivoli, un premier au-dessus de l'entre-sol? — Voulez-vous me donner ce coin-là? demanda la petite fille.

Et elle indiquait un renfoncement du grenier qui faisait une espèce de cabinet empiétant sur le grenier voisin.

— Et cela vous suffira? demanda la Brocante. — Oui, Madame, répondit l'enfant avec sa douceur accoutumée.

On poussa la couchette dans le coin. Peu à peu, le coin se meubla et devint une espèce de chambre. La Brocante était loin d'être aussi pauvre qu'elle en avait l'air; seulement, elle était horriblement avare, et l'argent lui coûtait à sortir de la cachette où elle le mettait. Mais la Brocante avait une industrie : elle tirait les cartes. Au lieu de se faire payer en argent par les consultants, ce qui n'était pas sans quelque difficulté dans un quartier aussi pauvre que celui qu'elle habitait, elle eut l'idée de se faire payer en nature.

A la fripière, elle demanda un rideau de toile de Perse; à l'ébéniste, une petite table; au marchand de bric-à-brac, un tapis; de sorte que le coin de Rose de Noël se trouva meublé au bout d'un mois, et que l'angle qu'elle habitait dans le grenier s'appela le Reposoir.

Rose de Noël était heureuse ou à peu près. Nous disons *à peu près*, parce que sa robe de cotonnade bleue, son mouchoir jaune à fleurs rouges, ses bas de laine et son bonnet à trois pièces lui déplaisaient fort. Aussi, au fur et à mesure que ces objets s'usaient, Rose de Noël se faisait une espèce de toilette à elle. C'étaient, d'abord et avant tout, ses cheveux qu'elle peignait avec un soin extrême, et qui étaient si longs, qu'en les rejetant en arrière, elle marchait sur leurs extrémités avec ses talons. Puis, tantôt une chemise en étoffe écrue nouée autour du corps avec quelque cordelière improvisée, tantôt un turban fait avec une écharpe de couleur vive, tantôt un vieux châle dont elle se drapait comme dans un manteau, tantôt une branche d'aubépine dont elle se faisait une couronne parfumée; mais, telle qu'elle s'habillait, enfin, toujours son habillement pittoresque se rapprochait de quelque type où le peintre eût trouvé son compte, soit qu'il eût à reproduire la créole des Antilles, la gitana d'Espagne, ou la druidesse des Gaules.

Seulement, comme la jeune fille ne sortait jamais; comme le soleil ne pénétrait dans le grenier que par d'étroites ouvertures; comme elle ne mangeait que du pain et ne buvait que de l'eau; comme le froid pénétrait de tous côtés dans le bouge de la Brocante; comme, enfin, ne faisant pas de différence entre l'été et l'hiver, elle était toujours vêtue à peu près de la même façon, par dix degrés de froid ou vingt-cinq degrés de chaleur, elle avait cet aspect maladif et souffreteux que nous avons essayé de peindre, sans compter que, de temps en temps, une toux sèche, qui amenait sur les joues de Rose de Noël une couleur plus vive, chaque fois qu'elle se produisait, annonçait que le logement misérable, qui la couvrait sans l'abriter, avait déjà eu sur sa santé une influence fatale, et pouvait dans l'avenir avoir sur elle une influence plus fatale encore.

De sa famille et de l'événement terrible qui avait amené sa rencontre avec la Brocante, laquelle en était arrivée à aimer la pauvre enfant autant qu'elle était capable d'aimer, on n'en avait jamais plus parlé que ce que nous avons dit.

Voilà quelle était Rose de Noël, c'est-à-dire l'enfant qui se tenait agenouillée entre les genoux de la Brocante, au moment où Babolin et le maître d'école parurent sur le seuil de la porte.

XXXII

SINISTRA CORNIX.

Le spectacle qui frappait les yeux de Justin était donc capable d'attirer l'attention d'un homme moins absorbé qu'il ne l'était dans une seule pensée : celle de Mina enlevée et l'appelant à son secours. Il entra dans le grenier, insensible à toute autre idée que celle qui lui serrait le cœur.

— Mère, dit Babolin précédant le jeune homme, comme un interprète précède celui pour lequel il est chargé de porter la parole, voici monsieur Justin, le maître d'école, qui a voulu venir lui-même en personne, pour vous demander à vous, des choses que je n'ai pas pu lui dire.

La vieille sourit en femme qui s'attendait à cette visite.

— Et le louis? demanda-t-elle à demi voix. — Le voilà, répondit Babolin en lui glissant la pièce d'or dans la main; mais vous devriez bien en acheter une bonne douillette à Rose de Noël. — Merci, Babolin, dit la petite fille en tendant son front au gamin, qui l'embrassa fraternellement; mais je n'ai pas froid.

Et, en disant ces mots, elle toussa deux ou trois fois d'une façon qui démentait péremptoirement les paroles qu'elle venait de prononcer. Mais, nous l'avons dit, tous ces détails, qui eussent frappé un autre que Justin, n'existaient point pour lui, ou n'existaient qu'à l'état de ces vapeurs matinales qui, s'élevant entre le voyageur et le but qu'il veut atteindre, voilent ce but sans le lui cacher.

— Madame... dit-il.

Au mot de *madame*, la Brocante releva la tête pour voir si c'était bien à elle que l'on s'adressait. Justin était la seconde personne qui l'eût appelée *madame*; la première était Rose de Noël.

— Madame, dit Justin, c'est vous qui avez trouvé cette lettre? — Mais, dame, il paraît, dit la Brocante, puisque c'est moi qui vous l'ai envoyée. — Oui, dit Justin, et je vous en suis bien reconnaissant; seulement, je voulais vous demander où vous l'avez trouvée. — Dans le quartier Saint-Jacques, à coup sûr. — Je voulais savoir dans quelle rue. — Je n'ai pas regardé l'écriteau; mais ça devait être dans les environs, comme cela, de la rue Dauphine à la rue Mouffetard. — Voyons, dit Justin, rappelez bien vos souvenirs, je vous en supplie! — Ah! décidément, dit la Brocante, je crois que c'est dans la rue Saint-André-des-Arts.

Pour un observateur plus familier que Justin avec cette espèce de bohême à laquelle il avait affaire, il eût été évident que la Brocante battait la campagne dans une intention arrêtée d'avance. Justin crut comprendre.

— Tenez, dit-il, voici pour aider vos souvenirs.

Et il lui donna un autre louis. — Voyons, mère, dit Babolin, fais donc la charité à M. Justin de ce qu'il te demande; M. Justin, ce n'est pas tout le monde, et il est joliment considéré dans le quartier Saint-Jacques, va. — De quoi te mêles-tu, gamin? dit la vieille; va donc voir au Puits-qui-Parle si j'y suis! — Ah! comme vous voudrez, reprit Babolin; au bout du compte, M. Justin m'a dit de l'amener ici : il y est; qu'il s'en tire comme il pourra! il est assez grand pour faire ses affaires lui-même.

Et il s'en alla jouer avec les chiens.

— Brocante, dit Rose de Noël de sa voix douce et harmonieuse, vous voyez que ce jeune homme est très-inquiet et très-tourmenté; dites-lui, je vous en prie, ce qu'il désire savoir. — Oh! je vous en conjure, mon bel enfant, dit le maître d'école en joignant les mains, priez pour moi! — Elle va le dire, reprit Rose de Noël. — Elle va le dire! elle va le dire!.. Certainement que je vais le dire, murmura la vieille, comme obéissant à une puissance supérieure; tu connais bien mon faible; tu sais bien que je ne peux rien te refuser. — Eh bien, Madame, demanda Justin en maîtrisant avec peine son impatience, un effort de mémoire! rappelez-vous... rappelez-vous, au nom du ciel! — Je crois que c'était... Oui, c'était bien là; maintenant j'en suis sûre... D'ailleurs, on pourrait recourir aux cartes. — Alors, dit Justin, comme en se parlant à lui-même et sans faire attention aux dernières paroles de la Brocante, ils auront traversé la Seine au Pont-Neuf, et se rendaient probablement à la barrière Fontainebleau ou à la barrière Saint-Jacques. — Justement, dit la Brocante. — Comment le savez-vous? demanda le jeune homme. — Je dis *justement*, comme j'aurais dit *probablement*. — Écoutez, reprit Justin, si vous saviez quelque chose, au nom du ciel, dites-moi ce que vous savez! — Je ne sais rien, dit la Brocante, sinon que j'ai trouvé sur la place Maubert une lettre à votre adresse, et que je vous l'ai envoyée. — Brocante, dit Rose de Noël, vous êtes une méchante femme! vous savez encore autre chose, et vous ne le dites pas. — Non, fit la Brocante, je ne sais rien de plus. — Vous avez tort de renvoyer Monsieur comme vous le faites, mère : c'est un ami de M. Salvator. — Je ne renvoie pas Monsieur; je lui dis que je ne sais pas la chose qu'il demande; seulement, quand on ne sait pas une chose, il faut la demander à celles qui la savent. — A qui faut-il la demander, cette chose? Dites vite! — A celles qui savent tout : aux cartes. — C'est bien, dit le maître d'école, merci; ce que vous m'avez dit est toujours bon à savoir, et je vais rejoindre M. Salvator à la police.

En disant ces mots, le jeune homme fit quelques pas vers la porte. Mais la Brocante, se ravisant sans doute :

— Monsieur Justin, lui dit-elle.

Le jeune homme se retourna. La vieille lui montra du doigt la corneille, qui battait des ailes au-dessus de sa tête.

— Voyez l'oiseau, dit-elle, voyez l'oiseau! — Je le vois, répondit Justin. — Il bat des ailes, n'est-ce pas? — Oui. — C'est bien, voilà tout; du moment où l'oiseau a battu des ailes, c'est qu'il n'y a pas grand espoir. — Mais, est-ce que ces battements d'ailes ont une signification? — Jésus Dieu! vous demandez cela? un homme instruit comme vous, un maître d'école qui sait que la corneille est un oiseau-prophète! — Eh bien, voyons! que signifient les battements d'ailes de votre oiseau? — Ils signifient... ils signifient que vous ne trouverez pas sitôt la personne que vous cherchez; car vous êtes à la recherche de quelqu'un. — Oui, et je donnerais tout ce que je possède pour retrouver la personne que je cherche. — Eh bien, vous le voyez, l'oiseau sait cela aussi bien que vous et moi. — Mais, enfin, ces battements d'ailes, que veulent-ils dire? — Ces battements d'ailes... ces battements d'ailes, voyez-vous, c'est l'image de vos peines : comme cet oiseau bat des ailes, ainsi vous vous débattez dans le vide; il a battu des ailes trois fois, une année par fois; c'est trois ans que vous emploierez à cette recherche. Je vous conseille donc, au nom de l'oiseau, de ne pas commencer des démarches incertaines, tant que les cartes n'auront point parlé. — Eh bien, voyons, dit Justin, qu'elles parlent donc!

Et, comme un homme près de se noyer se raccroche à toutes les branches, Justin revint sur ses pas tout disposé à croire les cartes, pour peu que ce que les cartes allaient lui dire eût l'apparence de la vérité.

— Voulez-vous le petit jeu ou le grand jeu? demanda la Brocante. — Faites comme vous voudrez... Voici un louis. — Oh! vous aurez le grand jeu, alors, et la réussite de Cagliostro! Donne-moi mon grand jeu, Rose, dit la Brocante.

La jeune fille se leva; elle était svelte, élancée, flexible comme un palmier; elle alla prendre le jeu de cartes au fond du tiroir d'un vieux bahut perdu dans un coin, et le présenta à la vieille, de ses petites mains maigres et effilées, mais blanches et aux ongles soignés comme ceux d'une petite-maîtresse.

Malgré l'habitude qu'il avait sans doute de voir ces expériences cabalistiques, Babolin se rapprocha de la vieille, s'accroupit sur le parquet les jambes croisées, et s'apprêta à regarder avec une admiration naïve la scène de magie qui allait s'accomplir. La Brocante tira de derrière elle une grande planche de sapin en forme de fer à cheval, qu'elle posa sur ses genoux.

— Appelle Pharès, dit-elle à la jeune fille, en désignant d'un mouvement de tête l'oiseau perché sur la poutre, et qui répondait à ce nom emprunté à l'un des trois mots cabalistiques du festin de Balthazar.

La corneille avait cessé de battre des ailes, et semblait attendre le moment de jouer son rôle dans la scène qui se préparait.

— Pharès ! chanta la jeune fille, en donnant à cette appellation toute la douceur de sa voix.

La corneille sauta de la poutre sur l'épaule droite de la jeune fille, qui s'accroupit devant la vieille, inclinant un peu de son côté l'épaule sur laquelle était placé l'oiseau. Alors la Brocante poussa une note étrange, qui venait à moitié du gosier et à moitié des lèvres, et participait à la fois du sifflet et du cri.

A ce son perçant, les douze chiens, d'un seul bond et en se heurtant les uns les autres, s'élancèrent de leur hotte, et, en véritables chiens savants qu'ils étaient, vinrent se placer à droite et à gauche de la magicienne, s'asseyant sur leur derrière avec la gravité de docteurs prêts à entamer une discussion théologique, et formant autour de la table un cercle parfait, au centre duquel se trouvait la Brocante. Quand ces préparatifs, apparemment nécessaires, furent bruyamment achevés de la part des chiens, qui, pendant toute la manœuvre, poussaient des cris lugubres, le silence s'établit.

La Brocante regarda successivement l'oiseau et les chiens, et quand cette revue fut passée, elle prononça d'une voix solennelle des syllabes empruntées à une langue étrangère, inconnue peut-être d'elle-même, que des Arabes eussent pu prendre pour du français, mais que des Français n'eussent certainement pas pris pour de l'arabe.

Nous ignorons si Babolin, Rose de Noël et Justin comprirent le sens de ces paroles, mais ce que nous pouvons affirmer, c'est qu'il fut compris des douze chiens et de la corneille, à en juger par les jappements égaux et rhythmés des chiens et par le cri perçant de l'oiseau, cri imité lui-même de la note rauque qu'avait poussée la vieille pour appeler sa meute.

Puis les jappements finis, le cri de l'oiseau éteint, les chiens, qui s'étaient tenus respectueusement assis sur leur derrière en se regardant mélancoliquement les uns les autres, les chiens se couchèrent. Quant à la corneille, elle sauta de l'épaule de Rose de Noël sur la tête de la vieille et s'y cramponna, enfonçant ses serres dans les cheveux gris de la Brocante.

Le tableau alors se fût présenté ainsi à un peintre d'intérieur : le grenier sombre, rayé seulement de quelques traînées de jour s'infiltrant à grand'peine par les rares ouvertures ; la vieille assise, avec les chiens étendus en cercle autour d'elle ; Babolin couché à ses pieds ; Rose de Noël debout, le long du pilier ; ce groupe éclairé par la lueur rougeâtre de la lampe de terre. Justin debout, pâle, impatient, à moitié perdu dans la pénombre ; la corneille battant de temps en temps des ailes, poussant ses cris sinistres, et rappelant la fable du *Corbeau qui veut imiter l'aigle*. Seulement, à la différence du corbeau, qui avait les serres prises dans la laine blanche du mouton, la corneille avait les serres prises dans les cheveux gris de la vieille.

Le tableau était fantastique, étrange, et eût eu prise même sur une imagination moins échauffée que celle de Justin. Éclairée, comme nous l'avons dit, par la lueur fumeuse et rougeâtre de la lampe, la sorcière étendit le bras en l'air, et décrivit avec ce membre nu et décharné des cercles gigantesques.

— Silence tous! dit-elle; les cartes vont parler.

Chiens et corneille se turent. Alors, par la voix enrouée de la Brocante, les cartes commencèrent leurs mystérieuses révélations. D'abord, la vieille sibylle battit les cartes, et les fit couper de la main gauche à Justin.

— Il est bien entendu, dit-elle, que vous venez demander ici des nouvelles d'une personne que vous aimez? — Oh! que j'adore! dit Justin. — Bien!.... vous êtes le valet de trèfle, c'est-à-dire un jeune homme entreprenant et adroit.

Justin sourit tristement: l'initiative et l'adresse, c'étaient, au contraire, les deux qualités qui lui manquaient essentiellement.

— *Elle*, elle est la dame de cœur, c'est-à-dire une femme douce et aimante.

Du côté de Mina, c'était bien cela du moins. Les cartes battues et coupées, Justin conventionnellement représenté par le valet de trèfle, et Mina par la dame de cœur, la Brocante retourna d'abord trois cartes. Elle recommença six fois le même manége.

Chaque fois qu'il y avait deux cartes de la même couleur, soit deux trèfles, soit deux carreaux, soit deux piques, elle prenait la carte la plus élevée, et la mettait devant elle, rangeant de gauche à droite les cartes qui se présentaient ainsi. Au bout de six essais, elle avait six cartes.

Cette première opération finie, elle battit le jeu à nouveau, fit à nouveau couper de la main gauche, et recommença l'expérience en suivant le même système. Un des paquets donna trois as: la sorcière les prit tous les trois, et les plaça à côté les uns des autres. Ce brelan abrégeait son opération, en lui donnant trois cartes au lieu d'une.

Puis elle continua, jusqu'à ce qu'elle eût dix-sept cartes. Les deux cartes représentant Mina et Justin étaient sorties. La sorcière, à partir du valet de trèfle, compta sept cartes de droite à gauche, le valet de trèfle compris.

— Voilà! dit-elle; celle que vous aimez est une jeune fille blonde, de seize à dix-sept ans. — C'est bien cela, dit Justin.

Elle compta sept fois encore, et tomba sur le sept de cœur renversé.

— Projets détruits!... Vous avez fait avec elle un projet qui n'a pas pu s'accomplir. — Hélas! murmura Justin.

La vieille compta sept fois encore, et tomba sur le neuf de trèfle.

— Ces projets ont été renversés par de l'argent que l'on n'attendait pas, quelque chose comme une pension ou une succession.

Elle compta de nouveau sept fois, et tomba sur le dix de pique.

— Et chose étrange! continua-t-elle, cet argent, qui ordinairement fait rire, vous fait pleurer, vous!

Elle reprit son calcul, et tomba sur l'as de pique renversé.

— La lettre que je vous ai envoyée, dit-elle, vient de la jeune personne, qui est menacée de prison. — De prison? s'écria Justin; impossible! — Dame, les cartes sont là... De prison, de reclusion, de séquestration. — Au fait, murmura Justin, si on l'enlève, c'est pour la cacher... Continuez, continuez! vous avez raison jusqu'ici. — La lettre est arrivée au milieu d'une visite d'amis. — Oui, c'est cela, d'amis et de bons amis!

La Brocante compta sept fois encore, et tomba sur la dame de pique renversée.

— Le mal vous vient, dit-elle, d'une femme brune, que celle que vous aimez croit son amie. — Mademoiselle Suzanne de Valgeneuse, peut-être? — Les cartes disent : *Une femme brune ;* elles ne disent pas son nom.

Elle reprit son calcul, et tomba sur le huit de pique; le huit de pique était renversé.

— Ce projet manqué, c'était un mariage.

Justin était haletant : jusque-là, soit hasard, soit magie, les cartes avaient dit la vérité.

— Oh! continuez! fit-il, au nom du ciel, continuez!

Elle continua et tomba sur un des trois as placés à la suite les uns des autres.

— Oh! oh! dit-elle, complot!

Au bout de sept autres cartes, elle arriva au roi de trèfle renversé.

— Vous êtes aidé dans ce moment-ci, dit-elle, par un homme loyal, aimant à rendre service... — Salvator! murmura Justin; c'est le nom qu'il m'a donné. — Mais contrarié dans ses projets! ajouta la vieille; quelque chose qu'il entreprend pour vous, à l'heure qu'il est, éprouve du retard. — La jeune fille blonde? la jeune fille blonde?... demanda Justin.

La vieille compta sept fois, et tomba sur le valet de pique.

— Oh! dit-elle, elle a été enlevée par un jeune homme brun et de mauvaise mœurs. — Femme! s'écria Justin, où est-elle? et, tout ce que j'ai, je te le donne!

Et, fouillant à sa poche, il en tira une poignée d'argent qu'il s'apprêtait à jeter sur la table où la Brocante faisait ses cartes, lorsqu'il se sentit arrêter par le bras. Il se retourna : c'était Salvator, qui venait d'entrer sans être vu ni entendu, et qui s'opposait à cette libéralité exagérée.

— Remettez cet argent dans votre poche, dit-il à Justin; descendez, sautez sur le cheval de M. Jean Robert, partez au galop pour Versailles, et veillez à ce que personne ne mette le pied dans la cour de la récréation... Il est sept heures et demie : à huit heures et demie, vous pourrez être chez madame Desmarest. — Mais... fit Justin hésitant. — Partez sans perdre une minute, dit Salvator, il le faut! — Mais... — Partez, ou je ne réponds de rien! — Je pars, dit Justin. Puis, en sortant: Soyez tranquille, cria-t-il à la Brocante, je vous reverrai!

Il descendit rapidement, prit la bride des mains de Jean Robert, sauta en selle en fils de fermier habitué dès son enfance à monter tous les chevaux, et disparut au galop par la rue Copeau, c'est-à-dire par le chemin le plus court pour gagner la route de Versailles.

XXXIII

COMMENT LES CARTES ONT TOUJOURS RAISON.

Jean Robert, débarrassé de la garde du cheval, chercha à tâtons l'échelle dont le gisement lui avait été indiqué par Salvator, qui, en revenant de la police, l'avait trouvé le premier au rendez-vous. Nous pourrions faire bon nombre de plaisanteries sur les échelles, sur les greniers et les poëtes; mais Jean Robert avait un cheval, comme nous avons dit, un fort bon cheval demi-sang, qui pouvait fournir cinq lieues à l'heure: Jean Robert sortait donc de la catégorie des poëtes à échelles et à greniers.

A la vue de Salvator, la vieille avait laissé tomber son jeu de cartes en poussant un profond soupir, les chiens était rentrés dans leur hotte, la corneille avait repris sa place sur la poutre.

Lorsque Jean Robert entra à son tour, il ne vit donc qu'un groupe qui, comme pittoresque, eût réjoui l'œil de peintre de son ami Pétrus, et qui, par ce même pittoresque, s'empara immédiatement de son cœur de poëte. C'était le groupe qui se composait de la vieille tireuse de cartes assise sur son escabeau, de Babolin couché à ses pieds, et de Rose de Noël debout à ses côtés et appuyée au pilier.

La Brocante attendait évidemment avec inquiétude ce qu'allait dire Salvator. Quant aux deux enfants, ils souriaient à ce dernier comme à un ami, mais chacun avec une expression différente. Chez Babolin, ce sourire était celui de la gaieté, chez Rose de Noël, ce sourire était celui de la mélancolie. Mais au grand étonnement de la Brocante, Salvator ne parut faire aucune attention à ce qui venait de se passer.

— C'est vous, Brocante? demanda-t-il. Comment va Rose de Noël? — Bien, monsieur Salvator, très-bien! répondit la jeune fille. — Ce n'est point à toi que je demande cela, pauvrette; c'est à cette femme. — Elle tousse un peu, monsieur Salvator, dit la vieille. — Le médecin est-il venu? — Oui, monsieur Salvator. — Qu'a-t-il dit? — Qu'il fallait avant tout quitter ce logement. — Il a bien fait de vous dire cela; il y a longtemps que je vous le dis, moi, Brocante.

Puis, plus sévèrement et fronçant le sourcil :

— Pourquoi cette enfant a-t-elle encore les jambes et les pieds nus? — Elle ne veut mettre ni bas ni souliers, monsieur Salvator. — Est-ce vrai, Rose de Noël, demanda le jeune homme avec douceur, mais d'un ton cependant qui n'était pas exempt de reproche. — Je ne veux pas mettre de bas, parce que je n'ai que de gros bas de laine; je ne veux pas mettre de souliers, parce que je n'ai que de gros souliers de cuir. — Pourquoi la Brocante ne t'achète-t-elle pas des bas de coton et des souliers de chevreau? — Parce que c'est trop cher, monsieur Salvator, et que je suis pauvre. — Tu te trompes, ce n'est pas cher, dit Salvator; tu mens, tu n'es pas pauvre. — Monsieur Salvator! — Silence! et écoute bien ceci... — J'écoute, monsieur Salvator. — Et tu obéiras?

— Je tâcherai. — Et tu obéiras! répéta le jeune homme d'une voix plus impérieuse. — J'obéirai. — Si dans huit jours, tu m'entends bien? si dans huit jours tu n'as pas trouvé une chambre pour toi et Babolin, un cabinet à l'air et au soleil pour cette enfant, et un chenil à part pour les chiens, je te retire Rose de Noël.

La vieille passa son bras autour de la taille de la jeune fille et la serra contre elle, comme si Salvator eût voulu effectuer sa menace à l'instant même.

— Vous me retireriez mon enfant! s'écria la vieille, mon enfant, qui est depuis sept ans avec moi? — D'abord, ce n'est point ton enfant, dit Salvator : c'est un enfant volé par toi. — Sauvé, monsieur Salvator! sauvé! — Volé ou sauvé, tu discuteras la chose avec M. Jackal.

La Brocante se tut, mais n'en étreignit que plus fortement Rose de Noël.

— D'ailleurs, continua Salvator, je ne suis pas venu pour cela; je suis venu pour ce pauvre garçon que tu étais en train de dépouiller quand je suis entré. — Je ne le dépouillais pas, monsieur Salvator : je prenais ce qu'il me donnait volontairement. — Que tu trompais, alors. — Je ne le trompais pas : je lui disais la vérité. — Comment la savais-tu, la vérité? — Par les cartes. — Tu mens! — Cependant, les cartes... — Sont un moyen d'escroquerie! — Monsieur Salvator, sur la tête de Rose-de-Noël, tout ce que je lui ai dit est vrai. — Que lui as-tu dit? — Qu'il aimait une jeune fille blonde, de seize à dix-sept ans. — Qui t'a dit cela? — C'était dans les cartes. — Qui t'a dit cela? répéta impérativement Salvator. — Babolin, qui l'a su dans le quartier. — Ah! voilà le métier que tu fais, toi? dit Salvator à Babolin. — Pardon, monsieur Salvator, je n'ai pas cru que je faisais du mal en disant cela à la Brocante; il était bien connu, dans le faubourg Saint-Jacques, que M. Justin était amoureux de mademoiselle Mina. — Continue, Brocante. Que lui as-tu dit encore? — Je lui ai dit que la jeune fille l'aimait, qu'il y avait un projet de mariage, mais que ce projet avait été renversé par une somme d'argent inattendue. — Qui t'a dit cela? — Dame, monsieur Salvator, le dix de trèfle signifie *argent;* et le huit de pique *projet manqué*. — Qui t'a dit cela, Brocante? insista Salvator s'impatientant de plus en plus. — Un bon curé, monsieur Salvator... un bon vieux curé à cheveux blancs qui, certainement, ne mentait pas! il disait dans un groupe de gens qui l'interrogeaient : « Et quand on pense que c'est une somme de douze mille francs... » Je ne sais pas bien si c'était dix ou douze. — Peu importe! — « Et quand on pense, disait le bon vieux curé, que c'est une somme de douze mille francs que j'ai apportée, qui est cause de tout ce malheur! » — Bien, Brocante! Et après, que lui as-tu dit encore? — Je lui ai dit que mademoiselle Mina avait été enlevée par un jeune homme brun. — D'où le sais tu? — Monsieur Salvator, le valet de pique était là, voyez-vous, et le valet de pique... — D'où sais-tu que la jeune fille a été enlevée? répéta Salvator en frappant du pied. — Je l'ai vue, Monsieur. — Comment tu l'as vue? — Comme je vous vois, monsieur Salvator. — Où cela? — Place Maubert. — Tu as vu Mina, place Maubert? — Cette nuit, monsieur Salvator, cette nuit... Je venais de faire la rue Galande, je faisais la place Maubert; tout à coup, une voiture passe si vite, qu'on l'aurait dite emportée; la vitre s'abaisse; j'entends crier : « A moi! au secours! on m'enlève! » et une jolie petite tête blonde comme une tête de chérubin sort par la portière. En même temps, une seconde tête paraît... celle d'un jeune homme brun, avec des moustaches... Il tire en arrière celle qui criait, et referme la vitre; mais celle qu'on enlevait avait eu le temps de jeter une lettre. — Et cette lettre? — C'est celle qui portait l'adresse de M. Justin. — Quelle heure était-il, Brocante? — Il pouvait être cinq heures du matin, monsieur Salvator. — Bon, est-ce tout? — Oui, c'est tout. — Sur la tête de Rose de Noël? — Sur la tête de Rose de Noël! — Pourquoi n'as-tu pas raconté à M. Justin tout simplement la chose comme elle s'est passée? — Je me suis laissé tenter, monsieur Salvator : il ira dire ce qui lui est arrivé, et cela me vaudra des pratiques. — Tiens, Brocante, voici un louis pour avoir dit la vérité, reprit Salvator; mais, sur ce louis, tu achèteras à cet enfant trois paires de bas de coton et une paire de souliers de chevreau. — Je veux des souliers rouges, monsieur Salvator, dit Rose de Noël. — Tu les prendras de la couleur que tu voudras, mon enfant.

Puis, se retournant vers la Brocante :

— Tu as entendu? dit-il; si dans huit jours, jour pour jour, heure pour heure, je vous trouve encore ici, j'emmène Rose de Noël. — Oh! murmura la vieille. — Et toi, Rose, si je te trouve encore les pieds nus, je te fais habiller comme tu l'étais quand je t'ai vue pour la première fois, il y a cinq ans. — Oh! monsieur Salvator! dit la petite fille.

Alors s'approchant une dernière fois de la vieille :

— N'oublie pas, Brocante, lui dit-il à demi voix, que tu réponds de cette enfant sur ta tête! Si tu la laisses mourir de froid dans ton grenier, je te ferai mourir de froid, de misère et de faim dans un cachot.

Et, après cette menace, il se pencha vers la jeune fille, qui, de son côté, avança son front au-devant de son baiser. Puis, sortant de ce bouge, il fit signe à Jean Robert de le suivre.

Jean Robert jeta un dernier regard sur la vieille et sur les deux enfants, et sortit à son tour sur les pas de Salvator.

— Qu'est-ce donc que cette étrange jeune fille? demanda-t-il à Salvator, une fois arrivé dans la rue. — Dieu seul le sait! répondit celui-ci.

Et, tout en descendant la rue Copeau et la rue Mouffetard, il raconta au poëte l'événement de la nuit du 20 août, et comment la jeune fille qu'il venait de voir, et dont la beauté sauvage avait produit sur lui un si puissant effet, était tombée au pouvoir de la Brocante, et, perle, se trouvait au milieu de ce fumier.

Le récit n'était pas long, comme on sait : quand les deux jeunes gens arrivèrent sur le Pont-Neuf, il était fini.

— Là! dit Salvator en allant s'appuyer contre la grille de la statue de Henri IV. — Vous vous arrêtez là? demanda Jean Robert. — Oui. — Pourquoi nous arrêtons-nous? — Pour attendre. — Pour attendre quoi? — Une voiture. — Qui va nous mener où? — Oh! mon cher, vous êtes trop curieux! — Cependant... — En votre qualité de poëte dramatique, vous savez que c'est un talent de ménager l'intérêt. — Comme vous voudrez... Attendons.

Du reste, ils n'attendirent pas longtemps. Au bout de dix minutes, une voiture attelée de deux vigoureux chevaux tournait le quai des Orfèvres, et s'arrêtait en face de la statue de Henri IV. Un homme d'une quarantaine d'années ouvrit la portière de l'intérieur où il était placé, en disant :

— Allons, vite!

Les deux jeunes gens montèrent.

— Où tu sais, dit l'homme de la voiture au cocher.

Et la voiture partit au galop, tournant à l'extrémité du Pont-Neuf, et prenan le quai de l'École.

XXXIV

MONSIEUR JACKAL.

Racontons à nos lecteurs ce que Salvator n'avait pas jugé à propos de raconter à Jean Robert.

En quittant Justin et Jean Robert rue du Faubourg-Saint-Jacques, Salvator, comme nous l'avons dit, s'était acheminé vers la police. Il arriva dans ce cul-de-sac immonde qu'on appelle la rue de Jérusalem, sentine étroite, sombre, boueuse, où jamais le soleil ne passe qu'en se voilant. Salvator franchit la porte de la Préfecture avec la façon leste et dégagée d'un familier du sombre hôtel. Il était sept heures du matin, c'est-à-dire petit jour à peine. Le concierge l'arrêta.

— Hé! Monsieur! lui cria-t-il, où allez-vous ?.. Hé! Monsieur! — Eh bien! dit Salvator en se retournant. — Ah! pardon, Monsieur Salvator, je ne vous reconnaissais pas. Puis il ajouta en riant : C'est votre faute : vous êtes mis comme un monsieur. — M. Jackal est-il déjà à son bureau ? demanda Salvator. — C'est-à-dire qu'il y est encore ; il y a couché.

Salvator traversa la cour, s'avança sous la voûte située en face de la porte, prit un petit escalier à gauche, monta deux étages, enfila un corridor, et demanda à l'huissier M. Jackal.

— Il est bien occupé en ce moment! répondit l'huissier. — Dites-lui que c'est Salvator, le commissionnaire de la rue aux Fers. — L'huissier disparut par une porte, et revint presque aussitôt. — Dans deux minutes M. Jackal est à vous.

Effectivement, un instant après, la porte se rouvrit, et, avant que l'on vît encore une personne, on entendit une voix qui criait :

— Cherchez la femme, pardieu! cherchez la femme!

Puis parut l'homme dont on venait d'entendre la voix. Essayons de tracer le portrait de M. Jackal.

C'était un homme d'une quarantaine d'années environ, au corps démesurément long, grêle, effilé, vermiforme, selon l'expression des naturalistes, et, avec cela, des jambes courtes et nerveuses. Le corps révélait la souplesse; les jambes, l'agilité.

La tête semblait appartenir à la fois à toutes les familles de l'ordre des carnassiers digitigrades; la chevelure, ou la crinière, ou le pelage, comme on voudra, était d'un fauve grisâtre; les oreilles, longues, dressées contre la tête, et garnies de poils, ressemblaient à celles de l'once; les yeux, d'un iris jaune le soir, vert le jour, tenaient à la fois de l'œil du lynx et du loup; la pupille, allongée verticalement, et pareille à celle du chat, se contractait et se dilatait selon le degré d'obscurité ou de lumière dans lequel elle opérait; le nez et le menton, le museau, voulons-nous dire, était effilé comme celui d'un lévrier. Une tête de renard et un corps de putois. Au reste, les jambes, dont nous avons dit un mot, indiquaient que l'individu pouvait, à l'instar des martres, se glisser partout et passer par les plus petites ouvertures, pourvu que la tête pût y entrer.

Toute la physionomie, comme celle du renard, révélait à la fois la ruse, l'astuce et la finesse; comme l'animal chasseur nocturne de lapins et de poules, on sentait que M. Jackal ne pouvait quitter son fourré de la rue de Jérusalem et se mettre en chasse qu'à la tombée de la nuit. Il cligna les yeux et aperçut, dans la pénombre du corridor, celui qu'on lui avait annoncé.

— Ah! c'est vous, mon cher monsieur Salvator! dit-il en s'avançant avec beaucoup d'empressement. Qui me procure le plaisir de vous voir de si bon matin? — On m'a dit, Monsieur, que vous étiez fort occupé, repondit Salvator, qui paraissait surmonter à grand'peine la répugnance que l'homme de police lui inspirait. — C'est vrai, mon cher monsieur Salvator; mais vous savez bien qu'il n'y a pas d'occupation que je ne quitte à l'instant même pour avoir le plaisir de causer avec vous. — Allons, entrons dans votre cabinet, dit Salvator, sans répondre à la phrase complimenteuse de M. Jackal. — C'est impossible, dit M. Jackal : j'ai vingt personnes qui m'attendent. — Avez-vous pour longtemps affaire avec ces vingt personnes? — Pour vingt minutes à peu près, une minute par personne. Il faut que je sois à neuf heures au Bas-Meudon. — Au Bas-Meudon? — Oui. — Que diable allez-vous faire là? — Je vais constater une asphyxie. — Une asphyxie? — Deux jeunes gens qui se sont tués, oui... Le plus vieux des deux à vingt-quatre ans, à ce qu'il paraît. — Pauvres jeunes gens! dit Salvator avec un soupir. Puis, revenant à l'affaire de Justin : Diable! cela me contrarie beaucoup de ne pouvoir vous parler à mon aise; j'avais quelque chose de grave à vous communiquer. — Une idée... — Dites! — Je vais en voiture; je suis seul dans ma voiture; venez avec moi : vous me conterez votre cas le long du chemin. De quoi s'agit-il, en deux mots? — D'un enlèvement. — Cherchez la femme! — Parbleu! c'est ce que nous cherchons. — Oh! non, pas la femme enlevée. — Laquelle, alors? — Celle qui a fait enlever l'autre. — Vous croyez qu'il y a une femme là-dedans? Il y a une femme dans tout, monsieur Salvator; c'est ce qui rend notre métier si difficile. Hier, on vient m'apprendre qu'un couvreur s'est tué en tombant d'un toit... — Vous avez dit : « Cherchez la femme! » — C'est la première chose que j'ai dite. — Eh bien? — Ils se sont moqués de moi; ils ont dit que j'avais un tic! On cherche la femme, et on la trouve. — Bon! comment cela? — Le drôle s'était retourné pour voir une femme qui s'habillait dans la mansarde en face, et il avait pris tant de plaisir à la contempler, ma foi! qu'il n'avait plus fait attention où il était; le pied lui avait manqué et patatras. — Il est mort? — Il s'est tué raide, l'imbécile! Est-ce dit, et venez-vous avec moi au Bas-Meudon? — Oui, mais j'ai un ami. — Il y a quatre places dans la voiture. Fargeau, dit M. Jackal à l'huissier, faites atteler. — C'est que, auparavant, je dois aller rue Triperet et revenir. — Je vous donne une demi-heure. — Où nous retrouverons-nous! — Rendez-vous à la statue de Henri IV; je ferai arrêter la voiture; vous monterez dedans, et fouette cocher!

Après quoi, M. Jackal était rentré dans son bureau, et Salvator était allé chercher Jean Robert rue Triperet. Les choses s'étaient passées selon le programme arrêté; les deux jeunes gens avaient pris place dans la voiture de M. Jackal, et tous trois roulaient vers le Bas-Meudon. Nous avons essayé de peindre M. Jackal au physique; un coup de pinceau maintenant au moral. M. Jackal était un ancien commissaire de police, que ses aptitudes merveilleuses avaient fait monter d'étage en étage jusqu'à ce faîte suprême de chef de la police de sûreté.

M. Jackal connaissait tous les voleurs, tous les filous, tous les bohémiens de Paris; forçats libérés, forçats en rupture de ban, voleurs exercés, voleurs apprentis, voleurs émérites, voleurs retirés, tout cela grouillait sous son vaste regard, dans le pandémonium boueux de la vieille Lutèce, sans pouvoir, quelle que fût l'obscurité de la nuit, la profondeur des carrières, la multiplicité des tapis-francs, se dérober à sa vue; il était ferré sur ses garnis, ses tripots, ses lupanars, ses souricières, comme Philidor sur les cases de son échiquier; à la seule vue d'un contrevent éventré, d'un carreau cassé, d'un coup de couteau donné, il disait : « Oh! oh! je connais cela, c'est la manière de travailler d'*un tel.* » Et rarement il se trompait.

M. Jackal semblait n'être soumis à aucun des besoins de la nature. N'avait-il pas le temps de déjeuner, il ne déjeunait pas; n'avait-il pas le temps de dîner, il ne dînait pas; n'avait-il pas le temps de souper, il ne soupait pas; n'avait-il pas le temps de dormir, il ne dormait pas! M. Jackal portait, avec un bonheur égal et une aisance pareille, tous les déguisements : rentier du Marais, général de l'Empire, membre du Caveau, concierge de grande maison, portier de petite, épicier, marchand de vulnéraire, saltimbanque, pair de France, voltigeur de Gand, il était tout ce que l'on voulait, et eût fait honte au comédien le plus varié. Protée n'eût été près de lui qu'un grimacier de Tivoli ou du boulevard du Temple.

M. Jackal n'avait ni père, ni mère, ni frère, ni sœur, ni fils, ni fille : il était seul au monde, et il semblait avoir été privé de famille par une providence attentive, qui, en lui dérobant les témoins de sa vie mystérieuse, lui avait permis de marcher librement dans sa voie. M. Jackal avait, sur les quatre rayons de sa bibliothèque, quatre éditions différentes de Voltaire! A une époque où tout le monde, à la police surtout, était jésuite de robe longue ou de robe courte, lui seul avait son franc-parler, citait le *Dictionnaire philosophique* à tout propos, et savait *la Pucelle* par cœur.

Ces quatre exemplaires des œuvres de l'auteur de *Candide* étaient reliés en chagrin et argentés sur tranche, emblème funèbre des croyances ensevelies de leur propriétaire.

M. Jackal ne croyait pas au bien; le mal pour lui dominait toute la création. Réprimer le mal lui semblait le seul but de la vie; il ne comprenait point un monde à d'autres fins. C'était une espèce d'archange Michel des régions basses; le jugement dernier avait déjà commencé pour lui, et il usait des pouvoirs que la société lui avait confiés, comme l'ange exterminateur se sert de son glaive.

Les hommes lui paraissaient une grande collection de marionnettes et de pantins exerçant toutes sortes de professions : de ces marionnettes et de ces pantins, les femmes faisaient, suivant lui, mouvoir les fils; aussi avait-il une monomanie dont nous avons vu un échantillon dans les premiers mots qu'il avait prononcés en ouvrant la porte de son cabinet, monomanie qui l'amenait presque infailliblement à la découverte du crime dont il voulait connaître l'auteur.

Toutes les fois que l'on venait lui dénoncer une conspiration, un assassinat, un vol, un enlèvement, une escalade, un sacrilége, un suicide, il ne faisait qu'une réponse : « Cherchez la femme! » On cherchait la femme, et, quand la femme était trouvée, il n'y avait plus à s'occuper de rien : le reste se trouvait tout seul. Il en avait donné la preuve lui-même en citant l'exemple du couvreur qui s'était laissé tomber du haut d'un toit sur le pavé.

M. Jackal avait vu une femme au fond de cet accident, où un autre n'aurait vu qu'un faux pas, qu'un éblouissement, qu'un vertige. Et l'expérience avait prouvé que M. Jackal avait bien vu. M. Jackal avait donc été fidèle à son principe en disant à Salvator, à propos de l'enlèvement de Mina : « Cherchez la femme! »

Tel était, et nous restons bien en arrière du portrait que nous eussions voulu tracer de lui, tel était M. Jackal, c'est-à-dire l'homme avec lequel et dans la voiture duquel Salvator et Jean Robert longeaient le quai des Tuileries. Ah! nous oublions un trait caractéristique de la physionomie de M. Jackal : il portait des lunettes vertes, non pour mieux voir, mais pour qu'on le vît moins.

Lorsqu'il voulait avoir le libre usage de ses yeux, il relevait, par un mouvement rapide, ses lunettes sur son front ; le rayon de son regard irisé dardait une flamme entre ses deux paupières, puis il abaissait ses lunettes, mais sans y porter les mains, par un simple frissonnement des muscles temporaux : au frissonnement de ces muscles, les lunettes retombaient d'elles-mêmes, et reprenaient leur place dans la rainure que leur arc d'acier avait à la longue creusée sur le nez de M. Jackal. Rarement il avait besoin de renouveler cette première inspection, tant son regard était rapide, profond, sûr! Ce regard ressemblait à ces éclairs d'été silencieux qui passent à travers deux nuages noirs, pendant les chaudes soirées du mois d'août.

XXXV

CHERCHEZ LA FEMME.

M. Jackal, en recevant les deux jeunes gens dans sa voiture, avait commencé par remonter ses lunettes, et par lancer sur Jean Robert un de ces regards irisés qui lui révélaient l'homme moral et physique. Au bout d'une seconde, ses lunettes étaient retombées, soit qu'il eût reconnu Jean Robert, poëte, nous l'avons dit, ayant déjà franchi le premier cercle de la popularité, soit que les lignes honnêtes du visage du jeune homme eussent suffi pour lui indiquer qu'il n'aurait jamais rien à faire de ce côté.

— Ah! dit-il, quand il se fut établi carrément dans un des angles rembourrés de la voiture, angle qu'il avait voulu céder à Salvator, mais que Salvator avait obstinément refusé, nous disons donc qu'il s'agit d'un enlèvement?

M. Jackal prit sa tabatière, tabatière charmante, fine et délicate bonbonnière qui avait dû renfermer des pastilles pour la Pompadour ou la Du Barry, et aspira avec volupté une large prise de tabac.

— Voyons, contez-moi cela.

Chaque homme a son côté faible, son talon mal trempé dans le Styx, son point vulnérable. M. Jackal avait le sien, et, infidèle historien que nous sommes, nous avions omis de le mentionner. M. Jackal pouvait se passer de manger, de boire, de dormir, mais il ne pouvait se passer de priser. Sa tabatière et son tabac lui étaient choses indispensables.

On eût dit que c'était dans sa tabatière qu'il puisait cette innombrable série d'idées ingénieuses par la production instantanée et incessante desquelles il étonnait ses contemporains. Il savoura donc sa prise en disant : « Voyons, contez-moi cela. »

Ce qu'il allait entendre une seconde fois, M. Jackal l'avait déjà entendu une première, mais mal, entre deux portes, préoccupé d'autres idées. Il avait besoin de l'entendre une seconde fois. Cette seconde audition ne changea rien à ses idées, quoique le récit fût augmenté des détails que Salvator venait de recueillir de la bouche de la Brocante.

— Et l'on n'a point cherché la femme? dit-il. — On n'a pas eu le temps ; nous savons la chose depuis sept heures du matin seulement. — Diable! fit-il, ils auront bouleversé la chambre, et piétiné le jardin. — Qui? — Mais ces imbéciles-là!

Par *ces imbéciles-là!* M. Jackal entendait la maîtresse de pension, les sous-maîtresses, les élèves.

— Non, dit Salvator, il n'y a pas de danger. — Comment cela? — Justin est parti à franc-étrier sur le cheval de Monsieur, Salvator indiquait Jean Robert, et il se mettra en sentinelle à la porte. — S'il arrive! — Comment, s'il arrive? — Est-ce qu'un maître d'école sait monter à cheval?... Il fallait me dire cela, je vous eusse donné le Hussard.

Le Hussard était un des hommes de M. Jackal, à qui son habileté en équitation avait fait donner l'élégant et expressif sobriquet de Hussard.

— C'est justement l'observation que je lui ai faite, dit Salvator; mais il m'a répondu que, fils de fermier, il avait monté à cheval dès son enfance. — Bon! Et maintenant, si l'on trouve la femme, tout ira bien. — Mais, hasarda Salvator, je ne vois auprès d'elle aucune femme dont on puisse se défier. — Il faut toujours se défier de la femme. — N'êtes-vous pas un peu absolu, monsieur Jackal? — Vous dites que c'est un jeune homme qui a enlevé votre Mina? — Ma Mina? reprit Salvator en souriant. — La Mina du maître d'école, la Mina en question, enfin! — Oui ; la Brocante, qui les a vus passer sur les quatre heures du matin, comme je vous ai dit, a reconnu un jeune homme ; elle a même affirmé qu'il était brun. — La nuit tous les chats sont gris.

Et M. Jackal, sur ce proverbe, secoua la tête.

— Vous doutez? demanda Salvator. — Voici... Il ne me semble pas naturel qu'un jeune homme enlève une jeune fille : ce n'est plus dans nos mœurs; à moins que le jeune homme ne soit d'une famille puissante en cour, et ne craigne pas, au dix-neuvième siècle, de trancher du Lauzun ou du Richelieu; un fils de pair de France, un neveu de cardinal ou d'archevêque... Ce sont les vieillards qui enlèvent, je dis cela pour vous, monsieur Salvator, et surtout pour monsieur, qui fait des pièces, ajouta l'homme de police en désignant

Jean Robert d'un imperceptible mouvement de tête, parce que la vieillesse est impuissante et blasée ; mais un enlèvement de la part d'un jeune homme qui a la beauté et la force, c'est un crime monstrueux ! — Cela est cependant ainsi. — Alors cherchons la femme! Évidemment, une femme a trempé dans le crime; à quel degré? je l'ignore; mais une femme doit jouer un rôle quelconque dans ce drame mystérieux. Vous ne voyez, dites-vous, aucune femme auprès d'elle ; moi, je n'y vois que des femmes : maîtresses, sous-maîtresses, amies de pension, femmes de chambre... Ah ! vous ne savez pas ce que c'est que les pensionnats, cœur naïf que vous êtes !

Et M. Jackal aspira une seconde prise de tabac.

— Tous ces pensionnats, voyez-vous, monsieur Salvator, continua-t-il, ce sont autant de foyers d'incendie, où vivent et se débattent les jeunes filles de quinze ans, pareilles aux salamandres dont parlent les anciens naturalistes. Quant à moi, je sais bien une chose : c'est que si j'avais l'honneur d'avoir une fille à marier, j'aimerais mieux l'enfermer dans ma cave que de la mettre dans un pensionnat. Eh ! vous n'avez pas d'idée des plaintes qu'on reçoit au bureau des mœurs sur les pensionnats, non pas que les maîtresses de pension soient toujours coupables, mais les petites filles sont toujours amoureuses : c'est la vieille fable d'Ève; maîtresses, sous-maîtresses, gardiennes au contraire, sont constamment éveillées comme des chiens autour d'une ferme, ou les gardes du corps autour du roi. Mais le moyen d'empêcher le loup d'entrer dans la bergerie, quand c'est la brebis elle-même qui ouvre la porte au loup? — Là n'est point le cas : Mina adorait Justin. — Alors, c'est une amie qui a fait l'affaire, voilà pourquoi j'ai dit et je répète : « Cherchons la femme ! » — Je commence à me rendre à votre opinion, monsieur Jackal, fit Salvator en plissant le front, comme pour forcer sa pensée à s'arrêter sur quelque point obscur et suspect. — Eh ! certainement, continua l'homme de police, je ne doute pas de la chasteté de votre Mina.... Quand je dis *votre Mina*.... enfin, je veux dire la Mina de votre maître d'école... Elle n'a apporté, j'en suis sûr, en venant au pensionnat, aucun mauvais germe de nature à gâter les plantes qui l'entouraient; élevée soigneusement, elle ne pouvait porter en elle que les trésors de bonté et de candeur qu'elle avait amassés sous les regards de ses parents d'adoption ; mais, pour une fleur candide qui donne ses parfums, combien de mauvaises plantes répandent les vapeurs fatales dont, à son insu, la famille les a infectées dès l'enfance! L'enfant, que l'on croit insoucieux et léger, n'oublie jamais rien, monsieur Salvator, rappelez-vous bien cela; celui qui, à dix ans, a vu représenter les innocentes féeries du théâtre de l'Ambigu-Comique ou de la Gaîté, si c'est un garçon, demandera, à quinze ans, la lance du chevalier, pour aller transpercer les géants gardiens et persécuteurs de la princesse de son choix; si c'est une fille, elle se figurera qu'elle est cette princesse persécutée par ses parents, et emploiera pour rejoindre l'amant dont on l'a séparée, toutes les ressources que lui auront révélées l'enchanteur Maugis ou la fée Colibri. Nos théâtres, nos musées, nos murailles, nos magasins, nos promenades, tout contribue à éveiller dans le cœur de l'enfant mille curiosités que le premier passant interrogé satisfera, au défaut du père ou de la mère; tout concourt à faire naître et à entretenir en lui cet appétit de tout connaître, cette soif de tout comprendre qui est le mal de l'enfance; et la mère qui ne peut pas expliquer à sa fille pourquoi, en entrant à l'église, un beau jeune homme offrait de l'eau bénite à une jeune fille; pourquoi, un jour d'été, un couple d'amoureux s'embrassait dans les champs; pourquoi l'on se marie; pourquoi l'un va à la messe, tandis que l'autre n'y va pas; la mère, enfin, qui ne peut révéler à sa fille aucun des mystères que celle-ci entrevoit vaguement, l'envoie, effrayée de sa curiosité croissante en raison de ses ans, dans un pensionnat où elle apprend, de ses sœurs aînées, ces secrets destructeurs de la santé et de la vertu, qu'elle confie ensuite à des sœurs plus jeunes. Voilà, mon cher monsieur Salvator, je vous dis cela pour votre gouverne, si jamais vous prenez femme, voilà comment, même au sortir de la famille la plus honnête, la jeune fille entre au pensionnat portant en soi la semence vénéneuse qui doit empoisonner plus tard un champ tout entier. — Mais, demanda Salvator, tandis que Jean Robert écoutait avec étonnement, mais il y a sans doute un remède à cela? — Eh! oui, sans doute, il y a remède à cela comme à autre chose: il y a remède à tout, parbleu! mais, que voulez-vous? il y a une muraille plus forte, plus haute, plus étendue que celle de la Chine à renverser, il y a *l'habitude*, ce fléau des sociétés. Ainsi, par exemple, depuis quelque temps, les jeunes gens ont pris une habitude funeste, d'autant plus funeste, qu'à celle-là il n'y a pas de remède... — Laquelle? — C'est celle de se tuer. Un jeune homme aime une jeune fille qui ne l'aime pas encore; il ne prend pas le temps d'attendre qu'elle l'aime: il se tue! Une jeune fille aime un jeune homme qui ne l'aime plus, et sur lequel elle comptait pour couvrir, comme époux, les méfaits de l'amant: elle se tue! Deux jeunes gens s'aiment, et les parents refusent de les marier: ils se tuent! Et savez-vous pourquoi la plupart du temps il se tuent? — Dame! parce qu'ils sont las de la vie, dit Jean Robert. — Eh! non, monsieur le poëte! fit l'homme de police; on n'est jamais las de la vie, et la preuve, c'est que plus on est vieux, plus on y tient. Il y a cent suicides de jeunes gens au-dessous de vingt-cinq ans, pour un suicide de vieillard au-dessus de soixante-dix. On se tue, il est misérable à dire! le jeune homme pour faire niche à sa maîtresse, la maîtresse pour faire niche à son amant, l'amant et la maîtresse pour faire niche aux parents; niche terrible, qui, si elle eût tardé d'un an, de six mois, de huit jours, d'une heure, fût devenue inutile par l'amour de la femme, le retour du jeune homme, le consentement des parents. Autrefois, il n'en était point ainsi; on ne connaissait pas le suicide, ou on le connaissait à peine; le moyen âge, c'est-à-dire trois ou quatre siècles, ne compte pas dix suicides constatés! — Au moyen âge, ajouta Jean Robert, on avait les couvents. — Justement! vous avez mis le doigt dessus, jeune homme. On avait une grande peine, on ressentait une grande douleur, on prenait la vie en dégoût: l'homme se faisait moine; la femme se faisait religieuse; c'était la façon de se brûler la cervelle, de s'asphyxier, de se noyer. Tenez, aujourd'hui, je vais constater au Bas-Meudon, le suicide de mademoiselle Carmélite et de M. Colomban. Eh bien...

Les deux jeunes gens tressaillirent.

— Pardon, dirent-ils en même temps, interrompant M. Jackal. — Quoi? — Mademoiselle Carmélite n'était-elle point une élève de Saint-Denis? demanda Salvator. — Précisément. — M. Colomban n'était-il pas un jeune gentilhomme breton? demanda Jean Robert. — A merveille. — Alors, murmura Salvator, je comprends la lettre qu'a reçue ce matin Fragola. Oh! pauvre garçon! dit Jean Robert, j'ai entendu prononcer son nom par Ludovic. — Mais la jeune fille était un ange ! dit Salvator. — Mais le jeune homme était un saint, dit Jean Robert. — Eh ! sans doute ! dit le vieux voltairien, voilà pourquoi ils sont remontés au ciel : ils se trouvaient déplacés sur la terre, pauvres enfants !

Et il prononça ces paroles avec un singulier mélange de sarcasme et d'attendrissement.

— Oh ! mon Dieu ! dit Jean Robert, le pauvre Ludovic va être désespéré.
— Oh ! mon Dieu ! murmura Salvator, la pauvre Fragola va être bien triste.
— Mais enfin, dit Jean Robert, les causes de cette mort sont-elles un secret, ou bien pouvez-vous nous dire ?.. — La catastrophe dans tous ses détails ? Oh ! mon Dieu, oui ; vous n'aurez que les noms à y changer pour en faire un poëme ou un roman : je vous réponds qu'il y a matière !

Et, tout en roulant du quai de la Conférence au pont de Sèvres, M. Jackal fit aux deux jeunes gens attentifs le récit suivant, qui, tout en dehors qu'il semble, à première vue, des événements que nous racontons, finira par s'y rattacher, un peu plus tôt ou un peu plus tard.

Que nos lecteurs prennent donc patience ; nous ne sommes encore qu'au prologue du livre que nous écrivons, et nous sommes forcé de poser nos personnages.

XXXVI

OU IL EST PROUVÉ QUE L'ON PEUT, UNE FOIS PAR HASARD, ET UNE FOIS SUR CENT, RENCONTRER DE BONS VOISINS.

Le 12e arrondissement était en 1827, et est encore aujourd'hui, l'arrondissement le plus pauvre de la capitale, comme on peut le voir sur l'état numérique de la population indigente de Paris, publié par l'administration de l'assistance publique, d'après le dernier recensement.

Ainsi, dans le premier arrondissement, le chiffre de la population indigente est de 3,707 individus sur 112,740 habitants, tandis que, dans le 12e arrondissement, sur une population de 95,243 habitants, le nombre des indigents est de 12,204. Ce qui, dans le rapport de la population indigente à la population générale, donne cette effrayante proportion : dans le 1er arrondissement, 1 sur 304 ; dans le 12e arrondissement, 1 sur 77.

Si l'on songe que c'est dans cet arrondissement que demeure le plus grand nombre de chiffonniers, cochers, savetiers, marchands revendeurs, porteurs d'eau, portefaix et journaliers de tous les états, on verra que nous n'avons rien exagéré en disant que cet arrondissement était et est encore aujourd'hui le plus misérable. Cet arrondissement présente, à vol d'oiseau, une forme à peu près quadrilatérale ; il est divisé en quatre quartiers, qui portent le nom de quartier de l'Observatoire, quartier Saint-Jacques, quartier du Jardin des Plantes, et quartier Saint-Marcel.

A mesure que nous avancerons dans notre récit, comme une grande partie des événements de cette histoire doit se passer dans le douzième arrondissement, nous montrerons peu à peu et successivement à nos lecteurs la physionomie de ces divers quartiers. Disons tout d'abord qu'une des parties les plus pittoresques est celle du quartier Saint-Jacques, comprise entre la rue du Val-de-Grâce et la rue de la Bourbe, appelée aujourd'hui rue du Port-Royal.

En effet, en remontant la rue Saint-Jacques, de la rue du Val-de-Grâce au faubourg, toutes les maisons du côté droit, vieilles, laides et mal bâties, conduisent à des jardins ravissants et comme il en reste quelques-uns à peine autour de certains hôtels aristocratiques de Paris.

C'est dans une maison située entre les nos 330 et 350 de la rue Saint-Jacques que nous allons conduire nos lecteurs. Nous croyons leur montrer un pays tout à fait inconnu, et quiconque, en songeant au quartier Saint-Jacques, sent d'habitude lui monter au cerveau les odeurs fétides de la misère, sera bien surpris peut-être, et surtout bien charmé, nous l'espérons, en respirant avec nous le parfum des roses et des jasmins qui entre par les fenêtres de ces appartements privilégiés donnant sur une véritable échappée du paradis terrestre.

La façade de la maison qu'habitent les héros de la lugubre histoire racontée par M. Jackal était de ce ton triste et blafard dont le temps et la pluie badigeonnent les vieux murs de Paris. On entrait dans la maison par une petite porte étroite, et l'on s'engageait dans un couloir sombre même en plein jour. Celui qui fût entré pour la première fois dans ce couloir l'eût pris pour un coupe-gorge conduisant à quelque atelier de chiffonnier ou de faux-monnayeur; mais à peine l'explorateur eût-il franchi la dernière dalle, qu'il se fût trouvé dans une espèce d'Éden.

En effet, en débouchant du couloir, on entrait dans une cour qui conduisait à un vaste jardin; là, on était véritablement ébloui en voyant une petite maison blanche à contrevents verts, les flancs ornés de roses grimpantes, de chèvrefeuilles et de clématites, et les pieds baignés dans un lac de gazon. La maison était composée d'un rez-de-chaussée et de deux étages dont les fenêtres, grâce à la situation ravissante du petit bâtiment, s'ouvraient toutes sur le jardin; ces trois étages, y compris le rez-de-chaussée, formaient six appartements composés chacun uniformément de trois pièces et d'une cuisine.

Quatre de ces appartements, les deux du rez-de-chaussée et les deux du premier étage, étaient occupés par des familles d'ouvriers, qui, sobres et rangés, au lieu d'aller se griser à la barrière comme leurs camarades d'atelier, consacraient leur journée du dimanche à cultiver un bout de jardin formant les dépendances de leur modeste habitation.

Au deuxième étage demeuraient, sur le même palier, l'un à droite l'autre à gauche, les deux personnages principaux de cette histoire.

Celui qui occupait le petit appartement à gauche était un jeune homme de vingt à vingt-trois ans à peu près, beau garçon à la figure franche, aux yeux bleu clair, aux cheveux blonds tombant carrément sur ses épaules carrées. Il était plutôt petit que grand de taille; mais la largeur de ses épaules indiquait chez lui une force peu commune. Il était né à Quimper; mais il était parfaitement inutile de jeter les yeux sur son extrait de naissance pour voir qu'il était Breton, tant son visage portait l'empreinte de l'énergie et de la loyauté de la belle race gaélique.

Son père, vieux gentilhomme pauvre, retiré dans une tour, dernier débris d'un château féodal du treizième siècle, abattu pendant les guerres de la Vendée, l'avait laissé à Paris, où il avait fait son éducation, pour y étudier le droit. En sortant du collége, le jeune Colomban de Penhoël était donc venu s'établir dans ce petit appartement de la rue Saint-Jacques, qu'il habitait depuis trois ans, c'est-à-dire depuis 1823, époque où commence notre récit.

Son père lui faisait une petite pension de douze cents francs par an : le brave homme partageait ainsi avec son fils tout ce qui lui restait de son patrimoine. L'appartement de Colomban ne lui coûtait que deux cents francs par an ; il restait donc au jeune homme mille francs, c'est-à-dire une fortune entière pour un jeune homme sobre, économe, rangé comme il l'était.

Nous nous trompons en disant qu'il lui restait mille francs par an : des mille francs, nous devons retrancher la location d'un piano, soit dix francs par mois, seul luxe que Colomban se permît, sans doute afin de ne pas faire mentir un des axiomes politiques des anciens Bretons, axiome conservé jusqu'à nos jours, et qui place, dit Augustin Thierry, le musicien à côté de l'agriculteur et de l'artisan, comme étant un des trois piliers de l'existence sociale.

On était au mois de janvier de l'année 1823. Colomban venait de commencer sa troisième année de droit : dix heures du soir sonnaient à l'église Saint-Jacques du Haut-Pas.

Le jeune homme était assis au coin de sa cheminée, occupé à étudier le code Justinien, quand tout à coup il entendit des lamentations et des gémissements épouvantables. Il ouvrit la porte du palier et vit, sur la porte parallèle à la sienne, une jeune fille pâle, échevelée, fondant en larmes, se tordant les mains, appelant du secours!

L'appartement faisant face à celui de Colomban était occupé par une jeune fille et sa mère ; la mère était veuve d'un capitaine tué à Champ-Aubert, pendant la campagne de 1814, et vivait d'une pension de douze cents francs et de quelques travaux d'aiguille que lui procuraient les lingères du quartier; elle habitait seule depuis six mois cet appartement, quand un matin Colomban, en revenant de l'École de droit, aperçut sur son palier une grande et belle jeune fille qui lui était complétement inconnue.

Colomban était peu causeur de sa nature, et ce ne fut que quelques jours après cette apparition, qui au reste, s'était renouvelée deux ou trois fois, qu'il apprit d'un de ses voisins du rez-de-chaussée que mademoiselle Carmélite était fille de madame Gervais, sa voisine; qu'elle avait été élevée, en qualité de fille d'un officier de la Légion d'honneur, à la maison royale de Saint-Denis, et qu'ayant terminé son éducation elle revenait vivre avec sa mère.

Cette rencontre du jeune homme et de la jeune fille avait eu lieu vers le mois de septembre 1822, à l'époque des vacances. Colomban était donc allé, une quinzaine de jours après cette rencontre, passer deux mois à la tour de Penhoël, et, de retour au mois de novembre, il n'avait eu, jusqu'au mois de janvier 1823, que de rares occasions de voir la jeune fille; on se rencontrait quelquefois sur le palier, tenant à la main la boîte au lait; on se saluait poliment, mais sans échanger un mot. La jeune fille était trop timide; Colomban trop respectueux.

Un jour cependant où le jeune homme, plus matinal que de coutume, montait l'escalier, portant son déjeuner quotidien, il rencontra la jeune fille qui, en retard de quelques minutes, descendait chercher le sien.

Elle arrêta en rougissant le jeune homme qui, après l'avoir saluée, non pas en étudiant, mais en gentilhomme, la première éducation ne se perd jamais, remontait chez lui, et, lui adressant la parole :

— J'ai une prière à vous faire, Monsieur, dit-elle ; nous aimons beaucoup la musique, ma mère et moi, et nous passons d'habitude tous les soirs une heure très-agréable à vous entendre chanter au piano ; mais depuis trois jours ma mère est gravement indisposée, et bien qu'elle ne se soit pas plainte, le médecin, en nous faisant visite hier au soir tandis que vous chantiez, nous a dit que le bruit du piano devait la fatiguer. — Pardon, Mademoiselle, répondit le jeune homme en rougissant à son tour jusqu'au blanc des yeux, j'ignorais entièrement la maladie de madame votre mère ! croyez que je ne me pardonnerais jamais d'avoir joué l'ayant sue... — Oh ! mon Dieu ! Monsieur, dit la jeune fille, c'est moi qui vous demande pardon de vous priver d'un plaisir, et je vous remercie de vouloir bien vous imposer cette privation pour nous.

Les deux jeunes gens se saluèrent, et en rentrant chez lui Colomban avait fermé son piano pour ne plus le rouvrir que quand madame Gervais serait en bonne santé.

Seulement, depuis cette heure, il rencontra plus fréquemment la jeune fille. La maladie de la mère empirait ; à chaque minute, Carmélite courait de chez le médecin à la pharmacie ; plusieurs fois, à une heure assez avancée de la nuit, Colomban l'avait entendue descendre ; il eût bien désiré lui offrir ses services, et jamais fille plus à plaindre n'eût reçu les services d'un cœur plus loyal et plus désintéressé ; mais Colomban avait une timidité égale à sa loyauté ; la forme de l'offre l'embarrassait d'ailleurs plus que l'offre elle-même, et ce ne fut qu'en entendant la jeune fille appeler au secours avec des cris désespérés, qu'il osa se mettre à sa disposition.

Malheureusement il était trop tard ; ce n'était pas le besoin de secours qui avait contraint la jeune fille à appeler ; c'était la terreur, c'était l'effroi.

Madame Gervais qui gardait le lit depuis quatre jours sur la grave menace d'un anévrisme arrivé à son dernier degré, ce que le médecin s'était bien gardé d'annoncer à Carmélite, madame Gervais, pour combattre un étouffement tout près de la priver de respiration, avait demandé un verre d'eau ; la jeune fille, qui n'avait pas voulu le lui donner pur, était allée le préparer dans la chambre voisine ; une espèce de gémissement ressemblant à un appel la fit se hâter. Elle rentra et trouva sa mère la tête renversée en arrière ; elle lui passa le bras sous le cou et lui souleva la tête : la pauvre femme regardait son enfant d'une façon étrange ; elle ne pouvait parler, à ce qu'il paraissait, mais toute son âme était passée dans ses yeux. Carmélite effrayée, tremblante, et cependant forte de sa terreur même, continuait de soulever la tête de sa mère, et approchait le verre de ses lèvres ; mais au moment où les lèvres et le verre allaient se toucher, madame Gervais poussa un soupir profond, douloureux, prolongé, puis sa tête pesa de tout son poids sur le bras de sa fille et retomba avec lui sur l'oreiller.

L'enfant fit un effort, souleva la tête une seconde fois et introduisit le verre entre les lèvres de sa mère en disant :

— Bois donc, mère !

Mais les dents étaient serrées et la malade ne répondit pas. Carmélite haussa le pied du verre ; l'eau coula des deux côtés des lèvres, mais ne pénétra point dans la bouche. Les yeux de la malade étaient restés démesurément ouverts, et semblaient ne pouvoir se détourner de sa fille. Carmélite sentit la sueur perler sur son front. Cependant, ces grands yeux tout ouverts lui donnaient du courage.

— Mais bois donc, petite mère ! répéta-t-elle.

La malade ne répondit pas plus cette fois que la première. Alors il sembla à Carmélite que le cou qu'elle soutenait de son bras se glaçait rapidement, et que ce froid mortel la gagnait ! Épouvantée, elle laissa retomber la tête de sa mère sur l'oreiller, reposa le verre sur la table, se jeta sur le corps de sa mère, l'entourant de ses deux bras, lui couvrant le visage de baisers, et se levant pour la regarder avec des yeux presque aussi fixes que les siens; alors seulement la pauvre enfant, pleine de vie, qui n'avait jamais songé que le seul être qu'elle eût et qu'elle aimât au monde pût mourir, la pauvre enfant eut un pressentiment terrible, et cependant, elle qui venait d'entendre sa mère lui parler, il n'y avait qu'un instant, ne pouvait pas croire que ce fût une chose possible que le passage de la vie à la mort sans secousse, sans cris, sans bruit : elle colla ses lèvres sur le front de sa mère; mais ses lèvres, brûlantes de fièvre, éprouvèrent une sensation terrible en touchant ce front de marbre.

Elle recula de trois pas en arrière, effrayée, mais non convaincue. La tête était retombée tournée légèrement du côté de la chambre, de sorte que les grands yeux fixes continuaient de regarder la jeune fille avec un reste d'expression maternelle; mais ces yeux, au lieu de lui rendre du calme, commençaient à épouvanter Carmélite.

Alors, éperdue, regardant à droite et à gauche, mais revenant toujours à fixer les yeux sur ces yeux effrayants, elle se mit à crier de toute la force de ses poumons :

— Mère ! mère ! mais parle-moi donc ! réponds-moi donc ! mère, ou je vais croire que tu es morte... que tu es morte ! répéta-t-elle en se rapprochant avec angoisse.

Mais, devant l'immobilité cadavérique de ce corps, elle demeura immobile elle-même après un pas essayé. Elle continua d'appeler sa mère avec des cris déchirants, mais sans oser la toucher; et ce fut, lasse de ne pouvoir obtenir une réponse, n'osant pas rester plus longtemps dans cette chambre sous le regard de ces yeux de spectre, redoutant tout, mais n'étant certaine de rien, qu'elle ouvrit la porte de l'appartement, et se mit à crier : « Au secours ! »

Colomban sortit de chez lui à ces cris, et aperçut, comme nous l'avons dit, la jeune fille échevelée, baignée de larmes, et se tordant les mains.

— Monsieur ! Monsieur ! dit-elle, ma mère me regarde, mais elle ne me répond pas ! — Elle est probablement évanouie de faiblesse, répondit le jeune homme, qui était aussi loin qu'elle de croire à la mort.

Et il entra dans la chambre à coucher. Il tressaillit en apercevant ce corps, qui avait pris en quelque sorte l'aspect d'un cadavre : la face était décolorée; les membres étaient rigides; la main, au poignet de laquelle il cherchait les battements du pouls, était froide comme un marbre.

Il se souvenait, lui aussi, d'avoir vu, enfant de quinze ans, sa mère, la noble comtesse de Penhoël, étendue sur son lit de parade, et il reconnaissait, empreintes au front du cadavre qu'il avait à cette heure sous les yeux, les teintes violacées de la mort.

— Eh bien, Monsieur ?.. eh bien ?.. demanda Carmélite en sanglotant.

Le jeune homme fit semblant de continuer de croire à un évanouissement, afin de préparer peu à peu la jeune fille au coup qui allait la frapper.

— Oh ! dit-il, votre mère est bien mal, pauvre enfant ! — Mais pourquoi ne me répond-elle pas, Monsieur ? pourquoi ne me répond-elle pas ? — Approchez-vous, Mademoiselle, dit Colomban. — Je n'ose... je n'ose... Pourquoi me regarde-t-elle ainsi ? que me demande-t-elle ? que veut-elle donc, à me regarder ainsi ? — Elle demande que vous lui fermiez les yeux, Mademoiselle ! elle demande que nous priions pour le repos de son âme ! — Mais elle n'est pas morte, n'est-ce pas ? s'écria la jeune fille. — Agenouillez-vous, Mademoiselle ! dit Colomban en lui donnant l'exemple. — Que dites-vous là, Monsieur ?.. — Je dis, Mademoiselle, que Dieu, qui nous a donné la vie, a le droit de nous la reprendre quand il lui plaît. — Oh ! s'écria la jeune fille, comme frappée de la foudre ; oh ! je vois, je vois... ma mère est morte !

Elle se renversa en arrière, comme si elle allait mourir elle-même. Le jeune homme la reçut dans ses bras et la transporta évanouie sur son lit, qui était dans l'alcôve de la pièce voisine.

Aux cris poussés par la jeune fille, au bruit qu'avait fait la scène que nous venons de raconter, la femme d'un des ouvriers du premier était montée, avec une femme de ses amies qui était chez elle en ce moment. Les deux femmes, trouvant toutes les portes de l'appartement ouvertes, entrèrent et aperçurent Colomban essayant de faire revenir la jeune fille à elle en lui frappant dans les mains.

Comme ce remède n'opérait pas assez vivement, une des femmes prit la carafe qui était sur la toilette, et en inonda le visage de la pauvre orpheline. Carmélite revint à elle, grelottant et tremblant ; les deux femmes voulurent la déshabiller et la mettre au lit ; mais elle, faisant un effort, et se roidissant sur ses pieds, se tourna vers Colomban.

— Monsieur, vous avez dit que ma mère demandait que je lui fermasse les yeux... Conduisez-moi près d'elle... conduisez-moi, je vous en prie !... Sans quoi, ajouta-t-elle en approchant avec terreur sa bouche de l'oreille de Colomban, sans quoi, elle me regarderait ainsi pendant l'éternité ! — Venez ! dit le jeune homme, qui croyait voir un commencement de délire dans les yeux de l'orpheline.

Et elle traversa sa chambre, appuyée sur le jeune homme, rentra dans la chambre de sa mère, dont le regard, quoique déjà vitreux, avait conservé sa terrible fixité, s'approcha du lit à pas lents, raides, solennels, et, se penchant sur le cadavre, elle lui abaissa les paupières pieusement et l'une après l'autre. Après quoi, les forces lui manquant, Carmélite tomba sur le cadavre de sa mère, et s'évanouit une seconde fois.

XXXVII

FRA DOMINICO SARRANTI.

Le jeune homme prit Carmélite dans ses bras, et la transporta, comme il eût fait d'un enfant, dans la chambre voisine, où attendaient les deux femmes. Le moment était venu de la déshabiller et de la coucher. Colomban se retira chez lui en priant une des femmes de venir le joindre aussitôt que la jeune fille serait au lit. La voisine entrait dix minutes après chez Colomban.

— Eh bien? demanda-t-il. — Eh bien, elle est revenue à elle, dit la voisine; mais elle tient sa tête à deux mains, et prononce des paroles sans suite, comme si elle avait le délire. — A-t-elle des parents? demanda le jeune homme. — Nous ne lui en connaissons pas. — Des amies, dans le quartier! — Aucune amie! c'étaient des gens bien tranquilles, bien honnêtes, qui vivaient très-retirés; cela ne connaissait personne au monde. — Que comptez-vous en faire, alors? Elle ne peut pas rester dans cet appartement mortuaire. Il faudrait la changer de chambre. — Je vous offrirais bien la mienne, dit la voisine; mais nous n'avons qu'un lit... Après cela, ajouta la brave femme comme se parlant à elle-même, j'enverrai mon homme coucher dans le grenier, et je passerai la nuit sur une chaise.

Ces dévouements pour des inconnus appartiennent exclusivement à certaines femmes de la classe ouvrière : la femme du peuple offre sa table, sa chambre, son lit avec plus de désintéressement que le boutiquier n'offre un verre d'eau. Que la douleur morale ou physique l'appelle à son aide, que ce soit un homme à l'agonie ou un hommme au désespoir, la femme du peuple offre ses soins, ses consolations, ses secours de toute nature avec une générosité et une abnégation qui sont un des plus beaux titres à l'admiration du philosophe et de l'observateur.

— Non, dit Colomban, faisons mieux; traînez le lit de la jeune fille dans ma chambre, traînez le mien dans son alcôve; puis allez chercher un prêtre pour veiller près du lit mortuaire : j'irai, moi, chercher un médecin pour elle.

La voisine parut hésiter.

— Qu'y a-t-il? demanda Colomban. — Il y a que j'aimerais mieux aller chercher un médecin, et que ce fût vous qui alliez chercher le prêtre. — Pourquoi cela? — Parce que la bonne dame est morte subitement. — Hélas! oui, bien subitement. — Et par conséquent, morte... vous comprenez? — Non, je ne comprends pas. — Morte sans confession. — Eh bien! mais vous avouez vous-même que c'était une sainte. — Oui, mais un prêtre n'entendrait point de cette oreille-là! — Comment! un prêtre refuserait de veiller une morte? — Une morte qui ne s'est pas confessée, il y a gros à parier... — C'est bien... Alors, chargez-vous du médecin; je me charge du prêtre. — Oh! le médecin, ce n'est pas loin : c'est presque en face. — Je demande seulement quelqu'un pour une lettre rue du Pot-de-Fer. — Donnez-moi la lettre; je trouverai bien quelqu'un.

Colomban s'assit à une table et écrivit :

« Venez, mon ami! un vivant et un mort ont besoin de vous. »

Et, pliant la lettre, il y mit cette adresse :

« A frère Dominique Sarranti, moine dominicain, rue du Pot-de-Fer, n° 11. »

Puis remettant la lettre à la voisine :

— Tenez, dit-il.

La voisine descendit. Pendant qu'elle descendait, Colomban opérait le déménagement projeté, en tirant son lit dans la chambre de la jeune fille, et en tirant le lit de la jeune fille dans sa chambre à lui. La femme en visite chez la voisine se chargeait de rester près de Carmélite jusqu'à l'arrivée du médecin, et, s'il le fallait, de passer la nuit à son chevet. Le délire augmentait de moment en moment. La femme s'installa près de Carmélite; Colomban descendit chez l'épicier, acheta un cierge, le plaça au chevet de la morte, et l'alluma.

En l'absence de Colomban, la voisine était rentrée avec le médecin, et, laissant l'homme de science près de la malade, elle avait rendu à la morte le soin pieux de lui croiser les mains sur la poitrine et de lui mettre un crucifix entre les mains. Colomban alluma le cierge, se mit à genoux et récita les prières des morts.

Il n'y avait pas de trop des deux femmes pour soigner Carmélite; le médecin avait reconnu les premiers symptômes d'une méningite; il avait laissé une ordonnance, recommandant de la suivre sévèrement; il ne dissimulait point la gravité du cas : la méningite, de simple qu'elle était, pouvait devenir aiguë. Quant à la mère, elle était morte de la rupture d'un des gros vaisseaux du cœur.

Beaucoup d'esprits forts eussent ri en voyant ce beau jeune homme de vingt-deux ans à genoux près du lit d'une femme inconnue, et disant les prières des morts dans le livre d'Heures aux armes de sa famille; mais Colomban était un religieux Breton des anciens jours, qui eût, ainsi que ses ancêtres, vendu terres et châteaux pour suivre Gaultier sans Avoir à Jérusalem, en disant : *Diex le volt!* Il priait donc avec une ferveur réelle, en cherchant à exiler de sa prière toute idée terrestre, lorsqu'il entendit derrière lui le bruit d'une porte qui crie sur ses gonds. Il se retourna.

Celui qu'il avait envoyé chercher venait à son appel : frère Dominique, avec son beau costume blanc et noir, était sur le seuil. Ce jeune moine, de vingt-sept à vingt-huit ans à peine, était à peu près le seul ami, sauf ces camarades de collége qu'on est convenu d'appeler des amis, et qui font une race à part; ce jeune moine, disons-nous, était à peu près le seul ami que Colomban eût à Paris.

Un jour, Colomban passant devant l'église Saint-Jacques du Haut-Pas, avait vu la population du faubourg s'encombrant à la porte; il avait demandé ce que c'était, et on lui avait répondu qu'un jeune moine vêtu d'une longue robe blanche faisait un sermon; il était entré.

Un moine en effet, jeune d'âge mais vieilli, soit par les austérités, soit par la douleur, était en chaire et prêchait. Son sermon avait pour sujet la *Résignation*. Le moine l'avait divisé en deux parties bien distinctes. Dans les malheurs qui viennent de Dieu, c'est-à-dire dans les cas de mort, d'accidents terribles, d'infirmités incurables, il disait : « Oui, résignez-vous, mes frères! courbezvous sous le bras qui châtie; priez et adorez! La résignation est une vertu. » Mais dans tous les malheurs qui viennent des hommes, comme ambition déçue, fortunes ruinées, projets avortés, il disait : « Réagissez contre la mauvaise fortune, mes frères! relevez-vous, forts de votre confiance dans le Seigneur, dans votre droit et dans vous-mêmes; engagez la lutte et soutenez le combat! La résignation est une lâcheté. »

Colomban attendit que le sermon fût fini, et, au sortir de l'église, il alla serrer la main du moine comme il eût fait, non pas à un personnage revêtu d'un caractère sacré, mais à tout homme en qui il honorait ces trois vertus que son propre caractère le mettait à même d'apprécier : la simplicité, l'honnêteté, la force.

A partir de ce jour, les deux jeunes gens, le moine était de quatre ou cinq ans l'aîné de Colomban, à partir de ce jour, les deux jeunes gens s'étaient découvert une rare communauté de principes et de sentiments. En conséquence, ils s'étaient étroitement liés, et il était bien rare qu'une fois ou deux par semaine ils n'allassent point passer deux ou trois heures l'un chez l'autre.

Jetons un regard en arrière, et voyons ce jeune moine venir à nous, grave et pensif, sur le chemin austère du passé. Il s'appelait Dominique Sarranti, et avait plus d'une analogie, plus d'un rapport avec ce sombre saint dont le hasard avait fait son patron. Il était né à Vic-Dessos, petite ville de l'Ariége, située au bord d'une forêt, à six lieues de Foix, à une enjambée de la frontière d'Espagne.

Son père était Corse, et sa mère Catalane; il tenait de l'un et de l'autre : il avait la sombre mémoire du Corse, la terrible ténacité du Catalan. Quiconque l'eût vu en chaire avec son geste puissant, quiconque l'eût entendu avec sa grave et austère parole, l'eût pris à l'instant même pour un jeune moine espagnol en mission en France.

Son père, né à Ajaccio la même année que Bonaparte, attaché à la fortune de son compatriote, en avait subi toutes les vicissitudes; il avait accompagné l'empereur vaincu à l'île d'Elbe; il avait suivi Napoléon trahi à Sainte-Hélène.

En 1816, il était revenu en France. Pourquoi avait-il quitté si tôt l'illustre prisonnier? Gaëtano Sarranti avait prétexté l'insalubrité du climat, la dévorante chaleur du soleil. Ceux qui le connaissaient ne croyaient point à ce motif, et ils regardaient Sarranti comme un de ces agents mystérieux que l'empereur répandait, disait-on, en France, pour tenter un retour de l'île de Sainte-Hélène, comme il avait tenté un retour de l'île d'Elbe, ou tout au moins, si ce retour était impossible, pour veiller aux intérêts de son fils.

Il était entré, comme professeur de deux enfants, chez un homme très-riche, nommé M. Gérard. Ces enfants n'étaient point le fils et la fille de M. Gérard : c'étaient son neveu et sa nièce.

Mais tout à coup, en 1820, lors de la conspiration Nantès et Bérard, Gaëtano Sarranti avait disparu, et l'on disait qu'il était allé rejoindre dans l'Inde un ancien général de Napoléon entré, dès 1813, au service d'un prince de Lahore.

Nous avons déjà dit un mot de cette fuite de Gaëtano Sarranti, à propos de la disparition du charron de la rue Saint-Jacques, frère de la mère Boivin; disparition qui avait fait que la petite Mina, ayant trouvé fermée la porte à laquelle elle venait frapper, avait été recueillie par le maître d'école et sa famille.

Nous avons parlé, à ce propos aussi, d'un fils qu'avait au séminaire de Saint-Sulpice ce Corse fugitif. Ce fils, c'était le personnage dont nous essayons de tracer le portrait; c'était frère Dominique Sarranti, que son aspect espagnol faisait généralement appeler *fra Dominico*. Le jeune homme s'était destiné de tout temps à l'état ecclésiastique; sa mère morte, son père partant pour Sainte-Hélène, il avait été mis dans un séminaire.

A son retour, en 1816, son père, voyant avec peine cette vocation dans un jeune homme qui pouvait être tout autre chose que prêtre, son père, disons-nous, avait tenté un dernier effort pour le faire rentrer dans la vie civile; il rapportait avec lui une somme considérable pour assurer l'indépendance du jeune homme; mais celui-ci avait refusé avec obstination.

En 1820, quand Gaëtano Sarranti avait disparu, son fils, pensionnaire, comme nous l'avons dit, à Saint-Sulpice, avait été appelé plusieurs fois à la police. Une fois, ses camarades l'avaient vu rentrer plus sombre et plus pâle encore que de coutume. Une accusation bien autrement grave que celle d'un complot contre la sûreté de l'État pesait sur son père.

Non-seulement il était accusé d'avoir voulu, à l'aide de moyens violents, renverser le gouvernement établi, mais encore une instruction se poursuivait contre lui, comme prévenu du vol d'une somme de trois cent mille francs appartenant à ce M. Gérard, des neveux duquel il était précepteur; mais encore on lui imputait la disparition, avait-on dit d'abord, et même l'assassinat, disait-on maintenant, de ces deux mêmes neveux! Il est vrai que, bientôt après, l'instruction commencée fut abandonnée; mais l'exilé n'en restait pas moins sous le poids de la terrible accusation.

Tous ces événements rendirent Dominique de plus en plus sombre comme homme, de plus en plus austère comme prêtre. Aussi, au moment de prononcer ses vœux, déclara-t-il qu'il voulait entrer dans un des ordres les plus sévères, et choisit-il l'ordre de saint Dominique, qui a pris en France le nom d'ordre des Jacobins, en raison de ce que le premier couvent de cet ordre fut bâti rue Saint-Jacques. Il prononça ses vœux, et fut ordonné prêtre le lendemain de sa majorité, c'est-à-dire le 7 mars 1821.

Il y avait donc un peu plus de deux ans déjà, à l'époque où nous sommes arrivés, que frère Dominique était dans les ordres. C'était, à cette heure, un homme de vingt-sept à vingt-huit ans, avec de grands yeux noirs, vifs, clairs, pénétrants, au regard profond, au front soucieux, au visage pâle et austère, à l'attitude fière, énergique, résolue; il était grand de taille, sobre de gestes, concis de paroles; sa démarche était noble, lente, grave, rhythmée en quelque sorte; en le voyant passer dans la rue, cherchant l'ombre des maisons pour y plonger son front rêveur, qui portait incessamment la trace d'un sombre chagrin, on l'eût pris pour un des beaux moines de Zurbaran, qui, descendu de la toile, eût fait, fugitif du sépulcre, sa rentrée sur la terre du pas égal et sonore du convive de pierre se rendant à l'invitation de don Juan.

Au reste, la volonté inflexible et la profonde énergie dont cette figure fatale était empreinte, révélaient plutôt la rigidité de principes austères que le combat de passions ambitieuses. C'était, en outre, le jugement le plus droit, l'esprit le plus sain, le cœur le plus abondant qui existât au monde.

Le seul crime irrémissible dont un homme pût se rendre coupable à ses yeux, c'était l'insouciance en matière d'humanité; car l'amour de l'humanité lui semblait l'élément principal de la vie des peuples; il avait d'admirables élans d'enthousiasme quand il entrevoyait dans l'avenir, si éloigné qu'il fût, cette harmonie universelle fondée sur la fraternité des nations, et qui doit faire le pendant de l'harmonie universelle des mondes.

Lorsqu'il parlait de l'indépendance future des nations, c'était avec une éloquence entraînante; on se sentait alors emporté vers lui et avec lui par un élan de sympathie irrésistible; sa parole vous laissait comme un reflet de son cœur; sa parole vous communiquait sa force : on était illuminé par les rayons de sa flamboyante énergie; on était prêt à prendre un pan de sa robe, et à dire : « Marche devant, prophète; je te suis! »

Seulement, un ver terrible rongeait ce fruit savoureux : c'était cette accusation de vol et d'assassinat qui pesait sur son père absent.

XXXVIII

SYMPHONIE DU PRINTEMPS ET DES ROSES.

Tel était le jeune moine qui apparaissait sur le seuil. Il s'arrêta, frappé du spectacle qu'il avait devant les yeux.

— Ami, dit-il de sa voix triste, à laquelle il savait dans l'occasion donner un accent consolateur, la femme qui est couchée là n'est ni votre mère ni votre sœur, j'espère? — Non, répondit Colomban; j'avais quinze ans quand j'ai perdu ma mère, je n'ai jamais eu de sœur. — Dieu vous conserve pour la consolation des vieux jours de votre père, Colomban!

Et il s'apprêta à s'agenouiller devant le cadavre.

— Attendez, Dominique, dit Colomban; je vous ai envoyé chercher....

Dominique l'interrompit.

— Vous m'avez envoyé chercher, dit-il, parce que vous aviez besoin de moi. Je suis venu; me voici. — Je vous ai envoyé chercher, ami, parce que cette femme que vous voyez couchée là, frappée comme d'un coup de foudre par la rupture d'un des gros vaisseaux du cœur, toute bonne chrétienne, toute sainte femme qu'elle était, vient de mourir sans confession. — C'est à Dieu seul, et non pas aux hommes, à juger dans quelles dispositions elle est morte, dit le moine. Prions.

Et il s'agenouilla au chevet du lit.

Colomban, sachant qu'il y avait une garde près de la fille, un prêtre près de la mère, put dès lors vaquer aux soins de l'inhumation. En passant, il s'informa de l'état de Carmélite. La jeune fille, épuisée, s'était endormie sous l'influence d'une potion opiacée, prescrite par le médecin.

Colomban prit tout l'argent qu'il avait chez lui, jusqu'au dernier sou; puis il régla avec l'église, avec les pompes funèbres, avec le conservateur du cimetière, tous les détails de ce cinquième acte de la vie. Le soir, à sept heures, il était rentré.

Il retrouva Dominique, sinon en prière, du moins en méditation, près du chevet de la morte. L'homme de Dieu n'avait pas quitté un instant la chambre funèbre. Colomban exigea qu'il allât prendre quelque nourriture. Le moine ne semblait pas soumis aux besoins ordinaires de la vie; il obéit cependant aux sollicitations de son ami; mais au bout de dix minutes, il était de retour, et avait repris sa place au chevet de la morte.

— Quant à Carmélite, elle s'était réveillée avec un redoublement de délire. Au moins, la pauvre enfant, n'ayant plus la conscience de son état, ignorait tout ce qui allait se passer. Mieux valait, à tout prendre, les cuisantes douleurs du corps que les profondes angoisses de l'âme.

Les voisines se chargèrent des soins pieux de l'ensevelissement; un menuisier apporta la bière; des vis furent substituées aux clous, afin qu'au fond de son délire, la pauvre Carmélite n'entendît point les coups frappés sur le cercueil de sa mère. La mort ayant été subite, ce ne fut que le surlendemain que le corps fut porté à Saint-Jacques du Haut-Pas. Frère dominique dit la messe funèbre dans une chapelle particulière. Puis le corps fut transporté au cimetière de l'Ouest.

Colomban suivait le corps avec deux ouvriers qui avaient consenti à perdre leur salaire du jour pour remplir ce pieux devoir.

La fièvre cérébrale de Carmélite suivit son cours; admirablement traitée par le médecin, elle fut obligée de reculer pas à pas devant la science.

Au bout de huit jours, la jeune fille avait repris connaissance; au bout de dix jours, le médecin répondait d'elle; le quinzième jour, elle se levait. Ses larmes coulèrent; elle était sauvée. Cependant, la faiblesse de la pauvre enfant était telle d'abord, qu'à peine si elle pouvait articuler un son.

En rouvrant les yeux, elle avait aperçu à son chevet la loyale figure de Colomban, la dernière figure qu'elle eût vue en fermant les yeux, la première qu'elle vît en les rouvrant. Elle fit un petit signe de tête en manière de reconnaissance et de remerciement; puis elle sortit des draps sa main amaigrie par la fièvre, et la tendit au jeune homme, qui, au lieu de la serrer, la baisa respectueusement, comme si le sceau de la douleur imprimé au front de la jeune fille fût, aux yeux du noble Breton, un titre de respect aussi grand pour le moment que la couronne sur le front d'une reine.

La convalescence de Carmélite dura un mois; ce fut au commencement de mars qu'elle reprit sa chambre, et que le jeune homme reprit la sienne. A partir de ce jour, l'intimité commencée entre les deux jeunes gens fut interrompue. Colomban conserva dans un pli de sa mémoire le souvenir de la beauté et de la bonté de la jeune fille. Carmélite garda dans un coin de son cœur une reconnaissance sans bornes et une affection dévouée pour Colomban. Mais ils cessèrent de se voir autrement que comme deux voisins habitant sur le même palier, c'est-à-dire à de rares intervalles. Quand on se rencontrait, une petite causerie commençait sur le pas de la porte, mais c'était tout : jamais l'un n'avait franchi le pas de la porte de l'autre.

Le mois de mai arriva; le jardin de Colomban était contigu à celui de Carmélite : une simple haie de lilas s'élevait entre ces deux jardins, moins séparés ainsi que ceux de Pyrame et Thisbé, qui, eux, étaient séparés par un mur. Les deux jeunes gens étaient donc en quelque sorte dans le même jardin, puisque, quand le vent agitait les lilas, la haie s'entr'ouvrait comme pour donner passage à leurs causeries, et que les fleurs s'éparpillaient tantôt chez l'un, tantôt chez l'autre.

Un soir, à la demande de Carmélite, le jeune homme avait rouvert son piano, et tirait de cet instrument longtemps fermé, longtemps muet comme son cœur, mille notes harmonieuses, qui, s'échappant par les fenêtres de sa chambre, vibraient dans l'air calme du crépuscule, puis, entrant par les fenêtres voisines, allaient caresser la jeune fille à son chevet comme les bouffées rafraîchissantes du printemps. Elle avait donc à la fois parfum et mélodie. Puis, au fond de tout cela, tristesse, profonde tristesse!

Pauvre Carmélite! elle était dans la plus mauvaise ou dans la meilleure disposition pour aimer, selon, cher lecteur, que vous voudrez faire de l'amour une douleur ou une joie, une infortune ou un bonheur.

Maintenant, voyons, que va-t-il advenir de cette situation maladive de l'âme? Nous avons dit, dans un des chapitres précédents, que toutes les maisons situées à droite de cette partie de la rue du Val-de-Grâce et de la rue Saint-Jacques conduisaient à des jardins ravissants.

En effet, de ces fenêtres des jeunes gens d'où sortait tant d'harmonie, et où entraient tant de parfums, voici l'adorable panorama qui se déroulait sous les yeux : à droite, au nord, un immense enclos planté de peupliers et de grands arbres; à gauche, au sud, une suite de jardins plantés d'acacias, de lilas, de jasmins et de cytises des Alpes à fleurs jaunes retombant en grappes; à l'horizon, à l'ouest, comme un hamac de verdure où se couchait le soleil, le sommet des arbres du Luxembourg; enfin, au centre du triangle formé par ces trois points cardinaux, un des plus beaux spectacles qui puissent s'offrir aux regards d'un poëte ou d'un amoureux!

Qu'on se figure un champ de roses de vingt ou vingt-cinq arpents fleurissant autour d'un petit tombeau construit au dix-septième siècle, et assez semblable, pour la forme, aux chapelles que les héritiers font élever, au Père-Lachaise, au-dessus du caveau de leur légateur décédé.

Et quand nous disons *un champ de roses*, une plaine des environs de Persépolis, où l'on dit qu'est née la reine des fleurs, qu'on ne croie pas qu'il y ait le moins du monde exagération de notre part : il est si doux déjà d'avoir, dans une ville comme Paris, cinq ou six pots de roses autour de soi, qu'il paraît peut-être fabuleux qu'on en puisse avoir sous les yeux un champ tout entier. Rien n'est plus vrai cependant, et l'on peut encore aujourd'hui, à trente ans de distance, visiter les quatre ou cinq arpents qui sont restés de ce champ biblique.

C'était donc, comme nous l'avons dit, non pas un champ de trèfle ou de luzerne, mais un vrai champ de roses, qui parfumait l'air à deux lieues à la ronde.

Toutes les contrées semblaient avoir apporté dans ce jardin, autour de ce tombeau, comme si ce tombeau eût renfermé la relique d'une sainte, les plus belles roses de leur pays.

On eût dit les planches coloriées de la *Monographie du rosier*, publiée à cette époque par l'anglais Lindley. Rien n'y manquait; aucune espèce n'était absente, aucune variété ne faisait défaut : les cinq parties du monde figuraient là, incarnées dans leurs plus belles fleurs. C'étaient le rosier du Caucase, le rosier du Kamtchatka, le rosier bariolé de la Chine, le rosier turneps de la Caroline, le rosier luisant des États-Unis, le rosier de Mai, le rosier de Suède, le rosier des Alpes, le rosier de Sibérie, le rosier jaune du Levant, le rosier de

Nankin, le rosier de Damas, le rosier du Bengale, le rosier de Provence, le rosier de Champagne, le rosier de Saint-Cloud, le rosier de Provins, que la légende prétend avoir été apporté de Syrie à Provins par le comte de Brie, au retour des croisades; enfin, c'était la collection, unique peut-être parce qu'elle était complète, des deux ou trois mille variétés de roses connues à cette époque, nombre qui s'augmente encore tous les jours, progression dont nous ne saurions trop louer les horticulteurs.

« Le titre de *reine des fleurs* que mérite la rose est devenu banal à force d'être répété, dit le *Bon Jardinier;* c'est que la rose réunit tous les genres de perfection que l'on peut désirer dans une fleur; la séduisante coquetterie de ses boutons, l'élégante disposition de ses pétales entr'ouverts, les contours gracieux de ses fleurs épanouies, lui donnent la perfection des formes; il n'est pas de parfum plus doux et plus suave que le sien : son incarnat est celui de la beauté la plus parfaite; avec des nuances plus vives, elle imite le teint animé de la bacchante, et sa blancheur devient un emblème d'innocence et de candeur. »

Cette définition de la rose, définition colorée comme un vieux pastel du temps de Louis XV, nous servira de transition naturelle pour arriver à la fraîche beauté de notre héroïne; en effet, quelques mots ajoutés au portrait que le *Bon Jardinier* a tracé de la fleur souveraine suffiront à peindre Carmélite.

Elle était grande et flexible de taille, avec de beaux cheveux d'un châtain très-foncé, qui semblaient, tant ils poussaient abondants et vigoureux, être rudes à l'œil, mais qui étaient doux comme de la soie au toucher. Des yeux d'un bleu de saphir, des lèvres d'un rouge de corail, des dents d'un blanc de perle complétaient l'ensemble de cette belle et savoureuse créature.

Un jour, vers la fin du mois de mai, Carmélite et Colomban étaient chacun à leur fenêtre, regardant et respirant; la jeune fille était comme éblouie du spectacle, comme enivrée du parfum. Toute la journée, la chaleur avait été étouffante; pendant trois ou quatre heures, il avait plu, et, vers sept heures du soir, en ouvrant sa fenêtre, Carmélite avait été émerveillée de voir tout en fleurs ce champ de rosiers qu'elle avait vu en boutons le matin. Elle ne comprenait pas plus cette subite efflorescence des plantes qu'elle n'avait compris, dans un jour de douleur dont le souvenir était toujours présent à sa mémoire, le brusque passage de la vie à la mort.

Aussi, le soir, tous deux étant descendus au jardin, et se trouvant séparés seulement par la haie de lilas déjà défleurie, Carmélite interrogea-t-elle Colomban sur cette prompte métamorphose des boutons en fleurs.

Carmélite était fort ignorante en botanique; car, à l'époque où se passent les événements que nous racontons, cette science était regardée comme assez superflue dans l'éducation d'une jeune fille. Colomban, qui plus d'une fois avait eu l'occasion de s'apercevoir de cette ignorance, commença alors, toujours à travers la mobile muraille de verdure, un cours de physiologie végétale, en dégageant cette étude charmante des mots précis mais incompréhensibles, pour les femmes surtout, dont les savants l'ont encombrée.

Il lui décrivit l'organisation des plantes avec beaucoup de simplicité, en la réduisant aux trois organes élémentaires qui, par leur réunion, constituent tous les tissus végétaux, tissus comparables, dans le principe, à une solution de gomme qui, s'épaississant bientôt, enchevêtre ses filaments déliés, entre lesquels se forment peu à peu d'innombrables petites cellules; il lui fit comprendre que c'étaient ces trois organes élémentaires qui contenaient la matière incrustante du bois, les sucs cristallisés, la fécule, le gluten, les huiles volatiles et les diverses matières colorantes dont la principale est la matière verte.

Des organes élémentaires, il passa aux organes composés, en lui parlant de l'épiderme qui leur sert de transition; il prit une plante à l'état embryonnaire, à cette période où, naissante à peine, elle est encore adhérente à la tige maternelle, et lui fit suivre toutes les phases de la croissance jusqu'au moment où, apte à se détacher de sa souche, cette plante se reproduit à son tour.

Après avoir fait ainsi à sa jeune voisine une rapide et lucide définition de tous les organes des végétaux, racines, tiges, feuilles, bourgeons, il lui expliqua les transformations, chez plusieurs de ces végétaux, de certains de leurs organes, soit en épines, comme dans les chardons, les épines-vinettes, les faux acacias, soit en vrilles, comme dans la vigne, les pois et les passiflores.

Il lui fit connaître la solidarité qui existe entre tous les règnes de la nature; comment l'homme ne peut pas plus se passer de la plante que la plante ne peut se passer de l'homme; comment tout est établi en ce monde d'une façon si harmonique, que l'un souffrirait de l'absence de l'autre; il lui découvrit les mystères de la nutrition chez les végétaux; lui dit comment ils puisent à la fois par la racine et par les feuilles, dans le sol et dans l'air, les éléments nécessaires à leur développement; il lui démontra comment la séve, qui n'est autre chose que la circulation du sang chez les plantes, s'élève de bas en haut, en lui faisant voir, par une branche de vigne fraîchement coupée, cet écoulement de la séve appelée *les pleurs* de la vigne; il lui apprit, enfin, que les plantes dorment, respirent, se reproduisent comme les animaux, et il remplit sa jeune intelligence d'étonnement en lui révélant que certaines plantes ont des mouvements naturels, qui contrastent avec l'immobilité ordinaire des végétaux.

Dix fois il voulut s'interrompre, de peur de la fatiguer ou tout au moins de l'ennuyer; mais, si la nuit et le feuillage ne lui eussent pas voilé le visage de Carmélite, il y eût lu au contraire le plus profond ravissement.

Tout à coup, de la pathologie végétale, en voyant filer une étoile, on arriva à l'astronomie; des fleurs parfumées de la terre, aux fleurs lumineuses du ciel; on passa en revue les noms mythologiques donnés par les hommes à tous ces mondes inconnus, objets de leur éternelle curiosité : le ciel, la terre, la mer, les temps modernes, l'antiquité, la Grèce, l'Égypte, l'Inde, ces trois aïeules du monde, furent mis à contribution pour célébrer ces premières heures d'intimité entre deux jeunes âmes, pendant une belle nuit de printemps.

Ils ne songèrent pas aux hommes; ils ne songèrent pas à eux-mêmes; ils ne devinèrent pas un instant que les fleurs, les flots, les nuages, les étoiles, la brise, sur lesquels ils voyageaient depuis le crépuscule, devaient infailliblement les conduire peu à peu dans les régions éthérées de l'amour platonique. Et cependant, qu'était-ce que cette ardeur passionnée que mettait Colomban dans la description des harmonies de la nature, sinon une manifestation éclatante de l'amour le plus frais et le plus puissant qui eût jamais germé, plante de vie ou de mort, dans le cœur d'un jeune homme?

Cette force d'attention, ce ravissement de la jeune fille pendant cette revue les merveilles de la création, qui avait passé aussi vite et presque sans laisser plus de traces que l'étoile qu'elle avait vue filer, qu'était-ce donc, sinon la révélation du premier amour? Et joignez à ces dispositions de dix-sept ans chez l'une, de vingt-deux ans chez l'autre, que la journée avait été orageuse, que la brise était tiède et parfumée, et qu'aux rayons du soleil, à la caresse de cette brise, tout un champ de roses, en boutons le matin, était en fleurs le soir!

XXXIX

LE TOMBEAU DE LA VALLIÈRE.

Ce soir-là donc, enivrés par le parfum des roses qui les enveloppait comme ce nuage embaumé où Virgile cache ses déesses, sous ce ciel lumineux dont les étoiles semblaient amoureusement se poursuivre comme autant d'Apollons et de Daphnés, dans cette atmosphère rafraîchie par la pluie de la journée, en un mot, par cette première nuit de printemps, calme, sereine, embaumée, les cœurs des deux jeunes gens s'entr'ouvrirent à l'amour, comme s'entr'ouvrait à la rosée fécondante du soir le calice des fleurs.

En entendant sonner minuit, en comptant les vibrations sonores et successives jusqu'à douze, ils tressaillirent, jetèrent un cri, échangèrent un rapide bonsoir, et remontèrent, tremblants comme des coupables. Arrivés au second étage, ils s'arrêtèrent. La fenêtre du carré était ouverte; la lune éclairait, silencieuse et mélancolique, le tombeau entouré de roses.

— Qu'est-ce donc que ce tombeau? demanda Carmélite en s'accoudant sur l'appui de la fenêtre. — C'est le tombeau de mademoiselle de La Vallière, répondit le jeune homme en s'accoudant auprès d'elle, et à côté d'elle, dans l'étroit espace ménagé par l'ouverture de la fenêtre. — Comment donc le tombeau de mademoiselle de La Vallière se trouve-t-il ici? demanda Carmélite. — Tous ces terrains que vous voyez là, répondit Colomban, formaient autrefois le jardin d'un couvent appartenant à l'ordre religieux dont vous portez le nom poétique; au milieu de ce jardin était une église bâtie, selon les vieilles légendes lutéciennes, sur les ruines d'un temple de Cérès; on ne connaît pas l'époque précise de la fondation de cette chapelle : on croit seulement qu'elle date du règne de Robert le Pieux; ce qu'il y a de certain, c'est que, dès la fin du dixième siècle, elle était occupée par des moines bénédictins de l'abbaye de Marmoutier, qui la possédèrent comme prieuré, sous l'invocation de Notre-Dame des Champs, jusqu'en l'année 1604, où elle fut cédée aux religieuses carmélites de la réforme de sainte Thérèse. Catherine d'Orléans, duchesse de Longueville, poussée par quelques dévots qui lui offraient le titre de fondatrice, obtint du roi, grâce à l'appui de Marie de Médicis, tous les pouvoirs nécessaires à la création de cet établissement. Avec l'autorisation du roi Henri IV, et l'approbation du pape Clément VIII, on fit venir d'Avila à Paris six religieuses carmélites qui avaient été formées par la séraphine sainte Thérèse de Cépède. Ces six religieuses furent les premières de leur ordre en France; elles habitèrent le couvent qui était là, et qui n'existe plus; elles prièrent, chantèrent, moururent dans cette église dont il ne reste plus que le tombeau dont vous m'avez demandé le nom. — Oh! que c'est curieux! fit Carmélite, dans l'étonnement que lui causait la révélation de ces mystères de la nature éternelle, et l'éphémère passé. Et sait-on comment s'appelaient ces six pauvres filles? — Je le sais, *moi*, dit en souriant le jeune Breton; car je suis l'homme des légendes. Elles se nommaient Anne de Jésus, Anne de Saint-Barthélemy, Isabelle des Anges, Béatrix de la Conception, Isabelle de Saint-Paul et Éléonore de Saint-Bernard. La duchesse de Longueville alla à leur rencontre, et voulut que leur entrée dans le prieuré fût célébrée par une fête.

Tout cela n'était peut-être pas aussi curieux que le disait Carmélite, aussi intéressant que l'affirmait Colomban; mais les pauvres enfants se mentaient l'un à l'autre, ne demandant pas mieux que de trouver un prétexte pour ne pas se quitter. Tout était bon dans ce cas; la conversation mystique continua donc.

— Oh! que j'aurais voulu voir une fête de ce temps-là! dit Carmélite. — Eh bien, Mademoiselle, écoutez, dit Colomban; restez où vous êtes, fermez les yeux, substituez l'imagination à la vue; figurez-vous que vous avez là, à votre gauche, un sombre couvent aux hautes murailles; là, en face de vous, l'église, et entendez...

Le jeune homme rentra chez lui.

— Où allez-vous? demanda Carmélite. — Chercher un livre, lui cria le jeune homme de l'intérieur de son appartement.

Et, cinq secondes après, il revint, tenant un livre à la main.

— Maintenant, dit-il, fermez-vous les yeux? — Ils sont fermés. — Voyez-vous le couvent à gauche? — Oui. — Voyez-vous l'église en face de vous? — Oui.

Colomban ouvrit le livre. La lune brillait radieuse à son zénith, et jetait sur toute cette nature calme et silencieuse une lumière si pure, que Colomban pouvait lire comme en plein jour. Il lut :

« Le mercredi 24 août 1605, jour de saint Barthélemy, fut faite à Paris une nouvelle et solennelle procession des sœurs carmélites, qui, ce jour-là, prenaient possession de leur maison; le peuple y accourut en grande foule, comme pour gagner les pardons; elles marchaient en bel et bon ordre, étant conduites par le docteur Duval, qui leur servait de bedeau, ayant le bâton à la main, et qui avait du tout la ressemblance d'un loup-garou.

« Mais, comme le malheur voulut, ce beau et saint mystère fut troublé et interrompu par deux violons qui commencèrent à sonner une bergamasque, ce qui écarta ces pauvres gens, et les fit retirer à grands pas, tout effarouchés, avec le loup-garou leur conducteur, dans leur église, où, étant parvenus comme en un lieu de franchise et de sûreté, ils commencèrent à chanter le *Te Deum laudamus...* »

— Avez-vous vu? demanda Colomban. — Oui, mais autre chose que ce que je comptais voir, répondit en souriant Carmélite. — On ne voit pas toujours ce que l'on croit voir quand on a les yeux ouverts, dit Colomban; à plus forte raison quand on les a fermés. — Et ce fut dans ce couvent que se retira mademoiselle de La Vallière? — Dans ce couvent même, où elle passa trente-six ans au milieu des exercices continuels d'une piété de plus en plus édifiante, et où elle mourut le 6 juin de l'année 1710. — Et alors c'est là, dans ce tombeau, demanda la jeune fille, que repose le corps de la pauvre duchesse? — Ce serait beaucoup dire que d'affirmer cela, répondit Colomban. — Elle a donc été exhumée? — En 1790, un décret de l'assemblée nationale supprima le couvent; on démolit l'église... Qui sait ce que devint le corps de la pauvre pécheresse que Le Brun avait représentée sous les traits de la Madeleine? Et cependant, comme je vous l'ai dit, à vous qui un siècle et demi après sa mort vous inquiétez d'elle, la tradition prétend qu'il a été épargné et qu'il repose toujours dans le caveau, au-dessous de cette petite chapelle. — Et, demanda Carmélite avec l'hésitation de la curiosité qui craint d'être déçue, on ne peut pas entrer, sans doute? — Je vous demande pardon, Mademoiselle, répondit Colomban; on fait plus que d'y entrer, on y demeure. — Et quel profane peut habiter cette retraite sacrée? — Le jardinier, Mademoiselle; celui qui cultive toutes ces belles roses dont nous respirons en ce moment les parfums. — Oh! que je voudrais visiter cette chapelle, s'écria Carmélite. — Rien n'est plus facile. — Comment faire? — Il suffit de demander la permission au jardinier. — Mais s'il me la refuse?... — S'il refuse de vous laisser voir le tombeau, vous lui demanderez à voir ses roses, et par amour pour ses roses il vous permettra de voir le tombeau. — Alors, ces roses sont à lui? — Il en est le possesseur privilégié. — Et que peut-il faire de tant de roses? — Mais, dit le jeune Breton, il les vend. — Oh! le méchant homme! dit Carmélite avec un reproche tout enfantin; vendre ces belles roses! Moi qui croyais qu'il les cultivait par religion, ou tout au moins pour son plaisir! — Il les vend... Et tenez, regardez! d'ici, sur ma fenêtre, vous verrez trois rosiers qu'il m'a vendus ces jours-ci.

Carmélite se pencha de côté, et ses beaux cheveux flottants effleurèrent le visage du jeune homme, qui sentit passer un frisson par tout son corps. Elle, en même temps, sentit le souffle de Colomban passer dans ses cheveux; car, se reculant vivement, et toute rougissante :

— Oh! dit-elle imprudemment, combien je voudrais avoir un des rosiers qui entourent cette chapelle! — Me permettrez-vous de vous offrir un des miens? se hâta de dire Colomban. — Oh! merci, Monsieur, répondit Carmélite, s'apercevant de son étourderie; j'en voudrais un tiré par mes mains de cette terre où sœur Louise de la Miséricorde a vécu, et où son corps a reposé et repose même peut-être encore maintenant. — Que n'y allez-vous dès demain matin? — Je n'oserais jamais y aller toute seule. — Je vous offre mon bras, si vous voulez l'accepter.

La jeune fille demeura un instant embarrassée; puis enfin, faisant un effort:

— Écoutez, monsieur Colomban, dit-elle, j'ai une profonde estime et une grande reconnaissance pour vous; mais, si je sortais à votre bras en plein jour, toutes les commères du quartier seraient scandalisées d'une pareille inconvenance. — Allons-y le soir. — Est-ce qu'on peut y aller le soir? — Pourquoi pas? — C'est qu'il me semble que le jardinier doit se coucher en même temps que ses fleurs, pour se lever en même temps qu'elles. — Je ne sais pas à quelle heure il se couche, mais ce que je sais, c'est qu'il se lève bien avant elles. — Comment savez-vous cela? — Quelquefois, la nuit, quand je ne dors pas... la voix de Colomban trembla légèrement en prononçant ces mots, je me mets à la fenêtre, et je l'aperçois, trottant dans son jardin une lanterne à la main...

Et, tenez, Mademoiselle, ce feu follet qui court à travers les roses, n'est-ce pas lui ? — Où court-il ainsi ? demanda la jeune fille. — Après quelque chat, probablement. — Mais, s'il se lève, dit Carmélite en souriant, bien qu'il soit de bonne heure pour lui, il doit être fort tard pour nous. — Tard ? dit Colomban. — Oui... Quelle heure peut-il être ? — Deux heures à peu près, fit Colomban avec une certaine hésitation. — Oh ! jamais je ne me suis couchée si tard ! s'écria la jeune fille levant les yeux au ciel. Deux heures du matin, mon Dieu ! Oh ! bien vite, bonsoir, monsieur Colomban !.. Je vous remercie des heures instructives que vous m'avez fait passer, et un soir, ajouta-t-elle plus bas, un soir que tous les voisins seront couchés, je vous demanderai votre bras pour aller déterrer un rosier. — Nous ne trouverons jamais une nuit plus belle que celle-ci, Mademoiselle, dit le jeune homme, qui s'efforça de ne pas trembler en parlant. — Oh ! si je croyais n'être pas vue, dit franchement et ingénument la jeune fille, j'irais tout de suite. — Par qui voulez-vous être vue, à cette heure ? — Mais, par la portière, d'abord. — Non, j'ai un moyen d'ouvrir sans l'éveiller. — Comment ! vous allez crocheter la porte ? — Oh ! non, Mademoiselle ; je vais l'ouvrir avec une clef que j'ai fait faire. Je rentre quelquefois du cabinet de lecture à minuit passé, et, comme la portière est infirme, je me suis fait un scrupule de la réveiller. — Eh bien ! s'il en est ainsi, dit la jeune fille, allons-y tout de suite ; aussi bien, je crois que j'aurais beau me coucher, je ne dormirais pas en pensant à mon rosier.

Était-ce bien votre rosier, Carmélite, qui vous eût empêchée de dormir ? Non. Mais vous le croyiez, pauvre enfant, vierge innocente, et c'était votre innocence même qui vous poussait à cette escapade nocturne, au bras de ce jeune homme, aussi innocent que vous.

Carmélite se coiffa d'un petit bonnet, jeta un fichu sur ses épaules ; le jeune homme prit son chapeau, et tous deux descendirent à petits pas l'escalier. Ils allaient bien doucement ; cependant ils firent encore assez de bruit pour réveiller les oiseaux qui dormaient dans les lilas, et qui, en les entendant passer, et en voyant cette belle lune, se mirent à chanter, soit qu'ils crussent à l'aurore, soit qu'ils voulussent faire leur partie dans cette fête de nuit que le printemps et la nature donnaient aux deux jeunes gens.

Après avoir franchi la rue Saint-Jacques et la rue du Val-de-Grâce, ils arrivèrent rue d'Enfer, en face de cette grande porte de bois à claire-voie, qui sert d'entrée à l'ancien jardin des Carmélites. Ils sonnèrent. Il était de bien bonne heure ou bien tard pour sonner ; aussi le jardinier hésita-t-il un instant.

Mais, au second appel de la clochette, on vit l'homme et la lanterne se mouvoir; tous deux s'approchèrent; la lanterne s'éleva à la hauteur du visage des deux visiteurs, et le jardinier reconnut le jeune homme, qu'il voyait tous les jours à sa fenêtre, et dont il écoutait parfois, étendu au milieu de ses rosiers, la voix vibrante, accompagnée des sons du piano.

Le jardinier ouvrit la porte, et introduisit cet autre Adam et cette nouvelle Ève dans son paradis. C'était, comme nous l'avons dit, une immense pépinière, où l'on ne cultivait que des roses.

Rien ne peut exprimer la sensation de douceur charmante et de frais enivrement qui saisit les deux jeunes gens lorsqu'ils pénétrèrent dans ce harem de roses, dont le sultan, une lanterne à la main, disait les noms harmonieux qui retentissaient à leurs oreilles comme des notes échappées aux chansons des oiseaux. On eût dit la mélodie du bulbul, ce rossignol d'Orient qui a le secret des fleurs et qui, pareil aux roseaux du roi Midas, divulguait ce secret à la brise de l'est.

En marchant ainsi appuyés au bras l'un de l'autre et écoutant la nomenclature des roses, ils arrivèrent devant le tombeau ou la chapelle de sœur Louise de la Miséricorde. Carmélite hésitait à entrer : sur l'invitation de Colomban, elle se décida. Mais presque aussitôt elle sortit avec une sorte d'effroi en voyant accotés ou suspendus aux parois de la muraille, au lieu des emblèmes religieux qu'elle s'attendait à trouver là, des pelles, des bêches, des râteaux, des arrosoirs, des brouettes et tous les instruments de jardinage dont le pépiniériste se servait.

La jeune fille alors fit curieusement le tour du petit tombeau. Des rosiers de six ou huit pieds de hauteur l'entouraient uniformément.

— Quels sont ces magnifiques rosiers? demanda Carmélite. — Ce sont des rosiers d'Alexandrie à fleurs blanches, répondit le jardinier; ils viennent du midi de l'Europe ou des côtes de la Barbarie; c'est avec leurs fleurs que l'on fait l'essence de roses. — Voulez-vous m'en vendre un? demanda la jeune fille. — Lequel? dit le jardinier. — Celui-ci.

Et Carmélite montra celui qui adhérait le plus intimement au tombeau. Le jardinier entra dans la chapelle et y prit une bêche. Un rossignol chantait à vingt pas de là sa plus amoureuse chanson. La lune n'était plus la lune : c'était la Phébé des Grecs regardant amoureusement sur la terre si elle ne reverrait pas l'ombre d'Endymion. La brise de la nuit, si douce qu'elle semble un baiser donné par la bouche de la nature, passait dans les cheveux des jeunes gens.

C'était vraiment une scène pleine de couleur et de poésie que cette grande jeune fille en habits de deuil, ce blond jeune homme vêtu de noir et ce jardinier qui creusait la terre à cette heure de nuit, par cette brise fraîche, à la clarté de la lune, au chant du rossignol. Aussi chacune de leurs haleines semblait-elle dire : Oh! la bonne chose que la vie! Merci, Seigneur, de nous l'avoir donnée en même temps.

Hélas! le premier coup de bêche donné par le jardinier retentit douloureusement dans le cœur des deux jeunes gens; il leur semblait que remuer cette terre, dans laquelle reposait le corps de la sainte maîtresse de ce royal égoïste que l'on appelait Louis XIV, c'était commettre quelque chose comme un sacrilége. Ils sortirent de la pépinière emportant leur rosier, mais avec une crainte pareille à celle des enfants qui ont cueilli une fleur dans un cimetière.

Une fois hors du jardin, ils oublièrent ces pensées funèbres, et en jetant un dernier regard sur la pépinière qui n'envoyait plus qu'une espèce de nuage de parfums, en regardant les étoiles, en absorbant, pour ainsi dire, toutes les émanations de la vie qui s'élevaient autour d'eux, ils remercièrent la Providence de tous les bienfaits dont elle les avait comblés pendant cette ineffable nuit de printemps.

XL

COLOMBAN.

Le cœur du jeune Breton, que nous avons appelé Colomban, était un pur diamant à quatre facettes : la bonté, la douceur, l'innocence et la loyauté.

Quelques esprits forts du collége, cinq ou six de ces roués de dix-huit ans, qui à vingt ans deviennent des lions chauves, l'avaient surnommé Colomban le niais, en souvenir de certaines bonnes actions dont il avait été la dupe. Sa force herculéenne lui eût bien permis de faire taire ces méchantes langues; mais il avait pour tous ces jappeurs le même mépris qu'ont les chiens de Terre-Neuve et les molosses du Saint-Bernard pour un chien turc ou un king's-charles.

Un jour, cependant, l'un de plus chétifs et des plus hargneux, jeune créole de la Louisiane arrivé récemment au collége, voyant la patience inaltérable de Colomban, qui écoutait sans sourciller les épithètes injurieuses dont il l'accablait depuis quelques instants, imagina de venir, monté sur le dos d'un *grand*, tirer par derrière les boucles blondes de sa chevelure. Si c'eût été un jeu, Colomban n'eût rien dit. Ce fut une douleur. C'était pendant la récréation du soir ; on se promenait dans la cour de la gymnastique.

En se sentant tirer aussi cruellement par les cheveux, aux éclats de rire de toute la récréation, en ressentant une vive douleur, Colomban se retourna, et sans donner le moindre signal d'émotion ou de colère, il empoigna le créole par le collet de son habit, l'arracha des épaules du grand et le porta sur le trapèze, d'où pendait une corde à nœuds.

Arrivé là, il lui attacha la corde autour du corps, et après avoir exécuté très-froidement cette opération, il le lança la tête et les pieds ballants dans l'espace, où il se balança avec une vélocité prodigieuse. Les autres collégiens, qui ne riaient plus, protestèrent, mais ils protestèrent inutilement.

Le grand, des épaules duquel Camille Rozan, c'était ainsi que l'on nommait le créole, le grand des épaules duquel, disons-nous, Camille Rozan avait été arraché, s'approcha et somma Colomban de délivrer son camarade. Mais Colomban se contenta de tirer sa montre, d'y regarder l'heure, et dire en la remettant dans son gousset :

— Il en a encore pour cinq minutes.

Il y avait déjà cinq minutes que le supplice durait. Le grand, qui avait la tête de plus que Colomban, sauta sur le Breton ; mais celui-ci prit son adversaire à bras-le-corps, l'enleva de terre, le serra à l'étouffer, comme on lui avait dit dans son cours de mythologie qu'Hercule avait fait pour Antée, et, finalement, le coucha sur le sol, aux applaudissements de tous les écoliers qui apprennent, dès le collége, à se ranger du côté du plus fort. Colomban avait appuyé son genou sur la poitrine du grand ; celui-ci, ne pouvant plus respirer, demanda grâce ; mais l'entêté Breton tira de nouveau sa montre et dit simplement :

— Encore deux minutes!

Ce fut un hourra de triomphe par toute la cour. Pendant cette jubilation, le mouvement imprimé au corps de Camille Rozan diminuait, mais néanmoins continuait toujours. Les cinq minutes écoulées, Colomban, aussi observateur de sa parole que son ami Duguesclin, rendit la respiration au grand, lequel n'eut garde de demander sa revanche, et détacha l'Américain hargneux, qui, de rage, s'en alla à l'infirmerie, où il resta un mois au lit avec un transport au cerveau.

Les rires, comme on le comprend bien, accompagnèrent la retraite du créole; chacun s'empressa de féliciter Colomban; mais Colomban ne fit pas semblant d'entendre ces éloges, et reprenant tranquillement sa promenade, il tourna le dos à ses condisciples, après leur avoir donné ce fraternel avertissement :

— Vous voyez ce que je sais faire! Eh bien, la première fois que l'un de vous m'embêtera, il lui en arrivera autant.

Pendant un mois, on eut les plus vives craintes pour le petit Camille Rozan. Mais celui dont l'inquiétude alla jusqu'au désespoir, ce fut le bon Colomban, qui, oubliant que la provocation l'avait mis dans le cas de légitime défense, se regardait comme la seule et unique cause de cette fièvre. Son désespoir se changea tout naturellement en profonde amitié lors de la convalescence du jeune homme : il éprouva bientôt pour le petit Camille cette vive tendresse que les forts éprouvent pour les faibles, les vainqueurs pour les vaincus; cette tendresse, qui a sa source dans les plus divines fibres du cœur, dans la plus tendre de toutes les vertus, dans la pitié. Peu à peu cette tendresse accidentelle devint une affection véritable, une amitié protectrice, comme celle d'un frère aîné pour un frère plus jeune.

Camille Rozan, de son côté, parut s'attacher sincèrement à Colomban; seulement son affection, à lui, participait à la fois de la crainte et de la sympathie : sa faiblesse s'accommodait de se sentir protégée; mais en même temps, son orgueil révolté mettait une barrière infranchissable, quoique invisible, entre lui et son protecteur. Débile et taquin, il se trouvait chaque jour en passe de recevoir de ses camarades des leçons semblables à celle que lui avait donnée Colomban; mais celui-ci n'avait qu'à faire un pas et à demander de sa voix calme : « Hein! qu'y a-t-il? » et la menace rebroussait chemin. Comme le chêne, il lui suffisait d'étendre ses rameaux épais pour protéger le roseau contre l'orage.

En grandissant, Camille sembla avoir refoulé son orgueil et n'avoir conservé pour Colomban qu'une amitié sincère; il la lui manifestait sous mille formes agréables : confinés tous deux dans des dortoirs et dans des quartiers d'étude séparés, ils ne pouvaient se voir et se parler qu'aux heures de récréation; mais le besoin d'épanchement était si vif chez le créole, que dès qu'il était loin de son ami il ne pouvait s'empêcher de lui écrire; une fois le commerce des lettres ouvert, il s'établit entre eux une correspondance active et suivie, presque aussi tendre que celle qui se fût établie entre deux amants.

Les jeunes amitiés qui se révèlent pour la première fois ont en effet toute l'effervescence d'un premier amour; le cœur, comme une personne qui a jusque-là vécu solitaire, n'attend que l'heure de la liberté pour faire fleurir au soleil le trésor de ses pensées intimes; il sort alors de deux jeunes cœurs dans la même situation un concert de causeries assez semblables au babillage des oiseaux pendant les premiers jours du printemps. Celui qui est entré de plain-pied dans la vie et qui n'a pas connu les enchantements de cette jeune et chaste déesse qu'on appelle l'Amitié, celui-là est à plaindre! car ni l'amour passionné de la femme ni l'affection égoïste de l'homme ne lui révéleront les pures joies que donnent les confidences mystérieuses échangées entre deux cœurs de seize ans.

A partir de ce moment, les deux jeunes gens furent donc étroitement liés; et Camille étant passé l'année suivante dans le même quartier que Colomban, ils devinrent *copains*, selon l'expression technique du collége, c'est-à-dire qu'ils mirent en commun ce qu'ils possédaient l'un et l'autre, depuis les plumes et le papier jusqu'au linge et à l'argent.

Si la famille de l'Américain envoyait des confitures de goyaves et des conserves d'ananas, Camille en fourrait la moitié dans la baraque de Colomban; si le comte de Penhoël envoyait quelques salaisons des côtes de Bretagne, Colomban en déposait la moitié dans le pupitre de Camille Rozan. Cette amitié, que chaque jour rendait plus tendre, fut tout à coup brisée par le départ de Camille que ses parents rappelèrent à la Louisiane au moment où il allait finir sa philosophie. On se sépara en s'embrassant tendrement et en se promettant de s'écrire une fois au moins par quinzaine.

Les trois premiers mois, Camille tint la parole donnée; puis ses lettres n'arrivèrent plus que de mois en mois; puis enfin que de trois en trois mois. Quant au fidèle Breton, il exécutait religieusement sa promesse, et jamais une quinzaine ne s'était passée sans qu'il écrivît à son ami.

Le lendemain de la nuit de printemps que nous avons essayé de décrire dans le chapitre précédent, à dix heures du matin la vieille concierge monta au jeune homme une lettre dont il reconnut aussitôt le timbre bien-aimé.

La lettre était de Camille. Il revenait en France; sa lettre ne le précédait que de quelque jours. Camille demandait à Colomban de recommencer dans le monde la même vie commune qu'ils avaient menée au collége. « Tu as trois chambres et une cuisine, écrivait-il : à moi la moitié de ta cuisine! à moi la moitié de tes trois chambres! »

— Parbleu! je crois bien! répondit tout haut le jeune Breton vivement ému du retour inattendu et inespéré du jeune homme.

Puis, il pensa tout à coup que, si son cher Camille arrivait, il fallait un lit, une table, une toilette et surtout un canapé où l'indolent créole pût s'étendre pour fumer ces beaux cigares qu'il rapportait sans doute du golfe du Mexique, et il s'élança hors de son appartement, avec les deux ou trois cents francs d'économie qu'il possédait, pour se procurer toutes ces choses de première nécessité. Dans l'escalier il rencontra Carmélite.

— Oh! mon Dieu! comme vous avez l'air heureux, ce matin, monsieur Colomban! dit Carmélite en voyant rayonner la joie sur la figure de son voisin.

— Oui, Mademoiselle, je suis heureux, bien heureux! répondit Colomban : il m'arrive un ami de l'Amérique, du Mexique, de la Louisiane! un ami de collége, le plus cher de tous mes amis! — Tant mieux! dit la jeune fille; et quand cela arrive-t-il? — Je ne puis vous donner la date précise; mais je voudrais qu'il fût ici!

Carmélite sourit.

— Oh! je voudrais qu'il fût déjà ici, je vous le répète; car, j'en suis sûr, vous ferait plaisir à voir et à entendre : c'est la beauté et la gaieté vivantes ; je n'ai jamais vu, même dans les rêves des peintres, un visage plus beau... un peu efféminé peut-être, voilà tout, ajouta-t-il, non pour amoindrir la beauté de l'ami dont il venait de faire le portrait avec tant de franchise, mais uniquement pour rester dans les limites de la vérité ; un peu efféminé ; mais cet air même sied admirablement à toute sa personne : les princes des contes de fées n'ont pas une plus gracieuse tête ; les bacheliers de Salamanque, une allure plus cavalière, et nos étudiants de Paris, une plus insouciante légèreté ? En outre... ah ! tenez, voilà pour vous qui aimez la musique ; en outre, il a une ravissante voix de ténor, et il s'en sert merveilleusement ! Oh ! vous entendrez les vieux duos que nous chantions au collége... Et, à propos de musique, j'ai pensé cette nuit, en vous quittant, à vous faire une proposition : vous m'avez dit qu'à Saint-Denis vous aviez étudié la musique ? — Oui, je solfiais passablement, et j'avais, disait-on, une belle voix de contralto. Ce que j'ai regretté en quittant Saint-Denis, c'est d'abord trois bonnes amies à moi, que me rappelle votre amitié pour Camille Rozan ; puis ce sont mes études musicales, que je n'ai pu continuer ; il me semble qu'avec du travail, j'aurais pu arriver à être d'une certaine force. — Eh bien ! si vous voulez, dit Colomban, je ne dis pas que je vous donnerai des leçons, je ne suis pas assez fat pour cela ; mais je vous ferai étudier ; sans être de très-grande force moi-même, j'ai reçu au collége d'excellents principes d'un vieux maître allemand, nommé M. Müller ; j'ai beaucoup étudié depuis, et je mets à votre disposition le résultat de mes connaissances.

Colomban s'arrêta avec effroi : il n'en avait jamais tant dit ; mais le fait, extraordinaire dans sa vie paisible, de l'arrivée de son ami Camille l'avait mis en quelque sorte hors de lui ; il était transporté, rayonnant, enivré, et c'est ce qui lui avait donné cette hardiesse et cette prolixité.

Carmélite accepta avec une grande reconnaissance ; l'offre d'une fortune ne lui eût pas été plus agréable que cette proposition de son jeune voisin, et elle allait le remercier, quand elle aperçut, montant les premières marches de l'escalier, le moine dominicain qui avait passé la veillée funèbre près de sa mère, et qu'elle avait vu plusieurs fois, depuis ce jour néfaste, venir chez son ami. Elle rentra chez elle en rougissant. Colomban, de son côté, parut tout embarrassé.

Le moine regarda Colomban avec un œil étonné et plein de reproche. Ce regard voulait dire : Je croyais savoir tous vos secrets, puisque je vous ai donné toute mon amitié ; cependant, voici un secret assez important dont vous ne m'avez pas fait la confidence !

Colomban rougit comme la jeune fille, et, remettant à plus tard l'achat des meubles, il fit entrer chez lui le jeune moine. Au bout de cinq minutes, Dominique voyait plus profondément dans le cœur de son ami que celui-ci n'y voyait lui-même. Au reste, Colomban lui avait tout raconté ; tout, jusqu'à cette dernière nuit aux détails charmants dont son cœur était encore tout enivré.

En blâmant Colomban de cet amour honnête et chaste, le jeune moine eut été en contradiction avec ses théories sur l'amour universel ; car il appelait l'amour des sens pour les autres, sous quelque forme qu'il se révélât, le *nœud de la vie*, comparant ainsi la vie à un arbre, l'amour au nœud d'où naît la feuille, et l'humanité aux fruits qui les couronnent.

Frère Dominique ne vit donc dans cette naissante passion, inconnue jusque-là au jeune homme, qu'une fièvre vivifiante dont les symptômes étaient plus rassurants que terribles. D'un autre côté, il pardonnait à Colomban de ne lui avoir point parlé de son amour, puisque Colomban ignorait lui-même l'état de son cœur.

Au moment où il sut qu'il aimait, le jeune Breton en fut presque effrayé. Le moine sourit, et lui prenant la main :

— Vous avez besoin de cet amour, mon ami, dit-il : autrement votre jeunesse se consumerait dans une indolence apathique. Une passion noble, comme celle que doit concevoir votre cœur loyal, ne peut que vous donner des forces et vous régénérer. Voyez ces jardins, ajouta le moine en désignant la pépinière : hier, à cette heure, la terre était desséchée; les plantes semblaient appauvries, la végétation en suspens; eh bien! l'orage a éclaté, et les ambroisies sont sorties de la terre, les racines sont devenues des tiges, les bourgeons sont devenus des feuilles, les boutons sont devenus des fleurs! Aime donc, jeune homme! fleuris et fructifie, jeune arbre! jamais fleurs éclatantes, jamais fruits mûrs n'auront germé sur un tronc plus vert et plus vigoureux! — Ainsi, dit Colomban, loin de me blâmer, vous m'encouragez à écouter les conseils de mon cœur? — Je vous loue d'aimer, Colomban! je vous blâmais de me cacher votre amour, parce que, d'habitude, l'amour que l'on cache est un amour coupable. Je ne connais rien de plus beau chez un homme libre que de dépendre de son cœur; car autant la passion, dans une âme basse, peut avilir et dégrader l'homme, autant, dans un noble cœur, elle élève et sanctifie l'humanité. Tournez les yeux vers tous les points de la terre, et vous verrez, mon ami, que ce sont les forces vivaces de la passion, bien plus que les combinaisons du génie, qui ont fait mouvoir le ressort des empires ébranlés, et ont raffermi le monde; si vaste que soit la raison, elle est toujours timide, inquiète, endormie et prête à suspendre sa marche devant les premiers obstacles du chemin; le cœur, au contraire, agité sans cesse, est prompt dans ses desseins, ferme dans ses décisions, et nulle digue ne saurait s'opposer à l'impétuosité de son cours. La raison, c'est le repos; le cœur, c'est la vie; or le repos à votre âge, Colomban, c'est une oisiveté dangereuse, et, plutôt que de ne pas occuper cette activité précieuse qui bouillonne en moi, j'ébranlerais, comme Samson, les colonnes du temple, dussé-je être écrasé sous ses ruines! — Et cependant, vous, mon frère, vous ne pouvez pas aimer, dit Colomban.

Le jeune moine sourit avec tristesse.

— Non, dit-il, je ne puis pas aimer de votre amour terrestre et charnel, car Dieu m'a pris pour lui; mais en m'enlevant aux amours individuels, il m'a donné un amour bien autrement puissant : l'amour de tous! Vous aimez une femme avec ardeur, mon ami; moi, j'aime l'humanité avec passion! Pour que vous soyez amoureux, il faut que l'objet de votre amour soit jeune, riche, et vous paye de retour; moi j'aime, au contraire, par-dessus tout les pauvres, les infirmes, les souffrants, et, si je n'ai pas la force d'aimer ceux qui me haïssent, au moins je les plains... Oh! vous vous trompez, Colomban, en me disant qu'il m'est défendu d'aimer; le Dieu auquel je me suis donné, est au contraire la source de tout amour, et il y a des moments où, comme sainte Thérèse, je suis prêt à pleurer sur Satan, parce qu'il est la seule créature à laquelle il ne soit pas permis d'aimer!

La conversation continua longtemps sur ce terrain fertile où venait de l'amener frère Dominique; on passa en revue toutes les conquêtes que l'homme devait aux nobles passions du cœur; et Colomban pensif, commença de soupçonner que le moine venait seulement à cette heure de soulever à ses yeux un pan du voile de la vie : sous cette parole fécondante comme les larges gouttes d'une pluie d'été, il se sentit meilleur et plus digne d'être aimé. L'idée que la jeune fille ne partageait peut-être point son amour ne se présenta même pas à son esprit; sous ce souffle de vérité, il sentit ses poumons plus à l'aise, et, dépouillant le Breton sérieux et songeur, il apparut au moine comme un jeune homme enthousiaste et passionné; on l'eût pris pour un poëte ou pour un peintre : pour un poëte, tant ses expressions empruntaient d'images à la grande poésie universelle; pour un peintre, tant il peignait plutôt qu'il ne racontait sa passion avec les chaudes couleurs qu'il puisait à son cœur enflammé.

Et sans doute ils eussent passé la journée ensemble à presser les mamelles de la féconde Isis qu'on appelle l'amour, si le nom de Colomban, deux fois répété par une voix fraîche, n'eût retentit dans l'escalier.

— Oh ! s'écria Colomban, c'est la voix de Camille !

Le pieux Breton n'avait pas entendu cette voix depuis trois ans, et cependant il l'avait reconnue.

— Colomban ! Colomban ! répétait la voix joyeuse.

Colomban ouvrit la porte et reçut Camille dans ses bras. Jamais aveugle, le prenant pour un ami, ne pressa le Malheur d'une plus fraternelle étreinte.

XLI

CAMILLE.

A la vue de Camille, qu'il ne connaissait point, frère Dominique se retira discrètement, malgré les vives instances de Colomban pour le faire rester. Camille le suivit des yeux jusqu'à ce que la porte se fût refermée derrière lui.

— Oh! oh! dit-il avec une gravité comique, un Romain se tiendrait pour averti. — Comment cela? — As-tu oublié le proverbe antique : « Lorsque tu heurteras une pierre en sortant de chez toi, ou que tu verras un corbeau à gauche, rentre dans ta maison. »

Un nuage de tristesse passa rapide et presque douloureux sur le visage de Colomban, si ouvert, si franc, si gai.

— Tu es donc toujours le même, mon pauvre Camille, dit-il, et ton premier mot est donc un désenchantement pour l'ami qui t'attend depuis trois ans? — Et pourquoi cela? — Parce que ce corbeau, comme tu l'appelles...

— Tu as raison; je devrais l'appeler une pie : il est moitié blanc, moitié noir.

Un second coup sembla frapper Colomban au cœur.

— Parce que ce corbeau ou cette pie, comme tu dis, est un des hommes les meilleurs, une des intelligences les plus hautes, un des cœurs les plus droits que je connaisse. Quand tu le connaîtras toi-même, tu seras fâché de l'avoir confondu un instant avec ces prêtres qui combattent contre Dieu au lieu de combattre pour lui, et tu regretteras l'appellation enfantine dont tu l'as salué. — Oh! oh! toujours grave, sentencieux comme un missionnaire, mon cher Colomban! dit en riant Camille. Et bien, soit! j'ai tort; tu sais que c'est mon habitude; je te demande pardon d'avoir calomnié ton ami, car ce beau moine est ton ami, n'est-ce pas? ajouta l'Américain d'un ton moins cavalier. — Et un ami sincère, Camille, dit gravement le Breton. — Je regrette mon sobriquet ou mon épithète, comme tu voudras : mais, tu comprends, t'ayant quitté au collége assez peu dévot, j'ai pu paraître un peu étonné de te trouver en conférence avec un moine. — Ton étonnement cessera quand tu connaîtras frère Dominique. Mais, dit Colomban en changeant de ton et de visage, et en rendant à sa voix sa douceur caressante et à sa physionomie son aspect amical, ce n'est point de frère Dominique qu'il s'agit, c'est de frère Camille : l'un est mon frère selon Dieu, l'autre mon frère selon les hommes. Te voilà donc! c'est donc toi! Embrasse-moi encore! Je ne peux pas te dire la joie que m'a causé ta lettre, et celle que me donne et que me donnera surtout ta présence; car nous allons vivre en commun, n'est-ce pas, comme au collége? — Bien plus qu'au collége! dit Camille presque aussi joyeux que son ami : au collége, notre vie en commun était entravée de tous les côtés; ici, au contraire, nous n'avons ni camarades rageurs, ni pions moroses à redouter, et nous pourrons passer nos journées à courir, à faire de la musique, à aller au spectacle, et nos nuits à causer, ce qui nous était fort sévèrement interdit au collége. — Oui, reprit Colomban, je me souviens des causeries du dortoir, bonnes et chères causeries! — Celles surtout des nuits du dimanche au lundi, n'est-ce pas? — Oui, dit Colomban avec un sourire de réminiscence moitié triste, moitié gai; oui, celles du dimanche au lundi surtout. Je sortais peu : je n'avais point de parents à Paris : je restais confiné la journée entière dans la cour du collége avec mes pensées, je me vante, avec mes rêves! Et toi, ce jour-là, coureur, tu t'éveillais dès le matin comme l'alouette, et tu t'envolais en chantant gaiement comme elle, et Dieu sait sur quels nids charmants tu allais t'abattre! Je te voyais toujours partir sans envie, mais avec regret, et, cependant, tu me revenais le soir chargé du butin de ta journée, que tu partageais avec moi, et nous en avions pour la nuit entière, toi à faire, moi à écouter le récit de tes joies frivoles. — Nous recommencerons cette vie-là, Colomban, et sois tranquille, sage que tu es! fou que je suis, je passerai encore plus d'une nuit à te raconter les aventures de la journée; car j'ai vécu là-bas comme un véritable Robinson, et j'espère bien reprendre où je l'ai quittée ma vie de Paris. — Les années ne t'ont pas changé, dit affectueusement mais soucieusement le grave Breton. — Non! et surtout elles m'ont laissé mon bon appétit. Dis-moi, où mange-t-on ici, quand on a faim? — On eût mangé dans la salle à manger, si j'eusse été prévenu. — Tu n'as donc pas reçu ma lettre? — Si fait, mais il y a une heure seulement. — Oh! c'est vrai! dit Camille; en effet, elle est partie par le même paquebot que moi; elle est arrivée au Havre par le même paquebot que moi, elle n'a sur moi que l'avance de la poste sur la diligence. Raison de plus pour te demander : « Où mange-t-on ici? » — Mon cher, dit Colomban, je ne suis pas fâché que tu te sois comparé à Robinson Crusoé; cela me prouve que tu es habitué aux privations. — Tu me fais frémir, Colomban! pas de plaisanteries de ce genre-là; je ne suis pas un héros de roman, moi, je mange! une troisième fois, où mange-t-on ici? — Ici, mon ami, on prend des arrangements avec sa portière, ou avec une bonne femme du voisinage qui vous nourrit à forfait. — Oui; mais dans les cas extraordinaires?... — On a Flicoteaux. — Oh! ce brave Flicoteaux, place de la Sorbonne! il existe donc toujours, Flicoteaux? il n'a donc pas encore mangé tous les biftecks?

Et Camille se mit à crier:

— Flicoteaux! un bifteck, avec immensément de pommes de terre!

Puis il prit son chapeau.

— Où vas-tu? demanda Colomban. — Je ne vais pas, je cours! je cours chez Flicoteaux. Cours-tu avec moi? — Non. — Comment, non? — Ne faut-il pas que je t'achète un lit pour dormir, une table pour travailler, un canapé pour fumer? — Ah! à propos de fumer, j'en ai, de fameux cigares de la Havane!... C'est-à-dire, j'en ai, si la douane veut bien me les rendre. En voilà des gens qui doivent fumer de jolis *puros*, messieurs les douaniers! — Je plains ton malheur, mais en chrétien et non en égoïste: je ne fume pas. — Tu es plein de vices, mon cher ami, et je ne sais pas où tu trouveras une femme qui t'aime.

Colomban rougit.

— Elle est trouvée? dit Camille. Bon!

Puis, lui tendant la main:

— Cher ami, mon compliment bien sincère! Ce n'est pas comme la nourriture; on en trouve donc dans le quartier? Colomban, aussitôt que j'ai déjeuné, tu peux être sûr que je me mets en quête. A propos, je suis fâché de ne pas t'avoir rapporté une négresse... Oh! n'en fais pas fi: il y en a de superbes! mais les douaniers me l'auraient prise; fabrique étrangère, confisquée! Viens-tu? — Mais non, je te dis. — Ah! c'est vrai, tu avais dit non; pourquoi avais-tu dit non? — Tête vide! — Vide? tu n'es pas de l'avis de mon père: mon père prétend que j'ai une crevette dans le cerveau. Pourquoi avais-tu dit non? — Parce qu'il faut meubler ton appartement. — C'est juste. Cours meubler mon appartement; je cours meubler mon estomac. Tous les deux ici, dans une heure? — Oui. — Veux-tu de l'argent? — Merci, j'en ai. — Soit; quand tu n'en auras plus, tu en prendras. — Où cela? dit Colomban en riant. — Dans ma bourse, s'il y en a encore, mon cher. Je suis richissime: Rothschild n'est pas mon oncle, Lafitte n'est pas mon parrain! J'ai six mille livres par an, cinq cents livres par mois, seize francs treize sous et un centime et demi par jour! Veux-tu acheter les Tuileries, Saint-Cloud ou Rambouillet? J'ai trois mois d'avance dans cette bourse-là.

Et Camille tira de sa poche une bourse à travers les mailles de laquelle on pouvait voir scintiller l'or.

— Nous causerons de cela plus tard, dit Colomban. — Rendez-vous ici, dans une heure! — Dans une heure, c'est dit. — Alors,

Va mourir pour ton prince, et moi pour mon pays!

dit Camille.

Et il s'élança par les degrés, non dans l'intention d'aller *mourir pour son prince*, comme le disait poétiquement le vers de Casimir Delavigne, mais pour aller déjeuner chez Flicoteaux. — Colomban descendit d'un pas plus calme et plus en harmonie avec son caractère.

Ainsi, vous le voyez, chers lecteurs, la légèreté moqueuse avec laquelle Camille traitait les sujets les plus importants s'était manifestée dès son entrée chez Colomban, par la première parole qu'il avait prononcée à propos de frère Dominique.

On accuse les Français d'être insouciants, légers et moqueurs. Ici, c'était le Français qui avait toute la gravité britannique, et l'Américain qui avait toute la légèreté française. N'eût été son âge, sa figure, sa distinction, son costume élégant, on eût pris Camille pour un gamin de Paris; il en avait l'esprit, la vivacité, le franc rire et l'élocution.

On avait beau le pousser dans un coin de la chambre, l'emprisonner dans l'embrasure d'une fenêtre, le murer entre deux portes, et là, essayer de lui parler raison, tenter de faire entrer dans sa cervelle une idée sérieuse, la première mouche l'entraînait avec elle, et il n'était pas plus à la conversation que le passant de la rue.

Au reste, il offrait cet avantage, qu'on n'avait pas besoin de causer longtemps avec lui pour connaître son caractère : au bout de cinq minutes de conversation, à moins d'avoir un crible dans l'esprit, comme, au dire du père Rozan, son fils avait une crevette dans le cerveau, on le possédait à fond. Sa figure, sa parole, sa démarche, toute sa personne le révélait. C'était, d'ailleurs, un charmant cavalier, ainsi que l'avait annoncé Colomban à Carmélite.

Il avait d'abord une ravissante tête, sur un corps svelte et mince, sans être maigre ni grand, d'une complexion délicate en apparence, parce qu'il était souple et gracieux. Ses yeux étaient longs, vifs, d'un noir tirant sur le marron, de vrais yeux de créole, veloutés, avec des cils longs de six lignes. Sa chevelure, du plus beau noir, entourait, comme un cadre d'ébène à reflets bleuâtres, sa figure fine et légèrement bistrée. Le nez était droit, bien proportionné, attaché au front comme le nez d'une statue grecque. La bouche était petite, belle, fraîche, avec des lèvres un peu courbées en dehors, lèvres dont le baiser est toujours prêt à s'échapper.

Enfin, dans tout son extérieur, dans son port, dans ses manières, dans sa mise même, quoique ce charmant oiseau des tropiques, quoique ce magnifique papillon de l'équateur portât peut-être des cravates trop voyantes, des gilets trop diaprés, tout, jusqu'à la mise même, avait un tel air de distinction, que les plus vieilles marquises l'eussent pris pour un gentilhomme de veille souche. Sa beauté capricieuse, coquette, enluminée, faisait un singulier contraste avec la beauté grave, sévère, je dirai presque granitique de Colomban.

L'un avait la force et la beauté de l'Hercule antique, l'autre avait la mollesse, la grâce juvénile, la *morbidezza* de Castor, de l'Antinoüs et même de l'Hermaphrodite. Quiconque les eût vus tous deux se tenant embrassés, n'eût pas compris par quelles secrètes sympathies, par quelles mystérieuses affinités, cet homme fort et ce faible jouvenceau se trouvaient attirés dans les bras l'un de l'autre; ce n'étaient pas deux frères, car la nature a horreur des dissemblances; c'étaient donc deux amis. Mais par quels liens inconnus leurs deux cœurs se rattachaient-ils l'un à l'autre?

Nous l'avons dit dans le chapitre précédent, la protection dont Colomban avait peu à peu couvert le jeune homme était devenue insensiblement une amitié profonde; au lieu de les éparpiller sur les uns et sur les autres, Colomban avait enfoui dans son cœur les richesses d'affection qu'il avait amassées au collége pour Camille Rozan.

Il le reçut donc, on l'a vu, comme un frère reçoit son frère bien-aimé; et ce qui prouve la puissance de son amitié, c'est qu'il oublia, pendant toute la journée, l'affection nouvelle que frère Dominique venait de lui révéler. Il fit du petit salon où il recevait les rares camarades de collége qui venaient lui faire visite la chambre à coucher de Camille. Comme Colomban couchait dans l'alcôve de la pièce voisine, ils n'étaient séparés que par une cloison, cloison si mince que, d'une chambre, on entendait tout ce qui se disait ou se faisait dans l'autre.

Colomban avait d'abord visité les tapissiers du faubourg Saint-Jacques; mais là, comme on sait, il n'avait trouvé que des meubles de noyer, et Colomban, qui couchait dans une couchette peinte, avait compris que son aristocrate ami n'accepterait que des meubles d'acajou.

Il avait donc petit à petit descendu la rue Saint-Jacques, traversé les deux bras de la Seine, et était arrivé rue de Cléry. Là, il avait trouvé ce qu'il lui fallait : lit d'acajou, bureau d'acajou, canapé et six chaises idem. Il en avait eu pour cinq cents francs; comme c'était juste le double de la somme qu'il possédait, il avait été obligé d'emprunter la différence.

Quant à la literie, il avait pris les deux matelas, le traversin et la couverture de son lit, se réservant le sommier, le drap, l'oreiller et son manteau d'hiver. Colomban revint tout désespéré d'être rentré deux heures plus tard qu'il n'avait dit. Depuis deux heures Camille devait l'attendre. Camille, par bonheur, n'était pas rentré.

— Oh! tant mieux! se dit Colomban. Cher Camille, il trouvera sa chambre prête!

Colomban attendit Camille toute la journée. Camille ne rentra qu'à onze heures du soir. Colomban, tout radieux, l'introduisit dans sa chambre, souriant d'avance à ce qu'allait dire son cher Camille.

— Ouf! dit celui-ci en éclatant de rire, des meubles d'acajou? Mon cher, il n'y a que les nègres qui aient, chez nous, de ces meubles-là!

Colomban, une troisième fois, se sentit frappé au cœur.

— Mais, n'importe, cher Colomban, reprit Camille, tu as fait pour le mieux. Embrasse-moi, et reçois tous mes remerciements.

Et il embrassa Colomban sans se douter ni du mal que lui avait fait l'apostrophe, ni du bien qu'allait lui faire le baiser.

XLII

HISTOIRE DE LA PRINCESSE DE VANVES.

Les premières journées s'écoulèrent à rappeler le passé et à raconter les différentes aventures dont Camille avait été la victime ou le héros. Toutes les joies de cette abondante nature, égoïste au milieu de son abondance, venaient de la satisfaction, comme toutes ses tristesses venaient de l'absence d'un plaisir.

Il avait beaucoup voyagé; il avait vu la Grèce, l'Italie, l'Orient, l'Amérique; sa conversation devait donc être pleine d'intérêt pour l'esprit désireux de tout connaître de Colomban; mais Camille n'avait voyagé ni en savant, ni en artiste, ni même en commis voyageur.

Il avait voyagé en oiseau, et chaque vent nouveau avait enlevé de ses ailes jusqu'à la poussière du pays qu'il quittait. Cependant une chose l'avait frappé pendant ses voyages : cette chose qui l'avait frappé, ce n'étaient ni les monuments, ni les sites, ni les mœurs, ni les hommes, ni les beautés de l'art, ni celles de la nature; non! ce qui l'avait frappé, ému, ébloui, c'étaient les multiples beautés de la femme dans les divers climats. Camille était homme de sensations plutôt que d'impressions; ses félicités se répandaient par tout son corps, mais elles ne franchissaient pas l'épiderme; il prenait la joie, le bonheur, la volupté, l'amour, comme on prend un bain : il y restait plus ou moins longtemps plongé, selon que le bain lui était plus ou moins agréable.

Il en résultait que Camille eût donné tous les grands bois, toutes les forêts vierges, toutes les savanes, tous les lacs, toutes les prairies, la Grèce avec ses ruines, Jérusalem avec ses souvenirs, le Nil avec ses mille villes, pour le baiser de la première belle fille qu'il eût rencontrée sur son chemin.

En vain Colomban, avec un entêtement qui prouvait sa naïveté, essayait-il de le faire parler d'une façon pittoresque ou intéressante des différents lieux qu'il avait parcourus, il était muet; non que la forme lui manquât pour exprimer ses impressions : la forme, au contraire, était précise et poétique en même temps; mais, quand son ami l'appelait sur les bords de l'Ohio, ou dans la grande mosquée du Caire, le souvenir d'une jeune Indienne à la peau rouge ou d'une belle Grecque aux yeux noirs lui revenait en tête, et le récit sérieux s'en allait à travers champs.

Un jour qu'il parlait avec Colomban de la Grèce, ce pays classique qui, plus qu'aucun autre, éveillait l'enthousiasme du jeune Breton, celui-ci, après avoir essayé vainement de lui faire décrire toutes ces îles pittoresques qu'il avait visitées : Délos, Zéa, Paphos, Cythère, Paros, Ithaque, Lesbos, Amathonte, toutes ces corbeilles de fleurs de l'archipel Ionien dont les noms seuls font monter au cœur toutes les juvéniles bouffées de cette poésie antique où l'esprit s'abreuve à quinze ans; après lui avoir laissé raconter dans tous leurs détails ses amours avec une jeune fille des Dardanelles, sous les lauriers-roses d'Abydos; un jour, disons-nous, Colomban le supplia de lui parler sérieusement d'Athènes, et de lui dire quelle avait été son impression en entrant dans cette grande cité où ils avaient voyagé ensemble à travers l'archipel des bancs du collége.

— Ah! tu veux que je te parle d'Athènes? demanda Camille. — Oui, je veux que tu me dises ce que tu en penses. — Ce que je pense d'Athènes?... Diable! je n'ai rien à t'en dire, moi. — Comment! tu n'as rien à m'en dire? — Non... Dame, tu connais Montmartre, n'est-ce pas? Eh bien! c'est sur une hauteur comme Montmartre; seulement, cette hauteur domine le Pirée.

Camille, son esprit, son tempérament, son caractère, étaient tout entiers dans cette appréciation d'Athènes; il envisageait les côtés les plus sérieux de la vie avec cette même insouciance et cette légèreté. Et, cependant, on verra, à l'occasion, quels trésors de souvenirs retrouvait parfois dans sa mémoire l'oublieux créole. Un matin, Colomban, c'est-à-dire l'acteur qui jouait dans la comédie de l'existence de Camille le rôle de raisonneur ; Colomban, l'Ariste, le Philinte, le Cléante de cet autre Damis, de ce nouveau Valère ; Colomban lui dit :

— Écoute, Camille, tu ne peux pas rester ainsi à ne rien faire. Prends du plaisir tant que bon te semblera, si ta santé y résiste, c'est ton affaire ; mais le plaisir n'est pas le but de la vie ; le but de la vie, le vrai but, c'est le travail ; il faut donc songer à faire quelque chose. Toute occupation, d'ailleurs, te rendra le plaisir plus doux ; et puis, ta fortune n'est pas tellement grande, qu'elle ne te paraisse insuffisante un jour, si tu te maries, et que tu aies femme et enfants. Si, dès ton début dans la vie, tu prends l'habitude de l'oisiveté, tu ne sauras plus t'en corriger ; tu ne seras plus reçu nulle part ; car tes jours de repos seront les heures de travail des autres. Si tu avais l'esprit étroit, l'imagination bornée, je te laisserais peut-être aller à ta guise ; mais, tout au contraire, tu as des aptitudes magnifiques, des facultés merveilleuses... Que peux-tu faire? Eh! mon Dieu! je l'ignore comme toi! Nous en causerons quand tu voudras ; mais, en attendant, je te reconnais une intelligence propre à tous les travaux, aussi bien aux œuvres d'art qu'aux œuvres de science ; tu peux faire un bon avocat, un bon médecin, un grand compositeur ; tu as la bosse de la musique ; j'ai gardé plusieurs des mélodies que tu avais faites au collége, et, à cinq ans de distance, j'ai trouvé dans ces mélodies des motifs d'une fraîcheur et d'une originalité admirables! Choisis donc une profession, pour Dieu! fais du droit ou de la médecine ; deviens un savant ou un artiste ; mais deviens quelque chose! Je ne sais comment te diriger ; j'ignore tes goûts, depuis si longtemps que tu m'as quitté ; mais, crois-moi, mon cher Camille, mieux vaut faire un travail quelconque, ne fût-il pas de ton goût, que de n'en faire aucun. — J'y songerai, répondit Camille, qui avait l'air d'avoir envie de songer comme d'aller se pendre. — Si je croyais t'être cher autant que tu me l'es à moi-même, continua Colomban avec une imperturbable gravité, je te menacerais de la perte de mon amitié si tu ne fais pas choix d'un état quelconque. Frère Dominique appelle l'homme qui ne travaille pas un malhonnête homme, et il a raison. — C'est bon, dit Camille, moitié gaiement, moitié sérieusement, on le choisira, ton état. J'y songe à part moi, sans en avoir l'air ; mais, au fond, je ne pense qu'à cela : ainsi tous les soirs, en me déshabillant, je me demande par quelle cause mystérieuse mes bretelles, qui, le matin, sont plates et droites sur mon dos, sont, le soir, tordues et enroulées comme des câbles. Eh bien, cher ami, cette observation m'a fait faire des réflexions profondes, et je crois que ce serait une œuvre philanthropique que d'apporter une amélioration dans la confection des bretelles.

Colomban poussa un soupir.

— Voyons, voyons, Colomban, dit Camille, ne soupire pas comme cela pour une plaisanterie! Que diable feras-tu pour un malheur? Demain, je prends mes inscriptions à l'École de Droit ; j'achète un Code, et je le fais relier en chagrin, afin qu'il soit un emblème touchant de celui que je t'aurai causé. — Camille! Camille! fit Colomban en secouant la tête, tu me désespères, et j'ai peur que tu ne deviennes jamais un homme.

Camille vit qu'il fallait transporter la conversation sur un autre terrain, ou bien que le dialogue allait tourner à la mélancolie.

— Ah! tu as peur que je ne devienne jamais un homme! dit-il; en tout cas, cher ami, cette peur-là n'est pas celle de ta blanchisseuse.

Colomban regarda Camille de l'air d'un homme à qui, au milieu de la conversation, on parle tout à coup une langue inconnue.

— Ma blanchisseuse? dit-il. — Ah! mon gaillard, continua Camille, tu ne m'avais pas dit que tu te lavais les mains de ce savon-là... Peste! M. le docteur, M. le sage, M. saint Jérôme a une blanchisseuse de dix-huit ans, que sa beauté enchanteresse a fait nommer à l'unanimité la princesse de Vanves et la reine de la Mi-Carême! Or, son meilleur ami lui arrive des forêts vierges de l'Amérique avec une exubérance de séve empruntée aux susdites forêts, et monsieur trahit les premiers devoirs de l'hospitalité en cachant à son hôte ses trésors les plus précieux! Ventre-Mahon! comme dit je ne sais quel personnage de Walter-Scott, est-ce ainsi que vous comprenez les règles les plus élémentaires de la communauté, et n'y a-t-il pas une manière de trahison dans votre cachotterie? — Mon ami, répondit Colomban avec une adorable naïveté, tu me croiras si tu veux, mais je connais très-peu la figure de ma blanchisseuse. — Tu connais très-peu la figure de ta blanchisseuse? — Je te le jure! — Alors, c'est bien la peine d'avoir une pareille figure pour qu'une pratique de trois ans, jeune homme de vingt-cinq, n'y ait pas fait attention! car je lui ai demandé depuis combien de temps elle était ta blanchisseuse, et elle m'a répondu: « Trois ans. » — C'est possible, dit Colomban; je n'ai aucune raison de changer de blanchisseuse, quand ma blanchisseuse me blanchit bien. — Et quand elle est jolie! — Camille, dit Colomban, il y a certaines femmes de la beauté et de la laideur desquelles je ne me préoccupe jamais. — Voyez-vous, M. le vicomte de Penhoël! Aristocrate, va!... Mais alors, M. de Béranger, avec sa Lisette, est donc un goujat, un Camille Rozan? Qu'est-ce que c'était que Lisette, sinon la blanchisseuse de M. de Béranger?... Ah! c'est vrai, M. de Béranger a fait une chanson dans laquelle il est dit qu'il n'est pas noble, mais au contraire qu'il est vilain et très-vilain: cela explique Lisette, Frétillon, Suzon... Mais M. Colomban de Penhoël, peste! — Que veux-tu, Camille? c'est ainsi.

Camille leva les bras au ciel avec une compassion comique.

— C'est ainsi? dit-il. Comment! l'Être suprême s'escrime à placer sous tes yeux toutes les merveilles de la beauté, incarnées dans une seule créature, et toi, païen, tu prétends avoir quelque chose de plus important à faire que de contempler ce chef-d'œuvre? Mais, si feu Raphaël avait fait de la Fornarina le même mépris que tu fais de la princesse de Vanves, nous n'aurions pas la *Vierge à la Chaise*, malheureux! Et qu'est-ce que la Fornarina? une blanchisseuse qui lavait son linge dans le Tibre. Ne dis pas non: je m'en suis informé au port de la Ripetta. — Eh bien, soit; je t'accorde tout cela. Maintenant, comment connais-tu ma blanchisseuse? où l'as-tu vue? — Ah! voilà où je voulais t'amener! Les serpents de la jalousie te déchirent la poitrine, n'est-ce pas? — Tu es fou, dit Colomban en haussant les épaules. — Tu me donnes ta parole que la belle princesse de Vanves ne t'intéresse point particulièrement? — Oh! je te l'affirme sur ma foi de gentilhomme. — Ainsi, faire la cour à cette fée des eaux, à cette naïade de la Seine, ne serait point chasser sur tes terres? — Mais non, cent fois non! — Eh bien, alors, ouïs attentivement; je commence:

« *Histoire* de la première rencontre de Guillaume-Félix-Camille de Rozan, créole de la Louisiane, avec Son Altesse mademoiselle Chante-Lilas, princesse de Vanves, blanchisseuse dans ladite principauté.

« C'était hier... Un romancier te dirait que c'était par une éblouissante après-midi du mois de mai; mais ce romancier te volerait, mon cher; car il faisait une pluie battante, comme tu sais, puisque tu avais emporté le parapluie; raison qui, vu la distance des fiacres, véhicule que l'on ne trouve que dans les pays civilisés, m'a empêché de sortir pendant que tu étais à l'École de Droit. Je ne m'en plains pas, puisque c'est ce qui fit qu'en ton absence j'eus le plaisir de recevoir ta blanchisseuse, qui m'est arrivée trempée comme du vin de collége... Tu te rappelles notre abondance, hein?... Eh bien, voilà comme la princesse de Vanves était trempée! Or, ma première pensée a été, en la voyant si trempée, admire ma philosophie! a été d'acheter un second parapluie; car autant, retiens bien cet axiome, Colomban, autant deux parapluies sont inutiles quand il fait beau, autant un parapluie est insuffisant pour deux quand il fait mauvais temps, et que l'on va chacun de son côté. Mais, ça, c'est un détail.

« La lavandière entra donc dans ton arche, blanche colombe! seulement elle arrivait au commencement du déluge; de sorte que, voyant de ta chambre le temps qu'il faisait dehors, et l'inondation qui, comme dit la Bible, *gagnait les hauts lieux*, elle n'eut pas de peine à accepter l'offre que je lui fis d'y séjourner momentanément. A ma place, voyons, Colomban, qu'eusses-tu fait?... Voyons, parle franchement?

— Allons, continue ton récit, gamin! dit le grave Breton, que le babillage de cet oiseau moqueur amusait malgré lui. — Évidemment, si je te connais bien, reprit Camille, ou tu eusses laissé la lavandière achever sa pleine eau; ou, si tu avais été assez humain pour lui offrir ton toit, tu lui eusses tourné le dos, la privant ainsi des charmes de ta figure; ou tu te fusses remis à lire, la privant ainsi du charme de ta conversation. Voilà ce que tu eusses fait, n'est-ce pas? sous prétexte, monsieur le gentilhomme, qu'il y a des femmes qui ne sont pas des femmes pour vous! Moi, je ne suis qu'un sauvage; aussi ai-je fait ce que fait l'Indien dans son wigwam, ce que l'Arabe fait sous sa tente: j'ai rempli minutieusement tous les devoirs de l'hospitalité. Le premier dont je crus devoir m'acquitter, après quelques menus propos, fut de lui faire ôter son fichu, attendu que la pointe dudit fichu ruisselait dans son dos comme la baleine d'un parapluie; sans cette précaution charitable, la princesse de Vanves eût infailliblement contracté un violent rhume de poitrine que je me fusse amèrement reproché! Ah! je vois d'ici la mauvaise pensée qui te *point*, comme dit maître Amyot. Eh bien, non, je n'avais aucune intention perverse, et, comme Hippolyte, je puis le dire, *le jour n'était pas plus pur que le fond de mon cœur!* Le vers n'y est pas, et j'en suis ravi: je n'ai jamais pu souffrir les vers... C'était, je te le répète, par pure charité; et la preuve, c'est que, redoutant pour elle le froid glacial de ta chambre, je lui présentai un foulard qui se trouvait sur ta chaise. Hein! Tartufe n'eût pas mieux fait, j'espère?

« C'était ton foulard blanc, le plus beau de tous tes foulards! je dois même te prévenir que la princesse l'a emporté, croyant qu'il était à elle. Mais c'est encore là un détail.

« Une fois qu'elle fut à l'abri, je lui offris une chaise; mais je dois avouer à sa gloire qu'elle refusa de s'y asseoir, non pas qu'elle se crût indigne, elle princesse de Vanves, de s'asseoir devant le plus humble de ses serviteurs, mais parce qu'elle craignit, toute ruisselante qu'elle était, d'endommager les velours d'Utrecht de ton mobilier... Je crus du moins deviner cela à la façon dont elle accepta, après quelques manières, une place à côté de moi sur le canapé, qui, revêtu d'une housse de coutil, ne lui paraissait courir aucun danger.

« Et maintenant, voici ce que tu ne voudras pas croire, ô Colomban! toi qui nies les Lisettes, dédaignes les Frétillons, et méprises les Suzons de M. de Béranger : c'est que lorsqu'on est né sous le 86° 40'-92° 55' longitude ouest, et par le 29°-33° latitude nord, on n'est point assis impunément près d'une jolie fille, cette fille fût-elle blanchisseuse; il s'établit, vois-tu, Colomban, entre elle et vous, un je ne sais quoi qui équivaut à ce que notre professeur de physique appelait au collége les courants électriques. Or ces courants, tu ne sais pas cela, don Socrate, roi des sages! ces courants vous font germer, pousser, fleurir, en dix minutes, au cerveau, mille fringantes pensées que ne ferait jamais éclore un article du code, si entraînant que fût cet article. C'est une pensée de cette sorte, cher ami, qui me poussa à lui dire : Princesse de Vanves, sur mon honneur, je trouve Votre Altesse ravissante! Et c'est sans doute une pensée analogue qui la fit rougir comme un coquelicot. Je n'ai pas besoin de te dire, si innocent que tu sois, mon cher Colomban, que plus une femme rougit, plus elle est belle. La princesse de Vanves était donc la plus belle des princesses, et la tête commençait à me tourner, quand, par bonheur, mes yeux, en tournant avec ma tête, s'arrêtèrent sur le foulard blanc qui avait remplacé son fichu.

« Ce foulard, mon ami, c'était toi : j'ignorais ton antipathie pour les fées, les naïades, les ondines; je craignais de trahir l'amitié, et cette crainte m'arrêta sur le bord du précipice! Maintenant, tu me jures que la princesse de Vanves t'est étrangère : très-bien! Comme je suis du pays des précipices, je ne les crains pas : que l'occasion s'en présente, et je m'y laisserai glisser tout doucement! »

Cette péroraison achevée, Colomban voulut faire quelques observations: mais Camille se mit à chanter d'une voix ravissante :

Lisette, ma Lisette,
Tu m'as trompé toujours;
Mais vive la grisette!
Je veux, Lisette,
Boire à nos amours!

Et, aux accents de cette voix harmonieuse, vibrante, magique, qui faisait frémir jusqu'aux plus secrètes fibres du cœur, Colomban ne sut plus qu'applaudir.

XLIII

LE CHÊNE ET LE ROSEAU.

Ce récit de la première rencontre de Camille avec la princesse de Vanves, récit que nous avons essayé de reproduire non-seulement dans son ensemble, mais encore dans ses détails, donnera, mieux que toutes les analyses que nous aurions pu faire, une idée du caractère de Camille, caractère plein d'insouciance et de gaieté.

Cette gaieté, qui, entre hommes, n'était pas toujours d'un goût bien épuré, agissait cependant sur le sérieux Breton à peu près comme eussent agi les minauderies d'un chat ou le babillage d'une perruche; Camille commençait toujours par avoir tort, et finissait par avoir raison. Il y eut pourtant un point sur lequel se brisa sa persistance.

La vie régulière, monotone même que menait Colomban, n'était pas précisément la vie idéale qu'avait rêvée Camille; aussi se sentait-il mal à l'aise et à l'étroit dans cette paisible retraite. Les meubles du Breton lui inspiraient cet espèce d'effroi que doit inspirer à un jeune homme sans vocation la vue de sa cellule en entrant dans un cloître.

Un jour, Colomban, au retour de l'école, trouva la tête de son lit ornée d'une tête de mort, surmontant deux os en croix, avec cette phrase consolante en exergue : *Camille, il faut mourir!*

L'esprit grave et pensif du jeune homme ne s'effraya aucunement de cette sombre maxime, et il laissa à la tête de son lit le funèbre ornement qu'y avait placé Camille. Ainsi cette douce habitation, si riante aux yeux de Colomban, exhalait pour Camille les miasmes du séminaire; tout l'agaçait, tout l'attristait, jusqu'à ce poétique tombeau de La Vallière qui avait fait tant rêver Colomban et Carmélite : cette éternelle image de la mort qu'il avait sous ses yeux, image consolante pour une âme pieuse, le révoltait et lui inspirait les sarcasmes les plus amers.

— Pourquoi, disait-il à Colomban, n'achètes-tu pas tout de suite une concession dans un cimetière? En faisant tendre les murailles d'un drap noir à larmes d'argent, tu aurais, pendant ta vie, un appartement d'une gaieté folle; et tu pourrais l'habiter même après ton décès.

Vingt fois il proposa à Colomban de changer ce qu'il appelait leur emprisonnement contre un appartement à *Paris,* ou fût-ce même *dans les faubourgs de Paris,* tels que la rue de Tournon ou la rue du Bac. Jamais Colomban ne voulut y consentir.

Alors, comme cédant à un esprit d'accommodement, Camille cessait de parler de déménagement; mais il continuait de tendre à ce but par des saillies incessantes contre leur claustration monacale. Quoique d'une nature impatiente, il avait, lorsqu'il trouvait une résistance plus forte que sa volonté, une souplesse dans les vertèbres de son imagination, s'il est permis de dire cela, qui lui donnait la facilité de la couleuvre à passer par les plus étroites issues;

il temporisait donc, essayant de se glisser sous l'obstacle qu'il ne pouvait renverser, prenant avantage, chaque fois que l'occasion s'en présentait, de l'amitié dévouée de Colomban, de sa faiblesse d'enfant gâté; mais toutes ses vues tendaient à ce seul point : quitter au plus vite le quartier Saint-Jacques.

Malheureusement pour lui, outre le prix élevé du loyer dans un autre quartier, prix qui eût dérangé l'équilibre du budget de Colomban, outre que cette retraite isolée convenait admirablement au studieux Breton, il répugnait à celui-ci de quitter cet appartement, où pour la première fois l'amour lui était apparu sous ses plus fraîches couleurs.

Redoutant la légèreté de Camille, il n'avait pas encore osé lui confier le secret dont son cœur était plein; il en résultait que l'acharnement de Colomban à ne quitter ni son appartement, ni même le quartier, était un mystère pour l'Américain.

Camille avait plus d'une fois rencontré Carmélite; plus d'une fois l'ardent créole avait admiré la suave beauté de sa voisine : et avait interrogé Colomban sur cette charmante désolée : Carmélite, en deuil de sa mère, était vêtue de noir; mais Colomban s'était contenté de lui répondre :

— Le deuil que porte cette jeune fille est celui de sa mère; j'espère que sa douleur la rendra respectable à tes yeux.

Et Camille n'avait plus parlé de Carmélite. Seulement, un jour, *en revenant de Paris,* comme il disait, le jeune créole s'établit carrément dans un fauteuil, alluma un havane, et commença le récit suivant :

— J'arrive du Luxembourg... — Très-bien! dit Colomban. — J'ai rencontré notre voisine. — Où cela? — Je rentrais comme elle sortait.

Colomban garda le silence.

— Elle tenait un petit paquet à la main. — Eh bien, que vois-tu là d'intéressant? — Attends donc... — J'attends, comme tu vois. — J'ai demandé au concierge ce qu'elle avait dans son paquet. — Pourquoi cela? — Pour le savoir... — Ah! — Il m'a répondu : « Des chemises. »

Colomban garda le silence.

— Mais sais-tu pour qui ces chemises? — Dame, je présume que c'est pour quelque magasin de lingerie. — Pour les hôpitaux et les couvents, mon cher! — Pauvre enfant! murmura Colomban. — Alors, j'ai demandé à Marie-Jeanne... — Qui est-ce Marie-Jeanne? — Ta portière, donc! Tu ne savais pas que ta portière s'appelât Marie-Jeanne? — Non! — Comment! depuis trois ans que tu es dans la maison?

Colomban fit un mouvement des yeux, de la bouche et des épaules qui voulait dire : En quoi cela m'intéresse-t-il, que ma portière s'appelle Marie-Jeanne?

— Enfin! dit Camille, c'est ton caractère; mais ce n'est point de cela qu'il s'agit. J'ai donc demandé à Marie-Jeanne : Combien cette belle fille peut-elle gagner à faire des chemises pour les couvents et les hôpitaux? Sais-tu ce qu'elle gagne? — Non, dit Colomban; mais elle doit gagner peu de chose. — Un franc par chemise, mon cher! — Ah! mon Dieu! — Or, sais-tu le temps qu'elle met à faire une chemise? — Comment veux-tu que je sache cela? — C'est vrai, j'oubliais que tu n'es pas curieux. Eh bien, mon cher, elle met un jour entier à faire une chemise, et encore en piochant comme une négresse, c'est-à-dire en travaillant de six heures du matin à dix heures du soir; et, quand elle veut gagner trente sous, c'est-à-dire de quoi manger tout juste, tu comprends? il faut qu'elle passe la nuit!

Colomban essuya la sueur qui perlait sur son front.

— N'est-ce pas effrayant? continua Camille. Réponds, cœur de granit! Est-il possible que des créatures du bon Dieu, belles, jeunes, distinguées, mènent cette vie de bêtes de somme? — Tu as raison, Camille, bien raison! dit Colomban, touché presque autant de la sensibilité de son ami que de la pauvreté de la jeune fille, et je te sais gré de ton attendrissement en faveur des femmes laborieuses, de ces saintes obscures qui rachètent aux yeux de Dieu, par leur travail obstiné, l'oisiveté des autres! — Bon! c'est pour moi, ce que tu dis là? Merci!... Mais n'importe! D'ailleurs, je suis de ton avis. Comment! c'est une indignité, ma parole d'honneur! la femme... la femme, que Dieu a mise au monde pour faire la félicité de l'homme, pour créer, nourrir, élever ses enfants; cette créature-là, pétrie de feuilles de roses, du parfum des fleurs, de gouttes de rosée; cette créature-là, dont le sourire est, au cœur de l'homme, ce qu'un rayon de soleil est à la nature; cette créature-là est à la solde des couvents et des hôpitaux, et fait des chemises à un franc par jour! En défalquant les dimanches et le chômage, cela fait trois cents francs par an!.. Ainsi, comme, pour conserver l'appartement de sa mère, ta voisine Carmélite... Savais-tu qu'elle s'appelât Carmélite? — Oui. — Ta voisine Carmélite paye cent cinquante francs de loyer; il lui reste, pour s'habiller, se chauffer, se chausser, se nourrir, cent cinquante francs par an, c'est-à-dire quarante et un centimes par jour; à moins qu'elle ne passe la nuit comme elle passe le jour, cela lui ferait cinquante francs de plus peut-être! Et quand je pense que c'est un être comme moi, mon semblable, excepté qu'il est plus beau que moi, qui est condamné à un tel supplice!... Mais, mon ami, il n'y a pas de justice humaine, et il faut faire une révolution pour changer tout cela! — Je crois, dit Colomban, qu'elle a en outre une petite pension de trois cents francs. — Ah! vraiment, tu crois? Trois cents francs! *une petite pension de trois cents francs*, et cent cinquante francs qu'elle gagne, total: quatre cent cinquante francs... Et cela vous paraît suffisant, à vous qui avez douze cents livres par an? Ah! monsieur le philanthrophe, quatre cent cinquante francs pour trois cent soixante-cinq jours, et même pour trois cent soixante-six quand l'année est bissextile, vous paraissent suffisants pour se loger, se vêtir, déjeuner, dîner, souper, payer sa chaise à l'église? Mais, malheureux! si le gouvernement était obligé de nourrir les plantes, sais-tu bien que l'oxygène et le carbone qu'il faudrait dégager reviendraient à deux fois la somme que dépense cette pauvre enfant? — C'est vrai, répondit le Breton, qui n'avait pas encore envisagé la pauvreté de Carmélite sous ce minutieux point de vue; c'est vrai, c'est affligeant; je me demande comment elle peut faire. — Tu te le demandes, dit Camille, enchanté de prendre sa revanche sur Colomban, et qu'excitait d'ailleurs la vue d'un si beau visage. Ah! tu te le demandes! Eh bien! je vais te répondre, moi: elle travaille presque toutes les nuits jusqu'à trois heures du matin! — C'est la portière qui t'a dit cela? — Non, ce n'est pas la portière qui me l'a dit; c'est moi qui l'ai vu. — Toi, Camille? — Oui, moi, Camille Rozan, créole de la Louisiane, c'est moi qui l'ai vu. — Quand cela? — Mais... hier... avant-hier et les jours précédents. — Et comment l'as-tu vu? — Elle n'est pas assez riche, n'est-ce pas, pour, la nuit, brûler une lampe ou une bougie quand elle dort?

Or, du moment que la lampe ou la bougie brûle dans sa chambre, c'est qu'elle veille. Eh bien ! toutes les nuits, la lampe ou la bougie brûle dans la chambre de la voisine jusqu'à trois heures du matin. — Mais toi, qui ne veilles pas jusqu'à trois heures du matin, comment sais-tu cela? — Ah, bon! Je ne veille pas jusqu'à trois heures du matin! qui te l'a dit? Eh bien! voilà qui te trompe; par exemple, avant-hier, c'était jour d'Opéra, n'est-ce pas ? — Oui, je crois... je ne sais pas... — Oh ! il ne connaît pas les jours d'Opera ! Lundi, mercredi, vendredi, sauvage ! Avant-hier, c'était donc jour d'Opéra... lundi ! — Soit. — Quand tu ne voudrais pas, c'est ainsi... Eh bien! en sortant de l'Opéra, j'ai rencontré un ancien camarade de collége... — Un camarade à nous ? — A qui donc? — Et lequel ? — Ludovic. — Ah ! oui, tiens, un des braves garçons du collége. Comme on se perd de vue, c'est étonnant ! — Ne m'en parle pas ! cela vous ferait faire les plus tristes réflexions de la terre si l'on réfléchissait. — Qu'est-il devenu ? — Il fait de la médecine ; ils ont tous la rage de faire quelque chose. — Il n'y a que toi... — Ah ! je t'attendais là... tu as coupé dedans ! Enfoncé ! n'en parlons plus. Il fait donc de la médecine. — Il réussira : c'est une admirable intelligence, seulement un peu trop matérialiste dans la forme. — Oui, très-matérialiste dans la forme; la princesse de Vanves pourra te dire un mot de cela. — De sorte que ? — Oui, *ad eventum*... Mais pour *festinare ad eventum*, il faut en finir avec les détails. Ludovic viendra te voir; vous êtes voisins, je lui ai donné ton adresse. — Mais, éternel rabâcheur, quel rapport y a-t-il entre Ludovic... — Et Carmélite ? — Je te le demande ! — Attends, je vais te le dire... En voilà un étrangleur de développements ! mais si tu avais été Thésée, tu aurais donc arrêté le récit de Théramène au dixième vers? et tu n'aurais pas su que le flot qui avait apporté le monstre avait reculé d'épouvante; tu n'aurais pas su que le corps du susdit monstre était *couvert d'écailles jaunissantes*, que *sa croupe se recourbait en replis tortueux*, tous détails du plus grand intérêt pour un père ! Que diable ! quand un père a son fils mangé par un monstre, c'est bien le moins qu'il sache par quel monstre, et quand le monstre est un beau monstre, il a la consolation de se dire : «Mon fils a été mangé par un monstre, mais le monstre qui l'a mangé était un beau monstre. » — Tu sais que je t'écoute ? — C'est ton devoir ! Mais j'ai pitié de toi et j'abrége. Quel rapport y a-t-il entre Ludovic et Carmélite? Je vais te le dire. Je rencontrai donc Ludovic en sortant de l'Opéra... — Tu me l'as déjà dit. — Eh bien je te le répète. On ne rencontre pas un ami, tu comprends bien cela ? un ami de collége qu'on n'a pas vu depuis trois ans, sans éprouver le besoin de se renarrer l'un à l'autre les épisodes de sa jeunesse. J'entrai, par conséquent, avec Ludovic au café de l'Opéra ; il s'agissait de donner du corps à la narration : ceci est un détail que je dois t'expliquer. — Passe le détail. — Oui, parce que le détail est à ta honte, n'est-ce pas, égoïste ? — Le détail, alors ? — Le détail, le voici : tu m'as fait faire maigre avant-hier, cagot ! — Moi ? — Un lundi ! il est vrai que c'est sans t'en douter; aussi je ne te le reproche pas, je le constate purement et simplement. Comme, dis-je, tu m'avais fait faire maigre à ton insu, attendu que tu avais demandé du porc frais et que l'on nous a servi des œufs durs, métamorphose à laquelle, avec ta distraction habituelle, tu n'as prêté aucune attention, j'ai cru devoir renouveler mes forces en mangeant un pilon de poulet en société de notre ami Ludovic. Le poulet n'était-il qu'un prétexte pour causer, ou la conversation n'était-elle qu'un prétexte pour manger le poulet? je l'ignore. Je dois te dire, toutefois, que la conversation dura infiniment plus que le poulet, et que ce fut vers trois heures du matin que je rejoignis les murs de notre cloître. En regardant le ciel, plutôt par désœuvrement que pour savoir le temps qu'il ferait le lendemain, j'aperçus, à travers la fenêtre de notre voisine, la pâle clarté de la lampe du travail, et ce fut par un pur sentiment d'humanité que, le surlendemain, c'est-à-dire aujourd'hui, la voyant sortir un paquet à la main, je me souvins de la veillée, et j'interrogeai Marie-Jeanne. Maintenant, tu sais tout ce qu'a répondu Marie-Jeanne. Pauvre fille! — Oui, pauvre fille! tu as raison, Camille, et plus pauvre encore que tu ne crois; car elle n'a pas un parent en ce monde, pas un ami, pas une affection! — Mais c'est épouvantable, cela! s'écria Camille. Et, comment! toi, son voisin depuis cinq ou six mois, un an peut-être, tu n'as pas cherché à faire sa connaissance? — Si fait! dit le Breton en soupirant; j'ai plusieurs fois causé avec elle...

Et peut-être en ce moment Colomban allait-il tout dire à son ami, si celui-ci n'eût refoulé la confidence par une de ces phrases qui remettaient incessamment sur la défensive Colomban près de céder.

—Ah! Breton mystérieux! s'écria Camille, tu as causé avec elle, et tu ne m'as pas dit un seul mot de cette causerie. Mais tu veux donc faire mentir cette loyauté dont ta race a accaparé le privilége, sous prétexte qu'elle a la tête dure et le front carré? En effet, ta discrétion à l'égard de la princesse de Vanves aurait dû me faire tenir sur mes gardes. Je ne te pardonne qu'à une condition : c'est que tu vas me faire le récit de cette pastorale, et cela, détail par détail, sans épargner les fleurs de rhétorique; j'aime les longs récits, moi, tout au contraire de toi... J'exhibe un havane, je l'allume et je t'écoute. Parle, Colomban! tu parles si bien! — Je t'assure, Camille, dit Colomban embarrassé, qu'il n'y a eu dans notre conversation rien d'intéressant pour toi. — Ah! je t'y prends, mon gaillard! — Comment? — Dire que ce n'est point intéressant pour moi, n'est-ce pas sous-entendre que c'est fort intéressant pour toi? Je te demande de me dépeindre la nuance d'intérêt que cette conversation a eue, soit pour ton esprit, soit pour ton imagination, soit pour ton cœur; en un mot je te répète, à propos de Carmélite, ce que je t'ai dit au sujet de la princesse de Vanves, bien que je n'aie jamais eu l'idée, sois-en sûr, de ranger notre voisine dans la même catégorie que ma princesse... Cette belle personne qui passe la nuit à faire des chemises pour les couvents et les hôpitaux t'intéresse-t-elle particulièrement? Réponds-moi, Colomban! Colomban, réponds-moi!

Mis en demeure par son ami, Colomban étendit la main vers lui, et de cette main lui touchant le genou, il lui dit d'une voix douce et grave.

— Écoute, Camille, je vais tout te raconter; mais, pour Dieu! ne traite pas ma confidence avec ta légèreté ordinaire, et garde mon secret comme je l'aurais gardé moi-même, si je n'eusse pas cru que te cacher un coin de mon cœur fût une trahison à notre amitié.

Et Colomban recommença pour Camille le récit minutieux qu'il avait déjà fait à frère Dominique.

— Et qu'a dit frère Dominique? demanda Camille quand son ami eut cessé de parler.

Colomban répéta au jeune créole les encouragements que le moine lui avait donnés.

— Eh bien, à la bonne heure! s'écria Camille, voilà l'abbé de mes rêves! si j'étais fils d'un abbé, je ne voudrais pas que mon père fût d'un autre bois que celui-là. Il a parfaitement fait de t'encourager, frère Dominique, quoique, à franchement parler, tu n'aies pas l'air d'avoir bien besoin d'encouragements; mettre le feu à une étoupe enflammée m'a toujours paru un labeur oiseux. Ce qui me passe, c'est de ne pas avoir deviné cela, moi; j'aurais dû m'en douter cependant, aux propos enfantins que tu tenais les premiers jours de mon arrivée, et surtout à ton entêtement à ne pas quitter le quartier. Ah! tu as bien fait de me prévenir; il était temps : ça brûlait; demain, je me mettais en campagne. Mais, à partir de ce moment, c'est fini; l'amante de mon hôte est comme la femme de César : elle ne doit pas même être soupçonnée! Rapporte-t'en à ma discrétion, et dis-moi maintenant comment tu comptes agir... Ta marche vers le but me paraît, permets-moi de te le dire, décroître en raison inverse de la marche de ta passion : tu adores énormément, mais tu n'avances pas! — Qu'appelles-tu avancer, Camille? dit Colomban presque effrayé. — Dame, j'appelle avancer tout ce qui n'est pas reculer, moi, et j'appelle reculer la retraite que tu as opérée depuis un mois que je suis ici... Ah! je pense à une chose... Imbécile! animal! bête que je suis! oison déplumé! c'est ma présence qui te gêne, cher ami! Dès demain, je t'en délivre. — Camille, Camille, y songes-tu, mon ami? s'écria Colomban.

C'était le lion du Jardin des Plantes ayant besoin dans sa cage de ce roquet aboyeur.

— Certainement que j'y songe, Colomban; je ne veux pas entraver la félicité de mon seul ami. — Mais tu ne l'entraves pas le moins du monde, Camille! — Je l'entrave outrageusement, et, dès demain, je me mets en quête d'un appartement de garçon. — Oui, c'est cela, dit Colomban avec tristesse, tu veux me quitter; tu es las de mon voisinage; notre amitié t'es lourde! — Ah! Colomban, mon ami, voilà que tu dis des bêtises! — Eh bien! soit, va-t'en, mais je m'en irai avec toi. — Alors, dit Camille, cours chez le propriétaire, et, si ma présence ne te désoblige pas... — Enfant! s'écria l'excellent Breton. — Eh bien, passe en nos deux noms un bail de trois, six, neuf... à moins cependant, je te le répète... — Camille, interrompit Colomban, j'aime Carmélite, je l'aime de toute la force de mon âme, mais si tu me disais: « Colomban, mes possessions d'Amérique ont été incendiées, je suis ruiné, ma fortune est à refaire! vois mes bras : ils sont faibles! Eh bien! il me faut le secours de tes robustes bras, fils de la vieille Bretagne! » Camille, je partirais à l'instant même, sans regrets, sans douleur, sans jeter un regard en arrière, sans même soupirer sur cette moitié de ma vie que je laisserais ici. — Bon! bon! bon! voilà qui est convenu, je sais que tu le ferais comme tu le dis.

Le Breton sourit tristement.

— Sans doute, que je le ferais, dit-il. — Eh bien, voyons, où cet amour-là te mènera-t-il? — Au mariage probablement. — Oh! oh! avec une petite fille qui fait des chemises pour les couvents et les hôpitaux, toi, le vicomte de Penhoël, toi qui dates de Robert le Fort? — C'est la fille d'un capitaine, officier de la Légion d'honneur. — Oui, noblesse de canon... Enfin, n'importe! si cela te convient, si cela convient à ton père, personne n'a rien à y voir.

Mon père fera tout pour le bonheur de son fils unique.

— Voyons donc, alors, pourquoi n'entames-tu pas les pourparlers? —

Mais, mon cher Camille, je ne sais pas d'abord si Carmélite m'aime. — Et puis tu veux, avant de te lancer dans ce sentier de ronces et d'épines qu'on appelle le mariage, respirer l'arome des prés fleuris qu'on appelle l'amour! soit; c'est un accès de sensualisme que je comprends, un raffinement de volupté que j'apprécie; mais, en attendant, tu ne laisseras pas, j'espère, la chère créature s'abîmer les yeux à ce travail d'araignée? — Et le moyen de faire autrement, Camille? Suis-je assez riche, moi, pour lui venir en aide? Quand bien même je serais millionnaire, accepterait-elle l'offre d'un secours, quelle que fût la forme sous laquelle je le voulusse déguiser? — Elle n'acceptera pas un secours, mais elle acceptera du travail. — Comment veux-tu que je lui procure du travail? — Oh! que tu es donc empêché, cher ami! — Voyons, explique-moi cela; tu me fais mourir d'impatience! — Un de mes amis des colonies m'a chargé de lui expédier six douzaines de chemises, moitié en toile de Hollande, moitié en batiste; j'ai acheté l'étoffe ces jours-ci, et on me l'apporte ce soir ou demain. L'ami qui me donne cette commission a fixé, en moyenne, le prix de chaque chemise à vingt-cinq francs; il faut, pour une chemise d'homme, trois mètres vingt-cinq centimètres d'étoffe; mettons la toile à cinq francs, cela nous fait seize francs vingt-cinq centimes par chemise; c'est donc huit francs soixante-quinze centimes qui restent pour la façon. Eh bien! donnons ces chemises à faire à la voisine; il paraît qu'elle travaille comme une fée; c'est huit francs soixante-quinze centimes qu'elle gagnera par chemise au lieu d'un franc. Est-ce clair? — Elle n'acceptera pas, dit Colomban en secouant la tête. — Comment, elle n'acceptera pas? — Elle croira que ce n'est qu'un moyen ingénieux de lui venir en aide; elle sait le prix du travail, et quand il sera question du chiffre fabuleux que tu dis, elle refusera. — Ah! que tu es bien un Breton entêté et entêtant! Comment refuserait-elle d'accepter pour son travail le prix que l'on me fait payer à moi dans un grand magasin de confection? Je lui montrerai mes factures, que diable! — De cette façon, dit Colomban, la chose me paraît acceptable, et je te remercie sincèrement d'en avoir eu l'idée. — Eh bien! propose-lui la chose dès ce soir. — Je vais y penser. — Pense en même temps que ce n'est pas un état que de faire des chemises. J'ai couru le monde, et parfois, cela va te faire rire, au rebours de bien d'autres qui regardent sans voir, moi j'ai vu sans regarder... J'ai vu que le temps n'est pas loin où les machines feront en une heure le travail d'aiguille que cent femmes ne font pas en une semaine. Regarde les cachemires de l'Inde : tout un village travaille six mois à faire un châle que les métiers de Lyon confectionnent en douze heures! Eh bien! il faut chercher à Carmélite un état qui, dans le cas où M. le comte de Penhoël ne permettrait pas à monsieur son fils d'épouser une faiseuse de chemises, permette au moins que la pauvre fille ne meure pas de faim.

Colomban regarda Camille avec des yeux pleins de larmes.

— Je ne t'ai jamais vu si sérieux, si bon, et d'un jugement si droit, Camille! je t'en remercie, puisque c'est ton amitié pour moi qui t'anime et te dirige.

Mais sans s'arrêter à ces cajoleries affectueuses :

— Ne m'as-tu pas dit qu'elle aimait la musique? demanda Camille. — Passionnément! elle est même assez bonne musicienne, à ce que je crois. — L'as-tu entendue chanter ou exécuter? — Jamais : la pauvre fille n'a pas de piano. — Elle en aura un. — Comment cela? — Je n'en sais rien, mais je te dis, moi, qu'elle en aura un. — Tu vas tout de suite aller trop loin, Camille. — Je n'irai pas loin pour lui trouver un piano : ce sera le tien. — Comment, le mien ? — Sans doute. — Mais mon piano est un bastringue. — Je le sais bien, et c'est justement à cause de cela. — Tu lui donneras un mauvais piano ? fi donc ! — Oh ! que tu es bête, cher ami ! — Merci ! — Non, c'est un mot d'amitié... Mais comprends donc ! Je t'ai dit cent fois que je ne pouvais pas souffrir ton piano, qu'il était d'un ton trop haut pour moi... Quelle voix a-t-elle ? — Une voix de contralto. — C'est cela ! tu as une voix de baryton, toi. Nous changerons ton piano ; je mets cinq cents francs de retour ; vous avez un piano excellent. Un piano, ce n'est pas comme un parapluie, un seul suffit pour deux et même pour trois. — Mais, Camille... — C'est déjà fait; le piano est acheté; demain il sera ici. — Tu me trompes, Camille ! — C'est comme j'ai l'honneur de te le dire. Je voulais te ménager cette surprise pour le jour de ta fête ; mais comme le jour de ta fête est passé, je l'ai remise au jour de ta naissance ; seulement, comme le jour de ta naissance n'est pas venu et que cela m'ennuie de jouer sur un piano trop haut pour moi, je te donne l'objet demain, c'est-à-dire le jour de la naissance de ton père, de ton oncle, de ta tante ou d'un de tes cousins... Que diable ! il y a bien quelqu'un de ta famille qui soit né demain ! — Oh! Camille! s'écria le Breton ému jusqu'aux larmes, merci, mon ami, merci.

XLIV

LA GEMMA DI PARIGI.

Malgré l'étendue du livre que nous publions, et le plaisir qu'un auteur trouve toujours dans l'analyse du caractère de ses personnages, il n'entre point dans notre plan de suivre jour par jour la vie de nos trois jeunes gens; ce que nous eussions fait si nous eussions publié leur histoire isolée, mais ce que nous n'osons risquer, du moment où cette histoire n'est qu'un épisode de ce grand tout que nous livrons à la curiosité de nos lecteurs. Nous dirons donc seulement que Camille exécuta ses desseins comme il les avait exposés à Colomban.

Carmélite, n'ayant pas d'objection à faire pour la rémunération de son travail en voyant le prix exorbitant des factures de Camille, accepta l'offre du jeune homme, et, à partir de ce jour, l'intermédiaire, cette sangsue qui s'engraisse de la substance du producteur et de l'acheteur, étant supprimé, le bien-être entra dans la maison ; seulement, la jeune fille fit plus de difficultés à l'endroit du piano nouvellement acheté, et qu'il s'agissait de faire passer de l'appartement des deux amis dans le sien. Mais, pressée par Colomban, pour lequel elle avait une affection mêlée de respect, elle se décida à ouvrir sa porte à l'hôte mélodieux.

Il y eut plus : elle consentit à recevoir des leçons de chant que les deux jeunes gens se chargèrent de lui donner tour à tour. Carmélite déchiffrait et exécutait brillamment à première vue les morceaux les plus hérissés; son doigté était élégant, mais son ignorance en musique était au moins égale à son ignorance en amour.

Elle jouait sans bien connaître la valeur de ce qu'elle jouait, et c'est là, qu'on permette un instant à un profane de se mêler de ce qui ne le regarde pas, c'est là le grand vice de l'éducation musicale que les jeunes filles reçoivent dans les pensionnats. On farcit la tête des élèves d'une musique détestable, sous prétexte que c'est de la musique facile. Ainsi, que le professeur soit malheureusement doué d'une de ces voix désastreuses que l'on appelle des voix de salon, ce qui signifie clairement une voix impossible pour le théâtre, qu'il ait, en outre, la fièvre endémique des chanteurs, qui consiste à composer soi-même des romances, comme si il suffisait d'avoir une voix quelconque pour être musicien, eh bien! ce professeur va inculquer à toutes ces jeunes têtes des fantaisies d'un goût presque toujours équivoque; s'il ne chante pas, le péril est à peu près le même : au lieu de ses romances, il imposera ses quadrilles, ses valses, ses galops, ses fantaisies, ses variations, ses caprices, tristes caprices! sottes variations!

Pour Dieu! mesdames les maîtresses de pension, exigez donc de vos professeurs qu'ils enseignent la musique qu'ils ont apprise, et non pas celle qu'ils font! Comment! vous avez les chefs-d'œuvre de ces grands maîtres, de ces gigantesques génies qu'on appelle Haydn, Haëndel, Gluck, Mozart, Weber et Beethoven, et vous autorisez les gavottes de ces messieurs? On croirait que c'est impossible! Point : la chose arrive, au contraire, tous les jours.

La pauvre Carmélite, avec toutes ses dispositions naturelles, en était là : on ne lui avait jamais mis entre les mains que de la musique de troisième ou quatrième ordre, et elle ignorait tous les enchantements de la musique véritable.

Aussi accueillit-elle les premières paroles des deux jeunes gens sur ce sujet avec enthousiasme. C'était tout simplement une révélation. Seulement, une lutte s'engagea entre les deux amis.

Colomban, grave et sérieux comme un Allemand, d'ailleurs élève du vieux Müller, trouvait toute la formule de ses pensées et de ses rêveries dans la musique allemande. Camille, vif et léger comme un Napolitain, ne comprenait, n'admirait, n'admettait que la musique italienne.

Il y avait juste, entre leurs goûts en musique, la différence qui existait entre leurs caractères. Mille discussions s'élevaient donc entre eux à propos de l'éducation musicale de Carmélite.

— La musique allemande, disait Colomban, ce sont les passions humaines mises en musique. — La musique italienne, disait Camille, c'est la rêverie mise en chanson. — La musique allemande est profonde et triste, disait Colomban, comme le Rhin coulant à l'ombre de ses sapins et de ses rochers. — La musique italienne est joyeuse et azurée, disait Camille, comme la Méditerranée à l'ombre des lauriers-roses.

Le combat se fût éternisé, si le sage Breton n'eût proposé un armistice. Colomban offrit de faire étudier simultanément à la jeune fille la musique de Beethoven et de Cimarosa, de Mozart et de Rossini, de Weber et de Bellini. Les deux routes étaient différentes, mais, par un détour, conduisaient au même but.

On commença donc, et la jeune fille reçut les leçons des deux amis. Au bout de trois mois, elle était en état de chanter très-remarquablement un trio avec eux.

CAMILLE ET COLOMBAN CHEZ CARMÉLITE.

TYP. J. CLAYE.

A partir de ce jour, le bonheur était entré dans la maison, comme, trois mois auparavant, le bien-être y était entré, par la même porte et le même chemin. On se réunissait presque tous les soirs dans le petit salon de la jeune fille, salon dont Camille, l'homme inventif, avait eu l'idée de faire renouveler le papier, un jour, en l'absence de Carmélite, afin d'épargner autant que possible à l'orpheline le souvenir cruel de la chambre où sa mère était morte; on passait là, entre sept heures et minuit, des soirées charmantes, qu'on était tout surpris de voir s'écouler si vite.

Colomban, doué d'une voix de baryton d'une ampleur prodigieuse, chantait tantôt un morceau de Weber ou de Mozart, tantôt un air de Méhul ou de Grétry. Camille avait une voix de ténor d'une douceur, d'une pureté, d'une suavité angélique; quand il attaquait l'air de *Joseph* :

Champs paternels, Hébron, douce vallée!

il y avait dans son accent une telle tendresse, une tendresse si profonde, que ni Colomban ni la jeune fille ne pouvaient entendre la reprise de cet air sans sentir leurs yeux se mouiller de larmes.

Carmélite n'osait chanter seule; elle n'avait jusque-là fait entendre sa voix, et encore timidement, que dans des duos avec l'un ou l'autre des deux amis, ou dans des trios avec tous les deux. C'était une voix d'une largeur et d'une puissance extraordinaires: dans certains airs en mineur, il sortait de cette bouche d'enfant des notes éclatantes comme les sons de la trompette dans une marche funèbre.

En d'autres moments, cette voix sanglotait comme les sons d'un violoncelle. D'autres fois les notes qui s'en échappaient étaient douces comme les sons d'une flûte de cristal, ou mélancoliques comme les accents du hautbois.

Les deux amis l'écoutaient avec ravissement, et Camille, qui autrefois ne manquait pas un jour d'Opéra, n'y avait pas remis les pieds depuis qu'il avait entendu pour la première fois ce qu'il appelait la perle de Paris, *la gemma di Parigi*. Tous deux étaient surpris des progrès que Carmélite faisait d'heure en heure.

Un soir, ils furent abasourdis en lui entendant chanter d'un bout à l'autre toute la partition de *Don Juan*, qu'ils ne lui avaient donnée que la veille. La jeune fille avait en effet une mémoire prodigieuse : il lui suffisait d'entendre chanter une seule fois un morceau pour le répéter note pour note un quart d'heure après.

Colomban avait toute une collection de musique allemande; mais en quelques mois elle fut épuisée. Alors Camille se chargea de pourvoir aux besoins de la société philharmonique; il fouilla tous les magasins, faisant choix, comme de raison, des morceaux de ses maîtres favoris, morceaux que Colomban appelait des œuvres de basse latinité.

La jeune fille dévorait fiévreusement toutes ces partitions, et peu à peu sa tête s'ornait des œuvres principales de tous les grands maîtres; et, comme le chant ne lui faisait pas négliger l'exécution, il arriva qu'au bout d'un certain temps elle était devenue une musicienne d'une science et d'un talent merveilleux.

Les soirées se passaient donc ainsi, à s'écouter chanter les uns les autres;

c'était l'occupation principale; puis, après chaque morceau, venait quelque saillie de Camille, saillie irrésistible, et qui jetait ses auditeurs dans des accès de rire d'enfants; ou bien encore c'était une aventure de voyage, aventure piquante ou hasardeuse, mais toujours racontée chastement.

Une chose surtout émerveillait Colomban : c'est que ce voyageur insoucieux qui, pour lui, avait visité l'Italie, la Grèce, l'Asie Mineure en oiseau de passage qui n'a rien vu, rien retenu, rien compris, semblait, depuis qu'il avait commencé à raconter ses voyages à Carmélite, avoir voyagé à la fois en savant, en peintre, en poëte. Tantôt il racontait ses recherches au milieu des ruines; tantôt, ses promenades au clair de lune, aux bords des grands lacs; ses campements dans le désert aride, ou dans les forêts vierges; et alors, c'était un nouveau Camille, un Camille inconnu, aux récits pleins de couleur, de passion, d'enthousiasme et de franchise.

Colomban était tout étourdi de la métamorphose; il lui apparaissait dans un éblouissant éclat : ce n'était plus le gamin léger, éventé, insouciant et vantard; c'était un cavalier charmant, réunissant à la fois les qualités et la distinction de l'homme du monde, le brio et l'aventureux de l'artiste.

Qui donc avait opéré ce miracle? Colomban l'ignorait; puis, d'ailleurs, il ne songeait pas à se le demander; mais nous, lecteurs, qui sommes plus curieux que le Breton, cherchons ensemble d'où venait ce changement dans l'esprit et les manières de Camille *de* Rozan, comme il s'appelait parfois lui-même, moitié plaisamment, moitié fièrement. La cause de ce changement n'est pas difficile à trouver.

Avez-vous vu un paon se promener seul sur l'arête aiguë d'un toit? Rien de plus beau sans doute, mais en même temps rien de plus triste ni surtout de plus infatué de sa personne; seulement, qu'il aperçoive de loin une paonne, aussitôt il relève son éventail de diamants, de perles et de rubis.

Eh bien! les diamants, les perles et les rubis dont les récits de Camille étaient semés, rayonnaient sous les regards de la jeune fille. Il faisait la roue, comme le dit une phrase triviale, mais expressive. Il eût vécu vingt ans avec Colomban, qu'il n'eût pas fait à l'amitié l'honneur d'étaler pour elle une des pierres précieuses de son riche écrin; mais, pour ce dieu mystérieux et inconnu qui plane invisible au-dessus de la tête des jeunes filles, Camille n'avait pas assez de trésors de beauté, d'esprit et d'imagination.

Il en est de deux vieux amis comme du mari et de la femme : ils ne se croient pas obligés de se mettre en frais l'un pour l'autre; mais qu'un tiers apparaisse, et à l'instant même la conversation va devenir étincelante comme celle de deux muets retrouvant tout à coup la parole. L'honnête Colomban n'attribuait pas la taciturnité passée de Camille, et sa volubilité présente, à d'autre cause qu'au caractère inégal et capricieux du jeune homme.

Pour Carmélite, élevée dans la sévère pension de Saint-Denis, devenue ensuite la garde-malade de sa mère et le témoin de sa mort, la tristesse avait fait jusque-là le véritable fond de sa vie, et le grave Breton continuait à son insu, et à l'insu même de la jeune fille, les leçons bienfaisantes mais attristantes du pensionnat. Si en ce moment, marchant droit à son cœur, une interpellation directe lui eût demandé quel était celui des deux jeunes gens qu'elle aimait le mieux, elle eût incontestablement sans hésitation, par instinct naturel, par entraînement irrésistible, désigné Colomban. Son caractère sérieux, loin de le faire repousser, l'attirait à elle; ils se rencontraient à chaque instant l'un l'autre, dans les appréciations qu'ils portaient sur tous les sujets.

Camille, au contraire, avait un caractère entièrement opposé à celui de la jeune fille : ses vivacités l'inquiétaient, ses légèretés la choquaient; elle était toujours prête, en sœur aînée, à le gronder comme un écolier, car sa nature forte et résolue lui avait donné sur Camille un peu de cet empire que Colomban avait pris, dès le collége, sur son condisciple américain. Elle avait pour lui bien plutôt cette sollicitude qu'on a pour les enfants que la tendresse qu'on éprouve pour un jeune homme.

Lorsqu'elle travaillait ou qu'elle voulait être seule, si Camille entrait à l'improviste, elle n'était pas embarrassée pour lui dire : « Allez-vous-en, Camille; vous me gênez! » Elle n'eût jamais osé dire une semblable parole à Colomban; d'ailleurs Colomban ne la gênait jamais.

Il en résulta que Carmélite elle-même se trompa sur ses sentiments : elle prit peu à peu cette familiarité qui s'établissait entre elle et Camille pour une plus grande vivacité d'affection; elle prit pour de la crainte cet amour respectueux, mais profond, qui l'attachait à Colomban. Colomban semblait la retenir; Camille parassait l'entraîner. Elle était aimée par Colomban, elle était séduite par Camille.

Comment l'enfance entrevoit-elle la vie, sinon comme une guirlande de fleurs dont la plus belle est la plus éclatante? comment la jeune fille entrevoit-elle l'amour, sinon comme une terre promise où elle va pouvoir effeuiller sa couronne de rêves? La vie avec Colomban, c'était l'étude et le travail de chaque jour; la vie avec Camille, c'était un voyage éternel à travers le pays bariolé de la fantaisie. Si l'envie prenait à Carmélite d'apprendre, le soir, un morceau de musique dont on venait de parler, Colomban lui disait :

— Demain, vous l'aurez.

Mais Camille, prompt à contenter les désirs des autres, comme il était ardent à satisfaire les siens; Camille, fût-il minuit, la pluie tombât-elle à torrents, les magasins de musique fussent-ils fermés, les éditeurs fussent-ils endormis; Camille, insouciant de la pluie et de l'heure; Camille, courant à pied à travers tout Paris, allait faire tapage à la porte du marchand jusqu'à ce que celui-ci, attiré par le prix exagéré que le jeune homme offrait, vu l'heure tardive, se décidât à ouvrir.

Un jour, au Luxembourg, Carmélite avait manifesté, assez vaguement d'ailleurs, le désir d'avoir une ou deux fleurs d'un marronnier rose.

— Je connais, dit Colomban, un pépiniériste qui demeure rue de la Santé; à votre retour vous aurez, chère Carmélite, une brassée de ces fleurs.

Mais Camille, agile comme un chat, malgré les justes reproches de Colomban, qui lui rappelait qu'ils étaient dans un jardin public, Camille était déjà grimpé dans l'arbre, avait cassé toute une branche du marronnier rose, et était descendu triomphant, sans avoir été aperçu d'un seul gardien; car il y avait chez lui une espèce d'alliance avec le bonheur et l'audace : un chiromancien qui eût étudié la main de Camille, eût certainement reconnu et suivi du mont de Mars au poignet la ligne de bonheur, droite, ferme, sans aucune déviation ni brisure.

En effet, il était impossible d'être à la fois plus téméraire et plus heureux que ne l'était Camille. Ces faits et d'autres semblables, qui se renouvelaient à tous propos et à chaque instant, inspirèrent à Carmélite une grande affection pour le jeune homme, affection qui participait autant de l'étonnement que de l'admiration. Colomban s'aperçut, à plusieurs symptômes, de l'attraction que le créole exerçait sur la jeune fille.

— C'est bien naturel, se dit-il d'abord sans s'inquiéter de cette attraction; il a la beauté, la gaieté, la grâce, l'éclat; je n'ai, moi, que la tristesse et la force.

Puis peu à peu, dans la probité de son cœur, et à mesure qu'il pensait ainsi, son front devenait plus sombre et son cœur plus serré; peu à peu, il se disait :

— Mon Dieu! vous m'avez fait, à vingt-quatre ans, grave et sévère comme un vieillard! Quel triste compagnon vais-je être pour une jeune fille de dix-huit ans, dont tous les appétits seront antipathiques aux miens?... Et cependant, ajoutait-il doutant encore, tout me dit que j'étais capable de faire le bonheur de Carmélite, et que j'en aurais eu la puissance et la force, comme j'en ai le désir et la volonté!

Puis il les regardait, beaux, jeunes, souriants, pressés l'un à côté de l'autre, et il lui semblait que les deux auréoles de jeunesse qui ceignaient leur front n'en formaient plus qu'une, et que c'était une auréole d'amour. Alors il secouait la tête, et debout dans l'ombre, tandis que Camille et Carmélite rayonnaient de lumière :

— Je voudrais inutilement m'illusionner, disait-il; ces deux jeunes gens s'aiment, et c'est justice : ils semblent faits l'un pour l'autre... Et cependant j'avais rêvé une autre existence pour elle... Chère Carmélite! j'en eusse fait une haute et fière dame! Camille voit mieux que moi : il en fera une femme heureuse!

Et à partir de cette heure, Colomban, malgré des regrets poignants, malgré la tristesse qui l'envahissait de jour en jour, résolut de faire abnégation entière de lui-même, et d'enrichir Camille des trésors qu'il avait amassés.

Un soir que Camille et Carmélite avaient chanté d'une voix ravissante, appuyés l'un à l'autre, cheveux flottants, haleines mêlées, un duo d'amour dans lequel avaient vibré toutes les cordes de cette passion humaine qui touche presque à l'octave céleste, Colomban, en rentrant dans sa chambre, posa la main sur l'épaule de Camille, le regarda gravement, et, des larmes plein les yeux, des soupirs plein la poitrine, mais d'une voix calme, il lui dit :

— Camille, tu aimes Carmélite! — Moi? s'écria Camille rougissant. Je te jure... — Ne jure pas, Camille, écoute-moi, dit Colomban. Tu aimes Carmélite, à ton insu peut-être, mais tu l'aimes profondément, sinon de la même façon, du moins autant que je l'aime moi-même. — Mais Carmélite... dit Camille. — Je n'ai point interrogé Carmélite, répondit Colomban. A quoi bon? Non, je sais assez quel est l'état de son cœur! J'avoue, à votre louange à tous deux, que la lutte a été longue, et que c'est en quelque sorte malgré vous que vous avez été entraînés l'un vers l'autre.. Voici donc quel est mon projet... — Non! non! s'écria Camille, c'est à moi de te dire mon projet, Colomban. Il y a assez longtemps que je reçois de toi sans rien te donner, que j'accepte tes dévouements sans pouvoir te les rendre! Tu as peut-être raison : oui, je suis sur le point d'aimer Carmélite, de trahir notre amitié; mais, de cet amour, je te jure, Colomban, que je ne lui ai jamais dit un mot, et que, jusqu'à ce moment, jusqu'à cette heure où tu vas l'arracher du fond de mon cœur pour le mettre devant mes yeux, je me le suis caché à moi-même... C'est la première faute que j'aie commise envers toi; mais, je te le répète, je ne me doutais pas, en glissant sur cette pente si douce de l'amitié à trois, je ne me doutais pas que j'allais tout droit à l'amour. Tu le vois pour moi : merci! tu me le dis : tant mieux! il est encore temps! Oui, oui, cher Colomban, j'étais sur le point d'aimer Carmélite; et cet amour me fait horreur, comme si Carmélite était la femme de mon frère! J'ai donc, en t'écoutant, en sondant mon cœur, en voyant l'abîme, pris une résolution suprême : dès ce soir, je pars! — Camille! — Je pars... je vais mettre entre mes désirs et ma passion une barrière infranchissable; je traverserai la mer, et j'irai vivre au fond de l'Écosse ou de l'Angleterre; mais je quitterai Paris, mais je quitterai Carmélite, mais toi-même, je te quitterai!

Et Camille se mit à fondre en larmes, et se jeta sur le canapé. Colomban resta debout et, ferme comme le roc de ses grèves où, depuis six mille ans, vient se briser le flot de la mer :

— Merci de ta généreuse intention! dit-il; je t'en sais gré comme du plus grand sacrifice que tu puisses me faire; mais il est trop tard, Camille! — Comment, trop tard? répondit le créole relevant sa tête toute baignée de larmes. — Oui, trop tard! reprit Colomban. Quand même j'aurais l'égoïsme d'accepter ton dévouement, arracherais-je maintenant du cœur de Carmélite l'amour qu'elle a pour toi? — Carmélite m'aime? tu en es sûr? s'écria Camille bondissant sur ses pieds.

Colomban regarda le jeune homme, dont le visage s'était séché comme sous les rayons du soleil d'août.

— Oui, elle t'aime, dit-il.

Camille comprit tout ce qu'il y avait d'égoïste dans cet éclair de joie qui, par ses yeux, venait de jaillir de son âme.

— Je partirai, dit-il : loin des yeux, loin du cœur! — Vous ne vous séparerez pas, répondit Colomban, ou plutôt je ne vous séparerai pas. Je serais donc bien lâche si je ne savais pas dompter un amour qui ferait le malheur d'un frère et d'une sœur! — Colomban! Colomban! s'écria le créole, voyant l'effort que son ami faisait sur lui-même. — Ne t'inquiète pas de moi, Camille; les vacances arrivent dans quelques jours; c'est moi qui partirai. — Jamais! — Je partirai, aussi vrai que je te le dis... Seulement, ajouta le Breton d'une voix tremblante, tu me promets une chose, Camille? — Laquelle? — Tu me promets de faire le bonheur de Carmélite? — Colomban! fit le créole en tombant dans les bras de son ami. — Tu me jures de la respecter tant qu'elle ne sera pas ta femme? — Devant Dieu! jura solennellement Camille. — Eh bien, dit Colomban s'essuyant les yeux, j'avancerai mon voyage de quelques jours : car, tu comprends bien, Camille? continua le Breton d'une voix étouffée, si fort que je sois, je suis résigné de trop fraîche date pour avoir incessamment sous les yeux le spectacle de votre bonheur... Je vous affligerais comme un reproche! Je partirai donc dès demain, et mon désespoir aura cela de bon, qu'il donnera à mon pauvre père quelques jours de bonheur de plus! — Oh! Colomban! dit Camille en embrassant le noble Breton, oh! Colomban! que je suis chétif et misérable à côté de toi! Pardonne-moi de te condamner à cet éternel sacrifice de ton bonheur; mais, vois-tu, mon cher, mon vénéré Colomban, je te trompais en te disant que j'allais partir; je ne serais pas parti : je me serais tué! — Malheureux! dit Colomban. Je partirai, moi, et ne me tuerai pas : j'ai un père!

Puis, d'un ton plus calme :

— Et cependant, dit-il, tu comprends que l'on meure pour une femme que l'on aime, n'est-ce pas? — Je ne comprends pas, du moins, que l'on vive sans elle. — Tu as raison, répondit Colomban ; parfois ces idées me sont venues à moi-même. — A toi, Colomban? dit Camille effrayé, car ces paroles dans la bouche du sombre Breton avaient une bien autre signification que dans celle de l'insoucieux créole. — A moi, Camille! oui... Mais rassure-toi! continua Colomban. — Oui, tu l'as dit, tu as un père! — Puis encore, je vous ai tous deux, mes bons amis, et je craindrais de vous laisser un remords. Rentre donc chez toi, Camille; je suis calme; je n'ai plus maintenant qu'un désir : revoir mon père!

Puis, quand le jeune homme, impatient d'être seul, l'eût laissé sombre et désolé comme un arbre dépouillé de son feuillage par le vent de décembre :

— Mon père! continua Colomban; ah! j'eusse dû ne le jamais quitter!...

XLV

LE DÉPART.

Le départ de Colomban avait été fixé par lui au lendemain soir. Ce fut pour le jeune homme une cruelle minute que celle où il lui fallut annoncer ce départ à Carmélite.

Carmélite était assise et brodait quand Colomban entra chez elle suivi de Camille. Elle releva la tête, sourit aux deux amis, leur tendit la main, puis se remit à sa broderie.

Il se fit un moment de silence. De ces trois poitrines, deux étaient oppressées à ne pas respirer; un souffle doux et pur s'échappait de la troisième. Au moment où Carmélite allait demander aux deux amis la cause de ce silence :

— Carmélite, dit le Breton de sa voix mélancolique, je pars.

Calmélite tressaillit et releva vivement la tête.

— Comment, vous partez? demanda-t-elle. — Oui. — Et où allez-vous? — En Bretagne. — En Bretagne? Pourquoi en Bretagne, un mois avant la saison des vacances? — Il le faut, Carmélite.

La jeune fille le regarda fixement.

— Il le faut? répéta-t-elle.

Colomban réunit toutes ses forces pour faire un mensonge préparé depuis la veille.

— Mon père le veut, dit-il.

Mais les lèvres loyales du Breton se prêtaient si mal à déguiser la vérité, qu'il balbutia plutôt qu'il ne prononça ces quatre mots.

— Vous partez! et moi?... dit la jeune fille avec un sublime égoïsme.

Colomban devint pâle comme la mort; son cœur fut près de s'arrêter. Tout au contraire de son ami, Camille sentit une flamme lui passer sur le visage, et son cœur accélérer ses battements.

— Vous le savez, Carmélite, dit Colomban, la langue humaine a un mot devant lequel viennent se briser tous nos désirs, toutes nos espérances : *Il le faut!*

Colomban avait dit ces paroles avec une telle résolution, que Carmélite baissa la tête, comme si elles eussent été prononcées par la bouche du Destin lui-même. Mais les deux jeunes gens virent des larmes silencieuses tomber de ses yeux sur sa broderie.

Il y eut alors une terrible lutte dans le cœur du Breton. Camille suivait sur le visage de Colomban tous les progrès de sa douleur intime; peut-être Colomban allait-il succomber, tomber aux pieds de Carmélite et lui tout dire, lorsque Camille, appuyant sa main sur l'épaule de Colomban :

— Cher Colomban, dit-il, au nom du ciel, ne pars pas!

Cette supplication rendit à Colomban tout son courage.

— Il le faut, dit-il à Camille, comme il avait dit à Carmélite.

Camille savait bien ce qu'il faisait en suppliant, et quelle puissance sa voix avait sur le cœur de son ami. Au reste ces trois mots, qui n'avaient pas suffi à Carmélite, suffirent à Camille. Camille se tut; l'effet qu'il avait voulu produire était produit.

Ce fut une triste soirée que celle qui suivit cette déclaration de Colomban. Au moment de se quitter seulement, les jeunes gens voyaient clair en eux-mêmes. Colomban comprit quel amour irrésistible, profond, infini, il avait pour Carmélite. S'il eût été obligé d'arracher cet amour de sa poitrine, autant eût valu pour lui s'arracher le cœur. Mais au moins cet amour, sûr de lui comme il l'était, et ne craignant pas d'en arriver jamais à trahir son ami, il pouvait le conserver ainsi qu'un trésor de douleurs et de larmes.

Carmélite, de son côté, comprenait quelle violente affection elle avait pour Colomban. Mais, lorsque, dans ses nuits solitaires, au milieu de ses rêves de jeune fille, elle s'était trouvée face à face avec cette affection, et que, dans la naïveté de son âme, elle avait pensé au mariage, qui, à ses yeux, devait être la conséquence de toute affection vive, elle s'était demandé si le père de Colomban, vieux gentilhomme entiché probablement des préjugés de sa caste, consentirait jamais à ce que son fils épousât une orpheline sans fortune et sans nom.

Son père, à elle, était à la vérité mort capitaine et sur le champ de bataille; mais, à l'époque où nous sommes arrivés, la restauration avait mis une telle ligne de démarcation entre l'épée qui avait servi Napoléon et celle qui avait servi Louis XVIII, qu'il n'y avait rien d'étonnant, même pour Carmélite, que le comte de Penhoël ne consentît point au mariage de son fils avec la fille du capitaine Gervais.

La première idée qui vint à Carmélite, c'est que le père de Colomban avait su l'intimité dans laquelle vivaient les trois jeunes gens, et rappelait Colomban pour la faire cesser. L'orgueil de la jeune fille se révolta; elle ne fit plus de questions.

Ce fut une triste journée que ces dernières heures que les trois amis passèrent ensemble, heures où plusieurs fois la parole s'arrêta sur les lèvres, et où les pleurs tombèrent des yeux. Mais, pendant ces heures suprêmes, pas un mot, pas un regard de l'austère Breton ne trahit la passion dévorante qu'il cachait dans sa poitrine. Comme le jeune Spartiate, le sourire sur les lèvres, il se laissait déchirer les entrailles. Il est vrai que ce sourire était celui de la tristesse.

L'heure du départ arriva. Colomban dit adieu à Carmélite par un baiser amical posé sur les deux joues pâles et humides de la jeune fille, puis, entraîné par Camille, il sortit.

Camille alla conduire Colomban jusqu'à la diligence. Là, le prenant à part une dernière fois, Colomban fit jurer à son ami de respecter la jeune fille comme devant être sa femme, et jusqu'à ce qu'elle fût sa femme. Puis Camille revint à la maison de la rue Saint-Jacques, où il trouva la jeune fille tout en larmes.

En effet, n'était-ce pas briser le cœur de Carmélite, que de rompre le dernier lien qui l'attachât encore à sa vie d'autrefois? L'amitié de Colomban, née du dévouement et de la reconnaissance au chevet de sa mère morte, lui avait servi de transition entre le passé et l'avenir : ce départ arrachait du cœur de l'orpheline les derniers lambeaux de son enfance! Désormais seule au monde, car Colomban n'avait point dit quand il reviendrait, ne pouvant demander d'amitié et de protection qu'à Camille, c'est-à-dire à un jeune homme dont la légèreté et la dissipation lui apparaissaient, comparées à la grave tendresse de Colomban, dans toute leur vérité redoutable, il lui avait pris une de ces profondes tristesses qui touchent au désespoir, et elle se sentait maintenant isolée, perdue, dans ce désert qu'on appelle le monde, sans affection, sans force, sans appui. Elle pleurait donc, pauvre enfant, amèrement et abondamment, lorsque Camille arriva.

Au bruit que fit le créole en entrant, Carmélite ne releva la tête que pour voir si, par hasard, Colomban n'était pas revenu avec lui. Le voyant seul, elle laissa retomber sa tête sur sa poitrine.

Camille resta un instant silencieux sur le seuil de la porte; il était moins avancé qu'il ne croyait dans le cœur de la jeune fille. Aussi comprit-il que c'était, non pas de lui, mais du Breton qu'il fallait parler.

— Je viens vous apporter, dit-il, de la part de Colomban, l'assurance de sa profonde amitié. — Quelle est cette amitié ? demanda Carmélite d'un air sombre; amitié qui se noue et se dénoue à volonté! Est-ce que, si j'eusse dû partir, je n'eusse pas prévenu mes amis aussitôt mon projet de départ conçu? et, l'ayant conçu, l'aurais-je si vite et si cruellement exécuté?

Pauvre Carmélite! elle oubliait ou faisait semblant d'oublier ce que lui avait dit Colomban de la lettre de son père.

Camille comprit ce qui se passait dans le cœur de la jeune fille, et aussi le parti qu'il pouvait tirer de cette prétendue opposition du père de Colomban; mais une lettre de Colomban, si Camille appuyait sur ce motif, pouvait le surprendre en flagrant délit de mensonge, et Camille savait que le cœur droit de l'orpheline lui pouvait tout pardonner, le mensonge excepté. Il résolut donc de se rapprocher de la vérité :

— Croyez bien, chère Carmélite, dit-il, qu'un puissant motif a pu seul déterminer Colomban à partir. — Mais enfin, quel est donc ce puissant motif? demanda Carmélite; m'en refuser la confidence, n'est-ce pas me dire qu'il est offensant pour moi?

Camille se tut.

— Quel est-il, voyons, parlez! reprit Carmélite avec une certaine impatience. — Je ne puis, Carmélite. — Vous le devez, Camille, si vous tenez à ce que mon amitié pour Colomban reste ce qu'elle est, sincère et forte; vous le devez, et il ne vous est pas permis de me laisser soupçonner votre ami : c'est votre devoir de le justifier, puisque je l'accuse. — Je sais, je sais tout cela, Carmélite, s'écria Camille; mais ne me demandez pas pourquoi Colomban est parti... Pour vous, pour moi, pour nous tous, ne me le demandez pas! — Je vous le demande impérieusement, au contraire, répondit la jeune fille; si c'est un chagrin qu'il veut m'épargner, parlez, car aucun chagrin ne peut être plus grand pour moi que celui d'une amitié trahie. Expliquez-vous donc, au nom de la loyauté. — Vous le voulez, Carmélite? dit Camille feignant de céder à la violence. — Je l'exige. — Eh bien! il est parti...

Camille s'arrêta comme si sa langue refusait de lui obéir.

— Dites! dites! — Eh bien! Colomban est parti parce que... — Parce que?.. — Parce que... répéta en hésitant le jeune homme. — Eh bien? — Oh! c'est que c'est si difficile à dire, Carmélite! — Ce n'est donc pas la vérité? — C'est la vérité pure. — Alors, dites-la promptement et hardiment. — Colomban est parti, reprit Camille, Colomban est parti, parce que... je vous aimais!

Il avait raison d'hésiter, l'adroit créole, avant de prononcer le *je*. Il y avait un abîme de profondeur dans ce pronom, si court qu'il fût. Que Camille, au lieu de dire : « *Je* vous aimais! » eût dit : « Colomban est parti parce qu'il vous aimait! » et Camille ne le cédait plus à Colomban.

Cette loyale preuve d'amitié, en l'absence du Breton, faisait atteindre son ami à des hauteurs prodigieuses, et réparait tout d'un coup l'égoïsme que celui-ci avait mis, depuis le collége, à accepter sans jamais les rendre, les dévouements de Colomban.

Si Camille avait dit : « Parce que Colomban vous aimait, et que je vous aimais aussi! » il plaçait, avec toute la liberté du choix, Carmélite entre ces deux amours. Carmélite mesurait d'un coup d'œil le dévouement du Breton, qui était parti; l'égoïsme du créole, qui était resté!

Si nous avons bien analysé, nous ne dirons pas le caractère, mais le tempérament de Camille, le lecteur sait déjà que, pour satisfaire, non point une passion, mais un simple caprice, Camille n'eût reculé devant aucun obstacle; soit que l'obstacle pût être tourné par la ruse, soit qu'il pût être renversé par le courage, il allait toujours à son but, droit quand il le pouvait, obliquement lorsqu'il ne pouvait l'atteindre que d'une façon oblique. Sensuel avant tout, c'était la violence des désirs, et non la profondeur de la corruption, qui pouvait lui faire commettre une action mauvaise; que cette action mauvaise eût un mauvais résultat, il était capable de remords violents, mais d'autant moins durables que l'irritabilité de ses nerfs eût donné à ses remords une énergie exagérée. Et cependant, si pervers que fût instinctivement Camille, le dernier sacrifice de son ami, qu'il venait d'embrasser en le reconduisant, était encore si présent à sa pensée, que, malgré cette profonde perversité, il hésita à le trahir si vite. Il répondit donc à Carmélite une demi-vérité, en lui répondant : « Colomban est parti parce que je vous aimais! » En répondant cela, il n'était qu'à moitié traître.

Colomban n'eût pas laissé partir son ami; mais, si cet ami fût parti sans le prévenir, ou fût parti malgré lui, il eût dit : « Camille est parti parce qu'il vous aimait ; Camille vaut mieux que moi, puisque moi, je n'ai pas eu le courage de partir. »

Aussi la cause du départ de Colomban, annoncée de cette façon à Carmélite, fit-elle sur la jeune fille l'effet d'un coup de foudre. Elle regarda fixement Camille, si fixement que celui-ci rougit et baissa les yeux.

— Camille, vous mentez ! dit-elle ; ce n'est point à cause de vous que Colomban est parti.

Camille releva la tête. L'accusation n'était point celle qu'il craignait.

— Uniquement à cause de moi, répéta-t-il. — Mais que pouvait faire à Colomban l'amour que vous prétendez avoir pour moi ? demanda la jeune fille. — Il avait peur de vous aimer, répondit le créole. — Bon Colomban ! murmura Carmélite.

Puis, se retournant vers Camille :

— Laissez-moi seule, mon ami, dit-elle ; j'ai besoin de pleurer et de prier.

Camille prit la main de la jeune fille, et la baisa respectueusement; une larme tomba de ses yeux sur la main de Carmélite. Quelle source avait fourni cette larme ? était-ce la reconnaissance, la honte ou le remords ? Carmélite ne s'en informa point; pour elle, une larme était une larme, c'est-à-dire la perle que la douleur va chercher, en y plongeant, dans ce profond océan qu'on nomme le cœur.

Camille rentra chez lui, et fut tout étonné de voir sa chambre éclairée. Il fut encore plus étonné de voir une femme dans sa chambre. Cette femme, c'était la princesse de Vanves, qui, prévenue du prochain départ de Colomban, rapportait le linge qu'elle avait à lui.

Seulement la belle Chante-Lilas, on se rappelle que c'était le nom de la princesse de Vanves, avait été d'un quart d'heure en retard. Puis, comme elle n'avait pas voulu laisser le linge sans le remettre aux mains de quelqu'un, elle avait attendu la rentrée de Camille.

Camille n'était rentré, comme on sait, que lorsque Carmélite l'avait prié de la laisser seule ; ce qui fait qu'au moment où Camille rentrait, il pouvait être dix heures et demie du soir. C'était bien tard pour retourner seule à Vanves ! Camille offrit à la princesse la chambre de son ami Colomban. La princesse fit quelques difficultés : mais, sur l'assurance qu'il y avait un verrou à la porte de communication, elle accepta.

Maintenant, y avait-il ou n'y avait-il pas de verrou ? le verrou resta-t-il poussé ou tiré ? c'est ce que nous devinerons probablement à la première rencontre du séduisant Camille et de la belle Chante-Lilas.

XLVI

NUIT D'ORAGE.

Comme nous ignorons complétement, jusqu'ici du moins, ce qui se passa pendant cette nuit, prenons Camille au moment où, le lendemain, vers onze heures du matin, il se présente à la porte de Carmélite, et s'arrête un instant rêveur avant de frapper à cette porte. A quoi rêvait Camille? Camille rêvait à l'œuvre difficile, nous dirons presque impossible, qu'il entreprenait. Il connaissait Carmélite; il savait que sa vertu reposait sur des principes austères et parfaitement arrêtés.

Il fallait donc, pour la vaincre, employer soit une force, soit une adresse extraordinaire. Camille était si adroit, qu'il en était fort! Il étudiait Carmélite depuis longtemps, comme un général étudie une place de guerre. Fallait-il, d'après l'exemple de Malherbes, la prendre par un siége régulier, c'est-à-dire par les mille soins et assiduités dont le poëte proclame l'efficacité dans ces vers:

> Enfin, cette beauté m'a la place rendue,
> Que d'un siége si long elle avait défendue;
> Mes vainqueurs sont vaincus!...

Fallait-il s'en emparer par famine, par vive force, en faisant des tranchées, en donnant des assauts? Non, toute cette stratégie eût échoué. On ne pouvait vaincre que par surprise. Camille s'arrêta donc à ce parti, et, cette résolution prise, il attendit froidement l'occasion.

C'était le dernier bouillonnement de son cœur, le dernier désir de son imagination qu'il endormait, quitte à laisser désirs et bouillonnements se réveiller plus tard, dans cette pause d'un instant qu'il faisait à la porte de Carmélite. Il entra. Carmélite avait peu dormi et avait beaucoup pleuré. Elle reçut Camille froidement. Cette réception rentrait dans les plans de Camille.

A partir de ce jour, il s'acharna à mener une vie exemplaire. Il prit le contre-pied de ses folies et de ses irrégularités passées, et donna à chaque instant des preuves d'une sagesse dont on l'eût cru incapable. Il affaiblit l'éclat de son enjouement habituel, et, à force de retenue, il devint grave et sérieux.

On comprend quel était le but de Camille. Il lui fallait effacer du cœur de Carmélite le dernier souvenir de l'absent. Or, comment Camille pouvait-il faire oublier Colomban? En rendant à la jeune fille toute la gravité, toute la mélancolie, tout l'esprit de règle du Breton, entés sur une affabilité plus grande et sur une extrême distinction.

Carmélite crut naïvement que cette transformation venait moitié du regret que causait à Camille le départ de son ami, moitié de l'amour qu'il ressentait pour elle. Son orgueil de jeune fille fut flatté de ce que ce jeune homme, dans le seul espoir de lui plaire, faisait violence à son caractère, à ses habitudes, à ses goûts, et jetait au loin ses caprices les plus chers et les plus absolus. Eh! mon Dieu! toute jeune fille de dix-huit ans s'y fût trompée de même.

Camille adorait autrefois l'Opéra, et Camille ne mettait plus le pied à l'Opéra.

Camille allait régulièrement trois jours de la semaine au manége et, de là, faire sa promenade au bois : il renonça tout à coup au manége et à la promenade.

Camille avait, dans les hauts quartiers de Paris, cinq ou six amis, Américains comme lui, avec lesquels, de temps en temps, il avait l'habitude de dîner et de souper : Camille ne sortit plus.

Vingt fois, pendant qu'il était chez Carmélite, on vint sonner ou frapper chez lui; chaque fois, le créole, malgré les instances de la jeune fille, refusa de s'assurer qui frappait ou qui sonnait. A l'instar de Carmélite, il voulait vivre dans la solitude et dans le recueillement. Il avait acheté des livres de botanique; il ignorait complétement cette science, et avait prié Carmélite de lui en apprendre ce que Colomban lui en avait appris à elle-même.

Maintenant, on nous comprendrait mal si on allait croire que Camille prît froidement ce masque d'hypocrisie pour séduire la jeune fille. Il l'aimait. Toutefois ce mot appliqué à Camille, n'a pas l'importance du même mot appliqué à Colomban. Le Breton aimait avec toutes les puissances de son âme; Camille aimait, lui, avec tous les désirs de son imagination; seulement, ces désirs étaient plus grands qu'ils n'avaient jamais été.

Entouré jusque-là de femmes à la conquête facile, il était violemment surexcité par la vertu opiniâtre de Carmélite, et il mettait en œuvre toutes les ressources de son esprit pour triompher, croyant peut-être lui-même n'employer que les séductions de son cœur.

Si Carmélite, au lieu de s'abuser sur ces transformations dont elle s'attribuait la gloire, eût contraint Camille à reprendre son caractère primitif, ses qualités et ses défauts naturels, elle en eût fait peut-être alors, grâce à cet amour ardent qu'il ressentait pour elle, un être loyal et bon, tandis qu'en se laissant tromper par lui, et se trompant elle-même, elle l'encourageait à son insu dans cette voie de mensonge et d'imposture.

Il en résultait que, chaque jour, Camille gagnait du terrain. La franchise de position qu'il s'était faite vis-à-vis de Carmélite, par ces mots : « Colomban est parti parce que je vous aimais, » l'avait dispensé de tout aveu, comme elle avait dispensé Carmélite de toute réponse. Du moment où Colomban laissait le champ libre à Camille, il renonçait à Carmélite. Restait à savoir si Carmélite pouvait aimer Camille. Mais le jeune créole avait le brillant du colibri et la souplesse du serpent cobra.

Pas une seule fois il ne dit à la jeune fille : « Voulez-vous être ma femme? » Mais à chaque instant il lui disait : « Quand vous serez ma femme... » Et c'étaient alors les plus ravissants projets de voyage, dont on se reposerait dans le monde des artistes, développés aux yeux de la jeune fille.

Alors Carmélite voyait, sous l'ardente éloquence de Camille, se dérouler, comme un panorama splendide, tous les tableaux enchanteurs de cette vie à deux. Un jour, elle répondit en souriant :

— C'est un rêve, Camille !

Le jeune homme la pressa sur son cœur en s'écriant :

— Non, Carmélite, c'est une réalité !

De ce jour-là, Camille sentit qu'il avait frappé juste. La jeune fille était en son pouvoir. Mais Camille n'en resta pas moins respectueux, discret et grave ; Carmélite n'était point une de ces femmes avec lesquelles on peut se reprendre à deux fois ; un échec, c'était la mort des espérances de Camille. Il attendait donc avec la patience du chat-tigre à l'affût sur la branche, du serpent enroulé dans le buisson.

Un soir, ils descendirent au jardin, dans ce jardin où, trois mois auparavant, Colomban avait passé une partie de la nuit avec la jeune fille. Ce soir-là, la chaleur était étouffante. Il avait fait une de ces brûlantes journées du mois d'août où le tonnerre cherche vainement à percer la densité de l'atmosphère; des éclairs qui présageaient un effroyable orage sillonnaient le ciel du couchant au levant.

Mais vainement les plantes courbées sur leurs tiges, les feuilles crispées sur leurs branches, imploraient une pluie bienfaisante. Le ciel, comme une machine pneumatique, semblait absorber l'air vivifiant, et la nature tout entière haletait comme menacée d'une prochaine asphyxie.

Les deux jeunes gens subissaient à leur insu l'influence de cette atmosphère électrique : la vie semblait momentanément suspendue en eux, et ils attendaient, comme les fleurs, comme les animaux, comme toute la nature, enfin, la pluie qui devait leur rendre la vitalité. Cependant il existait une différence entre Carmélite et Camille : Camille, habitué à la chaleur tropicale de son pays, était bien loin d'avoir perdu, comme Carmélite, la conscience de son être, et, en voyant l'engourdissement léthargique, la somnolence rêveuse de la jeune fille, il comprit que l'occasion si longtemps attendue venait enfin à lui.

Alors, de même que la chanson de la nourrice endort le nourrisson en le berçant, ses paroles amoureuses, habilement graduées, et secouées en quelque sorte sur la tête de Carmélite comme des pavots effeuillés, commencèrent à l'endormir du sommeil magnétique le plus profond, le plus dangereux, le plus irrésistible de tous les sommeils.

Quiconque eût vu dans l'ombre étinceler les yeux du jeune homme, n'eût pu se tromper au feu de ses regards. C'est ainsi que l'épervier, en tournant dans un cercle de plus en plus rétréci, paralyse l'alouette qu'il endort. C'est ainsi que le serpent charme l'oiseau, qu'il force de descendre de branche en branche jusque dans sa gueule béante.

Oh ! ce n'était pas de la sorte que Colomban avait regardé Carmélite pendant cette adorable nuit de printemps qu'ils avaient passée tous deux dans ce même jardin, à l'ombre de ces mêmes lilas ! Il y avait entre ces deux nuits, comme entre les deux jeunes gens, la différence du printemps à l'été.

Là, en effet, le printemps, jeune, frais, timide, osait à peine entr'ouvrir ses boutons ; ici, au contraire, l'été, vigoureux, hardi, dévorant, éparpillait ses fleurs. D'un côté, c'était l'enfance avec ses hésitations, ses troubles, ses craintes ; de l'autre, c'était la jeunesse avec ses éclats, ses agitations, ses emportements.

Pendant la journée de printemps qui avait précédé la nuit qu'avaient passée ensemble Colomban et Carmélite, le tonnerre avait grondé aussi, la vie avait semblé aussi suspendue; mais la pluie était tombée, et la végétation avait été sauvée de la mort. Pendant cette nuit d'été, au contraire, inutilement les plantes avaient imploré la clémence du ciel : il leur fallut courber la tête, laisser tomber leurs pétales un à un, et mourir.

A l'image des plantes, la jeune fille avait été forcée de courber la tête sous le poids de cette nuit de feu, et, à défaut de rosée vivifiante, ce furent les joies ineffables de l'amour qui la tirèrent de son engourdissement, qui l'arrachèrent à son sommeil. Pendant cette nuit, la pauvre Carmélite effeuilla une à une les feuilles de sa couronne d'innocence, et l'ange gardien de sa jeunesse remonta vers le ciel, cachant entre ses mains la rougeur de son front.

Seule, rentrée dans sa chambre, elle aperçut son beau rosier, tout courbé, lui aussi, par l'orage. Elle alla à lui, les joues à la fois brûlantes et trempées de larmes. Alors, tout ce qu'il y avait de fleurs et de boutons, elle les cueillit, les mit dans un voile blanc, et les enferma dans un tiroir de sa toilette, en disant :

— Mourez ! mourez, roses de Colomban !

Puis, prenant une carafe, elle la versa tout entière au pied de son rosier en secouant la tête, et en murmurant tristement :

— Maintenant, fleurissez, roses de Camille !

XLVII

L'HOMME PROPOSE.

Du moment où Carmélite fut à lui, Camille reprit son naturel. Le but était atteint ; à quoi bon désormais l'hypocrisie ?

Disons, toutefois, qu'il polit les angles trop saillants de son caractère, et qu'il s'efforça de plaire à la jeune fille, qu'il aimait passionnément.

Carmélite, au milieu des félicités enivrantes de cet amour étrange, avait oublié les folies premières et les légèretés du jeune Américain.

Ces adorables heures lui paraissaient devoir s'éterniser, et, soit confiance dans Camille, soit puissance sur elle-même, elle ne paraissait pas s'inquiéter de l'avenir. Elle se crut maîtresse absolue du jeune homme en le voyant soumis à tous ses désirs, obéissant à toutes ses paroles.

Ainsi, un jour, qu'elle avait cru remarquer sur le visage d'un voisin, toujours les voisins ! maudits voisins ! puissiez-vous, cher lecteur, n'avoir jamais de voisins, et n'être jamais le voisin de personne ! un jour donc qu'elle avait cru remarquer sur la figure désagréable d'un voisin des signes non équivoques d'improbation, elle en fit part à Camille, qui à l'instant même lui offrit de déménager. La jeune fille accepta.

On s'inquiéta alors du quartier qu'on habiterait. Camille voulait aller dans un des plus riches quartiers de Paris, à la Chaussée-d'Antin, au centre de tous les regards, quand on fuyait tous les regards ! entouré de mille voisins, quand on fuyait effrayé par un seul voisin.

C'était encore une des nuances du caractère de Camille : il n'eût pas été fâchée, l'orgueilleux qu'il était, d'étaler au soleil du monde parisien les beautés de sa nouvelle conquête. Mais Carmélite, sans s'expliquer le but du jeune homme, comprenait que le bonheur vit à l'ombre et meurt au soleil, comme la violette; elle manifesta donc les plus grandes terreurs; elle pria Camille de ne point songer aux quartiers opulents de Paris, mais d'aller, au contraire, attacher leur nid sous quelque bois ombreux des environs. Camille subissait involontairement l'autorité bienfaisante de Carmélite : il lui offrit le bras, un matin, pour aller à la campagne ; il s'agissait de chercher une retraite à l'abri des voisins.

Hélas! quel est celui de nous autres, pauvres rêveurs, qui n'a pas fait le charmant projet d'aller construire son nid dans quelque retraite ombreuse et solitaire, où la voix des hommes ne trouble pas la chanson mélodieuse de ses amours? Une petite maison blanche, enlacée de vignes, de chèvrefeuilles et de rosiers; entourée de grands arbres, comme une cage sonore où retentit la symphonie éternelle des oiseaux; un ruisseau bordé de boutons d'or, de pâquerettes et de myosotis, dont le murmure accompagne le chant de ces musiciens de l'air; un sentier sinueux, où les feuilles de l'année passée amortissent le bruit des pas, qui vont se perdre dans un bois sombre; en un mot, une sorte d'oratoire de verdure où l'on puisse se retirer à deux, célébrer à toute heure ce Dieu qui fit le ciel, le travail, l'amour! dites, n'est-ce pas le rêve adorable que chacun de nous a fait, et est éternellement tenté de réaliser?

Eh bien, ce rêve, Camille et Carmélite le réalisèrent : ils partirent un dimanche matin, chacun de son côté, de peur d'exciter l'envie des uns et la méchanceté des autres, et se rejoignirent à la barrière du Maine, où ils se prirent bras dessus bras dessous, avec cette joie de deux nouveaux amants qui ont été forcés de se quitter une heure.

C'était par une journée splendide ; le ciel était d'un azur éblouissant ; les plaines ondulaient sous un tapis doré ; les arbres de la route secouaient majestueusement leurs panaches, d'où s'envolaient les premières feuilles flétries, comme se détachent de nos cœurs les premières illusions. Les deux jeunes gens semblaient passer sous un arc de triomphe; la nature donne de ces fêtes-là aux amants avec une merveilleuse prodigalité : complice discrète et complaisante, nourrice intarissable, elle semble, comme une mère, présenter ses mamelles fécondes aux amours nouveau-nées.

Ils cheminèrent ainsi à travers les plaines qui conduisent à Meudon, excitant sur toute leur route l'admiration des uns et des autres; chacun les suivait des yeux avec ravissement, les plus vieux comme un souvenir et un regret du passé, les plus jeunes comme une promesse et une espérance de l'avenir.

C'était, en effet, un couple digne d'attirer les regards, jeune, beau, amoureux : Camille avec un reflet d'orgueil, Carmélite avec une nuance de mélancolie ; c'était l'image vivante du bonheur, à laquelle ne manquait pas même ce petit nuage blanc qui fait toujours tache sur le ciel pur ; on eût dit qu'on pouvait garder quelque chose de leur félicité, rien qu'à toucher un pan de leurs habits.

Ils arrivèrent enfin au Bas-Meudon. Meudon avait encore paru trop peuplé à Camille. En entrant dans la petite maison, qu'elle ne connaissait pas, Carmélite eut une joie : elle y trouva son rosier.

Camille, sans savoir quels souvenirs secrets se rattachaient au poétique arbuste, connaissait la tendresse profonde de Carmélite pour cette espèce de talisman parfumé; il avait donné l'ordre à un commissionnaire de prendre par le plus court chemin, tandis que lui et Carmélite prenaient le plus long; de sorte que la jeune fille trouva, comme nous l'avons dit, son rosier arrivé avant elle. Son rosier embrassé, caressé, transporté dans sa chambre, Carmélite s'occupa du reste de la maison.

C'était une charmante petite chaumière bâtie par quelque artiste à la manière des constructions champêtres que, quarante ans auparavant, la reine Marie-Antoinette avait fait élever au Petit-Trianon, c'est-à-dire une fabrique avec de la terre, des briques, du bois en grume, de la vigne vierge, du lierre et des jasmins; le tout de guingois comme la fantaisie, pittoresque comme le hasard.

Au rez-de-chaussée étaient l'antichambre, le salon, la salle à manger, la cuisine. Un petit escalier intérieur montait à une terrasse que l'on pouvait facilement couvrir d'une tente, et qui alors devenait une charmante salle à manger d'été. Un escalier extérieur, grimpant le long de la muraille, et sur la rampe duquel s'enroulaient les feuilles gigantesques des aristoloches, conduisait à deux chambres et à deux cabinets de toilette.

Deux chambres de domestiques complétaient ce petit nid de rouge-gorge, presque entièrement caché sous les feuilles, la mousse et les fleurs. Un délicieux petit pavillon s'élevait dans le jardin.

— Oh! dit en le visitant Carmélite, voilà un joli pavillon! Qu'en ferons-nous? — Ce sera l'appartement de Colomban, répondit tranquillement Camille.

La jeune fille se détourna; elle se sentait devenir pourpre. Dix fois, on le comprend bien, le nom de Colomban avait été prononcé par Camille; quant à Carmélite, ce nom semblait rivé au fond de son cœur, et n'en plus pouvoir sortir; mais jamais l'ombre de l'ami trahi n'avait apparu comme cette fois dans tout l'éclat de son honnêteté. Ainsi, après l'avoir outrageusement trompé, Camille espérait encore le rendre témoin de sa trahison!

Le souvenir de la loyauté de Colomban était revenu aussitôt à la pensée de Carmélite, et, bien qu'elle ignorât l'amour profond que Colomban avait pour elle, et, par conséquent, l'étendue du sacrifice qu'il avait fait à son ami, elle sentait que c'était le blesser cruellement que de lui donner le spectacle de son amour pour un autre. Aussi, quand sa rougeur fut passée :

— Colomban? répéta-t-elle d'une voix mal assurée; ne m'avez-vous pas dit, Camille, qu'il était parti parce que vous m'aimiez? — Sans doute, répondit Camille. — Alors, continua la jeune fille, s'il est parti parce que vous m'aimez, c'est qu'il m'aimait aussi, lui. — Eh bien, reprit Camille, certainement qu'il t'aimait, chère amie; mais, tu sais, l'absence efface bien des choses : s'il a été un peu ombrageux devant notre félicité naissante, son amitié pour nous ne lui rendra-t-elle pas cher notre bonheur présent?

Carmélite soupira; il était donc convenu que l'absence effaçait bien des choses... Ainsi, pensait-elle, si Camille s'absentait, bien des choses seraient effacées! Elle remonta toute rêveuse à sa chambre.

Cette chambre était la sœur jumelle de celle que Carmélite occupait rue Saint-Jacques : Camille l'avait fait meubler de la même façon; c'étaient les mêmes rideaux blancs, le même couvre-pied rose. Les autres chambres, meublées avec la fantaisie de l'artiste et le goût de l'homme du monde, renfermaient les chefs-d'œuvre de l'ébénisterie parisienne; c'était une suite de boudoirs où le grave Colomban se fût trouvé mal à l'aise. Camille avait donc agi sagement en lui réservant un appartement séparé.

Les deux amants passèrent là tout le mois de septembre, dans une adorable intimité; l'un ne se levait que pour penser à l'autre, celui-ci ne se couchait que pour rêver de celui-là. Pas un instant de la journée ne s'écoulait, qu'il ne parût fait absolument, exclusivement pour eux.

Ils avaient tout oublié, Paris, la rue Saint-Jacques, le monde entier, et nous dirions presque Colomban, si nous pouvions ne pas demander compte à Carmélite de ces soupirs qu'elle laissait parfois échapper en fermant les yeux, et en passant la main sur son front.

A part les soupirs, dont l'historien seul peut s'apercevoir, mais que l'amant n'entendait pas, le monde, à leurs yeux, n'avait qu'un arpent, leur jardin; qu'un fleuve, le ruisseau de leur jardin, et nous ajouterons même qu'un soleil, celui qui se levait derrière les grands arbres de leur jardin.

Leur insouciance pour les choses était égale à leur insouciance pour les hommes : les morceaux de musique manquaient; certains objets de la toilette de l'un ou de l'autre demandaient à être renouvelés, on avait mille raisons pour aller à Paris; mais on était si bien dans le petit châlet du Bas-Meudon, qu'on ne pouvait se décider à le quitter.

Et puis, reparaître ensemble dans la rue Saint-Jacques, rentrer dans cette maison où l'on avait cru tout prendre, et où l'on avait cependant oublié tant de choses dont la nécessité faisait sentir l'absence, repasser enfin devant tous ces voisins moqueurs, c'était une imprudence au-dessus des forces de Carmélite.

D'ailleurs, puisqu'on s'était passé un mois de tous ces objets, on pouvait bien s'en passer un mois encore. Pourquoi Camille ou Carmélite, l'un ou l'autre enfin, n'allait-il pas seul à Paris? Aller seul à Paris, l'un ou l'autre, c'était se quitter, et se quitter un instant pendant ces premières heures radieuses de l'amour, c'était se quitter pour une éternité!

On supporta donc quinze jours encore la privation de ces objets dont on n'avait pas d'abord remarqué l'absence, mais qui, on ne savait comment, devenaient chaque jour plus indispensables.

Un beau soir, il fallut cependant se décider à faire la note de toutes ces choses dont on avait besoin, et il fut convenu que, le lendemain, Camille partirait pour Paris, et achèterait ou irait prendre à la maison du quartier Saint-Jacques tout ce qui manquait au châlet du Bas-Meudon. Après avoir été jusqu'à la porte, après être revenu dix fois, Camille partit.

Carmélite le suivit des yeux tant qu'elle put l'apercevoir. Camille, de son côté, lui envoya des milliers de baisers, et lui fit toutes sortes de signes avec son mouchoir. Enfin, il disparut à l'angle du chemin.

Camille devait prendre la première voiture venue, et, avant deux heures de l'après-midi, il serait bien certainement de retour. Mais voyez un peu la méchanceté de la Providence, à laquelle, nous ne savons pourquoi, on continue à donner ce nom : car faut-il appeler Providence une déesse qui se raille amèrement de tous nos projets, et à chaque instant s'amuse à nous mystifier de la plus injurieuse façon?

Ce n'est pas nous qui exalterons la fidélité de Camille : nous avons dit assez longuement et assez franchement notre opinion sur le créole pour ne point paraître suspect ; mais cependant n'y a-t-il pas, dites-nous, une nuance de misanthropie dans la conduite de la Providence à son endroit ?

Pendant six semaines, il reste côte à côte de Carmélite, ne la perdant pas de vue un seul instant ; enfin, le changement de saison arrive ; l'automne, avec ses premières brises d'octobre, se fait sentir ; il faut à Carmélite des robes moins printanières ; il faut à Camille des pantalons plus étoffés ; il faut une foule d'autres choses encore, et, malgré tout ce qu'il faut, Camille ne consent à aller à Paris que le cœur serré et avec le plus violent désir de revenir deux heures après son départ, si c'est possible.

Camille part donc dans les plus louables intentions du monde. Cette absence, d'ailleurs, ne peut que lui rendre le retour plus cher ; il va revenir, ayant renouvelé, pendant quelques heures d'éloignement, tous ses trésors d'amour.

Hélas ! la Providence, fatiguée, à ce qu'il paraît, de la façon indiscrète dont on en a usé envers elle pendant ces derniers temps, la Providence ne prend plus au sérieux les habitants de notre importune planète, et elle déjoue impitoyablement leurs desseins !

Ce fut sans doute par suite de cette lassitude profonde que la Providence déjoua la résolution de Camille, en le faisant tomber dans l'embûche la plus dangereuse qu'il y eût pour un homme de son caractère. Il n'avait pas fait deux cents pas hors du Bas-Meudon, qu'il aperçut, dans un nuage de poussière d'or, deux jeunes filles en robes blanches, chevauchant sur deux ânons à robes noires. L'homme propose, mais le diable dispose !

XLVIII

CAMILLE CHEZ LES VOLSQUES.

Un des grands reproches que l'on a faits à mon ignorance, c'est d'avoir dit un jour, je ne sais plus à quelle occasion, que le paratonnerre *attirait* la foudre. Supposons, chers lecteurs, que les leçons du savant M. Buloz sur l'électricité et sur la pile voltaïque ne m'aient point profité, et que je suis encore aujourd'hui encroûté dans mon erreur.

Je disais : « Comme le paratonnerre n'a d'autre but que d'attirer la foudre, nous pensons que les jeunes filles sont destinées uniquement à attirer les jeunes gens ; » et, en disant cela, je ne croyais, certes, exprimer une opinion ni bien neuve, ni bien hardie.

Les deux jeunes filles attirèrent donc dans leur direction la flamme qui jaillit des yeux de Camille, dès que l'ardent créole les aperçut de loin, au milieu de leur nuage. Il doubla le pas, et, comme sa marche gagnait sur celle des ânons, il n'était plus qu'à quelque distance des amazones, quand l'une d'elles, se retournant par hasard, arrêta sa monture, et fit signe à sa compagne d'arrêter la sienne.

LE MOULIN DE LA GALETTE.

Camille, en voyant ce manége, redoubla de vitesse, et atteignit bientôt les deux jeunes filles ; alors la plus grande, se dressant sur la planchette de bois où elle appuyait ses pieds, jeta les rênes sur le cou de son âne, et, au risque de rouler dans la poussière, tomba dans les bras du jeune homme, qu'elle embrassa de toute la force de ses lèvres.

— Oh ! Chante-Lilas, princesse de Vanves, s'écria Camille. — Enfin ! c'est donc toi, ingrat ! dit la jeune fille. Y a-t-il assez longtemps que je te cherche ! — Tu me cherches, princesse? dit Camille. — Par monts et par vaux ! je ne suis même venue ici que dans cette intention. — C'est comme moi, répondit Camille, j'étais venu ici uniquement pour te chercher. — Eh bien, reprit Chante-Lilas en embrassant une seconde fois Camille, puisque nous nous sommes trouvés, je crois inutile de nous chercher plus longtemps... Embrassons-nous donc, et n'en parlons plus. — N'en parlons plus, et embrassons-nous ! dit Camille en exécutant la manœuvre commandée. — A propos... dit Chante-Lilas. — Quoi ?... Est-ce que nous ne nous sommes pas encore assez embrassés? interrompit Camille. — Non, ce n'est point cela... Permets-moi de te présenter mon amie intime, mademoiselle Pâquerette, comtesse du Battoir. Je crois inutile de te faire remarquer que son nom de baptême est Pâquerette, et que comtesse du Battoir... — Est son nom de noblesse... Bien ! Et quant à son nom de famille? — Elle s'appelle tout simplement Colombier, répondit la belle blanchisseuse — Ajoute aussi que c'est le nom de ses lèvres, car jamais roucoulements d'amour ne sortiront d'un nid plus rose et plus frais.

Les roses des lèvres de Pâquerette grimpèrent immédiatement à ses joues, et elle allait bien certainement baisser les yeux, lorsque la princesse de Vanves la força de fixer son regard sur Camille, en présentant à son tour le jeune homme à sa première dame d'honneur.

— Monsieur Camille de Rozan, gentilhomme américain, dit Chante-Lilas, lequel a des millions aux Antilles, et, comme tu peux le voir, des pétards plein ses poches.

La princesse de Vanves appelait *pétards* les mots brûlants dont Camille avait l'habitude d'émailler sa conversation.

— Et où alliez-vous ainsi, sans indiscrétion? demanda Camille. — Mais je viens de te le dire, malheureux ! s'écria la princesse; nous allions à ta recherche. Pas vrai, Pâquerette? — Nous n'allions pas autre part, bien certainement, répondit la comtesse. — Comment se fait-il, demanda Camille, qu'aujourd'hui mardi, vous n'habitiez pas l'humide royaume, belles naïades? Le soleil aurait-il, par mégarde, desséché vos palais? — Il n'y a ici de palais desséchés que les nôtres, mon gentilhomme, répondit Chante-Lilas en faisant claquer sa langue; et, si vous êtes vraiment aussi gentilhomme que vous le dites, et même que vous en avez l'air, vous allez sur-le-champ nous trouver un joli petit endroit, il serait grand et vilain que cela me serait égal, où nous puissions manger du lait et boire de la galette. — Princesse ! fit Camille ! — Bon ! c'est le contraire que je voulais dire; mais je suis si altérée que j'en perds l'esprit ! — Je cours à la découverte, dit Camille en se mettant en marche.

Mais Chante-Lilas l'arrêta par le pan de sa redingote.

— Oh ! ce n'est point à la princesse de Vanves qu'on en fait voir de cette couleur-là, monsieur Ruggieri ! cria-t-elle. — Que veux-tu dire, princesse de mon cœur ? demanda ingénument le créole. — Elle a tout simplement peur que vous ne reveniez pas, répondit Pâquerette; et nous avons bien soif, allez! — Tu l'as dit, Pâquerette, reprit Chante-Lilas, toujours accrochée à la redingote de Camille. — Moi, princesse! s'écria le jeune homme, moi, te quitter, t'abandonner, te fuir, quand tu m'envoies chercher de la galette? Avec quel monde as-tu donc vécu depuis que je t'ai quittée, ma mignonne? Comment! six semaines d'absence t'ont changée à ce point, que tu suspectes la loyauté de Camille de Rozan, gentilhomme américain! Mais je ne te reconnais plus, princesse de mon âme! mais on m'a changé ma Chante-Lilas!

Et Camille leva désespérément ses bras au ciel.

— Eh bien, va devant! dit-elle en lâchant les basques de la redingote; ou plutôt, non, ajouta-t-elle en se ravissant : il serait cruel de te faire faire deux fois le voyage par ce soleil étouffant. Allons à la découverte ensemble... Seulement, tâche de retrouver mon âne : je ne sais ce qu'il est devenu pendant notre reconnaissance, et j'en ai répondu sur la tête du patron.

L'âne avait disparu en effet; on eut beau regarder au loin dans les deux grandes plaines qui bordaient la route, pas le moindre soupçon d'âne! Cependant, après quelques recherches, on retrouva le fugitif. Il s'était couché dans un fossé et dormait à l'ombre.

On l'invita poliment à remonter sur la route, et l'animal, avec une douceur et une obéissance dont peu d'hommes eussent été capables, fit droit à la requête, et, le plus gracieusement du monde, tendit son dos à la jeune fille. La comtesse du Battoir céda alors son âne à Camille, et monta derrière Chante-Lilas. Puis la joyeuse caravane se mit en route, à la recherche d'une ferme, d'un cabaret ou d'un moulin.

L'artificier Camille n'avait pas tiré d'un coup tous ses pétards, comme disait la princesse de Vanves; aussi Dieu sait de quels gais propos la route fut émaillée! écuyères et cavaliers se les envoyaient en notes sonores; la plaine retentissait de leurs éclats de rire; les oiseaux, les prenant pour de joyeux confrères, ne s'effarouchaient point en les voyant passer; ce trio voyageur ressemblait aux trois premiers dimanches du mois de mai : c'étaient trois printemps incarnés.

Camille avait déjà demandé comment il se faisait qu'un mardi les deux jeunes filles fussent sur la grande route de Paris à fouetter des ânes, au lieu d'être dans leur lingerie à plisser des chemises; Chante-Lilas passa la parole à Pâquerette, et celle-ci apprit au jeune homme que, le susdit mardi étant le jour de fête de leur patronne, elles avaient pris leur volée dans l'intention bien arrêtée de chercher l'Américain. Chante-Lilas, elle aussi, comme on le voit, revenait à ses moutons.

— Mais, observa Camille, comment se fait-il que je te trouve sur cette route-ci, plutôt que sur une autre? — D'abord, répondit la princesse, je t'ai cherché sur toutes les routes; mais je te cherchais plus particulièrement sur celle-ci, parce que l'on m'avait dit que tu habitais le Bas-Meudon. — Bon! qui t'a dit cela? demanda Camille. — Tous les voisins, donc! — Eh bien! princesse, dit Camille avec un aplomb parfait, les voisins t'ont tout simplement fait poser, ma fille. — Pas possible! — Aussi vrai que j'aperçois là-bas le moulin de nos rêves.

Et, en effet, on apercevait un moulin à l'horizon.

— Mais enfin, si les voisins m'ont fait poser, ce qui est encore possible, pourquoi te rencontré-je sur la route de Meudon? demanda Chante-Lilas avec

LE NID DE PINSONS.

TYP. J. CLAYE.

cette bonne foi et cette crédulité qui étaient l'apanage des grisettes, du temps où il y avait encore des grisettes et de la crédulité.

Camille haussa les épaules en homme qui veut dire : « Comment, tu ne devines pas ? » Chante-Lilas comprit le geste.

— Non, je ne devine pas, dit-elle. — Rien n'est plus naturel, cependant, répondit Camille. Mon notaire demeure à Meudon, et je viens de toucher de l'argent chez mon notaire... Tiens, écoute.

Et, frappant sur les poches de son gilet, il fit retentir le son des pièces d'or qu'il avait emportées pour ses achats.

— C'est vrai, dit la princesse, convaincue par le bruit des pièces justificatives; je te crois. Mais, maintenant, il faudra que tu me fasses voir ton notaire... Voilà plusieurs fois que j'entends parler de notaires : je désire en voir un ; on dit que c'est très-curieux. — Et l'on a raison de le dire, princesse : c'est même encore beaucoup plus curieux qu'on ne le dit.

On arrivait au moulin ; ce qui changea la direction des idées de la jeune fille. Hélas ! encore une chose qui s'en va, le moulin ! avant dix ans, nos petits enfants éclateront de rire quand nous leur dirons que les moulins servaient jadis à moudre le blé ; et, si le musée des Antiques ne songe pas à en conserver un, nos descendants refuseront de croire à la réalité de la ressemblance, quand nous leur en ferons la description.

C'était cependant, autrefois, un but de promenade pour les jeunes gens et les jeunes filles, qu'une visite au moulin ; il y en avait de toutes les grandeurs, de toutes les couleurs, de tous les noms. Il y avait le moulin Joli, le moulin Blanc, le moulin Rouge, le moulin Noir, le moulin de la Galette, le moulin de Beurre; il y avait enfin des moulins pour tous les goûts.

On s'asseyait devant une table, et l'on regardait tourner les ailes du moulin pendant trois ou quatre heures, en mangeant de la galette et en buvant du lait ; c'était un plaisir pur, innocent, et qui n'était subversif d'aucun ordre social !

Les trois jeunes gens, après avoir attaché leurs deux ânes, entrèrent dans le moulin, où on leur servit de la galette chaude et du lait froid. Camille et Pâquerette y allaient bon jeu, bon argent, quand, à la troisième bouchée qu'elle mordit dans la galette, la princesse de Vanves s'écria :

— Oh ! que nous sommes donc bêtes de manger de la galette ! — Eh ! princesse, interrompit Camille, parle donc au singulier, s'il te plaît. — Oh ! que tu es donc bête de manger de la galette ! — Bravo ! dit Camille ; voilà qui est mieux qu'un pétard : c'est une fusée !.. Et pourquoi suis-je bête, voyons, de manger de la galette? — Mais, dit Chante-Lilas, parce qu'il est trois heures de l'après-midi, que nous ne pourrons pas dîner, et que j'espère bien que monsieur Camille de Rozan, gentilhomme américain, va nous offrir un dîner magnifique. — Tout ce que tu voudras, princesse ! Ma foi, c'est bien le moins, n'est-ce pas, quand on s'est cherché aussi longtemps que nous, qu'on ne se quitte pas sans avoir bu à la santé l'un de l'autre ? — Eh bien, commande le dîner. — Oh ! pas ici, mes bergères. — Où donc, alors ? — A Paris... Peste! on dîne trop mal à la campagne ! La campagne est bonne pour donner de l'appétit, mais non pour le satisfaire. — Va pour Paris... Et où dînerons-nous, à Paris? — Chez Véfour, pardieu ! — Chez Véfour ?.. Oh ! quel bonheur ! s'écria la jeune fille en faisant claquer ses doigts en signe de contentement ; il y a si longtemps que j'entends parler de Véfour : on dit que c'est très-curieux ! —

Comme les notaires ! dit Camille; il y en a même qui prétendent que c'est plus curieux, attendu que, chez Véfour, on mange, et que, chez les notaires, on est mangé. — Oh ! Pâquerette, s'écria la princesse, tu ne te plaindras pas, j'espère ! En voilà un pétard : chez Véfour !.. — Allons, allons, dit Camille, en route, mes enfants ! J'ai quelques emplettes à faire avant de dîner, je vous en préviens. — Pour des dames ? dit Chante-Lilas en pinçant jusqu'au sang le bras de Camille. — Ah bien, oui ! des dames ! dit Camille. Est-ce que je connais des dames, moi ? — Et pour qui me prenez-vous donc, mon gentilhomme ? dit Chante-Lilas se redressant avec une gravité comique. — Toi, princesse, répondit le jeune homme en l'embrassant, je te prends pour la plus fraîche, la plus spirituelle et la plus jolie blanchisseuse qui ait jamais fleuri au bord d'une rivière, sous la calotte des cieux !

Un fiacre vide passait devant le moulin; on lui fit signe de s'arrêter. Puis on détacha les ânes, et, moyennant une pièce de trente sous, il y avait encore des pièces de trente sous à cette époque-là, le garçon du moulin se chargea de les reconduire à Vanves. Après quoi on monta dans le fiacre, et l'on donna l'adresse de Véfour. Des emplettes, il n'en fut pas question, pour ce jour-là du moins.

Au dessert, les fraises mangées, le café pris, l'anisette dégustée, Pâquerette Colombier, dont le rôle devenait de plus en plus difficile entre les deux jeunes gens, se souvint tout à coup que son oncle, vieux militaire, l'attendait pour panser ses blessures, et, faisant ce que nous allons faire, elle laissa le gentilhomme américain en tête-à-tête avec Chante-Lilas.

Seulement, nous qui n'avons pas d'oncle blessé, nous retournerons vers le Bas-Meudon, où Carmélite, à la fenêtre depuis sept heures du soir, se désespère en entendant sonner minuit.

XLIX

DERNIERS JOURS D'AUTOMNE.

Une des fenêtres de l'appartement donnait sur la rue du Petit-Hameau. C'était à cette fenêtre que Carmélite était accoudée sur la barre d'appui, la tête plongée entre ses mains. De là, elle écoutait les rares bruits lointains qui, au milieu de l'obscurité, venaient de la plaine; et vingt fois les branches mortes qui craquaient, et les feuilles jaunies qui commençaient à tomber, l'avaient fait tressaillir comme si elle eût entendu le pas de Camille.

Mais, à cette heure, Camille ne pouvait pas revenir à pied de Paris; c'était, non point au bruit de ses pas qu'il fallait s'attendre, mais à un bruit de voiture. Le silence de la nuit, le murmure mélancolique du vent dans les arbres, les feuilles qui tombaient en frissonnant, la chouette qui faisait entendre son cri lugubre et intermittent sur le peuplier voisin, tout contribuait à augmenter la tristesse de Carmélite, et un moment vint où cette tristesse fut si profonde que deux ruisseaux de larmes silencieuses s'échappèrent de ses yeux et coulèrent à travers ses doigts.

Quelle différence de cette nuit d'automne, sombre et pleine de frissons, passée seule à attendre Camille à une fenêtre, avec cette nuit de printemps passée près de Colomban, sous les lilas, au milieu des roses ! Et cependant cinq mois à peine s'étaient écoulés entre ces deux nuits. Il est vrai qu'il ne faut pas cinq mois pour changer tout une existence : il faut une minute ! il faut un instant ! il faut une nuit d'orage !

Enfin, vers une heure du matin, le bruit d'une voiture retentit sur le pavé de la route. Carmélite s'essuya les yeux, tendit l'oreille, et vit, avec un sentiment de bonheur mêlé d'une tristesse dont elle ne se rendait pas compte, une voiture prendre le revers de la route et s'arrêter à la porte. D'où venait donc l'ébranlement de cette fibre du cœur qui donnait une douleur aiguë, tandis que toutes les autres tressaillaient de joie ?

Elle voulut descendre l'escalier, pour être plus tôt dans les bras de Camille. Elle ne put aller que jusqu'au premier degré. Camille, au contraire, après être descendu de voiture, après avoir refermé la porte, bondissait au-devant d'elle. Il trouva Carmélite à moitié chemin, chancelante, appuyée contre la muraille. Elle qui avait tant désiré son retour, d'où lui venait cette douloureuse faiblesse à son arrivée ?

Quant à Camille, il serra Carmélite entre ses bras avec l'effusion qui lui était naturelle. Il avait, le matin, serré de la même manière la princesse de Vanves, un peu moins fortement peut-être, un peu moins ardemment même ; il avait à se faire pardonner son absence par Carmélite.

Celle-ci rendit à Camille ses caresses plus froidement qu'elle ne l'eût cru elle-même. Il y a dans la femme un instinct qui la trompe rarement : l'homme emporte toujours avec lui assez de la femme qu'il quitte pour inspirer un soupçon à la femme vers laquelle il revient. Ce soupçon, Carmélite ignorait complétement sa nature ; il lui semblait qu'outre l'absence, elle avait quelque chose à reprocher à Camille. Quoi ? elle n'en savait rien ; mais cette fibre douloureuse qui avait vibré au fond de son cœur, c'était celle du reproche.

— Pardonne-moi, ma chérie, de t'avoir inquiétée ! dit Camille ; mais je te jure qu'un plus prompt retour n'a pas dépendu de moi. — Ne jure pas, dit Carmélite ! est-ce que je doute ? pourquoi me tromperais-tu ? Si tu m'aimes toujours, c'est une volonté plus forte que la tienne qui t'a arrêté ; si tu ne m'aimes plus, que m'importe la cause ? — Oh ! Carmélite ! s'écria Camille, moi, ne plus t'aimer ! Mais comment ferais-je ? comment me serait-il possible de vivre sans toi ?

Carmélite sourit tristement. Il lui semblait qu'une ombre voilée, l'ombre d'une femme, passait entre elle et son amant. Camille la ramena dans sa chambre et alla fermer la fenêtre ; les nuits commençaient à être froides.

Carmélite était restée cinq heures à cette fenêtre, et ne s'était point aperçue de la fraîcheur de l'air. Elle fut près de dire : « Laisse la fenêtre ouverte, Camille ; j'étouffe ! » Elle ouvrit la bouche ; mais ses lèvres n'articulèrent aucun son ; elle tomba assise sur le canapé. Camille se retourna, la vit et vint se jeter à ses pieds.

— Voici, lui dit-il, ce qui m'est arrivé. Imagine-toi que j'ai rencontré à Paris deux créoles de la Martinique, deux amis à moi que je n'avais pas vus depuis... je ne saurais te dire depuis combien de temps. Nous avons parlé de notre beau pays, que tu habiteras un jour, nous avons parlé de toi... — De moi ? fit Carmélite en tressaillant. — Sans doute, de toi... Est-ce que je puis parler d'autre chose ?.. Je ne t'ai pas nommée, bien entendu. Ils sont venu avec moi faire nos emplettes, une partie du moins, mais à la condition que je dînerais avec eux, et que j'irais avec eux à l'Opéra... c'était la représentation de retraite de Laïs. — Tu sais que, toi et la musique, vous êtes mes seules passions ? Que n'étais-tu là ! comme tu te serais amusée !

Carmélite fit un indéfinissable mouvement de sourcils.

— Je n'y étais pas, dit-elle. — Non, tu étais ici, ma pauvre chérie; mais c'est ta faute; tu n'as pas voulu venir. — Oui, c'est ma faute, dit Carmélite; aussi, je ne me plains pas. — Et, au lieu de t'amuser, cependant, tu t'es ennuyée! — Non, je t'ai attendu. — Tiens, tu es un ange!

Et Camille embrassa de nouveau Carmélite avec passion. Elle le laissa faire presque distraite. Par-dessus la tête du jeune homme, à genoux devant elle, elle regardait son rosier, qui n'avait plus que quelques fleurs pâles et maladives, les dernières. L'une d'elles commençait même à s'effeuiller, et Carmélite regardait tomber ses pétales l'un après l'autre avec une profonde mélancolie.

Camille sentait bien que ses paroles glissaient sans pénétrer; il insistait, il revenait sur des détails qui devaient donner de la vraisemblance à sa narration.

Carmélite avait fini par perdre le sens des paroles, et n'en entendait plus que le bruit. Elle souriait, elle faisait des signes de tête, elle répondait par monosyllabes; mais elle ne savait pas plus ce qu'elle répondait que ce que Camille lui disait.

Deux heures sonnèrent; Carmélite tressaillit.

— Deux heures! dit-elle. Vous êtes fatigué; je le suis aussi, mon ami : retirez-vous chez vous, et laissez-moi; demain, vous me direz tout ce que vous avez encore à me dire : je sais qu'il ne vous est rien arrivé de fâcheux; je suis heureuse.

Camille était mal à son aise depuis quelques minutes : il ne savait plus comment sortir ni comment rester. Cependant, il parut tout attristé des paroles de Carmélite.

— Tu me renvoies, méchante? dit-il. — Hein? fit la jeune fille. — Bien! bien! dit Camille, je vois que tu me boudes. — Moi? dit Carmélite; et pourquoi te bouderais-je? — Dame, que sais-je? un caprice! — En effet, dit Carmélite avec un triste sourire, peut-être suis-je capricieuse, Camille; je tâcherai de me corriger de ce défaut... A demain!

Camille embrassa une dernière fois Carmélite, qui reçut le baiser comme eût fait une statue de marbre, et sortit. A peine eut-elle vu la porte se refermer sur Camille, que le mot qui n'avait pu sortir de sa bouche en la présence du jeune homme, lui absent, s'en échappa.

— J'étouffe! dit-elle.

Et elle alla ouvrir la fenêtre, où elle s'accouda ainsi qu'elle avait fait en attendant Camille. Elle resta là immobile jusqu'au jour.

Aux premiers rayons grisâtres du ciel qui tombaient, elle frissonna, et, comme si seulement alors elle se fût aperçue de l'heure, elle leva ses beaux yeux aux ciel, soupira et se mit au lit. Ce fut le premier nuage qui passa dans le ciel des deux jeunes gens.

Camille l'avait dit à Carmélite, il n'avait pu faire que la moitié des emplettes. Il ne les avait même pas faites du tout, si l'on veut bien se rappeler l'emploi de son temps. Il était donc urgent de retourner à Paris. Camille y retourna. Cette fois, les emplettes furent complétées, et rien ne détourna Camille de sa résolution. Aussi revint-il de bonne heure.

Carmélite ne l'attendait point à la fenêtre : elle se promenait dans le jardin; dans le jardin, où s'élevait le pavillon vide de Colomban. Au reste, à partir de ce jour, les absences de Camille furent de plus en plus fréquentes, et l'indulgence, disons mieux, l'insouciance de Carmélite ne fit que l'encourager, au lieu de le retenir. Peu à peu ses courses à Paris devinrent si nombreuses, que ce fut sa présence à la maison qui devint une exception.

Un jour, c'était une course au champ de Mars; un autre jour, la première représentation d'un opéra; un autre jour, un combat de coqs à la barrière. Il est vrai qu'à chaque fois Camille disait à Carmélite : « Veux-tu venir avec moi, chérie ? » mais à chaque fois, Carmélite répondait : « Merci. » Et Camille allait seul.

Un matin, pendant une de ces absences, on sonna à la porte. Carmélite entendit la sonnette; mais c'était un bruit qui ne la faisait plus tressaillir. Pourtant, comme on sonna une seconde fois, elle leva la tête et posa sa broderie; puis, comme la jardinière tardait à ouvrir, elle alla à la fenêtre, entr'ouvrit le rideau et regarda qui sonnait.

Carmélite poussa un cri de surprise, presque de terreur : c'était Colomban! Elle faillit tomber à la renverse. Elle courut sur le palier; la jardinière, qui venait du fond du jardin, passait dans le corridor.

— Nanette, cria-t-elle, conduisez ce monsieur dans le pavillon du jardin, et ne lui dites pas que je suis ici.

Puis elle referma sa porte, tourna la clef, poussa, toute tremblante, le verrou, et alla s'asseoir ou plutôt tomber sur son canapé. C'était Colomban!

Colomban avait écrit à Camille avec sa régularité ordinaire; mais, comme Camille n'avait pas, depuis le départ du Breton, remis les pieds rue Saint-Jacques, les lettres de Colomban étaient restées chez Marie-Jeanne.

Il en résultait que l'insouciant Camille, n'ayant point reçu les lettres, n'avait pas jugé à propos d'écrire à son ancien camarade de collége. D'ailleurs, autant qu'il était en son pouvoir, il écartait de lui le souvenir de Colomban. Colomban, c'était l'amitié trahie, la promesse violée; c'était le remords!

Ce silence de Camille avait inquiété Colomban, si peu soupçonneux qu'il fût. D'ailleurs l'âme de l'austère Breton, il se le figurait du moins, s'était retrempée aux sauvages beautés de son pays.

Il croyait avoir emprunté aux *peulven* de Carnac leur dureté, aux falaises armoricaines leur résistance. Un jour, il s'était dit : « Je suis guéri; je vais aller reprendre mes études de droit. Puis je verrai ce que font Camille et Carmélite. » Et, comme il avait souri des lèvres en prononçant ces deux noms, il s'imaginait avoir souri du cœur.

Il était donc parti, se croyant vainqueur. Sa prétendue victoire n'était qu'une défaite; seulement, il se trompait lui-même, et Dieu seul connaissait le secret de sa faiblesse.

Il arriva à Paris et prit une voiture pour être plus vite rue Saint-Jacques. Il était sept heures du matin; il trouverait Camille couché. Camille était paresseux comme un créole. C'est Carmélite qui serait levée; il se rappelait bien qu'elle s'éveillait avec les oiseaux, chantait comme eux la première lueur du jour, le premier rayon du soleil. Il était arrivé rue Saint-Jacques, le cœur battant, le front en feu. Marie-Jeanne l'avait vu descendre de voiture.

— Tiens, c'est monsieur Colomban! avait-elle dit. Où allez-vous donc, monsieur Colomban?

Colomban s'était arrêté court.

— Où je vais, avait-il répondu. Mais chez moi, chez Camille. — Ah! bien! il y a beaux jours qu'il est déménagé, M. Camille! — Déménagé? répéta Colomban. — Oui, oui, oui. — Et?... Colomban hésitait; et Carmélite?... fit-il avec un effort. — Bon! déménagée aussi. — Où sont-ils allés? demanda Colomban. — Ah! dame, l'homme vous dira cela : il le sait, je crois; puis aussi mademoiselle Chante-Lilas, la blanchisseuse.

Colomban s'appuya contre le mur pour ne pas tomber.

— Bien! dit-il. Donnez-moi la clef de ma chambre. — La clef de votre chambre? reprit Marie-Jeanne, pourquoi faire? — Pourquoi faire demande-t-on la clef de sa chambre? — On demande la clef de sa chambre pour rentrer chez soi; mais vous n'avez plus de chez vous, ici. — Comment cela? dit le Breton d'une voix étranglée. — Parce que vous êtes déménagé aussi, vous. — Moi, je suis déménagé?... Êtes-vous folle? — Non, je ne suis pas folle. Vous pouvez monter, si vous voulez; il n'y a plus un seul meuble dans votre chambre; M. Camille a tout emporté en disant que vous alliez demeurer avec eux. — Avec eux? répéta Colomban.

Et un nuage de flamme lui passa devant les yeux.

— Mais enfin, dit-il, puisque je dois habiter avec eux, faut-il au moins que je sache où ils habitent. — Dame, je crois que c'est à Meudon, répondit Marie-Jeanne.

Et, comme le jeune homme n'avait pas encore payé sa voiture, il y remonta avec sa valise.

— A Meudon! dit-il au cocher.

Une heure et demie après avoir prononcé ces deux mots, Colomban était à Meudon. Mais, on se le rappelle, c'était au Bas-Meudon que demeurait Camille. Colomban, avec sa patience et son entêtement de Breton, alla de porte en porte sans se lasser. A la dernière maison, on lui dit que c'était sans doute au Bas-Meudon que demeuraient les jeunes gens. Colomban partit pour le Bas-Meudon.

Au Bas-Meudon, les renseignements étaient devenus plus positifs, on lui avait indiqué la maison; il avait sonné une première fois, puis une seconde. Carmélite avait regardé à la fenêtre, l'avait reconnu et avait ordonné à Nanette de ne point parler d'elle, et de conduire Colomban au pavillon.

L

CELUI QUI REVIENT.

Lorsque Nanette ouvrit la porte à Colomban, il était presque aussi pâle que Carmélite. Il voulut demander Camille; mais sa voix mourut sur ses lèvres,

— M. de Rozan, n'est-ce pas? dit Nanette venant à son secours. — Oui, murmura Colomban. — Par ici, Monsieur.

Et Nanette se mit en marche, suivie du Breton, qu'elle conduisit droit au pavillon du jardin. Carmélite, après avoir entendu la porte de la rue s'ouvrir et se refermer, se leva, puis, tirant ses verrous, tournant sa clef, et rouvrant la porte de sa chambre, elle alla, sur la pointe du pied, regarder par la fenêtre du corridor qui donnait sur le jardin.

Colomban ne suivait plus Nanette : il la précédait. Il avait hâte d'arriver à Camille et de lui demander une explication. Il ouvrit la porte du pavillon. Le pavillon était vide. Il se retourna vers Nanette.

— Où me conduisez-vous? dit-il. — Mais à votre appartement, Monsieur, dit la jardinière. — A mon appartement? — Oui; n'êtes-vous pas l'ami que M. Camille attend de Bretagne? — Camille m'attend? — Depuis deux mois. — Et où est-il, Camille? — Il est à Paris. — Mais il reviendra aujourd'hui? — C'est probable. — Va-t-il souvent à Paris? — Presque tous les jours. — Ah! c'est cela, murmura Colomban : il loge ici, mais elle habite Paris; Camille aura craint de la compromettre en demeurant non-seulement dans la même maison, mais encore dans la même ville qu'elle. Cher Camille, je l'avais mal jugé... Ah! je suis mauvais!

Et, se retournant vers Nanette :

— Je vais attendre Camille ici, lui dit-il; aussitôt son retour, vous le préviendrez de mon arrivée.

Nanette fit un signe affirmatif et s'éloigna. Resté seul, Colomban jeta un regard autour de lui, et passa la main sur ses yeux : il croyait être le jouet d'une illusion.

C'était sa chambre, sa chambre de la rue Saint-Jacques transportée tout entière au milieu d'un charmant jardin!

Mêmes meubles, même papier, il retrouvait tout là, comme par magie, tout, depuis son Code qui, placé sur sa table de nuit, près de son bougeoir, était ouvert juste à l'endroit où, trois mois auparavant, il avait mis le sinet vert, jusqu'aux petites caisses de rosiers qui verdoyaient devant sa fenêtre! Cette chambre c'était un remords de Camille, qui avait un crime à se faire pardonner par Colomban.

Colomban n'y vit qu'une délicate et tendre attention de son ami. Seulement, cette chambre, elle était pleine pour lui de sombres souvenirs. Rien n'est plus triste à revoir, avec un cœur déchiré et des yeux en larmes, que les objets que l'on a vus dans des temps heureux. Tout en croyant faire une joyeuse surprise à son ami, n'était-ce pas une œuvre de bourreau qu'avait accomplie Camille, que forcer Colomban d'habiter la chambre mortuaire de ses premières illusions?

Aussi, de même que, cette nuit où l'absence de Camille s'était prolongée jusqu'à une heure du matin, Carmélite avait dit : « J'étouffe! » Colomban répéta-t-il à son tour : « J'étouffe! » et s'élança-t-il dans le jardin, cherchant de l'air.

Carmélite n'avait pas quitté sa fenêtre : elle le vit sortir ou plutôt bondir hors du pavillon. Elle appuya sa main sur son cœur, et renversa sa tête en arrière : la pauvre fille était près de se trouver mal. Quand elle rouvrit les yeux et les reporta dans le jardin, Colomban était assis sur un banc, la tête dans ses mains, exactement dans la même position où elle était restée elle-même pendant quatre heures, attendant Camille.

Lui aussi resta quatre heures à attendre, comme était restée Carmélite. Tout à coup, on entendit le bruit d'une voiture qui s'arrêtait à la porte; puis la sonnette tinta vigoureusement, sous un de ces ébranlements où il est facile de reconnaître la main du maître. Cette fois, Nanette était à son poste, et courut ouvrir. Sans doute annonça-t-elle à Camille que Colomban était arrivé, car, au lieu de monter au premier, Camille traversa le corridor et apparut dans le jardin. Il chercha des yeux Colomban, le vit assis sur un banc de gazon, et marcha droit à lui.

Colomban, le front dans ses deux mains, ne le voyait pas venir. Au bruit des pas, il leva cependant la tête, et aperçut Camille devant lui. Il jeta un cri, et, en moins d'une seconde, il fut dans ses bras.

Carmélite observait tout cela à travers son rideau. Rien n'altérait chez Colomban la joie qu'il avait de revoir son ami : il croyait Camille au Bas-Meudon, Carmélite à Paris.

Les deux jeunes gens revinrent vers la maison, enlacés au bras l'un de l'autre. Carmélite, en les voyant s'approcher, se retira toute tremblante dans sa chambre, dont, pour la seconde fois, elle poussa le verrou. Camille fit visiter à son ami toute la maison, excepté la chambre où se trouvait Carmélite.

Le Breton ne fut point étonné du luxe un peu efféminé des décorations de l'appartement : il connaissait les goûts de Camille. La maison entièrement visitée, à l'exception de la chambre de Carmélite, le créole conduisit son ami devant cette porte mystérieuse auprès de laquelle ils avaient passé deux ou trois fois tous deux sans qu'elle s'ouvrît. Là il arrêta Colomban.

— Le chapeau à la main ! dit Camille. — Pourquoi ? demanda le Breton. — Ici est le sanctuaire! — Que veux-tu dire? — Écoute, dit Camille avec ce ton moitié railleur, moitié sérieux, qui lui était habituel : j'ai des idées assez vagues, ou, si tu le préfères, assez arrêtées sur la religion; chacun adore le Dieu de son choix ; je ne sais pourquoi je ferais autrement que les autres. — Où veux-tu en venir, et quelle est cette chambre ? demanda Colomban. Voyons, achève! — C'est le temple de la déesse du beau, du bon, du grand! une espèce de dieu Pan hermaphrodite, participant à la fois de la femme par sa faiblesse et sa beauté, de l'homme par sa force et son courage... Cette chambre, Colomban, renferme l'être que j'adore par-dessus tout au monde, la créature humaine que je révère à l'égal de la Divinité! Incline-toi donc, et, comme je te l'ai dit, découvre-toi en franchissant le seuil de cette chambre ; car jamais il n'aura été donné à un mortel de contempler le visage d'une idole plus vénérée!

Carmélite entendait de sa chambre tout ce que disait Camille ; elle se leva, pâle, mais résolue comme elle était dans les grandes occasions, marcha droit à la porte, et, au moment où Camille allait porter la main sur le bouton pour l'ouvrir, elle l'ouvrit elle-même. Colomban faillit tomber à la renverse en apercevant la jeune fille.

— Entrez, mon ami! dit simplement Carmélite. — Eh bien, qu'as-tu donc? demanda Camille, cachant le trouble de son cœur sous cette gaieté qui était tantôt son masque, tantôt son visage ; est-ce que tu ne reconnais plus Carmélite? Alors, je vais vous présenter l'un à l'autre... Mademoiselle Carmélite

CARMELITE.

TYP. J. CLAYE.

Gervais, monsieur le vicomte de Penhoël... Monsieur le vicomte de Penhoël, mademoiselle Carmélite Gervais.

Les deux jeunes gens se regardaient, Colomban stupéfait d'étonnement, Carmélite immobile de honte!

— Mais, s'écria Camille, embrassez-vous donc! Qui diable vous arrête?... Voulez-vous que j'aille faire un tour dans les bois de Meudon?

Cette invitation, amicale au fond, mais injurieuse dans la forme, produisit un effet tout différent sur Carmélite et sur Colomban : la jeune fille rougit jusqu'au blanc des yeux; le visage du Breton se couvrit d'une pâleur mortelle. Tous deux reculèrent chacun d'un pas.

Ce qui faisait rougir et reculer Carmélite, c'était le respect de la femme violé, la pudeur outragée : un sourire méprisant effleura ses lèvres. Ce qui faisait pâlir et reculer Colomban, c'était la foi trahie, les saintes promesses de l'amitié foulées aux pieds : un nuage de douleur couvrit son front. L'embarras était cruel pour tous deux.

Carmélite le fit cesser en tendant franchement et affectueusement sa main au Breton. Celui-ci, en souvenir de la main pâle et effilée qu'il avait vue un jour sortir des draps de Carmélite, alitée par la fièvre, donna aussitôt la sienne, et ces deux loyales mains toutes frisonnantes s'enchaînèrent étroitement.

— Ah çà! mais quelle singulières façons faites-vous-là? dit Camille; depuis quand donc l'ami n'embrasse-t-il plus la *femme* de son ami?

Colomban releva la tête, et, couvrant Camille d'un regard radieux :

— Ta femme? s'écria-t-il avec joie, car, devant la promesse accomplie il oubliait tout; ta femme?... répéta-t-il les larmes aux yeux, sans remarquer le trouble dans lequel ses paroles plongeaient Carmélite. — Ou approchant, dit Camille, car je n'attendais que ton retour pour arranger notre mariage. — Ah! fit froidement Colomban.

Puis, avec un air qui n'était pas exempt d'une certaine menace :

— Eh bien! me voici!... dit-il. — Allons, allons, dit Camille brisant le fil que venait de nouer Colomban, si tu ne l'embrasses point par amour d'elle, embrasse-la par amour de moi.

Colomban s'approcha de Carmélite, et, s'inclinant avec respect :

— Voulez-vous me permettre, Mademoiselle? dit-il. — Madame, Madame, fit Camille. — Voulez-vous me permettre de vous embrasser, Madame? répéta Colomban. — Oh! de tout mon cœur! s'écria Carmélite en levant les yeux au ciel, comme pour le prendre à témoin de la vérité de ses paroles; et Dieu, qui m'entend, sait que c'est du plus profond de ce cœur que je vous donne cette marque d'affection.

Et les deux jeunes gens s'embrassèrent en rougissant.

— Eh bien, en êtes-vous morts? demanda en riant Camille. Mon Dieu! que vous êtes donc niais tous deux! N'est-il pas convenu que nous n'allons plus faire qu'un à nous trois, deux tout au plus? — C'est bien, dit Colomban; mais, avant d'accepter cette charmante invitation, je désire causer avec vous, Camille. — Avec *vous!* répéta le créole; peste! c'est sérieux! — Très-sérieux! dit Colomban. — En es-tu? demanda Camille à Carmélite. — Non, dit Colomban, et Mademoiselle restera chez elle pendant que nous passerons chez toi. — Passons chez moi, dit Camille.

Et il ouvrit la porte en face de celle de Carmélite. Le Breton le suivit en jetant à la jeune fille un regard qui voulait dire : « Soyez tranquille, c'est de vous que je vais m'occuper. » Elle sourit tristement, laissa échapper un soupir, et rentra chez elle.

— Eh bien! dit Camille en se jetant dans un fauteuil, et en essayant de *ruser*, ainsi qu'on dit en terme de chasse, comment as-tu trouvé ton pavillon? — Charmant! répondit Colomban, et je vous remercie de ce souvenir affectueux; mais je ne consentirai jamais à habiter ce pavillon. — Et pourquoi donc cela? — Parce que je ne veux être ni le complice de vos fautes, ni le bouclier de vos mauvaises passions. — Colomban! fit Camille en fronçant le sourcil. — Oh! nous nous fâcherons tout à l'heure, si vous le voulez, Camille; mais laissez-moi d'abord vous dire ce que j'ai à vous reprocher... Vous m'aviez juré, et ce fut une des conditions de mon départ, de respecter Carmélite comme votre femme, et vous avez indignement violé votre promesse! A partir de ce jour, Camille, il y a un abîme entre nous, celui qui sépare un cœur loyal d'un cœur parjure, et je ne resterai pas ici un instant de plus.

En prononçant ces paroles, Colomban fit un pas vers la porte. Mais Camille lui barra le passage, et l'arrêta.

— Écoute, lui dit-il, aussi vrai que tu es mon seul ami, Colomban, et je serais un grand malheureux s'il en était autrement! aussi vrai que je voudrais avoir fait pour toi la moitié de ce que tu as fait pour moi, j'aime, j'adore, je respecte Carmélite, et il n'a pas tenu à moi seul de tenir mon serment.

Colomban sourit avec dédain.

— Eh bien, je m'en rapporte à elle-même, continua Camille. Consulte-la, interroge-la; tu t'en rapporteras bien à elle, j'espère? Demande-lui si j'ai jamais essayé par un moyen quelconque, non-seulement de la séduire, mais même de la tenter; demande-lui si nous n'avons pas été tous deux spontanément, involontairement, fatalement, malgré nous, entraînés par les forces mystérieuses d'une brûlante nuit d'été; demande-lui si, comme deux enfants trahis par leur innocence même, nous n'avons pas tous deux accepté l'occasion sans la chercher... Toi qui sais commander à ta passion, toi qui as une puissance de volonté au-dessus des forces humaines, peut-être n'aurais-tu pas succombé; mais moi, faible comme tu me connais, mon ami, sentant voler autour de moi, sans les appeler, mille désirs semblables à ceux que je renfermais dans mon cœur, et qui s'envolaient du cœur de Carmélite, j'ai fermé les yeux; le monde entier a disparu pour moi! est-ce à dire, à cause de cela, Colomban, que je suis un cœur déloyal, un malhonnête homme? Non, car, aussi vrai que je m'appelle Camille de Rozan, à l'époque que tu vas fixer toi-même, Carmélite sera ma femme! je n'ai pas voulu t'écrire tout cela, tu comprends? c'eût été une discussion épistolaire interminable : mais te voici, et c'est à toi de fixer, comme je te l'ai dit, le jour du mariage.

Colomban demeura un instant pensif.

— C'est la vérité que tu me dis là? demanda-t-il en regardant fixement Camille. — Sur l'honneur! répondit le jeune homme en appuyant sa main contre sa poitrine. — Alors, dit Colomban, s'il en est ainsi, je reste; car j'aurai toujours un honnête homme pour ami. Quant à l'époque du mariage, c'est à toi de la fixer, et, naturellement, le plus tôt sera le mieux. — Dès aujourd'hui, Colomban, tu entends? dès aujourd'hui j'écris à mon père; je le prie de m'envoyer les papiers nécessaires à mon mariage, et, dans six semaines, nous pourrons publier les bans. — Mettons deux mois pour ne rien exagérer, dit Colomban. Mais es-tu sûr du consentement de ton père? — Pourquoi mon père me le refuserait-il? — Ton père est riche, Camille, et Carmélite est pauvre! — La vertu de Carmélite sera sa dot aux yeux de mon père.

« Malheureux prodigue! avait bien envie de murmurer Colomban, cette dot, tu l'as mangée d'avance! »

— Mais, dit-il, si cependant, contre tous tes désirs, ton père s'opposait à ce mariage? — C'est impossible, cher ami! — Suppose-le un instant, tout impossible que cela te semble. Que ferais-tu? — J'ai vingt-quatre ans : j'attendrais ma grande majorité, et j'épouserais Carmélite malgré mon père. — C'est une triste chose que cette révolte d'un fils contre ses parents; mais c'est une plus triste chose encore, Camille, d'avoir déshonoré une jeune fille, et de ne pas lui rendre l'honneur... Écris donc cette lettre, écris-la en fils respectueux, mais en homme résolu; les départs du paquebot ont lieu le 5, le 15 et le 25 de chaque mois : c'est après-demain le 15, tu n'as donc pas une minute à perdre. — Et tu restes? demanda Camille. — Je reste, répondit Colomban.

Et, préparant sur la table de Camille une plume et du papier :

— J'attends ta lettre dans le pavillon, dit-il. Puis il descendit, presque joyeux de la loyauté de son ami.

LI

CELUI QUI S'EN VA.

Un quart d'heure après Colomban, Camille entrait dans le pavillon, tenant à la main une feuille de papier à moitié écrite.

— C'est déjà fait? demanda Colomban étonné. — Non, dit Camille, au contraire, j'ai à peine commencé.

Colomban le regarda en juge qui interroge.

— Oh! ne te presse pas de me condamner! dit Camille. Aux premiers mots, tes objections sur le consentement de mon père me sont revenues à l'esprit, et elles m'ont semblé plus probables que je ne les avais trouvées d'abord. — Que t'importe, Camille, dit le Breton, puisque ton parti est pris résolûment? — C'est vrai; mais je pense aux lettres qu'il va falloir échanger avant d'en arriver là. Je n'ai jamais espéré obtenir le consentement de mon père à ma première demande; nous allons donc discuter, parlementer; les jours se passeront, notre impatience augmentera... — Le moyen de faire autrement? — Je crois l'avoir trouvé, dit Camille. — Quel est-il? — C'est d'aller moi-même demander à mon père la permission de me marier.

Le Breton fixa son regard limpide sur Camille. Celui-ci soutint le regard de son ami sans baisser les yeux.

— Tu as raison, Camille, dit Colomban, et ce que tu proposes est d'un honnête homme ou d'un bandit sans foi! — J'espère que tu ne doutes pas de moi?

demanda Camille. — Non, fit Colomban. — Tu comprends? reprit Camille, en huit jours d'insistance verbale, j'obtiens plus de mon père qu'en trois mois d'obsession épistolaire. — Je le pense comme toi. — Trois semaines pour aller, trois semaines pour revenir, quinze jours pour décider mon père : c'est l'affaire de deux mois. — Tu es devenu la logique et la raison incarnées, Camille! — La raison vient avec l'âge, mon vieux Colomban... Malheureusement... — Quoi? — Oh!.. c'est un projet à peu près inexécutable... — Comment? — Je ne puis emmener Carmélite. — Naturellement. — D'un autre côté, je ne puis la laisser ici. — Qui t'en empêche? — Une jeune fille seule, exposée aux insultes des voisins et des passants!

Colomban fronça le sourcil.

— Crois-tu donc que je laisserai insulter Carmélite? dit-il. — Tu consens donc à veiller sur elle?

Colomban sourit.

— En vérité, dit-il, je croyais que tu me connaissais mieux. — Tu demeureras sous le même toit qu'elle? — Sans doute. — Colomban! s'écria Camille, si tu fais cela, ma vie entière ne suffira point à reconnaître cette preuve d'amitié. — Ingrat! murmura le Breton. — Non, Colomban, non, je ne suis point un ingrat; mais je connais ta susceptibilité dans ces sortes de matières; j'avais peur de te blesser en t'offrant de demeurer seul avec une jeune fille, dans une maison isolée. — N'ai-je pas demeuré trois mois seul avec Carmélite, avant qu'elle te connût? — Oui, mais avant qu'elle me connût, comme tu dis... — Et pourquoi donc la pensée de garder la femme de mon frère, ma sœur sacrée, pourrait-elle me blesser? as-tu voulu faire allusion à mon ancien amour pour Carmélite? — Colomban! — Me crois-tu capable de trahir un serment? — Je te crois capable de mourir avant cela, Colomban, et ta grandeur me fait bien petit... Oh! oui, oui, je suis mauvais, et tu es bon, et tu as surtout la fidélité du molosse, comme tu en as la force et le dévouement. Je sais que tu défendras la vie de Carmélite mieux que tu ne défendrais la mienne, et la mienne, mieux que tu ne défendrais la tienne; je n'ai donc nulle crainte; te sachant là, je ferais le tour du monde, si j'étais contraint à le faire. — En ce cas, dit Colomban, préviens Carmélite; tu comprends que je n'accepterai pas sans son aveu... Me refusât-elle, tu pourrais encore partir en toute sécurité : je louerais une chambre en face de sa maison... près de sa maison, sinon en face; et elle serait tout aussi à l'abri des insultes que moi présent. Va donc la prévenir; car tu n'as pas plus de temps à perdre que quand c'était une lettre qui devait partir, et non pas toi.

Camille obéit sans dire un mot. Ce fut en tressaillant que Carmélite reçut la nouvelle qu'il lui apportait. Cependant, elle ne fit aucune objection, n'opposa aucune résistance. Elle écouta la proposition, regarda Camille avec un air d'indicible stupeur, et, sans analyser précisément la singulière émotion que lui causait cette nouvelle, elle sentit instinctivement toute la bassesse de Camille, toute la grandeur de Colomban.

Le Breton semblait si élevé, qu'à ses yeux, il avait, comme un géant, pour ainsi dire, le talon sur le front du nain qu'il appelait son ami. La seule différence qu'il y eût dans le projet, c'est que l'on remit le départ au 23 du mois d'octobre.

Le paquebot des colonies partait, comme nous avons dit, le 25; il y avait dix jours à passer jusque-là. Colomban raconta la vie austère, presque monacale qu'il avait menée dans la tour de Penhoël, errant au bord de la mer grondante, ou assis au chevet de son père malade, et auquel il lisait *l'Odyssée*. Carmélite découvrit à Colomban les trésors de science musicale qu'elle avait amassés pendant la longue absence du Breton et les fréquentes absences de Camille.

Ce dernier essaya de rappeler l'enjouement des soirées d'autrefois; mais, outre que les heures voisines du départ ne pouvaient être que pleines d'inquiétude et de regret, il y avait entre ces trois personnages un spectre à trois aspects. Pour Camille, c'était la conscience; pour Colomban, c'était le doute; pour Carmélite, c'était le découragement. Ce spectre planait incessamment au-dessus de leurs têtes, ou passait grave et sombre devant eux, pendant les tristes jours et les mélancoliques soirées qui s'écoulèrent jusqu'au départ de Camille.

Ils avaient parfois des moments de sourde impatience dont ils s'effrayaient eux-mêmes; on eût dit alors que, pareils à des gens qui parlementent au moment de courir un danger, ils avaient hâte de se quitter, puisqu'ils devaient se quitter tôt ou tard.

On arriva donc au 23 octobre dans ces tristes dispositions. Il était convenu que Colomban conduirait Camille jusqu'à la diligence, qui devait partir de Paris à dix heures du matin, et par conséquent passer sur la route de Versailles à onze heures.

Le Breton ne ferma point l'œil de la nuit; à six heures, il était debout, attendant le réveil de Camille. A huit heures, il entra dans sa chambre.

— Quelle heure est-il? demanda Camille. — Huit heures, répondit Colomban. — Oh! alors, nous avons le temps! dit Camille; laisse-moi dormir une heure encore.

La porte de Carmélite était ouverte; la jeune fille entendit la réponse du paresseux créole.

— Il a raison, dit-elle, laissez-le dormir, mon ami.

Colomban referma la porte de Camille, et entra chez Carmélite. On eût dit qu'elle ne s'était pas couchée : à peine son lit était-il défait.

— Vous êtes fatiguée, Carmélite, dit Colomban fixant un regard inquiet sur la jeune fille. — Oui, répondit Carmélite, j'ai lu une partie de la nuit. — Et l'autre partie, vous avez pleuré! — Moi? non, dit Carmélite en regardant le Breton d'un œil sec et fiévreux.

Colomban baissa la tête et poussa un soupir. Puis, quoiqu'il sût que tout était prêt, il se leva et sortit, sous prétexte de surveiller les paquets et les malles. La vérité est que ce tête-à-tête lui brisait le cœur, et qu'il avait besoin d'air et de solitude.

A neuf heures, il remonta, entra dans la chambre de Camille, et le força de se lever. Un quart d'heure après, le créole était dans la salle à manger, où Carmélite et Colomban l'attendaient. Ces dernières minutes qui précédèrent la séparation ne furent pas plus tristes que les soirées des jours passés.

Il en est de la certitude d'un départ comme de la certitude de la mort : on s'habitue tellement, degré par degré, au malheur qui menace que, n'étant plus surpris quand il éclate, on y paraît insensible; la source des larmes s'est tarie en coulant peu à peu!

La voiture qui devait conduire Camille sur la route attendait à la porte. Au moment d'y monter, on se regarda une dernière fois; les trois visages se confondirent en s'embrassant. Mais Colomban et Camille seuls pleuraient.

— Je te confie ma vie, dit Camille; plus que ma vie, mon âme!

Et, selon toute probabilité, Camille disait vrai en ce moment.

— Va! j'en réponds devant Dieu, sur mon âme et sur ma vie! répondit solennellement le Breton en levant ses grands yeux, clairs comme le ciel qu'ils regardaient.

Les deux jeunes gens s'avancèrent vers la porte. Colomban se retourna, et, voyant Carmélite seule, les bras pendants, la tête sur la poitrine, pareille à une statue de l'Abandon, il proposa à Camille de l'emmener, pour qu'elle ne les quittât au moins qu'au dernier moment. Carmélite regarda Colomban avec des yeux où brillait la reconnaissance; mais, avec une voix qui trahissait un profond découragement :

— A quoi bon? dit-elle.

Camille revint une dernière fois, une dernière fois la serra sur son cœur, puis recula presque effrayé. Il avait cru étreindre une statue de marbre!

Il était onze heures moins dix minutes : il n'y avait pas de temps à perdre; Colomban entraîna Camille; tous deux montèrent en voiture, et la voiture partit au grand galop. La porte était restée ouverte.

— Fermez la porte, dit sourdement Carmélite à la jardinière.

La jardinière obéit et repoussa la porte, qui se referma brusquement. Carmélite tressaillit.

— C'est la porte de mon tombeau, dit-elle.

Et elle remonta l'escalier lentement, marche à marche, rentra dans sa chambre, et tomba plutôt qu'elle ne s'assit sur le canapé. D'où venait ce découragement, cette tristesse, cette froideur de Carmélite? De la comparaison que fait, malgré elle, une femme distinguée, entre un homme comme Camille et un homme comme Colomban.

Et en effet, Colomban, qui, dès le jour de son arrivée, avait grandi aux yeux de Carmélite, Colomban avait, pendant les dix jours qui venaient de s'écouler, atteint des proportions gigantesques. Entre son départ et son retour la jeune fille avait fait un mauvais rêve. Un rêve... oh! oui! la réalité eût été trop désolante!

Elle avait cru être, pendant trois mois, la maîtresse d'un fat, joli et amusant, il est vrai, mais sans noblesse, sans cœur, sans âme, sans dignité, sans force; d'une sorte de poupée parée, huilée, poudrée, frisée, divertissante par moments, à tout prendre, mais indigne du moindre attachement sérieux. Sans doute, c'était un rêve épouvantable! et cet Américain aux cravates panachées, aux gilets voyants, aux pantalons à couleur claire, aux chaînes d'or et aux bagues de rubis, c'était une incarnation quelconque de ce démon de la nuit qui vient s'accroupir sur les poitrines endormies. Enfin, tous ces projets de mariage, ce départ pour aller consulter une famille au fond de l'Amérique, cette menace de retour suspendue au-dessus d'elle, non pas comme la flamme de l'espérance, mais comme l'éclair du glaive, tout cela ne pouvait être que le songe fiévreux d'une nuit d'été dans un cerveau brûlant. Oui, oui, tout cela était un rêve!

La réalité, c'était ce grand et loyal cœur que l'on appelait Colomban. Celui-ci, à la bonne heure, c'était un simple, un grand, un fort, un homme, enfin!

celui-là pouvait dire à une femme : « Ferme les yeux et marche ! » et la femme pouvait, conduite par lui, marcher aveuglément; celui-là pouvait dire : « Je ne veux pas! » et on lui eût obéi : « Je veux! » et on l'eût écouté : « Il faut mourir ! » et l'on serait mort! Celui-là avait la grandeur, la noblesse et la foi; la bonté et la force !

C'était donc celui-là qui, absent depuis trois mois, venait réclamer de son ami le trésor qu'il lui avait confié... Mais quand la pauvre Carmélite releva la tête et qu'elle vit autour d'elle tous les objets appartenant à Camille, hélas! la malheureuse enfant! elle reconnut bien qu'elle avait côtoyé pendant une nuit de printemps le Breton comme un beau rêve, mais que c'était l'Américain qui était la terrible réalité.

Toutes les larmes que peut contenir le vaste cœur de la femme s'échappèrent alors par torrents de ses yeux; elle pleura son erreur, la fleur de ses illusions effeuillée et jetée au vent, son bonheur exhalé comme un parfum imprudemment jeté dans la flamme; elle pleura sa vie à jamais brisée comme on pleure sa mère ou son enfant; elle se tordit les mains de désespoir, elle qui n'avait pas fait un geste; elle se plaignit tout haut, elle qui n'avait pas poussé un soupir; elle sanglota, elle qui n'avait pas versé une larme; elle jeta sur les objets environnants des regards de lionne mordue par un serpent venimeux; elle se leva et se promena à grands pas dans sa chambre, haletante, l'œil fiévreux. Si la rivière eût passé sous sa croisée, elle se fût infailliblement jetée dans la rivière.

En effet, comme si elle eût pris un parti désespéré, elle marcha vers la fenêtre et l'ouvrit. Son regard mesura la hauteur de la fenêtre au pavé; c'était un premier étage, haut à peine comme un entresol : elle se fût à moitié tuée, mais elle eût survécu.

Elle fit un pas en arrière avec un gémissement de rage et de douleur. Mais tout à coup ses yeux, ses beaux yeux, tristes et inondés des larmes du désespoir, étincelèrent en s'arrêtant sur un objet qui semblait les ravir; dans ces mêmes regards où se peignait, une minute auparavant, le plus profond chagrin, brilla quelque chose qui ressemblait à une joie ineffable; une flamme traversa ses larmes, comme un rayon de soleil traverse les nuages, et, comme au rayon du soleil scintille une goutte de rosée tremblante sur une fleur, un éclair de félicité passa au milieu de ses larmes.

Elle venait de voir son rosier blanc, son rosier blanc, symbole d'innocence, souvenir de son premier amour!

— O mon rosier! dit-elle en le serrant contre son cœur, au risque de se déchirer aux épines, la nuit où je t'ai cueilli, tu sortais à peine du sein de la terre, notre mère commune; tu n'étalais pas encore au soleil l'auréole de tes boutons blancs; enveloppé dans ton manteau de mousse, le feu du jour ne pouvait t'atteindre, le froid des nuits ne pouvait te saisir... O mon rosier! ainsi que moi, pendant les ardeurs d'une brûlante nuit d'été, tu as montré les trésors de tes fleurs éclatantes; tu étais orgueilleux de tes blancs pétales; tu rayonnais au soleil, que tu prenais pour un ami; tu croyais à l'éternité de la vie, comme je croyais, moi, à l'éternité de l'amour! O mon rosier! pourquoi as-tu donné tes fleurs, comme j'ai donné mon amour, puisque tous deux nous devions mourir?..

Et Carmélite brisa les quelques fleurs tardives qui couronnaient encore la tête de son rosier, et, au lieu de les mettre dans son voile de jeune fille comme elle avait fait des autres, elle les effeuilla et les livra au vent, qui les emporta sur le pavé boueux du chemin.

LII

LA LIONNE BLESSÉE.

A partir de cette heure, Carmélite, ainsi qu'elle avait dit, regarda cette maison comme son tombeau, et son jardin comme ce cimetière rose des carmélites dont elle portait bizarrement le nom; elle comprit La Vallière, qui avait expié ses trois années de lumière et de soleil par trente années d'ombre au fond d'un cloître; elle comprit la Madeleine, qui, n'osant lever les yeux jusqu'au front du Christ, essuyait ses pieds avec ses cheveux.

Son avenir lui parut résumé dans ces deux mots, écrits en lettres noires sur une page blanche : *Pleurer et Mourir*. Et en effet, rien désormais ne pouvait la rattacher aux biens de ce monde, et elle se voyait passer dans la vie comme le fantôme d'elle-même.

Elle resta trois quarts d'heure plongée dans ces sombres méditations, c'est-à-dire le temps qu'il fallut au Breton pour conduire Camille, attendre le passage de la diligence, et revenir. Ces trois quarts d'heure furent des siècles pour Carmélite.

Lorsque Colomban rentra, au lieu de la jeune fille qu'il avait quittée à son départ, il retrouva, courbée par la prostration la plus désolante, une sorte de spectre à l'attitude morne, aux couleurs éteintes, aux yeux hagards.

Mais il ne comprit rien, le candide Colomban : il crut que ce désespoir n'avait d'autre cause que le départ de Camille, et il essaya de consoler la pauvre délaissée en lui parlant du retour. Ce fut seulement alors qu'il comprit, à la façon dont la jeune fille secouait la tête, que le mal venait d'une autre source, et qu'il commença son rôle d'ami dévoué en l'interrogeant fraternellement. Carmélite ne répondit point; muette à ses regards, sourde à ses paroles, elle portait en elle une douleur si immense, qu'elle semblait craindre d'en accabler son ami.

La première journée s'écoula donc ainsi. Colomban, en voyant la jeune fille repousser ses consolations, comme un enfant malade qui repousse du doigt une potion bienfaisante, Colomban attribua à l'exaspération nerveuse dans laquelle il avait retrouvé Carmélite cette tristesse, qu'il crut accidentelle et passagère, et remit un interrogatoire sérieux au lendemain et aux jours suivants. Mais, le lendemain et les jours suivants, la mélancolie de Carmélite fut la même, et la jeune fille continua de se refuser à toute confidence. Le temps s'écoula donc sans révéler au Breton les causes mystérieuses de ce désespoir intime.

Les heures de la journée étaient distribuées avec une régularité invariable : tous les matins, dès le mois de novembre, Colomban, malgré la pluie, la boue, le vent, la neige, le froid, partait à pied du Bas-Meudon, entre sept et huit heures, pour aller à Paris, à l'école de Droit, assister au cours, qui commençait à neuf heures et demie. Ce cours finissait à dix heures et demie : Colomban était donc de retour à midi précis.

On déjeunait; puis, une heure après, chacun de son côté prenait son travail, et l'on ne se revoyait qu'à six heures, c'est-à-dire au moment du dîner. On passait le reste de la soirée ensemble, soit à lire, soit à faire de la musique, rarement à causer. La causerie était dangereuse.

Le Breton sentait bien qu'il était de son devoir d'interroger Carmélite ; mais il voyait la résistance de la jeune fille, et, sans fuir les occasions d'amener la conversation sur ce terrain, il ne les cherchait plus, agissant comme fait un médecin intelligent dans une maladie organique, c'est-à-dire attendant plus du temps que de la science, plus de Dieu que du médecin.

Mais ce qui étonnait Colomban, c'étaient les progrès immenses que Carmélite avait faits en musique depuis le départ de Camille. On eût dit qu'un sens musical nouveau, inconnu, presque terrible, s'était développé en elle. Si elle exécutait seulement, son piano avait une voix, une âme : il pleurait, il gémissait, il sanglotait; si elle chantait, sa voix avait pris, surtout dans les notes élevées, une étendue, un sentiment, une amertume douloureuse qui faisait de cette voix une voix d'ange désolé, regrettant le ciel avec des accents humains.

Les dimanches étaient consacrés particulièrement à la musique et à la promenade; on les passait ensemble, sans s'éloigner un quart d'heure l'un de l'autre. Quand le temps était trop mauvais pour que l'on pût sortir, c'était dans le pavillon de Colomban que l'on se réunissait. Le Breton s'était d'abord étonné de ce choix de Carmélite, de cette préférence pour sa chambre, lorsqu'il y avait un salon commun ; mais, en véritable juriste français qui accepte les lois provisoires comme définitives, il avait accepté ce caprice de Carmélite, sans s'en rendre compte autrement.

Au reste, les prétextes n'avaient point manqué à Carmélite pour prouver à Colomban que sa chambre était plus favorable à leur causerie qu'aucune autre. Un jour, c'était le piano de Carmélite qui avait baissé d'un ton, et le piano de Colomban allait mieux à sa voix ; un autre jour, c'était la cheminée du salon qui fumait, et la cheminée de Colomban était excellente ; un autre jour, c'était un livre sérieux dont on avait besoin pour vérifier un fait, une date, et les livres sérieux ne se trouvaient que dans la bibliothèque de Colomban. Enfin, il y avait mille raisons pour qu'on se réunît dans la chambre de Colomban et non ailleurs, et la preuve, c'est que l'on s'y réunissait.

Plusieurs semaines se passèrent ainsi; on ne recevait pas de lettres de Camille, et Colomban s'aperçut avec étonnement que jamais Carmélite ne s'informait à Nanette si des lettres étaient arrivées. Pourtant, vers la fin de décembre, la première lettre arriva. Colomban, tout joyeux, l'apporta à Carmélite. Elle était à son piano.

— Une lettre de Camille ! s'écria Colomban en entrant dans la chambre.

Mais, sans lever ses mains de dessus les touches :

— Lisez, mon ami, dit Carmélite.

Colomban avait l'habitude d'obéir sans résistance aux désirs de la jeune fille. Il décacheta la lettre et lut. La lettre racontait toutes les discussions que Camille avait eues, non pas avec son père, mais avec ses tantes, avec ses grand'tantes et tout le reste de la famille, qui s'était montrée constamment opposée à son dessein, et qui, à l'heure où il écrivait ces lignes, s'y opposait plus que jamais.

A cela près, la lettre était pleine de la plus vive tendresse pour Carmélite, de la plus vive reconnaissance pour Colomban; il y avait même, dans le ton général de l'épître, une sorte de mélancolie qui n'était pas habituelle à l'Américain, et que le Breton mettait sur le compte de son amour entravé par le dissentiment de la famille et la lutte qu'il soutenait.

Mais ce qui surprit Colomban, ce fut la façon plus que froide dont Carmélite reçut cette lettre de son futur époux; il n'osa lui faire aucune remarque à ce sujet; mais le soir, resté seul, il se demanda à part lui la cause de cette froideur évidente, et plus il chercha dans les mystérieuses profondeurs du cœur de la femme, plus il s'éloigna de la réalité.

Vers la fin de janvier, une seconde lettre de Camille arriva, lettre pleine de tendresse passionnée. Les luttes continuaient toujours au sein de la famille Rozan; Camille avait cependant entraîné quelques parents dans son projet; il en avait attendri quelques autres; enfin, il avait gagné un peu de terrain: on était donc en progrès.

Cette seconde lettre fut reçue par Carmélite avec la même indifférence que la première: elle lut toutes ces lignes brûlantes sans être émue le moins du monde; arrivée à la dernière ligne, elle ferma la lettre, et la déposa sur la cheminée sans affectation, mais avec un mépris glacial.

Colomban fut bien tenté de profiter de cette circonstance pour l'interroger; mais il la trouva, au delà de cette apparente froideur, si fiévreuse, si fébrile, si agitée, qu'il eut peur de la courber, comme la sensitive, rien qu'en la touchant. Il renonça donc pour le moment à lui faire aucune question, et se contenta de chercher, mais inutilement comme il le faisait depuis trois mois, les causes de cette inexplicable *maladivité*. Un an s'écoula ainsi.

Colomban, pour ne pas laisser la jeune fille seule, écrivit à son père qu'un devoir le retenait à Paris, et qu'il n'aurait pas le bonheur d'aller le visiter pendant les vacances de cette année.

Au reste, cette année, au lieu de se traîner lente comme une année d'absence, s'était écoulée avec une rapidité extraordinaire, dans une sérénité ineffable de la part de Colomban, dans une admiration passionnée et un remords constant de la part de Carmélite.

Un soir qu'ils étaient réunis comme d'habitude chez Colomban, c'était le 23 du mois d'octobre, juste le jour anniversaire du départ de Camille, Colomban émit cette opinion, purement et simplement appuyée sur la loyauté qu'il supposait au créole, que celui-ci, ayant depuis un mois ses vingt-cinq ans accomplis, allait incontestablement revenir pour se marier avec ou sans le consentement de son père.

Carmélite alors secoua la tête de cette façon significative qui avait déjà plusieurs fois alarmé le Breton, sans qu'il en comprît toutefois le sens positif, ce qui l'eût alarmé bien davantage. Cette fois, il résolut de demander à la jeune fille une explication.

— Carmélite, lui dit-il, il y a aujourd'hui un an que notre ami est parti; il y a aujourd'hui un an qu'aux assurances que je vous donnais du prochain retour de Camille, vous avez tristement secoué la tête, comme vous le faites en ce moment... J'ai inutilement cherché la cause de cette désapprobation tacite, et, ne pouvant la comprendre, je vous prie de me la dire loyalement, comme je vous la demande. — Tout est sérieux avec vous, Colomban, répondit Carmélite; et, comme vous êtes la raison suprême, vous voulez que la raison de toute chose vienne en quelque sorte à vous. Eh bien! ce mouvement de tête, mon ami, est une formule de mon incrédulité... Je n'ai pas votre adorable confiance, moi, n'ayant pas votre perfection presque divine : du moment où Camille est parti, j'ai douté de son retour; un an s'est écoulé, et j'en doute plus que jamais! — Oh! vous vous trompez, Carmélite! s'écria Colomban; vous ne connaissez donc pas les préjugés dont sont assaillies les familles américaines? Le seul empêchement au retour de Camille est là, soyez-en sûre; Camille combat ces préjugés : sous une apparence frivole, il a un cœur droit et honnête, et je regrette, Carmélite, qu'ayant eu occasion de l'apprécier, il ne vous soit pas resté de sa bonne foi une certitude inébranlable.

Carmélite soupira.

— C'est vous, dit-elle, Colomban, qui êtes un cœur d'or; c'est vous qui voyez le bien partout parce que vous l'avez en vous. Vous me dites que j'ai eu l'occasion d'apprécier Camille... Oui, mon ami, je l'ai apprécié, et c'est à cause de cela que je vous redis : « Camille ne reviendra pas. » — Mais qui peut vous avoir donné cette injurieuse croyance, Carmélite? — Notre vie de trois mois, pendant laquelle je l'ai compris sans l'interroger, pendant laquelle je l'ai appris sans l'étudier... On vit vingt ans avec un ami sans que cet ami vous connaisse, tandis qu'avec une femme, il est certains moments où l'on se révèle, certaines heures où l'on se trahit; l'abandon qui résulte de l'intimité nous force à déposer le masque : c'est ainsi que j'ai surpris le véritable caractère de Camille... Je ne veux pas l'accabler en son absence et en votre présence; mais il résulte pour moi, de cette connaissance que j'ai acquise, une froideur qui s'est changée d'abord en dégoût, puis qui, peu à peu, a tourné au mépris. Que Camille m'aime d'une certaine façon, je ne le conteste pas; mais il a pour moi un peu de cette amitié craintive du mauvais écolier pour son professeur; je le domine plus que je ne le touche, et sa vanité est plus satisfaite de me posséder que son amour n'en est heureux. Je ne nie pas qu'au moment de me quitter, dans l'ébranlement du départ, dans la secousse de la séparation, il n'ait eu l'intention de revenir : habitué à l'amour facile de certaines femmes, il s'est étonné, irrité même secrètement de rencontrer en moi un obstacle de tous les jours, une résistance de tous les moments; il m'a surprise, mais ne m'a jamais possédée, et cette lutte qu'il soutient à deux mille lieues de nous le tient au fond toujours en haleine; mais croyez-moi, mon ami, je suis pour Camille le prix d'une victoire, voilà tout, et non point le but d'un attachement sérieux.

Colomban regarda la jeune fille avec une profonde tristesse.

— Carmélite, dit-il, vous n'aimez plus Camille? — Je ne l'ai jamais aimé, répondit-elle fièrement, comme si ces deux mots eussent dû la justifier. — Oh! ne dites pas cela, Carmélite! fit le Breton avec douceur. — Devant Dieu, reprit solennellement Carmélite, je dis la vérité, Colomban : je n'ai jamais aimé Camille. — Et cependant?... reprit en hésitant le jeune homme. — Et cependant, j'ai été vaincue... c'est cela que vous voulez dire, n'est-ce pas, mon ami? Eh bien, oui, j'ai été vaincue, mais non par ma faiblesse, à moi; mais non par la force de Camille : je l'ai été par une puissance inconnue plus grande que la mienne, par un pouvoir mystérieux plus grand que le sien; il n'a fait nul effort pour amener ma chute, ainsi qu'il vous l'a dit afin de se disculper d'avoir trahi son serment; mais il a froidement attendu l'occasion, et c'est cela que je lui reproche, c'est cela qui me fait monter au front, non pas le rouge de la pudeur, mais la flamme de la honte, de la colère et du mépris. — Oh! taisez-vous, Carmélite! dit Colomban en mettant sa main sur ses yeux, comme si ses yeux fermés, l'empêchant de voir la jeune fille, eussent empêché ses oreilles de l'entendre. — Et, continua Carmélite, emportée sur la voie glissante, voulez-vous que je vous dise toute la vérité, Colomban? — Oh! non, non, je ne veux plus rien entendre! s'écria le Breton. — Pourquoi alors m'avez-vous interrogée? demanda-t-elle presque menaçante. — Parlez donc! — Eh bien! vous connaîtrez ma douleur dans toute son étendue, ma faute dans toute sa profondeur, quand vous saurez que, cette nuit de triomphe de Camille, ce n'était point à Camille que je cédais. — Mais à qui donc? demanda Colomban. — A un fantôme de mon imagination, à un rêve de mon cœur; Camille n'a été que le délégué du malheur, que le prête-nom de la fatalité.

Colomban leva sur Carmélite son regard, limpide comme la lumière.

— Carmélite, dit-il, je ne vous comprends pas. — Oh! Colomban, reprit-elle, c'était une belle nuit, une heureuse nuit, que celle où nous avons été déterrer le rosier au pied du tombeau de la pauvre La Vallière!..

Et, se levant lentement, elle sortit du pavillon et remonta chez elle, tandis que Colomban la suivait des yeux, presque ébloui par le premier rayon de lumière qui descendait jusqu'à son cœur, et murmurait:

— Oh! mon Dieu! mon Dieu, elle eût donc pu m'aimer, puisqu'elle n'aimait point Camille?..

LIII

OU CHACUN COMMENCE A VOIR CLAIR, NON-SEULEMENT DANS SON PROPRE CŒUR, MAIS ENCORE DANS CELUI DE L'AUTRE.

A partir de ce jour, les relations des deux jeunes gens, de simples et familières qu'elles étaient, devinrent froides et compassées. Carmélite comprenait qu'elle en avait trop dit à Colomban. Colomban avait peur d'avoir mal entendu.

Il croyait toujours au retour de Camille; il se tenait sur la réserve avec Carmélite; il fuyait toutes les occasions de ramener la conversation sur le terrain glissant où la jeune fille avait presque laissé tomber un aveu. Cette idée, qu'il aimait de plus en plus Carmélite, que chaque jour augmentait sa passion, épouvantait Colomban. Qu'eût-ce donc été s'il eût eu cette certitude que Carmélite l'aimait? Il eût à l'instant même quitté Paris, et fût retourné en Bretagne.

En attendant, les jours, les semaines, les mois s'écoulaient, et le consentement du père de famille n'arrivait pas; on recevait toujours des lettres du créole, lettres où se peignait la tendresse la plus vive, quelquefois même la plus ardente passion, mais c'était tout.

Un matin, on reçut une lettre de son frère. Camille était tombé dangereusement malade. Carmélite apprit cette nouvelle avec presque autant d'indifférence que les autres. La maladie dura trois mois.

Nous savons tous ce que c'est que les émotions de la convalescence, après que la maladie, de sa main fiévreuse et décharnée, nous a montré entr'ouvertes les portes du tombeau. Les premières paroles ou plutôt les premiers cris de joie sont les hymnes de reconnaissance au Dieu sauveur, à la famille, aux amis, à ceux qu'on aime, et même à ceux qu'on a aimés ; les mauvais sentiments sont éteints, les bons ont grandi ; on dirait que la fièvre, en emportant tous les miasmes putrides du corps, a déraciné en même temps toutes les plantes parasites de l'âme ; le cœur devient une terre vierge et féconde qui se couvre de fleurs nouvelles, et qui n'exhale plus que des parfums. Une grande maladie est une sorte de station entre la vie et la mort, une occasion de repos forcé où l'âme, entièrement dégagée de la matière, plane librement au-dessus des passions humaines, comme ces rose-croix qui habitaient le sommet des montagnes pour s'entretenir plus directement avec l'esprit de Dieu.

La chambre du convalescent est un cloître dans lequel s'est opérée la métamorphose du vieil Éson : l'ancien homme a disparu, le nouveau s'y recueille et y médite ; les méchants y deviennent bons, les bons y deviennent meilleurs. Le convalescent qui revient à la vie ressemble à l'enfant qui naît au jour : tout est autour de lui gaieté, lumière, fraîcheur, enchantement; il tend les deux bras à tout homme qu'il voit, comme à un ancien ami ; sa tendresse, longtemps contenue, a la fougue et la limpidité du torrent qui rompt sa digue, et nul barrage ne saurait l'arrêter.

De sorte que, devant cette magnifique et rapide effusion, les parents, les amis, les simples spectateurs même se retiennent, de peur de l'entraver, et sont disposés à tout promettre, quitte plus tard à ne rien tenir. Quel est alors le cœur paternel qui peut refuser à l'enfant le hochet qu'il désire, et vers lequel il tend les bras en pleurant ?

Ce fut ainsi que Camille reçut de son père et du reste de sa famille, au moment où il entrait en convalescence, la promesse que rien ne s'opposerait plus désormais à son mariage avec Carmélite ; et ce fut le thème qu'il paraphrasa dans la lettre qu'il écrivit à ses amis, sous l'empire de cette convalescence encore fiévreuse. Sa lettre, empruntant une ardeur nouvelle à l'exaltation du moment, était un chef-d'œuvre d'amoureuse passion, et le bon Colomban la présenta à Carmélite en disant, les yeux pleins de larmes :

— Vous voyez, Carmélite, que je ne me suis pas trompé !

Mais, pour Carmélite, il n'en fut pas de même : elle dégagea tous les termes passionnés de la lettre des entraînements excités par la fièvre, et elle se refusa à voir autre chose dans cette épître que ce spectre solaire aux vives couleurs, fils éphémère de l'orage, et qui disparaît avec lui. D'ailleurs, il ne s'agissait plus de connaître au juste le degré d'amour que Camille pouvait avoir pour elle. Dût-il retomber dans cette longue fièvre d'où il sortait, Carmélite n'eût pas fait un pas pour le sauver; elle n'eût peut-être pas eu le sang-froid du bourreau, mais elle eut le courage du juge, et, en elle-même, elle prononça irrévocablement sa sentence.

La plus grande joie de la jeune fille eût été de ne plus recevoir de lettres du créole, de ne plus entendre parler de lui, d'oublier jusqu'à son nom. Elle aimait Colomban de toute la puissance de son cœur, de toute la force de ses regrets, de toute la grandeur de ses remords. Lorsqu'elle le vit si triste à la fois et si fier de la loyauté de son ami, elle éprouva un désir presque irrésistible de se jeter au cou de Colomban et de lui avouer son amour; mais le front sévère du jeune homme l'arrêta et la força de rentrer en elle-même.

Cet amour, qui l'envahissait chaque jour davantage, ce n'était plus de l'amour; c'était mieux que cela : c'était l'adoration qu'inspire un être supérieur, presque divin. Si, quand elle le regardait à la dérobée et le dévorait des yeux, Colomban eût surpris un de ses regards, quelque simple et quelque modeste que fût le Breton, ce regard lui eût tout appris! Et cependant, cette contrainte qu'ils éprouvaient l'un vis-à-vis de l'autre avait pour tous deux des moments d'ineffable douceur.

Lorsque Colomban lisait, presque toujours quelque ode d'Hugo, quelque poëme de Lamartine, Carmélite, qui le regardait et l'écoutait lire, se penchait, s'allongeait, se couchait peu à peu sur le canapé, couvant le jeune homme des yeux, et semblable à une jeune lionne prête à s'élancer d'un bond sur le lion fauve, objet de ses puissantes amours.

Lorsque Carmélite chantait soit le *Pria che spunti l'aurora* du maëstro napolitain, soit la *Fièvre brûlante* de Grétry, Colomban cessait de respirer; il écoutait comme en extase, et regardait, pour ainsi dire, monter chacune des notes étincelantes, pareilles à ces fusées qui, écloses sur la terre, vont s'épanouir et s'éteindre dans le ciel. Lui, par son amour timide et respectueux, semblait être la femme, et il eût donné sa vie, non pas même pour baiser les lèvres de Carmélite, mais seulement pour aspirer le souffle divin, l'harmonie céleste qui s'en échappait.

Ils se disaient bonsoir à minuit ou une heure du matin : Colomban regagnait alors son pavillon; derrière lui, Carmélite fermait ou faisait semblant de fermer sa porte; puis, à peine le bruit des pas s'était-il perdu aux dernières marches de l'escalier, qu'elle la rouvrait, courait à la fenêtre du corridor, regardait le jeune homme traverser le jardin, et, les yeux fixés sur la lumière qui transparaissait à travers les vitres du pavillon, veillait parfois jusqu'au jour comme cette lumière, s'épuisant comme elle dans son amour dévorant, et ne se retirait que lorsque la lumière était éteinte.

Quelquefois même cette ardeur fiévreuse l'entraînait plus loin. Par les belles nuits d'été où les étoiles seules éclairent la terre, ou plutôt permettent de distinguer les ténèbres, elle descendait sur la pointe du pied, entrait craintive dans le jardin, gagnait quelque massif où elle faisait halte un instant; puis, comme les fées, comme ces ondines dont l'ombre s'échappe du tombeau pour venir errer autour de la demeure de l'homme qu'elles ont aimé pendant leur vie, blanche et plaintive, Carmélite tournait autour du pavillon de Colomban.

Quelquefois aussi, mû par un sentiment pareil, le jeune homme ouvrait sa porte, sortait, aspirant l'air à pleine poitrine, et allait s'asseoir sur ce banc de gazon où il s'était assis, attendant Camille, le jour où il était revenu de la Bretagne. Là, il demeurait immobile, les yeux fixés sur la fenêtre du corridor, par laquelle il lui semblait sans doute que son regard plongeait jusque dans la chambre de Carmélite.

Alors Carmélite s'approchait doucement, lentement, d'arbre en arbre, retenant son haleine; elle le regardait avec des yeux de flamme à travers l'obscurité, et ne se retirait que lorsqu'il rentrait lui-même, ignorant que, pareil à un feu follet, l'âme de celle qu'il aimait tant avait, pendant une heure, voltigé autour de lui.

Une nuit d'hiver, que la terre était couverte d'un blanc tapis de neige, et que n'ayant osé sortir, de peur de laisser la trace de ses pas sur la nappe blanche et ouatée, Carmélite se tenait debout à la fenêtre du corridor, les yeux fixés sur la lumière de la lampe de Colomban, ne s'inquiétant ni du froid ni du chaud, car le feu n'eût pas réchauffé ses mains, car la neige n'eût pas rafraîchi son front; une nuit d'hiver donc, elle vit la porte du Breton s'ouvrir, et celui-ci, sortant sur la pointe du pied, comme elle faisait si souvent elle-même, se diriger du côté de la maison, où il disparut.

Le premier mouvement de Carmélite fut de fuir dans sa chambre. Mais la curiosité l'emporta; d'ailleurs, en rouvrant et refermant la porte, elle eût elle-même trahi sa présence. Elle s'enveloppa dans le rideau de la fenêtre et attendit. Le craquement des marches annonça que Colomban montait l'escalier, et, au bout de quelques secondes, en effet, son ombre apparut au haut des degrés, et s'avança lentement dans le corridor.

Le jeune homme s'appuyait au mur opposé à celui de la chambre de Carmélite, et semblait trembler d'être entendu. Arrivé à la porte de Carmélite, il s'arrêta, et, s'adossant à la muraille, il demeura, retenant son souffle et dans l'attitude de la contemplation, comme s'il eût pu voir à travers cette porte fermée. De temps en temps sa main, posée sur son cœur, se détachait de sa poitrine, et, s'appuyant à ses yeux, semblait essuyer des larmes.

Ce fut une révélation pour Carmélite. Que venait-il chercher devant sa porte, sinon ce qu'elle allait si souvent chercher elle-même devant la sienne? Quelles larmes pouvait-il verser, sinon les larmes brûlantes de l'amour, les larmes amères du regret ? Et, en effet, bientôt les pleurs silencieux de Colomban se changèrent en sanglots.

Carmélite mit ses deux mains sur sa bouche pour empêcher son souffle même de passer, car elle sentit que le cri : « Je t'aime ! je t'aime ! » allait s'échapper de ses lèvres. Mais en même temps, elle se répétait à elle-même, cent fois par minute, d'une voix aussi pressée que les battements de son cœur : « Dieu béni ! il m'aime ! il m'aime ! »

Oh! quelle folle envie avait la jeune fille d'aller se jeter à son cou et de l'embrasser furieusement! mais la grave figure du Breton lui apparut tout à coup en pensée, et sa volonté arrêta son désir, comme sa main avait fermé sa bouche. En effet, Colomban pouvait bien confier à la nuit mystérieuse ses tristesses, ses regrets, son amour; il pouvait bien se plaindre à la solitude, qu'il croyait muette et aveugle, de la rigueur du devoir qu'il accomplissait; mais, de là à fouler aux pieds ce devoir et à confesser tout haut ce secret que ses larmes trahissaient tout bas, il y avait un abîme infranchissable !

Carmélite résolut donc de savourer intérieurement cette joie inattendue, ineffable, infinie, mais sans en rien laisser voir au dehors. Colomban resta ainsi une heure à peu près; puis il s'agenouilla, et, baisant le seuil de la porte, se releva avec un soupir, et s'éloigna lentement.

Carmélite le suivit des yeux jusqu'à ce qu'il fût rentré dans le pavillon, et alors seulement, tombant à genoux, ce qu'elle avait murmuré tout bas, elle osa le crier tout haut :

— Dieu béni! il m'aime! il m'aime! il m'aime!...

LIV

LES AMES ASYMPTOTES.

Carmélite passa une heureuse nuit, une nuit qui ne pouvait se comparer qu'à cette nuit du printemps où elle avait été déraciner, avec Colomban son beau rosier, dont les racines avaient poussé entre les pierres d'un sépulcre. Ainsi donc, il l'aimait! Cet être grave et fort, dont le visage seul inspirait à la jeune fille tant de crainte, il avait les tendres piétés et les faiblesses enfantines de l'amour! Seulement, différant en cela des autres hommes, il avait la pudeur de ses tendresses, et en gardait en lui-même l'ineffable secret.

Cette révélation de l'amour du Breton rafraîchit le cœur de Carmélite, comme une pluie abondante rafraîchit une plaine desséchée, et, dès le lendemain, Colomban, sans connaître la cause de cette renaissance, vit reverdir l'ancienne gaieté de la jeune fille. Ses heures étaient remplies désormais; si remplies, que les journées lui semblaient trop courtes et les nuits trop longues. Sa vie n'allait plus au hasard : elle avait maintenant un but.

A partir de ce moment, le bonheur, qui n'entrait plus dans la maison que par surprise, pour ainsi dire, et comme un étranger qui s'égare et, sachant qu'il se trompe de porte, se tient toujours un pied levé prêt à fuir, à partir de ce moment, le bonheur s'installa hardiment, tantôt dans la chambre de Carmélite, tantôt dans le pavillon de Colomban, et quelquefois même tout ensemble dans le pavillon et dans la chambre; cependant ce double bonheur ne venait pas de la même source, et surtout ne se manifestait pas de la même façon.

Colomban éprouvait un charme indéfinissable à aimer tacitement, intimement, solitairement la jeune fille; il avait pour elle un peu de cette piété passionnée des anciens chrétiens pour leur madone, une affection qui tenait bien plus du respect et du besoin d'adorer que de l'amour et du désir de posséder, ou qui plutôt tenait à la fois de l'amour et de l'adoration.

Tout son bonheur consistait à s'enfermer chez lui, car devant elle il tremblait, à se recueillir la main sur les yeux, à s'isoler du monde entier, et, des hauteurs de son recueillement comme du sommet d'une montagne, à voir se dérouler sous ses yeux, ainsi que des prairies diaprées de fleurs, ainsi que des plaines aux riches moissons, mille félicités ineffables. Mais au milieu de cette joie, de ce bonheur, de cette adoration, la douleur, nous dirons presque le remords, avait sa dîme : vingt fois, pendant la nuit, la conscience de Colomban l'avait éveillé par une douleur aiguë au cœur; c'était la morsure du remords.

L'ombre plaintive de Camille trahi sortait de l'absence comme un spectre sort du tombeau, et venait se dresser au chevet de son lit; alors, Colomban était prêt à se lever, à aller se jeter aux pieds de armélite pour lui avouer son amour, non pas comme l'aveu d'une joie, mais comme la confession d'un crime.

De son côté, Carmélite vingt fois, mais sans remords, elle, vingt fois Carmélite, sûre d'être aimée, avait franchi le seuil de sa chambre avec la résolution bien arrêtée d'aller à Colomban, et de lui dire : « Tu m'aimes, Colomban!... moi aussi, je t'aime ! »

S'ils s'étaient rencontrés tous deux dans un de ces moments-là, bien certainement le secret de leur cœur eût fait explosion sur leurs lèvres. Mais chacun faisait une portion de chemin, et, tiré en arrière par la pudeur, revenait sur ses pas.

En un mot, semblables à ce que l'on appelle en géométrie les lignes asymptotes, auxquelles nous avons emprunté le titre de ce chapitre, lignes qui se côtoient éternellement, et qui, quoique prolongées à l'infini, ne re rejoignent jamais, leurs âmes, toutes brûlantes d'amour, se côtoyaient éternellement sans jamais se rencontrer. Et cependant cette félicité contenue dans le cœur, et qui s'augmentait chaque jour, à chaque heure, à chaque instant, devait bientôt déborder.

Un matin Carmélite, après une nuit passée dans une insomnie fiévreuse, vit Colomban, qui ne l'avait quittée la veille qu'à minuit, entrer chez elle plus pâle, mais plus souriant que d'habitude. Elle comprit qu'enfin cette fois le Breton avait triomphé de ses scrupules, que sa résolution était prise, et qu'il venait à elle pour lui tout dire. Elle se leva joyeuse, alla au-devant de lui, et l'attira près d'elle sur le canapé. Mais, dans l'encadrement de la porte restée ouverte, elle aperçut la silhouette de la jardinière tenant une lettre à la main.

— Mademoiselle, dit Nanette, c'est une lettre de M. Camille.

Carmélite jeta un petit cri aigu, en portant la main à son cœur. Colomban rejeta en arrière sa tête pâlissante. La jardinière, voyant que ni l'un ni l'autre des deux jeunes gens ne lui répondait, posa la lettre sur les genoux de Carmélite. Carmélite revint à elle la première; elle était, sinon la plus forte, du moins la plus déterminée des deux : toutes les initiatives venaient d'elle.

Elle poussa un soupir, secoua la tête, décacheta la lettre et la lut; puis, sans prononcer un autre mot que celui-ci : « Lisez ! » elle passa la lettre à Colomban, les yeux fixés sur le visage du jeune homme. On eût cru que Colomban ne pouvait pâlir davantage, et cependant sa pâleur avait augmenté encore.

Une première fois il lut tout bas, et une seconde fois tout haut, les trois lignes suivantes :

« Chère Carmélite !

« J'ai enfin obtenu le consentement de mon père, de mes tantes et de toute ma famille, et, le 7 du mois prochain, je serai à Paris.

« CAMILLE. »

Jamais condamné, en lisant lui-même sa sentence de mort, ne fut plus défait et plus tremblant que le Breton relisant pour la seconde fois, et tout haut, la lettre de son ami.

Carmélite, accoudée sur le dossier du canapé, le regardait profondément, ardemment, attendant qu'il levât les yeux. Mais, au lieu de se lever, les yeux du jeune homme se fermèrent, et entre ses cils réunis coulèrent deux larmes.

— Qu'avez-vous, lui demanda Carmélite de sa voix la plus harmonieuse, et pourquoi le retour de votre ami vous plonge-t-il dans une pareille stupeur? — Ah! Carmélite! Carmélite! dit le Breton, ne m'interrogez pas! — Colomban, continua-t-elle, pourquoi êtes-vous si pâle, et pourquoi pleurez-vous? — Parce que je me meurs, Carmélite! s'écria le jeune homme en déchirant son gilet à pleine main, comme s'il étouffait. — Et vous vous mourez, Colomban, poursuivit impitoyablement la jeune fille, parce que vous m'aimez, n'est-ce pas? — Moi! s'écria Colomban en rouvrant des yeux épouvantés; moi! je vous aime?... — Oui, répondit simplement Carmélite. Pourquoi pas? Je vous aime bien, moi! — Taisez-vous! taisez-vous, Carmélite! — Oh! dit la jeune fille, il y a assez longtemps que je me tais, et vous aussi! Il y a assez longtemps que nous nourrissons de notre cœur cette vipère qui le dévore! — Carmélite! s'écria Colomban, je suis un misérable! — Non, Colomban, vous êtes un grand cœur, longtemps victorieux, maintenant vaincu. — Oh! Carmélite! Carmélite! balbutia Colomban, me pardonnerez-vous? — Et qu'aurais-je donc à vous pardonner, puisque je vous aime, puisque je vous ai toujours aimé? — Silence, Carmélite! interrompit Colomban, vous l'aviez déjà dit, et j'avais eu la force de ne pas vous entendre. — Alors, reprit Carmélite avec une espèce de fureur, je le répète : je vous aime, Colomban, je vous aime! je vous aime! — Carmélite! Carmélite! je vous entends, et votre souffle me brûle, vos paroles me dévorent.

Il s'arracha par un effort à cette fascination, et s'éloignant tout chancelant de Carmélite :

— Ma sœur, ma sœur! dit-il, notre faute est pareille : demandons à Dieu, pour l'expier, la même force et la même résignation. — Qu'appelez-vous résignation, mon ami? — Vous me comprenez bien, Carmélite! — Non, sur mon âme, je ne vous comprends pas. Voulez-vous dire, par hasard, que j'épouserai Camille? — Il le faut bien! — Que j'épouserai Camille avec votre amour dans le cœur, et connaissant votre amour? — Il le faut! il le faut! s'écria Colomban avec l'accent du désespoir. — Et pourquoi le faut-il? Dites-moi, Colomban, demanda la jeune fille, devant qui suis-je donc responsable de mon amour en ce monde? Je suis seule, Dieu merci! et par conséquent unique juge, et par conséquent suprême appréciatrice de ma conduite. — Vous vous trompez, Carmélite : la société est l'appréciatrice de votre conduite, et Dieu, votre juge suprême. — Et comment la société peut-elle, je voudrais bien que vous m'expliquassiez cela, Colomban, comment la société peut-elle me contraindre à faire le malheur de deux hommes et le mien en épousant celui que je n'aime pas, au détriment de celui que j'aime? Comment Dieu peut-il m'imposer comme un devoir une action qui répugne non-seulement à mon cœur, mais encore à ma conscience? Ai-je consulté les lois de la société, quand j'ai failli? Quand, glissant sur le bord de l'abîme au fond duquel m'attendaient Camille et la douleur, j'ai tendu les bras vers Dieu en l'appelant à mon secours, Dieu m'a-t-il retenue? — Vous blasphémez Dieu, Carmélite! — Je ne blasphème pas Dieu, Colomban : je vous aime! — Carmélite, ne prenons pas nos désirs et nos instincts pour des droits et pour des devoirs... Voyez, voyez où cela nous a conduits! — Un reproche, Colomban? — Oh! s'écria le jeune homme en se précipitant à ses pieds, Dieu me punisse si j'en ai eu l'idée! Pour moi, Carmélite, vous avez en vous toutes les passions de la femme; mais vous êtes pure comme Ève le jour de sa création.

— Colomban, Colomban! dit Carmélite retombant sur le canapé, et posant ses deux mains sur la tête du jeune homme, dont elle appuya ainsi le visage contre ses genoux, je laisse de côté mes droits et mes devoirs, et ne prends conseil que de mon cœur... Peu m'importe d'être responsable devant Dieu et devant les hommes : je sais que répondre aux hommes et à Dieu, pourvu, mon ami, que je sois justifiable devant vous. — Et moi, Carmélite, murmura le jeune homme à moitié vaincu, pensez-vous que je consente jamais à oublier le serment que j'ai fait à Camille? Et n'eussé-je point fait ce serment, pensez-vous que je trahirais Camille? Oh! voilà pourquoi je vous dis qu'il faut demander à Dieu la force et la résignation. — Jamais! jamais! s'écria la jeune fille avec une indomptable véhémence. — Carmélite! Carmélite!... — Comment voulez-vous que je demande à Dieu, continua-t-elle, de m'enlever, en m'ôtant mon amour pour mettre à sa place la résignation, cette inerte et inféconde vertu; comment voulez-vous que je demande à Dieu de m'enlever l'élément, le principe même de ma vie? Mais vous ne savez donc pas que sans vous, sans votre présence, sans votre amour, je serais déjà morte ou enterrée vivante dans quelque cloître? Ah! j'en avais formé le projet le jour du départ de Camille, en jetant au vent et à la boue les fleurs de notre pauvre rosier; et c'est grâce à vous, grâce à l'amour de la vie que vous m'avez rendu, que j'ai renoncé à ce dessein... Et vous voulez que j'oublie que c'est vous qui m'avez sauvée, Colomban? — Oh! et c'est pour cela, Carmélite, que vous voulez me perdre avec vous! — Est-ce se perdre, est-ce souffrir, est-ce mourir, que de mourir, souffrir, se perdre ensemble? — Carmélite! au nom du ciel!.. — Colomban, songez donc que je ne vous oublierai en ce monde que pour aller songer à vous dans l'autre! — Que faire, alors? que faire? — Ah! vous devenez raisonnable enfin! dit Carmélite avec un rire strident qui fit passer un frisson dans les veines de Colomban. Que faire? C'est cela!... Oh! j'y ai pensé depuis longtemps, à ce qu'il nous restait à faire. — Eh bien, parlez donc! parlez! dit Colomban toujours à genoux, et prenant sa tête entre ses deux mains, comme s'il eût craint de devenir fou. — Il n'y a que deux partis à prendre, Colomban. — Lesquels? — Quitter cette maison, fuir, aller vivre à l'étranger, au bout du monde, dans une solitude de l'Inde, dans une île de l'Océanie, oublieux, oubliés. — Et l'autre parti? demanda Colomban, indiquant par cette réponse qu'il refusait le premier. — L'autre, répondit fermement Carmélite, c'est de mourir, Colomban! — Oh! fit le Breton baissant la tête au niveau de ses genoux. — Ne pouvant nous rejoindre dans la vie, continua Carmélite, c'est de nous unir au moins dans la mort! — Vous offensez Dieu, Carmélite! — Je ne crois pas... Mais, en tous cas, Colomban, je préfère souffrir avec vous durant l'éternité plutôt que d'être uni à *lui* pendant le temps. — Impossible, Carmélite, impossible! — C'est bien, le fort est faible... Au faible donc à avoir de la force pour deux.

Colomban releva la tête.

— Ne pouvant être à vous parce que vous me refusez, Colomban, continua Carmélite avec un geste d'une superbe grandeur, ne pouvant être à lui parce que je le refuse, dès demain j'entrerai dans un couvent... Mon Dieu! recevez-moi; je me donne à vous! — Oh! Carmélite! Carmélite! que je suis faible auprès de vous! — Vous, mon ami, vous êtes l'ange de l'abnégation, de la bonté, et du devoir! — Non, non, je vous aime comme un fou! je vous aime comme un insensé! Tout ce que vous voudrez, Carmélite, tout, tout, je le ferai!

Carmélite sourit tristement: son triomphe était complet: prosterné, courbé, brisé à ses pieds, Colomban lui avait dit :

« Je vous aime! »

— La résolution est suprême, répondit la jeune fille; aussi vaut-elle la peine que vous y réfléchissiez, Colomban. Je parle comme une créature sans nom, isolée, perdue dans le monde, attirée dans la tombe par son père et sa mère qui l'y ont précédée; vous, vous êtes le dernier d'une noble famille; vous, vous avez un grand nom; vous, vous avez un père qui vous adore... Songez à votre père! Demain, vous me direz le résultat de vos réflexions. — A demain, donc, Carmélite! — A demain, Colomban!

Et les deux jeunes gens se quittèrent en échangeant une cordiale et fraternelle poignée de main.

LV

LA RÉSOLUTION.

La scène que nous venons de raconter s'était passée la veille du mardi gras de l'année 1827.

Le lendemain arriva avec cette monotone régularité que mettent les heures, tristes ou joyeuses, à faire deux fois le tour du cadran d'une pendule. C'était une brumeuse et sombre journée, un temps de jour des Morts plutôt que de mardi gras; nous en avons vu la fin au premier chapitre de ce livre, quand nous avons rencontré, errants dans les rues de Paris, Jean Robert, Ludovic et Pétrus : voyons-en le commencement.

La pluie tombait fine et perçante; l'air était glacial, le ciel gris, le pavé noir. C'était un de ces jours d'hiver où l'on est mal partout, devant un piano, devant un livre, le poëte en face de son papier blanc, le peintre près de sa toile inachevée; un de ces jours où l'on est triste seul, plus triste à deux; où il semble que l'esprit soit transi comme le corps, dans quelque endroit de son cabinet que l'on se réfugie, dans quelque coin de sa chambre bien-aimée que l'on se cache; un de ces jours où l'on est sombre et souffreteux, comme si le vent du cimetière passait à travers les ais de la porte fermée et les fissures des fenêtres closes; un de ces jours où l'on grelotte sans savoir pourquoi, malgré le feu de la cheminée, malgré le rempart des portières épaisses; où l'humidité, ce cauchemar du jour, entre et vous prend à la gorge; où, incapable de résistance, on se laisse aller, comme dans le sommeil, aux influences malfaisantes de l'atmosphère; un de ces jours, enfin, où l'on se sent impuissant à secouer un malaise moins dangereux, mais plus fatigant qu'une maladie, et dont on attend la fin sans rien faire pour y remédier, car on a reconnu l'inefficacité de tout remède.

C'était donc une journée semblable qui, le matin du mardi gras de l'année 1827, réunissait les deux jeunes gens dans le pavillon de Colomban. Un grand feu de sarments pétillait dans l'âtre; mais autant que le feu a de gaieté pendant les soirées d'hiver, autant il a de mélancolie quand on a vu, le matin, rayonner le soleil, ne fût-ce qu'un instant; le feu, alors, semble une copie manquée, une contrefaçon ridicule du soleil; il ne chante plus, il ne brille plus ; c'est à peine s'il réchauffe.

Ils étaient tous deux devant la cheminée, tristes, silencieux, songeurs, échangeant de temps en temps quelques paroles brèves, comme en pourraient échanger deux condamnés qui attendraient le bourreau. Enfin, Carmélite aborda la question et dit la première :

— C'est demain qu'il arrive! — C'est demain, répéta Colomban. — Et nous n'avons pas encore pris de parti définitif, mon ami, dit Carmélite. — Si fait, dit Colomban après un instant de silence, j'ai pris le mien. — En ce cas, moi aussi, dit la jeune fille en tendant la main au Breton. — Je mourrai! dit Colomban. — Je mourrai ! dit Carmélite.

Colomban pâlit.

— C'est bien résolu, Carmélite? dit-il d'une voix tremblante. — C'est bien résolu, Colomban! répondit Carmélite d'une voix ferme. — Alors, continua Colomban, séparons-nous une dernière fois avant de nous réunir à jamais, et, avant de mourir, recueillons-nous dans la solitude, et prions Dieu de nous pardonner. — Vous avez des adieux à faire, mon ami? — J'ai une lettre à écrire à mon père, une à Dominique. — Et moi, dit Carmélite, à mes trois amies de pension, à mes trois sœurs de Saint-Denis.

Les deux jeunes gens se serrèrent étroitement les mains, et se retirèrent, Carmélite dans sa chambre, Colomban dans son pavillon.

Voici la lettre que Colomban écrivit à son père, le vieux comte Edmond de Penhoël :

« Mon cher et honoré père,

« Pardonnez-moi la douleur que je vais vous causer. Quoique ma résolution soit bien prise, quoique rien au monde ne puisse m'y faire renoncer, pas même votre amour pour moi, pas même ma reconnaissance pour vous, j'hésite, je m'arrête, et je reprends des forces pour écrire les lignes suivantes...

« Mon père bien-aimé! mon père respecté, chéri, honoré, pardonnez-moi, pardonnez-moi! Je renonce à la vie que vous m'aviez donnée. Vous m'avez instruit, dès mon enfance, ô mon vénéré père! à me soucier avant tout du mépris des hommes : je me réfugie dans la mort, de crainte de ce mépris.

« Quand vous recevrez cette lettre, mon cher père, votre pauvre Colomban aura cessé d'exister, préférant, selon vos conseils, renoncer à la vie, plutôt que de manquer à l'accomplissement de son devoir. Non que j'aie failli, mon noble père ! n'en ayez pas un seul instant la crainte : si j'avais failli, au lieu de fuir lâchement le monde, j'eusse publiquement expié ma faute en l'exposant à la face de tous. J'ai résisté, lutté, combattu ; car j'avais votre désespoir devant les yeux. J'allais être vaincu : j'ai préféré mourir.

« Vous souvenez-vous, mon père bien-aimé, de nos promenades sur les grèves, au bord de la mer sauvage? Un jour, une marée furieuse avait fendu en deux un rocher gigantesque, debout et inébranlable depuis le jour où la terre était sortie des mains de Dieu ; en face de ce rocher brisé, déraciné, vaincu, vous me racontiez l'histoire des cataclysmes et des révolutions terrestres en me montrant le bloc de granit, qui, détaché de sa base, roulait sous l'effort du flot, comme si le granit fût devenu du liège; vous m'expliquiez ce grand combat des êtres et des choses; vous me faisiez comprendre que les titans d'Hésiode et les géants de la théogonie n'étaient rien autre chose que des volcans éteints, et vous me disiez de m'incliner devant cette lutte incessante des forces de la nature.

« Je m'incline, mon père : l'ouragan des passions a brisé mes forces; la marée des douleurs humaines a recouvert mon âme et l'a éteinte! Je courbe la tête et je meurs.

« Vous souvenez-vous encore, ô mon père bien-aimé! de ces paroles de l'*Imitation*, que nous lisions ensemble dans nos veillées d'hiver? Ô douces veillées de ma jeunesse; heures de mon enfance écoulées dans notre vieille tour, où êtes-vous? *Comportez-vous sur la terre comme un voyageur et un étranger qui n'a point d'intérêt aux affaires de ce monde.* Ainsi disait l'*Imitation sainte.*

« Eh bien! mon vénéré père, comme un voyageur, j'ai erré parmi les étrangers, et, plutôt que de prendre part aux affaires de ce monde, j'abandonne le pays terrestre, et je vais vous attendre au ciel.

« Je vous supplie donc à deux genoux, les mains jointes, le cœur brisé, je vous supplie donc, mon bon et adoré père! je vous supplie de me pardonner le chagrin que je vous cause, en songeant, vous qui m'aimiez tant, que pour moi c'était un si grand malheur de vivre, qu'il ne me reste plus qu'à mourir!

« Votre fils ingrat,

« COLOMBAN DE PENHOEL. »

Quelques larmes, larges comme des gouttes de pluie d'orage, tachaient la dernière page de cette lettre, écrite d'une main ferme, et cette grande écriture, qui est presque toujours celle des races chevaleresques. Puis aussitôt, sans cacheter cette lettre, en l'écartant seulement de la main, Colomban en écrivit une seconde à Dominique Sarranti.

Elle était ainsi conçue :

« Mon frère!

« Je vais mourir! C'est à vous que je m'adresse comme ami, c'est à vous que je m'adresse comme prêtre. J'ai besoin à la fois du prêtre et de l'ami. Au prêtre, voici ce que je dirai :

« Mon frère, ne proférez pas sur mon corps ce cruel blasphème, que *celui qui veut mourir n'aime personne;* je meurs, moi, au contraire, parce que j'ai trop aimé! J'ai sous les yeux un livre où le suicide est anathématisé; il y est dit que, parmi les animaux, il n'en est point qui déchire ses propres entrailles, et qui se prive volontairement de la vie.

« Oui, sans doute, oui, les animaux obéissent aveuglément au Créateur; l'homme seul se révolte contre lui; mais Dieu n'a donné à l'animal que l'instinct, et il a donné à l'homme les passions : là est tout le secret de la désobéissance de l'homme, et de l'obéissance des animaux.

« Et même, dites-moi, mon frère, est-ce se révolter contre Dieu, que de s'avancer volontairement vers lui? la véritable révolte, de ma part, ne serait-elle pas de vivre pour maudire la vie et peut-être celui qui me l'a donnée? Non, en renonçant à la lumière du jour, je ne fais que prévenir les arrêts de la nature; l'existence et la mort sont deux de ses lois; un seul chemin conduit à la vie; mille sont ouverts sur la tombe et nous sollicitent vers l'éternité. Je ne puis, ô mon Dieu! t'accuser de mes malheurs, je le sais; mais j'en accuse mes passions, qui dérivent de toi, puisque je les ai reçues avec la vie, le jour où mon âme s'est échappée de tes mains pour descendre animer sur la terre l'enfant qui venait de naître. »

Colomban, après avoir tracé ces lignes, se leva et se mit à marcher dans sa chambre, la tête perdue dans ce monde des divagations fiévreuses où les idées les plus étranges revêtent les formes de la réalité et trompent l'imagination par des mirages sans limite.

De Dieu à la nature, dans cette situation, il n'y a qu'un pas. Voilà donc Colomban déifiant la mère nature et s'adressant à elle directement comme le principe universel dans lequel vient s'absorber l'infini des êtres.

— O nature, s'écria-t-il, tu nous as tous créés pour le bonheur universel et ma vie a été livrée à tous les hasards. Avais-je à remplir une mission? mon instinct me porte à le croire; une voix intérieure me crie que j'ai dévié de ma route. Et cependant, quelle manifestation s'est révélée devant moi? aucune. J'ai été le jouet des sophismes de la raison humaine. Aussi quelle reconnaissance m'oblige envers toi, ô mère nature! tu m'as laissé flotter de doute en doute, de douleurs en douleurs. Et cependant, je sens en moi quelque chose qui crie : « Tu étais né pour le bonheur des autres et pour le tien. » Insensé! quelle présomption! je me crois nécessaire au monde! Mais quelle pitié! je ne suis qu'un atome perdu dans l'espace. Serais-je même le plus grand des hommes que mon importance ne devrait inspirer que de la pitié. Gloire, puissance, richesse, qu'est-ce que tout cela? le plus fier monarque, le plus grand conquérant est un être infime dans l'ordre universel. L'amour! l'amour seul est un sentiment élevé, et seul, il doit avoir sa valeur. Alors, suis-je coupable de vouloir vivre ou mourir avec la femme qui m'aime et que j'adore?

A ces mots Colomban revint à sa lettre, et se remit à écrire d'une main fiévreuse :

« Mon frère, convenez-en, il eût été stupide d'abandonner la femme qui, de tous les êtres humains, est le seul qui me soit resté fidèle jusqu'à la fin. Cela, convenez-en, mon frère, serait insensé, stupide, illogique dans l'ordre physique comme dans l'ordre moral.

« Voilà pour le prêtre penseur et philosophe; pour le prêtre qui, sachant ce que j'ai souffert, lèvera pour moi vers Dieu ses mains pures et son esprit exempt de toute passion; pour le prêtre, qui ne permettra pas que, si peu chrétienne que soit notre mort, nos deux corps descendent dans la tombe sans une prière, ou tout au moins sans un adieu.

« Maintenant, voici pour l'ami :

« Bon Dominique! cher ami de mon cœur! demain matin, aussitôt cette lettre reçue, tu partiras pour le Bas-Meudon ; tu connais la maison que j'habite : tu y entreras, et, couchés sur le même lit, tu trouveras les cadavres d'un jeune homme et d'une jeune fille morts pour n'avoir à rougir d'eux-mêmes ni devant les hommes, ni devant Dieu.

« Cher ami, c'est à toi, à toi seul que je confie les derniers soins de notre ensevelissement et de notre inhumation. Nous n'avons pu vivre ensemble dans ce monde; nous n'avons pu ni vivre de la même vie, ni dormir sur la même couche; nous désirons, au moins, reposer dans le même cercueil pendant l'éternité.

« Tu feras donc faire un cercueil assez grand, cher Dominique, pour qu'on puisse nous y coucher l'un à côté de l'autre; tu cueilleras les dernières fleurs du rosier que tu trouveras dans notre chambre, et tu les effeuilleras sur nous; puis tout sera dit, nous n'aurons plus besoin que de tes prières. Mais il restera un homme qui aura grand besoin de toi, cher ami de mon cœur : c'est mon père.

« Aussitôt les derniers devoirs rendus à son fils, tu partiras pour la Bretagne; rien ne t'arrêtera à Paris, n'est-ce pas? Tu le trouveras en larmes, ce bon père, tu n'essayeras point de le consoler; tu pleureras avec lui.

« Adieu, cher ami! demain, à pareille heure, les hommes, à l'opinion desquels je me sacrifie, ne pourront plus rien pour ni contre moi : nous serons couchés, Carmélite et moi, aux pieds du Seigneur.

« Ton ami... plus que ton ami, ton frère.

« COLOMBAN DE PENHOEL. »

Alors il cacheta les deux lettres, écrivit les deux adresses; seulement, sur celle de son père, il ajouta :

« A mettre à la poste. »

Sur celle de Dominique Sarranti :

« A faire porter demain, avant sept heures du matin. »

LVI

LA COUVÉE DE ROSSIGNOLS.

Pendant ce temps, Carmélite, de son côté, écrivait la lettre suivante à ses trois amies de Saint-Denis.

A RÉGINA; — A LYDIE; — A FRAGOLA.

« Adieu, mes sœurs! Nous nous étions juré, à Saint-Denis, quelle que fût la différence de notre position dans le monde, de nous aimer, de nous défendre et de nous servir pendant toute notre vie, comme nous avions l'habitude de le faire à la pension; il était convenu qu'en cas de danger, chacune de nous viendrait à l'appel de l'autre, en quelque lieu et à quelque distance qu'elle se trouvât.

« Eh bien! mes sœurs, je tiens mon serment : je vous appelle; tenez le vôtre : venez! Venez baiser une dernière fois le front glacé de celle qui fut votre amie ici-bas; venez! Mon dernier soupir volera vers vous en disant : « Je vous attends! » Mais, en quittant ce monde, je vous dois la confidence de ce brusque départ.

« Mes sœurs, je serais indigne de vous si, croyant mes maux guérissables, je ne vous avais point appelées pour les guérir; mais, hélas! la plaie était mortelle, et votre triple tendresse n'eût pu que jeter dessus les fleurs de votre amitié. J'aime ! et, si jamais vous avez aimé, vous comprendrez le sens de ce mot... : si vous n'aimez pas encore aujourd'hui, vous le comprendrez demain. J'aime l'homme de mon choix, de mon goût, de mes rêves ; j'ai trouvé réunies, dans une créature humaine, toutes les richesses de bonté, de beauté, de vertus, dont chacune de nous parait le héros qu'elle devait épouser.

« Ne pouvant l'épouser en ce monde, je me fiance avec lui ce soir, et je vais l'épouser dans l'autre. Nous mourrons cette nuit, mes sœurs, et si demain vous arrivez de bonne heure, avant que la mort ait eu le temps d'effeuiller ses violettes sur nos joues, vous verrez les deux plus beaux fiancés que la terre ait jamais portés. Mais ne versez pas une seule larme sur leurs fronts ; ne troublez pas leur sommeil par vos gémissements, car jamais aussi, jamais âmes de fiancés ne seront montées plus pures vers le ciel.

« Adieu, mes sœurs ! Mon seul regret est de n'avoir pas pu vous embrasser toutes les trois avant de mourir ; mais ce qui adoucit pour moi l'amertume de ce regret, c'est la pensée que peut-être je n'aurais pu résister à vos larmes, et que votre affection, si tendre et si dévouée, m'eût fait reprendre goût à la vie.

« Ne me regrettez donc pas ; mais pensez à moi quelquefois, quand, le soir, par une nuit sereine, à la clarté de la lune, amie mélancolique des morts, vous vous promènerez en murmurant des mots sans suite, appuyées au bras de l'homme que vous aimerez. Dites-vous que, moi aussi, qui vous regarderai penchée au bord des nuages frangés d'argent, que, moi aussi, j'ai passé des heures adorables, pendant les nuits de printemps, à écouter les premiers mots d'amour, à respirer les premiers parfums des roses.

« Pensez à moi, quand, seules et l'attendant, à chaque bruit de voiture qui s'arrête, à chaque bruit de porte qui se ferme, vous allez, pour calmer la fièvre de l'absence, fureter dans sa chambre, embrasser les livres, les papiers, les objets qu'il a touchés; dites-vous que, moi aussi, j'ai baisé, le soir, les feuilles des allées où il avait passé le matin.

« Adieu, mes sœurs ! Les larmes me viennent aux yeux à la pensée que je vais le quitter; mais le sourire me vient aux lèvres à la pensée que je vais le suivre.

« Soyez heureuses ! Vous méritez tous les bonheurs que votre enfance vous promettait. J'ignore pourquoi vous m'avez aimée si vivement : je n'étais pas digne d'être des vôtres.

« Vous étiez gaies et insouciantes ; moi, j'étais sérieuse et réfléchie ; vous veniez me chercher dans le petit sentier solitaire où je me promenais, et vous m'entraîniez avec vous, par la main, dans le bruit et dans les jeux ; mais je déparais votre trio charmant, car vous vous rappelez que madame la surintendante, vous voyant un jour toutes trois enlacées, vous avait appelées les trois Grâces ; ce à quoi l'abbé avait répliqué sévèrement : « Il faudrait plutôt dire, madame, les trois Vertus. »

« Et c'était bien la vérité : Régina, c'était la Foi ; Lydie, c'était l'Espérance ; Fragola, c'était la Charité.

« Adieu, ma Foi ! adieu, mon Espérance ! adieu, ma Charité ! adieu, mes sœurs ! Que mon absence serve à vous resserrer davantage ; aimez-vous encore mieux, s'il est possible : il n'y a que l'amour de bon en ce monde ! tâchez de vivre de l'amour qui me fait mourir ; je ne saurais vous souhaiter une plus ineffable félicité.

« Je vous lègue mon seul bien sur cette terre, mon unique trésor; mon rosier blanc, si toutefois il ne meurt pas avec nous. Vous le cultiverez chacune tour à tour; vous en conserverez les fleurs, et, le 15 mai, jour anniversaire de ma naissance, vous viendrez ensemble les effeuiller sur ma tombe. C'est ainsi que, par une nuit de printemps, j'ai effeuillé, moi, toutes mes joies en ce monde.

« Vous obtiendrez mon pardon de madame la surintendante; elle m'appelait, vous en souvenez-vous? son *bel oiseau rose;* vous lui direz que son bel oiseau rose, redoutant le plomb du chasseur, est remonté aux forêts azurées. Vous trouverez près de moi cette lettre à votre adresse; elle sera posée sur une symphonie que j'ai composée. Je crois que j'aurais pu devenir une grande artiste. Ce morceau vous est dédié à toutes trois, car je pensais à vous en l'écrivant. Il est intitulé : *La Couvée de rossignols.*

« Un jour de cet été, je vis tomber de l'arbre un nid de rossignols que l'orage avait asphyxiés; il y a une foudre pour les oiseaux comme pour les hommes! c'est le sujet de ma symphonie, que vous étudierez et jouerez en mémoire de moi. Pauvres petits oiseaux! ils sont l'image des illusions que j'ai enviées toute ma vie, et qui sont mortes à peine écloses!

« Adieu une dernière fois, car malgré moi, je le sens, mes yeux se mouillent de larmes, et, si ces larmes tombaient sur ma lettre, elles effaceraient les paroles de bonheur que j'ai tracées.

« Adieu, mes sœurs!

« CARMÉLITE. »

Cette lettre terminée, elle en écrivit trois autres qui étaient de simples rendez-vous à ses amies, pour le lendemain sept heures du matin. Puis elle appela la jardinière.

— Y a-t-il encore une levée de poste aujourd'hui? demanda-t-elle. — Oui, Mademoiselle, répondit Nanette; en vous pressant un peu, vos lettres partiront aujourd'hui à quatre heures. — Et à quelle heure seront-elles distribuées à Paris? — A neuf heures du soir, Mademoiselle. — C'est ce qu'il me faut... Prenez ces trois lettres, et jetez-les à la poste. — Oui, Mademoiselle... Mademoiselle n'a plus rien à me recommander? — Non; pourquoi? — Parce que c'est aujourd'hui mardi gras. — Jour de fête, dit en souriant Carmélite. — Oui, Mademoiselle, et nous avons fait la partie d'aller cinq ou six à Paris, où nous devons nous réunir à une grande mascarade, les blanchisseuses de Vanves, et, à moins que Mademoiselle n'ait besoin de moi... — Non; vous pouvez aller à Paris. — Merci, Mademoiselle. — A quelle heure rentrerez-vous? — A onze heures, peut-être plus tard : il est bien possible que l'on danse.

Carmélite sourit de nouveau.

— Amusez-vous bien, dit-elle, et rentrez à l'heure qu'il vous plaira, nous n'aurons pas besoin de vous.

En effet, non-seulement Carmélite n'avait pas besoin de la jardinière, mais encore ce départ entrait dans ses vues. Colomban et elle allaient donc être tout seuls dans la maison, et c'était la pensée de cette solitude qui faisait sourire la jeune fille. La jardinière sortit, et, vers quatre heures du soir, les deux jeunes gens, se sentant libres, ne songèrent plus qu'aux préparatifs de leur mort.

A partir de ce moment, le monde disparut pour eux ; ils se promenèrent bien encore quelques instants, au milieu des arbres noirs et dépouillés de leurs feuilles, dans les allées du jardin, mais ils s'y promenaient comme les ombres d'eux-mêmes.

Les feuilles et les branches mortes qu'ils foulaient aux pieds, ces arbres aux bras décharnés, ce ciel gris que le soleil cherchait inutilement à percer, la cloche du hameau qui sonnait mélancoliquement les heures, le bruit monotone de la trompe du carnaval, qui, de temps en temps, retentissait tristement dans le lointain, tout, bruit et silence, solitude et souvenir du monde, tout les préparait au long repos, tout les invitait à la mort.

Ils remontèrent dans l'appartement, et, hors la chambre de Camille, qui était restée fermée depuis son départ, ils visitèrent toutes les pièces pour leur dire un dernier adieu. Lorsqu'ils furent arrivés à la chambre de Carmélite, la jeune fille ouvrit la fenêtre, et, prenant le bras de Colomban :

— J'étais à cette place, lui dit-elle, le jour du départ de Camille ; à dater de ce jour seulement, j'ai compris l'étendue de la haine que j'avais pour lui par la grandeur de l'amour que j'avais pour vous ; à dater de ce jour, Colomban, j'ai rompu avec la vie et pactisé avec la mort... Mais, dès ce moment aussi, pardonnez-moi, Colomban ! dès ce moment, m'est venu ce désir égoïste de mourir avec vous.

Colomban pressa la jeune fille contre son cœur :

— Merci ! dit-il.

Puis ils emportèrent le rosier, qui devait être le compagnon de leur agonie. Mais, sur le seuil, Carmélite s'arrêta.

— C'est ici, dit-elle au jeune homme, que pour la première fois j'ai eu la révélation de votre amour... Oh ! comment, pendant une demi-heure que vous êtes resté là, durant cette bienheureuse nuit, comment ai-je résisté à me jeter dans vos bras ?

Puis, lui montrant la fenêtre du corridor :

— C'est de cette fenêtre que je regardais veiller votre lampe, dit-elle, et je restais là jusqu'à ce que votre lampe fût éteinte.

Ils descendirent l'escalier, Carmélite souriant, le jeune homme soupirant.

— Que de fois, dit Carmélite, je suis descendue, au milieu de l'obscurité, n'entendant pas le bruit de mes pas, mais entendant celui de mon cœur ! Tenez, voilà l'allée que je suivais, et souvent, pendant l'été, quand vous dormiez, les persiennes fermées, mais la fenêtre ouverte, légère comme une ombre, je venais coller mon oreille aux volets, pour écouter votre souffle. Presque toujours votre sommeil était agité par quelque mauvais songe, et moi, alors, les bras tendus, la poitrine haletante, j'étais prête à vous dire : « Ouvre-moi, Colomban, je suis l'ange des rêves roses ! » Dites-moi ce qui troublait votre sommeil, mon bel ami.

Et elle présenta son front pur et limpide au baiser du jeune homme. Puis, tous deux entrèrent dans le pavillon, Carmélite la première, Colomban derrière elle. Colomban ferma la porte à la clef et au verrou.

LVII

TO DIE, TO SLEEP

Colomban posa la clef sur la cheminée. La chambre à coucher du jeune homme s'était transformée en une véritable chapelle. Tout ce qu'il y avait de fleurs épanouies dans la petite serre dont les vitraux brillaient au soleil dans un coin du jardin, quand le soleil se montrait par hasard, avait été mis à contribution par Carmélite.

Carmélite avait caché les fenêtres avec des rideaux de mousseline blanche; elle avait étendu sur la cheminée, comme sur une table d'autel, un dessus brodé, et y avait placé, de même que sur le piano, sur le guéridon et sur chaque meuble, des vases remplis de fleurs. Tout ce qu'il était resté de fleurs après cette distribution, elle l'avait effeuillé sur le parquet. On eût dit qu'ils étaient déjà descendus dans le caveau mortuaire.

Ils s'assirent sur le sofa, et causèrent une heure à peu près. Puis, la nuit étant venue, ils allumèrent la lampe. Comme si Carmélite eût eu peur que cette mort à deux ne lui échappât, elle faisait à toute minute un mouvement pour se lever et aller chercher le charbon, amassé sur un réchaud dans le cabinet de toilette, à côté de la chambre. A chaque mouvement, Colomban l'arrêtait : au moment de cesser de la voir, il ne l'avait pas assez vue; il voulait la voir encore.

Vers neuf heures du soir, il prit à Carmélite l'idée de se mettre au piano et de chanter. Dans l'antiquité, quand les cygnes chantaient, eux aussi faisaient entendre leur voix à l'heure de la mort. Jamais le cri de la douleur, jamais l'hymne de la joie n'avaient été reproduits par un tel chant! jamais la voix de Carmélite, qui s'étendait des cordes les plus basses aux notes les plus élevées, qui attaquait hardiment et sans transition l'ut de poitrine après l'ut d'en bas, n'avait accompli de semblables prodiges ! Il semblait que Dieu lui donnât pour dire adieu au monde qu'elle quittait, pour saluer celui dans lequel elle allait entrer, des accents de plainte et de félicité pareils à ceux de ces anges déchus qui, à la suite d'un long exil sur la terre, sont, par la miséricorde infinie du Seigneur, rappelés au ciel, leur première, leur seule, leur véritable patrie.

Enfin, lasse de parcourir les espaces sans bornes où plane la réalité, où s'égare le rêve, sa voix s'éteignit comme un soupir mélodieux, qui, longtemps encore après s'être éteint, vibra dans le cœur du jeune homme. Colomban s'était approché de Carmélite, de sorte que, l'improvisation funèbre achevée, la jeune fille avait laissé tomber sa tête sur son épaule, et ses deux mains dans ses mains.

Le piano était redevenu muet, comme un cadavre dont l'âme s'est envolée. Il se fit dans l'obscurité un long silence, interrompu seulement par le souffle confondu des deux jeunes gens. Tout à coup la pendule tinta. Tous deux, sans se le dire, comptèrent les vibrations du bronze.

— Onze heures ! dirent-ils tous deux.

Puis, Carmélite ajouta :

— Ami, il est temps.

Colomban se leva, alluma deux bougies, en laissa une à Carmélite, et passa avec l'autre dans le cabinet au charbon.

— Où vas-tu ? lui demanda Carmélite. — Je veux bien que tu meures, dit Colomban, mais je ne veux pas que tu souffres.

Carmélite comprit qu'il s'agissait de quelque soin préparatoire, et laissa faire Colomban. Mais quand il voulut refermer la porte :

— Non, non, mon ami ! dit-elle ; éloignez-vous de moi ; mais que je vous voie toujours !

Colomban laissa la porte ouverte. Son intention était d'allumer d'avance le réchaud dans le cabinet voisin, de manière à ce que les premières vapeurs grossières du charbon pussent s'échapper, et à ce qu'il ne s'en dégageât plus que ces miasmes subtils qui pénètrent jusqu'au cerveau, et qui donnent la mort sans douleur.

Autant donc Carmélite avait pris de précautions pour calfeutrer portes et fenêtres, autant Colomban en prit pour tout ouvrir, afin que l'air extérieur emportât les premières émanations carboniques. Carmélite le regardait avec un ineffable sourire.

Les mains de la jeune fille étaient naturellement retournées au piano, comme des oiseaux encore jeunes reviennent à leur nid. Elles erraient incertaines, mais harmonieuses, sur les touches ; l'instrument, qui venait de faire entendre le gémissement qu'on avait pris pour un dernier soupir, semblait se réveiller et lutter contre la mort, en laissant, comme fait le mourant dans le dernier délire de l'agonie, échapper des mots entrecoupés et sans suite.

Ainsi que l'avait dit Carmélite à Colomban, elle ne le perdait pas de vue. Tandis que ses doigts frissonnants erraient sur l'ivoire et sur l'ébène, tandis que son pied distrait cherchait et pressait instinctivement la pédale, son œil, fixé sur Colomban, regardait les lueurs de la flamme, qui éclairaient d'un reflet rougeâtre le front du jeune homme agenouillé et soufflant le feu mortel.

— Que tu es beau, mon bien-aimé ! murmurait-elle, que tu es beau !

En effet, jamais peut-être la noble et belle figure du Breton n'avait été plus noble et plus belle qu'à la lueur de cette flamme éclairant à la fois la sérénité de la résolution mêlée à la douce mélancolie du regret. Le charbon mit un quart d'heure à peu près à s'allumer ; puis, lorsque les vapeurs trop épaisses s'en furent dégagées, Colomban referma la fenêtre du cabinet, et vint, éclairé du reflet rougeâtre, apporter le réchaud au milieu de la chambre. Puis il retourna fermer la porte du cabinet.

Carmélite se leva, et, tandis que le piano jetait un soupir qui, cette fois, était bien le dernier, elle alla au-devant du jeune homme. Colomban était pâle et presque chancelant : il avait absorbé, lui, ces premières vapeurs qu'il avait voulu épargner à Carmélite. Tous deux vinrent, les bras entrelacés, s'asseoir sur le canapé : c'était là qu'ils avaient résolu de mourir.

Ils y étaient depuis quelques instants, les yeux sur les yeux, dévorant leur dernier regard à la lueur de la bougie posée sur le piano, quand minuit sonna. Un léger tressaillement fut la seule attention que les deux jeunes gens donnèrent au bruit de l'heure qui s'envolait. Que leur importait, en effet, la marche du temps, à eux qui avaient déjà un pied dans l'éternité !

Quiconque fût entré dans cette chambre, et eût vu les deux beaux jeunes gens ainsi chastement enlacés et échangeant leurs plus doux regards et leurs noms prononcés à demi voix, les eût pris pour deux fiancés causant d'amour, et formant mille projets d'avenir, car rien n'indiquait sur leur visage la plus faible émotion.

Ils avaient cette force et ce calme des gens étrangers aux choses de ce monde; ils n'appartenaient plus à la terre; le tonnerre pouvait gronder, la maison pouvait crouler : ils fussent restés impassibles. Leurs corps semblaient déjà morts, et c'étaient leurs âmes seules qui échangeaient des paroles entre elles. L'âme de Colomban s'épanouissant comme une fleur sous le souffle de la jeune fille, disait :

— O mon amour ! ô ma vie ! j'ai bien mérité les joies sans mélange que tu me donnes à cette heure! J'avoue ma faiblesse à cet instant suprême, Carmélite ! ma Carmélite bien-aimée ! je n'ai point passé un jour, une minute, une seconde, sans songer à toi. Tu me demandais tantôt, ange des rêves roses, ce qui agitait mon sommeil : c'était ton gracieux fantôme qui venait s'appuyer à mon chevet et qui, s'inclinant vers moi, me caressait le front avec le bout de ses cheveux; d'autre fois, c'était le cortége gracieux des belles jeunes filles dont j'avais vu le visage dans les peintures, dans les livres d'Heures, dans les manuscrits des siècles passés : toutes ces jeunes filles, c'était toi ! toi toujours ! les unes avaient tes regards ; les autres, ton sourire ; toutes chantaient avec ta voix, et leur chanson disait : « Viens avec nous, mon frère ! l'homme n'est point fait pour une vie solitaire et déserte ! Si tu n'aimes pas, fils des grèves sauvages, le bruit de l'océan des hommes, nous savons des retraites isolées, des oasis adorables, où les ruisseaux murmurent éternellement, où les oiseaux chantent toute la nuit ! Oh ! que de fois, ma Carmélite bien-aimée ! je me suis réveillé en sursaut à cette voix que je prenais pour la tienne, étendant les mains, et croyant te saisir ! mais, alors, debout, à la place où je t'avais vue, apparaissait le spectre de ma conscience, qui m'arrêtait au passage et me rejetait, anéanti, haletant, brisé, sur mon lit fiévreux... Mais ai-je besoin de te dire ce qui troublait mes nuits ? ne sais-je pas, moi, ce qui troublait les tiennes ? O mon amie ! je t'aime de toutes les puissances de mon être, et je n'existe que depuis que je t'ai aimée ! Qu'est-ce que la science, qu'est-ce que la gloire, qu'est-ce que la renommée, près de l'amour que j'ai pour toi ? Est-ce que la science m'a fait vivre ? est-ce que la gloire et la renommée eussent ajouté une pulsation à mon pouls, un battement à mon cœur ? Non, je n'ai réellement vécu qu'à compter de l'heure où j'ai su que j'allais mourir... O ma Carmélite bien-aimée ! je voudrais m'ouvrir la poitrine pour te montrer mon cœur à nu : les paroles expriment mal les passions, ou plutôt la passion qui bouillonne en moi. Je n'ai jamais aimé qu'une seule femme avant toi dans ce monde ; elle avait ta beauté, ta grâce, ta force ; elle me tenait enlacé comme tu me tiens ; je lui passais les deux bras autour du cou, je lui baisais les yeux pour empêcher les larmes d'en sortir, et je lui disais : « Ne meures pas ! ne meures pas ! » car elle était comme nous aux portes de la mort; et, de son côté, elle m'embrassait tendrement en me disant : « Tu trouveras une autre femme que moi en ce monde, une femme qui t'embrassera plus tendrement que moi encore ; bénie soit la femme qui baisera la première le front pur de mon fils ! » Eh bien, cet être chéri, adorable, adoré, cette première femme que j'ai aimée, ma mère, je l'ai oubliée pour toi, ou plutôt, je t'aime du même saint amour, ô mon amie, ô ma sœur ! Carmélite ! Carmélite !

Et l'âme de la jeune fille répondait, tandis que le corps baisait chastement de ses lèvres ardentes le front du jeune homme :

— Que la bénédiction de ta mère descende sur ta tête, ô Colomban ! jamais baiser plus pur n'aura plané au-dessus d'un front plus immaculé ! Moi non plus, ô mon amour, ô ma vie, ô ma mort ! je n'ai point passé une heure sans songer à toi ; car je t'ai aimé depuis le jour où je t'ai connu, et, si un mauvais souffle ne m'avait pas aveuglée, j'eusse voulu te donner toutes les félicités que l'homme peut rêver sur la terre ! Mais ces amours terrestres n'eussent pas suffi, sans doute, à assouvir nos tendresses ardentes; pour un amour divin, il faut de célestes hyménées ; et voilà pourquoi nous rejetons nos enveloppes mortelles, afin que nos âmes, débarrassées du poids de leur corps, puissent aller s'unir dans les pures régions. Je vois, je lis dans le fond de ton âme, ô Colomban. Tu me regardes avec étonnement et ton sourire est attendri. Tu doutes de moi en face de la mort et en même temps tu admires ce courage dont tu le défies cependant. Écoute-moi, ne m'as-tu pas dit cent fois que ce Dieu que l'univers adore est aussi infini dans sa bonté que dans sa puissance ? Ne m'as-tu pas révélé par un sublime langage l'essence immortelle et née d'elle-même de cet être souverain qui à lui seul comprend tous les mondes, qui les vivifie, qui les crée et les renouvelle par le seul acte, la seule impulsion de sa volonté. Eh bien ! qu'ai-je à craindre alors en retournant à lui ? Je serai le rayon remontant au soleil par un beau soir d'été ; je serai la goutte de rosée qui va s'unir et s'identifier au souverain éther. Je me perdrai dans son amour et retournerai à l'essence première dont je suis une émanation. Embrasse-moi donc, Colomban, et que nos âmes s'unissent comme nos lèvres, afin de monter plus vite au séjour lumineux !.. Je ne vois déjà plus tous les objets qui m'entourent qu'à travers un brouillard; les yeux de mon corps s'obscurcissent peu à peu; mais il me semble, avec les yeux de l'âme, voir scintiller les étoiles, dont le cercle s'entr'ouvre pour nous laisser passer... Adieu, mon bien-aimé ! adieu, tout ce que j'ai aimé dans ce monde, adieu ! serre-moi dans tes bras, pour que nous nous envolions ensemble... J'entends chanter en moi des milliers de voix douces qui redisent ton doux nom... Colomban ! Colomban ! jamais âme plus virginale que la tienne n'est remontée au ciel ! Adieu, mon amour !.. adieu, ma vie !.. adieu, mon Colomban !..

Un instant, les deux âmes se turent, comme assoupies. L'air respirable de la chambre se chargeait peu à peu d'acide carbonique; la bougie ne jetait plus qu'une flamme pâle, qu'une lueur effacée. La flamme du réchaud dansait comme un feu follet, se nuançant aux regards alourdis des deux jeunes gens de toutes les couleurs du prisme. De grosses gouttes de sueur tombaient en perles sur le corps de la jeune fille ; des teintes violacées couraient sur son visage.

Colomban fit un effort suprême, la prit entre ses bras, et, chancelant comme un homme ivre, d'un seul élan la transporta du canapé sur le lit; lui tomba au pied du lit, se releva, et, en se cramponnant, parvint à reprendre sa place auprès d'elle.

Carmélite, pendant ce temps-là, employant ses dernières forces au service de la pudeur, rabattit le bas de sa robe, qui, en se relevant, laissait voir la cheville de son pied. Puis, elle chercha à détacher la cordelière qui servait d'embrasse aux rideaux du lit; elle y parvint à grand'peine.

Alors, au milieu d'éblouissements terribles, avec un cercle de fer qui lui comprimait de plus en plus le front, elle noua sa robe autour de ses jambes, afin que, dans les convulsions de l'agonie, le bas de sa robe ne pût s'envoler. Lorsqu'elle eut fini, elle sentit le bras de Colomban qui l'attirait vers lui.

— Oui, mon fiancé, murmura-t-elle, oui, me voilà !

Et les deux jeunes gens, pour la première fois, se trouvèrent les mains dans les mains, les cheveux dans les cheveux, les lèvres sur les lèvres. Ce fut là seulement qu'ils échangèrent leur premier baiser d'amour. On eût dit la Pudeur et la Chasteté, ces deux sœurs divines, s'embrassant fraternellement sous les yeux de la Virginité, leur mère.

Ce fut Colomban qui perdit ses forces le premier. Il s'interrompit au milieu d'un baiser, une sueur glacée parcourut son corps; il essaya de se cramponner de nouveau au cou de Carmélite, mais sa gorge était serrée comme par une main de fer, sa langue inerte, et à peine put-il prononcer ces derniers mots :

— Viens! viens! viens!

Et sa tête inanimée retomba sur la poitrine de la jeune fille, qui, malgré le bruissement de ses tempes, le tintement de ses oreilles, venait d'entendre le dernier appel de son amant, et qui, en sentant cette tête bien-aimée s'alourdir sur sa poitrine, frissonna et jeta un faible cri.

C'est un fait notoirement reconnu par la médecine, et que prouvent toutes les statistiques sans que cependant la science puisse l'expliquer : dans le suicide d'un homme et d'une femme, c'est généralement l'homme qui succombe le premier. Nous constatons le fait devant nos lecteurs; l'explique qui pourra. Ce fut donc Colomban qui succomba le premier.

Carmélite, en comprenant que son bien-aimé venait de rendre le dernier soupir, rouvrit les yeux, parut retrouver un instant ses forces, et trouva assez de voix pour crier une dernière fois, avec toutes les cordes de son âme :

— Colomban! Colomban!

Puis elle attira son front sur ses lèvres, réunit tout ce qui lui restait de vie, et l'embrassa pour la dernière fois, en disant :

— Me voici! me voici!

Et sa tête inanimée retomba près de celle de son amant. Une heure sonnait à la pendule.

LVIII

UNE LETTRE TRÈS-PRESSÉE.

C'était justement, si on se le rappelle bien, l'heure à laquelle, la querelle du tapis-franc apaisée, les trois jeunes gens et leur sauveur se mettaient à table. Vous n'avez point oublié, chers lecteurs, que Salvator et Jean Robert, en quittant la rue Aubry-le-Boucher, avaient laissé leurs deux amis, Pétrus et Ludovic, endormis sur la table, à la garde du garçon, qui, sur la recommandation de Salvator, avait répondu d'eux.

Puis, on se le rappelle encore, ils étaient allés rue Saint-Jacques, où le so du violoncelle les avait conduits près de Justin. Ils avaient écouté le récit du maître d'école; ils s'étaient trouvés là au moment de la péripétie amenée par la lettre de Mina; Salvator avait couru à la police pour savoir des nouvelles de la jeune fille enlevée; Jean Robert était allé chercher un cheval, et Justin avait suivi Babolin chez la Brocante, où il avait été rejoint par Jean Robert et par Salvator.

Alors, avec les nouveaux renseignements qu'il avait reçus de la vieille sorcière, et la recommandation de Salvator d'empêcher qu'on n'entrât ni dans la chambre de Mina ni dans le jardin, il était parti à franc étrier pour Versailles. Quant à Salvator et à Jean Robert, ils étaient allés attendre M. Jackal au Pont-Neuf; là, l'homme de police les avait recueillis dans sa voiture, où il leur racontait succinctement l'événement que nous avons, au contraire, mis sous les yeux de nos lecteurs dans toute sa sombre prolixité.

Laissons Justin courir à cheval à Versailles, laissons Jean Robert, Salvator et M. Jackal en voiture au Bas-Meudon, et revenons à Ludovic et à Pétrus, qui dorment sur la table du tapis-franc.

Le premier qui se réveilla fut Ludovic, et il se réveilla au bruit que faisait une joyeuse société pour s'emparer à son tour de ce quatrième étage dont la conquête avait coûté tant de peine aux trois jeunes gens. Le garçon, fidèle aux injonctions de Salvator, ne voulait pas même permettre que l'on entrât dans la chambre où dormaient Ludovic et Pétrus. C'était le bruit que faisait la société, en insistant, qui avait tiré le jeune docteur de son sommeil. Il ouvrit les yeux, il écouta.

Son premier mouvement, en se rappelant ce qui s'était passé, fut qu'il allait, après avoir pris la ville d'assaut, être forcé d'en soutenir le siége. Mais cette fois les assiégeants attaquaient avec de si joyeux rires, ces rires paraissaient s'échapper de si jeunes et si fraîches bouches, que Ludovic jugea qu'il y aurait peut-être quelque plaisir à gagner en se laissant prendre par de pareils adversaires; en conséquence, il alla lui-même ouvrir la porte.

A l'instant même, une troupe de pierrots et de pierrettes, de malins et de poissardes, fit irruption dans la chambre avec un tel bruit et de tels éclats de rire, que Pétrus se leva tout effaré, en criant : *Au feu!* Pétrus rêvait d'incendie. Mais, au milieu de cette irruption, Ludovic avait senti deux jolis bras se nouer autour de son cou, tandis qu'une bouche, dont chaque souffle faisait voltiger la barbe du loup de velours qui cachait tout le haut du visage, lui disait avec les lèvres les plus roses et les dents les plus blanches qu'il eût jamais vues :

— C'est donc toi, carabin de mon cœur, qui te donnes le luxe de retenir des appartements à toi tout seul. — D'abord, dit Ludovic, si tu t'étais donné la peine de regarder autour de toi, pierrette ma mie, tu aurais vu que je ne suis pas seul. — Ah! tiens, tiens, tiens, dit la pierrette, voilà en effet maître Raphaël en personne; veux-tu qu'on te pose pour la jambe de la femme de l'incendie du Bourg, toi qui criais au feu quand nous sommes entrés?

Et la jeune fille, relevant son pantalon, montra sous un fin bas de soie une de ces jambes comme en cherchent les peintres, et comme en trouvent les cardinaux. — Ah! je connais cette jambe-là, princesse, dit Pétrus. — Chante-Lilas! s'écria Ludovic en même temps. — Puisque je suis reconnue, je dépose le masque, dit la belle blanchisseuse; d'ailleurs, on boit mal, quand on n'a pas le visage découvert : à boire, je meurs de soif!

Et toute la société, qui se composait de cinq ou six blanchisseuses de Vanves et de trois ou quatre jardiniers de Meudon, accompagnés de leurs amoureuses, répéta en chœur :

— A boire ! à boire ! — Silence ! dit Ludovic, l'appartement est à moi, c'est donc à moi d'en faire les honneurs. Garçon, six bouteilles de vin de Champagne pour moi. — Et six pour moi, garçon ! dit Pétrus. — A la bonne heure, dit la princesse; et l'on vous reconnaîtra cela, en vous gardant à chacun une joue. — Pair ou non, dit Pétrus en tirant une poignée de monnaie de sa poche. — Que faites-vous, seigneur Raphaël? demanda Chante-Lilas. — Je joue à Ludovic sa joue contre ma joue, dit Pétrus. — Pair pour la paire, répondit Ludovic, répondant de la même langue que lui parlait son ami. — Ah! nous tirons donc toujours des pétards, dit la princesse, revenant à sa locution accoutumée; pif-paf! il ne nous manque que Camille, il tirerait le bouquet.

Dans ce moment, le garçon rentra avec les douze bouteilles de vin de Champagne.

— Le bouquet, le voilà, dit-il en faisant sauter le bouchon de deux bouteilles, dont il avait coupé de fil de fer dans l'escalier. — Gagné! cria Ludovic, en embrassant Chante-Lilas sur les deux joues; je t'enlève, Sabine!

Et, prenant dans ses bras la princesse de Vanves, comme il eût fait d'un enfant, il l'emporta à une table où, après s'être assis lui-même, il l'assit sur son genou. Au bout d'une heure, les douze bouteilles étaient bues, plus douze autres que la société, pour ne pas être en reste, avait fait venir à son tour.

— Maintenant, dit Chante-Lilas, il s'agit de s'en retourner à Vanves; voilà Nanette qui avait promis à sa maîtresse d'être de retour à onzes heures, et qui a une lettre à lui donner. Or, il est trois heures du matin; heureusement que la lettre est pressée. — Quatre heures, princesse, dit Pétrus. — Et la patronne qui se lève à cinq ! s'écria Chante-Lilas. En route, toute la troupe! — Bah! dit la comtesse du Battoir, elle aura fait la noce de son côté, la patronne, et aujourd'hui, elle ne se lèvera qu'à six. — Princesse, demanda Ludovic, à quand votre premier voyage à Paris? — Oh ! dit Chante-Lilas, comme si vous vous inquiétiez encore de cela! — Certainement, que je m'en inquiète; surtout quand je n'ai plus de linge. — En voilà une petitesse, dit Chante-Lilas. Eh bien, vous l'aurez quand vous le viendrez chercher vous-même, votre linge. — Chante-Lilas, pas de bêtises! la semaine a été rude aux chemises blanches, et je ne puis pas aller voir mes malades avec une chemise de dentelle. — Venez chercher votre linge. — Oh! s'il ne s'agit que de cela, et qu'il y ait place dans votre carrosse, princesse, me voilà. — Sans farce? — C'est comme j'ai l'honneur de le dire à votre altesse. — Bravo! bravo! Nous boirons du lait au moulin de Vanves; venez-vous, seigneur Raphaël. — Viens-tu, Pétrus? Bah! les plus longues folies sont les meilleures. — Sambleu ! dit Pétrus, ce n'est pas la bonne volonté qui me manque; par malheur, j'ai une première séance. — Eh bien, remets ta séance, parbleu ! — Impossible! dit Pétrus, j'ai parole engagée. — Alors, dit Chante-Lilas, c'est sacré, et la Fornarina donne congé à Raphaël; viens, roi des malins!

Et elle tendit le bras à Ludovic, qui, décidé à enterrer gaiement le carnaval, régla son compte et celui de Pétrus, descendit l'escalier quatre à quatre, et monta dans la gigantesque tapissière qui avait amené toute la société de Vanves à Paris.

Pétrus, qui demeurait rue de l'Ouest, prit congé de son ami en lui souhaitant bien du plaisir, et en répondant encore, malgré la distance et l'obscurité, aux bruyants adieux que lui envoyait la joyeuse société.

— Eh bien, mais, demanda Ludovic, où diable allons-nous donc comme cela? Il me semble que nous prenons le chemin de Versailles, et non celui de Vanves? — Si Raphaël ne nous avait pas quittés, roi des malins, répondit Chante-Lilas, il dirait à votre majesté que tout chemin conduit à Rome. — Je ne comprends pas, dit Ludovic. — Regarde Nanette, la belle jardinière. — Je la regarde. — Eh bien, comment la trouves-tu? — Jolie, après? — Eh bien, elle n'est venue qu'à la condition qu'on la déposerait à sa porte. — Bon; et pourquoi cela? — Mais, reprit la comtesse du Battoir, puisqu'on vous dit qu'elle a une lettre pressée. — Pourquoi ne l'a-t-elle pas donnée avant de partir, sa lettre? — Parce qu'elle était au bout du village quand elle a rencontré le facteur, que nous l'attendions entre Vanves et le Bas-Meudon, et que cela lui faisait une demi-heure de retard. — A la bonne heure, voilà une explication. — — Oh! dit Chante-Lilas, et puis, comme la lettre a déjà été vingt-six jours en route, attendu qu'elle vient des colonies, quelques heures de plus ou de moins... — Ne sont pas la mort d'un homme, dit la comtesse du Battoir. — Et puis même, en cas de mort d'homme, dit Chante-Lilas, puisque nous avons le docteur avec nous... Eh bien, il dort le docteur? — Ah! ma foi oui, dit Ludovic. Laisse-moi m'asseoir à tes pieds, princesse, et mettre ma tête sur tes genoux, tu me sauveras la vie. — Bon! dit la jeune fille, si j'avais su que c'était pour dormir qu'on emmenait Monsieur, on l'aurait couché sur une voiture de légumes, et il aurait été aussi bien qu'ici. — Ah! princesse, dit Ludovic à moitié endormi, tu ne te rends pas justice; il n'y a pas de chou aussi dur, il n'y a pas de salade aussi tendre que toi. — Mon Dieu! dit Chante-Lilas avec un accent de profonde commisération, qu'un homme d'esprit est bête, quand il a envie de dormir!

Cinq heures du matin sonnaient comme on arrivait à Bellevue : peu à peu les rires retentissants avaient cessé, les cris de joie s'étaient éteints, le malaise et le froid qui accompagnent le retour du matin, surtout en hiver, pesaient sur la mascarade à moitié endormie; chacun avait hâte de retrouver sa chambre, son feu, son lit. La tapissière s'arrêta à la porte de la maison habitée par Colomban et par Carmélite. Nanette sauta en bas de la voiture, tira la clef de sa poche et entra.

— Bon! dit-elle en voyant par la porte du corridor restée ouverte, et donnant sur le jardin, la lumière qui brûlait dans le cabinet de Colomban, le jeune homme veille encore et va avoir sa lettre. — Bonsoir, la compagnie! Et elle referma la porte.

Quelques grognements sourds répondirent de l'intérieur de la voiture, qui reprit sa course vers Vanves. Mais à peine avait-elle fait cinquante pas, que les cris : « A l'aide! au secours! monsieur Ludovic! monsieur Ludovic! » retentirent. La voiture s'arrêta.

— Qu'y a-t-il? demanda Ludovic réveillé en sursaut. — Je n'en sais rien, dit Chante-Lilas; mais on vous appelle, et je crois reconnaître la voix de Nanette. — Il sera arrivé quelque malheur!

Ludovic sauta en bas de la voiture, et vit en effet Nanette qui accourait tout effarée en criant :

— Au secours! au secours!

LIX

LES ASPHYXIÉS.

Il courut à elle.

— Oh! venez vite, monsieur Ludovic! venez vite, venez tous! Ils sont morts! — Qui, morts? demanda Ludovic. — Mademoiselle Carmélite et M. Colomban. — Colomban! s'écria Ludovic; Colomban de Penhoël? — Oui, M. Colomban de Penhoël et mademoiselle Carmélite Gervais. Mon Dieu! mon Dieu! quel malheur! si jeunes, si beaux, si gentils!

Ludovic s'élança à l'instant même dans la direction de la maison, et trouvant l'allée ouverte, ne fit qu'un bond de la rue au pavillon.

La fenêtre du cabinet, ouverte par Colomban, mal refermée par lui, avait été rouverte par Nanette, qui, après avoir appelé vainement, s'était hasardée à enjamber la fenêtre pour aller frapper à la porte de la chambre. Voyant qu'on ne répondait pas, elle avait ouvert la porte; mais à l'instant même elle avait fait trois pas en arrière, et était presque tombée à la renverse. Une effroyable bouffée d'acide carbonique l'avait enveloppée comme d'un nuage mortel.

Aussitôt elle avait tout compris, et, pensant qu'elle rejoindrait facilement la voiture, elle s'était élancée à sa poursuite. Ses cris avaient été entendus, la voiture s'était arrêtée; Ludovic s'était élancé dans le pavillon par la fenêtre du cabinet, avait essayé d'entrer dans la chambre, mais avait été repoussé par la vapeur empestée. Il se retourna du côté de l'air et l'aspira à pleins poumons. En ce moment, tout le monde accourait.

— Brisez les fenêtres! brisez les portes! cria Ludovic; des courants d'air! Ils se sont asphyxiés!

On essaya d'ouvrir les volets : ils étaient fermés en dedans. De deux ou trois coups de pied, on enfonça la porte.

Mais ceux qui se présentaient sur le seuil furent contraints de reculer.

Que l'on tienne du vinaigre et de l'eau salée tout prêts; qu'on réveille le pharmacien, s'il y en a un dans le village, qu'on prenne chez lui des sels anglais et de l'ammoniac! Nanette, allumez du feu quelque part et faites chauffer des serviettes, cria Ludovic.

Puis, comme le mineur descend dans le gouffre, comme le matelot plonge dans la mer, Ludovic s'élança dans la chambre. Le joyeux masque avait fait place à l'homme de science, le médecin allait user de toutes les ressources de son art. Ludovic gagna à tâtons la fenêtre : la bougie s'était éteinte, le feu de la cheminée s'était éteint, le réchaud n'avait plus ni flamme ni fumée.

Les rideaux pendaient devant la fenêtre et empêchaient de trouver l'espagnolette; Ludovic enveloppa sa main de son mouchoir, et, de deux coups de poing, brisa deux carreaux. Un courant d'air commença à s'établir; il était temps, lui-même chancelait; il se retint au piano. Puis, il saisit les rideaux à pleines mains, les arracha de leurs tringles, et parvint à ouvrir la fenêtre. L'acide carbonique, formé par l'oxygène et le charbon, commençait à faire place à l'air respirable qui entrait maintenant par trois ouvertures.

— Entrez, dit Ludovic, il n'y a plus de danger; entrez, et éclairez la chambre.

On alluma la seconde bougie, et chaque objet devint visible. Les deux jeunes gens étaient couchés dans les bras l'un de l'autre, sur le lit, comme s'ils venaient de s'endormir.

— Y a-t-il un médecin, demanda Ludovic; un frater, un barbier, peu importe; un homme qui puisse m'aider, enfin? Il y a M. Pilloy, un ancien chirurgien de la garde, un homme bien savant, dit une voix. — Courez chercher M. Pilloy, dit Ludovic; carillonnez jusqu'à ce qu'il se lève; tirez-le jusqu'à ce qu'il vienne.

Puis, s'élançant vers le lit :

— Oh! dit-il en secouant la tête, je crois bien que nous arrivons trop tard.

En effet, les lèvres des jeunes gens étaient noirâtres. Ludovic souleva les paupières. L'œil de Colomban était tuméfié, vitreux; l'œil de Carmélite terne et injecté. Aucun souffle ne vivait, ni dans l'un, ni dans l'autre.

— Trop tard! trop tard! répétait Ludovic désespéré. N'importe, faisons toujours ce qu'il y a à faire.

Puis s'adressant aux assistants stupéfaits :

— Mesdames, chargez-vous de la jeune fille, dit Ludovic; je me charge de l'homme. — Que faut-il faire? dit Chante-Lilas. — Exécuter de ton mieux ce que je te dirai, ma chère enfant : d'abord, porter la jeune fille à la fenêtre. — Venez, dit Chante-Lilas à ses amies. — Et nous? dirent les hommes. — Tâchez de rallumer le feu, un grand feu de bois; chauffez des serviettes, tirez les bottes de Colomban, j'essaierai de le saigner à la veine droite du pied. Ah! trop tard! trop tard!

Ludovic jetait ce cri de désespoir en transportant Colomban du lit à la fenêtre.

— Voilà du vinaigre! voilà de l'eau salée, dit Nanette. — Versez le vinaigre dans une assiette, qu'on puisse tremper des mouchoirs dedans et en frotter les tempes des asphyxiés; tu entends, Chante-Lilas? — Oui, oui, dit la jeune fille. — Coupez une plume comme je fais, voyez; écartez les dents si vous pouvez, et insufflez-lui de l'air dans les poumons.

On obéissait à Ludovic comme, dans une bataille, on obéit à un général d'armée. Carmélite avait les dents serrées, mais, à l'aide d'un couteau d'ivoire, Chante-Lilas parvint à lui écarter les mâchoires et à introduire la plume entre les dents.

— Eh bien? demanda Ludovic. — La plume y est. — Souffle alors; moi, je ne puis en venir à bout; il a des dents de fer. Lui avez-vous ôté ses bottes et ses bas? — Oui. — Frottez les tempes avec du vinaigre, jetez-lui de l'eau fraîche au visage, écartez-lui les dents, dussiez-vous les briser; je vais essayer de le saigner au pied.

Ludovic ouvrit sa trousse, en tira sa lancette, piqua deux fois la veine du pied, mais inutilement. Le sang ne vint pas.

— Ôtez-lui sa cravate, arrachez le gilet, arrachez la chemise, arrachez tout. — Voilà des serviettes brûlantes, dit une voix. — Donnez-en à Chante-Lilas et frottez la poitrine de Colomban avec les serviettes ; tu entends, Chante-Lilas ? fais-en autant. Ah ! voilà un couteau.

Ludovic parvint à introduire un couteau entre les deux mâchoires de Colomban ; alors, renonçant à l'espoir d'introduire un tuyau de plume dans un si petit espace, il appliqua ses lèvres aux lèvres du jeune homme et essaya d'insuffler de l'air dans ses poumons. La gorge était serrée, l'air ne dépassait pas le pharynx.

— Trop tard ! trop tard ! murmurait Ludovic ; voyons, essayons de la jugulaire.

Il reprit sa lancette, et, avec une admirable sûreté de main, il troua la veine du cou. Mais, pas plus qu'au pied, le sang ne vint.

— Voilà des sels et de l'alcali, dit un des messagers en présentant deux flacons à Ludovic. — Tiens, Chante-Lilas, dit Ludovic, prends le flacon de sels et mets-le sous le nez de la jeune fille ; je garde l'alcali pour moi. — Bien, dit Chante-Lilas en étendant la main. — Et l'air ? demanda Ludovic. — Comment, l'air ? — Crois-tu qu'il ait pénétré jusque dans la poitrine ? — Il me semble que oui. — Alors, bon courage, mon enfant ! bon courage ! frotte les tempes avec du vinaigre, et fais-lui respirer des sels.

Lui, pendant ce temps, trempait un linge dans l'eau alcaline et en enveloppait la tête de Colomban. Mais Colomban restait immobile ; aucun souffle ne sortait de sa poitrine, ni ne pouvait y pénétrer.

— Oh ! dit Chante-Lilas, il me semble que ses lèvres pâlissent. — Courage ! courage ! Chante-Lilas, c'est bon signe. Oh ! ma chère enfant, regarde, quel bonheur dans ta vie, si tu pouvais dire que tu as sauvé une femme ! — Il me semble qu'elle a soupiré, dit Chante-Lilas. — Soulève la paupière, et regarde l'œil : est-il toujours aussi terne ? — Oh ! monsieur Ludovic, il me semble qu'il l'est moins. — M. Pilloy n'est pas chez lui, dit en entrant le messager qu'on avait envoyé chez le chirurgien-major. — Où est-il ? demanda Ludovic. — Chez M. Gérard, qui est bien mal. — Où demeure-t-il, M. Gérard ? — A Vanves ; faut-il l'aller chercher ? — Inutile, c'est trop loin. — Oh ! c'est qu'il est bien mal aussi, ce pauvre M. Gérard, dit une voix. — Monsieur Ludovic ! Monsieur Ludovic ! elle respire, cria Chante-Lilas. — En es-tu sûre, ma fille ? — Je lui frottais la poitrine avec une serviette chaude, j'ai senti sa poitrine se soulever. Monsieur Ludovic elle porte la main à sa tête. — Allons, allons, dit Ludovic, sur deux, nous en sauverons un, au moins. Emportez-la vite hors d'ici, afin qu'en rouvrant les yeux, elle ne voie pas son amant mort. — Dans sa chambre ! dans sa chambre ! dit Nanette. — Oui, dans sa chambre ; vous ouvrirez toutes les fenêtres, et vous y ferez grand feu. Allez, allez !

Les femmes emportèrent Carmélite. Le jour commençait à paraître.

— Tu sais ce qu'il y a à faire, Chante-Lilas ? cria Ludovic au groupe de jeunes filles qui emportaient Carmélite. — Non, dites. — Ce que tu as fait jusqu'ici, pas autre chose. — Mais si elle demande ce qu'est devenu son amant ? — Il est probable qu'elle ne parlera que dans une heure, et qu'elle ne reprendra sa raison que dans deux ou trois. — Et alors ? — Alors, ou Colomban ou moi serons près d'elle.

Puis, revenant à Colomban.

— Trop tard! trop tard! murmura-t-il; pauvre Colomban! ou plutôt pauvre Carmélite!

Et il revint vers le jeune homme, avec ce sublime entêtement du médecin, qui poursuit la vie jusque dans les bras de la mort.

LX

AUTOUR DU LIT DE CARMÉLITE ET PRÈS DU LIT DE COLOMBAN.

A neuf heures du matin, la voiture qui contenait Jean Robert, M. Jackal et Salvator s'arrêta à la porte de la maison où s'étaient passés les terribles événements que nous venons de raconter. Trois voitures stationnaient déjà à la porte : un fiacre, une petite calèche bourgeoise, une grande voiture armoriée.

— Elles y sont toutes trois, murmura Salvator.

M. Jackal échangea tout bas quelques paroles avec un homme habillé de noir qui se tenait à la porte. L'homme noir monta sur un cheval attaché à la porte d'un cabaret à quelques pas de là et partit.

— Je m'occupe de votre maître d'école, dit M. Jackal à Salvator et à Jean Robert.

Salvator répondit par un muet remerciement de tête et entra dans l'allée. A peine eut-il fait trois pas, qu'un chien, couché sur le palier du premier, bondit à travers les degrés, et vint poser ses deux pattes sur ses épaules.

— Oui, mon chien, oui, Roland, oui, elle est là, je le sais. Voyons, montre-nous le chemin, Roland.

Le chien monta le premier et s'arrêta devant la porte de la chambre de Carmélite. M. Jackal, en homme qui a le droit d'entrer partout, ouvrit la porte et entra le premier. Alors un tableau d'une profonde poésie s'offrit aux regards de l'homme de la police et des deux jeunes gens. Qu'on se figure, en effet, autour du lit où Carmélite, encore engourdie, mais hors de danger, était étendue, trois jeunes filles agenouillées et priant : ces trois jeunes filles égales en âge, égales en beauté, et vêtues toutes trois comme Carmélite était vêtue elle-même, c'est-à-dire d'un costume particulier qui trouve naturellement ici sa description; c'était celui des pensionnaires de Saint-Denis. Ce costume se composait d'une robe de fine serge noire, à grande jupe étoffée, à corsage montant, sur lequel était rabattu un col blanc plissé ; les manches des robes étaient larges et tombantes comme les manches des religieuses; un large ruban de laine, tournant autour des deux épaules, venait ceindre la taille, formant derrière le dos un angle dont la base était à la ceinture et le sommet aux épaules ; cette ceinture, large comme la main, était tissée de laine de six couleurs différentes, violette, aurore, bleue, blanche et nacarat. C'était enfin un costume semi-mondain, semi-religieux ; une femme du monde n'eût point mis dans son costume une si rigoureuse rigidité ; une religieuse n'eût point porté cette ceinture éclatante, reflétant toutes les couleurs de l'arc-en-ciel; c'était enfin, nous l'avons déjà dit, le costume des pensionnaires de Saint-Denis, quand elles entrent dans ce qu'on appelle la classe de perfectionnement.

Jean Robert du premier coup d'œil reconnut Fragola; et il regarda Salvator pour la lui désigner; quant à Salvator, non-seulement il l'avait déjà vue, mais il avait déjà été vu par elle. Il posa son doigt sur sa bouche, recommandant ainsi le silence à Jean Robert.

Tout à coup les deux amis reculèrent épouvantés; il leur avait semblé que le corps faisait un mouvement. Ils ignoraient que Carmélite avait été sauvée par Ludovic.

— Ah! ah! dit M. Jackal avec cette indifférence des gens habitués à de pareils spectacles, elle n'est donc pas morte? — Non, Monsieur, répondit la plus grande des jeunes filles, celle qui par la taille et même par la beauté semblait commander aux autres.

— Jean Robert se retourna; le timbre de cette voix n'était point inconnu au jeune homme. Il reconnut mademoiselle Régina de La Mothe-Houdan.

— Mais le jeune homme? demanda M. Jackal. — On espère encore, répondit Régina; il y a près de lui un jeune médecin, et, tant qu'il n'aura point reparu, rien ne sera perdu complétement.

En ce moment la porte s'ouvrit, et, au grand étonnement de Jean-Robert et de Salvator, Ludovic entra. Il avait jeté de côté toute sa défroque de carnaval, et avait, par un homme à cheval, envoyé prendre chez lui un habillement complet.

— Eh bien? dirent toutes les voix.

Ludovic secoua la tête.

— Le prêtre est près de lui, dit-il; quant à moi, je n'ai plus rien à y faire.

Puis, comme on lui montrait Carmélite toujours muette, et dont les yeux, lorsqu'ils s'ouvraient, semblaient ne pas voir:

— Oh! pauvre enfant, dit Ludovic, laissez-la dans son ignorance; elle ne reviendra que trop tôt à la vie. — Messieurs, dit M. Jackal en s'adressant à Salvator et à Jean Robert, nous ne sommes ici que par accident; je crois donc qu'il serait bon de laisser la malade avec ses amies et le médecin, de faire au plus vite le procès-verbal et de partir pour Versailles.

Jean Robert et Salvator s'inclinèrent en signe d'adhésion. Fragola se leva, vint dire quelques mots à l'oreille de Salvator, qui répondit par un signe de consentement; après quoi les deux jeunes gens sortirent comme ils étaient entrés, précédés par M. Jackal. Tout était préparé dans la pièce du bas pour écrire le récit de l'événement. La porte du corridor était ouverte, et, à travers les vitres des fenêtres, dont deux au reste étaient brisées, on voyait briller les cierges.

— Voulez-vous venir jeter quelques gouttes d'eau bénite et faire une prière sur ce pauvre corps, dit Salvator au poëte.

Jean Robert fit un signe affirmatif, et tandis que M. Jackal, pour se donner des idées, se bourrait le nez de tabac, tous deux s'acheminèrent vers le pavillon. Colomban était couché sur son lit; le drap jeté sur sa tête accusait, à travers ses plis, cette forme rigide que la main de la mort donne au cadavre. Un beau moine dominicain, assis au chevet du lit, son livre ouvert sur ses genoux, mais la tête renversée et laissant tomber de ses yeux des larmes silencieuses, disait la prière des morts.

En voyant les deux jeunes gens qui entraient la tête nue et basse, le moine se leva. Son regard se porta tour à tour sur Jean Robert et sur Salvator, mais il est évident que les deux visages lui étaient inconnus. L'impression que produisit la vue du moine sur Salvator fut toute différente. En apercevant le beau dominicain, le jeune homme s'arrêta et laissa presque échapper un cri de joie, tempéré cependant par le respect.

A ce cri le moine se retourna; mais le second regard jeté sur Salvator ne lui apprit rien de plus que le premier, et, sauf ce mouvement naturel d'étonnement qui n'eut que la durée d'un éclair, il resta impassible. Mais Salvator s'avança vers lui.

— Mon père, lui dit-il, sans vous en douter, vous avez sauvé la vie à l'homme qui est devant vous, et cet homme, qui ne vous a jamais vu, vous a voué une profonde reconnaissance. Votre main, mon père.

Le moine tendit la main au jeune homme, qui, malgré les efforts que fit Dominique pour la retirer, baisa respectueusement cette main.

— Maintenant, dit Salvator, écoutez-moi, mon père: je ne sais pas si vous aurez besoin de moi, mais, sur la chose la plus sainte qui ait jamais existé, le corps d'un homme d'honneur qui vient de rendre le dernier soupir, je vous jure que la vie que je vous dois est à vous. — J'accepte, Monsieur, répondit gravement le moine, quoique j'ignore quand et comment j'ai pu vous rendre le service que vous dites; les hommes sont frères, et mis dans ce monde pour s'entr'aider; quand j'aurai besoin de vous j'irai à vous. Votre nom et votre adresse?

Salvator alla au bureau de Colomban, écrivit son nom et son adresse sur un papier qu'il présenta au moine. Le dominicain mit le papier tout plié dans son livre d'Heures, se rassit au chevet de Colomban et continua ses prières.

Les deux jeunes gens, tour à tour, prirent le rameau de buis trempé d'eau dans le vase de cuivre et en aspergèrent le drap qui recouvrait le cadavre de Colomban. Puis tous deux, s'agenouillant au pied du lit, firent mentalement une fervente prière. Pendant qu'ils priaient, un homme, vêtu d'une livrée qui indiquait qu'il était domestique dans une riche maison bourgeoise, entra.

— Monsieur, dit-il au moine, je crois que c'est vous que je cherche. — Que me voulez-vous, mon ami? demanda Dominique. — Mon maître se meurt, Monsieur! et comme monsieur le curé de Vanves est absent, il vous fait prier en grâce de venir entendre sa confession. — Mais, dit le moine, je suis étranger à la commune; ce jeune homme près de qui je dis des prières était mon ami, et c'est sur la lettre qu'il m'a écrite, et qui malheureusement est arrivée trop tard, que je suis venu. — Monsieur, dit le domestique, je crois que cette qualité d'étranger est justement ce qui fait désirer à mon maître que vous veniez l'assister; il est bien mal, il est très-mal, et M. Pilloy, le chirurgien-major, interrogé par lui, lui a répondu que, s'il voulait prendre ses précautions, il n'avait pas de temps à perdre.

Le moine poussa un soupir et regarda le cadavre immobile, dont la forme transparaissait à travers le drap.

— Monsieur, continua le domestique, mon maître m'a dit de vous adjurer au nom de Dieu, dont vous êtes ministre, de venir après de lui sans perdre un seul instant. — J'aurais cependant bien voulu ne pas quitter ce pauvre corps, dit le moine. — Mon père, dit Salvator, il me semble que vous devez vos consolations aux vivants avant de devoir vos prières aux morts. — Puis, dit Jean Robert, si vous désirez que quelqu'un de pieux et de sympathique au grand malheur qui vous arrive reste ici, me voilà. — Monsieur, insista le domestique, que dirai-je à mon maître? — Dites-lui que je vous suis, mon ami. — Oh! merci. — Qui demanderai-je? — M. Gérard. — Sa rue, son numéro? — Oh! Monsieur, la première personne à qui vous vous informerez vous montrera la maison; mon pauvre maître est la providence du pays. — Allez, dit le moine.

Le domestique sortit vivement.

— Vous m'avez promis de rester ici jusqu'à mon retour, Monsieur? demanda Dominique à Jean Robert. — Vous me retrouverez où vous m'aurez quitté, mon père, dit le poëte, au pied de ce lit. — Et si vous aviez quelque recommandation particulière à me faire, dit Salvator, je tâcherais de vous suppléer de mon mieux. — J'accepte votre offre, Monsieur; vous savez que vous m'avez dit que je pouvais disposer de vous? — Faites. — Colomban m'a chargé de veiller à ce que son corps soit déposé près du corps de celle qu'il aimait; la Providence a permis qu'il n'y ait qu'un cadavre au lieu de deux, je ne puis donc remplir le vœu de mon ami. Il y a plus, ce cadavre doit être soustrait le plus tôt possible aux yeux de la pauvre Carmélite; j'ai donc décidé qu'aujourd'hui, à quatre heures, je partirais pour la Bretagne; il y a un père là-bas; il a droit au corps de son fils et à mes consolations. — A quatre heures, au bout du village, mon père, le cadavre, enfermé dans un cercueil de chêne, vous attendra, toutes formalités remplies, dans une voiture de poste; vous n'aurez qu'à prendre votre place près de lui et partir. — Je suis pauvre, dit le moine, et n'ai sur moi qu'une somme à peine suffisante à mon voyage personnel, comment pourrai-je... — Ne vous inquiétez pas, mon père, interrompit Salvator, les frais du voyage seront payés au retour.

Le moine s'approcha du lit, souleva le drap, baisa Colomban au front et sortit.

Cinq minutes après, M. Jackal entra. Il s'approcha des deux jeunes gens, s'arc-bouta sur ses jambes écartées, se balança un instant, les mains dans ses poches, puis s'adressant plus particulièrement à Jean Robert:

— Vous êtes poëte? dit-il au jeune homme. — C'est-à-dire qu'on prétend que je le suis. — Et, en votre qualité de poëte, répéta l'homme de police, vous croyez à la Providence? — Oui, Monsieur, j'ai le courage d'avouer cela. — Il vous en faut, en effet, dit M. Jackal en tirant sa tabatière de sa poche et en aspirant avec rage deux ou trois pincées de tabac. — A quel propos me dites-vous cela? — Tenez, à propos de cette lettre.

Et il tira une lettre de sa poche qu'il montra à Jean Robert, mais sans la lui donner.

— Qu'est-ce que cette lettre? demanda Jean Robert. — C'est une lettre qui est arrivée hier soir, dit M. Jackal, sur laquelle on a eu le soin d'écrire les deux mots: *très-pressée,* que le facteur a remise, au bout du village, à la jardinière Nanette, que la jardinière Nanette a emportée dans sa poche à Paris, et qui, si elle eût été remise hier soir à ceux à qui elle était adressée, eût fait deux heureux, au lieu de faire un mort et une désespérée. Lisez.

Et il donna la lettre à Jean Robert. Celui-ci la déplia et lut:

« Mon cher Colomban, ma chère Carmélite,

« N'est-ce pas que vous serez bien heureux, bien contents, lorsque vous verrez arriver cette lettre de votre bon ami Camille Rozan, au lieu de le voir arriver lui-même? Je vous entends crier d'ici : Oh! ce bon, ce cher Camille! Écoutez, mes bien chers, voilà ce que m'écrit un de mes compatriotes, à qui j'avais, dans le temps, parlé de mon mariage avec vous, Carmélite :

« Mon cher Rozan, tes deux amis vivent comme deux tourtereaux, sans se « quitter d'un seul instant; non-seulement ils s'aiment, mais je dirai plus, « ils s'adorent. Je crois que tu les troublerais fort en revenant. Montre-toi « donc grand comme Alexandre, qui cédait à Appelles sa maîtresse Cam- « paspe.

« Je ne te dirai pas : Cède à Colomban ta maîtresse Carmélite; mais je te « dirai : Ne désunis pas deux cœurs que le ciel a créés l'un pour l'autre. »

« Voilà ce que m'écrit mon compatriote, mon cher Colomban. Or, il y a une chose que je savais déjà, mon ami, c'est que tu aimais Carmélite.

« Il y a une chose que je sais maintenant, c'est que Carmélite t'aime. Puis enfin il y en a une troisième, que tu m'as dite et que je crois, c'est que tu mourrais plutôt que de trahir le serment que tu m'as fait, de veiller sur Carmélite comme sur une sœur. Or, je ne veux pas que tu meurs, mon pauvre Colomban, et voilà pourquoi je te rends ta parole, ainsi que celle de Carmélite.

« Sois donc heureux, Colomban, et si ton sacrifice t'a pesé, reçois-en la plus grande récompense que je puisse t'offrir, car c'est au moment de me séparer à jamais d'elle, que je sens tout l'amour que j'avais encore pour Carmélite. Aussi, comme j'ai résolu d'éteindre cet amour, de mettre entre mon cœur et le sien une barrière infranchissable, je me suis marié hier soir, et c'est de la chambre nuptiale que je vous écris ce matin.

« Adieu donc, mon cher Colomban, adieu donc, ma chère Carmélite, je vous souhaite tout le bonheur que vous méritez, avouant en toute humilité ma faiblesse, je dirais presque ma lâcheté, si je n'étais sûr que cette nouvelle va vous combler de joie tous les deux, et surtout Carmélite.

« Votre ami,

« CAMILLE ROZAN. »

— Eh bien! demanda M. Jackal en reprenant la lettre, que dites-vous de cela, Monsieur Jean Robert? — Je dis que c'est navrant, répondit le jeune homme. — Et croyez-vous toujours à la Providence? — J'y crois. — La Providence, monsieur Jean Robert, dit maître Jackal en bourrant son nez de tabac, voulez-vous que je vous dise ce que c'est? — Vous me ferez plaisir, attendu que j'y crois de confiance. — Eh bien! la Providence c'est une police bien faite. Allons voir à Versailles si nous retrouverons la fiancée du maître d'école.

Et maintenant, si le lecteur nous faisait par hasard tout haut la question que Jean Robert adressa tout bas à Salvator au moment où, fidèle à sa promesse, il laissait le commissionnaire de la rue aux Fers et l'homme de la rue de Jérusalem partir pour Versailles, et restait, lui, près du corps de Colomban ; si donc, par hasard, le lecteur nous demandait : Comment M. Jackal pouvait-il, à sept heures et demie du matin, être informé des événements arrivés au Bas-Meudon de minuit à cinq heures du matin? Nous répondrions ceci : Il existait, à cette époque, une spirituelle institution qu'on appelait le *cabinet noir*. Ce cabinet noir était un endroit où douze ou quinze employés étaient occupés jour et nuit à prendre la peine de lire les lettres avant les personnes à qui elles étaient adressées. M. Jackal, en vertu des bruits qui couraient d'une triple conspiration, républicaine, orléaniste et napoléonienne, M. Jackal ne dédaignait donc point, depuis un mois ou deux, de faire, dans ses moments perdus, la besogne d'un simple employé.

M. Jackal avait, en conséquence, passé la nuit à décacheter et à lire des lettres. La lettre de Colomban à Dominique lui était tombée sous la main. Il était près de quatre heures et demie du matin. M. Jackal avait aussitôt fait monter un homme à cheval, et lui avait ordonné de courir ventre à terre au Bas-Meudon.

M. Jackal, qui prétendait que la Providence c'était une bonne police, M. Jackal espérait que son homme arriverait à temps. Son homme arriva un instant après qu'on avait pénétré dans le pavillon de Colomban, et, par conséquent, arriva trop tard. Au milieu du tumulte, on ne fit pas attention à lui. Il vit une lettre adressée à mademoiselle Régina de La Mothe-Houdan, à madame Lydie de Marande, et à mademoiselle Fragola Ponroy; il prit la lettre et la rapporta à M. Jackal.

M. Jackal la lut, comme il avait lu la lettre adressée à Dominique; puis il ordonna à son homme de prendre un cheval frais et de reporter la lettre à la place où il l'avait prise. C'est ce que venait de faire le messager de M. Jackal, quand les deux jeunes gens virent celui-ci parler à un homme vêtu de noir, dont le cheval était attaché à la porte d'un cabaret. Ce que lui disait tout bas M. Jackal, c'est qu'il pouvait aller se coucher, et qu'il ferait un rapport au préfet de police sur sa promptitude et son intelligence.

LXI

UN PHILANTHROPE DE VILLAGE.

Nous avons vu partir frère Dominique qui, appelé près du lit de M. Gérard, venait de se mettre à la recherche du digne homme dont l'état désespéré jetait tant de trouble dans le village et ses environs. C'est que M. Gérard était un philanthrope dans toute la force du terme.

Donnons quelques détails sur M. Gérard, c'est-à-dire, disons ce que l'on en disait. M. Gérard était le plus riche habitant de Vanves et des environs, c'était chose incontestable; nul ne connaissait le chiffre de son revenu, tant ce revenu était incalculable, et quand on interrogeait un paysan à ce sujet, il répondait invariablement :

— M. Gérard ? — Oui, M. Gérard. — Vous me demandez s'il est riche ? — Je vous le demande. — M. Gérard a tant d'argent qu'il n'en sait pas le compte.

Il habitait, disait-on, du côté de Fontainebleau, une magnifique propriété qu'il laissait tomber en ruines, à cause des malheurs qui l'y avaient frappé. Tuteur de deux enfants charmants, un jour ces deux enfants avaient disparu sans qu'on eût pu jamais en avoir aucune nouvelle; mari d'une femme qu'il adorait, il avait trouvé, en rentrant chez lui, sa femme étranglée par un chien de Terre-Neuve, qui sans doute était devenu enragé sans qu'on s'en aperçût.

Cette suite d'effroyables malheurs qui, à tout autre homme que lui, eût fait prendre en horreur l'espèce humaine, n'avait eu d'autres résultats que d'exalter ses vertus de chrétien, qu'il portait jusqu'au sublime de la charité et du dévouement, et qui le rendaient l'exemple des philanthropes et l'idole de la population.

C'était vers l'année 1821 ou 1822 qu'il était venu à Vanves avec l'intention de s'y fixer. Il avait visité plusieurs maisons à vendre sans en trouver une qui lui convînt; enfin, il s'était arrêté à celle qu'il habitait. D'abord, le propriétaire avait refusé de s'en défaire, mais M. Gérard lui en avait offert un prix si avantageux, que, quoiqu'il l'eût fait bâtir pour lui-même, il avait consenti à la lui céder. Depuis ce temps, M. Gérard habitait cette maison, dans laquelle il vivait à la fois comme un saint et comme un prince : comme un saint, à cause de la conduite régulière qu'il menait; comme un prince, à cause des aumônes qu'il faisait.

Depuis son arrivée, en effet, Vanves était devenu un des plus riches hameaux des environs de Paris. De pauvres et besogneux qu'ils étaient, peu à peu les habitants avaient passé à l'aisance. Quelques-uns même passaient pour riches, et cette richesse relative, bien entendu, et qui probablement, chez les plus riches, n'atteignait pas la médiocrité dorée d'Horace, était due à M. Gérard. Il en résultait qu'il n'y avait pas une chaumière où le nom de M. Gérard ne fût ou révéré ou béni; jamais on n'eût parlé de lui sans ajouter à son nom quelque épithète caractéristique : c'était le bon, l'excellent, l'honnête, le vertueux, le bienfaisant M. Gérard.

Que la récolte fût mauvaise, que le défaut de soleil eût empêché le blé de mûrir, que l'excès de la chaleur eût desséché le blé dans l'épi, que la grêle eût versé les seigles et les avoines, que les pluies du printemps eussent dévasté les semailles, et qu'un paysan désolé, appuyé au manche de sa faux inutile ou de sa bêche oisive, regardât, désespéré, son champ, seule fortune de sa femme et de ses enfants, dévasté, et que M. Gérard passât sur son cheval ou dans son cabriolet, aussitôt M. Gérard mettait pied à terre, allait au paysan, causait familièrement avec lui, le plaignait, le consolait, l'encourageait, et appuyait ses plaintes, ses encouragements, ses consolations d'un prêt d'argent plus ou moins considérable, non pas toujours selon les garanties que le paysan pouvait donner, mais selon le besoin qu'il éprouvait, et cela sans intérêts aucuns; à quelques-uns même dont la réputation était bonne, il avait prêté, disait-on, sans demander de reçu.

On citait de lui des traits comme ceux-ci, par exemple : Un charpentier, qui travaillait à la toiture de sa maison, était tombé du haut en bas d'un échafaudage et s'était cassé la jambe. Au lieu de le faire porter à l'hôpital, comme l'année précédente avait, dans un pareil cas, fait le maire de Vanves, qui cependant passait pour un homme des plus charitables, il avait recueilli dans sa maison, non-seulement le charpentier blessé, mais encore sa femme et ses enfants; puis, appelant le chirurgien de Meudon, M. Pilloy, il lui avait recommandé le pauvre diable, en lui disant qu'il le soignât de son mieux, et qu'il serait payé comme pour un prince.

La convalescence avait duré trois mois, et pendant ces trois mois, soigné comme s'il était un frère, nourris comme s'ils étaient de la famille, le charpentier, sa femme et ses enfants étaient restés chez M. Gérard, de la maison duquel ils n'étaient sortis, au bout de ce temps, qu'en emportant de nombreuses marques de sa bienfaisance.

Un pauvre cabaretier, père de cinq enfants, ayant perdu sa femme et sa fille aînée, était tombé dans une affreuse prostration, et, malgré les conseils et les encouragements de ses voisins, il avait abandonné le soin de son commerce, négligé ses affaires les plus importantes et laissé sa maison tomber dans le discrédit. Un créancier, qui était loin d'avoir pour son prochain la même tendresse que M. Gérard, avait fait saisir les meubles du pauvre homme, et leur vente allait jeter dehors et réduire à la mendicité les quatre enfants restants. Alors seulement le cabaretier, en voyant toute l'étendue de son malheur, était, le jour de la vente, sorti de son anéantissement; alors, à la vue de l'huissier, à la mise à prix de ses premiers meubles, il s'était jeté au cou de ses enfants, leur demandant pardon de sa lâcheté, offrant sa vie à qui voudrait lui donner le moyen de reprendre son commerce et de faire honneur à ses affaires.

En ce moment, M. Gérard passait par là; il se joignit au groupe, qui se composait moitié d'acheteurs, moitié de spectateurs attirés par cette scène de désespoir, il appela le commissaire-priseur, lui demanda pour quelle somme ce pauvre mobilier allait être vendu; et le commissaire-priseur lui ayant répondu que c'était pour la somme de dix-huit cents francs, M. Gérard avait aussitôt tiré de sa poche trois billets de mille francs, sur lesquels dix-huit cents francs étaient destinés à payer la dette du cabaretier, et douze cents à l'aider à recommencer son commerce. Alors le malheureux père s'était jeté à ses pieds et avait couvert ses mains de larmes, aux acclamations et aux cris de reconnaissance de tous les assistants.

Un autre jour, une paysanne, en faisant du bois dans les taillis de Meudon, avait trouvé un petit garçon de six mois qui criait et pleurait, couché dans les feuilles mortes; la bûcheronne avait pris l'enfant dans ses bras, l'avait apporté à Vanves, l'avait montré aux habitants indignés, car l'élan de la foule, en voyant un enfant abandonné, est toujours sublime. Ce fut une malédiction générale, qui dut retomber comme une pluie de feu sur la tête de la mère.

On porta le pauvre abandonné à la mairie, qui devrait être le domicile naturel, la maison paternelle de tout orphelin. Mais le maire répondit que la commune était pauvre, avait déjà trop d'enfants à sa charge, et que, quant à lui personnellement, ce n'était pas quand il se refusait la satisfaction d'en procréer à son image, qu'il s'amuserait à endosser un enfant fait à l'image d'un inconnu. A cette réponse, il n'y eut dans la foule qu'un cri spontané et unanime : « Chez le bon M. Gérard! chez l'honnête M. Gérard! chez le vertueux M. Gérard! » et la foule se précipita vers la maison du philanthrope, précédée par le cri : « Un enfant! un enfant! »

M. Gérard se promenait dans son jardin lorsqu'il entendit ce cri; au rapprochement du bruit, il devina que cette foule, dont il entendait les clameurs, venait à lui; mais sans doute ce cri, un enfant, un enfant, produisit-il sur ses nerfs une sensation douloureuse, car la foule le trouva assis sur un banc dans son jardin, pâle et tremblant.

Cependant, quand il sut que c'était d'un enfant de six mois qu'il était question, sa bonté ordinaire qui, un instant, avait fait place à un indicible sentiment de terreur, reparut; il donna des ordres pour qu'on allât chercher une nourrice, fit prix avec elle pour la nourriture de l'orphelin, et déclara qu'on n'avait plus à s'occuper du soin de l'enfant, attendu que ce soin le regardait; seulement, il désirait que l'enfant fût élevé loin de lui, la perte qu'il avait faite de deux pupilles chéris lui ayant laissé au cœur une plaie que la vue d'un enfant ferait incessamment saigner.

Et la nourrice avait emporté l'enfant, à l'existence duquel M. Gérard pourvoyait grandement. Enfin, avec le simple récit des journées de M. Gérard, cousues les unes aux autres, on eût pu faire une suite au livre intitulé la *Morale en action*. Le pays entier eût dû lui élever une statue, car le pays entier lui devait quelque chose : la commune lui devait une fontaine sur la place publique; les maraîchers, une route de traverse qu'ils réclamaient depuis vingt ans; l'église, des vases sacrés et un tableau de maître; les villageois, trois ou quatre maisons incendiées, rebâties à ses frais, plus la grande rue du village pavée à neuf.

Et tout cela, sans compter ce que les paysans lui devaient comme particuliers; témoins le charpentier, le cabaretier et vingt autres, auxquels il avait rendu des services analogues, dont les récits monotones, si édifiants qu'ils soient, deviendraient fatigants pour nos lecteurs, si nous n'avions pas la conscience de les leur épargner.

En un mot, M. Gérard était à la fois l'homme de bien selon l'Évangile et selon la société : il observait les commandements de Dieu et de l'Église avec une fidélité digne d'admiration; le village l'adorait, et la reconnaissance qu'il témoignait pour son bienfaiteur avait quelque chose du dévouement du chien pour son maître; il en résultait qu'on faisait la garde autour de lui comme autour d'un membre de la famille royale, et qu'un membre de la famille royale lui-même eût été mal venu à ne point partager la vénération de ces fanatiques villageois.

Aussi l'abbé Dominique, que deux ou trois paysans rencontrés sur la route accompagnaient vers Vanves, comprit-il, après ce que ceux-ci venaient de lui dire des vertus de M. Gérard, la consternation qui était peinte sur les visages des paysans inquiets, debout sur le seuil de leurs portes, ou stationnant dans la rue, comme on fait dans les calamités publiques pour être à portée des nouvelles. En voyant cette désolation universelle, l'abbé Dominique demanda à l'un de ses guides quelle était la maladie qui conduisait M. Gérard au tombeau.

— C'est une fluxion de poitrine, répondit celui à qui il s'adressait. — Oui, dit l'autre, et c'est encore une bonne action qui va causer la mort du pauvre cher homme.

Et alors, à l'envi l'un de l'autre, les deux paysans racontèrent à l'abbé Dominique qu'il y avait quinze jours environ, en traversant le parc, M. Gérard avait été attiré par des cris qui partaient du grand bassin : deux ou trois enfants étaient sur le bord du bassin, appelant au secours, et n'osant aller à l'aide de leur petit camarade tombé à l'eau.

L'enfant s'était penché pour tirer un bateau en papier trop loin du bord; l'équilibre lui avait manqué, et l'on voyait, au bouillonnement de l'eau, l'endroit où il se débattait. M. Gérard n'avait point hésité, et, quoique le front en sueur par une course rapide qu'il venait de faire, il s'était jeté à l'eau pour en retirer l'enfant; il l'avait en effet ramené sain et sauf sur le bord, mais lui, pâle, ruisselant d'eau, grelottant de la tête aux pieds, il était rentré chez lui; et quoiqu'il eût changé de vêtements, quoiqu'il eût fait allumer un grand feu, quoiqu'il se fût couché immédiatement dans un lit bien bassiné, la fièvre l'avait pris le jour même et ne l'avait point quitté depuis.

Enfin, le matin, M. Pilloy avait dit qu'il ne répondait pas de son malade, et avait averti, avec toutes sortes de ménagements, le pauvre M. Gérard que, s'il avait des dispositions à prendre, il avait peur qu'il n'en eût que le temps bien juste. M. Gérard, qui probablement ne se croyait pas si malade, s'était évanoui à cette terrible nouvelle qui cependant, pour un saint homme comme lui, devait être moins effrayante que pour tout autre, et, en revenant à lui, il s'était écrié pour qu'on allât lui chercher un prêtre.

On avait couru chez le curé de Meudon; mais, comme nous l'avons dit, le curé de Meudon était allé porter le viatique dans un village voisin. C'est alors qu'on avait dit au moribond, qu'à défaut du curé de Meudon, il pouvait s'adresser à un prêtre que l'on croyait étranger, et qui était venu à Meudon, appelé par la mort d'un de ses amis qui s'était asphyxié. C'était alors qu'il avait envoyé son valet de chambre chercher l'abbé Dominique, avec ordre d'insister jusqu'à ce que le prêtre consentît à venir.

On a vu comment le dominicain avait quitté le chevet du mort pour se rendre au chevet du mourant. Au reste le prêtre, cœur noble s'il en fût, apte à comprendre tous les dévouements, avait été profondément touché au récit de toutes ces belles et bonnes actions qu'on venait de lui raconter, avait pressé le pas, et il arrivait la bouche remplie de paroles consolantes, les mains pleines de bénédictions. On lui avait dit la vérité, en lui disant qu'il n'aurait pas besoin de chercher la maison. Quand les habitants de Vanves l'aperçurent, toutes les mains s'étendirent dans la direction de la maison de M. Gérard.

— Oh! monsieur l'abbé, murmurèrent les vieilles femmes, vous allez entendre une sainte confession, et vous pouvez bien lui donner l'absolution d'avance, à ce bon M. Gérard!

L'abbé Dominique salua toute cette foule, chez laquelle il trouvait cette vertu si rare qu'on appelle la reconnaissance, entra dans la maison indiquée, dont la porte, comme celle d'une église, restait ouverte le jour, et était tellement respectée qu'elle eût pu rester ouverte même toute la nuit; puis, montant vivement l'escalier qui conduisait à l'appartement de M. Gérard, il trouva sur la dernière marche le valet de chambre qui avait été le chercher au Bas-Meudon, et qui, tout courant, était venu annoncer à son maître la prochaine arrivée du suprême consolateur.

Mais cette nouvelle, qui eût calmé tout autre, avait au contraire paru redoubler l'agitation du saint homme, et, dans l'attente de l'abbé Dominique, il poussait des gémissements, laissait échapper des soupirs qui effrayaient tellement le domestique, qu'au lieu de rester dans la chambre de son maître avec la garde-malade, assise, impassible, dans un grand et moelleux fauteuil, il était allé attendre le dominicain sur l'escalier. Le prêtre entra dans la chambre,

LA CONFESSION DE MONSIEUR GÉRARD.

TYP. J. CLAYE.

LXII

LA CONFESSION.

— Monsieur, dit le valet de chambre, c'est la personne que vous attendez.

Le mourant fit un brusque mouvement, comme si, à cette annonce, il frissonnait partout le corps, et laissa échapper un douloureux gémissement. Puis, d'une voix sourde :

— Faites entrer, dit M. Gérard.

Frère Dominique entra, et son regard plongea, plein d'intérêt, de respect même, au fond de l'alcôve. Effectivement, le sentiment qu'il éprouvait pour celui qui le faisait appeler était, d'après ce qu'il avait entendu, un sentiment d'admiration mêlé de reconnaissance. Si jeune qu'il fût, l'abbé Dominique avait vu tant d'hommes mauvais, qu'il était reconnaisant à un homme d'être bon.

Sur l'oreiller froissé par la veille fiévreuse du moribond, il aperçut alors la figure amaigrie, décolorée, cadavéreuse de celui que tout le pays appelait unanimement le bon M. Gérard. Il tressaillit, tant cette figure était différente de celle qu'il s'attendait à voir.

M. Gérard, de son côté, le vit, avec son beau et sévère costume étranger à la France, comme une apparition de Zurbaran ou de Le Sueur, et le salua d'un mouvement de tête. Puis, d'une voix languissante :

— Mon ami !... Marianne ! dit-il en s'adressant à la garde-malade.

Marianne se leva sommeillante et alourdie, et, s'approchant de ce pas chancelant particulier aux somnambules :

— Comment vous trouvez-vous, mon cher Monsieur? demanda-t-elle. — Mal, très-mal, Marianne. — Avez-vous besoin de quelque chose? — Donnez-moi à boire, Marianne, et laissez-moi seul avec Monsieur.

La garde-malade présenta à M. Gérard un verre de tisane, maintenue tiède par sa position au-dessus d'une veilleuse. M. Gérard en but une partie, puis retomba sur l'oreiller, épuisé de l'effort qu'il avait fait, et rendant à la garde-malade la tasse d'une main tremblante. Celle-ci reçut la tasse, et voyant qu'il restait dans le vase les trois quarts de la liqueur :

— Buvez, cher Monsieur, dit-elle, en lui présentant le reste du breuvage avec un mouvement particulier à l'espèce, et qui fait de chaque veilleuse une espèce de bourreau chargé de donner à son malade la torture de l'eau chaude.

— Merci, Marianne, merci, dit M. Gérard en repoussant la main de la garde-malade. Je vous prie seulement de tirer les rideaux et de nous laisser, le jour me fait mal.

La garde-malade tira les rideaux, qui, moins la faible lueur répandue par la veilleuse, firent immédiatement l'obscurité dans la chambre. Pendant le court espace de temps qui venait de s'écouler, depuis son entrée dans la chambre jusqu'au moment où la fermeture des rideaux venait de lui dérober la vue du visage du malade, les yeux du jeune prêtre étaient restés fixés sur cette figure, qui était si loin, comme nous l'avons dit, de lui offrir la physionomie qu'il s'attendait à rencontrer.

Frère Dominique était particulièrement doué de cette investigation physionomique particulière aux prêtres et aux médecins. D'après ce qu'il avait entendu de M. Gérard, frère Dominique s'était imaginé d'avance un visage en harmonie avec les hautes qualités qu'il avait entendu vanter.

Il s'attendait, en conséquence, à voir un homme au front large, siége des instincts élevés, à l'œil franc et à fleur de tête, signe de bienveillance, au nez droit, signe de fermeté, aux lèvres un peu épaisses, signe d'amour du prochain. Quant à l'âge, il ne l'avait pas demandé et ne s'en inquiétait pas, il lui semblait que les bons étaient beaux, et que chaque âge, même la vieillesse, ayant sa beauté, M. Gérard avait la beauté de son âge.

Or, à la vue de M. Gérard, tout avait été déception pour le prêtre; de là était venu ce tressaillement dont il n'avait pas été le maître, et cette fixité de regard qui venait de graver dans l'esprit du confesseur jusqu'aux moindres traits de la figure du mourant.

Celui que frère Dominique avait sous les yeux était un homme de cinquante à cinquante-cinq ans, au front bas et étroit, quoique ce crâne, dépouillé sur le devant, eût dû, en apparence du moins, s'élargir de l'absence des cheveux; les yeux petits, enfoncés, d'un gris terne, disparaissaient de temps en temps sous des paupières clignotantes et rougies, soit par l'insomnie présente, soit par d'anciens excès; les sourcils épais et grisonnants, du milieu desquels des poils droits et raides s'élançaient hors de toute proportion avec les autres, se joignaient dans la ligne du nez et formaient, au-dessus de l'œil, une arcade d'une courbe exagérée. Le nez était recourbé, mince, tranchant; la bouche grande avec des lèvres plates et pâles, collées pour ainsi dire sur les dents; ensemble qui donnait à ce visage au front fuyant une grande ressemblance avec une tête de vautour, bien plus qu'avec une figure humaine.

Quelque changement, quelque décomposition même que la maladie eût apportés dans le visage du malade, il était facile de le recomposer, et même, en le recomposant et en lui donnant l'expression de la santé, un physionomiste tel que l'abbé Dominique devait être frappé tout d'abord de la bassesse d'âme et de la lâcheté de cœur que dévoilait l'ensemble de cette figure.

Ce qui dominait surtout dans cette physionomie, c'était, derrière une certaine férocité vulgaire, comme celle de l'animal auquel nous avons dit que M. Gérard ressemblait, c'était, disons-nous, une misérable docilité, une bizarre condescendance aux volontés d'un être, quel qu'il fût, pourvu qu'au moral et au physique cet être lui fût supérieur; une sorte de disposition naturelle à subir l'esclavage, sous quelque forme qu'il se présentât. On sentait qu'il suffisait, à moins que ses instincts animaux et égoïstes fussent visiblement en jeu, d'étendre la main au-dessus du front de cet homme pour lui faire courber la tête. Il n'était certainement pas plus laid qu'un autre, mais sa laideur lui était particulière, entièrement propre, *sui generis*, si l'on peut dire. Elle exprimait en ce moment la terreur de la façon la plus repoussante.

La vue d'un mourant est d'ordinaire touchante à plus d'un titre, et par le fil d'or de la pensée, elle mène droit à Dieu. Eh bien, la vue de cet homme, quoiqu'on le sentît proche de l'agonie, voisin de la tombe, la vue de cet homme, au lieu d'exciter l'intérêt, n'éveillait qu'un invincible dégoût. Si c'était là un homme de bien, comme le proclamait la voix publique, c'était à désespérer de tout : car si Dieu permettait que les honnêtes gens portassent un pareil masque, à quel signe serait-il permis de reconnaître les méchants?

Aussi, nous l'avons dit, le beau prêtre s'était-il arrêté, stupéfait, devant cette visible image de la bassesse, devant ce hideux symbole de la lâcheté. A cette vue ses sourcils se froncèrent, à lui l'homme de bien, qui croyait porter sur son front le reflet des nobles et mâles vertus de son cœur, et ce fut plein de découragement que, s'asseyant au chevet de cet homme, il laissa tomber sa tête sur sa poitrine.

En cette posture, au lieu de venir tendre la main à une âme aux ailes blanches et prête à monter vers Dieu, il semblait demander au Seigneur la force d'écouter la confession d'un méchant, et de disputer à Satan une âme damnée d'avance. Au reste, comme au lieu de lui parler, le mourant se contentait de gémir et de pleurer, ce fut frère Dominique qui le premier prit la parole.

— Vous m'avez fait demander? dit-il à M. Gérard. — Oui, répondit le mourant. — Je vous écoute, alors.

Le mourant regarda le prêtre avec une inquiétude qui fit jaillir une double flamme de ses yeux qu'on eût cru éteints.

— Vous êtes bien jeune, mon frère? demanda-t-il.

Le prêtre se leva, cédant à un premier mouvement de répugnance.

Ce n'est pas moi qui ai demandé à venir, dit-il.

Mais le mourant, sortant vivement hors du lit une main décharnée, l'arrêta par sa robe.

— Non, dit-il, restez. Je voulais dire qu'à votre âge on n'avait peut-être point assez médité sur le côté sombre de la vie, pour répondre aux questions que j'ai à vous faire. — Que puis-je vous dire? répondit le prêtre. Si vous interrogez la foi, je répondrai avec la foi; si vous interrogez l'esprit, je tâcherai de répondre avec l'esprit.

Il se fit un silence d'un instant, pendant lequel le prêtre resta debout.

— Asseyez-vous, mon père, dit le moribond du ton de la prière.

Dominique se laissa retomber sur sa chaise.

— Maintenant, mon père, dit le moribond, au nom du ciel, ne vous scandalisez pas des demandes que j'ai à vous faire, et surtout promettez-moi de ne pas m'abandonner avant que ma confession soit achevée; ce sera bien assez qu'un seul cœur soit dépositaire d'un pareil secret. — Parlez, dit le prêtre. — Vous connaissez mieux que moi les dogmes de l'Église à laquelle vous appartenez, mon père.

M. Gérard s'arrêta. Puis, après un instant d'hésitation :

— Mon père, croyez-vous à une autre vie?

Le prêtre regarda le mourant avec une expression qui tenait du mépris.

— Si je ne croyais pas à une autre vie, dit-il, croyez-vous que j'eusse revêtu cette robe dans celle-ci?

M. Gérard poussa un soupir. Le dominicain venait en effet de lui donner la preuve de l'étendue de sa foi.

— Oui, je comprends, dit-il; mais croyez-vous, mon père, que dans cette autre vie, l'homme trouve la récompense de ses vertus et le châtiment de ses crimes? — A quoi servirait-elle sans cela? — Et croyez-vous, mon père, continua le moribond, que la confession soit absolument nécessaire à la rémission de nos péchés, et que le pardon de Dieu ne puisse descendre sur une tête coupable que par l'intermédiaire de son ministre? — L'Église nous l'a ffirmé Monsieur. — Je croyais, hasarda le mourant, qu'en cas de contrition parfaite... — Oui, sans doute, répondit le dominicain avec une répugnance marquée à poursuivre cette discussion théologique, sans doute, en l'absence d'un ministre du Seigneur, la contrition parfaite peut remplacer l'absolution. — De sorte que l'homme qui a la contrition parfaite...

Le prêtre regarda le moribond.

— Qui a ou qui croit l'avoir? demanda-t-il.

M. Gérard se tut.

— Quel pécheur peut se vanter d'avoir la contrition parfaite? demanda le dominicain; quel coupable peut affirmer que son repentir est exempt de crainte, son remords pur de terreur? Quel mourant peut dire : Si demain Dieu me rendait les jours qu'il me compte, les heures qu'il me reprend, ces heures, ces jours, seraient employés à réparer le mal que j'ai fait? — Moi! moi! s'écria le mourant, moi je puis dire cela! — Alors, reprit le prêtre, vous n'avez pas besoin de moi, Monsieur.

Et il se leva une seconde fois. Mais, par un mouvement rapide comme la pensée, la main décharnée de Gérard s'attachait à sa robe, tandis que sa voix murmurait :

— Non, non, restez, mon père. Je me mens à moi-même; ce n'est pas le repentir, ce n'est pas le remords qui me fait parler, c'est la terreur; et j'ai besoin du pardon des hommes avant d'affronter la présence de Dieu. Restez donc, mon père, je vous en supplie.

Le moine se rassit.

— Je suis ici pour faire à votre volonté, et non à la mienne, répondit le dominicain, sans quoi Dieu m'est témoin qu'à l'instant même je me retirerais. Vous parlez de terreur; je ne sais pourquoi, mais la terreur que j'éprouve à vous entendre est presque égale à celle qui vous fait hésiter à me parler. — Mon père, demanda le malade, croyez-vous que je sois aussi près de la mort qu'on le dit? — C'est au médecin et non à moi qu'il faut demander cela, mon frère, répondit le prêtre. — Il me semble que j'ai encore des forces et que je puis attendre, mon père? demanda le malade en hésitant. Ne pourriez-vous revenir, soit demain, soit ce soir? — Peut-être pouvez-vous attendre, mais moi je ne puis revenir, dit le moine. J'ai un triste et pieux devoir à accomplir, et dans deux heures je partirai pour la Bretagne. — Ah! vous partez, vous quittez Paris dans deux heures? — Oui. — Pour longtemps? — Pour le temps qu'il plaira à Dieu. Je vais consoler un père de la mort de son fils. — Alors, murmura le mourant, mieux vaut que cela soit ainsi. Oui, c'est Dieu lui-même qui vous envoie; vous partez, n'est-ce pas? vous partez, bien certainement? — A moins que Dieu ne permette que le mort que j'accompagne, que le cadavre que je reconduis, ne revienne à la vie, oui, je pars bien certainement. — Et vous êtes sûr que ce miracle est impossible, n'est-ce pas?

Le cœur de l'abbé Dominique se serra affreusement, les terreurs et les hésitations de cet homme, se manifestant ainsi, lui causaient une invincible répulsion.

— Hélas! oui, murmura-t-il, j'en suis sûr.

Et le bon prêtre passa son mouchoir sur ses yeux, pour essuyer les larmes qui s'en échappaient, heureux de se réfugier en quelque sorte dans sa propre douleur, pour fuir l'égoïste effroi de cet homme qui, sans s'apercevoir de ses larmes, murmurait :

— Oui, oui, cela est mieux ; il part dans deux heures, il quitte le pays, il n'y reviendra peut-être jamais, tandis que le curé de Meudon reste, lui!

Alors, faisant un effort suprême :

— Écoutez-moi, mon père, dit-il, je vais tout vous raconter.

Et, laissant avec un soupir tomber sa tête entre ses mains, le moribond parut se recueillir. Le moine s'accouda au bras du fauteuil sur lequel il était assis.

La chambre, plongée d'abord, par la fermeture des rideaux, dans une obscurité relative, s'était éclairée peu à peu, ou plutôt les yeux du prêtre s'étaient habitués à cette obscurité, à laquelle les lueurs blafardes de la veilleuse d'albâtre donnaient un caractère mystérieux et fantastique. Vu dans ces demi-ténèbres, le crâne du mourant paraissait plus osseux, plus pâle, plus dépouillé de sa chevelure ; vue ainsi, sa figure semblait plus livide, plus décharnée, plus cadavéreuse ; sa physionomie, plus basse, plus abjecte.

Il commença d'une voix faible et sans écarter les mains de son visage. Et, aux premiers mots de cette confession, qu'il entendait sans savoir encore ce qu'il allait entendre, le moine écarta son fauteuil du lit, comme s'il y avait une souillure dans le seul contact de cette voix.

LXIII

GÉRARD TARDIEU.

Ces premières paroles n'avaient cependant rien que de bien naturel, et pouvaient sortir de toutes les bouches.

— « J'étais resté veuf à trente ans, dit le moribond, et mon premier mariage m'avait causé tant de soucis, que j'avais bien juré de n'en jamais contracter un second. Je n'avais d'autre parent au monde qu'un frère aîné qui, ayant quitté le pays en 1795, était allé s'embarquer à Toulon, où il avait pris passage sur un bâtiment faisant voile pour le Brésil. Le métier des armes lui répugnait, la culture de la terre lui était antipathique, et commercer en boutique lui faisait horreur ; il ne rêvait que courses, voyages, aventures, et les pays lointains étaient autant de terres promises.

« Parmi tous ces pays, le Brésil fut celui auquel il donna la préférence ; il s'embarqua donc pour Rio-Janeiro, n'emportant avec lui qu'une petite pacotille, dont le prix total ne montait certes pas à la somme de mille écus. Je ne reçus de lui que trois lettres : la première en 1801 ; il me disait dans cette lettre qu'il avait fait fortune, et m'invitait à aller le rejoindre. J'avais horreur de la mer, je refusai.

« En 1806, je reçus une seconde lettre de lui ; il m'écrivit qu'il avait tout perdu ; j'avais bien fait de demeurer en France. Je demeurai onze ans sans entendre parler de lui, et sans en avoir aucune nouvelle, ni directement, ni indirectement. Enfin, en 1817, je reçus une lettre de lui ; c'était la troisième seulement depuis son départ, et il y avait vingt-deux ans qu'il était parti.

« Il avait fait une fortune colossale, il était marié et était père de deux enfants : il revenait prochainement et n'avait pas de désir plus cher, maintenant qu'il était millionnaire, que de revoir la France, et d'y vivre auprès de moi. En effet, au mois de juin 1817 il arriva à Paris, et je reçus de lui un mot par lequel il m'invitait à venir le rejoindre en toute hâte. Il avait perdu sa femme pendant la traversée, il était au désespoir, et mon amitié fraternelle pouvait seule adoucir son chagrin. J'avais moi-même grand désir de revoir mon frère, pour lequel j'avais, malgré son absence et mon âge, gardé une bonne et tendre amitié de jeune homme; au reçu de sa lettre, je résolus donc de partir, et je fis mes adieux à mes bons amis de Vic-Dessos. »

A ce nom, le moine releva la tête.

— De Vic-Dessos! dit-il, vous habitiez le petit village de Vic-Dessos? — C'est là que je suis né, répondit le moribond, je ne l'ai quitté que pour venir à Paris, et plût au ciel que je ne l'eusse jamais quitté!

Le moine attacha sur le mourant un regard curieux qui ne paraissait pas exempt d'une certaine inquiétude : mais celui-ci, sans remarquer le mouvement, presque imperceptible d'ailleurs, qui s'était fait dans l'attitude du prêtre, continua :

— « J'arrivai à Paris après un voyage de huit jours, et trouvai mon frère Jacques changé, au point que je ne le reconnus pas; lui, au contraire, me reconnut et m'embrassa avec une effusion qui, à cette heure même, me fait venir les larmes aux yeux. Un terrible supplice pour moi, serait de sentir éternellement l'impression de ces deux baisers si tendres sur mes joues. »

Le mourant passa son mouchoir sur son front couvert de sueur, et pendant quelques instants sembla s'abîmer dans ses souvenirs. Le moine le considérait pendant ce temps avec une curiosité croissante : il était visible qu'il avait envie de lui adresser la parole, de le questionner, de l'interroger, et qu'une voix intérieure lui disait de n'en rien faire, ou du moins d'attendre.

M. Gérard tendit la main au moine, pour que celui-ci lui passât un flacon de sels qui était sur la table de nuit, et, après avoir respiré le flacon à plusieurs reprises, il continua :

— « Le pauvre Jacques était pâle, maigre et défait comme je le suis en ce moment; on eût dit que, comme moi à cette heure, il n'avait plus qu'un pas à faire pour heurter à la porte de son tombeau. Il me raconta la mort de sa femme avec des sanglots qui attestaient sa douleur; puis il fit appeler ses enfants, pour me montrer en eux tout ce qui lui restait d'elle. On les amena.

« C'étaient deux enfants admirablement beaux; l'aîné, le garçon, blond, frais et rose comme sa mère; la fille, brune au teint pâle, avec de magnifiques cheveux, des sourcils, des cils et des yeux noirs. La fille surtout était charmante, avec ses joues dorées par le soleil du Brésil, comme les raisins de nos pays. La petite fille avait quatre ans, on l'appelait Léonie. Le petit garçon en avait six, on l'appelait Victor. Chose étrange, et dont je me souviens à cette heure seulement, tous deux semblèrent effrayés à ma vue; et refusèrent de m'embrasser. Jacques eut beau leur répéter : Mais c'est mon frère, mais c'est votre oncle; la petite fille se prit à pleurer, et le petit garçon se sauva dans le jardin. Le père essaya de les excuser auprès de moi. Pauvre Jacques! il adorait ses enfants, ou plutôt son amour pour eux allait jusqu'à la folie; il ne pouvait les regarder sans pleurer, tant le garçon lui rappelait sa femme par les traits, et sa fille par le caractère.

« Il en résultait que ces enfants, malgré l'amour immense qu'il avait pour eux, lui causaient presque autant de chagrin que de joie, et que, quand il les avait regardés trop longtemps, il appelait leur gouvernante et lui disait d'une voix étouffée : « Emmène-les, Gertrude. » J'avais une grande tendresse pour mon frère, son état m'inquiétait sérieusement. Outre cette douleur qui le minait, mais dont avec le temps, l'amour de ses enfants et mes soins, il eût pu guérir, il était, à certaine époque de l'année, vers l'automne, en proie à une fièvre paludéenne qu'il avait attrapée dans un voyage qu'il avait fait à Mexico, dont il n'avait pu guérir, et qui le reprenait avec une nouvelle force depuis son retour en France.

« On consulta les meilleurs médecins de Paris ; leur science échoua devant cet empoisonnement du poumon, et le résultat des consultations fut que l'on conseilla à mon frère d'aller habiter la campagne. C'est l'ordonnance que l'on prescrit à ceux auxquels on n'a plus rien à ordonner. On voyait, pour ainsi dire, sur le visage de Jacques la trace qu'y laissait chaque journée : le soir, il était plus pâle et plus faible que le matin ; le matin, que la veille. Je me mis à la recherche d'une maison de campagne, et un jour, en revenant de Fontainebleau, je vis près de Cour-de-France, à cinq lieues environ de Paris, une affiche où l'on annonçait la mise en vente d'une grande maison de campagne située à Viry. »

— A Viry-sur-Orge ? interrompit le prêtre avec la même intonation qu'il avait dit : A Vic-Dessos, et en couvrant ce mouvement d'un regard de plus en plus interrogateur. — Oui, à Viry-sur-Orge, répéta le mourant ; vous connaissez ce pays ? — Pour en avoir entendu parler, oui ; mais je ne l'ai jamais habité, je ne l'ai même jamais vu, répondit le prêtre, d'une voix qui n'était point exempte d'une certaine altération.

Mais le malade était trop préoccupé de ses propres pensées pour faire attention à celles que son récit pouvait éveiller dans l'esprit ou dans les souvenirs de son auditeur. Il continua :

— « Viry-sur-Orge est situé à un quart de lieue à peu près de l'endroit où je me trouvais ; je me dirigeai vers ce hameau, qu'un paysan m'indiqua, et, un quart d'heure après, j'étais devant la maison ou devant le château, qui, plus tard, devait m'appartenir. »

Le prêtre, à son tour, passa son mouchoir sur son front ; on eût dit que chaque période du récit du malade faisait briller à ses yeux de ces lueurs étranges comme on en voit en rêve, et à l'aide desquelles on essaye inutilement de reconstituer un événement écoulé dans le passé.

— « On arrivait à la maison, continua le malade, par une longue avenue plantée de tilleuls ; puis, l'antichambre et la salle à manger franchies, on se trouvait de l'autre côté sur un immense perron de pierre, du haut duquel on était émerveillé du tableau féerique que l'on avait sous les yeux. C'était un parc entouré de chênes séculaires se reflétant dans une belle et profonde pièce d'eau qui, la nuit, semblait un vaste miroir d'argent ; les bords en étaient couverts de joncs, de roseaux et de fleurs ; de larges nymphéas s'élargissaient à sa surface, et les dix ou douze arpents qui lui servaient de cadre étaient plantés de fleurs de toutes espèces, de tous pays, de toutes couleurs, de tous parfums ; à cinq cents pas du château, l'air était embaumé comme l'est l'atmosphère à deux lieues de la ville de Grasse. C'était assurément l'habitation de quelque grand amant de la nature, car on voyait assemblées là toutes les merveilles végétales de la création. Oh ! mon Dieu ! murmura le malade, maintenant que j'y songe, il me semble que l'on eût pu être bien heureux dans un pareil paradis !

« Je visitai la maison ; l'intérieur était digne de l'extérieur. C'était, en somme, un vieux château, meublé du haut en bas dans le goût moderne, riche, élégant et confortable tout à la fois. Il me fut montré par une femme qui avait été au service de l'homme auquel il avait appartenu. Le propriétaire était mort, et, les héritiers étant nombreux, on faisait vendre le château pour concilier tous les intérêts. La femme qui me servait de guide dans cette visite n'avait pas auprès du défunt de qualité bien déterminée ; elle s'intitulait sa femme de confiance, et passait dans le pays pour avoir hérité de l'argent comptant qu'il pouvait y avoir dans la maison au moment où son maître était mort.

« C'était une femme de trente ans, grande et forte, et qu'à son accent basque on reconnaissait facilement pour être de nos pays ; elle avait dans le regard, dans la tournure, dans les manières, quelque chose de viril qui me répugna d'abord. A mon accent aussi elle me reconnut pour un voisin du pays basque, et, s'appuyant sur notre compatriotisme, elle se recommanda à moi, dans le cas où moi ou quelqu'un de ma famille achèterait la maison, pour rester dans la maison au même titre qu'elle y avait, et même comme femme de chambre ou comme cuisinière. Je lui dis alors que c'était pour mon frère et non pour moi que j'agissais, que j'étais, personnellement, aussi pauvre que mon frère était riche : j'ajoutai seulement que je craignais que mon cher Jacques n'eût pas à jouir longtemps de sa fortune.

« Alors elle me vanta l'air du pays, la salubrité de la situation, le voisinage de Paris, où l'on pouvait se rendre en une heure, et surtout la modicité du prix de cette splendide propriété, que l'on donnerait pour cent vingt mille francs, et peut-être même pour cent mille, tant les héritiers étaient pressés de toucher leur part d'héritage, à celui qui offrirait de payer comptant. Mon frére était tout à fait dans ces conditions-là ; à mon avis, la propriété lui convenait à merveille, et je promis à Orsola Pontaé, c'est ainsi qu'on nommait la femme de confiance de l'ancien propriétaire, ma double influence près de mon frère, d'abord pour qu'il achetât le château, ensuite pour qu'il la gardât près de lui. Je vous parle longuement de cette femme, à cause de l'influence terrible qu'elle a eue sur ma vie.

« A peine l'eus-je quittée, au reste, que je m'étonnai de lui avoir promis ma protection auprès de Jacques ; l'impression qu'elle avait produite sur moi, je le répète, était plutôt répulsive que sympathique. Mais, en revanche, je trouvai la propriété si merveilleusement belle, j'en fis un tel éloge à mon frère, qu'il me donna plein pouvoir pour traiter, et que, huit jours après, j'en avais fait l'acquisition en son nom, au prix de cent mille francs.

« L'installation eut lieu le jour même du versement du prix chez le notaire de Corbeil. Notre domestique se composait d'un jardinier, d'un valet de pied, de la cuisinière et de la femme de chambre, chargée du soin des enfants ; plus, d'un jeune chien, moitié Saint-Bernard, moitié Terre-Neuve, que le maître de l'hôtel habité par mon frère, à Paris, lui avait cédé sur la demande des enfants, qui, jouant avec lui du matin au soir, n'avaient pas voulu s'en séparer. Les enfants l'avaient appelé *Brésil*, en souvenir de la terre où ils étaient nés,

Sur ma demande, on adjoignit Orsola à tout ce personnel. Le jour même, elle fit pour tout le monde ce qu'elle avait fait pour moi, c'est-à-dire qu'elle montra à mon frère le château dans tous ses détails, installa chacun à son poste, et prit du premier moment, sous une apparente humilité, cette position de femme de confiance qu'elle avait près de son ancien maître.

« Au reste, personne n'avait à se plaindre du changement ou du poste qui lui était assigné; on eût dit qu'elle avait consulté chacun dans ses goûts et l'avait servi selon ses désirs. Il n'y avait pas jusqu'à Brésil qui n'eût une niche magnifique, qui lui eût été on ne peut plus agréable, s'il n'eût regardé avec inquiétude une chaîne scellée au mur, laquelle semblait menacer sa liberté à venir. Tout était si confortable dans cette nouvelle habitation, que la vie y fut facile et commode pour tous dès le premier jour. Nous y passâmes la fin de l'été, puis l'automne. Il avait été question de revenir pour l'hiver à Paris; mais Jacques préféra la campagne avec tous ses désagréments, qui disparaissent d'ailleurs en partie à l'aide d'une grande fortune, Jacques préféra la campagne au séjour de Paris.

« Nous arrivâmes ainsi au mois de février 1818; l'état de Jacques empirant de jour en jour. Un matin, il m'appela dans sa chambre à coucher, renvoya les enfants, et quand nous fûmes seuls :

« — Mon cher Gérard, me dit-il, nous sommes hommes, nous devons parler et surtout agir comme des hommes.

« J'étais assis près de son lit, et, devinant le sujet dont il allait être question, j'essayai de le rassurer sur sa santé. Mais lui, me tendant la main :

« — Frère, dit-il, je sens ma vie qui s'en va à chaque haleine, et je ne regretterais pas la vie, puisque la mort va me réunir à ma chère femme, si l'avenir de mes deux enfants ne m'inquiétait profondément. Je sais qu'en te les léguant, je les laisse à un autre moi-même; mais, par malheur, tu n'es pas père, toi, et on ne le devient jamais complétement des enfants des autres. D'ailleurs, il y a deux choses à surveiller chez les enfants : la vie matérielle, c'est-à-dire celle du corps; la vie intellectuelle, c'est-à-dire celle de l'esprit. Tu me répondras que l'on peut mettre le garçon dans un grand collége, la fille dans un excellent couvent. J'y ai pensé, mon ami; mais les pauvres enfants sont habitués aux fleurs, aux grands bois, à l'air des champs, aux rayons du soleil, et je tremble à l'idée de les enfermer dans ces prisons qu'on appelle des pensions, dans ces cellules qu'on nomme des dortoirs; puis, à mon avis, il n'y a de grand arbre que celui qui pousse au grand jour. Donc, je t'en prie, mon cher Gérard, pas de collége, pas de couvent pour les pauvres enfants. Je m'inclinai. — Tout ce que tu voudras, frère, lui dis-je. Ordonne, j'obéirai. — Depuis longtemps, reprit Jacques, je songeais donc à mettre près d'eux un précepteur, un médecin, pour ainsi dire, de leur vie morale; seulement, je ne savais sur qui arrêter mon choix, lorsque Dieu, qui veut sans doute me donner cette tranquillité au moment de ma mort, a permis qu'un de mes amis revînt hier de quinze cents lieues pour me tirer d'embarras.

« Effectivement, la veille, un inconnu avait demandé Jacques, refusant de dire son nom, avait été introduit dans sa chambre, et était resté près d'une heure avec lui.

— « Tu veux parler de cet homme qui est venu hier? dis-je à Jacques. — Oui, répondit celui-ci, c'est un homme que j'ai connu autrefois, et que j'ai revu à de longs intervalles; mais si peu que je l'aie vu, j'ai pu apprécier son jugement, sa droiture, sa bonté; dans deux ou trois occasions, où je l'ai vu payer bravement de sa personne, j'ai pu apprécier son courage; peu d'hommes m'ont inspiré, au premier abord, une sympathie que le temps ait mieux justifiée; il m'a même rendu autrefois un service dont je lui serai reconnaissant jusqu'à l'heure de ma mort. »

Le jeune moine prêtait une attention croissante au récit du moribond; on eût dit que, depuis quelques instants, ce récit, par un point inconnu, le touchait personnellement. Le mourant continua :

— « Des affaires de la nature la plus grave, des intérêts qui touchent aux plus hautes questions politiques de ce pays, intérêts et affaires que je connais, mais qu'il ne m'est point permis de faire connaître, même à toi, l'ont forcé de s'exiler deux fois de la France, et, aujourd'hui qu'il y rentre, à s'y tenir à peu près caché; hier, il venait me demander un abri contre les haines et les soupçons qui le poursuivaient, soupçons et haines, d'ailleurs, qui n'ont rien que d'honorable pour lui; frère, je songe à lui pour l'éducation de mes enfants. »

La respiration du moine devenait plus pressée, et, de temps en temps, il passait son mouchoir sur son front. On eût dit qu'il était en proie à un combat intérieur, à une profonde agitation morale. Ce fut au point que le malade s'en aperçut.

— Souffrez-vous, mon père? demanda-t-il, et avez-vous besoin de quelque chose? en ce cas, sonnez, et demandez ce dont vous avez besoin.

Puis, à voix basse, il ajouta :

— J'en ai encore pour longtemps, car, autant que je le puis, je retarde l'aveu terrible; ayez donc patience, mon père, je vous en supplie. — Continuez, dit le prêtre. — Où en étais-je? je n'en sais plus rien. — Votre frère Jacques vous vantait la moralité et le courage de son ami, de celui qu'il voulait donner pour précepteur à ses enfants. — Oui, c'est vrai : « C'est un homme d'une érudition profonde, ajouta Jacques, et qui connaît le monde depuis les hautes jusqu'aux basses régions; langues anciennes, langues modernes, histoire, sciences et arts, il sait tout, c'est une encyclopédie vivante, et si j'étais sûr qu'il pût demeurer avec toi jusqu'à la majorité de mes enfants, je mourrais presque sans regret. — Qui l'en empêchera? demandai-je à Jacques. — La gravité des affaires qui le préoccupent, et qui sont de telle nature qu'il peut être contraint d'un instant à l'autre de s'éloigner et peut-être pour toujours; dans tous les cas, s'il était forcé de te quitter, je te chargerais de pourvoir à son successeur; il a un fils qui se destine à l'état ecclésiastique. » — Pardon, dit le prêtre en se levant, mais je ne puis pas, je ne dois pas écouter plus longtemps votre confession, Monsieur. — Et pourquoi cela, mon frère? demanda le malade d'une voix altérée. — Parce que, répondit le moine d'une voix aussi altérée peut-être que celle qui lui adressait cette question, parce que je vous connais et que vous ne me connaissez pas, parce que je sais qui vous êtes et que vous ne savez pas qui je suis. — Vous me connaissez, vous savez qui je suis! s'écria le moribond avec l'expression de la plus profonde terreur; c'est impossible! — Vous vous nommez Gérard Tardieu, n'est-ce pas, et non point tout simplement Gérard? — Oui, mais vous, qui êtes-vous et comment vous nommez-vous? — Moi, je me nomme Dominique Sarranti.

Le malade jeta un cri d'effroi.

— Je suis fils, continua le moine, de Filippo Sarranti, que vous avez accusé d'assassinat et de vol, et qui est innocent, je le jure!

Le moribond, qui s'était soulevé sur son lit, retomba la face sur son oreiller, en poussant un gémissement étouffé.

— Vous voyez bien, dit le moine, que ce serait vous tromper que d'écouter plus longtemps votre confession, puisqu'au lieu de l'écouter avec la charité d'un prêtre, je l'écouterais avec la haine d'un fils dont vous avez calomnié et déshonoré le père.

Et, repoussant violemment son fauteuil, le dominicain fit un mouvement vers la porte. Mais, pour la troisième fois, il se sentit arrêté par sa robe.

— Non, non, non! restez, au contraire, cria le mourant de toute la force de sa voix; restez, c'est la Providence qui vous amène; restez, c'est Dieu qui permet qu'avant de mourir je répare le mal que j'ai fait? — Vous le voulez? dit le prêtre; prenez garde, je ne demande pas mieux, et il m'a fallu un effort surhumain pour vous dire qui j'étais, et pour ne pas abuser du hasard qui me conduisait près de vous. — De la Providence, mon frère, de la Providence! répéta le mourant. Oh! j'eusse été vous chercher au bout du monde, si j'eusse su où vous trouver, pour vous faire écouter ce que vous allez entendre! — Vous le voulez? dit Dominique. — Oui, répéta le malade, oui, je vous en prie, je vous en supplie, oui, je le veux.

Le moine retomba tout frissonnant sur son fauteuil, les yeux au ciel, et murmurant tout bas : Mon Dieu, mon Dieu! que vais-je entendre?

LXIV

OU UN CHIEN HURLE; OU UNE FEMME CHANTE.

Après l'étrange découverte qu'il venait de faire, il fallut que frère Dominique fît sur lui-même un bien violent effort, pour que son visage ne trahît point le trouble qui l'agitait. Nous l'avons dit, quand nous avons essayé de montrer au lecteur ce magnifique portrait de Zurbaran détaché de sa toile, la démarche, la physionomie, la parole du jeune moine, tout en lui portait l'empreinte d'une tristesse morne et profonde, mais voilée et silencieuse.

Les causes de cette tristesse, dont il n'avait jamais fait confidence à personne, nous allons les voir se dérouler avec la confession de Gérard Tardieu, ou plutôt avec le récit des dernières années de la vie de cet homme, que tout le village de Vanves et que tous les villages environnants appelaient le bon, l'honnête, le vertueux Gérard. Celui-ci reprit d'une voix faible, fréquemment interrompue par des sanglots, des soupirs et des gémissements :

« — Quant à ma fortune, continua mon frère, son partage est bien simple, et je crois, depuis le temps que je pense à ma mort, avoir tout prévu. Voici la copie de mon testament, déposé chez M. Henry, notaire à Corbeil. Je te la remets, et tu vas la lire, pour voir s'il n'y a point quelque oubli ou quelque omission à réparer. Je crois toutefois que tu n'y trouveras rien à redire, car l'emploi de ma fortune est bien facile. Je laisse un million à chacun de mes enfants. Je désire que, sauf la dépense nécessaire à leur éducation et à leur entretien, le revenu de ces deux millions aille s'accumulant jusqu'à leur majorité. C'est toi que je charge de ce soin.

« Quant à toi, mon ami, comme je connais la simplicité de tes goûts, je te laisse, à ton choix, soit une somme de trois cent mille francs argent, soit une rente viagère de vingt-quatre mille livres; si l'idée te venait de te remarier, tu prendrais sur les revenus accumulés des enfants, soit six autres mille livres de rente, soit une autre somme de cent mille francs. Si l'un des deux enfants mourait, je désire que l'autre en hérite tout entier. Si tous deux mouraient, et, à cette seule pensée, la voix de mon pauvre frère devint presque inintelligible, comme ils n'ont pas d'autres parents au monde que toi, tu deviendrais leur héritier. Je laisse particulièrement à tous ceux qui m'ont servi des marques de ma reconnaissance; tu n'as point à t'en inquiéter.

« J'ai jugé inutile de consigner dans mon testament les sommes que tu devrais consacrer à l'éducation de mes enfants; cette dépense sera réglée par toi, sans profusion comme sans parcimonie. Cependant, il y a un point sur lequel je fixerai ton attention : je te prie de ne pas donner à mon ami Sarranti moins de six mille francs par année; le dévouement des hommes qui élèvent nos enfants ne m'a jamais paru suffisamment récompensé, et si j'étais le directeur de l'Instruction publique en France, je voudrais que les professeurs qui passent leur vie à former le cœur et l'esprit de nos enfants fussent autrement rétribués que les laquais qui servent à brosser leurs habits. »

Le moine appuyait son mouchoir, non plus sur son front pour en essuyer la sueur, mais sur sa bouche, pour en étouffer les sanglots. Cette suprême précaution de Jacques Tardieu pour sauvegarder la dignité de son ami le touchait au plus profond du cœur.

« — Si l'un des deux enfants mourait, continua le malade, exprimant toujours les dernières volontés de son frère, cent mille francs, sur la fortune du mort, seraient prélevés pour Sarranti. Si tous deux mouraient, deux cent mille.»

Dominique se leva et alla se jeter sur un fauteuil, dans un coin de la chambre, pour y pleurer quelques instants tout à son aise. En s'éloignant du lit, il ne put s'empêcher de laisser tomber sur le malade un regard de suprême dédain. Mais il ne lui fallut que quelques secondes pour vaincre son émotion, et, quittant cette espèce de solitude momentanée qu'il était venu chercher, il se rapprocha d'un pas lent et grave du lit du mourant.

Son œil était sombre et plein d'interrogations, et il était évident qu'il attendait avec impatience la suite de cette confession dont il eût voulu presser le récit, mais dont cependant il désirait ne perdre aucun détail. De son côté, le malade était si accablé, et par les efforts qu'il avait faits pour parler si longtemps, et par l'émotion qu'il avait éprouvée, qu'il était retombé livide sur son oreiller, et paraissait évanoui.

Le dominicain trembla à cette idée que M. Gérard pouvait mourir avant d'avoir achevé sa confession, et par conséquent le laisser dans l'ignorance des faits qu'il avait le plus grand intérêt à connaître. Il s'approcha donc de cet homme avec moins de répugnance visible, et lui demanda s'il avait besoin de quelque chose.

— Mon frère, répondit le malade, donnez-moi une cuillerée de ce cordial qui est sur la cheminée. Dussé-je mourir à la peine, je veux tout vous dire d'un seul coup.

Le moine présenta au moribond une cuillerée de l'élixir. A peine l'eut-il avalé, qu'il parut en effet recouvrer quelques forces, et que, faisant signe au moine de reprendre sa place à son chevet, il continua :

— « Mon frère me remit donc la copie du testament, et j'eus beau protester contre la générosité qu'il déployait envers moi, lui dire qu'habitué à vivre avec quinze ou dix-huit cents francs par an, je n'avais besoin ni d'un si gros capital ni d'une si forte rente, il ne voulut rien entendre et ferma toute discussion en me disant que le frère d'un homme qui laissait deux millions de fortune à ses enfants, et qui avait à diriger pour ses pupilles une fortune de deux cent mille livres de rente, susceptible de se doubler, ne devait pas, aux yeux de ses neveux même, avoir l'air de vivre à leurs dépens, comme un parasite étranger. J'acceptai donc, le cœur rempli à la fois de tristesse et de reconnaissance, car jusque-là, mon père, je méritais ce titre d'honnête homme que j'ai usurpé depuis, et j'eusse consenti non-seulement à perdre cette fortune que me laissait mon frère, mais même ma fortune personnelle, si j'eusse eu une fortune quelconque, pour sauver la vie de mon pauvre frère, ou même ne la prolonger que de quelques années.

« Malheureusement la maladie était mortelle, et, le lendemain de cette conversation, à peine eut-il la force de serrer la main de... votre père, dit le malade avec effort, de votre père, répéta-t-il comme pour s'affermir, qui arriva au château dans l'après-midi. Je ne vous ferai pas le portrait de M. Sarranti, mon frère, mais laissez-moi vous dire quelques mots de la première impression que me fit sa présence. Jamais, je puis le jurer devant Dieu et vous, jamais le visage d'une créature humaine ne m'inspira une sympathie plus vive, un respect plus profond.

« La loyauté, qui faisait le caractère principal de sa physionomie, attirait spontanément la confiance, et, dès la première vue, on était prêt à lui ouvrir les bras et le cœur. Il vint s'installer le soir même à la maison, sur les instantes prières de Jacques, qui avait déclaré vouloir fermer les yeux entre ses deux meilleurs amis, c'est-à-dire entre M. Sarranti et moi. Le soir même de son arrivée, il monta dans ma chambre et me dit :

« — Monsieur Gérard, ne trouvez pas mauvais que, dès mon entrée dans la maison, je débute par vous demander un important service. — Parlez, Monsieur, lui dis-je ; l'estime et l'amitié que mon frère a pour vous me donnent le droit de vous dire ce qu'il vous dirait lui-même : mon cœur et ma bourse sont à vous. — Merci, Monsieur, répondit votre père, et je serai véritablement heureux le jour où vous pourrez mettre ma reconnaissance à l'épreuve. Mais le service que je réclame en ce moment est un acte de pure confiance, voilà pourquoi je m'adresse à vous, le peu d'espoir que nous avons de conserver longtemps encore notre pauvre Jacques m'interdisant la joie de m'adresser à lui. — En quoi puis-je justifier votre confiance, et me substituer à mon frère ? demandai-je. — Voici, Monsieur.

« J'écoutai.

« — Je suis chargé, continua M. Sarranti, par une personne dont il ne m'est point permis jusqu'ici de dire le nom, de placer chez un notaire une somme de cent mille écus, que je porte avec moi dans ma malle. Cette somme est un simple dépôt que je désire faire, et non un placement ; peu importe que la somme ne rapporte rien, pourvu que, d'un jour à l'autre, et selon les besoins de la personne dont je suis mandataire, je puisse la reprendre à première réquisition. — Rien de plus facile, Monsieur, et tous les jours on dépose, à ces conditions-là, une somme plus ou moins forte chez un notaire. — Merci, Monsieur, me voici rassuré sur un point; maintenant, veuillez me tranquilliser sur l'autre, c'est-à-dire sur le principal, sur celui où est véritablement le service que je vous demande. — Dites. — Cette somme ne peut être placée en mon nom, car tout le monde connaît mon manque absolu de fortune; elle ne peut être placée en celui de votre cher frère, puisque, d'un moment à l'autre, Dieu va le rappeler à lui. Je désirerais donc qu'elle fût placée... — En mon nom? me hâtai-je de dire simplement. — Oui, Monsieur, et voilà le service que j'avais à vous demander. — J'eusse désiré que la chose fût plus importante, Monsieur, car ce n'est pas même un service que vous réclamez de moi, c'est une simple complaisance; quand il vous plaira de faire le dépôt de cette somme, vous me le direz; j'accomplirai votre désir, et vous remettrai personnellement une contre-lettre, pour que vous puissiez, en cas d'accident, de départ, de mort subite, vous substituer à moi, et vous présenter au notaire, comme le propriétaire véritable de l'argent. — Si l'argent était à moi, dit M. Sarranti, je refuserais cette garantie, que je regarderais comme inutile; mais, je vous le répète, il ne m'appartient pas, et est destiné à servir de hauts intérêts. J'accepte donc non-seulement le service, mais toutes les sûretés que vous voudrez bien me donner pour faciliter, au moment donné, ou le retrait total, ou l'emploi partiel de la somme déposée. — Donnez-moi cette somme, Monsieur, et, dans une heure, elle sera déposée chez M. Henry.

« M. Sarranti avait en effet les trois cent mille francs en or dans sa malle; nous les comptâmes, puis je les enfermai dans une cassette. J'en donnai un récépissé dans la forme convenue; je fis mettre le cheval à la voiture, et je partis pour Corbeil. Une heure et demie après, j'étais de retour à la maison. M. Sarranti était au chevet du lit de Jacques, qui allait de plus en plus mal: Jacques m'avait demandé deux ou trois fois. L'état de mon pauvre frère était désespéré, et le médecin ne répondait point qu'il passât la nuit.

« En effet, vers deux heures du matin, il demanda à voir une dernière fois les enfants. Gertrude, qui veillait avec nous, les alla prendre dans leur lit et les lui amena tout pleurants. Les pauvres petits versaient des larmes sans se rendre bien parfaitement compte de leur malheur; ils sentaient instinctivement que quelque chose de profond, de sombre, d'infini planait sur eux. C'était la mort.

« Jacques bénit les deux enfants, qui se mirent à genoux près de son lit, puis il les embrassa, et fit signe à Gertrude de les emmener. Les enfants ne voulaient pas: leurs larmes se changèrent en sanglots et leurs sanglots en cris, lorsqu'il leur fallut quitter la chambre. Ce fut une scène d'une profonde tristesse, d'un effroyable déchirement, et j'ai bien peur, pour ma punition, d'entendre ces cris pendant toute l'éternité. Puis, ajouta le moribond, d'autres cris plus déchirants encore... »

Le malade s'affaissa une seconde fois. Le prêtre craignit, en prodignant l'élixir qui lui avait rendu des forces, de nuire à son efficacité; il se contenta donc, pour cette fois, de lui faire respirer des sels, et, en effet, ce réactif suffit.

M. Gérard rouvrit les yeux, poussa un soupir, essuya la sueur qui coulait sur son front, et reprit:

— « Une heure après la sortie des enfants, mon frère expira. Du moins son agonie fut douce, et il expira dans nos bras, comme il l'avait désiré. Dans les bras de deux honnêtes gens, Monsieur, car jusqu'à l'heure de la mort de mon frère, je n'ai point, je ne dirai pas une mauvaise action, mais même une mauvaise pensée à me reprocher. Le lendemain, ou plutôt le jour même, au point du jour, on écarta les enfants. Gertrude et Jean les emmenèrent à Fontainebleau, où ils devaient passer deux jours, et où, aussitôt les derniers devoirs rendus à son ami, M. Sarranti devait les rejoindre. Ils demandèrent pourquoi on ne leur permettait pas d'embrasser leur père avant de partir; mais on leur répondit que leur père n'était pas réveillé; mais alors, l'aîné, le garçon, Victor, je ne sais pas, mon père, comment j'ose prononcer ce nom, l'aîné, qui avait déjà quelque idée de la mort, dit :

« — On nous a déjà dit que maman dormait, on nous a déjà emmenés ainsi un matin, et nous n'avons jamais revu maman. Papa est allé la rejoindre, et nous ne le reverrons jamais non plus. »

« Mais la petite fille, qui avait cinq ans à peine, répondit :

« — Pourquoi papa et maman nous abandonneraient-ils, puisque nous sommes bien sages, que nous ne faisons de mal à personne, et que nous les aimons bien ? »

« Oh! en effet, pauvres enfants, pourquoi votre père vous abandonnait-il, et surtout, en vous abandonnant, pourquoi vous remettait-il entre de pareilles mains ? »

Et le malade regarda ses mains décharnées, comme lady Macbeth regarde sa main sanglante quand elle dit : « Oh! toute l'eau du vaste Océan ne suffirait point à laver cette petite main. »

— « Enfin, reprit-il, les enfants partirent; mais Gertrude avait peine à les contenir; ils tendaient leurs bras hors de la calèche en criant : « Nous voulons embrasser papa! » On fut obligé de fermer les vitres. Nous nous occupâmes alors de remplir les derniers devoirs que nous imposait la mort de mon pauvre frère. Il n'avait fait aucune recommandation particulière pour l'inhumation; nous déposâmes son corps dans le cimetière de Viry. L'enterrement fut ce qu'il pouvait être dans un village, et, sur sa tombe encore ouverte, je remis au curé qui disait les prières des morts, mille écus pour les pauvres, afin que les prières de ceux dont, même après sa mort, il avait soulagé le malheur, se mêlassent à nos prières.

« Comme il l'avait promis, M. Sarranti, en sortant du cimetière, s'achemina vers Fontainebleau. Il devait, le lendemain ou le surlendemain, revenir avec les enfants; mais avant de nous quitter, fondant en larmes tous les deux au souvenir de celui que nous avions perdu, nous nous jetâmes dans les bras l'un de l'autre. Oh! pardonnez-moi d'avoir accusé, calomnié, flétri un homme que j'avais pressé contre mon cœur, s'écria le malade s'adressant à frère Dominique; mais, vous le verrez, j'étais fou quand j'ai commis ce crime, et, Dieu merci, le crime peut être réparé. »

Le moine était impatient d'entendre la suite de cette confession, que le mourant avouait lui-même être terrible; si terrible que, quelle que fût sa faiblesse, celui qui la faisait en éloignait autant que possible la conclusion. Il fit donc signe à M. Gérard qu'il le priait de continuer.

— Oui, oui, murmura celui-ci, mais voilà le difficile, de continuer, et il est bien permis au voyageur qui n'a jusqu'aux deux tiers de sa route parcouru que de riches plaines et de fertiles vallées, d'hésiter un instant avant de s'engager dans des marais fétides, au milieu de précipices mortels et d'insondables abîmes.

Le dominicain, tout impatient qu'il fût, garda le silence et attendit. L'attente ne fut pas longue. Soit que le malade sentît que sa force revenait, soit qu'il craignît, au contraire, que ce qu'il lui restait de force ne l'abandonnât tout à fait, il reprit :

— « Je revins seul au château abandonné, puisque depuis deux jours les deux enfants l'avaient quitté, emmenés par Jean et Gertrude, et puisque M. Sarranti venait de partir pour les rejoindre. J'étais triste et sombre. J'avais non-seulement un deuil mortel sur mes habits, mais encore dans le cœur. Deuil à la fois de mon frère mort et de quarante-cinq années d'honneur qui allaient mourir. J'eusse oublié le chemin du château, que j'y eusse été guidé par les hurlements douloureux de Brésil. On dit que les chiens voient l'invisible déesse qu'on appelle la Mort, et que quand toute la nature se tait sur son passage, eux seuls la saluent de leurs lugubres et prophétiques aboiements. Les cris du chien pouvaient faire croire à la vérité de cette sombre légende. Aussi, heureux de trouver, même chez un animal, une douleur qui répondît à la mienne, j'allai à lui, comme je serais allé à une créature humaine, à un ami. Mais à peine Brésil m'eut-il aperçu, qu'il s'élança non pas vers moi, mais contre moi, de toute la longueur de sa chaîne, les yeux ardents, la langue sanglante, les dents affamées.

« J'eus peur de cette colère sans la comprendre ; je ne caressais pas le chien, mais je ne le maltraitais pas non plus. Il adorait mon frère et les enfants : pourquoi cette haine contre moi? L'instinct l'emporte donc quelquefois sur l'intelligence? Je revins vers le château ; là un autre bruit affecta mon oreille. Dans cette maison, dont un cadavre venait de sortir, où le chien se lamentait, où l'homme essuyait à peine ses yeux, une voix de femme chantait. Cette voix était celle d'Orsola. Indigné et dans l'intention de lui imposer silence, je m'approchai de la salle à manger, d'où la voix paraissait sortir. A travers l'entrebâillement de la porte, je vis Orsola dressant, en l'absence de tout le monde, le déjeuner, et, tout en dressant le déjeuner, chantant, en patois basque, cette chanson de notre pays, chanson impie, cynique, révoltante en un pareil moment :

Le bonheur est fait pour les dieux,
Qui laissent le plaisir aux hommes;
Bénissons ceux qui vont aux cieux,
Mais consolons le cœur de ceux
Qui restent au monde où nous sommes. »

« Je ne saurais vous dire, mon père, la profonde répugnance que m'inspira, pour la femme qui la chantait, cette joyeuse et matérialiste chanson, éclatant dans une maison mortuaire. Aussi, désirant qu'Orsola sût bien que je l'avais entendue :

« — Orsola, lui dis-je, vous pouvez enlever la table, je n'ai pas faim. »

« Et je remontai dans ma chambre, où je m'enfermai. Orsola se tut, mais le chien continua de gémir toute la journée et toute la nuit suivante. Les hurlements ne cessèrent qu'au moment où la voiture qui ramenait les enfants entra dans la cour du château.

LXV

ORSOLA.

— « Mon frère mort, je devins le chef de la famille et l'administrateur de la fortune de mes neveux. D'abord je me trouvai assez embarrassé. Je n'avais jamais eu que douze ou quinze cents francs de revenu, provenant d'un petit bien paternel que je faisais rapporter moi-même. Lorsque j'eus à manier des sommes considérables en billets de banque, il me prit des frissonnements inconnus; quand je vis des sacs d'or renversés sur une table, je compris le vertige. Seulement, ces sensations étaient toutes physiques, et n'avaient rien de criminel. Je n'avais d'autres désirs que ceux éclos dans le cercle où d'habitude je vivais.

« M. Sarranti commença l'éducation des enfants, me donna quelques conseils pour l'emploi et le placement des revenus, et les premiers jours s'écoulèrent dans une parfaite tranquillité. Les deux seules femmes qui habitassent la maison étaient Gertrude et Orsola; Gertrude qui, après avoir été la nourrice de ma belle-sœur à vingt ans et l'avoir vue mourir entre ses bras, était devenue la gouvernante de ses enfants à quarante-cinq; Orsola, qui s'était, comme on l'a vu, impatronisée dans la maison, et décorée du titre de femme de confiance. On a vu l'effet de répulsion que cette femme avait commencé par produire sur moi. Pourquoi ? A part cette chanson que je lui avais entendu chanter le jour de l'enterrement de mon frère, je n'eusse pas trop su le dire. Ce n'était point qu'il y eût en elle quelque chose de répulsif, au contraire, elle était belle. Seulement, il fallait s'en apercevoir; mais, du moment qu'on s'en était aperçu, les regards, qui l'avaient d'abord laissée passer indifféremment, revenaient à elle, et, une fois qu'ils avaient pris cette fatale direction, ne pouvaient la quitter. D'abord, quand je l'avais aperçue pour la première fois, elle était vêtue d'un costume sombre, qui ne la faisait aucunement valoir; ses cheveux étaient cachés sous une espèce de coiffe de veuve, le reste de son accoutrement était celui, non pas tout à fait d'une femme du commun, mais d'une bourgeoise qui a renoncé à toute idée de plaire.

« La seule chose que j'eusse remarquée, c'étaient des yeux qui m'avaient paru assez beaux, des dents qui m'avaient paru assez belles, et des lèvres dont le rouge vif et presque sanglant m'avait frappé.

« Mais depuis la mort de mon frère, peu à peu, et semaine par semaine, elle avait, pour ainsi dire, mis à jour une beauté; c'étaient d'abord de magnifiques cheveux, bleus à force d'être noirs, dont elle avait tiré de dessous sa coiffe la riche réserve, et dont elle s'était fait de splendides nattes; c'était un cou doré comme l'épi au mois de juillet, qu'elle avait dégagé d'une collerette montante; c'était une taille souple et flexible comme le bouleau de nos montagnes, qu'elle avait emprisonnée dans une robe de deuil en taffetas noir; c'était un pied espagnol, mieux que cela, un pied basque, qu'elle avait débarrassé de la pantoufle qui le chaussait, et emprisonné de nouveau, mais cette fois dans un soulier à rubans flottants; c'était une double rangée de dents blanches qu'elle montrait, même sans sourire, comme si ses lèvres eussent été trop courtes et trop arrondies pour se rejoindre; c'étaient enfin des mots charmants dits en patois de nos montagnes, avec un mélodieux accent basque, et qui me semblaient, quand elle m'adressait la parole, ce qui au reste lui arrivait rarement, un écho du pays natal.

« Tous ces changements successifs s'étaient opérés en moins de trois mois, au grand étonnement de tous les commensaux de la maison, qui ne soupçonnaient point, sous sa chrysalide de bure, la brillante phalène qui venait d'éclore. Au reste, pour qui Orsola faisait-elle ces frais de toilette? il était impossible de le dire; elle ne parlait jamais à personne que les besoins de la maison ne l'y forçassent, et elle se tenait dans sa chambre tout le temps qu'elle n'avait point affaire dans les régions aristocratiques du château. Pour elle, sans doute! Cette innocente coquetterie déplaisait sans doute à son ancien maître, et peu à peu elle voulait s'assurer si son nouveau maître était aussi sévère que l'ancien. Son nouveau maître, c'était moi!

« Laissez-moi vous dire toutes les séductions de cette femme, à qui j'eusse donné quarante ans la première fois que je l'avais vue, et qui, au fur et à mesure qu'elle dépouillait l'ancien costume, semblait dépouiller avec lui les années; de sorte qu'au bout de trois mois, je lui en eusse donné à peine trente. C'est là ma seule excuse à l'infâme ascendant que cette abominable créature finit par prendre sur moi.

« J'avais, je vous l'ai dit, perdu ma femme très-jeune, et après d'assez tristes années de mariage; doué d'une constitution assez robuste, d'un tempérament d'homme du midi, mes passions avaient pu momentanément s'engourdir, mais devaient infailliblement, un jour ou l'autre, se réveiller. Plusieurs fois je m'étais surpris à regarder passer cette femme; plusieurs fois je m'étais étonné, en son absence, de penser à elle.

« Quant à elle, elle semblait n'avoir pour moi d'autre attention que cette respectueuse déférence que l'inférieur a pour son maître. Elle s'était réservé le service de ma chambre et de celle de M. Sarranti, ayant le soin d'y entrer de préférence pendant le déjeuner ou le dîner, et n'y trahissant sa présence que par ces attentions qui dénotent chez celle qui les a les habitudes personnelles de la plus excessive propreté.

« Nous rentrions régulièrement dans nos chambres à neuf heures du soir, et, en général, à dix heures tout le monde était endormi. Un soir, que j'avais à revoir des comptes de banque et de régie, c'était pendant une nuit de décembre 1818, je prévins Orsola de mon désir de prolonger mon travail assez avant dans la nuit, et la priai de faire monter une provision de bois dans ma chambre. Elle l'apporta elle-même en venant faire la couverture; puis, le bois déposé, sa couverture faite, elle sortit en me demandant en patois :

« — Monsieur n'a plus besoin de rien? — Non, lui répondis-je en détournant d'elle mon regard; car j'avais peur que mon regard, en se fixant sur elle, ne fît jaillir de mon cœur un éclair de cette étrange luxure qu'elle éveillait en moi.

« Elle sortit, tira doucement la porte derrière elle, et je l'entendis monter l'escalier et rentrer dans sa chambre, située au-dessus de la mienne. Je restai pensif, sans faire attention que, peu à peu, le feu s'éteignait, et je ne commençai à m'apercevoir de cette extinction que par le froid qui m'envahissait lentement. Il était inutile que je pensasse à travailler ce soir-là; toutes mes pensées étaient ailleurs; je voulus fuir dans le sommeil les tentations qui venaient m'assaillir. Je jetai une brassée de bois sur mon feu, je me couchai, j'éteignis ma lumière, et j'essayai de m'endormir. Je m'endormis en effet.

« Une heure à peu près s'était écoulée depuis que j'avais fermé les yeux, quand je me réveillai, suffoqué par la fumée; le feu avait pris dans la cheminée, par suite sans doute de la trop grande quantité de bois que j'y avais jetée; le vent rabattait la fumée dans ma chambre, et cette fumée m'étouffait. Je me jetai en bas de mon lit, et je criai : Au feu! mais personne ne vint. J'allais gagner l'escalier de service, quand, au bout du corridor, j'aperçus Orsola, les cheveux dénoués, vêtue d'une espèce de peignoir qui n'était autre qu'une longue chemise de nuit, pieds nus, son bougeoir à la main.

« Elle était superbe ainsi, et semblait quelque apparition comme on raconte qu'il en existe dans les vieux châteaux ou dans les couvents en ruine. Il y avait en effet à la fois, dans cette femme, de la châtelaine et de l'abbesse, mais surtout du démon. Puis, comme si la distance qu'il y avait d'elle à moi eût dû l'empêcher de remarquer le luxurieux désordre dans lequel elle se trouvait :

« — Vous avez appelé à l'aide, dit-elle, et je suis accourue; qu'y a-t-il? »

« Je la regardai, émerveillé.

« — Le feu! balbutiai-je, le feu! — Où cela? — Dans ma chambre. »

« Elle s'y précipita, sans se préoccuper de la fumée.

« — Ah! dit-elle, ce n'est rien. — Comment, ce n'est rien? — Non, c'est un feu de cheminée, et les cheminées sont en briques. Veuillez bien m'aider, Monsieur, et nous allons l'éteindre. — Comment, l'éteindre? Comment? appelons du monde. — C'est inutile, dit-elle, ne réveillez personne, nous l'éteindrons bien à nous deux; et je dirai même que je l'éteindrai à moi seule, si vous ne voulez pas vous en mêler. »

« Ce sang-froid me paraissait merveilleux. C'était moi, l'homme, c'est-à-dire la créature qui se prétend forte, qui avais eu peur. C'était elle, la femme, c'est-à-dire la créature que l'on dit faible, qui me rassurait. Je n'appelai point. Dans la disposition d'esprit où je m'étais couché, l'apparition qui venait à moi était celle que j'eusse invoquée. Elle d'ailleurs était, comme je l'ai dit, hardiment entrée dans ma chambre, avait ouvert la fenêtre pour dissiper la fumée, avait arraché les draps de mon lit, les avait trempés dans la cuvette, et de ces draps mouillés appliqués au foyer, elle avait hermétiquement fermé tout courant d'air.

« Puis, tirant le drap à elle d'un mouvement régulier, elle avait produit le vide et fait tomber des hautes régions de la cheminée les couches de suie qui s'étaient enflammées. Une demi-heure suffit à toute cette opération, pendant laquelle je l'aidai, c'est vrai, mais plus préoccupé de ces cheveux noirs, de ces pieds blancs, de ces épaules arrondies qui transparaissaient sous le peignoir, que de l'incendie qui, du reste, était complétement vaincu. Une autre demi-heure n'était point écoulée, que le parquet était épongé, la chambre propre, mon lit refait, et que cette créature fantastique, qui semblait un démon commandant aux éléments, avait disparu.

« La nuit qui suivit cet événement fut une des plus cruelles que je passai de ma vie. Au reste j'étais résolu de récompenser ce sang-froid et ce dévouement. Le lendemain, après le déjeuner, à l'heure où je la savais occupée à faire ma chambre, je montai, et m'approchant d'elle, qui semblait ne se souvenir de rien, je lui offris mes remerciements et lui présentai une bourse contenant une vingtaine de louis. Mais elle, recevant mes remerciements avec humilité, singulier contraste, repoussa la bourse avec hauteur. J'insistai ; mais elle répondit simplement et sans affectation :

« — Je n'ai fait que mon devoir, Monsieur. »

« Puis, comme je pensai que peut-être la somme n'était pas assez forte pour la tenter, et que je voulais avoir le dernier mot de ce désintéressement, je pris tout l'or que j'avais dans ma poche, je le joignis à celui qui était dans la bourse, et je la lui présentai de nouveau, sans plus de succès. Puis, comme je lui demandais la raison de ces refus.

« — Il y en a une première, que je vous ai dite d'abord, et c'est la plus puissante. Je n'ai fait que mon devoir, et qui ne fait que son devoir n'a pas droit à une récompense ; puis, ajouta-t-elle en souriant, il y en a une seconde. — Laquelle? demandai-je. — C'est que, relativement, Monsieur, je suis aussi riche que vous. — Comment cela? — Mon ancien maître m'a laissé trente mille francs, c'est-à-dire quinze cents livres de rente ; je n'ai qu'à retourner dans la vallée de Savines, d'où je suis, et avec mes quinze cents francs, je vivrai comme une reine. — Mais alors, continuai-je, pourquoi avez-vous demandé de si faibles gages, quand je vous ai priée de faire votre prix? — Pour deux raisons encore, répondit-elle ; parce que j'étais depuis dix ans dans la maison, et que mon grand désir était de ne pas vous quitter. — Voilà la première, lui dis-je. Et la seconde? — La seconde, dit-elle en rougissant légèrement, la seconde, parce que, du premier coup d'œil, je m'étais sentie attirée vers vous, et qu'il me plaisait d'entrer à votre service. »

« Je remis ma bourse dans ma poche, tout honteux de trouver une pareille élévation de sentiments dans une femme que je n'avais jusque-là considérée que comme une servante.

« — Orsola, lui dis-je, à partir de demain, vous prendrez une femme pour faire ici ce que vous avez fait jusqu'à présent, et vous vous contenterez de surveiller les domestiques. — Pourquoi me priver d'un plaisir, Monsieur, en empêchant que je vous serve ? répondit Orsola. Est-ce votre manière de me récompenser ? »

« Elle répondit ces quelques paroles avec la plus grande simplicité.

« — Eh bien, soit, répondis-je, vous continuerez de me servir, ma chère Orsola, puisque vous prétendez que ce service est un plaisir pour vous ; mais vous ne servirez que moi seul, Jean s'occupera de M. Sarranti. — Soit, dit-elle, j'accepte cela ; il me sera permis d'avoir plus soin de vous. »

« Puis, comme ma chambre était achevée, elle sortit simplement et dignement, ne se doutant pas, ou du moins n'ayant pas l'air de se douter qu'elle me laissait émerveillé de sa délicatesse, comme l'autre fois elle m'avait laissé émerveillé de sa beauté. A partir de ce moment le sort de ma vie fut décidé, et j'appartins à cette femme.

« Elle, de son côté, voyant qu'au lieu de continuer à lui donner des ordres, comme on fait à une servante, je l'entourais d'attentions, comme on fait à une femme, devint plus réservée à mesure que je devenais plus respectueux ; elle avait eu, depuis qu'elle était à la maison, le parler franc, libre et hardi, m'adressant la parole en patois, chaque fois que l'occasion s'en présentait. Maintenant, elle me parlait à peine, et toujours à la troisième personne ;

M. GERARD ET ORSOLA.

TYP. J. CLAYE.

devenue timide, presque craintive, elle tremblait au premier mot, rougissait au premier geste. Avait-elle connaissance des désirs qu'elle m'inspirait, ou feignait-elle de les ignorer? A cette époque, il m'eût été impossible de le dire; depuis, j'ai connu quelle prodigieuse comédienne c'était que cette femme, et avec quel art elle marchait à son but. La lutte dura trois mois environ.

« Pendant cet intervalle, le jour de ma fête était arrivé, et Gertrude avait eu l'idée d'en faire une solennité. Le soir venu, les enfants furent amenés au dessert avec de magnifiques bouquets, puis derrière les enfants, Sarranti, qui me tendit la main, Jean et le jardinier, qui vinrent me faire leurs compliments. J'embrassai tout le monde, enfants et grandes personnes, professeur et domestiques, et cela parce que je pensais qu'Orsola viendrait à son tour, et que je l'embrasserais comme les autres. Elle entra la dernière, et je jetai un cri en la voyant entrer.

« Elle était vêtue de son costume de montagnarde, avec le fichu rouge sur la tête, le corsage de velours noir et or, quelque chose de ravissant entre la fille d'Arles et la paysanne romaine. Elle me dit quelques mots en patois pour me souhaiter de longs jours et l'accomplissement de tous mes vœux. Je restai muet, ne sachant que lui répondre et ne sachant que lui tendre les bras pour l'embrasser. Mais elle ne me tendit pas même les joues, elle baissa la tête, me présentant son front, rougissant comme une jeune fille, tandis que sa main tremblait dans ma main.

« Personne n'aimait Orsola dans la maison, excepté moi, qui la désirais peut-être plus que je ne l'aimais; mais, malgré le peu de sympathie qu'il y avait pour elle, il n'y eut qu'un cri pour louer cette opulente beauté, à qui le costume national prêtait tout le charme de l'originalité. Je me sentis si troublé, que je remontai dans ma chambre, pour que personne ne s'aperçût de mon émotion. J'y étais depuis quelques instants, sans autre lumière que le reflet du feu qui brûlait dans l'âtre, lorsque je reconnus le pas d'Orsola qui s'approchait de ma chambre, et quand ma porte s'ouvrit, je la vis apparaître dans son ravissant costume, éclairée par le bougeoir qu'elle tenait à la main et qui l'enveloppait de lumière.

« J'étais assis dans un fauteuil, appuyé, haletant, sur le bras du siége, dans la position de l'homme ou de l'animal prêt à s'élancer. Elle me vit et fit un mouvement, comme si elle ne s'attendait point à me trouver là; mais, ce premier mouvement échappé à la surprise, elle s'avança vers mon lit, et, comme d'habitude, commença d'enlever la couverture. Alors je me levai, et décidé à tout risquer, j'allai à elle les bras ouverts, chancelant comme un homme ivre, et lui disant avec toute la frénésie de ma folle passion : Orsola! Orsola! que tu es belle! Attendait-elle ce moment, fut-elle réellement surprise? je l'ignorai toujours. Ce que je sais seulement, c'est qu'elle jeta un faible cri, qu'elle laissa tomber son flambeau, et que nous nous trouvâmes dans l'obscurité. O mon père! mon père! murmura le malade, de cet instant commença ma vie criminelle; de cet instant Dieu se retira de moi et j'appartins au démon. »

Le malade retomba presque expirant sur son oreiller, et le dominicain, tremblant que le reste de cette confession, si lente à arriver à l'endroit qui l'intéressait, ne lui échappât, n'hésita point cette fois à donner au mourant une seconde cuillerée de cet élixir qui lui avait déjà donné la force de continuer. M. Gérard fit un effort et continua en ces termes :

LXVI

LA POSSESSION.

— « A partir de ce jour, Orsola exerça sur tout mon être une telle fascination, que je perdis peu à peu l'empire de moi-même, et qu'au bout de quelques semaines, je lui appartins corps et âme; grâce à cette prodigieuse influence conduite avec une prodigieuse adresse, je me trouvai peu à peu entraîné à lui obéir, après avoir perdu, depuis quelque temps déjà, l'habitude de lui commander. Encore si j'eusse eu conscience de cette ignominie; si, une seule fois, l'idée me fût venue de ronger les mailles du filet dans lequel j'étais enveloppé! Mais non, les mailles du filet me semblaient d'or, et la certitude où j'étais d'y vivre librement m'ôtait même jusqu'au désir de lui échapper.

« C'est ainsi que je vécus près de deux ans, dans ce bagne qui me semblait un palais, dans cet enfer qui me paraissait un Éden; perdant peu à peu, dans les enivrements où me plongeait l'amour de cette femme, tout ce que le ciel avait mis en moi de pensées honnêtes, d'instincts vertueux. Si j'eusse vu où elle voulait me conduire, peut-être eussé-je résisté; mais j'avançais la main sur les yeux, et ayant perdu la conscience et du chemin que je faisais, et du but vers lequel on m'entraînait.

« J'avais bien, de temps en temps et comme par instinct, quelques symptômes alarmants qui me faisaient jeter comme un cri de détresse, quelques restes de vergogne qui me faisaient faire comme une objection de honte; mais Orsola avait d'irrésistibles consolations pour ces alarmes passagères, de mystérieux assoupissements pour ces réveils de conscience. J'étais, en un mot, sous ce charme puissant, invincible, secret, que subissaient, dit l'antiquité, les malheureux qui tombaient au pouvoir de l'enchanteresse Circé.

« C'est qu'en effet cette femme était une magicienne dans l'art d'aimer; elle savait faire de ses caresses des philtres enivrants, dans lesquels on retrouvait des forces sans cesse renaissantes. De quelle plante composait-elle ses breuvages? Quelle parole prononçait-elle dessus? A quel jour du mois, à quelle heure de la nuit, sous l'invocation de quelle luxurieuse divinité les préparait-elle? c'est ce que j'ignore, mais ce que je sais, c'est que je les épuisais avec délices; et ce qu'il y avait de dangereux surtout, c'est qu'elle donnait à mon esclavage l'extérieur de la puissance, à ma faiblesse l'apparence de la force; gouverné par elle, j'étais resté, à mes yeux, l'homme fort de ma propre volonté; c'était son art, son art suprême, de me faire vouloir ce qu'elle voulait; de sorte qu'en commandant, elle avait l'air d'obéir.

« Lorsque j'en fus arrivé à ce point, ne voulant pas tout d'abord me faire sentir un joug, qu'un reste de dignité humaine m'eût sans doute porté à secouer, elle essaya de son pouvoir sur des choses sans importance; elle eut des caprices exagérés, pour la satisfaction de caprices insignifiants. Elle demandait en riant avec doute, présentant elle-même sa requête comme inacceptable et monstrueuse, ayant l'air de ne pas comprendre que je pusse satisfaire à certaines fantaisies, condescendre à certaines volontés, tandis que, grâce aux hésitations dont elles étaient entourées, ces volontés, ces fantaisies, au lieu de me paraître exorbitantes, me semblaient les plus naturelles du monde ; enfin, c'était une de ses tactiques, et ce n'était pas la moins habile, de donner toute l'importance à la forme de la demande, afin d'en amoindrir le fond.

« Elle s'assura pendant ces deux années de sa puissance de domination sur moi, et, au bout de ces deux ans, commença de se sentir maîtresse absolue de ma volonté. Quelquefois, cependant, me sentant peu à peu enlacé par la voluptueuse couleuvre, je me demandais quel était son but, et son but alors me paraissait le désir de devenir un jour ou l'autre ma femme ; et, je dois le dire, cette pensée ne m'effrayait pas le moins du monde. Qu'étais-je donc pour me croire plus qu'elle ? Un paysan de nos montagnes, comme elle en était une paysanne. J'étais plus riche qu'elle, mais c'était un hasard, un accident qui m'avait fait riche ; mais elle, elle était plus belle que moi, et c'était Dieu qui l'avait faite plus belle. Puis, si j'apportais en dot la fortune, n'apportait-elle pas, elle, le bonheur, le plaisir, la volupté ! la volupté, que j'en étais arrivé à considérer comme le seul but de l'existence, comme le seul bien de la création. C'était donc elle, à tout prendre, qui donnait, et moi qui recevais.

« Dès que je crus avoir entrevu le but de ses désirs, et que le but ne me parut pas exagéré, de même que je lui avais abandonné la partie matérielle de mon être, je lui abandonnai la partie pensante. Je lui racontai les chagrins que m'avait causés mon premier mariage, chagrins auxquels elle parut prendre le plus vif intérêt, mais sans saisir même cette occasion de me dire qu'un second mariage plus heureux pouvait les faire oublier.

« Cette abnégation m'enhardit : c'était donc moi qu'elle aimait, moi seul, et non la fortune que je pouvais lui offrir, non pas la position que je pouvais lui donner. Je la fis entrer dans ma vie entière, je la mis de moitié dans mes plus chers intérêts, je la fis dépositaire de mes plus secrètes espérances ; je ne voyais, je ne pensais, je ne parlais, je ne respirais que par elle.

« Ce fut moi qui alors lui laissai soupçonner, lui fis entendre qu'elle pouvait tout me demander ; mais elle ne parut ni désirer ni comprendre ce que j'avais cru l'objet de son ambition. Cependant un jour devait venir où elle ferait l'essai de sa puissance, où elle manifesterait énergiquement sa volonté. Ce jour vint.

« Nous avions pour jardinier un vieillard, père et grand-père d'une douzaine d'enfants, et cultivant les jardins du château depuis trente ou quarante ans peut-être. D'abord, j'ignorais ce qui poussait Orsola contre lui ; je le compris plus tard. Elle commença par me dire du mal de ce pauvre homme, que tout le monde aimait, excepté elle ; il n'y avait point de jour, à son avis, qu'il ne fît quelque observation désagréable, quelque réponse impertinente ; enfin elle aboutit, au bout d'une semaine de plaintes, à me demander son renvoi.

« La chose me parut tellement injuste, que j'essayai de résister, lui objectant que personne n'ayant à se plaindre de cet homme, il n'y avait point de prétexte à le renvoyer ; qu'il y avait d'ailleurs inhumanité à chasser un vieillard qui était là depuis quarante ans. Elle insista avec une obstination qui était tellement hors de ses habitudes, qu'elle me surprit ; mais, sur mon refus réitéré, elle alla s'enfermer dans sa chambre, dont elle ne sortit point pendant deux jours, et où, pendant deux jours, malgré mes supplications et mes prières, je ne pus entrer. Alors, après mille combats soutenus contre moi-même, ne pouvant pas résister à une plus grande privation de celle qui était devenue si nécessaire au côté matériel de ma vie, je résolus lâchement d'aller la trouver pendant la nuit et de lui accorder sa demande.

« — Ah! c'est bien heureux, me dit-elle simplement, sans même me remercier du sacrifice que je lui faisais, et sans paraître avoir remporté une victoire. »

« Le lendemain, je fis signifier au jardinier qu'il eût à régler le compte de ses gages et à quitter le château. Le pauvre homme, en apprenant cette nouvelle à laquelle il ne s'attendait aucunement, tomba sur un banc de gazon, en murmurant :

« — Ah! mon Dieu! moi qui croyais finir mes jours ici. » Et il fondit en larmes.

« Les enfants, qui couraient après des papillons, virent le vieillard pleurant et lui demandèrent pourquoi il pleurait. Les enfants l'aimaient beaucoup; il leur mettait de côté ces belles chenilles dont M. Sarranti leur expliquait les métamorphoses; il leur amorçait leurs lignes quand ils pêchaient dans la grande pièce d'eau; il leur donnait les premières fraises mûres de ses plates-bandes, les premiers fruits mûrs de ses espaliers. Les enfants vinrent raconter à M. Sarranti que je chassais leur bon ami Vincent. M. Sarranti alla lui-même interroger le vieillard, et le trouva dans une profonde désolation.

« — Il n'y a, disait le pauvre homme, que les voleurs ou les malfaiteurs que l'on chasse, et je n'ai jamais volé, jamais fait de mal à personne. Puis, il ajoutait à voix basse : Oh! j'en mourrai de honte! »

« M. Sarranti crut la chose assez grave pour venir à moi, quoique d'habitude il demeurât complétement étranger aux détails de la maison. A son grand étonnement, je donnai à la chose une gravité qu'elle ne semblait point avoir.

« — Ah! me dit-il, si vous avez d'importantes raisons d'agir ainsi, vous faites bien, mon cher monsieur Gérard; mais alors, ces raisons, il faut les dire tout haut, les révéler publiquement. Vous qui êtes un homme de jugement, vous ne pouvez point paraître un homme de passion; vous qui êtes un homme équitable, vous ne pouvez point paraître un homme injuste. »

« Et, sur ces paroles, ne croyant pas qu'il fût besoin de m'en dire davantage, il sortit. Il avait raison de penser cela; je demeurai la conscience troublée, le cœur plein de remords, de me sentir prêt à accomplir une si criante injustice. Je montai donc chez Orsola et je lui fis part des observations qui m'étaient faites et de la honte que j'éprouvais.

« — Bon! dit-elle, je croyais que vous aviez une parole; vous n'en avez point; n'en parlons plus. — Mais, ma chère enfant, lui répondis-je, tout le monde me blâmera d'avoir, pour plaire à un de tes caprices, accompli une si mauvaise action. — Qui vous blâmera? M. Sarranti? Que vous importe l'opinion de cet homme qui vient on ne sait d'où, qui complote on ne sait quoi? Tenez, je vous l'ai dit cent fois, vous n'avez d'énergie et de volonté que contre moi. »

« C'était une des tactiques d'Orsola de me répéter incessamment que je subissais le pouvoir de tout le monde et que j'échappais à sa seule volonté. Au bout d'un quart d'heure, convaincu que je faisais un acte du plus libre arbitre, j'allai moi-même remettre au jardinier la somme qu'on lui devait, plus un mois de ses gages, en l'invitant à quitter le château à l'instant même. Le pauvre vieillard se leva, me regarda un instant pour savoir si c'était bien moi qui lui donnais un pareil ordre, et les yeux secs cette fois :

« — Monsieur, dit-il en prenant les gages qui lui étaient dus, mais en repoussant le mois de gratification, j'ai commis une faute ou je suis innocent. Si j'ai commis une faute, vous avez raison de me chasser et je n'ai droit à aucune indemnité; mais si je suis innocent, c'est vous qui avez tort d'exiger que je parte, et aucune indemnité ne peut compenser la douleur que vous me faites. Puis, me tournant le dos : Adieu, Monsieur, me dit-il, vous vous repentirez de votre méchante action. »

« Je revins au château, et en revenant, j'entendis le brave homme qui murmurait :

« — Oh! mes pauvres enfants! — Eh bien, dis-je à Orsola, vous êtes obéie. — Moi! et quels ordres ai-je donc donnés? demanda-t-elle. — Vous avez donné l'ordre de chasser le jardinier. — Bon! fit-elle en riant, est-ce que je donne des ordres ici? »

« Je haussai les épaules, car je ne comprenais rien au caprice.

« — Et qu'a-t-il dit? demanda-t-elle. — Il a dit, répondis-je d'une voix altérée, il a dit : Oh! mes pauvres enfants! — De sorte? — De sorte que pour la première fois de ma vie, répondis-je, j'éprouve quelque chose qui ressemble à du remords. — S'il en est ainsi, mon ami, vous qui avez l'esprit si juste et le cœur si bon, c'est qu'en effet, à mon instigation, vous avez fait une action mauvaise. »

« Et comme j'étais assis dans un fauteuil, la tête dans mes mains, et qu'aux paroles qu'elle venait de prononcer je relevais la tête, je la vis venir à moi, se mettre à genoux devant moi, et de sa plus douce voix, dans cette langue du pays qui avait une si merveilleuse influence sur mon cœur :

« — Mon ami, me dit-elle, je vous demande pardon de ma méchanceté; j'ai failli vous rappeler tout à l'heure, mais vous étiez déjà trop loin. »

« J'étais au comble de l'orgueil.

« — Non, Orsola, lui dis-je, vous n'êtes point méchante. — Si j'avais su que le départ de ce jardinier pût vous causer un chagrin réel, je ne l'eusse jamais demandé. — Consentiriez-vous donc à ce que je le rappelasse? demandai-je vivement. — Mais sans doute, puisque je vous dis que j'ai maintenant autant de chagrin que vous de son départ. — Oh! Orsola! m'écriai-je, que tu es bonne! »

« Et je me levai, prêt à courir après le vieillard.

« — Non, c'est moi qui suis la cause du chagrin du brave homme, c'est à moi de réparer le mal que j'ai fait.

« Et, me forçant à rester dans la chambre, elle courut annoncer au vieillard qu'il était rentré en grâce auprès de moi. C'est tout ce qu'elle voulait; seulement, le bonhomme crut toujours que c'était moi qui avais décidé son renvoi, et que c'était Orsola qui avait obtenu sa grâce. Tout demeura pendant trois ou quatre mois dans le *statu quo*. Seulement, ces trois ou quatre mois furent employés à un prodigieux travail, dont je ne me rendis compte que plus tard.

« Comme tous les hommes du midi, j'étais naturellement sobre; la faim et la soif, jusqu'à l'âge de quarante ans, avaient été pour moi un besoin à accomplir, mais non un plaisir à satisfaire; mais peu à peu, conduit à la fatigue par l'excès du plaisir, Orsola me poussa à demander à l'ivresse ses énervantes excitations. Comme ces animaux féroces dont on fait exhibition sur les théâtres, et dont les maîtres appauvrissent les forces au moyen de secrets étranges et connus d'eux seuls, Orsola appela à son secours les spécifiques les plus pernicieux, les breuvages les plus stupéfiants. L'absinthe et le kirsch, ces deux poisons terribles, pris à une certaine dose, devinrent mes liqueurs de prédilection; et l'on pouvait reconnaître le matin, à mes yeux hagards et hébétés, à quelle honteuse orgie j'avais passé une partie de mes nuits.

Le matin, il me restait comme un souvenir vague de rêves dans lesquels le sensualisme était poussé jusqu'à la douleur; puis il me semblait toujours, comme on se souvient d'un rêve, que, pendant la somnolence de l'ivresse, une voix m'avait parlé de désirs mystérieux et terribles. Ce dont je me souvenais surtout, c'est qu'Orsola se plaignait incessamment de la gouvernante des deux enfants, comme elle s'était plainte du jardinier; ce qui me semblait le matin, c'est que j'avais promis, dans ces moments où il ne me restait plus la force d'une volonté à moi, le renvoi de la pauvre femme. Puis le matin, au réveil, cette promesse faite la nuit s'en allait comme une fumée elle-même, au milieu des autres fumées de l'ivresse. Mais, un matin, Orsola aborda cette étrange question :

« — Il y a longtemps, dit-elle, que vous me promettez de renvoyer Gertrude et que vous ne le faites pas; qui vous attache donc si singulièrement à cette femme ? »

« Je restai tout étourdi. Je n'avais qu'un souvenir vague d'avoir fait cette promesse ; je n'avais aucun motif pour renvoyer Gertrude, caractère inoffensif s'il en fut, et qui, nourrice de ma belle-sœur, adorait ses enfants et en était adorée. Cette fois, je refusai net. J'eusse été honteux d'arracher à ces pauvres petits êtres, dont je m'occupais à peine et que j'abandonnais complétement aux soins de cette bonne femme, la tendre sollicitude dont, à leur âge, ils avaient si grand besoin.

« Alors, les persécutions qui avaient eu lieu à l'endroit du jardinier recommencèrent plus incessantes et plus terribles. Chaque nuit, soumis à l'influence fatale du démon qui me possédait, je promettais le renvoi de Gertrude pour le lendemain; chaque matin, je revenais sur ma promesse et je refusais. Orsola s'enferma, comme elle avait fait pour le jardinier, mais je supportai l'épreuve; j'avoue que je n'avais pas encore bu toute honte, au point de braver les reproches de M. Sarranti, de supporter les larmes des enfants. Cette fois, ce fut Orsola qui revint.

« Elle s'était repentie de ce nouveau caprice et venait me demander pardon. On devine avec quelle joie ce pardon fut accordé. Ce retour d'Orsola vers moi coïncidait avec deux circonstances, de l'importance desquelles je ne me rendis compte que plus tard. La veille, Jean avait demandé un congé de quelques jours pour aller régler à Joigny une petite affaire de succession. Le matin, M. Sarranti nous avait prévenus que sa présence était nécessaire à Paris pour deux ou trois jours. Jean et M. Sarranti éloignés, les seules personnes qui restassent au château étaient les deux enfants, Gertrude, Orsola et moi. J'en fis l'observation à Orsola.

« — Ne suis-je donc plus votre servante au lit et à la table? » répondit elle.

« Et elle accompagna cette réponse d'un regard qui me donnait une idée de la double ivresse qui m'attendait. La nuit vint; le souper était dressé comme d'habitude dans la chambre d'Orsola. Nous nous enfermâmes vers dix heures. Jamais bacchante ne poussa son amant à l'ivresse avec de plus ardentes séductions. Il me semblait qu'au lieu de vin, je buvais une flamme allumée au regard de ses yeux. Vers onze heures, il me sembla entendre des plaintes; j'en fis l'observation à Orsola.

« — Eh bien, dit-elle, allez voir qui se plaint. »

« J'essayai de me lever de ma chaise; mais je n'avais pas fait trois pas que je retombai sur un fauteuil. »

« — Tenez, dit-elle, buvez ce dernier verre de vin, pendant que j'y vais aller à votre place. »

« Il arrivait un moment où je ne savais plus faire que ce que me disait Orsola. Je vidai le verre jusqu'à la dernière goutte. Alors ce fut elle qui se leva et sortit. Je ne sais combien de temps elle resta; j'étais tombé dans cette somnolence de l'ivresse qui nous isole entièrement de ce qui nous entoure. J'en fus tiré par le contact d'un verre que l'on approchait de mes lèvres. J'ouvris les yeux et je reconnus Orsola.

« — Eh bien? lui demandai-je, conservant un vague souvenir des plaintes que j'avais entendues. — Oh! dit-elle, c'est Gertrude qui est bien malade. — Gertrude malade! balbutiai-je. — Oui, dit Orsola, elle se plaint de crampes d'estomac, et ne veut rien prendre de ma main; vous devriez descendre et la faire boire vous-même, ne fût-ce qu'un verre d'eau sucrée. — Conduis-moi, dis-je à Orsola. »

« Alors, je me souviens que je descendis l'escalier, qu'Orsola me conduisit dans une antichambre, qu'elle me fit sucrer un verre d'eau avec du sucre en poudre, et que, me poussant dans la chambre de la malade :

« — Allons, portez-lui cela, dit-elle, et tâchez de ne pas lui laisser voir que vous êtes ivre. »

« En effet, honteux moi-même de l'état dans lequel je me trouvais, je rappelai toute ma raison, et, marchant vers le lit de Gertrude d'un pas assez ferme :

« — Tenez, ma bonne Gertrude, lui dis-je, buvez ce verre d'eau, cela vous fera du bien. »

« Gertrude fit un effort, allongea le bras et vida le verre.

« — Oh! dit-elle, Monsieur, toujours le même goût. Monsieur! Monsieur! Un médecin! Monsieur, je suis sûre que je suis empoisonnée! — Empoisonnée! répétai-je en regardant avec terreur autour de moi. — Oh! Monsieur, au nom du ciel! Monsieur, au nom de votre pauvre frère, un médecin, un médecin! »

« Je sortis effrayé.

— « Tu entends? dis-je à Orsola, elle dit qu'elle est empoisonnée, et elle demande un médecin. — Eh bien! dit Orsola, courez jusqu'à Morsang! et ramenez M. Rousin. »

« C'était en effet un vieux médecin qui venait quelquefois dîner avec nous, lorsque ses courses le conduisaient du côté du château. Je pris mon chapeau et ma canne.

« — Voyons, dit Orsola, un dernier verre de vin; il fait froid, et vous avez deux lieues à faire. »

« Et elle me présenta un breuvage qui, quelque habitué que je fusse aux liqueurs les plus fortes, me brûla l'estomac comme si j'avais avalé du vitriol. Je sortis, je traversai le jardin, je gagnai la porte de la campagne à grand'peine; mais à peine eus-je fait deux cents pas sur la route de Morsang, que je vis les arbres tourner, que le ciel me sembla couleur de feu, et que, la terre se dérobant sous mes pieds, je tombai sur le revers du chemin. Le lendemain, je me retrouvai dans mon lit; il me semblait que je sortais d'un cauchemar horrible. Je sonnai. Orsola accourut.

« — Est-il vrai, ou ai-je rêvé que Gertrude était morte? — C'est vrai, dit-elle. — Mais, ajoutai-je, hésitant, morte empoisonnée? — Ceci, c'est possible. — Comment, c'est possible! m'écriai-je. — Oui, dit Orsola; seulement, il ne faut pas le dire, attendu que, comme elle n'a rien pris que de ma main et de la vôtre, on pourrait dire que c'est nous qui l'avons empoisonnée. — Et pourquoi dirait-t-on cela? — Dame! répondit tranquillement Orsola, le monde est si méchant. — Mais enfin, il faudrait donner une raison à ce crime, dis-je tout épouvanté. — On en trouverait une. — Laquelle? — On dirait que vous vous êtes d'abord débarrassé de la gouvernante, pour vous débarrasser ensuite plus facilement des enfants, dont vous devez hériter. »

« Je jetai un cri et cachai ma tête sous mes draps. »

— Oh! la malheureuse! murmura le moine. — Attendez! attendez! dit le mourant, vous n'êtes point au bout; seulement, ne m'interrompez pas, je me sens bien faible.

Frère Dominique écouta, la poitrine haletante, le cœur serré. M. Gérard continua.

LXVII

— « La mort de Gertrude n'éveilla aucun soupçon, mais seulement une grande douleur. Les enfants surtout étaient inconsolables. Orsola avait essayé de remplacer Gertrude près d'eux, mais ils l'avaient en horreur. La petite Léonie surtout ne pouvait pas la voir. J'étais tombé dans une mélancolie profonde; pendant quatre ou cinq jours, ce fut moi qui me tins enfermé dans ma chambre.

« M. Sarranti était revenu; il essaya de me consoler de cet événement; il comprenait que je regrettasse une bonne et fidèle domestique, mais il ne comprenait rien à un chagrin qui ressemblait presque à du remords. Il me proposa de reprendre une autre femme pour mettre près des enfants; mais les enfants ne s'en souciaient point; et, craignant l'opposition d'Orsola, j'arguai de leur répugnance pour ne point remplacer la pauvre Gertrude.

« Orsola continuait de mener la maison comme si rien ne fût arrivé, demeurant toujours à la distance que lui faisait sa position, et ne s'inquiétant pas de moi, comme si elle eût été bien certaine que je ne pouvais lui échapper. Un jour, je la rencontrai dans un corridor.

« — Que feriez-vous donc, demanda-t-elle en passant, si c'eût été moi qui fusse morte, au lieu de Gertrude? — Oh! si c'eût été toi, lui dis-je en retrouvant dans son regard cette flamme qui me faisait vivre en me dévorant; si c'eût été toi, Orsola, je serais mort à mon tour. — Eh bien! ce n'est pas moi, dit-elle, vivons. »

« Puis, avec un sourire de démon :

« — Je t'attendrai cette nuit, Gérard, dit-elle en patois. — Oh! non, certes non, me dis-je à moi-même : non, je n'irai pas. »

« Mon père, continua le mourant, les naturalistes parlent de la puissance fascinatrice de quelques animaux, et entre autres du serpent, qui fait tomber de branche en branche l'oiseau du faîte de l'arbre jusque dans sa gueule béante; mon père, le mauvais esprit avait doué cette femme d'une puissance pareille; car, après avoir résisté jusqu'à onze heures du soir, je me sentis invinciblement attiré vers sa chambre, et malgré moi, en résistant, je traversai le corridor et montai marche à marche l'escalier fatal, au haut duquel elle m'attendait.

« Je vous ai avoué que le lendemain de ces nuits passées en orgies, je ne conservais qu'une idée confuse de ce que j'avais fait et dit, et de ce qu'on avait fait devant moi ou de ce qu'on m'avait dit.

« Il me sembla, le lendemain de cette nuit, qu'il n'avait été question, entre Orsola et moi, que des délices qu'on pouvait se procurer avec une fortune de deux ou trois millions. En me rappelant, quoique d'une manière confuse, cette conversation, je frissonnai, car je ne pouvais jamais être propriétaire de cette fortune de deux ou trois millions que par la mort des enfants de mon frère. Et quelle probabilité que Dieu rappelât à lui ces deux beaux enfants, parfumés et frais comme les fleurs et les fruits parmi lesquels ils jouaient!

« Il est vrai que cette mort subite de Gertrude m'épouvantait. Quand de pareilles idées venaient me serrer le cœur, j'allais trouver M. Sarranti, je lui parlais de la première chose venue, puis j'amenais la conversation sur les enfants, et je ne le quittais qu'en lui recommandant de bien veiller sur eux. Et lui, qui les aimait de toute son âme, me répondait :

« — Soyez tranquille, je ne les quitterai jamais, à moins que des circonstances plus puissantes que ma volonté... »

« Et alors son front s'assombrissait, et l'on eût cru qu'il devinait quelle sinistre défiance, non pas de moi-même, mais des autres, me poussait à lui dire de veiller sur les deux petits êtres qui lui étaient confiés. Maintenant, mon père, vous dirai-je par quelle suite de séductions infâmes, par quelle suite de monstrueux désirs cette femme finit par m'habituer à cette idée, qu'il pouvait arriver tel accident qui me rendrait propriétaire de cette fortune que je commençais à croire nécessaire à mon bonheur, parce que chaque nuit Orsola me répétait qu'elle était nécessaire au sien?

« Au reste, chose singulière, quoiqu'il n'eût jamais été question de mariage entre Orsola et moi, tout le monde savait si bien à quel point nous en étions, que tous les gens de bas étage, pour faire leur cour à Orsola, l'appelaient madame Gérard. Il n'y avait pas jusqu'aux enfants eux-mêmes qui n'eussent pris cette habitude. Ils répétaient ce qu'ils entendaient dire. C'était bien son intention, j'en suis sûr, à elle aussi, d'être madame Gérard, mais sans doute attendait-elle que ma vie fût liée à la sienne par les chaînes d'une effroyable complicité.

« Parfois dans la journée je tressaillais, tout prêt à jeter un cri de terreur; c'est que de sanglantes pensées, pareilles à des spectres, venaient se dresser devant moi. Alors, je courais jusqu'à ce que j'eusse rencontré quelqu'un. Si je rencontrais les enfants, je fuyais du côté opposé à celui où je les voyais. Si je rencontrais M. Sarranti, je lui répétais cette recommandation de bien veiller sur ses élèves, et j'ajoutais : Je les aime tant, ces pauvres chers enfants de mon bon Jacques !

« Ainsi je me rassurais, je me donnais des forces à moi-même, par ces paroles de tendresse prononcées à haute voix. Puis les nuits venaient, et, Pénélope infâme, elle détruisait par ses baisers, ses désirs, ses appétits étranges de volupté inouïe, ce saint et miséricordieux travail que ma conscience avait refait dans la journée. Mais chaque jour, je dois l'avouer, l'œuvre de la nuit avait moins de peine à détruire le travail du jour. Enfin, bien que je ne visse que dans un lointain avenir la réalisation de la terrible espérance, je m'habituai peu à peu à regarder les biens de mes neveux comme mes biens, leur fortune comme ma fortune, et une fois il m'arriva de dire devant Orsola : Quand je serai riche, j'achèterai la propriété voisine.

« Or, qui pouvait me rendre riche? *Un hasard!* c'était Orsola qui appelait la chose ainsi ; un hasard qui me rendrait héritier de la fortune de mes neveux. Or, mon père, dit le mourant en secouant la tête, qui compte sur le hasard en circonstances pareilles, est bien près de lui venir en aide. »

Arrivé à cette partie de sa confession, le visage de M. Gérard était tellement décomposé, que le moine crut devoir l'interrompre, quelque curiosité et quelque intérêt qu'il eût d'entendre la suite des événements dont la série se déroulait devant lui, en s'assombrissant à mesure qu'elle se déroulait. Le moribond se tut en effet un instant, mais pour rassembler toutes ses forces ; arrivé là de son récit, il semblait aussi désireux de l'achever, qu'il avait été craintif à le commencer d'abord. Et cependant, sous ce masque livide sur lequel le dominicain arrêtait son regard presque effrayé, il se passait un rude combat ; car le malade reprit sa narration d'une voix si faible, que pour comprendre ce qu'il disait, le moine fut presque obligé de coller son oreille à ses lèvres.

— « Sur ces entrefaites, reprit M. Gérard, un incident arriva que je ne dois point passer sous silence. La petite fille, qu'on appelait Léonie, était d'une beauté exquise, mais en même temps d'une fierté extraordinaire dans une enfant de cet âge ; habituée, au Brésil, qu'elle avait quitté à l'âge de quatre ans à peine, à être servie par vingt domestiques d'une obéissance passive, d'une soumission absolue, elle s'était accoutumée à commander d'un mot et à être obéie d'un signe. Plus d'une fois, depuis la mort de Gertrude, elle avait eu à se plaindre d'Orsola, qui, ne cachant point la haine qu'elle avait pour elle, avait apporté dans les soins qu'elle lui donnait, ou une négligence ou une brutalité dont la petite s'était aperçue.

« Elle s'en était plainte à moi deux ou trois fois ; mais, voyant que ses plaintes ne changeaient rien aux façons d'Orsola avec elle, elle s'en était plainte à M. Sarranti, lequel, avec toute la délicatesse possible, m'avait fait comprendre que mon indulgence personnelle pour Orsola ne devait point autoriser celle-ci à oublier que Victor et Léonie étaient les véritables maîtres de la maison. Un matin que les deux enfants s'amusaient à jeter des pierres dans le bassin que Brésil allait y chercher en plongeant, Orsola se plaignit du mal de tête que lui causaient les aboiements du chien. En conséquence, elle cria par la fenêtre aux enfants de cesser leurs jeux, ou du moins d'en adopter un qui n'excitât point les abois de Brésil. Les enfants regardèrent de qui leur venait ce commandement, et, voyant qu'il venait d'Orsola, se remirent à jouer.

« — Prends garde, Léonie, dit Orsola à la petite fille, qu'elle haïssait tout particulièrement. — A quoi? demanda l'enfant. — A me faire descendre; car si tu me fais descendre, j'irai te fouetter. — Ah! par exemple, venez donc! répondit la petite fille. — Ah! tu me défies, dit Orsola; attends un peu, je suis à toi. »

« Et, s'élançant dans le jardin, elle franchit en courant l'espace qui séparait le perron de l'étang, et étendit la main pour saisir l'enfant, qui, en la voyant venir, l'avait attendue sans daigner faire un pas en arrière. Mais, au moment où elle allait saisir l'enfant, le chien s'élança et la saisit elle-même au bras. Orsola jeta un cri terrible, moins de douleur que de colère. Ce cri, de deux côtés différents, fit accourir deux personnes : M. Sarranti, qui emmena les enfants; le jardinier, qui fit lâcher prise au chien. Orsola revint et me montra son bras ensanglanté.

« — J'espère que vous punirez votre nièce et que vous tuerez le chien, » dit-elle.

« Peut-être eus-je fait selon ce désir; mais M. Sarranti intervint et m'en empêcha. Il avait tout vu et tout entendu, et, à son avis, Léonie était innocente. Quant à Brésil, avec son instinct de serviteur dévoué, il avait défendu sa petite maîtresse, et ne méritait point la mort pour cela. Je me contentai donc de défendre aux enfants d'aller jouer désormais au bord de l'eau, et d'ordonner que Brésil restât enchaîné dans sa niche. Quant à Orsola, elle abandonna sa double idée de vengeance avec une facilité qui m'étonna et m'effraya en même temps. Je commençais à la connaître et à comprendre qu'elle n'était point femme à pardonner.

LXVIII

LE SECRET DE M. SARRANTI.

— « Vers ce temps, un événement qui se passa dans la maison vint fatalement fournir à Orsola l'occasion d'accomplir le sinistre projet qu'elle méditait depuis longtemps. On en était à la moitié du mois d'août 1820. Depuis trois semaines environ, M. Sarranti avait tout à coup et brusquement rompu avec toutes ses habitudes. Sa vie, jusque-là d'une rigide régularité, était devenue, à mon grand étonnement, une suite d'excentricités qui commençaient à éveiller l'attention des paisibles habitants du village, et particulièrement celle des gens du château.

« On venait le chercher au milieu de la nuit, et, partant à l'instant même avec ceux qui venaient le chercher, il disparaissait pendant des journées entières, se contentant de laisser pour moi au valet de pied Jean, dont il avait fait son domestique de confiance, un mot par lequel il m'annonçait son absence, sans la motiver ni en fixer la durée. D'autres fois, dès les premières lueurs du matin, il entrait en conférence avec des amis de Paris, et, s'enfermant avec eux dans sa chambre ou dans le pavillon du parc, il demeurait là, refusant de venir déjeuner, et quelquefois même de dîner.

« On l'avait rencontré à la brune, causant avec des hommes décorés, vêtus de longues redingotes bleues boutonnées jusqu'au menton, et ayant, dans toutes leurs façons, les allures de militaires en habits de ville. Orsola avait écouté plusieurs fois à la porte de sa chambre, de son cabinet ou du pavillon, essayant de saisir au passage le secret de ces longues, fréquentes et mystérieuses conversations. Les mots sans suite qu'elle avait entendus pouvaient la mettre sur une trace, mais le peu de liaison de ces mots entre eux faisait que la trace était bientôt effacée.

« Cependant, au nombre des mots saisis par elle, comme les noms du roi Louis XVIII et de l'empereur Napoléon revenaient plus fréquemment qu'aucun autre, Orsola n'eut point de peine à deviner qu'il était question d'un complot militaire, ayant pour but de renverser le gouvernement existant et de reconstituer l'empire. Je me souviens de la joie diabolique avec laquelle Orsola me fit part de cette découverte. Elle détestait votre père, qui, en toute circonstance, prenait le parti des enfants, et je ne doute point qu'elle ne l'eût dénoncé à la police, si un projet de tout autre nature ne l'eût absorbée, et si elle n'eût pas vu, avec son effroyable perspicacité, quelque chose qui pouvait servir son dessein à elle dans les desseins de votre père.

« Elle attendit donc le jour, l'heure, le moment d'agir, comme le jaguar accroupi sur une branche attend le moment de s'élancer sur le voyageur. Il y avait à la fois du serpent et du tigre dans cette créature patiente et implacable. Le 18 août, M. Sarranti, qui avait quitté le château pendant la nuit, m'avait prié, par un mot, d'aller moi-même redemander au notaire de Corbeil les cent mille écus que j'avais déposés dans son étude. Je devais lui demander, pour la plus grande facilité du transport, s'il ne pourrait pas rendre tout ou du moins une partie de la somme en billets de banque.

« Dès le matin, je fis mettre le cheval à la voiture et j'allai à Corbeil. M. Henry n'avait de billets de banque que pour une faible somme, je rapportai donc les cent mille écus, comme je les avais portés, en or. Dans la journée, il revint, et me fit demander s'il pouvait m'entretenir seul pendant quelques instants. J'étais avec Orsola.

« — Je vais descendre, dis-je à Jean. — Pourquoi ne faites-vous pas monter M. Sarranti ici? dit-elle, vous serez mieux pour causer. — Dites à M. Sarranti qu'il peut monter, répondis-je à Jean. »

« Puis Jean sortit.

« — Veux-tu nous laisser? dis-je à Orsola. — Vous avez donc des secrets pour moi? demanda-t-elle. — Non, mais les secrets de M. Sarranti sont à lui et non à moi. — Avec votre permission, monsieur Gérard, dit-elle, les secrets de M. Sarranti seront à nous, ou il gardera ses secrets. »

« Et à ces mots, au lieu de sortir, elle entra dans un cabinet de toilette, duquel on pouvait entendre tout ce qui se disait dans ma chambre, et s'y enferma à clef. A peine y était-elle enfermée, que la porte du corridor s'ouvrit et que votre père entra. J'aurais pu, j'aurais dû l'emmener dans une autre chambre, dans quelque allée déserte du parc, au milieu de la pelouse; mais j'eus peur de ce qui se passerait entre Orsola et moi, lorsque nous nous retrouverions en tête à tête. Aussi, lorsqu'il me demanda :

« — Sommes-nous seuls, et puis-je vous parler en toute confiance? »

« Je n'hésitai pas à répondre :

« — Nous sommes seuls, mon ami, et vous pouvez parler.... Savez-vous ce que votre père avait à me dire, mon frère? demanda le malade, et dois-je vous le répéter? — Je n'en sais rien, Monsieur, répondit Dominique; lorsque mon père a quitté la France, j'étais au séminaire, il n'eut point le temps de m'y venir dire adieu. J'ai reçu depuis une lettre de lui, datée de Lahore; mais elle avait pour unique but de me rassurer sur sa santé, et de m'envoyer une somme d'argent dont il pensait que je pouvais avoir besoin.

« Je vais donc vous dire alors, reprit le mourant, quels étaient les projets de votre père, et dans quel complot il était entré.... « Croyez d'abord, mon cher monsieur Gérard, me dit votre père, que tout ce que je vais vous raconter était connu de votre frère dès le premier jour où je le revis; de sorte qu'il savait parfaitement que c'était à un conspirateur qu'il ouvrait sa porte, lorsqu'il me chargea de l'éducation de ses enfants.

« Vous connaissez mon nom et mon pays. Je suis Corse, né à Ajaccio, la même année que l'empereur. Je lui dévouai ma vie, je le suivis à l'île d'Elbe après l'abdication de Fontainebleau, à Sainte-Hélène après la bataille du mont Saint-Jean. Un jour on saura à quel supplice est condamné par les rois, l'homme qui, les uns après les autres, a tenu tous les rois dans ses mains, et la publicité de l'histoire sera le châtiment de ses geôliers et de ses bourreaux. Aussi, dès le commencement de 1817, fus-je préoccupé, sans en rien dire à l'illustre prisonnier, du soin de le faire évader. Je nouai des intelligences avec un bâtiment américain qui venait de nous faire passer des lettres de l'ancien roi Joseph, retiré à Boston; mais l'empereur désapprouva complétement ce que j'avais fait, et, me dénonçant lui-même au gouverneur :

« — Renvoyez-moi bien vite en France, dit-il, ce gaillard qui veut me faire évader de ce lieu de délices qu'on appelle Sainte-Hélène. »

« Et il lui répéta dans tous ses détails le plan d'évasion que je venais de lui révéler. La grâce qu'il demandait, c'est-à-dire le renvoi en France de l'un de ses fidèles serviteurs, était de celles qu'on est toujours prêt à lui accorder. Aussi, mon départ fut-il fixé au surlendemain, un bâtiment se trouvant en partance pour Portsmouth dans le port de James-Town.

« J'étais désespéré, croyant avoir encouru la disgrâce de l'empereur, lorsque je reçus, par l'entremise du général Montholon, l'ordre de paraître devant lui. Le général m'introduisit dans sa chambre à coucher, et l'empereur lui fit signe de nous laisser ensemble. A peine fus-je seul avec lui que je me jetai à ses pieds, en le suppliant de me pardonner, et de revenir sur la décision qu'il avait prise de m'envoyer en France. Il me laissa dire, me regardant avec un sourire; puis, me prenant par l'oreille :

« — Niais, dit-il; allons, relève-toi. »

« Ces paroles étaient si éloignées des reproches que je m'attendais à recevoir, que je me relevai tout étourdi.

« — Je ne te pardonne pas, me dit-il, attendu que je n'aurais à te pardonner que ta trop grande fidélité et ton trop grand dévouement, et qu'on ne pardonne pas ces choses-là, vilain Corse; on s'en souvient. — Eh bien! alors, sire, au nom du ciel! m'écriai-je, ne m'éloignez pas de vous. — Sarranti, me dit l'empereur en me regardant fixement, j'ai besoin de toi en France. — Oh! alors, sire, m'écriai-je, c'est autre chose, et quelque désir que j'aie de rester près de vous, je suis prêt à partir à l'instant même. — Écoute, me dit l'empereur, car les choses que je vais te confier sont graves; j'ai encore des partisans en France. — Je crois bien! sire, vous avez un peuple tout entier. — Quelques-uns de mes vieux généraux conspirent mon retour. — Oh! sire, en effet, pourquoi ne vous reverrions-nous pas encore sur le trône? vous êtes bien revenu de l'île d'Elbe. — On ne récrit pas une seconde page comme celle-là dans une vie comme la mienne, me répondit l'empereur en secouant la tête; d'ailleurs, j'ai l'idée que, pour l'avenir du monde, mieux vaut que je meure ici, et que l'empereur des peuples ait sa passion et son Golgotha comme Jésus-Christ. Ma mort sera belle, Sarranti, et je ne veux pas manquer ma mort. »

« Et il me disait ces paroles avec le même regard de triomphe qu'il dictait la paix après Marengo, Austerlitz ou Wagram. A Sainte-Hélène, il avait retrouvé son génie, un instant perdu, comme après la sueur de sang, qui lui avait rappelé un instant qu'il était homme, Jésus-Christ s'était de nouveau senti le fils de Dieu.

« — Que dois-je donc faire, sire? lui répondis-je; et pourquoi ne permettez-vous pas que, comme un autre Simon de Cyrène, je reste ici pour vous aider à porter votre croix ? — Non, dit l'empereur ; je te l'ai dit, Sarranti, j'ai besoin, en France, d'un homme sûr, d'un homme qui aille dire à ceux de mes braves lieutenants qui ne se sont prostitués ni aux Bourbons ni à l'étranger, aux Clausel, aux Bachelu, aux Gérard, aux Foy, aux Lamarque, de ne plus penser à moi. — Sire, pourquoi? — Parce que moi, comme les anciens empereurs romains, je suis passé dieu ; et que, du haut de mon ciel de flamme, je les regarde. Tu iras les trouver de ma part, et tu leur diras : « Ne songez plus à l'empereur que pour penser qu'il vous aime et qu'il vous encourage; mais il a un fils que l'on élève peut-être à le haïr, à coup sûr à le méconnaître; pensez à ce fils ! » — Oh ! sire; oui, oui, je leur dirai cela. — Seulement, ne compromettez son enfance que dans un complot où vous soyez certains de réussir. Rappelez-vous ce qu'on a fait des Astyanax et des Britannicus, le jour où l'on a supposé qu'ils pouvaient devenir dangereux. — Oui, sire, oui, je leur dirai cela. — Explique-leur bien que c'est ma volonté suprême, Sarranti, mon testament politique ; dis-leur que j'ai bien sérieusement et pour toujours abdiqué, mais abdiqué en faveur de mon fils. — Je le leur dirai, sire. — Écoute, Sarranti, voici un détail qui pourra être, à ceux qui essayeront de l'enlever de Vienne, de quelque utilité. — J'écoute, sire. — Mon fils habite, à une lieue de Vienne, le même château que j'ai habité deux fois, une fois en 1805, après Austerlitz, une fois en 1809, après Wagram ; cette seconde fois, j'y restai près de trois mois. Il en habite l'aile droite, que j'avais choisie pour mon habitation intime. Qui sait? chose étrange! sa chambre à coucher est peut-être la mienne; il faudrait s'informer de cela. — Oui, sire. — Voilà pourquoi : c'est qu'ennuyé d'avoir à traverser les appartements et les antichambres toujours remplis de courtisans ou de solliciteurs, pour descendre dans les magnifiques jardins où j'aimais à me promener dès le matin et quelquefois assez avant dans la nuit, j'avais fait, non pas même par l'architecte du palais, mais par mes officiers du génie, ouvrir une porte secrète et établir un escalier dérobé. La porte donnait dans mon cabinet de toilette, l'escalier dans une espèce d'orangerie ; en poussant un bouton caché dans la monture d'une glace, la glace rentrait dans le lambris et démasquait l'ouverture. Eh bien ! Sarranti, tu comprends, si mon fils est gardé à vue, par là peut-être pourra-t-il fuir, rejoindre ceux qui l'attendront dans le parc, gagner la frontière avec eux. — Oh ! oui, sire, je comprends. — Écoute, voici un plan du château de Schœnbrunn, que j'ai fait moi-même cette nuit : l'aile du château que j'habitais y est rappelée dans tous ses détails; la chambre à coucher, le cabinet de toilette, les voilà ; la moulure qu'il faut pousser, en voilà le dessin. Ce plan est signé de moi, cache-le avec soin aux espions anglais. Il sera ton signe de reconnaissance. — Oh ! soyez tranquille, sire, il faudra me tuer pour me le prendre. — Tâche de rester vivant et qu'on ne te le prenne pas, cela vaudra mieux. Attends, ce n'est point tout. »

« L'empereur alla à une cassette placée sous le pied de son lit, et qui contenait un million en or; il y prit trois cent mille francs et me les donna.

« — Que voulez-vous que je fasse de cet argent ? lui demandai-je. — Oh ! soyez tranquille, monsieur le Corse, ce n'est pas à vous que je le donne; je vous le confie, entendez-vous bien, maître Cincinnatus, pour les besoins de la cause; vous l'emploierez comme vous le jugerez convenable; ce n'est pas grand'chose que cent mille écus dans les mains d'un imbécile, c'est un trésor dans celles d'un homme intelligent. J'ai fait ma première guerre d'Italie avec deux mille louis que j'avais dans le coffre de ma voiture, et en arrivant au quartier, j'ai distribué quatre louis à chaque général. — Sire, l'emploi de l'argent sera fait, non point par la main d'un homme de génie, mais par la main d'un honnête homme. — Si tu étais obligé de fuir, écoute bien ceci, Serranti. »

« J'écoutai.

« — Il me serait agréable que tu cherchasses un refuge dans l'Inde; là tu trouverais, près de Runjeet-Singh-Bahadour, mahradja de Lahore et de Cachemire, un de mes plus fidèles serviteurs, le général Lebastard de Prémont. — Oui, sire. — Je l'y avais envoyé en 1812 pour voir si, au moment où je faisais la guerre à l'Angleterre, en tentant l'Orient par le Nord, comme en 1798 je l'avais faite en tentant l'Orient par l'Égypte, il ne pourrait pas faire une autre révolte de Chandernagor, et de Runjeet-Singh un Tippou-Saëb plus heureux. Nos désastres sont venus; j'ai détourné mes regards de l'Inde; mais, depuis que je suis ici, j'ai reçu des nouvelles de mon fidèle envoyé; entré au service du prince indien, il ne s'en tient pas moins à ma disposition. Si donc tu étais obligé de fuir, Sarranti, fuis dans cette vieille nourrice du genre humain qu'on appelle l'Inde; partage ce qui te restera, quelle que soit la somme, avec lui ; il n'était pas riche, et il doit avoir laissé en France une petite fille de l'éducation de laquelle je devais me charger, si je fusse resté empereur. Voilà, mon cher Sarranti, pourquoi je t'ai dénoncé, pourquoi je te chasse, pourquoi je demande que l'on te renvoie en Europe, et cela le plus tôt possible. Entends-tu, traître? Ainsi, que je n'entende plus parler de toi que lorsque tu seras là-bas. » Et l'empereur me tendit sa main, que je baisai.

« Le surlendemain, je partis. J'arrivai en France. Je n'ignorais pas que, comme tous ceux qui venaient de Sainte-Hélène, j'allais être soumis, de la part de la police, à une sévère investigation. On me savait sans fortune; les cent mille écus que je rapportais pouvaient exciter des soupçons. Je vins trouver votre frère, je lui dis tout. Il me nomma professeur de ses enfants et m'autorisa à m'adresser à vous pour le placement des cent mille écus. Vous savez ce qui se passa entre nous à ce sujet.

« Maintenant, depuis quatre ans que je suis revenu de Sainte-Hélène, j'attends une occasion de servir l'empereur selon ses désirs. Une conspiration est organisée, qui doit éclater demain; je ne puis pas vous dire quels sont les chefs du complot, leur secret n'est pas le mien. Ce que je puis vous affirmer, c'est que les plus illustres noms de l'empire vont tenter demain la ruine du gouvernement des Bourbons.

« Maintenant, réussirons-nous, ne réussirons-nous pas? Si nous réussissons, nous n'avons rien à craindre, nous sommes les maîtres. Si nous échouons, l'échafaud de Didier nous attend.

« Voilà pourquoi je vous ai prié de retirer les cent mille écus des mains de votre notaire, d'avoir du papier s'il était possible, au lieu d'or. Maintenant, craignez-vous d'être compromis? Je commence par vous dire que vous ne pouvez l'être; alors aujourd'hui je vous écris que des affaires importantes me forcent à me séparer de vous, et la conspiration échouant, demain je me sauve comme je puis.

« Voulez-vous m'aider jusqu'au bout? Donnez-moi Jean, qui est un fidèle serviteur; qu'il tienne ici, demain toute la journée, deux chevaux sellés, ayant chacun cinquante mille écus dans une valise. J'ai tout le long de la route, d'ici à Brest, des amis ou des affidés qui nous cacheront; à Brest, je m'embarque pour les Indes, et je vais, selon les ordres de mon maître, rejoindre à Lahore le général Lebastard de Prémont.

« Maintenant, vous tenez ma vie entre vos mains, Monsieur; ne vous hâtez pas de me répondre. Je vais dans mon appartement mettre toutes mes affaires en ordre, brûler tous les papiers qui peuvent me compromettre, et, dans un quart d'heure, je viens chercher votre réponse. » Et sur ces mots, il se leva et sortit.

« Au moment où il refermait la porte du corridor, celle du cabinet de toilette s'ouvrit, et Orsola parut. Naturellement, elle avait tout entendu. Je craignis que, femme et peu sympathique en toute circonstance à M. Sarranti, elle ne lui refusât toute aide dans sa fuite, et j'allais aller au-devant de son refus, quand, à mon grand étonnement, à ces mots que je lui adressai :

« — Tu as tout entendu, Orsola; que faut-il faire? »

« Elle répondit :

« — Il faut faire ce qu'il te demande. »

« Je la regardai, étonné.

« — Comment? repris-je. — Je te dis qu'il faut lui donner Jean, lui tenir deux chevaux prêts, et prier, elle allait dire *Dieu*, mais elle reprit en souriant : et prier *le diable* qu'il échoue, car jamais occasion pareille à celle-là ne nous sera donnée de devenir millionnaires. »

« Je frisonnai et elle me vit pâlir.

« — Oh! dit-elle, je croyais que c'était chose convenue, et que nous n'avions plus à revenir là-dessus. »

« Puis, avec ce ton impérieux que depuis quelque temps elle prenait à certaines heures :

« — Occupez-vous d'une chose seulement, dit-elle, c'est de lui reprendre votre contre-lettre. Moi, je vais vous l'envoyer, afin qu'il n'y ait pas de temps perdu; je me charge du reste. » Et elle sortit.

« Un instant après, M. Sarranti rentra.

« — Vous me faites appeler? demanda-t-il. — Oui. — Vous avez donc réfléchi? — Jean est à votre disposition, et, dès la pointe du jour, les chevaux, avec l'argent dans les sacoches, vous attendront tout sellés. »

« M. Sarranti ouvrit son portefeuille et en tira un papier :

« — Tenez, Monsieur, dit-il, voici votre contre-lettre; dès aujourd'hui je me regarde comme rentré dans les cent mille écus, puisqu'ils sont retirés de chez le notaire. Si les circonstances m'empêchaient de repasser par Viry, un mot de moi, si je ne suis ni prisonnier ni tué, vous dirait où me faire tenir l'argent. »

« Je repris la contre-lettre d'une main si tremblante, mon visage avait conservé une telle pâleur depuis qu'Orsola m'avait laissé entrevoir qu'elle comptait sur la fuite de M. Sarranti pour l'accomplissement de ses terribles projets, que votre père s'aperçut de mon émotion. Il l'interpréta naturellement comme une hésitation de ma part à le servir.

« — Voyons, cher monsieur Gérard, me dit-il, il est encore temps de revenir sur votre bonne résolution. Je puis quitter à cette heure le château pour n'y jamais rentrer, et, en vous quittant, vous laisser la lettre que je vous ai offerte, et qui constatera que vous êtes en dehors de tous nos projets. Dites un mot, et je vous rends votre parole. »

« J'hésitai; mais cette femme avait pris un tel empire sur ma vie, que je n'osai faire autre chose que ce qu'elle m'avait ordonné de faire.

« — Non, lui dis-je; tout est convenu, ainsi ne changeons rien à nos dispositions. »

« M. Sarranti prit mon adhésion pour du dévouement, et me serra affectueusement la main.

« — Je suis attendu à Paris, dit-il; peut-être vais-je prendre congé de vous pour ne plus vous revoir; je viens peut-être de vous dire adieu pour la dernière fois; dans tous les cas, cher monsieur Gérard, comptez sur une reconnaissance éternelle. » Et il partit.

« Le soir, comme d'habitude, je soupai avec Orsola. Je n'ose pas vous dire ce que je lui promis dans mon ivresse, et quel crime infâme nous arrêtâmes ensemble. Ma seule excuse est que je n'avais point ma raison, que j'avais perdu mon libre arbitre; enfin, pour me servir de l'expression d'Orsola, le matin du 19 août 1820, il était décidé que le soir, à quelque prix que ce fût, nous serions millionnaires!

LXIX

LA JOURNÉE DU 19 AOUT 1820.

— « La matinée du lendemain s'écoula pour moi agitée de tressaillements terribles, et je faisais, tout étranger que je fusse à la politique, des vœux bien ardents pour que la conspiration réussît. Il me semblait qu'Orsola n'avait parlé de crime que dans le cas où elle échouerait et où M. Sarranti serait obligé de fuir. Jusqu'à quatre heures de l'après-midi, je comptai toutes les vibrations de l'horloge, et chacune de ces vibrations retentit jusqu'au fond de mon cœur. Cent fois j'interrogeai ma montre, la journée s'écoulait et rien ne venait troubler la tranquillité ordinaire de la retraite dans laquelle nous vivions.

« Il était quatre heures de l'après-midi, nous allions nous mettre à table; j'avais déjà remarqué que les couverts des enfants manquaient. Orsola avait décidé qu'ils dîneraient à part. Tout à coup j'entendis le galop d'un cheval. Cette fois je ne me trompais pas. Je m'élançai du salon dans la cour. M. Sarranti, sur un cheval blanc d'écume, épuisé de fatigue, entrait dans la cour. En arrivant au perron, le cheval s'abattit.

« — Tout est découvert, dit-il, je n'ai plus qu'à fuir; tout est-il prêt? — Tout, » dit Orsola.

« Quant à moi, je ne pouvais répondre; quelque chose comme un nuage sanglant flottait devant mes yeux. M. Sarranti se dégagea des étriers, vint à moi, me serra la main.

« — Trahis! dénoncés! dit-il. Oh! les misérables! un complot si bien ourdi; une conspiration si bien arrêtée! »

« En ce moment, sur l'appel d'Orsola, Jean venait avec les deux chevaux frais. Je n'eus que la force de les montrer à Sarranti, en lui disant :

« — Fuyez à l'instant même! fuyez sans retard! votre sûreté avant tout! »

« Il me serra la main, sauta sur l'un des deux chevaux, Jean sur l'autre, et, par des chemins de traverse, ils se dirigèrent sur Orléans.

« — Bien, murmura Orsola à mon oreille; tous les soirs, à huit heures, le jardinier va coucher chez son gendre, à Morsang; nous serons seuls. — Seuls, répétai-je machinalement, seuls. — Oui, dit Orsola, seuls, puisque, comme si nous avions pu deviner ce qui se passe, nous avons pris la précaution de *nous* débarrasser de Gertrude. »

« Le mot *nous* me rappela le crime, en même temps qu'il m'en faisait le complice. Une sueur froide me passa sur le front. Je compris que c'était le moment de rappeler toute ma force et de lutter. Mais il y avait longtemps que ma force était évanouie, il y avait longtemps que je me laissais entraîner et que je ne luttais plus.

« — Allons, allons, à table, me dit Orsola, il ne s'agit pas de laisser échapper l'occasion qui se présente; prenons des forces et profitons-en. »

« Je savais ce qu'Orsola appelait prendre ou plutôt me donner des forces : c'était me livrer à ces vertiges de l'ivresse pendant lesquels je cessais d'être maître de moi, et où il me semblait que j'étais possédé par le démon de la violence et de la folie. Dans ces sortes de circonstances, Orsola mêlait à mon vin un aphrodisiaque qui me rendait presque insensé. Avait-elle lu dans Suétone que, quand la sœur de Caligula voulait, parricide et incestueuse maîtresse, lui faire commettre quelque crime, c'est ainsi qu'elle agissait?

« Ou cette femme, qui portait en elle la science et le principe du mal, avait-elle deviné que la cantharide était l'équivalent de l'hippomane? J'avais déjà, la nuit de la mort de Gertrude, éprouvé cette ivresse furieuse que je ressentis le soir du 19 août, après dîner. Je me levai de table à huit heures du soir, au moment où commencent à tomber du ciel les premières ombres de la nuit. Tout ce dont je me souviens, c'est d'une voix qui répétait incessamment à mon oreille :

« — Charge-toi du petit garçon, moi je me charge de la petite fille. »

« Et moi, abruti, insensé, chancelant, je répondais :

« — Oui, oui. — Mais auparavant, me dit la voix, préparons toutes choses pour que ce soit M. Sarranti qui ait l'air d'avoir fait le coup. — Oui, répétai-je, il faut que ce soit M. Sarranti qui ait fait le coup. — Alors, viens, dit la voix. »

« Je sentis que l'on m'entraînait dans le cabinet où était le bureau sur lequel j'écrivais d'habitude, et dans la caisse duquel j'avais déposé les trois cent mille francs rapportés de Corbeil et remis à M. Sarranti. Elle ferma le tiroir à la clef, puis, avec une pince, elle fit sauter la serrure de manière à ce que le tiroir eût l'air d'avoir été forcé.

« — Tu comprends ? » dit-elle.

« Je la regardai d'un œil hébété.

« — Il t'a volé la somme que ton notaire t'avait rendue; pour la voler, il a forcé le tiroir et il est parti. Quant aux enfants, ils sont entrés pendant qu'il forçait le tiroir, et, de peur d'être dénoncé, il s'en est débarrassé. — Oui, répétai-je, oui, il s'en est débarrassé. — Comprends-tu? demanda Orsola, impatiente et joyeuse à la fois de voir à quel degré d'abrutissement elle m'avait amené. — Oui, je comprends, mais lui, il niera. — Reviendra-t-il, pour nier? Ira-t-on le chercher dans l'Inde, osera-t-il rentrer en France, quand il sera condamné à mort comme conspirateur, comme voleur et comme assassin? — Non, il n'osera pas. — D'ailleurs, nous serons millionnaires, et l'on fait bien des choses avec des millions. — Comment serons-nous millionnaires? demandai-je, la langue avinée, l'œil terne. — Puisque tu te charges du petit garçon, et moi de la petite fille, répéta cette femme. — C'est vrai. — Descendons, alors. »

« Je me rappelle que je résistai, non plus par raison, mais par instinct. Elle m'entraîna, me fit descendre sur le perron. Les deux enfants étaient assis, regardant le soleil qui se couchait lentement.

« — Oh! que c'est singulier, dis-je, il me semble que le ciel est tout en sang! — En m'apercevant, les deux enfants se levèrent et vinrent à moi en se tenant par la main. — Faut-il rentrer, mon oncle Gérard? demandèrent-ils. »

« Leur voix me fit un effet étrange; je ne pus répondre, j'étouffais.

« — Non, dit Orsola, jouez encore, mes chers petits. — Oh! cela, par exemple, dit le moribond, je ne l'oublierai jamais. »

« Au milieu de mon ivresse, je les vois encore tous deux, beaux comme des anges du Seigneur : le petit garçon blond, frais, rose; la petite fille grave et brune, fixant sur moi ses grands yeux intelligents, et semblant me demander pourquoi, l'œil inerte, les mains tremblantes, je trébuchais en marchant. En ce moment, huit heures sonnèrent. J'entendis fermer la grille du parc; c'était le jardinier qui s'en allait.

« Je regardai autour de moi, Orsola n'y était plus. Où était-elle? Je respirai, je me sentis soulagé. J'eus envie de prendre les deux enfants dans mes bras et de me sauver avec eux; je l'eusse fait peut-être, si je n'eusse senti que seul j'avais déjà bien de la peine à me tenir debout. D'ailleurs, au moment où je murmurais :

« — Mes enfants! mes pauvres enfants! »

« Elle reparut. Elle tenait mon fusil à la main.

« — Tenez, dit-elle, voilà votre fusil, M. Gérard. »

« Et elle me tendit l'arme.

« — Mon bras se refusait à la recevoir. — Oh! mon oncle, s'écria le petit Victor, est-ce que tu vas à l'affût? — Oui, dit Orsola, nous avons du monde demain, et il faut que votre oncle me tue deux ou trois lapins. — Oh! emmène-moi avec toi, mon oncle, dit l'enfant. »

« Je frissonnai.

« — Mais prends donc ton fusil, lâche! me dit tout bas Orsola. — Je le pris. — Oh! mon oncle, mon oncle, répéta le petit garçon, je me tiendrai derrière toi, je ne ferai point de bruit, je te le promets. — Entendez-vous ce que cet enfant vous demande? dit tout haut Orsola. »

« Je regardai le petit garçon.

« — C'est toi qui veux venir? lui dis-je. — Oui, mon oncle, je t'en prie; tu m'as promis, si j'étais bien sage, de me mener un jour avec toi. — Oui, mais as-tu été bien sage, Victor? demanda Orsola. — Oh! oui, Madame, répondit consciencieusement l'enfant, et si M. Sarranti était là, il vous dirait qu'il est très-content de moi. »

« On avait laissé ignorer aux enfants que leur professeur était parti pour toujours.

« — Eh bien, alors, si véritablement il a été bien sage, dit Orsola, emmenez-le, monsieur Gérard. — Si on emmène Victor, dit Léonie, je veux aller avec lui, moi. — Oh! non, non, m'écriai-je vivement, c'est déjà assez, c'est déjà trop d'un. — Vous entendez, Mademoiselle, dit Orsola, nous allons vous coucher. — Pourquoi me coucher? dit la petite fille; j'aime mieux attendre le retour de mon frère, et que l'on me couche en même temps que lui. — Dites donc à cette enfant que vous désirez, une fois pour toutes, qu'elle obéisse, et qu'elle ne dise plus : *je veux*. — Allez avec Orsola, Léonie, dis-je à l'enfant. — Et moi, dit le petit Victor tout joyeux, et moi je vais avec vous n'est-ce pas, mon oncle? — Oui, viens, dis-je. »

« Il me prit la main. Je n'eus pas le courage de garder dans la mienne cette bonne petite main qui se confiait à moi. Je la repoussai.

« — Marche à mes côtés, lui dis-je. — Devant, devant, cria Orsola en emmenant Léonie, qui, la tête tournée de notre côté, disait avec un accent que je n'oublierai jamais : Revenez bien vite, mon oncle, reviens bien vite, Victor. »

« Moi aussi, je tournai la tête; je vis la petite fille rentrer et disparaître dans le château. Moi-même, en ce moment, contournant l'étang, je m'acheminai avec Victor dans le parc. Il marchait, comme le lui avait dit Orsola, dix pas en avant de moi. La nuit était déjà sombre; seulement, sous les grands arbres du parc, les ténèbres étaient encore plus épaisses que partout ailleurs. Mon front ruisselait de sueur, mon cœur battait au point que j'étais obligé de m'arrêter.

« Chaque canon de mon fusil était chargé d'une balle. Il avait fait très-chaud pendant les quinze derniers jours qui venaient de s'écouler, on avait parlé de chiens enragés errant aux environs, et dans la crainte que quelque chien ne passât, soit le jour par la grille ouverte soit la nuit, par une brèche que j'avais négligé de faire réparer, j'avais pris cette précaution de charger mon fusil à balle. Orsola le savait, quand elle m'avait mis mon fusil entre les mains. L'enfant marchait droit devant moi. Je n'avais donc qu'à porter le fusil à mon épaule, qu'à presser la détente, qu'à faire feu, et tout était dit. Mon Dieu, vous m'aviez donné d'avance le remords de cette action infâme, car deux ou trois fois je portai la crosse du fusil à mon épaule, deux ou trois fois je mis le doigt sur la détente de l'arme, et deux ou trois fois j'abaissai le canon en disant :

« — Impossible! mon Dieu, impossible! »

« Pendant un de ces mouvements, le petit Victor se retourna. Si vite que j'eusse abaissé l'arme, il vit que je l'avais mis en joue.

« — Mon oncle, me dit-il, je croyais que tu m'avais dit qu'il ne fallait jamais mettre en joue une personne, même en plaisantant; et qu'il y avait un petit garçon qui avait tué sa sœur en plaisantant ainsi. — Oui, oui, tu as raison, mon enfant, m'écriai-je, c'était pour plaisanter, mais j'avais tort. — Je sais bien que c'était pour plaisanter, dit l'enfant, pourquoi donc me tuerais-tu, toi qui aimais tant notre pauvre père? »

« Je jetai un cri. Il s'était fait dans mon esprit une lueur comme celle d'un éclair; je crus que j'allais devenir fou.

« — Oui, tu as raison, Victor, dis-je en remettant mon fusil en bandoulière, oui, j'aimais tant ton père; reviens à la maison, Victor, reviens, nous ne chasserons pas ce soir. — Comme tu voudras, mon oncle, dit le petit garçon, effrayé de l'accent de ma voix. »

« J'allai à lui, je le pris par la main et, à travers bois, je le ramenai vers le château. J'espérais arriver à temps pour m'opposer au meurtre de la petite fille. Par malheur, je me trouvai au bord de l'étang. Pour revenir au château, il fallait contourner la pièce d'eau, ce qui nous retardait de plus de dix minutes, ou la traverser en bateau.

« — Oh! mon oncle, allons en bateau, dit l'enfant, c'est si amusant d'aller en bateau. » Et il sauta le premier dans la petite barque. Je l'y suivis en chancelant. L'eau était profonde, calme comme un miroir, éclairée par la lune qui venait de se lever. Je saisis les deux avirons et je ramai rapidement. Je n'avais en ce moment qu'une idée : arriver à temps pour empêcher le crime, et, quelque chose qui dût en résulter, dire : *Non, non,* je ne veux pas!

« Nous étions au milieu de l'étang à peu près, lorsque j'entendis un cri terrible. Je reconnus la voix de Léonie. En même temps, les aboiements de Brésil retentirent dans la nuit. Lui aussi, sans doute, de sa niche où il était retenu par une chaîne il avait entendu et reconnu ce cri. Deux autres cris, plus déchirants que le premier, se firent entendre à quelques secondes l'un de l'autre. Je compris que j'arriverais trop tard; les enfants étaient condamnés. Je regardai le petit Victor. Il était très-pâle.

« — Mon oncle, mon oncle, dit-il, on tue ma sœur! »

« Puis il appela :

« — Léonie! Léonie! — Veux-tu te taire, malheureux! m'écriai-je. — Léonie! Léonie! » continua de crier l'enfant.

« J'allai à lui la main étendue, le regard flamboyant. A ma vue, il fut tellement épouvanté de l'expression de mon visage, qu'il hésita s'il ne se jetterait pas à l'eau. Il ne savait pas nager; il tomba à genoux en joignant les mains.

« — Oh! mon bon oncle, dit-il, ne me fais pas mourir! Je t'aime bien, je t'aime de tout mon cœur, mon oncle, je n'ai jamais fait de mal à personne. »

« Je venais de le saisir par le col de sa veste.

— « Mon oncle, mon oncle, ayez pitié de votre petit Victor! A moi! à l'aide! au secours! »

« La voix s'arrêta. Ma main s'était, comme un anneau de fer, serrée autour de son cou. J'étais pris de vertige; j'avais perdu toute connaissance de moi-même. « Non, non, lui dis-je, tu es condamné, il faut que tu meures. »

« Il entendit, car il réunit toutes ses forces d'enfant pour m'échapper. En cet instant, la lune se cacha derrière un nuage, et je me trouvai dans l'obscurité. D'ailleurs, je fermais les yeux pour ne point voir. J'enlevai l'enfant jusqu'au-dessus de ma tête, et, comme si son poids ne suffisait point pour le faire disparaître sous l'eau, je le lançai de toute ma force dans l'étang. L'eau bouillonna, s'ouvrit comme un gouffre et se referma.

« Je me jetai sur les avirons pour regagner le bord, mais au moment où j'en saisissais un de chacune de mes mains, l'enfant reparut se débattant. Que vous dirai-je, mon père? s'écria le moribond en sanglotant, j'étais ivre, j'étais furieux, j'étais fou. Je levai l'aviron. »

— Oh! misérable! s'écria frère Dominique en se levant, comme s'il n'avait pas la force, lui simple auditeur, d'en entendre davantage. — Oui, oui, misérable, misérable, infâme! car il s'enfonça cette fois pour ne plus reparaître, et quand la lune sortit du nuage, elle éclaira le front livide d'un assassin.

Le moine était tombé à genoux et priait, le front appuyé au marbre de la cheminée. Il se fit dans cette chambre funèbre quelques instants d'un silence terrible. Le silence fut un instant interrompu par une espèce de râle qui sortait de la gorge du malade.

— Je me meurs, saint prêtre, je me meurs, gémissait-il, et cependant, pour la vie de votre père dans ce monde, pour mon salut dans l'autre, j'ai encore bien des choses à vous dire.

LXX

LA NUIT DU 19 AOUT 1820.

Le moine, à ce cri de détresse, se leva rapidement, revint au lit, passa son bras droit sous la tête du mourant et lui fit respirer des sels. Il eût été difficile de dire lequel était le plus pâle, du prêtre ou du mourant. La faiblesse fut longue et alla presque jusqu'à l'évanouissement. Puis enfin le malade fit signe qu'il croyait pouvoir continuer, et le dominicain reprit sa place au chevet de son lit.

— « Je sautai, dit l'assassin, du bateau sur la pelouse, et je courus vers la maison. Tout avait cessé, cris de l'enfant, aboiements du chien. Il m'avait semblé que les cris sortaient d'une des salles basses. J'appelai Orsola d'une voix timide d'abord, puis avec un accent plus élevé, puis avec toute la force de ma voix, mais personne ne répondit. J'eus alors l'idée d'appeler Léonie, mais je n'osai. J'eus peur d'évoquer une ombre. Je n'avais point de lumière, je descendis à tâtons.

« Un reste de feu brûlait dans la cuisine, et, si faible que fût la lueur qu'il jetait, il était facile de voir que tout était en ordre, et que rien ne s'était passé là. Je passai de la cuisine dans l'office, appelant Orsola. Personne ne répondit. Il me sembla que c'était bien de là cependant que venaient les cris. Je songeai à un petit cellier qui se trouvait derrière l'office, et qui me restait à visiter. J'essayai de pousser la porte, mais j'eus à lutter contre un obstacle; j'appelai encore Orsola, mais personne ne répondit.

« Cependant, une chose me frappa : à la lueur de la lune, je vis le vitrage du cellier, vitrage donnant sur le jardin, tout brisé. En même temps je heurtai quelque chose du pied, je me baissai, je sentis un corps couché à terre. A l'humidité tiède de la dalle, il me sembla que ce corps était couché dans son sang. Je tâtai avec la main ; ce n'était pas le corps d'un enfant. Qu'était-ce donc ? J'allai à reculons jusqu'à la porte, puis je traversai l'office, puis je rentrai dans la cuisine.

« J'y allumai une bougie, et, épouvanté d'avance de ce que j'allais voir, je revins vers le cadavre. Qu'était-il donc arrivé? Ce cadavre était celui d'Orsola ; ce sang dans lequel il était couché, c'était son sang. Il sortait d'une effroyable morsure qui avait ouvert la carotide, et qui, par l'hémorragie, avait produit la mort presque instantanément. Un long couteau de cuisine gisait près de la morte, et paraissait échappé de sa main.

« Mon premier mouvement fut de croire que j'étais devenu fou, et en proie à quelque hallucination terrible. Mais tout était bien réel : il y avait là un cadavre et du sang, et ce sang et ce cadavre étaient le sang et le cadavre d'Orsola. Je me rappelai alors les cris de l'enfant, les aboiements du chien, et un jour terrible se fit dans mon esprit. J'allai au vitrage brisé, et je n'eus plus de doute.

« Voilà ce qui s'était passé ; du moins, cela me parut clair comme la lumière du jour : Orsola, en rentrant, s'était emparée d'un couteau, et, de gré ou de force, avait conduit l'enfant dans le cellier. Là, elle avait voulu la tuer. La petite fille, épouvantée, avait crié, appelé au secours. C'étaient ces cris que j'avais entendus, et auxquels répondaient les hurlements de Brésil.

« Le chien adorait l'enfant, je l'ai déjà dit; l'animal comprit que sa petite amie était en danger de mort ; sans doute fit-il un effort terrible et parvint-il à rompre sa chaîne. La chaîne rompue, il ne fit qu'un bond de sa niche au vitrage; d'un élan furibond, il passa à travers la fenêtre, tomba dans le cellier et sauta au cou d'Orsola. La mâchoire de fer avait ouvert la gorge de celle-ci et forcé sa main de lâcher à la fois l'enfant et le couteau. Maintenant, qu'étaient devenus l'enfant et le chien ? Ils n'étaient plus là ni l'un ni l'autre. A quelque prix que ce fût, il fallait les retrouver.

« La vue du cadavre d'Orsola me remplit de terreur et de colère ; je m'élançai par la porte du cellier, restée ouverte ; c'était sans doute par cette porte que s'était sauvée Léonie. Je me mis à sa poursuite ; si je la rencontrais, ma propre sûreté voulait que je la tuasse, comme j'avais tué son frère. »

Le moine frissonna.

— « Que voulez-vous, mon père ? dit le mourant; c'est le fatal engrenage du crime. Le meurtrier est dans une main de fer, et il faut qu'il tue, par cette seule raison qu'il a tué. Je m'élançai d'abord dans la principale allée du parc, mon fusil à la main ; fouillant les ténèbres de mes regards, courant là où j'entendais du bruit, prenant chaque rayon de la lune filtrant à travers le feuillage pour la robe blanche de l'enfant.

« En ce moment j'étais fou furieux, ivre de rage, ivre de sang. A chaque bruit que je croyais entendre, je m'arrêtais, portant mon fusil à mon épaule, en appelant Brésil, en criant : « Est-ce toi, Léonie ? » Mais rien ne répondait ; tout était tranquille et morne, le parc était silencieux comme une tombe, vide et inanimé comme le néant.

« Tout à coup je me trouvai au bord de la pièce d'eau. Je m'arrêtai épouvanté. Mes cheveux se dressèrent sur ma tête. Je jetai un cri qui n'avait rien d'humain, et je repris ma course dans la direction opposée. En effet, c'était bien plutôt une course qu'une marche ; course rapide, fiévreuse, désordonnée, dans laquelle j'eusse renversé, si j'avais aperçu le but, tout ce qui se fût trouvé sur mon passage. Rien! Pendant près d'une heure j'errai ainsi d'allée en allée, de buisson en buisson, d'arbre en arbre; pas une piste, pas une trace : tout restait silencieux, désert.

« J'eus un instant l'idée de décharger mon fusil pour entendre un bruit quelconque, tant cet effroyable silence me semblait le frère de la mort. Enfin, harassé, mourant, baigné de sueur, je perdis tout espoir de retrouver le chien ni l'enfant. Je me retrouvai en face du château, au pied du perron, à cent pas de l'étang. Cette eau morne, froide, immobile, m'épouvanta.

« Je détournai les yeux, mais malgré moi mes yeux revenaient toujours du même côté; je voyais au bord, dans les roseaux, la chaloupe, pareille à un gros poisson échoué, et sur le gazon, la rame... Je ne pus supporter cette vue, et je rentrai. Je n'osai descendre près du corps d'Orsola; je montai à ma chambre, les fenêtres en étaient toutes grandes ouvertes; elles donnaient sur l'étang. Tout donnait donc sur ce misérable étang!

« Je m'approchai des fenêtres pour en fermer les volets; mais, au moment où je me penchais en dehors pour les attirer à moi, je restai comme pétrifié. Un animal rôdait autour de l'étang, le nez à terre, comme s'il suivait une piste. C'était Brésil. Que cherchait-il donc? Il accomplit, toujours courant, un cercle parfait; puis, s'arrêtant à l'endroit où nous étions montés dans le canot, Victor et moi, il releva la tête, aspira l'air, regarda de tous côtés, poussa un hurlement lamentable et se mit à l'eau.

« Chose terrible, il suivait en nageant la même route qu'avait suivie la barque; on eût dit que le sillage en était resté visible, et qu'il suivait ce sillage. Arrivé à l'endroit où j'avais précipité l'enfant à l'eau, il tourna un instant sur lui-même. Puis il plongea.

« J'avais suivi toutes les évolutions du chien, l'œil fixe, la respiration suspendue. J'avais momentanément cessé de vivre. L'eau tourbillonnait au-dessus de l'endroit où le chien avait plongé. Deux fois sa tête reparut à la surface de l'eau, et je l'entendis respirer bruyamment. La troisième fois, il tenait à sa gueule un objet informe qu'en nageant il tirait du côté du bord. Il atteignit le gazon, remonta sur la berge, tirant l'objet à lui. Chose effroyable : cet objet qu'il tirait à lui, qu'il parvint, après des efforts inouïs, à traîner sur le bord, c'était le cadavre du petit garçon. »

— Horreur! murmura le prêtre. — Oh! dites, dites, s'écria le moribond, comprenez-vous ce qui se passa en moi à cette vue? Comme au jour du jugement, l'abîme rendait ses morts!

« Je jetai un cri de rage. Je repris mon fusil, je descendis l'escalier, franchissant quatre ou cinq marches à chaque enjambée; comment ne roulai-je point par les degrés? comment ne me brisai-je pas le front sur les dalles du vestibule? je n'en sais rien. J'atteignis le perron. Un massif d'arbres me dérobait la vue du chien et de l'enfant; je marchai dans la direction du massif, afin d'approcher le plus près possible de l'animal sans en être vu.

« Arrivé au massif, je n'étais plus qu'à trente pas du chien; il entraînait le cadavre du côté opposé au château. Je pensai à la brèche. Ah! c'était sans doute par cette brèche que s'était sauvée Léonie, c'était par cette brèche que le chien voulait entraîner l'enfant. Si le hasard n'avait point fait que j'eusse vu ce qui venait de se passer, ce misérable chien dénonçait tout.

LA NUIT DU 19 AOUT 1820.

TYP. J. CLAYE.

« Au moment où je reparaissais de l'autre côté du massif, il m'éventa. Alors, il lâcha l'enfant et tourna contre moi sa gueule sanglante et ses prunelles de flamme, qui étincelaient dans la nuit comme deux charbons. J'entendais claquer ses mâchoires l'une contre l'autre.

« Je saisis le moment où il hésitait, pour savoir s'il continuerait d'emporter l'enfant du côté de la brèche, ou s'il s'élancerait sur moi. Je l'ajustai avec le soin d'un homme qui joue sa vie, et je fis feu. Le chien plia sur ses quatre jambes et s'enfonça dans le bois en poussant un long et lugubre hurlement. Je courus après le chien, espérant le rejoindre et l'achever de mon second coup; il était cruellement frappé, car à la lueur de la lune je voyais une trace de sang sur le gazon.

« Je suivis cette trace tant que je fus sur un sol découvert; mais en entrant dans le bois je la perdis. Je n'en courus pas moins jusqu'à la brèche : c'était par cette brèche qu'il avait dû sortir; c'était par cette brèche qu'était sortie en tous cas Léonie : un lambeau de sa collerette était resté à un églantier. Qu'était-elle devenue? Il y avait plus d'une heure déjà qu'elle avait franchi la muraille écroulée. La route de Fontainebleau à Paris passait à un quart de lieue à peine.

« Qui me dirait de quel côté elle avait tourné? si elle avait rencontré quelqu'un? où elle avait été emmenée? Puis, si pendant que je la cherchais hors des murs, on allait entrer au château et trouver le cadavre de Victor sur la pelouse. Ce qu'il y avait d'important avant tout, c'était de faire disparaître ce cadavre. C'est en ce moment que rentrèrent en moi les premières idées de conservation.

« Comment avais-je été assez fou de laisser le cadavre dans l'étang? Ne savais-je pas qu'au bout d'un certain temps les cadavres des noyés reviennent sur l'eau? C'était bien heureux, à tout prendre, que Brésil l'eût tiré de l'étang et traîné sur la pelouse. J'allais l'enterrer dans un endroit isolé du jardin, et toute trace du crime disparaîtrait. Je rentrai dans le parc, après avoir arraché de la ronce le lambeau de collerette qu'elle avait retenu en passant, et je repris en courant le chemin de l'étang.

« Tout en courant, j'avais une effroyable pensée, une pensée qui me donnait le vertige. Si je n'allais plus retrouver le cadavre, me disais-je, où le chercher? Par bonheur, il y était. Par bonheur! comprenez-vous? répéta le moribond; c'est effroyable, ce que je vous dis là. »

— Oh! oui, oui, effroyable! murmura le prêtre, qui sentait à ce récit ses cheveux se dresser sur sa tête.

Le mourant continua :

— « Pour enterrer l'enfant, il me fallait une bêche; mais j'avais trop souffert pendant ces quelques instants que je m'étais éloigné du cadavre, pour m'en éloigner de nouveau. Je repassai mon fusil en bandoulière, je chargeai l'enfant sur un de mes bras, et j'allai jusqu'à la remise où le père Vincent enfermait ses ustensiles de jardinier, pour y prendre une bêche. Je trouvai l'instrument que je cherchais. Le petit bâtiment était dans le potager. C'était le plus loin possible du potager, dans l'endroit le plus désert du parc, que je devais enterrer l'enfant. Je traversai donc de nouveau la pelouse, voyant s'allonger, au clair de la lune, l'ombre que formait le groupe hideux d'un homme emportant le cadavre d'un enfant sous son bras. Ses jambes se balançaient en avant, sa tête pendait par derrière. Je hâtai ma course et je m'enfonçai dans le bois.

« Le voyage que je ferai à travers l'éternité, à partir du jour de ma mort jusqu'à celui du jugement dernier, ne sera pas plus terrible pour moi que cette course nocturne à travers les ténèbres projetées par les grands arbres. Mes jambes tremblaient, j'étais haletant, forcé parfois de suspendre ma marche pour reprendre ma respiration.

« Tout à coup je me sentis arrêté. Je voulus continuer ma course; j'étais retenu en arrière. Je fus pris d'un frisson, mes jambes plièrent sous moi. Le vertige, avec son cortége de spectres, fut prêt à passer devant mes yeux, je me sentis près de rendre l'âme.

« Enfin je fis un effort, et je pris sur moi de regarder en arrière : les boucles blondes de l'enfant s'étaient enroulées dans une branche brisée. C'était là l'obstacle; tout cela n'avait duré qu'une seconde, mais pendant cette seconde j'avais vu étinceler au-dessus de ma tête le couperet de la guillotine. Je me mis à rire d'un rire terrible; je donnai une secousse au cadavre, une partie des cheveux resta à la branche, mais je continuai mon chemin.

« Je crus enfin avoir trouvé l'endroit qui me convenait. C'était sous un massif épais, à quelques pas d'un banc de gazon où je n'étais peut-être pas venu m'asseoir deux fois depuis quatre ans que j'habitais le château. Il y avait là, entre les tiges de lilas, un espace de trois pieds de diamètre à peu près. En creusant verticalement la terre, je pouvais avoir fini en une heure et demie ou deux heures. Je me mis à l'œuvre. Quelle heure, mon père, que l'heure que je passai à creuser cette fosse!

« Il pouvait être deux heures et demie du matin quand je la commençai. C'est le moment où s'éveillent les premiers tressaillements de la nature, les oiseaux dans les branches, les bêtes fauves dans les buissons. Au moindre bruit, je me retournais, croyant entendre des pas; l'eau ruisselait sur mon visage, mon haleine s'échappait en sifflant de ma poitrine. Je sentais venir le jour. Enfin l'œuvre funèbre fut terminée.

« Je mis le corps de l'enfant dans ce trou vertical, qui n'avait pas moins de quatre pieds de profondeur. Puis je fis rouler sur lui la terre que j'avais amassée au bord de la fosse, la foulant aux pieds, afin que le terrain ne présentât point d'élévation. Puis, comme la terre ne put tenir, à cause de la place qu'avait prise le cadavre, j'éparpillai le reste aux environs.

« Enfin, à cent pas de là, j'allai chercher une grande couche de mousse que je revins plaquer sur l'endroit où la terre avait été fraîchement remuée. Grâce à cette précaution, il ne resta aucune trace du terrible travail. Il était temps. Comme je venais de l'achever, le soleil entr'ouvrait les nuages, et, au sommet d'un chêne dont les branches s'étendaient au-dessus de ma tête, un rossignol chantait.

LXXI

FIN DE LA CONFESSION.

— « Avec le soleil, avec la lumière, vinrent ces deux terribles fantômes du jour : le souvenir et la réflexion. Je vis venir le soleil avec l'effroi du condamné à mort qui voit entrer le matin, dans son cachot, le geôlier qui vient lui annoncer l'heure de l'exécution. Il s'agissait de prendre un parti; mais tout en moi était terreur, incertitude, chaos. Je n'en eusse jamais eu la présence d'esprit, si presque tout n'eût été réglé d'avance par Orsola. Sa mort même jetait sur tous les événements de cette fatale nuit un vague plus grand encore, et surtout écartait les soupçons de moi.

« Mon adoration pour cette créature était proverbiale; on ne pouvait donc pas me soupçonner d'avoir contribué à sa mort. D'ailleurs, le chien, que l'on retrouverait mort quelque part, serait une preuve que, n'étant pas arrivé à temps pour la secourir, je l'avais vengée. Je n'avais sur moi aucune trace de ce terrible témoin que rien ne fait disparaître, le sang. Avec un peu de bonne volonté et de raison, je parvins donc à retrouver mon sang-froid. Seulement, ce qui me remplissait de terreur, c'était la fuite de Léonie. Mais, en supposant que Léonie se retrouvât, elle ne pouvait accuser qu'Orsola, et Orsola était morte.

« Je montai dans ma chambre, je fis disparaître toutes les traces de l'orgie de la veille, j'avalai d'un trait ce qui restait dans la bouteille, je réparai un peu le désordre de ma toilette, et je me rendis tout courant chez le maire du pays. C'était un brave homme, un simple ouvrier comme je l'avais été moi-même, et à qui cette communauté de travaux de notre jeunesse avait inspiré pour moi une grande sympathie, une profonde confiance.

« Je lui débitai la fable que nous avions préparée avec Orsola, c'est-à-dire que les deux enfants avaient disparu, et que leur fuite coïncidait tellement avec le départ de M. Saranti et le vol des cent mille écus, repris la veille chez le notaire et enlevés de mon secrétaire brisé, que je n'hésitais pas à l'accuser de ce vol et de cet assassinat. »

— Pauvre père! murmura Dominique en levant les mains et les yeux au ciel. — Oui; mais puisque le ciel me punit, s'écria le mourant, puisque je lui rends moi-même cette pureté que j'avais ternie, il faut me pardonner, mon père; car, comment voulez-vous que Dieu me pardonne, si vous ne me pardonnez pas? — Continuez, dit le moine. — Quant à moi, voici comment j'expliquai ma tardive dénonciation :

« Je n'étais rentré la veille que très-tard. Croyant tout le monde couché, j'étais monté droit à ma chambre et m'étais couché moi-même. Le matin, je m'étais éveillé avec le jour; n'entendant aucun bruit dans ma maison, je m'étais levé; en passant dans mon cabinet, j'avais trouvé le tiroir de mon secrétaire forcé; j'étais passé dans la chambre d'Orsola, elle était déserte; j'étais passé dans les chambres des enfants, elles étaient vides; j'avais appelé, personne n'avait répondu.

« J'étais descendu, j'avais cherché, et enfin, dans le cellier, j'avais trouvé le cadavre d'Orsola baigné dans son sang. La nature de la plaie ne m'avait laissé aucun doute sur la nature de sa mort; elle avait été étranglée. J'avais alors aperçu, couché sur la pelouse, le chien qui avait rompu sa chaîne, et dans un premier mouvement, dans un de ces mouvements de douleur qui vous mettent hors de vous-même, j'avais pris mon fusil et envoyé une balle à Brésil qui, blessé, avait disparu.

« Le maire crut à cette fable; il mit mes hésitations, mes redites, ma pâleur sur le compte de l'effroi; il me donna à sa manière toutes les consolations qu'il put me donner, et, faisant prévenir par son adjoint toutes les autorités compétentes, il revint avec moi au château. Je m'étais bien gardé de dire vers quelle frontière M. Sarranti avait pris la fuite. Je n'avais, vous le comprenez bien, qu'un désir, c'est qu'il pût sortir de France.

« Je m'enfermai dans ma chambre, abandonnant le reste du château aux investigations de la justice, et priant seulement mon ami, le maire de Viry, de faire que le plus possible on respectât ma douleur. Le brave homme se chargea de tout, et me tint parole. Puis, il faut le dire, dans la journée arriva la nouvelle de la conspiration découverte. Comme j'y avais compté, cette nouvelle me venait en aide.

« Lorsque l'on sut que M. Sarranti était un des agents les plus fanatiques du parti bonapartiste, les feuilles gouvernementales ne manquèrent point de ramasser cette accusation d'assassinat et de vol, pour la jeter à la tête de tout le parti. La police, il faut le dire, eût même été désespérée, en supposant qu'elle eût quelque doute, de trouver les véritables coupables; on était heureux, en 1820, de flétrir les bonapartistes des noms d'assassin et de voleur, comme en 1815 on les avait flétris du nom de brigands, et ce fut une bonne fortune pour le gouvernement de faire peser une pareille accusation sur la tête d'un homme arrivant de Sainte-Hélène et ayant vécu dans l'intimité de l'empereur.

« Je n'eus donc aucune crainte réellement sérieuse; tous les soupçons passèrent autour du coupable, pour se mettre à la poursuite de l'innocent; et, tout innocent qu'il fût, je doute que, s'il eût été arrêté, votre père eût pu se soustraire à l'échafaud. »

Le prêtre se leva; il était pâle comme les draps du mourant. Cette idée de son père tombant victime d'une fausse accusation, tombant avec toutes les apparences de la culpabilité, l'épouvantait à le rendre fou.

— Oh! murmura-t-il, je savais bien qu'il n'était pas coupable, moi, et cependant, je l'aurais vu mourir sans pouvoir le sauver. Oh! Monsieur, Monsieur, vous êtes bien...

Il s'arrêta. Il allait dire : bien infâme.

Le moribond courba la tête. Ce qu'il demandait, c'est que cette douleur de l'homme s'exhalât en paroles, afin qu'il ne restât plus dans le fils que la miséricorde du prêtre.

— Mais, continua le moine, malgré cet aveu que vous me faites, Monsieur, une accusation n'en pèsera pas moins éternellement sur la tête de mon père. — Est-ce que je ne vais pas mourir, Monsieur? balbutia le malade. — Alors, s'écria le prêtre, après votre mort, il me sera donc permis de tout révéler? — Tout! Monsieur. N'est-ce pas pour cela que je bénissais la Providence de vous avoir conduit près de mon lit? — Ah! fit le prêtre en respirant, mon père, mon pauvre père! Savez-vous, Monsieur, que s'il eût connu l'accusation qui pesait sur lui, au risque d'y perdre la tête, il fût revenu protester de son innocence! — Oui, mon père. Eh bien! moi mort, vous lui écrirez, et il pourra revenir; mais, au nom du ciel, ne jetez pas dans la terreur et le désespoir le peu d'heures qui me restent à vivre.

Le prêtre fit un signe pour rassurer le mourant.

— Tenez, continua le moribond, laissez-moi vous faire un aveu. Depuis sept ans que le crime est commis, eh bien, il faut que je sois d'une exécrable nature, n'est-ce pas? Eh bien, je n'ai pas eu un seul instant le sentiment du remords pur et isolé. Non, non, avec le remords seul, j'eusse dormi, j'eusse vécu calme, heureux peut-être; mais la terreur de la justice, l'effroi de la punition : voilà ce qui a troublé mes jours, tourmenté mes nuits! Oh! combien de fois, dans mes rêves, j'ai comparu devant un tribunal; combien de fois j'ai entendu, malgré mes prières, mes larmes, mes dénégations, retentir le mot assassin; combien de fois j'ai senti sur mon cou frissonnant le froid du ciseau qui abattait mes cheveux, le cahot de la fatale charrette, et, en perspective à l'horizon, au-dessus de toutes les têtes, ou s'élancer les deux bras rouges, ou étinceler le couperet de la hideuse guillotine. — Malheureux! murmura le prêtre, regardant en pitié cet homme, vivante image de la terreur, et qui par terreur, on le sentait, pouvait devenir féroce. — Voilà pourquoi je me suis exilé de Viry, voilà pourquoi je suis venu demeurer à Vanves, voilà pourquoi je fais le bien.

Le prêtre se retourna vivement à ces derniers mots.

— Oui, oui, mon père, dit le moribond, l'aumône est un manteau dont je me couvre, pour qu'on ne voie pas mes habits tachés de sang. Qui oserait maintenant me venir chercher au milieu de ce cortége de bonnes actions qui veille autour de moi? — Celui qui vient, dit Dominique en levant son doigt au ciel, Dieu! — Oui, je le sais, dit le mourant, celui-là dont on se souvient quand on va mourir, celui-là qui voit le sang à travers le manteau, le visage à travers le masque; mais auprès de celui-là, mon père, j'aurai deux puissants intercesseurs: mon effroi et votre innocence.

Le malheureux n'osait pas dire ses remords.

— C'est bien, dit le prêtre, achevez. — Je n'ai plus que quelques mots à ajouter, mon père:

« Comme je vous l'ai dit, non pas ma seule, mais ma principale inquiétude, c'était la disparition de Léonie. J'allai à la préfecture de police, je fis et fis faire toutes les démarches imaginables, jamais je n'en eus aucune nouvelle. J'eus un instant l'idée de retourner à Vic-Dessos; mais là avait habité M. Sarranti, là son fils était né, là on m'avait connu pauvre, et par jalousie on pouvait remonter aux sources de ma fortune. J'y renonçai.

« Je voyageai: je passai un an en Italie, un an dans les Flandres; mais, à chaque lever de soleil qui me rappelait ce terrible lever de soleil du 20 août, je me demandais si l'on ne découvrait pas en ce moment même, en France, quelque indice qui viendrait à l'étranger se dresser tout à coup contre moi. Je revins en France.

« Un soir, en traversant l'Auvergne, où j'avais demandé l'hospitalité dans une chaumière, j'entendis mes hôtes faire le récit de la vie d'un homme de bien dans ses plus méticuleux détails. C'était, comme je vous l'ai dit, un pauvre gentilhomme de l'Auvergne qui, à la suite d'une querelle assez futile, s'était battu en duel et avait tué son meilleur ami.

« A partir de ce jour, cet homme avait vendu son château, ses fermes, ses terres, ses troupeaux; il avait distribué son bien aux pauvres et demandé à de bienfaisants travaux, à des actions louables, l'oubli de cet assassinat involontaire. Seulement, lui le faisait par remords. Mais voilà ce que je me dis: un homme qui aurait commis un crime réel, un meurtre véritable, n'échapperait-il pas au soupçon en créant autour de lui une réputation semblable à celle que s'est faite cet homme? Faisons donc par précaution, par égoïsme, par terreur, ce que cet homme fait par remords.

« Je revins à Paris, je cherchai un lieu d'habitation, je trouvai cette maison que j'achetai, et j'entrepris cette grande œuvre de philanthropie qui m'a fait, à moi aussi, cette réputation d'homme de bien, au milieu de laquelle je vais mourir. Maintenant, moi mort, mon père, ma mémoire est à vous; faites-en le sacrifice à l'innocence de M. Sarranti; obtenez sa grâce comme conspirateur, moi, je me suis chargé de prouver son innocence comme assassin. »

— Mais croira-t-on à la déposition d'un fils en faveur de son père? — J'ai prévu cette objection, Monsieur; levez-vous; prenez cette clef (le mourant tendit au moine une clef qu'il tenait cachée sous son oreiller), ouvrez le deuxième tiroir du secrétaire, vous y trouverez un rouleau de papier cacheté de trois cachets.

Dominique se leva, prit la clef, ouvrit le tiroir et en sortit le rouleau de papier.

— Le voilà, dit-il. — N'y a-t-il rien d'écrit dessus? — Si fait, Monsieur, il y a :

« Ceci est ma confession générale devant Dieu et devant les hommes, pour être, si besoin est, rendue publique après ma mort.

« *Signé :* GÉRARD TARDIEU. »

— C'est cela, mon père; ce papier contient mot pour mot, et tout entier écrit de ma main, le récit que je viens de vous faire. Moi mort, disposez-en, je vous relève du secret de la confession.

Le moine serra avec un mouvement de joie et de triomphe involontaire le papier contre sa poitrine.

— Maintenant, mon père, dit le moribond, ne me consolerez-vous point par quelques paroles d'espérance?

Le moine s'approcha, grave et lent; on eût dit que son visage levé au ciel s'éclairait d'une lumière divine. Vu ainsi, il semblait l'idéal de la charité humaine. Le mourant, qui sentait venir le pardon, se souleva afin d'aller au-devant de lui.

— Mon frère, dit-il, peut-être faudrait-il près du Seigneur une plus haute et plus puissante intercession que la mienne pour qu'il vous pardonnât. Mais moi, comme homme, comme fils, comme prêtre, je vous pardonne. Dieu veuille ratifier l'absolution que je le supplie de faire descendre sur votre tête! Au nom du Père qui est la bonté, du Fils qui est le dévouement, et du Saint-Esprit qui est la foi.

Et il posa doucement ses deux mains pâles et blanches sur le crâne nu et décharné du moribond.

— Maintenant, mon père, que me reste-t-il à faire? demanda M. Gérard. — Priez, dit le moine.

Et il sortit lentement, les mains jointes, priant le Seigneur de permettre qu'il emportât avec lui tout ce qu'il y avait de mauvais, de misérable et de bas dans cet homme qui allait mourir. Derrière lui, le moribond retomba sur son lit, la face contre son oreiller, et aussi immobile que si l'âme était déjà séparée du corps.

LXXII

RETOUR A JUSTIN.

Laissons frère Dominique désormais rassuré sur la vie et l'honneur de son père franchir rapidement, le cœur plein d'espérance et de joie, la courte distance qui sépare Vanves du Bas-Meudon, où il trouvera attelée et prête à partir la voiture funèbre qui renferme le corps de Colomban, et revenons à Justin que nous avons vu partir à franc étrier pour Versailles sur le cheval de Jean Robert et muni, par l'intermédiaire de Salvator, des instructions de M. Jackal à l'endroit de madame Desmarest.

Pour ceux de nos lecteurs auxquels le caractère du maître d'école, empreint d'une apparente faiblesse, a semblé ne pas mériter tout l'intérêt qu'il inspire à Salvator, à Jean-Robert et à nous-même, nous dirons que cette résignation qui, au premier abord, a pu sembler un manque d'énergie, nous paraît à nous, au contraire, une des belles formes de la force.

En effet, il ne faut pas confondre le mouvement matériel, l'activité du corps, avec l'activité et le mouvement de l'esprit. Tel homme qui se croit très-actif, qui toute la journée se meut, marche, court, fait des lieues à pied ou en voiture, se remue beaucoup plus, mais agit beaucoup moins que l'homme qui, du fond de son cabinet de travail, fait éclore, au bout de dix ans d'apparent repos, la pensée qui va bouleverser le monde.

Mettez le maître d'école, cet homme si apathique à sa surface, aux prises avec la nécessité, et vous le verrez sortir de son apathie, armé de pied en cap, prêt à combattre, préparé à mourir : ce qui l'affaiblit aux yeux de ceux qui ne voient pas chez lui plus loin que l'épiderme, nous ne saurions trop le répéter, car plus d'une fois nous aurons l'occasion de le démontrer dans ce livre, c'est la vie de famille sous laquelle il est courbé, la piété filiale, qui parfois faisant les grandes actions, parfois aussi fait les grands et obscurs dévouements. Supprimez pour Justin ce mot sacré, cette chose sainte qui pèse sur lui, *la famille*, et vous le verrez immédiatement apporter sa pierre à ce monument social, antipode de la tour de Babel, que nous sommes tous nés pour élever d'une assise, et que l'on appelle l'harmonie universelle.

Mettez-le seul au monde, avec des passions dont il n'ait à répondre à personne qu'à lui-même, et vous verrez, comme cette lumière de l'Évangile cachée sous le boisseau, le boisseau une fois enlevé, tous les rayons de cette lumière se répandre à l'instant autour de lui.

Ainsi, quiconque eût vu Justin faisant appel à ses souvenirs de jeunesse s'élancer, en écuyer consommé, sur le cheval de Jean Robert, brûler le pavé, dévorer l'espace, franchir la distance, eût pu affirmer, sans crainte de se tromper, que c'était le bras d'un homme fort et le jarret d'un homme résolu qui dirigeaient dans sa course furieuse ce cheval échevelé, bien plus semblable à un oiseau emportant sa proie, qu'à un coursier arabe entraînant son cavalier.

Après une heure de ce galop furibond pendant lequel les pensées du cavalier, empruntant quelque chose au train de sa monture, se pressaient rapidement dans son cerveau, il s'arrêta haletant devant la porte du pensionnat. Il avait mis un peu plus d'une heure, comme nous venons de le dire, à faire cinq lieues, et il était juste huit heures et demi quand, s'élançant à bas de son cheval, il sonna à la grande porte de madame Desmarest.

On était levé à peu près depuis une heure dans la maison. Madame Desmarest était seule dans sa chambre et n'avait pas encore paru. Justin lui fit dire qu'il désirait lui parler à l'instant même. Tout étourdie d'une visite aussi matinale, madame Desmarest fit prier M. Justin de l'attendre, lui demandant une demi-heure pour se mettre en mesure de paraître devant lui. Mais Justin lui fit répondre que, la cause qui l'amenait n'admettant, vu son urgence, aucun retard, il priait la maîtresse de pension de le recevoir à l'instant même.

Madame Desmarest, toute troublée de cette insistance, passa une robe de chambre et ouvrit sa porte pour descendre au salon. Mais Justin était debout devant la porte. Il prit la main de madame Desmarest étonnée, et la fit rentrer dans sa chambre dont il referma la porte derrière lui. La maîtresse de pension leva alors seulement les yeux sur Justin, éclairé par la lumière des fenêtres, et jeta un cri. Elle était épouvantée tout à la fois, et de la pâleur mortelle imprimée sur le front du jeune homme, et de la sombre énergie qui faisait le caractère principal de sa physionomie, d'habitude si douce et si inoffensive.

— Oh! mon Dieu, qu'est-il donc arrivé? demanda-t-elle. — Un grave malheur! Madame, répondit Justin. — A vous, ou à Mina? — A tous deux, Madame. — Ah! mon Dieu; faut-il que je fasse appeler particulièrement Mina, ou désirez-vous la voir vous-même? — Mina n'est plus ici, Madame. — Comment! Mina n'est plus ici? Où est-elle donc? — Je n'en sais rien.

Madame Desmarest regardait Justin Corby comme elle eût regardé un fou.

— Elle n'est plus ici? vous ne savez pas où elle est? demanda la maîtresse de pension; que veut dire cela? — Cela veut dire, Madame, qu'elle a été enlevée cette nuit. — Mais hier soir je l'ai conduite dans sa chambre, où je l'ai laissée moi-même avec mademoiselle Suzanne de Valgeneuse. — Eh bien! ce matin, Madame, elle n'y est plus. — Oh! mon Dieu! s'écria madame Desmarest en levant les yeux au ciel, êtes-vous bien sûr de ce que vous dites, Monsieur?

Justin tira de sa poche le papier écrit au crayon que lui avait donné Babolin.

— Tenez, dit-il, lisez plutôt.

Madame Desmarest lut rapidement ce cri de détresse. Elle reconnut l'écriture de la jeune fille, et, se sentant prête à défaillir, elle jeta un cri en étendant les bras pour chercher un appui. Justin s'élança, la soutint et lui avança un fauteuil.

— Oh! dit-elle, si cela est vrai, c'est à genoux que je devrais vous demander pardon de la douleur que je vous cause. — C'est vrai, dit Justin. Mais ne nous laissons pas abattre ni les uns ni les autres, Madame, à moins que nous ne soyons sûrs qu'il n'y a pas de remède à cette douleur, et encore, quand il ne me restera plus d'espoir dans les hommes, il me restera l'espoir en Dieu. — Mais que faire, Monsieur? demanda-t-elle. — Attendre, et en attendant veiller à ce que personne ne pénètre dans sa chambre ni n'entre dans le jardin. — Attendre qui, Monsieur? — L'agent de l'autorité qui doit se rendre ici dans une heure. — Eh quoi! s'écria madame Desmarest, plus effrayée qu'émue, la justice va venir ici? — Sans doute, répondit Justin. — Mais, si cela arrive, ma maison est perdue! s'écria la maîtresse de pension.

Cet égoïsme blessa profondément Justin.

— Que voulez-vous que j'y fasse, Madame? répondit-il froidement. — Monsieur, s'il y a un moyen d'éviter le scandale, je vous supplie de l'employer. — Je ne sais pas ce que vous appelez un scandale, dit Justin en fronçant le sourcil. — Comment, vous ne savez pas ce que j'appelle un scandale! dit la maîtresse de pension en joignant les mains. — Le scandale pour moi, Madame, reprit Justin, est qu'une femme à qui ma mère a confié sa fille, à qui moi j'ai confié ma femme, ose me dire de me taire quand je la lui redemande.

La réplique était si juste que madame Desmarest sembla anéantie.

— Mais, Monsieur, fit-elle éplorée, toutes les mères vont venir me redemander leurs filles! — Et moi, Madame, dit Justin révolté de l'égoïsme de cette femme qui, devant une douleur comme la sienne, ne s'occupait que du tort que l'enlèvement de Mina pouvait faire à sa maison, et moi, Madame, si j'étais votre juge, je ferais placer au fronton de votre pensionnat quelque écriteau infamant qui détournât de cette maison toutes les mères. — Mais, Monsieur, votre malheur à vous ne s'adoucira point du tort que vous me ferez! — Mais le tort que je vous ferai, Madame, empêchera qu'il arrive à d'autres un malheur pareil au mien. — Au nom de l'affection que j'avais pour elle, Monsieur, ne me perdez pas! — Au nom de la confiance que j'avais en vous, Madame, ne me demandez rien!

Il régnait sur le visage de Justin une résolution si désespérée, que madame Desmarest comprit qu'elle n'avait rien à attendre de lui. Elle parut donc prendre son parti, et d'un air résigné :

— Il sera fait comme vous le voulez, Monsieur, dit la maîtresse de pension, et je subirai silencieusement ma peine.

Justin indiqua par un signe de tête que c'était à son avis ce que madame Desmarest avait de mieux à faire. Puis, après quelques minutes d'un silence qui pesait comme du plomb sur le jeune homme et sur la maîtresse de pension :

— Monsieur, dit celle-ci, voulez-vous, à votre tour, me permettre de vous adresser quelques questions? — Faites, Madame. — A quelle cause attribuez-vous la disparition de Mina? — C'est ce que j'ignore encore; mais c'est ce que la justice m'apprendra, j'espère. — Vous êtes bien sûr qu'elle n'a pas disparu volontairement?

Le cœur de Justin se gonfla à cet outrage fait à sa blanche fiancée.

— Comment! vous qui l'avez depuis six mois devant les yeux, pouvez-vous me faire une semblable question? — Je vous demandais si vous étiez certain de son amour? — Vous avez lu sa lettre, qui appelle-t-elle à son aide? — Alors, elle aurait donc été enlevée par force? — Sans nul doute. — Mais, Monsieur, c'est impossible; les murs sont hauts, les fenêtres solidement fermées. Mina aurait crié. — Madame, il y a des échelles pour tous les murs, des pinces pour toutes les fenêtres, des bâillons pour toutes les bouches. — Êtes-vous entré dans la chambre de Mina? — Non, Madame. — Mais c'était là première chose à faire; allons-y de ce pas, si vous voulez bien. — N'y allons point, Madame, au contraire; je vous en supplie. — C'est cependant le seul moyen de nous assurer qu'elle n'y est plus. — Mais, cette lettre. — Si, par un calcul que je ne m'explique pas; si, pour accomplir quelques ordres ténébreux, on vous avait envoyé une fausse lettre; si Mina n'était point enlevée, si elle était dans sa chambre.

Quelque chose de pareil à un éblouissement passa devant les yeux de Justin. Il comprenait lui-même si peu de chose de ce qui arrivait, que cette espérance, quelque insensée qu'elle fût, commença d'entrer dans son cœur. En conséquence, malgré les recommandations de Salvator, il se décida à descendre et à aller avec madame Desmarest jusqu'à la porte de la chambre particulière qu'habitait la jeune fille.

Arrivés devant cette porte, madame Desmarest, tandis que Justin, la main sur sa poitrine, comprimait les battements de son cœur, madame Desmarest frappa doucement, puis plus fort, puis plus fort encore. Ce fut inutile, personne ne répondit. Elle essaya d'ébranler la porte. Inutile encore, la porte était fermée en dedans. Madame Desmarest proposa alors d'envoyer chez le serrurier; mais Justin, que ce silence funèbre avait rendu à son premier désespoir, se ressouvint alors des recommandations de Salvator, et s'opposa formellement à l'accomplissement de son dessein.

— Voyons du moins, par le jardin, si l'on apercevra quelque chose à travers la fenêtre, dit la maîtresse de pension. — Pardon, Madame, dit Justin, mais l'entrée du jardin est interdite à tout le monde. — Même à moi? — A vous comme aux autres, Madame. — Mais enfin, Monsieur, je suis chez moi. — Je vous demande pardon, Madame, partout où est la loi, la loi est chez elle, et au nom de la loi, je vous défends d'ouvrir cette porte.

Et, pour plus grande sûreté, il la ferma à double tour et en tira la clef, qu'il mit dans sa poche. Madame Desmarest avait grande envie d'appeler, de crier, d'envoyer même chercher le commissaire, si besoin était, pour mettre Justin à la porte; mais elle comprit que ce jeune homme qu'elle avait toujours vu si humble et si doux n'agirait point ainsi s'il n'était sûr d'être soutenu. Quant à Justin, il s'appuya tranquillement contre la porte du jardin.

— Comptez-vous rester longtemps en sentinelle contre cette porte, Monsieur? demanda la maîtresse de pension. — Jusqu'à ce que les gens que j'attends soient arrivés. — Et quand arriveront-ils? — Jamais aussi vite que je le désire, Madame. — Et d'où viennent-ils? — De Paris. — Alors, dit madame Desmarest, vous permettez que je vous quitte un instant, Monsieur? — Faites, Madame. Et Justin s'inclina, comme pour donner congé à madame Desmarest.

Madame Desmarest remonta dans sa chambre qui donnait sur la rue, s'habilla rapidement, et, une fois habillée, ouvrit sa fenêtre, puis, à travers la persienne, plongea son regard sur la route de Paris. Au bout d'une demi-heure à peu près, elle vit poindre une voiture qui s'avançait rapidement et s'arrêta à la porte. Deux hommes en descendirent. C'étaient MM. Jackal et Salvator.

M. Jackal allait sonner, quand la porte du pensionnat s'ouvrit d'elle-même. C'était Justin qui, ayant entendu le bruit d'une voiture et se doutant que cette voiture amenait MM. Jackal et Salvator, venait leur ouvrir dans son impatience. Salvator, voyant l'agitation et la pâleur du jeune homme, alla à lui, prit sa main, et la serrant cordialement :

— Allons, dit-il, courage, mon pauvre monsieur Corby : il y a, croyez-moi des malheurs encore plus grands que les vôtres.

Et il pensait au malheur de Carmélite, revenant à elle, retrouvant sa raison et apprenant que Colomban était mort.

LXXIII

LA VISITE DOMICILIAIRE.

Quant à M. Jackal, ayant appris par Salvator que Justin était le fiancé, il salua profondément le jeune homme, et lui demanda si personne n'était entré dans la chambre et dans le jardin.

— Personne, Monsieur, dit Justin. — Vous en êtes sûr? — Voici la clef du jardin. — Et celle de la chambre de mademoiselle Mina? — La porte est fermée en dedans. — Ah! fit M. Jackal.

Et prenant une énorme prise de tabac:

— Nous allons voir cela, dit-il.

Et, conduit par Justin, il arriva à une espèce de parloir placé entre la cour et le jardin, et duquel partait le corridor conduisant à la chambre de Mina.

— Où est la maîtresse de l'établissement?

En ce moment, madame Desmarest entra.

— Me voilà, Messieurs, dit-elle. — Les personnes que j'attendais de Paris, Madame, fit Justin. — Saviez-vous quelque chose de la disparition de mademoiselle Mina avant l'arrivée de Monsieur, dit M. Jackal en désignant Justin. — Non, Monsieur; je n'ai même encore aucune certitude sur cette disparition, répondit d'une voix émue et toute tremblante madame Desmarest, puisque nous ne sommes pas entrés dans sa chambre. — Nous y entrerons tous tout à l'heure, soyez tranquille, dit M. Jackal. Et, abaissant ses lunettes au niveau du bout de son nez, il regarda, selon son habitude, madame Desmarest pardessus les deux verres qui, nous l'avons dit, semblaient bien plutôt destinés à lui cacher les yeux qu'à éclaircir son regard.

Puis, remettant ses lunettes, il secoua la tête. Salvator et Justin, debout, attendaient avec impatience que l'interrogatoire continuât.

— Si ces messieurs voulaient entrer au salon? demanda madame Desmarest, ils seraient mieux. — Merci, Madame, répondit M. Jackal en jetant un regard autour de lui, et en remarquant qu'il avait instinctivement, et comme un général consommé, établi son camp dans une excellente position. — Maintenant, Madame, continua M. Jackal, pénétrez-vous bien de la responsabilité d'une maîtresse de pension à laquelle il manque une de ses pensionnaires, et réfléchissez bien avant de répondre à mes questions. — Oh! Monsieur, je ne puis être plus douloureusement affectée que je ne le suis, dit madame Desmarest en essuyant ses larmes; et, quant à réfléchir avant de répondre, c'est inutile, attendu que je ne répondrai que la vérité.

M. Jackal fit un petit signe d'assentiment, et continua:

— A quelle heure se couchent les pensionnaires, Madame? — A huit heures en hiver, Monsieur. — Et les sous-maîtresses? — A neuf heures? — Quelques-unes veillent-elles plus tard que les autres? — Une seule. — Et à quelle heure se couche celle-là. — Vers onze heures et demie ou minuit. — Où couche-t-elle? — Au premier. — Au-dessus de la chambre de mademoiselle Mina? — Non; la personne qui veille habite une chambre donnant à la fois sur le dortoir et sur la rue, tandis que la chambre de la pauvre petite Mina donne sur le jardin. — Et vous, Madame, où habitez-vous ? — Dans la chambre du premier attenante au salon, et donnant sur la rue. — Ainsi, aucune de vos fenêtres à vous ne donne sur le jardin ? — Celle de mon cabinet de toilette. — A quelle heure vous êtes-vous endormie hier ? — Vers onze heures, à peu près. — Ah ! dit M. Jackal, faisons d'abord le tour de la maison. Venez avec moi, monsieur Salvator. Vous, monsieur Justin, restez ici, et tenez compagnie à Madame.

On obéissait à M. Jackal comme on eût obéi à un général d'armée. Salvator suivit l'homme de police. Justin resta avec madame Desmarest, qui tomba sur une chaise et qui éclata en sanglots.

— Cette femme-là n'est pour rien dans l'affaire, dit M. Jackal en descendant le perron et en traversant la cour pour gagner la porte de la rue. — A quoi voyez-vous cela ? demanda Salvator. — A ses larmes, répondit M. Jackal; les coupables tremblent et ne pleurent pas.

M. Jackal examina la maison. La maison formait un angle coupé par la rue et par une ruelle déserte, mais pavée. M. Jackal s'engagea dans la ruelle déserte, comme un limier dans la passée du gibier.

A gauche s'élevait, sur une longueur de cinquante pas environ, le mur du jardin du pensionnat. Au-dessus du mur, on voyait les arbres du jardin. M. Jackal suivait le pied du mur avec une extrême attention; Salvator suivait M. Jackal. M. Jackal regardait la ruelle en hochant la tête.

— Mauvaise ruelle, la nuit, dit-il : ces ruelles-là sont faites exprès pour les enlèvements et les vols par escalade.

Au bout de vingt-cinq pas environ, M. Jackal se baissa et ramassa un petit morceau de plâtre détaché du faîte de la muraille, puis un second, puis un troisième. Il les regarda avec attention et les enveloppa soigneusement dans son mouchoir. Puis, ramassant un morceau de tuile brisée, il le jeta doucement par-dessus le mur, afin qu'il retombât de l'autre côté.

— C'est par là que l'on a passé ? demanda Salvator. — Nous allons voir cela tout à l'heure, dit M. Jackal. Maintenant, rentrons.

Salvator et M. Jackal rentrèrent. Ils retrouvèrent Justin et madame Desmarest à la même place où ils les avaient laissés.

— Eh bien ! Monsieur ? demanda Justin. — Cela boulotte, répondit M. Jackal. — Oh ! par grâce, Monsieur, avez-vous vu quelque chose, reconnu quelque trace ? — Vous êtes musicien, jeune homme, et par conséquent vous connaissez le proverbe : *N'allons pas plus vite que le violon.* Je suis le violon, suivez-moi, mais ne me devancez pas, monsieur Justin; la clef du jardin, s'il vous plaît.

Le jeune homme remit la clef à M. Jackal, et, en passant dans le corridor :

— Voici la porte de la chambre de Mina, dit-il. — C'est bien, c'est bien, chaque chose à son tour. Nous nous en occuperons plus tard.

Et M. Jackal ouvrit la porte du jardin. Seulement, il s'arrêta sur le seuil, embrassant d'un regard tout l'ensemble des localités qu'il allait examiner en détail.

— Bon ! dit-il, c'est ici qu'il faut user de précautions et marcher comme lorsque les poules vont au champ. Suivez-moi si vous voulez, mais dans l'ordre suivant :

Moi le premier, M. Salvator le second, M. Justin le troisième, madame Desmarest la quatrième. C'est cela, et maintenant emboîtons le pas. Il était évident que M. Jackal se rendait à la partie de la muraille qu'il avait déjà examinée extérieurement. Seulement, au lieu de couper le jardin en diagonale, il suivit l'allée qui longeait la muraille, et qui le forçait de faire un angle pareil à celui que faisaient la maison et le mur. Avant de s'éloigner, il jeta, par-dessus ses lunettes, un regard sur la fenêtre de la chambre de Mina. Les persiennes étaient closes.

— Hum! fit-il.

Et il se mit en marche. L'allée, sablée de sable jaune, n'offrait rien d'extraordinaire; mais après avoir fait intérieurement vingt-cinq pas en retour du mur, il s'arrêta, et, avec un rire silencieux, ramassa la tuile brisée qu'il avait jetée pour lui servir de point de repère, et montrant à Salvator une trace fraîche imprimée dans la plate-bande.

— Nous y voilà, dit-il.

Non-seulement les regards de Salvator, mais ceux de Justin et de madame Desmarest se baissèrent, suivant la direction du doigt de M. Jackal.

— Ainsi, vous croyez donc que c'est par ici que la pauvre enfant a été enlevée? demanda Salvator. — Cela ne fait pas de doute, répondit l'homme de police. — Mon Dieu! mon Dieu! murmura madame Desmarest, un enlèvement dans mon pensionnat! — Monsieur, dit Justin, au nom du ciel! donnez-nous quelque certitude. — Oh! la certitude, fit M. Jackal, regardez vous-même, mon cher ami, vous l'aurez.

Et, tandis que Justin regardait, M. Jackal, qui se sentait enfin sur une trace sûre, tirait sa tabatière de sa poche et se bourrait le nez de tabac! tout en regardant la terre par-dessous ses lunettes et madame Desmarest par-dessus.

— Mais enfin, Monsieur, que voyez-vous? demanda Justin impatienté. — Ces deux trous en terre, rejoints, comme vous voyez, par une ligne droite. — Ne reconnaissez-vous pas la trace d'une échelle? dit Salvator à Justin. — Bravo! c'est cela. — Mais cette ligne transversale? continua Justin. — Allez, allez, dit M. Jackal à Salvator. — C'est, dit Salvator, le dernier échelon qui s'est enfoncé d'un pouce dans la terre, à cause de l'humidité du terrain. — Maintenant il s'agit, dit M. Jackal, de savoir combien d'hommes ont pesé sur l'échelle, pour en faire entrer dans le sol les montants d'un demi-pied, et les traverses d'un pouce. — Examinons les pas, dit Salvator. — Oh! les pas, c'est bien confus; deux hommes, d'ailleurs, peuvent avoir marché dans les mêmes pas. Nous avons des gaillards qui n'ont pas d'autre système pour dissimuler leurs traces. — Comment allez-vous faire? — Rien de plus simple.

Puis, se tournant vers la maîtresse de pension, qui ne comprenait pas grand'chose de plus à ce que l'on disait que si l'on eût parlé arabe ou sanscrit:

— Madame, demanda M. Jackal, y a-t-il une échelle dans la maison? — Il y a celle du jardinier. — Où est-elle? — Sous la remise, probablement. — Et la remise? — Là-bas. — Ne bougez pas, je vais chercher l'échelle moi-même.

M. Jackal sauta légèrement la distance d'un mètre et demi à peu près, pour enjamber par-dessus de nombreuses traces que l'on voyait imprimées tant sur le sable des allées que sur les plates-bandes environnantes, et auxquelles, grâce à son esprit de méthode, il ne paraissait vouloir prêter attention que lorsque le temps de les examiner serait venu.

Un instant après, il revenait avec l'échelle.

— Assurons-nous d'abord d'une chose, dit M. Jackal.

Il dressa l'échelle, et mit en rapport les deux portants avec les deux trous.

— Bon ! dit-il, voilà déjà une pièce de conviction; il est probable que nous tenons l'échelle dont on s'est servi, les portants et les trous sont en rapport. — Mais, demanda Salvator, ne sont-elles point faites à peu près sur la même mesure? — Celle-là est un peu plus large que les échelles ordinaires; le jardinier a un apprenti, un élève, un fils, n'est-ce pas, madame Desmarest? — Il a un petit garçon de douze ans, Monsieur. — Voilà. Il se fait aider de l'enfant pour lui montrer son état, probablement; et il a acheté une échelle plus large, pour que l'enfant puisse y monter en même temps que lui. — Monsieur, dit Justin, je vous en supplie, revenons à Mina. — Nous y revenons, Monsieur; seulement, nous y revenons par un détour. — Oui, mais ce détour nous fait perdre du temps. — Mon cher Monsieur, reprit l'homme de police, dans les affaires de la guerre, le temps ne fait rien ; de deux choses l'une : ou celui qui enlève votre fiancée l'emmène hors de France, et il est déjà bien loin pour que nous le rattrapions; ou il compte la cacher aux environs de Paris, et, dans ce cas, avant trois jours nous saurons où il est. — Oh ! Dieu vous entende, monsieur Jackal; mais vous disiez que vous alliez savoir combien d'hommes avaient contribué à l'enlèvement. — Je m'occupe de cette vérification, Monsieur.

Et, en effet, M. Jackal dressait l'échelle le long du mur, à un mètre de distance à peu près de l'endroit où était la première trace. M. Jackal monta les premiers degrés de l'échelle, s'arrêtant à chaque échelon, pour regarder à quelle profondeur s'enfonceraient les montants. Les montants ne s'étaient pas enfoncés à plus de trois pouces de profondeur. Du milieu de l'échelle, M. Jackal dominait le jardin. Il aperçut donc un homme en veste sur le seuil de la porte du corridor.

— Holà ! mon ami, dit-il, qui êtes-vous? — Je suis le jardinier de madame Desmarest, Monsieur, répondit le bonhomme. — Madame, dit M. Jackal, allez constater l'identité de cet homme, et amenez-nous-le par le même chemin que nous avons pris.

Madame Desmarest obéit.

— Je vous le dis, monsieur Justin, et je vous le répète, monsieur Salvator, cette femme n'est pour rien dans l'enlèvement de l'enfant.

Madame Desmarest revint avec le jardinier, tout étonné de trouver dans son jardin un homme monté sur son échelle.

— Mon ami, lui demanda M. Jackal, avez-vous travaillé hier au jardin? — Non, Monsieur, c'était hier mardi gras, et, dans une maison aussi bien tenue que celle de madame Desmarest, on ne travaille pas les jours de fête. — Bon ; et avant-hier? — Oh ! c'était le lundi gras, et le lundi gras je me repose. — Et le jour précédent? — Le jour précédent, Monsieur, c'était le dimanche gras, plus grande fête encore que le mardi. — De sorte que vous n'avez pas travaillé depuis trois jours, n'est-ce pas? — Monsieur, dit gravement le jardinier, je n'ai pas envie d'être damné. — Bien, voilà tout ce que je voulais savoir; de sorte que depuis trois jours votre échelle est dans la remise? — Mon échelle n'est pas dans la remise, répondit le jardinier, puisque vous êtes monté dessus. — Ce garçon est plein d'intelligence, répondit M. Jackal,

PISAN.

LES PAS.

TYP. J. CLAYE.

mais il y a une chose dont je réponds, c'est qu'il ne pratique pas l'enlèvement.
— Veuillez monter sur l'échelle, dit M. Jackal.

Le jardinier regarda madame Desmarest pour lire dans ses yeux s'il devait obéir aux ordres de cet intrus.

— Faites ce que Monsieur vous dit, répondit madame Desmarest.

Le jardinier monta deux ou trois échelons.

— Encore, fit M. Jackal.

Le jardinier continua son ascension.

— Eh bien? demanda M. Jackal à Salvator. — Elle s'enfonce, mais pas jusqu'à la traverse, répondit celui-ci. — Descendez, mon ami, dit M. Jackal au jardinier.

Le bonhomme obéit.

— Me voilà descendu, dit-il. — Remarquez, fit M. Jackal, comme cet homme dit peu de choses, mais comme tout ce qu'il dit est bien dit.

Le jardinier se mit à rire; le compliment le flattait.

— Maintenant, mon ami, dit M. Jackal, prenez madame Desmarest dans vos bras. — Oh! fit le jardinier. — Que dites-vous donc là, Monsieur? demanda madame Desmarest. — Prenez Madame dans vos bras, répéta M. Jackal. — Je n'oserai jamais, dit le jardinier. — Et moi je vous le défends, Pierre! s'écria la maîtresse de pension.

M. Jackal sauta du haut en bas de l'échelle.

— Montez où j'étais, mon ami, dit-il au jardinier.

Le jardinier monta sans difficulté, et prit place sur l'échelon que venait de quitter M. Jackal. Quant à celui-ci, il s'approcha de madame Desmarest, lui passa un bras sous les épaules, l'autre sous les jarrets, l'enleva de terre avant même qu'elle eût eu le temps de s'apercevoir de l'intention de M. Jackal.

— Mais Monsieur! mais Monsieur! criait madame Desmarest, que faites-vous donc? — Supposez, Madame, que je suis amoureux de vous et que je vous enlève. — En voilà une supposition, dit le jardinier, perché sur son échelon. — Mais, Monsieur! répétait madame Desmarest, mais, Monsieur! — Rassurez-vous, Madame, dit M. Jackal; ce n'est, comme le dit notre ami Pierre, qu'une supposition.

Et, tenant madame Desmarest entre ses bras, il monta quatre ou cinq échelons.

— Elle s'enfonce, dit Salvator suivant de l'œil les montants qui, en effet, disparaissaient dans le sol. — S'enfonce-t-elle jusqu'à la traverse? dit M. Jackal. — Pas tout à fait. — Appuyez le pied sur le deuxième échelon, dit M. Jackal.

Salvator exécuta la manœuvre commandée.

— Cette fois, dit Salvator, elle est exactement au même point que l'autre. — C'est bien, dit l'homme de police; descendons tous.

Il descendit le premier, fit reprendre la ligne verticale à madame Desmarest, invita Pierre à se tenir immobile dans l'allée, et tirant l'échelle du sol, où elle laissa la même trace que l'autre :

— Mon cher monsieur Justin, dit-il, madame Desmarest est un peu plus lourde que mademoiselle Mina, je suis un peu plus léger que l'homme qui l'emportait; cela fait donc compensation. — Et cela veut dire? — Que votre fiancée a été enlevée par trois hommes, dont deux la portaient sur l'échelle, tandis que le troisième maintenait l'échelle en appuyant le pied dessus. —

Ah ! fit Justin. — Maintenant, dit M. Jackal, nous allons tâcher, mon cher Monsieur, de savoir quels sont ces trois hommes. — Ah ! je comprends, dit le jardinier, on a enlevé une de vos pensionnaires.

M. Jackal abaissa ses lunettes pour regarder Pierre tout à son aise, puis quand il l'eut bien regardé :

— Madame Desmarest, dit-il, ne vous défaites jamais de ce garçon-là, c'est un trésor d'intelligence.

Puis, au jardinier :

— Mon ami, dit-il, vous pouvez reporter votre échelle où nous l'avons prise nous n'en avons plus besoin.

LXXIV

LES PAS.

Pendant que le jardinier s'éloignait dans la direction de la remise, M. Jackal, ses lunettes relevées jusque sur le front, et bourrant son nez de tabac, examinait la trace des pieds. Il tira de sa poche un fin couteau, moitié canif, moitié serpette, ouvrit une de ses huit ou dix lames, et coupa une petite branche avec laquelle il commença de mesurer les pas.

— Voici les traces qui se dirigent du mur à la fenêtre et de la fenêtre au mur, aller et retour, dit-il ; les ravisseurs étaient bien renseignés, à ce qu'il paraît, sur les habitudes des pensionnaires, et ne se croyaient pas obligés de prendre de grandes précautions. Seulement...

M. Jackal parut embarrassé.

— Seulement, répéta l'homme de police, voilà des souliers exactement de la même longueur et de la même largeur ; une fois dans le jardin, un seul homme aurait-il fait le coup, et les deux autres auraient-ils attendu ? — Les souliers sont de la même longueur et de la même largeur, dit Salvator, mais ils n'appartiennent pas au même pied. — Ah ! ah ! et à quoi voyons-nous cela ? — Aux clous de la semelle, qui sont disposés différemment. — C'est ma foi vrai, dit M. Jackal ; de deux pas en deux pas, on retrouve un soulier gauche avec des clous disposés en triangle. Un de nos hommes est franc-maçon.

Salvator rougit légèrement. M. Jackal ne vit point, ou ne voulut point voir cette rougeur.

— En outre, continua Salvator, un des deux hommes boitait du pied droit ; le soulier, comme vous pouvez le voir, est plus éculé de ce côté-là que de l'autre. — C'est encore vrai, dit M. Jackal ; est-ce que vous avez été du métier? — Non, dit Salvator, mais je suis, ou plutôt autrefois j'ai été chasseur. — Chut ! dit M. Jackal. — Quoi ? demanda Salvator. — Voici une troisième trace. Ah ! un pied tout particulier, et qui n'a aucune ressemblance avec les pieds plats que nous venons d'examiner ; un véritable pied d'homme du monde, d'aristocrate, de grand seigneur, ou d'abbé. — De grand seigneur ! monsieur Jackal. — Pourquoi insistez-vous sur le grand seigneur ? J'aimerais assez rencontrer un abbé dans cette affaire, dit le voltairien M. Jackal. — Vous aurez la douleur de vous en priver. — Et pourquoi cela ? — Parce que nous ne sommes plus au temps de l'abbé de Gondy, temps où les abbés montaient à cheval. Or, l'homme qui a laissé cette empreinte était un cavalier ; voici, derrière le talon de sa botte, la petite tranchée qu'ont creusée ses éperons. — C'est la vérité ! s'écria M. Jackal. Par ma foi, mon cher monsieur Salvator, vous êtes presque aussi fort qu'un homme du métier. — C'est qu'en effet, dit Salvator, je passe une partie de ma vie à observer. — Aidez-moi donc, maintenant, à suivre la trace des pas jusqu'à la fenêtre. — Oh ! quant à cela, dit Salvator, ce ne sera pas difficile.

Et le piétinement des souliers et des bottes conduisit Salvator et M. Jackal droit à la fenêtre. Justin les suivait, interceptant leurs regards, dévorant leurs paroles. Le pauvre jeune homme était pareil à un avare qui se voit dérober un trésor qu'il a couvé dix ans, et qui, ayant presque perdu l'espoir de le retrouver lui-même, voit des amis, plus intelligents que lui, découvrir la trace de ses voleurs. Quant à madame Desmarest, elle était complétement abattue et suivait machinalement, l'œil fixe, les bras inertes. Arrivés à la fenêtre, les pas s'enfonçaient dans le sol avec plus d'énergie encore que partout ailleurs.

— Qui m'a dit, de vous, madame Desmarest, ou de M. Justin, que vous avez essayé d'ouvrir la porte de Mina ? demanda M. Jackal.

Tous deux répondirent en même temps :

— Nous, Monsieur. — Et vous l'avez trouvée fermée au verrou ? — C'était, ajouta madame Desmarest, l'habitude de Mina de s'enfermer tous les soirs. — Alors, dit M. Jackal, c'est donc par la fenêtre que l'on est entré ? — Hum ! fit Salvator, la persienne me paraît bien solidement fermée. — Oh ! il n'est pas difficile de repousser une persienne, fit M. Jackal.

Il essaya de l'ouvrir.

— Ah ! ah ! dit-il, elle est non-seulement poussée, mais fermée en dedans et au crochet. — Il me semble que c'est moins facile, demanda Salvator. — Vous êtes sûr que la porte était fermée au verrou ? fit l'homme de police en interrogeant Justin. — Oh ! Monsieur, j'ai poussé de toute ma force. — Peut-être n'était-elle fermée qu'à la clef. — La porte était adhérente au chambranle, non-seulement du milieu, mais du haut. — Ti ti ti ti, fit M. Jackal en chantonnant, pour que la persienne soit fermée au crochet et la porte au verrou, il faut que les gens qui sont venus ici soient réellement fort habiles.

Il secoua de nouveau la persienne.

— Je ne connais que deux hommes capables de sortir par une porte et par une fenêtre fermées ; et si l'un n'était pas à Brest et l'autre à Toulon, je dirais que c'est Robichon ou Gibassier qui a fait le coup. — Il y a donc moyen de sortir par une porte fermée ? demanda Salvator. — Eh ! mon cher Monsieur, il y a moyen de sortir même par un endroit qui n'a pas de porte, comme l'a prouvé à l'un de mes prédécesseurs feu M. Latude ; mais heureusement ces moyens-là ne sont pas à la portée de tout le monde.

Puis, après avoir bourré son nez de tabac :

— Rentrons dans la maison, Madame, dit M. Jackal.

Et, donnant l'exemple, sans s'inquiéter si la politesse voulait que l'on fît passer les autres devant soi, il passa le premier, et, s'arrêtant devant la porte de Mina :

— Vous devez avoir une double clef de chaque chambre, Madame, demanda

M. Jackal. — Oui, mais la chose sera inutile si la porte est fermée au verrou. — N'importe, chère Madame, allez toujours.

Madame Desmarest disparut un instant, et revint avec la clef demandée.

— Voilà, dit-elle.

M. Jackal introduisit la clef dans la serrure et essaya de la faire tourner.

— L'autre clef est dedans, dit-il, mais la serrure n'est point fermée à double tour.

Puis, comme à lui-même :

— Preuve, dit-il, que la porte a été fermée du dehors. — Mais cependant, si le verrou est mis, fit Salvator, comment les ravisseurs, étant dehors, ont-ils pu mettre le verrou en dedans ? — On va vous montrer cela tout à l'heure, jeune homme, c'est une invention de Gibassier, invention à laquelle le drôle a dû de n'être condamné qu'à cinq ans de galères au lieu de dix ; il y avait récidive, mais il n'y avait pas effraction. Allez me chercher un serrurier.

On envoya chercher un serrurier ; celui-ci arriva avec une pince et souleva la porte. La porte céda à cette pression. Tout le monde voulut se précipiter dans la chambre. M. Jackal arrêta tout le monde en étendant les deux bras.

— Doucement, doucement, dit-il, tout dépend d'un premier examen; notre découverte est suspendue *à un fil*, ajouta-t-il en souriant, comme si ces paroles eussent contenu quelque plaisanterie.

Alors, entrant seul, il examina la serrure et le verrou. Son premier examen ne parut pas le satisfaire. Alors il ôta complétement ses lunettes, qui semblaient être le seul obstacle à ce que sa vue acquît l'acuité de celle d'un lynx. Aussitôt un sourire de triomphe se dessina sur ses lèvres, et, avec le pouce et l'index, il saisit un objet presque invisible qu'il tira à lui et éleva triomphalement en l'air.

— Ah ! ah ! fit-il d'un air joyeux, quand je vous disais que notre découverte tenait à un fil. Eh bien, ce fil, le voici.

Et les spectateurs aperçurent en effet un fragment de fil de soie, long de quinze centimètres environ, qui était resté engagé entre le fer du verrou et le bois de la porte.

— C'est avec cela qu'on a fermé la porte ? demanda Salvator. — Oui, répondit M. Jackal; seulement, le fil avait un demi-mètre; ce que nous en voyons là est un fragment qui a été rompu et dont on ne s'est pas inquiété.

Le serrurier regardait avec ébahissement M. Jackal.

— Bon, dit-il, je croyais connaître tous les moyens d'ouvrir et de fermer les portes; il paraît que je n'étais qu'un enfant. — Je suis heureux de vous apprendre quelque chose, mon ami, dit M. Jackal; vous allez voir comme cela se pratique. On prend le bouton du verrou dans un fil plié en deux; la soie vaut mieux que le fil, attendu qu'elle a plus de résistance. Le fil doit être assez long pour que, la porte fermée, les deux bouts sortent extérieurement. Vous fermez la porte, vous tirez votre fil, votre fil tire le verrou et le tour est fait. Seulement parfois le fil casse, s'accroche, reste au verrou et alors M. Jackal arrive, qui dit : Si ce diable de Gibassier n'était pas *au pré*, je dirais que c'est lui qui a fait le coup. — Monsieur Jackal ! dit Justin, qui ne prenait qu'un intérêt fort secondaire à l'explication, si intéressante qu'elle fût au point de vue des progrès de la science. — Oui, vous avez raison, cher monsieur Justin, dit l'homme de police.

Et l'on entra dans la chambre.

— Ah! dit M. Jackal, une trace de pas, de la porte au lit, et du lit à la fenêtre.

Puis, jetant un coup d'œil sur le lit et sur la table qui y attenait :

— Bon! dit-il, l'enfant s'est couchée, elle a lu des lettres. — Oh! mes lettres! s'écria Justin, chère Mina! — Puis, continua M. Jackal, elle a éteint sa bougie; tout allait bien jusque-là. — A quoi voyez-vous qu'elle a éteint sa bougie elle-même? demanda Salvator. — Voyez, la mèche est encore courbée par le souffle, et le souffle, à en juger par la courbure de la mèche, vient du côté du lit. Revenons aux pas. Voyons, monsieur Salvator, regardez cela avec vos yeux de chasseur.

Salvator s'inclina.

— Ah! ah! dit-il, voilà du nouveau ici, un pied de femme. — Que disais-je, mon cher monsieur Salvator? cherchez la femme. Nous disons donc que voilà un pied de femme. Oui, par ma foi, et un pied de femme résolue, ne marchant pas seulement sur l'orteil, mais appuyant le plat de la semelle et le talon. — Oui, dit Salvator, seulement la femme est coquette, elle a suivi les allées du jardin, de peur de salir ses bottines. Vous voyez que la trace est marquée en sable jaune, sans aucun mélange de boue. — Monsieur Salvator! monsieur Salvator! s'écria l'homme de police, quel malheur que vous ayez choisi l'état que vous exercez! quand vous voudrez, je vous ferai mon aide de camp. Ne bougez pas.

M. Jackal sortit, passa par le jardin, alla par l'allée sablée jusqu'au pied de l'échelle et revint.

— C'est cela, dit-il, la femme vient de l'intérieur de la maison, elle sort, elle suit l'allée, elle s'arrête au pied de l'échelle, et revient par le même chemin qu'elle a pris. Maintenant, je vais vous raconter comment la chose s'est passée; je l'aurais vu que je n'en serais pas plus sûr.

Tout le monde écouta.

— Mademoiselle Mina est rentrée à l'heure ordinaire, très-triste, mais calme. Elle s'est couchée: le lit est à peine défait, voyez; elle a lu des lettres, et elle a pleuré en les lisant; voilà son mouchoir, et il est froissé comme le mouchoir d'une personne qui pleure. — Oh! donnez, donnez! s'écria Justin.

Et, sans attendre que M. Jackal le lui donnât, il le prit et le pressa contre ses lèvres.

— Elle s'est donc couchée, reprit M. Jackal, elle a donc lu, elle a donc pleuré. Mais, comme on ne peut lire toujours, qu'on ne peut pleurer toujours, elle a éprouvé le besoin de dormir et a soufflé la bougie. A-t-elle dormi, n'a-t-elle pas dormi? La chose n'a aucune importance; mais, une fois la bougie soufflée, voilà ce qui est arrivé : on a frappé à la porte. — Qui, Monsieur? demanda madame Desmarest. — Ah! vous en voulez savoir plus que je n'en sais moi-même, chère Madame. Qui? peut-être vous le dirai-je tout à l'heure, la femme, en tout cas. — La femme, murmura madame Desmarest. — La femme, la fille, la mère; sous le nom de femme, je désigne ici non pas l'individu, mais l'espèce. La femme a donc frappé à la porte. Mina s'est levée, et a été ouvrir. — Mais, comment voulez-vous que Mina ait été ouvrir sans savoir qui frappait? demanda madame Desmarest. — Qui vous dit qu'elle ne le savait pas? — Elle n'eût pas ouvert à une ennemie. — Non, mais à une amie. Ah! madame Desmarest, est-ce que j'aurais le bonheur de vous apprendre que nous avons, en pension, des amies qui sont de terribles ennemies? Elle a donc ouvert à son amie. Derrière l'amie, venait le jeune homme aux petites bottes et aux éperons. Derrière l'homme aux petites bottes et aux éperons, l'homme aux souliers cloutés en triangle. Comment la petite Mina, se couchait-elle? — Je ne comprends pas, dit madame Desmarest, à qui la question était adressée. — Je demande quels vêtements elle portait la nuit. — En hiver, la chemise et un grand peignoir. — Bien; on lui a mis un mouchoir sur la bouche, on l'a enveloppée dans un châle ou dans une couverture : voilà au pied de son lit ses bas et ses souliers, et sur cette chaise sa robe et ses jupons, et par la fenêtre on l'a emportée telle qu'elle était. — Par la fenêtre? demanda Justin, pourquoi pas par la porte? — Parce qu'il fallait traverser le corridor, que le bruit pouvait être entendu, et qu'il était plus simple, d'ailleurs, que les deux hommes qui étaient dans la chambre passassent l'enfant à l'homme qui attendait dans le jardin. Et tenez, dit M. Jackal, si bien refermé que soit le volet, si bien refermée que soit la fenêtre, voici la preuve qu'elle est passée par là, et qu'elle n'y est point passée de bonne volonté même.

M. Jackal montra une large échancrure au rideau de mousseline; la main qui s'y était cramponnée avait emporté le morceau.

— Voilà donc comme cela s'est passé : la petite a été emportée par la fenêtre, puis passée par-dessus le mur, puis la personne restée dans la maison a reporté l'échelle sous le hangar; alors elle est rentrée, a refermé en dedans le volet et la fenêtre, a passé un fil de soie dans le verrou, a tiré la porte, puis le fil, et est remontée tranquillement se coucher. — Mais en rentrant au dortoir ou en sortant du dortoir, elle a dû être vue? — N'avez-vous donc point d'autres pensionnaires ayant leur chambre, comme mademoiselle Mina avait la sienne? — Une seule. — Alors, c'est celle-là qui a fait l'affaire, mon cher monsieur Salvator; la femme est trouvée. — Ainsi, vous croyez que c'est l'amie de Mina qui est la cause de cet enlèvement? — Je ne dis pas la cause, je dis la complice. — Suzanne! s'écria madame Desmarest. — Madame, dit Justin, croyez-moi, cela doit être ainsi. — Mais qui peut vous inspirer une pareille idée, Monsieur? — L'antipathie que j'ai éprouvée pour cette jeune fille la première fois que je l'ai vue. Oh! Madame, c'était comme un pressentiment que je lui devrais un grand malheur. Dès que Monsieur a parlé d'une femme, continua Justin en montrant M. Jackal, j'ai pensé à elle; je n'eusse point osé l'accuser, mais je la soupçonnais. Au nom du ciel! Monsieur, faites-la venir et confondez-la. — Non, dit M. Jackal, ne la faites pas venir, allons plutôt à elle. Madame, veuillez nous conduire à l'appartement de cette demoiselle.

Madame Desmarest, qui, en face de M. Jackal, avait perdu toute velléité de résistance, ne fit pas la moindre observation, et, marchant la première, indiqua le chemin. La chambre était située au premier étage, au bout du corridor.

— Frappez à la porte, Madame, dit M. Jackal.

Madame Desmarest frappa, mais personne ne répondit.

— Elle est peut-être à la récréation de onze heures, dit madame Desmarets. Faut-il l'appeler? — Non, répondit M. Jackal, entrons d'abord dans la chambre. — La clef n'est point à la porte. — Mais vous avez une seconde clef de toutes les chambres, m'avez-vous dit? — Oui, Monsieur. — Eh bien! allez nous chercher la clef de la chambre de mademoiselle Suzanne, et si vous la rencontrez, sur votre tête, Madame, pas un mot de ce qu'on lui veut.

Madame Desmarest fit signe que l'on pouvait compter sur sa discrétion et descendit l'escalier. Quelques secondes après, elle remontait avec la clef, qu'elle remit à M. Jackal. La porte s'ouvrit.

— Messieurs, dit M. Jackal, attendez-moi dans le corridor, il suffit que madame Desmarest et moi entrions.

Tous deux entrèrent.

— Où mademoiselle Suzanne met-elle ses chaussures? demanda M. Jackal.

— Là, répondit la maîtresse de pension en indiquant un cabinet.

M. Jackal entra dans le cabinet et y prit sur une planche une paire de brodequins de lasting bleu Sapho, dont il interrogea la semelle. La semelle avait conservé dans toute sa longueur le sable jaune de l'allée.

— Les pensionnaires vont-elles dans le verger? demanda M. Jackal à madame Desmarest. — Non, Monsieur, répondit celle-ci; le verger, donnant sur une ruelle déserte, est soigneusement, non pas fermé, mais défendu aux pensionnaires. — C'est bien, dit M. Jackal en remettant les brodequins à leur place, je sais ce que je voulais savoir; maintenant, où pensez-vous que soit mademoiselle Suzanne? — Selon toute probabilité, dans la cour de récréation. — Quelle est la pièce de votre établissement qui donne sur cette cour? — Le salon. — Allons au salon, Madame.

Et il sortit de la chambre de mademoiselle Suzanne, laissant à madame Desmarest le soin de fermer la porte.

— Eh bien? demandèrent ensemble Salvator et Justin. — Eh bien! répondit M. Jackal en fourrant une colossale prise de tabac dans son nez, je crois que nous tenons la femme.

LXXV

LES VALGENEUSE.

On descendit au salon. Le salon donnait sur la cour de récréation; comme avait dit madame Desmarest, et toutes les petites filles profitaient d'un rayon de soleil, si pâle qu'il fût, pour épanouir leur frais bouquet dans la cour. Une jeune fille plus grande que les autres se promenait à l'écart.

A travers les vitres de la porte donnant sur le perron, M. Jackal embrassa le tableau d'un coup d'œil. La promeneuse solitaire attira son regard.

— N'est-ce point mademoiselle Suzanne que j'aperçois là-bas sous cette allée de tilleuls? — Oui, Monsieur, répondit madame Desmarest. — Eh bien! Madame, ayez la bonté de lui faire signe de venir. — Je ne sais pas si elle viendra? — Comment, vous ne savez pas si elle viendra? — Non. — Et pourquoi ne viendrait-elle pas? — Suzanne est très-fière. — Faites-lui toujours signe, Madame, et si elle ne vient pas, je l'irai chercher, moi.

Madame Desmarest sortit sur le perron, et fit de la main signe à Suzanne de venir. Suzanne parut ne pas la voir.

— Elle n'est peut-être pas sourde, si elle est aveugle, dit M. Jackal; appelez-la. — Suzanne! cria madame Desmarets.

La jeune fille se retourna.

— Ayez la bonté de venir, mon enfant, dit la maîtresse de pension, on vous demande.

Mademoiselle Suzanne s'approcha, mais lentement, et d'un air fort dédaigneux. M. Jackal et Salvator eurent donc le temps de l'examiner à travers l'ouverture du rideau. Quant à Justin, il la connaissait.

— C'est singulier, dit Salvator, cette figure ne me semble pas tout à fait inconnue. — Qu'en dites-vous? demanda M. Jackal, qui, par-dessus ses lunettes, avait regardé avec non moins d'attention que Salvator. — Je mettrais ma main au feu que cette petite fille est une méchante créature. — Je ne mettrais pas ma main au feu, dit M. Jackal, parce qu'il est toujours imprudent de mettre sa main au feu, mais je n'en suis pas moins de votre avis. La bouche est serrée, l'œil beau, mais fixe et dur ; en somme, voyez dans ce moment-ci, où elle est inquiète, la mauvaise expression qu'a prise sa physionomie.

Pendant ce temps, Suzanne montait les marches du perron et arrivait devant madame Desmarest.

— Vous m'avez fait l'honneur de m'appeler, Madame, dit la jeune fille d'un ton qui donnait à ses paroles cette signification : Je crois, Madame, que vous vous êtes permis de m'appeler. — Oui, mon enfant, car il y a ici une personne qui désire vous parler, répondit madame Desmarest.

Suzanne passa devant madame Desmarest, et entra dans le salon. En apercevant Justin accompagné de deux inconnus, elle ne put réprimer un léger tressaillement, mais son visage resta impassible.

— Mon enfant, dit madame Desmarest, visiblement embarrassée de la colère qu'elle voyait briller dans l'œil noir de sa pensionnaire, c'est Monsieur qui a quelques questions à vous adresser.

Et elle désignait M. Jackal.

— Des questions, à moi? fit dédaigneusement la jeune fille; mais je ne connais pas Monsieur. — Monsieur, dit vivement madame Desmarest, est un représentant de l'autorité. — Un representant de l'autorité? dit Suzanne; et qu'ai-je à faire avec l'autorité, moi? — Calmez-vous, ma chère Suzanne, dit madame Desmarest, il s'agit de Mina. — Eh bien! après?

M. Jackal crut qu'il était temps de se mêler à la conversation.

— Après, Mademoiselle? Eh bien! après, nous désirons avoir quelques renseignements sur mademoiselle Mina. — Sur mademoiselle Mina? Je ne puis, Monsieur, vous donner sur elle que les renseignements que pourrait vous donner Monsieur, et elle désignait Justin; c'est-à-dire qu'il l'a trouvée un soir dans un champ de blé, qu'il l'a emmenée chez lui, et qu'il était sur le point de l'épouser, quand il est arrivé de Rouen je ne sais quelles nouvelles d'un père inconnu qui ont empêché le mariage.

M. Jackal écoutait et regardait cette créature, qui lui paraissait d'avance dévouée à toutes les mauvaises passions de la vie, avec cette curiosité qui faisait, à chaque parole prononcée par elle, un pas sur le chemin de l'admiration.

— Non, Mademoiselle, dit M. Jackal, ce n'est point là-dessus que nous désirons des détails, c'est sur autre chose. — Si c'est sur autre chose, Monsieur, interrogez mademoiselle Mina elle-même, car je viens de vous dire tout ce que j'en sais. — Nous ne pouvons malheureusement pas, Mademoiselle, suivre votre conseil, si bon qu'il paraisse au premier abord. — Et pourquoi cela, Monsieur? demanda Suzanne. — Parce que mademoiselle Mina a été enlevee cette nuit.

— Ah! vraiment! pauvre Mina! dit la jeune fille d'un ton railleur qui fit jeter un cri de colère à Justin et froncer le sourcil à Salvator.

M. Jackal, que cette façon de répondre agaçait visiblement, fit néanmoins aux deux jeunes gens signe de se taire.

— Et, continua-t-il, parce que j'ai pensé que vous, son amie intime, Mademoiselle, vous pourriez nous donner quelques renseignements sur sa disparition. — Vous vous trompiez, Monsieur, répondit la jeune fille, et je n'ai rien à vous dire sur la disparition de mon amie intime, attendu que j'ignorais tout à l'heure la disparition elle-même. — Songez, Mademoiselle, dit Salvator, au désespoir dans lequel cet enlèvement plonge un fiancé, une mère et une sœur qui s'étaient habituées à regarder mademoiselle Mina comme leur fille et comme leur sœur. — Je comprends le désespoir de Monsieur et j'y compatis de toute mon âme, ainsi qu'à celui de sa famille; mais que voulez-vous que j'y fasse? J'ai quitté hier mademoiselle Mina à huit heures et demie, c'est-à-dire au moment où elle est rentrée dans sa chambre, et je ne l'ai pas revue depuis. Maintenant, ayez la bonté de me dire, Messieurs, si c'est là tout ce que vous avez à me demander? — Ce ton hautain sied mal à une jeune fille de votre âge, Mademoiselle, dit sévèrement M. Jackal en ouvrant sa redingote et en montrant un bout d'écharpe, surtout lorsque cette jeune fille se trouve en présence d'un homme qui représente la loi. — Que ne disiez-vous tout de suite que vous étiez commissaire de police, Monsieur? dit Suzanne avec une admirable insolence, on vous eût répondu avec tous les égards que l'on doit à un commissaire de police. — Abrégeons, Mademoiselle, dit M. Jackal. Votre nom, vos qualités, votre état dans le monde? — Alors, c'est un interrogatoire? demanda la jeune fille. — Oui, Mademoiselle. — Mon nom, dit-elle, je me nomme Suzanne de Valgeneuse; mes qualités, je suis fille de M. le marquis Denis-René de Valgeneuse, pair de France, nièce de M. Louis-Clément de Valgeneuse, cardinal en cour de Rome, et sœur du comte Lorédan de Valgeneuse, lieutenant aux gardes; mon état, je suis héritière d'un demi-million de rentes. Voilà, Monsieur, mon état, mes noms et mes qualités.

Cette réponse, faite avec un dédain tout royal, produisit un effet différent sur les trois hommes qui l'écoutaient, effet que ne remarqua point madame Desmarest, tout abasourdie de ce qui lui arrivait. Justin frissonna, comprenant son impuissance, à lui, pauvre maître d'école inconnu, perdu dans le quartier Saint-Jacques, contre cette haute et aristocratique famille à laquelle il venait se heurter.

— Suzanne de Valgeneuse! fit Salvator, avançant d'un pas et regardant la jeune fille d'un œil moitié curieux, moitié menaçant. — Mademoiselle Suzanne de Valgeneuse! répéta M. Jackal, en reculant comme eût pu faire un homme qui s'aperçoit qu'il va marcher sur un serpent.

Puis, boutonnant lentement sa redingote, il parut réfléchir un instant. Le résultat de sa réflexion fut qu'il ôta respectueusement son chapeau, et de l'air le plus poli qu'il put prendre :

— Pardon, Mademoiselle, dit-il, mais j'ignorais... — Oui, je comprends, Monsieur, que je fusse la fille de mon père, la nièce de mon oncle, la sœur de mon frère. Eh bien! vous le savez maintenant, ne l'oubliez pas. — Mademoiselle, fit M. Jackal, je regrette vivement d'avoir pu vous déplaire. N'accusez, je vous prie, de ma persistance que les tristes devoirs que mes fonctions me forcent à remplir. — C'est bien, Monsieur, répondit sèchement Suzanne; est-ce tout ce que vous aviez à me demander? — Oui, Mademoiselle; mais laissez-moi vous répéter que je suis au désespoir de vous avoir offensée, et laissez-moi espérer que vous ne me garderez pas rancune du sot métier que la justice me force à faire. — Je tâcherai de vous oublier, Monsieur, dit-elle en se retirant.

Et, sans saluer personne, elle sortit du salon, non plus pour rentrer dans le jardin, mais pour remonter dans sa chambre. M. Jackal, qui se trouvait sur son passage, recula d'un pas et s'inclina profondément. Justin mourait d'envie d'étouffer Suzanne, car, plus que jamais, il lui paraissait visible que mademoiselle Suzanne de Valgeneuse avait trempé dans l'enlèvement de sa fiancée. Salvator s'approcha de lui et lui prit la main.

— Taisez-vous, dit-il, pas un mouvement, pas un geste. — Mais tout est perdu! lui dit Justin. — Rien n'est perdu, tant que je vous dirai : Espérez, Justin! Je connais ces Valgeneuse, et je vous le dis, rien n'est perdu. Seulement, n'oubliez pas ce nom de Gibassier.

Puis, se tournant vers M. Jackal.

— Je crois que nous n'avons rien à faire ici, n'est-ce pas, Monsieur? lui demanda-t-il. — En effet, répondit M. Jackal, assez embarrassé et en fixant ses lunettes à la hauteur de ses yeux; en effet, je crois que nous n'apprendrions rien de plus que ce que nous savons. — Oui, dit Salvator, et nous en savons assez.

M. Jackal fit semblant de ne pas entendre, et, s'approchant de la maîtresse de pension, tout étourdie de la tournure qu'avait prise l'affaire :

— Madame, lui dit-il, j'ai l'honneur de vous saluer bien respectueusement. Puis, tout bas : Répétez-bien, dit-il, à mademoiselle de Valgeneuse, que j'ai été contraint de faire ce que j'ai fait, et que je la supplie de regarder ma visite comme non avenue? Vous entendez bien? — Comme non avenue, je vous entends, oui Monsieur.

Et, saluant une seconde fois madame Desmarest, il sortit, en faisant signe à Justin et à Salvator de le suivre. Salvator, comme on l'a vu, dans l'espérance sans doute d'arriver, en dehors de M. Jackal, a réunir Justin à Mina, paraissait avoir pris son parti de la métamorphose de l'homme de police; mais il n'en était pas de même de Justin, qui, un instant, d'après les paroles même de M. Jackal, s'était vu sur la trace de sa pauvre enlevée. Aussi, à la porte de la rue :

— Pardon, monsieur Jackal, dit-il. — Qu'y a-t-il pour votre service, monsieur Justin? demanda l'homme de police. — Mais il me semblait qu'après avoir dit : Cherchez la femme, vous m'aviez dit : Nous tenons la femme, et que vous aviez ajouté : Cette femme est mademoiselle Suzanne. — Ai-je dit cela, Monsieur? demanda l'homme de police d'un air étonné. — Vous l'avez dit, Monsieur, et je ne fais que répéter vos propres paroles. — Monsieur Justin, vous devez vous tromper. — J'en appelle à M. Salvator.

M. Jackal jeta un regard sur Salvator qui voulait dire :

— Vous qui me comprenez, tirez-moi d'embarras.

Salvator, en effet, comprenait M. Jackal, mais sans l'excuser, il fut donc impitoyable.

— Ma foi, dit-il, mon cher monsieur Jackal, je dois avouer que, si ma mémoire est exacte, vous nous avez dit, à une syllabe près, ce que vient de vous répéter M. Justin; c'est-à-dire que mademoiselle Suzanne était complice de l'enlèvement. — Peuh! peuh! peuh! fit M. Jackal en allongeant les lèvres, on a toujours tort de dire de ces choses-là avant qu'elles soient prouvées. Complice! si j'ai dit que la jeune fille était complice, j'ai eu tort. — Mais c'était vous qui l'accusiez, Monsieur, s'écria Justin, mais rappelez-vous ce que vous disiez d'elle dans la chambre de la pauvre Mina! — Accuser n'est pas le mot; soupçonner peut-être, et tout au plus encore. — Ainsi, vous ne la soupçonnez même plus, alors? — C'est-à-dire que j'en suis à mille lieues de la soupçonner. Pauvre innocente! Dieu m'en garde! — Et ces lèvres pincées, dit Salvator, cet œil dur, cette physionomie méchante. — Je l'avais vue à distance, mais de près, tout a changé; la lèvre est gracieuse, l'œil fier, la physionomie digne et élevée.

Puis, comme Justin ne paraissait pas se contenter de cette apologie qui, après la première opinion émise par M. Jackal sur mademoiselle de Valgeneuse, pouvait paraître au moins extraordinaire :

— Venez me voir, monsieur Justin, dit-il en se réfugiant dans sa voiture; venez me voir à la Préfecture, d'aujourd'hui en huit, tenez, si vous voulez; j'aurai probablement quelque bonne nouvelle à vous donner. Dès ce soir, en arrivant, je vais mettre tout mon monde en campagne. — Retournez chez vous, Justin, dit Salvator en serrant cordialement la main du pauvre maître d'école, et avant vingt-quatre heures, moi, je me charge de vous dire ce que vous avez à craindre ou à espérer.

Puis, comme M. Jackal refermait la portière de la voiture :

— Eh bien! monsieur Jackal, que faites-vous donc? dit Salvator; vous m'avez amené, il faut me remmener. D'ailleurs, ajouta-t-il en prenant sa place près de M. Jackal et en tirant la portière après lui, j'ai à causer avec vous des Valgeneuse.

— A Paris ! dit M. Jackal, qui eût visiblement préféré faire la route seul.

La voiture partit au grand trot. Quant à Justin, il revint au pas, triste et morne, et ne comptant que bien faiblement sur la promesse de Salvator.

LXXVI

OU LE LECTEUR EST PRIÉ DE NE PAS SAUTER UNE SEULE LIGNE.

M. Jackal s'était blotti dans un coin de la voiture; Salvator s'était établi dans l'autre. La voiture roulait rapidement. Salvator, malgré les paroles dites par lui en montant dans la voiture, paraissait décidé à ne pas rompre les réflexions de M. Jackal. Seulement, on eût dit qu'il le couvait de l'œil. Cet œil railleur, presque méprisant, M. Jackal le rencontrait toutes les fois qu'il levait les yeux.

Enfin arriva un moment où l'explication qu'avait paru lui demander Salvator lui sembla moins embarrassante que ce silence. Après avoir alternativement levé et baissé ses lunettes, après avoir pris avec une énergie croissante deux ou trois prises de tabac, il se décida à interpeller Salvator.

— Ne m'avez-vous pas dit, cher monsieur Salvator, demanda-t-il, que vous aviez à me parler des Valgeneuse ? — J'avais à vous demander, cher monsieur Jackal, ce qui avait pu si rapidement vous faire changer d'opinion à l'endroit de cette petite... faut-il dire le mot, monsieur Jackal ? — Chut! nous ne sommes que nous deux, vous êtes un homme intelligent, vous, pas amoureux... — Qui vous dit cela ? — Pas amoureux d'une fille enlevée, au moins, de sorte que vous n'avez pas la tête perdue, et que vous pouvez comprendre... — Aussi, j'ai compris parfaitement. — Qu'avez-vous compris ? — Que vous aviez peur, cher monsieur Jackal. — Je vous en réponds, dit l'homme de police, qui avait au moins le courage de sa lâcheté; c'est-à-dire que lorsque cette jeune fille a prononcé son nom, il m'a passé un frisson dans les veines. — Monsieur Jackal, je croyais que le premier article du Code était celui-ci : Tous les Français sont égaux devant la loi. — Cher monsieur Salvator, on met de ces articles-là dans tous les codes, comme on met en tête des ordonnances royales : Charles, par la grâce de Dieu. Louis XVI aussi usait de cette formule, et on lui a coupé le cou. Et où voyez-vous la grâce de Dieu, continua M. Jackal, dans ce qui se passait sur la place de la Révolution le 21 janvier 1793, à quatre heures de l'après-midi ? — De sorte que d'avance, et pour avoir accusé d'un rapt dont vous savez parfaitement qu'elle est complice, une jeune fille que vous-même croyez capable de commettre un jour quelque grand crime, vous vous voyez déjà destitué, incarcéré, et qui sait? peut-être étranglé dans une prison, comme Pichegru ou Toussaint-Louverture. — Ne plaisantez pas, monsieur Salvator; sur ma parole d'honneur, j'ai pensé à tout ce que vous dites. — Ce sont donc des gens bien puissants, que ces Valgeneuse? — Eh! Monsieur, il y a d'abord le marquis, qui a l'oreille du roi : puis le cardinal, qui a l'oreille du pape; puis le lieutenant... — Qui a l'oreille du diable, dit Salvator, ah! je conçois; puis tout cela n'est-il pas affilié à je ne sais quelle société...

M. Jackal regarda Salvator.

— Eh! oui, continua le jeune homme; enfin le marquis n'est-il pas un des protecteurs de Saint-Acheul, et à la dernière procession, n'a-t-il pas porté un des glands du dais ?

M. Jackal hocha la tête de haut en bas.

— Que c'est étrange, dit Salvator, moi qui croyais que les jésuites étaient une vision du *Constitutionnel*. — Ah! ouiche! fit M. Jackal, du ton d'un homme qui dirait: pauvre enfant, que vous êtes naïf! — De sorte que vous croyez, cher monsieur Jackal, qu'il y aurait risque à se frotter à ces gens-là? — Vous connaissez la fable du pot de terre et du pot de fer? — Oui. — Eh bien, faites-en l'application. — Mais, demanda Salvator, le chef de la famille, mort il y a cinq ou six ans, n'avait donc pas d'enfants, que toute la fortune est passée à son frère ? — C'est-à-dire, répondit M. Jackal, qu'il n'avait jamais été marié. — Ah! oui, c'est cela; n'y a-t-il pas une histoire d'enfant naturel, de fils, qui devait être reconnu ou adopté, mais qui ne l'a pas été ?

M. Jackal regarda Salvator de côté.

— Comment savez-vous cela ? demanda-t-il. — Dame, dans notre état, reprit Salvator, pour peu que l'on soit observateur, on sait bien des choses. J'ai porté des lettres d'une belle dame à un certain Conrad de Valgeneuse qui demeurait rue du Bac, par ma foi, dans l'hôtel même qu'habite aujourd'hui le marquis. — C'est cela, c'est cela, dit M. Jackal. — C'est une histoire fort obscure, n'est-ce pas ? — Pas pour tout le monde, fit M. Jackal, d'un air pro-

.ondément satisfait de lui. — Je comprends, dit en riant Salvator, pas pour ceux *qui ont trouvé la femme.* — Eh bien, non, dit l'homme de police, par extraordinaire, il n'y avait point de femme dans toute cette affaire-là. — Qu'y avait-il donc? Vous savez, cher monsieur Jackal, lorsqu'on a connu un homme beau, jeune, riche, et que ce jeune homme a disparu tout à coup, on n'est point fâché de savoir ce qu'il est devenu. — C'est trop juste, d'autant plus que je puis vous dire tout, ou à peu près tout. — Voilà un *à peu près* qui ressemble fort à une restriction mentale, cher monsieur Jackal; auriez-vous par hasard, vous aussi, tenu un gland du dais à cette fameuse procession de Saint-Acheul? — Oh! pardieu, non, s'écria M. Jackal, j'ai peur des jésuites, je les protége, à charge de revanche, je leur obéis même parfois, mais je ne les aime pas; je vous ai dit *à peu près*, parce que dans notre état on ne peut pas toujours dire tout ce qu'on sait. — Et puis, parfois non plus, on ne sait pas toujours tout, reprit Salvator, en riant de ce rire narquois qui lui était particulier. — Eh bien! écoutez fit M. Jackal, en regardant Salvator par-dessus ses lunettes, je vais vous dire ce que je sais; ensuite, vous me direz ce que je ne sais pas. — C'est marché fait. — Voilà: Le chef de la famille, le marquis Charles-Emmanuel de Valgeneuse, pair de France et propriétaire d'une fortune immense qu'il avait héritée d'un oncle maternel, n'avait jamais voulu se marier, et l'on faisait honneur de ce goût de M. Emmanuel de Valgeneuse pour le célibat à un beau jeune homme qui s'appelait M. Conrad tout court, et que peu à peu les familiers de la maison, puis les amis du marquis, puis enfin les étrangers, finirent par appeler M. Conrad de Valgeneuse. — N'était-ce pas son nom? — Pas tout à fait; le beau jeune homme était un enfant de l'amour, un péché de jeunesse du marquis, lequel ne voyait que par les yeux de M. Conrad. — Mais comment, aimant le jeune homme à ce point-là, cher monsieur Jackal, demanda Salvator, toute la fortune du marquis est-elle passée au frère, au neveu, à la nièce, tandis que le beau jeune homme est mort, m'a-t-on dit, dans la misère? — Eh bien! cela tient justement à ce que son père l'aimait trop. Vous savez, il y a un proverbe qui dit: L'excès en tout est un défaut. — Oui, en effet, il m'a semblé que le pauvre marquis, qui est mort subitement, n'est-ce pas? demanda Salvator, aimait beaucoup ce jeune homme.

M. Jackal regarda cette fois Salvator par-dessous ses lunettes.

— Il l'aimait tant, mon cher Monsieur, reprit-il, que, comme je vous le disais, ce trop grand amour fut cause de la ruine du jeune Conrad. — Expliquez-moi cela. — Il y a deux manières de procéder vis-à-vis d'un enfant naturel: la première, qui est la plus simple et qui est à la portée de tout le monde, est de déclarer à la mairie qu'on est le père de l'enfant, au moment où on l'y fait enregistrer, ou bien, si quelque raison vous a fait négliger cette formalité, de la remplacer par un acte de reconnaissance par-devant notaire; seulement, dans ce cas-là, tout en lui laissant son nom, on ne peut lui laisser que le cinquième de sa fortune. La seconde est d'attendre que l'on ait cinquante ans, de faire venir un notaire et d'adopter l'enfant, la loi ne permettant pas que l'adoption puisse avoir lieu avant cet âge; alors vous pouvez non-seulement donner votre nom à votre enfant adoptif, mais encore toute votre fortune. Ce fut donc la marche que suivit M. de Valgeneuse. Le jour même où il eut atteint sa cinquantième année, il fit venir un notaire, s'enferma avec lui dans son cabinet, dressa l'acte d'adoption; mais au moment où il prenait la plume pour le signer, la fatalité voulut que le marquis Emmanuel fût frappé d'une apoplexie foudroyante. — Au moment où il prenait la plume pour le signer, ou à celui où il posait la plume après avoir signé? demanda Salvator.

Cette fois, M. Jackal enleva ses lunettes tout à fait, et regardant Salvator en face :

— Ma foi, monsieur Salvator, dit-il, si vous savez cela, vous en savez plus que moi et plus que tout le monde, car la question fut là : l'acte était-il signé ou à signer? *That is the question,* comme dit Hamlet. Quant au marquis, il n'en put rien dire, lui; car, quoiqu'il ne mourut que trois jours après l'accident, il ne reprit pas connaissance. — Voyons, monsieur Jackal, dit Salvator, franchement, face à face, en tête-à-tête, quel est votre avis, à vous? — Mon avis est, répondit M. Jackal esquivant la question, que la famille fut peut-être un peu dure envers le pauvre M. Conrad. — Un peu dure! bon, dit Salvator. Du moment où l'acte n'était point signé, où le notaire l'affirmait, du moins, quels égards devait-on à un bâtard? — Il était de notoriété publique que ce bâtard était le fils du marquis Emmanuel, hasarda M. Jackal. — Oui; seulement, si l'on reconnaissait cela, il fallait lui donner au moins le cinquième de la fortune à laquelle il avait droit, s'il avait été reconnu; et le cinquième de cette fortune, c'était quelque chose comme deux millions. Mieux valait tout nier, hériter du siége à la chambre des pairs, hériter du titre, hériter de la fortune, et chasser le bâtard. N'est-ce pas ce que l'on a fait, cher monsieur Jackal, et n'a-t-on pas chassé le bâtard. — Lequel, du reste, sortit fort dignement, à ce qu'il paraît, laissant ses chevaux dans les écuries, ses billets de banque dans le secrétaire, et n'emportant, ses ennemis eux-mêmes lui rendirent cette justice, que deux mille francs qu'il crut bien à lui, les ayant gagnés la veille à l'écarté. — Diable! fit Salvator, un jeune homme habitué à la dépense comme M. Conrad l'était ne va pas loin avec deux mille francs. — Eh bien! c'est ce qui vous trompe, Monsieur, reprit l'homme de police; nous avons l'œil sur ces fils de famille ruinés, nous autres protecteurs de la société. Avec ces deux mille francs, il vécut près de quinze mois, essayant de tous les moyens honnêtes de gagner sa vie, comme maître de musique, comme maître de dessin, comme maître d'anglais et d'allemand, car il était fort instruit, le pauvre garçon! Mais rien ne lui réussit, il ne trouva d'emploi nulle part; si bien qu'un jour, ma foi, poussé à bout à ce qu'il paraît, voyant qu'il n'y avait plus moyen de vivre sans se faire homme entretenu, souteneur de filles ou escroc, il prit tout simplement la résolution d'en finir avec l'existence, acheta un pistolet chez Lepage; le pistolet a été reconnu par celui qui l'avait vendu; alla faire un dernier tour aux Tuileries, aux Champs-Élisées et au bois pour prendre congé de ses anciens camarades et de ses anciennes maîtresses, revint par la rue Saint-Honoré, entra dans l'église Saint-Roch, y fit sa prière, puis de là regagna la rue de Buffon, où il avait une modeste petite chambre. — Et une fois dans cette modeste petite chambre, que fit-il? demanda Salvator. — Ma foi, il fit ce que viennent de faire Colomban et Carmélite, il écrivit une longue lettre, non pas à des amis, il n'en avait pas, ou du moins, depuis le jour où il avait été chassé par son oncle et ses cousins de l'hôtel de la rue du Bac, il n'en avait plus, mais au commissaire de police de son quartier. Là, il racontait tout ce qu'il avait souffert depuis quinze mois, la lutte qu'il avait soutenue, l'impossibilité où il était de la poursuivre plus longtemps et la nécessité où il était réduit de se brûler la cervelle pour rester honnête homme. Après quoi il se coucha, alluma sa bougie, lut quelques pages de la *Nouvelle Héloïse* sur le suicide, et se brûla la cervelle. — En vérité, mon cher monsieur Jackal, dit Salvator, vous êtes un véritable journal. — Ah! par ma foi, dit l'homme de police, il n'y a pas grand mérite à moi de vous donner ces détails; les suicides rentrent dans ma spécialité, et c'est moi qui ai fait le procès-verbal du suicide de M. Conrad. — Vraiment! — Mon Dieu, oui. — Alors c'est à vous, cher monsieur Jackal, que le pauvre jeune homme doit les derniers soins qui lui ont été rendus et la constatation de sa mort. — La constatation ne fut pas difficile: le pistolet avait été déchargé à bout portant, la moitié du visage avait été enlevée, et ce qui en restait était brûlé; et la constatation fut faite plutôt par la lettre que par la reconnaissance d'une identité devenue impossible à cause de la mutilation du corps. — Les Valgeneuse, je le présume, furent avertis de la catastrophe? — Ce fut moi-même qui leur en portai la nouvelle avec un double du procès-verbal. — Laquelle nouvelle et lequel procès-verbal durent faire une profonde impression sur eux? — Oui, mon cher Monsieur, une profonde impression, profondément agréable. — Je comprends; l'existence de ce jeune homme les inquiétait. — Aussi me prièrent-ils de veiller jusqu'au bout aux derniers détails, me remettant une somme de cinq cents francs, de manière à ce que les choses se fissent d'une manière convenable. — Oh! les nobles parents! fit Salvator. — Me recommandant, en outre, de leur apporter le procès-verbal d'inhumation, comme je leur avais apporté le double du procès-verbal de suicide.

— Ce que vous fîtes, j'espère, monsieur Jackal? — En conscience, je puis le dire. Je conduisis le corbillard au cimetière du Père-Lachaise, je fis descendre la bière devant moi dans un terrain acheté à perpétuité, je donnai l'ordre de mettre sur la tombe une pierre avec ce simple nom : Conrad, et j'allai dire à monsieur le marquis de Valgeneuse qu'il pouvait être tranquille jusqu'au jour de la résurrection éternelle, et qu'il ne reverrait probablement son neveu que dans la vallée de Josaphat. — Si bien que sur cette croyance, dit Salvator, toute la famille dort sur les deux oreilles. — Que voulez-vous qu'ils craignent? — Eh! eh! on a vu des choses si extraordinaires. — Que peut-il arriver? — Cher monsieur Jackal, nous sommes au Bas-Meudon, auriez-vous la bonté de faire arrêter?

M. Jackal tira le cordon qui donnait au cocher le signal de faire halte. Le cocher arrêta ses chevaux. Salvator ouvrit la portière et descendit.

— Pardon, dit M. Jackal, vous ne m'avez pas répondu. — A quoi? demanda Salvator. — A cette question : Que peut-il arriver? — A l'endroit de Conrad? — Oui. — Eh bien, cher monsieur Jackal, il peut arriver que Conrad ne soit pas mort, qu'il n'attende point, par conséquent, pour reparaître, le jour de la résurrection éternelle, et que M. le marquis de Valgeneuse le rencontre autre part que dans la vallée de Josaphat. Adieu, cher monsieur Jackal.

Et Salvator, refermant la portière, laissa l'homme de police si étourdi, que ce fut lui qui fut obligé de dire :

— Cocher, rue de Jérusalem!

LXXVII

LES CONFRÈRES ENNEMIS.

Pendant que M. Jackal, bourrant son nez de tabac pour tâcher d'éclaircir ses idées et de comprendre quelque chose à l'énigme que lui avait jetée Salvator en s'éloignant, retournait au grand trot de ses chevaux vers Paris, Salvator allait retrouver Jean Robert à la maison mortuaire. C'était juste au moment où, Carmélite commençant à recouvrer sa raison, ses trois amies, qui ne l'avaient pas quittée un instant, allaient entreprendre cette douloureuse tâche de lui annoncer la fatale nouvelle.

Dominique était parti depuis un quart d'heure pour Penhoël, emmenant avec lui le corps de Colomban. Ludovic, après avoir laissé une ordonnance rigoureuse et promis de revenir le lendemain, partait pour la rue Notre-Dame des-Champs, qu'il habitait. Enfin Jean Robert attendait Salvator pour revenir avec lui à Paris.

Suivons celui de nos personnages auquel va pour le moment s'attacher le plus grand intérêt, c'est-à-dire Ludovic; nous reviendrons aux autres plus tard. Ludovic, la tête un peu alourdie par le jour et la nuit qu'il venait de passer, avait décidé de revenir à pied à Paris : le trajet du Bas-Meudon à la rue Notre-Dame des Champs, en passant par Vanves, n'est qu'une promenade.

Ludovic revenait donc en se promenant, lorsqu'en traversant le village de Vanves il aperçut, devant une maison où nous venons de conduire un de nos héros, une cinquantaine de personnes agenouillées, hommes, femmes et enfants, tous priant, les larmes aux yeux, qu'un miracle rendît la vie au bon, à l'honnête, au bienfaisant M. Gérard, auquel le curé du Bas-Meudon, de retour de son excursion à Bellevue, apportait le viatique. A ce spectacle assez rare, Ludovic s'arrêta et s'approcha du groupe qui lui paraissait le plus éploré.

— Qui pleurez-vous donc, mes amis? leur demanda-t-il. — Hélas! répondit l'un d'eux, nous pleurons le père du pays.

Ludovic se rappela qu'en effet on était venu chercher l'abbé Dominique pour entendre la confession d'un mourant.

— Ah! oui, dit-il, vous pleurez M. Gérard. — L'ami des malheureux, le bienfaiteur des pauvres. — Est-ce qu'il est mort? demanda Ludovic. — Non; mais à la suite d'une conférence que ce digne homme a eue avec un moine, il s'est senti tellement affaibli, qu'on a envoyé chercher le viatique, et qu'en ce moment monsieur le curé de Meudon lui administre les derniers sacrements. — Hélas! dirent en chœur les paysans en redoublant de gémissements et de sanglots.

Ludovic, sous son masque de sceptique, était doué d'une sensibilité de femme; les larmes franches lui allaient droit au cœur et attiraient invinciblement ses larmes.

— Quel âge a donc le malade? demanda-t-il. — Pas cinquante ans, Monsieur. — Ah! dit un autre, ce n'est vraiment pas une miséricorde du bon Dieu que de nous le reprendre si jeune, tandis qu'il y a tant de méchantes gens qu'il laisse sur la terre. — En effet, dit Ludovic, ce n'est pas un âge pour mourir, surtout quand on est regretté comme paraît l'être M. Gérard.

Puis, après avoir hésité un instant :

— Peut-on voir le malade ? demanda-t-il. — Est-ce que vous seriez médecin, par hasard ? dirent d'une seule voix tous les assistants. — Oui, répondit Ludovic. — Médecin de Paris ?

Ludovic sourit.

— Médecin de Paris. — Oh! alors, entrez vite, mon cher Monsieur, dit un vieux paysan. — C'est le ciel qui vous envoie, dit une femme.

Et en même temps tous les paysans l'entourèrent, les uns le priant, les autres le poussant, de sorte qu'il se trouva presque porté dans la maison. Outre les personnes agenouillées dans la rue, il y en avait dans le vestibule, dans l'escalier, dans l'antichambre et jusque dans la chambre à coucher du mourant.

Mais à ce mot : « C'est un médecin de Paris! c'est un médecin de Paris! » chacun se rangea pour laisser passer Ludovic, qui se trouva ainsi poussé, pour ainsi dire, jusque dans la chambre. Le mourant venait de communier, et la sonnette tintait pour annoncer que l'œuvre sainte était accomplie.

Ludovic s'inclina comme les autres, si peu croyant qu'il fût, lorsque passa le prêtre, précédé du bedeau et de l'enfant de chœur, et suivi des personnes étrangères qui, dans une pieuse intention, étaient venues mêler leurs prières à celles de l'Église. Puis lorsqu'il releva la tête, il se trouva, lui troisième, dans la chambre du mourant.

Les deux autres personnes étaient : M. Gérard, qui, complétement anéanti, semblait agoniser sur son lit, et un homme d'une cinquantaine d'années, aux moustaches grises, portant à sa boutonnière la croix de la Légion d'honneur, et qui, appuyé au chevet, semblait suivre avec un intérêt réel les progrès presque visibles de la mort sur la physionomie du mourant. Les deux hommes, en se trouvant en face l'un de l'autre, commencèrent par se regarder, pour savoir probablement à qui ils avaient affaire ; puis, comme cet examen ne leur avait absolument rien appris, Ludovic, qui était le plus jeune, s'avança le premier, et, avec la courtoisie d'un jeune homme en face d'un homme qui a le double de son âge :

—Monsieur, dit-il, est le frère du malade ?

L'homme aux moustaches grises regarda un instant Ludovic pour tâcher de savoir à qui il parlait ; mais comme sans doute cette inspection ne le conduisait à rien :

— Non, Monsieur, dit-il, je suis son médecin. — Moi, Monsieur, dit Ludovic en s'inclinant, j'ai l'honneur d'être votre confrère.

L'homme aux moustaches grises fronça légèrement le sourcil.

— Autant, dit-il, qu'un jeune homme de vingt-cinq ans peut être le confrère d'un homme qui a passé dix ans de sa vie sur les champs de bataille et quinze ans au chevet des malades. — Pardon, Monsieur, dit Ludovic, mais je vois que j'ai l'honneur de parler à monsieur Pilloy.

Le médecin se redressa.

— Qui vous a dit mon nom, Monsieur ? demanda-t-il. — Je l'ai appris d'une manière bien simple et accompagnée des plus grands éloges, Monsieur, dit Ludovic; le hasard m'a conduit au lit de deux pauvres jeunes gens qui viennent de s'asphyxier au Bas-Meudon. J'ai demandé tout de suite un médecin qui pût m'aider; on a prononcé votre nom, j'ai envoyé chez vous; chez vous, on a répondu que vous étiez près de M. Gérard. — Et vos asphyxiés? demanda le chirurgien militaire un peu radouci par la politesse du jeune homme. — Je n'en ai pu sauver qu'un, Monsieur, répondit Ludovic; si vous eussiez été là, peut-être les eussions-nous sauvés tous deux. — Et alors, dit M. Pilloy, vous trouvant sur les lieux et sachant qu'il y avait un malade dans cette maison, vous êtes entré. — Je ne me serais point permis une pareille inconvenance, Monsieur, dit Ludovic, sachant que vous étiez près de monsieur Gérard, si les braves gens qui pleurent à la porte ne m'y avaient en quelque sorte forcé. L'extrême douleur est crédule, vous le savez, Monsieur, pardonnez-leur; et, quand vous leur aurez pardonné, pardonnez-moi à mon tour. — Mais je n'ai rien à pardonner ni à eux, ni à vous, Monsieur; vous êtes le bienvenu, et, comme vous le disiez tout à l'heure, deux conseils valent mieux qu'un; malheureusement, ici, ajouta-t-il en baissant la voix, je crois que tous les conseils du monde n'y feraient rien.

Puis, plus bas encore :

— C'est un homme perdu! ajouta le chirurgien militaire.

Si bas qu'il eût parlé, le malade entendit ce que disait le bon M. Pilloy, et poussa un gémissement.

— Chut! dit Ludovic. — Pourquoi chut? demanda le chirurgien. — Parce que l'ouïe est le dernier sens qui survit en nous, et que le malade vous a entendu.

M. Pilloy secoua la tête en homme qui doute.

— Alors, demanda Ludovic, si bas qu'à peine M. Pilloy l'entendit, alors, il n'y a plus d'espoir? — C'est-à-dire, répondit le chirurgien, que dans deux heures il sera mort.

Ludovic posa la main sur le bras de M. Pilloy, en lui montrant le malade qui s'agitait dans son lit. M. Pilloy fit un signe de tête qui signifiait :

— Oh! il a beau se remuer, il faudra qu'il y passe tout de même. Ce matin, continua-t-il, j'avais encore l'espérance de le conserver quarante-huit heures, mais bah! il n'y faut plus penser. — Pourquoi? demanda Ludovic. — Tenez, c'est une idée à moi, vieux soldat. — Dites toujours, ajouta Ludovic. — Eh bien! dit Pilloy, n'en déplaise à l'empereur qui a fait de grandes choses, je trouve qu'en rétablissant le clergé en France, l'empereur aurait bien dû décréter que les confesseurs ne recevraient la confession des malades qu'en leur donnant le courage de mourir comme des grenadiers tombant sur le champ de bataille. Cet homme s'est confessé, chacun est libre de le faire, mais depuis lors le cœur lui manque pour partir. Enfin, il partira. — Et quelle est la maladie dont il est atteint? demanda Ludovic. — Eh! la maladie habituelle, pardieu! répondit M. Pilloy en haussant les épaules, comme s'il n'existait au monde qu'une espèce de maladie.

A ce mot, *la maladie habituelle*, Ludovic sourit; il venait de reconnaître un élève de Broussais, appliquant inintelligemment les leçons du grand maître. Puis, pensant que l'existence d'un homme, que Dieu donne pour un si court espace et reprend pour l'éternité, est parfois remise aux mains d'un ignorant ou, qui pis est, d'un fanatique, son sourire s'effaça, il haussa invisiblement les épaules et regarda le vieux chirurgien de l'air d'un homme qui se tient sur ses gardes.

— Par maladie habituelle, vous entendez sans doute une gastrite ? demanda-t-il. — Naturellement, répondit le chirurgien; il n'y a parbleu pas à s'y tromper, voyez plutôt vous-même.

Autorisé par son confrère, Ludovic s'approcha du lit. Le malade était couché dans un état de prostration complète, comme l'avait dit M. Pilloy; sa respiration était bruyante, difficile, oppressée; quand il respirait, sa poitrine se soulevait entièrement, comme dans le râle.

Il étudia le visage, passant du tout à la partie, de l'ensemble au détail. La face était pâle, d'une coloration jaunâtre dans toute la figure, tout en devenant rougeâtre aux pommettes; les extrémités étaient mortes et froides; une sueur visqueuse était répandue sur tout le visage, perlant surtout à la racine des cheveux. A ces symptômes extérieurs, Ludovic jugea que la maladie était grave, en effet; mais cependant, il ne vit point le malade dans l'état absolument désespéré où le voyait son confrère.

— Vous souffrez beaucoup, Monsieur ? demanda-t-il.

A cette question, faite par une voix nouvelle et qui semblait rendre à M. Gérard un espoir perdu, celui-ci ouvrit les yeux et tourna la tête vers celui qui lui parlait. Ludovic fut étonné de la vitalité qui régnait encore dans l'œil du moribond, vitalité qui n'était point en rapport avec la dégradation apparente de ses forces. Le blanc de l'œil était jaune, les traits de la figure étaient décomposés, le visage semblait mort; mais l'œil, ou plutôt le cœur de l'œil, n'était pas aussi décomposé que la figure. Il y avait encore de la force et de la vie dans cet œil.

— Voulez-vous me montrer votre langue ? lui dit-il.

M. Gérard montra sa langue. La langue était d'un blanc jaune tirant sur le verdâtre, chargée, épaisse dans toute son étendue; mais elle n'avait pas cette pointe effilée comme celle des serpents; puis, elle n'était ni presque sanglante à son extrémité, ni rouge sur les bords comme elle est dans les gastrites.

Jusque-là Ludovic avait été dans le doute; à partir de ce moment il entra dans la certitude. Aussi, par un mouvement involontaire presque machinal, son regard se tourna-t-il du malade sur le chirurgien, et cela, avec une expression à laquelle il n'y avait pas à se tromper. Cette expression voulait dire clairement :

— Mais vous voyez bien que ce n'est point une gastrite !

Le vieux chirurgien, dans sa confiance en lui-même, ne parut remarquer ni le mouvement, ni le regard de Ludovic. Il ne sourcilla point. Ce sang-froid d'un confrère qui devait au moins avoir sur lui l'expérience de l'âge et de la pratique, ébranla le jeune homme dans sa conviction. Il lui restait une dernière expérience à faire.

Il souleva le drap du malade, mit à nu sa poitrine décharnée, y posa la main et l'y appuya doucement, lentement, mais de plus en plus, jusqu'à ce que la pression devînt cependant assez forte. Voyant alors que M. Gérard ne trahissait la douleur par aucun signe :

— Souffrez-vous ? lui demanda-t-il. — Non, répondit M. Gérard d'une voix faible. — Comment, insista Ludovic, lorsque j'appuie ainsi, vous ne souffrez pas ? — Je respire plus difficilement, mais je n'éprouve aucune douleur.

Ludovic se retourna de nouveau vers son confrère, lui disant pour la seconde fois des yeux :

— Mais vous voyez bien que ce n'est pas une gastrite !

Le vieux chirurgien ne parut pas plus comprendre la pantomime de Ludovic la seconde fois que la première. Ludovic sourit. Quant à lui, il était bien convaincu que M. Gérard avait été traité pour une maladie qu'il n'avait pas. Maintenant, quelle maladie avait-il?

Ludovic croisa les bras, regarda fixement le malade ; puis, en baissant la tête comme pour réfléchir plus profondément, il aperçut sous le traversin du malade, non-seulement le mouchoir avec lequel il s'essuyait le visage, mais encore celui dans lequel il crachait. On eût dit que ce mouchoir était taché de rouille ; ce qui produisait ces taches, c'était une sorte de mucus taché de sang : Ludovic était sur la piste de la maladie.

Alors, pour la seconde fois, il souleva le drap de M. Gérard ; mais cette fois, au lieu d'appuyer sa main sur l'estomac, il appliqua son oreille à la poitrine, et cela, à la grande stupéfaction du vieux chirurgien qui ne connaissait pas encore ce nouveau mode d'auscultation, et dont la physionomie, à cette vue, exprima une impression d'étonnement et de curiosité qui pouvait équivaloir à cette question :

— Mais que diable faites-vous là, mon cher confrère?

Ce fut à son tour Ludovic qui ne fit point attention à la pantomime du vieux chirurgien. Il parut satisfait des bruits qu'il venait d'entendre dans la poitrine du malade, car il releva la tête d'un air triomphant. Il savait certainement à quoi s'en tenir sur l'état du patient, et il connaissait la maladie à laquelle il avait affaire. Il ne lui restait plus que le pouls à examiner ; il demanda à M. Gérard de lui donner la main, le malade obéit machinalement. Le pouls n'avait point perdu toute sa force, il résistait sous le doigt, il était très-fréquent, c'est-à-dire il dépassait cent pulsations. Il était irrégulier, il est vrai, mais très-légèrement. C'était à peu près ainsi que Ludovic comptait, disons même que Ludovic espérait le trouver.

L'examen terminé, Ludovic finit par où il eût dû commencer; mais, comme un homme qui arrive au bord d'une rivière où l'on crie au secours, il avait plongé d'abord. Il se retourna vers M. Pilloy et lui demanda depuis combien de temps durait la maladie, quelles avaient été ses diverses phases, quelles étaient les causes auxquelles on l'attribuait. Le médecin raconta alors l'immersion de M. Gérard dans le bassin du château et les funestes conséquences que ce plongeon, destiné à sauver la vie d'un enfant, avait eues pour son sauveur. M. Pilloy répondit à toutes les questions, puis les questions achevées :

— Eh bien? demanda-t-il d'un air gouailleur. — Eh bien! dit Ludovic, j'ai l'honneur de vous remercier de votre complaisance, Monsieur, je sais ce que je voulais savoir. — Et que savez-vous? — Je sais de quelle maladie est atteint le malade, dit Ludovic. — Bon, ce n'était pas difficile à savoir, puisque j'ai commencé par vous dire que c'était une gastrite. — Oui, mais voilà justement où nos opinions diffèrent. — Que voulez-vous dire? — Vous plairait-il de passer dans la chambre à côté, mon cher confrère, je crois que nous fatiguons le malade. — Oh! ne vous en allez pas, Monsieur, au nom du ciel! demanda M. Gérard en rassemblant toutes ses forces pour exprimer ce désir. — Soyez tranquille, mon ami, dit le vieux médecin qui crut que la prière s'adressait à lui, je vous ai promis de ne pas vous quitter et je vous tiendrai parole.

Et tous deux s'apprêtèrent à sortir de l'appartement. Sur le seuil de la porte ils rencontrèrent la garde-malade.

— Ma bonne dame, dit Ludovic, nous allons rentrer dans cinq minutes; en notre absence, quelque chose que demande le malade, ne lui donnez absolument rien.

La garde-malade se retourna vers M. Pilloy, comme pour lui demander si elle devait obéir à cette injonction.

— Dame! lui répondit celui-ci, puisque Monsieur prétend qu'il va guérir le malade.

Il s'attendait à ce que Ludovic allait se récrier; mais, à son grand étonnement, Ludovic ne lui répondit rien. Il se contenta de s'effacer pour le laisser passer avec la déférence que le plus jeune doit à son ancien.

LXXVIII

OU LUDOVIC PREND LA RESPONSABILITÉ.

Les deux médecins s'arrêtèrent dans l'antichambre. Il était impossible de voir une plus vivante image de la routine et de la science.

— Voulez-vous me faire l'amitié de me dire, mon jeune ami, demanda M. Pilloy, pourquoi vous m'avez emmené ici? — Mais, répondit Ludovic, d'abord, pour ne point fatiguer le malade par une discussion. — Bon! puisque c'est un homme mort. — Raison de plus, si c'est votre avis, pour ne pas l'exprimer devant lui. — Ah çà, croyez-vous donc, dit l'ancien chirurgien-major, que les hommes de notre génération fussent des femmelettes comme ceux de la vôtre? J'étais là, Monsieur, et je servais d'aide à Larrey, quand il a coupé les deux jambes au brave Montebello. Il y a eu une discussion de cinq minutes, pour savoir si on lui ferait l'opération ou si on le laisserait mourir sans le tourmenter davantage; croyez-vous qu'on se soit caché de lui? Non, Monsieur, il prit part à la discussion comme s'il s'agissait d'un autre que de lui; et je l'entends dire encore, d'une voix aussi ferme que s'il avait crié *en avant :* « Coupez, morbleu! coupez! » — Il est possible, Monsieur, dit Ludovic, que lorsqu'on opère sur un champ de bataille, au milieu de quinze ou vingt mille blessés, on n'ait pas le temps de se plier à toutes ces délicatesses, qui, selon vous, méritent à notre génération le titre de génération des femmelettes; mais nous ne sommes point ici sur un champ de bataille; M. Gérard n'est point un maréchal de France comme le brave Montebello : c'est un homme fort abattu de sa position, ayant, à ce qu'il m'a paru du moins, grand'peur de mourir, et chez lequel l'imagination, frappée peut-être, me semble agir plus fatalement encore que la maladie. — A propos de maladie, vous disiez, Monsieur, que vous n'étiez pas du même avis que moi. — Sur la maladie, c'est vrai. — Et quel est votre avis? — Que vous faites erreur, Monsieur, en traitant le malade pour une gastrite. — Comment, je fais erreur ! — Oui, en supposant, je vous le répète, monsieur Gérard atteint d'une gastrite. — Mais je ne suppose pas, Monsieur, j'affirme. — Eh bien ! moi, je crois le malade atteint d'un autre mal que celui que vous affirmez. — Alors, vous prétendez, Monsieur ?... — A mon tour je ne prétends pas, Monsieur, j'affirme. — Vous affirmez que M. Gérard... — N'est point atteint d'une gastrite, c'est la troisième fois que j'ai l'honneur de vous le dire. — Mais que diable voulez-vous qu'il ait, s'il n'a pas de gastrite? s'écria le vieux chirurgien stupéfait. — Il a tout simplement une pneumonie, Monsieur, dit froidement Ludovic. — Une pneumonie ! Ah ! vous appelez cela une pneumonie ! — Pas autre chose. — Alors vous affirmez peut-être que vous allez le tirer de là? — Ah ! quant à cela, Monsieur, je ne l'affirme pas, je me contente de l'espérer. — Et peut-on connaître le remède souverain que vous allez employer ? — Je vais y songer, cher confrère, si toutefois vous m'en donnez la permission. — Comment donc, vous me demandez la permission de sauver mon plus vieil ami ? — Je vous demande la permission de traiter un malade qui est à vous. — Mais je vous la donne cent fois! Plût à Dieu que cela servît à quelque chose; mais, si vous voulez mon avis, je doute que le pauvre garçon voie le soleil de demain. — Je vais donc tenter l'impossible, répondit Ludovic, conservant toujours la même politesse et le même respect envers un médecin qui était son aîné par droit de naissance, sinon de science. — L'impossible est le mot, dit le vieux chirurgien, ne comprenant pas cette déférence de Ludovic, qu'il prenait pour de l'hésitation. — Maintenant, qu'avez-vous fait jusqu'ici, mon honorable confrère? dit Ludovic, pour la forme. — J'ai pratiqué deux saignées, posé les sangsues à l'estomac, et mis le malade à une diète absolue.

Un sourire effleura les lèvres de Ludovic, sourire éclos bien plus sous la compassion que lui inspirait le malade, que sous l'ironie que devait lui inspirer cette panacée universelle, si à la mode à cette époque : les sangsues et la diète, cette autre sangsue de l'estomac. Les deux praticiens en étaient là de la discussion, quand quelques paysans, impatients du miracle qu'avait dû opérer la présence d'un second médecin, firent irruption dans l'antichambre du philanthrope de Vanves.

— Eh bien ! crièrent-ils tous à la fois, va-t-il mieux? est-il sauvé?

Le vieux chirurgien, qui avait l'habitude de s'entendre crier ces paroles aux oreilles toutes les fois qu'il sortait de chez l'honnête M. Gérard, crut encore que c'était à lui qu'elles s'adressaient. Mais hélas ! si l'onde est changeante, si la femme est plus changeante que l'onde, il y a une chose qui est mille fois plus changeante que l'onde et la femme à la fois : c'est la foule.

Aussi, un des paysans qui avait le plus excité Ludovic à entrer dans la maison du bienfaiteur commun répondit-il assez grossièrement au vieux chirurgien qui disait :

— Nous ferons ce que nous pourrons, mes amis, soyez tranquilles. — Ce n'est point à vous que nous demandons cela!

Sans doute alors le digne M. Pilloy, qui avait aidé notre illustre ami Larrey à couper les deux jambes du brave Montebello, fit-il la même réflexion que nous sur la foule; seulement, il la fit une seconde trop tard. Aussi, s'en dédommagea-t-il en fronçant le sourcil, et en formant, presque à part lui, le vœu impie que la science fanfaronne du jeune praticien reçût à l'endroit du malade un échec éclatant, afin de lui faire partager cette somme de dédain que les villageois professaient maintenant pour lui. Un autre villageois s'adressa directement à Ludovic :

— Eh bien ! lui dit-il, faisant à la fois la demande et la réponse, comment l'avez-vous trouvé? Il est bien mal, n'est-ce pas ? — Il n'y a plus d'espoir, n'est-ce pas, Monsieur? demanda un second. — Il n'en reviendra point, n'est-ce pas, Monsieur? dit un troisième. — Mes amis, répondit Ludovic, tant que le malade n'est pas mort, il faut avoir confiance, non pas dans l'art du médecin, mais dans la nature ; et, Dieu merci, monsieur Gérard n'est pas mort.

Ce fut un hourra poussé par la foule.

— Vous le sauverez donc? demandèrent vingt voix. — J'y ferai tous mes efforts, dit Ludovic. — Oh ! sauvez-le, sauvez-le, Monsieur ! lui cria-t-on de tous les côtés.

A ces cris, la garde-malade était sortie de la chambre.

— Que se passe-t-il donc? demanda le malade que tout ce tumulte brisait, ne peut-on me laisser mourir tranquille? — Oh ! Monsieur, dit la garde, il ne s'agit pas de mourir ! — Comment ! s'écria le malade, il ne s'agit plus de mourir ?

Et ses yeux, qu'on eût cru éteints, lancèrent une double flamme.

— Non, Monsieur, le jeune médecin qui est venu dit aux paysans qu'il vous sauvera peut-être. — Oh ! peut-être, reprit M. Gérard en laissant retomber la tête sur son oreiller; en tout cas, madame Vincent, qu'il ne s'éloigne pas, au nom du ciel ! qu'il ne s'éloigne pas !

Puis, écrasé par cet effort, il resta immobile, ne vivant plus en apparence que par l'espèce de sifflement que faisait son souffle en sortant de la poitrine.

— Messieurs, Messieurs, dit la garde-malade, M. Gérard se trouve mal ; on dirait qu'il va passer.

Ludovic rentra vivement, prit la main, tâta le pouls.

— Ce n'est rien, dit-il, c'est une syncope produite par l'émotion. Du courage, Monsieur.

Le malade poussa un soupir. La garde-malade avait toutes les peines du monde à empêcher la foule d'envahir la chambre.

— Sans doute, dit le vieux médecin à son jeune confrère, vous n'allez pas vous borner, Monsieur, à dire au malade : du courage; vous lui ordonnerez quelque chose? — Donnez-moi un papier, une plume et de l'encre, dit Ludovic s'adressant à la garde-malade, je vais vous écrire une ordonnance.

Ce fut à qui trouverait le plus tôt possible les objets demandés. Le malade, qui sur le mot *peut-être* avait reperdu l'espoir un instant conçu, se démenait dans son lit, joignant les mains, et exprimant par son geste, d'une façon plus claire qu'il ne l'eût fait par ses paroles, cette prière :

— Au nom du Seigneur Dieu, laissez-moi donc mourir tranquille !

Mais personne ne faisait attention à la mort cruelle qu'on lui infligeait, tant tout le monde avait le désir de lui conserver la vie. Ludovic chercha une place où écrire l'ordonnance; mais tout les meubles étaient encombrés de fioles, de pots, de verres, d'assiettes, de soucoupes de tous genres. Les paysans, voyant l'embarras, offrirent les uns leur tête, les autres leurs genoux. Ludovic trouva un dos convenable et s'en servit comme d'une table pour écrire l'ordonnance.

— Envoyez chercher immédiatement cela, dit-il à la garde-malade.

Il n'avait pas formulé ce désir, que l'ordonnance, arrachée de ses mains, passait dans celles de sept ou huit des assistants se disputant cette joie d'être utiles à M. Gérard. Enfin un boiteux se rendit maître du précieux papier, et, clopin-clopant, partit le plus vite qu'il put.

— Ma bonne dame, dit Ludovic à la garde-malade, vous donnerez à M. Gérard une demi-cuillerée de la potion que l'on va vous rapporter, toutes les demi-heures, vous entendez, ni plus ni moins souvent que toutes les demi-heures, pas plus ni moins qu'une demi-cuillerée ; il n'y a que cela qui puisse le sauver. — Toutes les demi-heures une demi-cuillerée, répéta la garde-malade. — Oui, c'est cela parfaitement, il faut absolument que je retourne à Paris.

Le malade poussa un soupir ; il lui sembla que le reste de son existence l'abandonnait. Ludovic entendit ce soupir, ardente prière de l'homme désespéré.

— Il faut que je retourne à Paris, dit-il ; mais dans trois heures je viendrai voir l'effet que la potion aura produit. — Et vous êtes sûr, alors, grogna en ricanant le vieux médecin, que votre potion le sauvera ? — Sûr n'est pas le mot, mon cher confrère. Vous le savez mieux que personne, l'homme n'est jamais sûr de rien ; mais...

Ludovic jeta encore un coup d'œil sur le mourant.

— Mais, je l'espère, dit-il.

Ce dernier mot souleva un hourra de joie dans la foule. Le malade rassembla ses forces, et se soulevant sur son lit :

— Trois heures, Monsieur, dit-il, tâchez de ne pas être plus longtemps. — Je vous le promets, Monsieur. — Je compterai les minutes, Monsieur, dit le malade en essuyant avec son mouchoir son front couvert d'une sueur qu'on eût pu prendre pour celle de l'agonie.

Sur ces mots, Ludovic sortit avec son vieux confrère, l'invitant à passer le premier, s'inclinant devant lui, lui donnant en un mot, en face de la foule, toutes les marques de respect que l'on doit à un aîné et à un supérieur. Ludovic, comme il l'avait dit, prit le chemin de Paris, cherchant cette fois des yeux un cabriolet, un fiacre, un véhicule quelconque, pour être plus tôt de retour.

Le chirurgien le suivit, plein de rancune et sans desserrer les dents. Ludovic crut de son côté que ce n'était point à lui de parler le premier, même pour prendre congé de son confrère. Ce silence eût certainement duré jusqu'à leur séparation, si le boiteux qui était allé chercher l'ordonnance ne fût point arrivé, clopin-clopant, au-devant des deux rivaux, pour leur délier la langue. Le boiteux montra à Ludovic la potion que le pharmacien venait de lui remettre.

— Est-ce cela, Monsieur ? demanda-t-il. — Oui, mon ami, répondit Ludovic en regardant la fiole, et dis bien à la garde-malade de suivre de point en point mon ordonnance.

Cette rencontre servit à M. Pilloy de prétexte pour reprendre la parole.

— Vous croyez peut-être, mon cher confrère, que je ne sais pas ce que contient cette fiole ? demanda-t-il. — Pourquoi vous ferais-je cette injure, Monsieur ? demanda Ludovic. — C'est de l'émétique que vous lui donnez là ? — En effet, c'est de l'émétique. — Parbleu ! dit M. Pilloy, il faut bien que vous lui donniez de l'émétique, puisque vous croyez à une pneumonie. — Monsieur, dit froidement Ludovic, j'ai un tel respect pour votre science et pour votre expérience, que je souhaiterais de me tromper, si ce n'était souhaiter en même temps la mort du malade.

Et, sur ces mots, Ludovic n'apercevant à l'horizon aucun fiacre ni aucun cabriolet, prit, à travers champs, un sentier qui paraissait devoir le conduire plus vite à sa destination que ne l'eût fait la grande route. De son côté le vieux médecin, curieux de savoir l'effet qu'allait produire la potion sur son ami mourant, revint à Vanves, et deux heures et demie juste après le départ de Ludovic il était au chevet du malade, qui, cette fois, ne le vit pas s'y installer sans une certaine répugnance.

Un tel empressement surprit les villageois qui le virent entrer; il surprit surtout la garde-malade qui, habituée à attendre M. Pilloy fort longtemps parfois lorsqu'on l'appelait, fut étonnée de le voir arriver lorsqu'on ne l'appelait pas. Cependant celui-ci ne se donna même pas la peine de motiver sa visite inattendue. Il essaya d'interroger le malade; mais celui-ci, soit défiance, soit que sa faiblesse fût augmentée, refusa de lui répondre. Alors, se retournant du côté de la garde-malade :

— Eh bien, chère madame Vincent, demanda-t-il, quoi de nouveau ? — Ah! Monsieur, répondit la bonne femme, cela va bien petitement. — Lui avez-vous administré la fameuse potion ? — Oui, Monsieur. — Quel effet a-t-elle produit? — Mauvais effet, mauvais effet, cher monsieur Pilloy. — Quel effet, enfin? demanda le vieux docteur en se frottant sournoisement les mains. — Il a vomi, Monsieur. — Pardieu! j'en étais sûr; par bonheur je ne suis pas responsable des suites, et s'il meurt, ce n'est pas moi qui l'aurai tué. — Non, c'est vrai, dit la bonne femme, mais c'est vous qui l'avez condamné. — Parbleu! dit le chirurgien-major de la grande armée, on condamne toujours; sans cela, si un malade mourait, ce qui arrive quelquefois, on viendrait dire au médecin : « Il est mort, et vous ne l'aviez pas condamné. » De cette façon, l'honneur de la médecine est sauvé. — Oui, dit madame Vincent, et si le malade en revient, l'honneur du médecin s'en accroît.

Les récriminations du vieux chirurgien et les réflexions médico-philosophiques de la garde-malade durèrent une demi-heure.

Au bout de cette demi-heure, Ludovic arriva. Il entra juste au moment où M. Pilloy, sans pitié pour son meilleur ami ; la science est comme Saturne : elle dévore ses enfants; il entra au moment, disons-nous, où M. Pilloy, voyant le malade rendre presque immédiatement la cuillerée d'eau émétisée qu'il venait de prendre, disait en regardant M. Gérard dont la figure contractée exprimait la souffrance :

— Décidément, il est perdu!

Ludovic entendit ces mots; mais n'y faisant aucune attention, il alla droit au malade, le regarda attentivement, puis lui prit le pouls. Au bout d'une minute, minute pleine d'anxiété pour ce brave cœur, pleine d'inquiétude d'une tout autre nature pour le vieux chirurgien, au bout d'une minute il releva le front. Son visage, examiné à la fois par le médecin, par la garde-malade et par le mourant, exprimait la satisfaction la plus complète.

— Cela va bien, dit-il. — Comment, cela va bien ? demanda M. Pilloy stupéfait. — Oui, le pouls s'est relevé. — Ah! c'est à cela que vous trouvez qu'il va mieux? — Certainement. — Mais, malheureux jeune homme, il a vomi. —

Il a vomi? répéta Ludovic en regardant madame Vincent. — Vous voyez bien qu'il est perdu. — Au contraire, dit tranquillement Ludovic, s'il a vomi, il est sauvé. — Vous répondez de la vie de mon meilleur ami? reprit M. Pilloy furieux. — Oui, Monsieur, dit Ludovic, et sur ma tête.

Le vieux médecin prit son chapeau et sortit avec la mine d'un algébriste auquel on soutient que deux et deux font cinq. Ludovic écrivit une autre ordonnance et la remit à la garde-malade.

— Madame, lui dit-il, *j'ai pris la responsabilité;* vous savez ce que cela veut dire en terme de médecine. Que M. Gérard ne prenne absolument rien que sur mes ordonnances, et M. Gérard est sauvé.

Le moribond poussa un cri de joie, saisit la main du jeune homme, et avant que celui-ci eût pu s'y opposer y appliqua ses lèvres. Mais presque aussitôt sa figure parut se décomposer sous l'influence d'une indicible terreur.

— Et le moine! et le moine! murmura-t-il en retombant écrasé sur son traversin.

LXXIX

L'HOMME AU FAUX NEZ.

Nous avons en quelque sorte terminé les différents récits qui forment le prologue de ce livre, et, à part Pétrus, Lydie et Régina, le lecteur connaît maintenant la majeure partie des personnages destinés à jouer les rôles principaux dans notre drame.

En outre, on l'a vu, les différentes histoires que nous venons de raconter et qui ont peut-être paru incohérentes entre elles sont venues se réunir peu à peu et former un tout homogène. Les fils, divergents en apparence et sans rapports visibles les uns avec les autres, ont peu à peu, et au fur et à mesure que nous avons avancé dans notre sujet, formé sous notre main une trame souvent imprégnée de larmes, parfois même rougie de sang; canevas tantôt radieux, tantôt sombre auquel nous avons essayé de donner la gigantesque dimension que comporte la tâche que nous nous sommes imposée, en essayant de prendre la souche de la restauration depuis ses plus hauts sommets jusqu'à ses plus profonds abîmes.

Qu'on ne perde donc pas courage, que l'on s'engage donc hardiment sur nos traces dans ce pays de l'inconnu où nous nous aventurons, et que le lointain des horizons n'effraye personne; malgré les détours ou les escarpements de la route, nous y atteindrons. Quand le moment sera venu de mettre en saillie la moralité de cet ouvrage, on ne s'apercevra plus, nous l'espérons, du chemin que l'on aura fait; la fin justifiera les moyens.

Chacun de nos personnages, que l'on en soit bien certain, n'est pas seulement une création imaginaire, un être de convention ou de fantaisie n'ayant pour but que de faire rire ou pleurer, par tel ou tel procédé plus ou moins habile; non, chaque héros, peint d'après nature, représente une idée; il est l'incarnation d'une vertu ou d'un vice, d'une faiblesse ou d'une passion, et tous ces vices, ces vertus, ces passions, ces faiblesses reproduiront collectivement la société, comme isolément chacun représentera un de ses membres.

Il y a deux façons de procéder, au théâtre comme dans un livre, deux méthodes contraires d'arriver au même but. L'une s'appelle la synthèse, l'autre l'analyse. Par la synthèse, on arrive à la connaissance des vérités que l'on cherche en partant des premiers principes. Par l'analyse, on part des propositions particulières pour revenir aux premiers principes.

Nous l'avons dit, le but est le même; seulement, par la synthèse, on arrive en montant; par l'analyse, on arrive en descendant. L'analyse décompose, la synthèse recompose. L'analyse réduit un corps dans ses parties principales pour en connaître l'ordre. La synthèse rassemble ces parties pour en former un tout.

Que l'on nous permette donc, selon nos besoins et même selon notre caprice, puisque nous avons le choix des deux moyens, d'user tantôt de l'un, tantôt de l'autre. Après avoir fait trente tragédies, Corneille demandait, dans la préface de *Nicomède,* la permission de glisser un peu de comédie dans la trente et unième.

Après avoir fait huit cent cinquante volumes pour nos lecteurs, nous faisons comme l'auteur du *Cid*, nous demandons à nos lecteurs la permission d'en faire une trentaine pour nous. Ceci posé, reprenons le cours de notre narration. Nous avons laissé Ludovic et Pétrus se séparant à la porte du tapis-franc : Ludovic pour suivre Chante-Lilas, et nous avons vu les suites qu'avait eues la pointe du jeune médecin sur le Bas-Meudon ; Pétrus pour aller prendre sa séance.

Occupons-nous un peu de Pétrus, dont nous avons dit quelques mots à peine, et que nous n'avons fait poser qu'un instant devant nos lecteurs dans le prologue de notre drame. Il est bon qu'avant de commencer la portion de ce livre qui se rapporte directement à lui, le lecteur le connaisse physiquement et moralement.

C'était un fort beau garçon que Pétrus, d'une élégance et d'une distinction naturelles qu'auraient pu lui envier les plus élégants et les plus distingués des jeunes gens à la mode; mais il rougissait en quelque sorte de cette supériorité aristocratique que le hasard lui avait départie en naissant. Il avait, pour la fatuité de ces jeunes gens que l'on appelle des fils de famille, sans doute pour les distinguer de ceux qui, sachant se suffire à eux-mêmes, se contentent d'être les fils de leurs œuvres; il avait, disons-nous, pour ces jeunes désœuvrés un mépris si profond, une horreur si invincible, qu'il s'efforçait de dissimuler son élégance et sa distinction natives, c'est-à-dire les seules choses communes qu'il eût avec eux, dans la crainte de leur ressembler.

Il affectait l'air débraillé pour cacher son air véritable, comme il affectait des défauts qu'il n'avait pas pour cacher les qualités qu'il avait. Ainsi que Jean Robert le lui avait dit au moment d'entrer à la halle, il faisait le sceptique, le roué, le blasé, de peur que l'on ne s'aperçût qu'il était bon et naïf.

Au fond, c'était un cœur de jeune homme de vingt-cinq ans, honnête, innocent, impressionnable, enthousiaste; un véritable cœur d'artiste, enfin. Et cependant c'était lui qui avait eu l'idée de cette mascarade et de souper dans ce mauvais lieu. Mais comment cette idée lui était-elle venue ? Pour prendre une idée exacte du caractère de Pétrus, il faut que nos lecteurs nous permettent de leur raconter cela.

Le matin même du mardi gras, après une course en ville, Pétrus vers midi était rentré chez lui très-soucieux. D'où venait le souci de Pétrus ? On le saura plus tard. Tout ce que nous pouvons dire pour le moment, c'est que Pétrus était rentré soucieux. Les meilleurs caractères en sont là ; ils ont des jours où ils ne valent pas le diable. Pétrus était dans un de ces jours-là. Jean Robert lui avait offert de lui lire un acte de sa nouvelle tragédie, mais il avait envoyé promener Jean Robert. Ludovic lui avait offert de le purger, mais il avait envoyé Ludovic se promener plus loin encore que Jean Robert. Ce cœur insouciant était tout ému. Cet esprit charmant était alourdi.

Ses deux amis habitués à le voir tout autrement n'y comprenaient rien. Interrogé sur le secret de sa tristesse, Pétrus s'était contenté de les regarder en face et de leur répondre :

— Moi, triste, vous êtes fous!

Réponse qui avait fort inquiété les deux jeunes gens. Ils avaient donc insisté, mais inutilement. A chaque fois qu'ils ramenaient la conversation sur sa tristesse, il s'éloignait d'eux, se réfugiant dans les coins les plus obscurs de son atelier comme s'il voulait fuir jusqu'à leur contact. Ce fut dans un de ces mouvements de retraite que, poussé à bout par ses deux amis, il leur déclara que, pour peu qu'ils continuassent à le poursuivre partout où il se retirait, il allait ouvrir la fenêtre et sauter du deuxième pour savoir s'ils persisteraient à le suivre.

Ludovic étendit la main, non plus cette fois pour purger Pétrus, mais pour le saigner, le déclarant atteint de fièvre cérébrale; sur quoi Pétrus ouvrit la fenêtre, déclarant qu'au premier mouvement que ses amis feraient il exécuterait sa menace. Puis, comme un véritable Breton de Saint-Malo qu'il était, habitué dès son enfance à courir sur les vergues des bâtiments, à grimper aux hunes des vaisseaux, il jeta tout son corps en avant, en se retenant d'une manière presque invisible à la traverse de son balcon.

Ses amis crurent un instant qu'il allait se précipiter en effet et jetèrent un cri. Mais lui répondit à ce cri par un éclat de rire homérique qui, dans la disposition d'esprit où ils étaient, inquiéta Jean Robert et stupéfia Ludovic.

— Qu'y a-t-il donc ? demandèrent les deux jeunes gens inquiets. — Il y a, répondit Pétrus, que j'ai là sous les yeux le plus beau modèle de caricature pour Charlet, ou le plus beau sujet de roman pour Paul de Kock qu'il ait jamais été donné à un homme de contempler pendant les vingt-quatre heures qui constituent ce bienheureux jour de fête qu'on appelle le mardi gras. — Voyons, dirent les deux amis en s'approchant. — Oh! regardez, fit Pétrus, je ne suis pas égoïste, moi.

Ludovic et Jean Robert s'approchèrent. Bien que l'atelier de Pétrus fût situé, comme nous l'avons dit, rue de l'Ouest, ses fenêtres donnaient sur l'esplanade de l'Observatoire. C'était donc l'esplanade de l'Observatoire qui servait de cadre au sujet du tableau dévoué au crayon de Charlet ou à la plume de Paul de Kock, qui avait si inopinément éveillé la gaieté de Pétrus.

Le sujet de ce roman ou le modèle de ce tableau était un personnage vêtu de noir, plus petit que grand, plutôt gros que mince, qui se promenait solitaire, mélancolique et la canne à la main dans l'allée de l'Observatoire. Vu de dos, le bonhomme présentait une surface arrondie, qui n'avait rien de particulièrement comique.

— Que diable trouves-tu donc de drôle à ce Monsieur ? demanda Jean Robert. — Il me fait tout à fait l'effet d'un homme comme un autre, fit à son tour Ludovic, excepté qu'il me paraît avoir un tic dans la jambe droite. — Ce n'est point un homme comme les autres, voilà d'abord ce qui vous trompe, répondit Pétrus, et la preuve, c'est que je voudrais bien être comme lui. — Que lui envies-tu, voyons? demanda Jean Robert, et si l'on peut t'offrir ce qu'il a, et si ce qu'il a est à vendre, je vais le lui acheter et je te le donne. — Ce qu'il a, je vais te le dire. D'abord, il est seul et n'a pas deux amis qui l'assomment comme vous m'assommez, ce qui est déjà quelque chose; puis, je m'ennuie et il s'amuse. — Comment, il s'amuse, fit Ludovic, il a l'air triste comme un pendu. — Cet homme-là s'amuse? demanda Jean Robert. — Énormément, répondit Pétrus. — Ma foi, en tous cas, il n'y paraît point, dit Ludovic. — Eh bien, moi je vous dis, reprit Pétrus, que cet homme-là rit intérieurement à gorge déployée, et je vais vous en donner la preuve, la voulez-vous? — Oui, répondirent d'une même voix les deux jeunes gens. — Eh bien, attendez-vous à tout, répondit Pétrus.

Et, se faisant un porte-voix des deux mains :

— Eh! Monsieur, cria-t-il au passant, vous qui vous promenez là-bas, Monsieur!

Le monsieur était tout seul dans l'allée. Comprenant donc que cette appellation ne pouvait s'adresser à un autre, il se retourna. Alors les trois jeunes gens partirent ensemble de ce même rire homérique dont Pétrus avait donné l'exemple tout seul un instant auparavant. C'était un homme grave, de quarante à cinquante ans à peu près, qui avait au milieu du visage un nez de carton de trois à quatre pouces de longueur.

— Qu'y a-t-il à votre service, Monsieur? demanda-t-il d'une voix lugubre. — Rien, Monsieur, répondit Pétrus, absolument rien; nous avons vu ce que nous désirions voir.

Puis, se retournant vers ses amis :

— Eh bien, qu'en dites-vous? demanda-t-il. — J'avoue, dit Jean Robert, que cet homme, très-sérieux vu de dos, est très-réjouissant vu de face. — Je proposerai à l'Académie des sciences, dit Ludovic, de fonder un prix pour le médecin qui trouvera la maladie dont est atteint un homme qui se promène avec un pantalon noir, une redingote noire, un chapeau rond et un faux nez. — Et il te faudra un prix, un encouragement, une prime pour que tu trouves cela? dit Pétrus d'un air méprisant. — Écoute, dit Jean Robert, voilà Pétrus en veine de divination, il va te le dire. — Oh! je l'en défie bien, dit Ludovic. — Pétrus voit peut-être dans cet homme quelque chose de plus qu'un faux nez. — Quand il y verrait encore un faux toupet, où cela le conduirait-il? — Où la forme sous laquelle apparaissent en mer les voiles d'un bâtiment a conduit Christophe Colomb; où la chute d'une pomme a conduit Newton; où le tonnerre tombant sur un cerf-volant a conduit Franklin : à la découverte de la vérité, dit Pétrus avec cet enthousiasme factice qui était un des ressorts comiques de la conversation de l'époque. — Voyons, dit Jean Robert, je ne sais quel philosophe a dit que tout homme qui avait découvert une vérité et qui la gardait pour lui était un mauvais citoyen. La vérité, Pétrus, la vérité!

Pétrus était justement dans une de ces heures d'excitation nerveuse où la parole est un soulagement; il ne se fit donc pas prier pour prendre la parole.

— Eh bien, oui, malheureux aveugles que vous êtes, dit-il, sous le faux nez de cet homme, j'entrevois, moi, toute sa vie. — Va, Pétrus, va, dit Ludovic. — Cet homme, voyez-vous, continua Pétrus, eh bien, je vais vous faire son histoire. — Chut! dit Jean Robert. — Cet homme a une femme qui lui est insupportable, et il mène une vie qui lui est aussi insupportable que sa femme. Il a entendu dire par ses voisins que messieurs ses enfants n'étaient pas de lui; son portier, à cause de cela certainement, le regarde d'un air gouailleur quand il sort, et d'un air triste quand il rentre. Il n'a qu'un seul ami, et c'est justement celui-là qu'on accuse d'être son ennemi. Cette diffamation est fondée, ou, si vous le préférez, cette diffamation n'est point une diffamation; il le sait, il en a les preuves authentiques; eh bien, il continue à serrer amicalement la main de son ami, ou de son ennemi, comme vous voudrez, il fait sa partie de dominos avec lui tous les soirs et l'invite à dîner une fois par semaine; il lui confie sa femme aux premières représentations, il l'appelle mon bon, mon cher, mon vieux; il se sert enfin des épithètes les plus affectueuses pour lui prouver son amitié, tandis qu'au fond il le hait, il le déteste, il l'exècre, il voudrait lui manger le cœur comme Gabrielle de Vergy a mangé celui de son amant Raoul. Et pourquoi dissimule-t-il ainsi, sourit-il ainsi, câline-t-il ainsi femme et amant? Parce que cet homme est un sage, un Socrate, un bourgeois paisible enfin qui veut avoir la tranquillité chez lui, et qui ne saurait l'obtenir s'il ouvrait la bouche ou s'il ne fermait les yeux. — Mais enfin, mon cher Pétrus, dit Jean Robert excitant la verve fébrile de son ami, cet homme a des joies; au milieu de ce Sahara qu'on appelle le mariage, il a trouvé quelque oasis, quelque source fraîche où il va à ses heures, où il se rafraîchit clandestinement, ce qui lui redonne la force nécessaire pour fouler à nouveau le sable brûlant du désert conjugal. — Eh oui, sans doute, répondit Pétrus; un homme n'est jamais tout à fait heureux ou tout à fait malheureux : il y a des échappées de lumière au milieu de l'ombre, comme dans les coups de vent de Ruysdaël, comme dans les tempêtes de Vernet. Oui, comme tous ses semblables, il a ses félicités intimes et muettes, ses joies mystérieuses et cachées. Eh bien, connaissez-vous ses joies? devinez-vous ses félicités? Non. Je vais vous les dire, alors. La joie ineffable de cet homme, la félicité solennelle qu'il se promet pendant les trois cent soixante-quatre jours de l'année, eh bien, c'est de mettre un faux nez le jour du mardi gras; usant des bénéfices de la loi, il passe effrontément dans son quartier avec la certitude de ne pas être reconnu de ses voisins, qu'il insulte à son tour; et il est d'autant plus fondé à le croire, que l'an dernier, à pareille époque, il a aperçu son ami et sa femme dans un fiacre, et qu'à son aspect ils n'ont pas baissé le store. Cet homme que vous voyez là, continua Pétrus s'exaltant dans sa fantasque improvisation, il ne donnerait pas sa journée du mardi gras pour vingt mille maravédis; il est roi de Paris, il se promène incognito dans sa ville; et ce soir, quand il va rentrer chez lui, sa femme l'interrogera vainement sur l'emploi de sa journée; il demeurera sourd et muet aux interrogations de sa femme, il la regardera d'un air de compassion, seulement en songeant aux plaisirs dont il aura joui pendant cinq ou six heures. Respectez donc cet homme, dit en terminant Pétrus, respectez-le et portez-lui envie, car il s'amuse; tandis que vous, par ce jour de réjouissance publique, vous avez l'air, toi, Ludovic, du médecin qui vient de tuer la gaieté, et toi, Jean Robert, du croque-mort qui vient de la conduire au Père-Lachaise. — Puisque tu envies le sort de cet homme, dit Ludovic à

Pétrus, que ne t'affubles-tu comme lui d'un faux nez, que n'intrigues-tu comme lui les passants, que ne fais-tu croire aux bourgeois de ton quartier que leurs femmes les trompent? — Ne m'en défie pas, dit Pétrus. — Je t'en défie, au contraire, et de toutes mes forces. — Ne défie pas un fou de faire sa folie, dit Jean Robert. — La folie passe pour être la mère de la sagesse, dit sentencieusement Pétrus; ce qui prouve en passant que, lorsqu'on est fou dans sa jeunesse, on devient sage en vieillissant; tandis qu'au contraire les jeunes gens sages deviennent des vieillards fous. Ainsi, continua Pétrus, voilà de quoi vous êtes menacés tous deux : vous êtes sur le grand chemin de la démence, sans vous en douter; votre sagesse précoce vous conduira droit au dévergondage. Eh! nos pères n'étaient pas ainsi : ils étaient jeunes pendant leur jeunesse, vieux dans l'âge mur. Ils ne dédaignaient pas de sanctifier les fêtes; le mardi gras, tout particulièrement, était pour eux un jour de liesse. Tandis que vous, vieillards de vingt-cinq ans, qui faites les Manfred et les Werther, vous méprisez les plaisirs naïfs de nos aïeux, vous ne hasarderiez pas la semelle de vos escarpins dans les rues de Paris un jour de carnaval; non, au contraire, vous fuyez, vous vous claquemurez, et, ce qui est le pire de tout, c'est que vous vous claquemurez chez moi, qui, le diable m'emporte, suis encore plus bête, encore plus triste, encore plus maussade que vous. — Bravo, Pétrus! cria Ludovic; par ma foi, tu m'as converti, et la preuve, c'est que je porte un défi. — Lequel? — C'est de nous habiller tous les trois en malins, et de courir tous les mauvais lieux de Paris dans cet élégant costume. — Accepté, dit Pétrus : j'ai besoin de me distraire. En es-tu, Jean Robert? Jean Robert, en es-tu? — Impossible, dit Jean Robert, je dîne rue Sainte-Appoline et reste à une soirée de famille. Accorde-moi donc cette liberté. — Soit, mais à une condition. — Laquelle? demanda Jean Robert. — Oui, mais il ne s'agira pas, quand on t'aura dit à quelle condition, de refuser ou de faire des manières, dit Ludovic. — Sur ma parole, ce sera comme aux jeux innocents; ce qui me sera ordonné je le ferai. — Eh bien, dit Ludovic, comme je suis curieux de savoir si Pétrus s'est trompé à l'endroit de l'homme au faux nez, tu vas aller te poser devant lui et lui demander : Comment vous appelez-vous? qui êtes-vous? que cherchez-vous? Nous t'attendons ici. — Soit, dit Jean Robert.

Le jeune homme prit son chapeau et partit. Dix minutes après il rentra.

— Ma foi, Messieurs, dit-il, j'en suis pour mes frais. — Il ne t'a rien répondu, l'hypocrite? — Au contraire. — Que t'a-t-il répondu? — Qu'il se nommait Gibassier, qu'il était échappé du bagne de Toulon, et qu'il cherchait un monsieur qui devait lui donner mille écus pour faire un coup la nuit prochaine.

Les trois jeunes éclatèrent de rire.

— Eh bien, dit Ludovic à Pétrus, tu vois bien que ce n'est pas ton bourgeois. — Et pourquoi pas? — Bon, un bourgeois n'aurait pas tant d'esprit que cela.

Et les trois jeunes gens descendirent, en glorifiant l'esprit de l'homme au faux nez. On a vu dans notre premier chapitre le résultat du défi porté par Ludovic à Pétrus.

LXXX

LE VAN DICK DE LA RUE DE L'OUEST.

Maintenant que nous avons essayé de donner un spécimen du caractère de Pétrus les jours où il était au cabaret et avait le système nerveux agacé, voyons ce qu'il était hors du cabaret ou pendant ses jours de bonne humeur. Nous avons dit que c'était un beau garçon ; expliquons-nous un peu. On n'est pas vulgairement assez d'accord sur ce mot : beau garçon. Nous autres hommes sommes mauvais juges en cette matière, parlons de l'opinion des femmes.

Pour les unes, la beauté des hommes consiste uniquement dans la santé et la fraîcheur, c'est-à-dire dans la carrure des épaules, à l'exclusion des traits et de l'expression. Celles-là aimeront également un cuirassier, un maquignon ou un chasseur : en un mot, tous les masques et toutes les encolures qui représentent la force. Pour les autres, la beauté des hommes sera tout entière dans la matité du visage, dans la douceur de la figure, dans la régularité des traits, dans la somnolence des yeux, dans la maigreur du corps ; pour celles-là enfin, les hommes beaux sont les hommes efféminés et représentant la faiblesse.

Pour nous, la beauté de l'homme, s'il est permis de dire toutefois qu'il y ait des hommes beaux, la beauté de l'homme, dirons-nous, gît tout entière dans son œil, ses cheveux et sa bouche. Un homme est toujours beau quand il a l'œil lumineux, les cheveux bien plantés, la bouche ferme, souriante et bien meublée. La beauté de l'homme, enfin, nous paraît, avant tout, consister dans l'expression de beauté qui nous semble absolue chez l'homme. Ce sont ces conditions qui nous ont fait dire de Pétrus qu'il était beau garçon. Au reste, si le lecteur veut se faire une idée exacte de celui que nous essayons de faire poser sous ses yeux, qu'il se souvienne de ce merveilleux portrait de Van Dick peint par lui-même ; et si l'on ne se souvient pas de ce beau portrait, qu'on regarde, chez tous les marchands des quais et des boulevards, la gravure faite d'après lui.

Un jour Jean Robert, en passant sur le quai Malaquais, avait aperçu cette gravure derrière une vitre ; il avait été tellement frappé de la ressemblance de l'élève de Rubens avec Pétrus, qu'il était entré immédiatement dans ce magasin pour y acheter, non pas cette gravure de Van Dick, mais le portrait de son ami. Il l'avait attaché dans l'atelier de Pétrus, et la ressemblance de l'auteur de Charles Ier avec le jeune homme était telle, que, sur dix bourgeois qui venaient faire faire leurs portraits à l'huile, ou celui de leurs femmes ou de leurs filles au pastel, neuf s'imaginaient que Pétrus se moquait d'eux, lorsqu'il leur disait que cette gravure était faite, non point à sa ressemblance à lui, mais à celle d'un peintre mort depuis cent quatre-vingts ans.

C'était la même coupe de visage, les mêmes cheveux relevés sur le front en une seule masse, fauves et bouclés, l'enfoncement de l'œil était le même, la même moustache retroussée, et la même royale ombrageant fièrement la même bouche et le même menton. Pétrus, enfin, c'était un Van Dick vivant, mâle et hautain, intelligent et bon.

Quiconque fût entré dans son atelier, ayant été à Gênes, se fût souvenu involontairement des magnifiques tableaux du Palais-Rouge, et eût cherché des yeux cette adorable marquise de Brignole, dont on retrouve à chaque pas, dans ce beau palais, le portrait peint et signé par le peintre flamand. Si, en regardant Pétrus avec son col rabattu, son justaucorps de velours serré autour de sa taille par une cordelière de soie, assis rêveur au fond de son atelier, et frisant de sa belle main, fine et blanche comme une main de prêtre ou de femme, sa moustache fauve, on eût cherché la compagne idéale de ce beau jeune homme, sa ressemblance avec le peintre d'Anvers était si grande, qu'on ne lui eût pas souhaité d'autre amie que cette belle marquise de Brignole, immortalisée par le suave pinceau de Van Dick. Et nulle autre en effet ne lui eût mieux convenu; car certainement ce n'était pour voler ni vers une grisette ni vers une bourgeoise que l'âme qui rayonnait dans les yeux de Pétrus avait reçu ses ailes, et l'on comprenait que la descendante de toute une race de princes pût seule dire à ce fier et beau jeune homme :

— Incline-toi devant moi, je suis ta souveraine.

C'était, en effet, la fille de toute une race de princes qui avait troublé le cœur de Pétrus. Disons en quelques mots comment la chose était arrivée.

Dans cette rue déserte aujourd'hui, mais plus déserte encore il y a vingt-six ans, qu'on appelle la rue de l'Ouest, et où était situé son atelier, il avait vu un jour en rentrant chez lui s'arrêter une voiture armoriée de si grande façon, que, quoiqu'elle n'eût fait d'abord que passer devant lui, il en avait reconnu le blason, qui était d'argent à la tête de More au naturel surmontée d'une couronne princière, avec cette devise : *Adsit fortior,* VIENNE UN PLUS VAILLANT.

Cette voiture, comme nous l'avons dit, s'était arrêtée à sa porte. La voiture arrêtée, le domestique à la livrée bleue et argent qui était derrière était descendu et avait ouvert la portière à une jeune et charmante femme, à la démarche et à la tournure aristocratiques. Après cette jeune femme ou cette jeune fille, qui pouvait avoir dix-neuf ou vingt ans, était descendue, s'appuyant au bras du laquais, une vieille dame d'une soixantaine d'années environ. La jeune femme regarda au-dessus de la porte de la maison devant laquelle la voiture était arrêtée, et, n'ayant pas vu ce qu'elle cherchait, elle se retourna vers le cocher et lui demanda :

— Êtes-vous sûr que ce soit ici le numéro 92? — Oui, princesse, répondit le cocher.

C'était le numéro de Pétrus. Une fois que le jeune homme vit les deux dames entrées, il traversa la rue, et, au moment où il allait entrer à son tour, il entendit la plus jeune des dames demander à la concierge :

— C'est bien ici que demeure M. Pétrus Herbel, n'est-ce pas?

Herbel était le nom de famille de Pétrus. Ce à quoi la concierge, tout émerveillée des belles fourrures dans lesquelles les deux dames étaient enveloppées, répondit :

— C'est bien ici, oui, Madame, mais il n'est pas chez lui pour le moment.
— Et à quelle heure le trouve-t-on? reprit la même personne. — Le matin, jusqu'à midi ou une heure, reprit la concierge. Mais, au reste, le voici, ajouta-t-elle en apercevant le jeune homme qui venait de rentrer, et dont la tête dépassait celles des deux femmes.

Toutes deux se retournèrent en même temps et à leur tour virent le jeune homme qui, se découvrant aussitôt, s'inclina respectueusement.

— C'est vous qui êtes M. Pétrus Herbel, artiste peintre? demanda assez impertinemment la vieille dame. — Oui, Madame, répondit froidement Pétrus. — Nous venons pour un portrait, Monsieur, demanda la même dame toujours avec le même ton; vous convient-il de le faire? — C'est mon état, Madame, répondit, toujours avec une grande politesse mais plus froidement que la première fois, Pétrus. — Eh bien, quand voulez-vous le commencer? sera-ce long? vous faut-il beaucoup de séances? Répondez vite, nous sommes gelées.

La jeune dame, qui n'avait pas dit un mot jusque-là, s'apercevant de l'impertinence de sa compagne et remarquant la patience respectueuse de Pétrus, s'approcha de lui, et prenant la parole à son tour :

— C'est vous, Monsieur, qui êtes l'auteur d'un portrait qui était à la dernière exposition, sous le numéro trois cent neuf? — Oui, Mademoiselle, répondit Pétrus tout ému à la fois de la beauté de cette personne et de la douceur de sa voix. — Si je ne m'abuse, Monsieur, c'était votre propre portrait, n'est-ce pas? continua la jeune dame. — Oui, Mademoiselle, dit en rougissant Pétrus. — Eh bien, Monsieur, je désirerais un portrait de moi, fait dans cette manière; celui-là était d'un ton qui m'a ravie. J'ai déjà huit ou dix portraits de moi que ma mère ou ma tante ont fait faire, mais aucun ne me contente. Voulez-vous, ajouta-t-elle en souriant, tenter à votre tour de satisfaire une personne fort capricieuse et fort difficile? — J'y tâcherai, Mademoiselle, et ce sera un grand honneur pour moi. — Un honneur, interrompit la vieille dame, et pourquoi cela sera-t-il un honneur pour vous? — Parce qu'il ne devrait être donné qu'à une célébrité, dit Pétrus en s'inclinant, de faire le portrait d'une personne de la beauté et du rang de mademoiselle de La Mothe-Houdan. — Ah! vous nous connaissez? grommela la vieille dame. — Je connais du moins le nom de Mademoiselle, répondit Pétrus. — Je vous ai dit, Monsieur, que j'étais capricieuse et difficile; j'ai oublié de vous dire que j'étais curieuse.

Pétrus s'inclina, en homme prêt à satisfaire la curiosité de sa belle visiteuse.

— Comment savez-vous mon nom? continua celle-ci. — Je l'ai lu sur les panneaux de votre voiture, répondit Pétrus en souriant. — Ah! les armes de ma famille; vous vous connaissez en blason, alors? — Ne suis-je pas appelé à en faire usage tous les jours, et un peintre d'histoire peut-il ignorer que, depuis la prise de Constantinople jusqu'à la prise de Berg-op-Zoom, l'écusson des La Mothe-Houdan a rayonné sur tous les champs de bataille, sans rencontrer ce que cherche sa devise?

Ce brevet de vaillance et de noblesse jeté brusquemment à sa face, avec une si complète courtoisie toutefois, fit rougir jusqu'au blanc des yeux l'héritière des La Mothe-Houdan. La vieille dame elle-même fut contrainte de regarder le jeune homme avec une bienveillance dont elle n'avait pas fait preuve jusque-là.

— Eh bien, Monsieur, dit-elle alors avec une bonne grâce que l'on n'était point en droit d'attendre de son impertinente personne, puisque vous savez le nom de ma nièce, il ne nous reste plus qu'à vous demander votre heure et à vous donner notre adresse. — Mon heure sera la vôtre, Madame, répondit le jeune homme avec une déférence qui commandait une courtoisie pareille, et quant à l'adresse de la princesse de La Mothe-Houdan, il n'est permis à personne d'ignorer que son hôtel est situé rue Plumet, en face de l'hôtel Montmorin, près de l'hôtel du comte Abrial. — Eh bien, Monsieur, répondit la jeune fille en rougissant pour la seconde fois, demain à midi, si vous voulez bien. — Demain à midi, je serai à vos ordres, Mesdames, répondit Pétrus en s'inclinant profondément.

Les deux dames remontèrent en voiture, et Pétrus rentra dans son atelier. Nous avons dit que Pétrus était loyal, et cependant il avait fait à mademoiselle de La Mothe-Houdan un des plus gros mensonges qu'un homme pût faire. Pétrus avait prétendu que personne ne devait ignorer l'adresse d'un La Mothe-Houdan, et, cependant, deux mois auparavant il l'ignorait encore, et un hasard seul la lui avait apprise.

Peu de Parisiens, excepté les Parisiens de la rive gauche, connaissent cette partie du boulevard extérieur qui va de la barrière de Grenelle à la barrière de la Gare, et qui enceint toute la rive gauche du sud, comme, de la Gare à Grenelle, la Seine l'enceint au nord. Ces boulevards, ou plutôt cette promenade de quatorze à quinze mille mètres de longueur est plantée de quatre rangs d'arbres qui forment deux contre-allées; elle est tapissée de gazon d'un bout à l'autre de la route, et, pour quiconque a souhaité d'aller méditer seul ou rêver à deux dans les allées ombreuses du parc, c'est une promenade charmante que celle des boulevards du midi.

Quelques-unes de ces femmes qui ne montrent jamais leurs visages dans les promenades publiques, dans les spectacles, dans les concerts; quelques-unes de ces femmes qui, poussant la retraite jusqu'à la claustration, ne sortent jamais que pour aller à l'église; quelques-unes de ces femmes, disons-nous, rassurées par la solitude de cette ombreuse thébaïde, venaient à cette époque, par les soirs d'été, faire un tour en calèche, et le jeune homme studieux qui commentait son code en se promenant sous les grands ormes était émerveillé de voir passer sur la route, comme les ombres vaporeuses des grandes dames d'autrefois, les belles et souriantes jeunes femmes du faubourg Saint-Germain.

Entre autres jeunes et belles femmes, mais non joyeuse et souriante, passait, en été dans une calèche découverte, en hiver dans une calèche fermée, la jeune femme que dans ce livre nous avons déjà vue apparaître deux fois : la première fois au lit de mort de Carmélite, la seconde fois, il n'y a qu'un instant, dans la maison de Pétrus; mademoiselle Régina de La Mothe-Houdan, fille du maréchal Bernard de LaMothe-Houdan.

La première fois que Pétrus la vit, c'était six mois à peu près avant l'époque où nous sommes arrivés, vers la fin d'un beau jour d'été : Pétrus était tout seul au milieu de la route que forment les quatre rangées d'arbres du boulevard, il regardait à l'horizon, du côté des Invalides, l'effet d'un soleil couchant; tout à coup, au bout de la route, comme si deux des chevaux du char du soleil venaient de se détacher au milieu d'une poussière d'or, il vit venir à lui deux cavaliers qui semblaient lutter de vitesse. Pétrus s'écarta pour les laisser passer, mais ils ne passèrent pas si rapidement que le jeune homme ne pût distinguer leurs visages. Quand nous disons deux cavaliers, nous aurions dû dire un cavalier et une amazone.

L'amazone était une grande jeune fille taillée sur le patron de la Diane chasseresse, vêtue d'un costume de cheval de foulard écru, et coiffée du chapeau gris devant lequel retombait un voile vert; elle avait dans son allure, dans sa tournure, dans son visage, un peu de cette Diana Vernon que Walter Scott venait de créer et de livrer à notre admiration, et beaucoup de cette adorable Edmée que madame Sand avait peut-être déjà vue passer à l'état de fantôme dans les brumes de la Vallée-Noire.

La fière façon dont cette jeune fille était campée sur son cheval, noir de crins, blanc d'écume, la rude énergie avec laquelle elle dirigeait sa marche et domptait ses caprices, indiquaient déjà une écuyère de première force, et la conversation qu'elle soutenait avec son compagnon, malgré le galop du cheval, prouvait qu'elle avait autant de sang-froid que d'habileté.

Son compagnon était un vieillard de soixante à soixante-cinq ans, de belle mine, de grande tournure, vêtu d'un habit de cheval vert, d'une culotte blanche et de bottes à la française; il était coiffé d'un grand feutre noir au-dessous duquel flottaient, blancs comme s'ils eussent été poudrés, des cheveux qui avaient conservé quelque chose de la coupe du Directoire. Il était inutile de voir le ruban de plusieurs couleurs noué à la boutonnière de ce cavalier, pour savoir à quelle classe de la société il appartenait; en outre, ses sourcils épais, ses rudes moustaches dont les pointes retombaient au-dessous de son menton, l'expression un peu dure de tout son visage révélaient chez cet homme l'habitude du commandement, et il suffisait de le voir passer pour comprendre que l'on venait de rencontrer une des illustrations militaires de l'époque.

Pour Pétrus, le passage rapide du vieillard et de la jeune fille fut comme une vision, et si une demi-heure après ils ne fussent revenus sur leurs pas et n'eussent reparu de nouveau devant lui, il eût cru voir passer une belle châtelaine du moyen âge se rendant rapidement au castel de famille, accompagnée de son père ou de quelque vieux paladin. Pétrus rentra chez lui et voulut se mettre au travail; mais le travail est une maîtresse jalouse qui se retire quand vous venez à elle le front chaud des baisers d'une rivale.

La rivale du travail de Pétrus, c'était sa rencontre, sa vision, son rêve. Vainement il prit sa palette, vainement, debout devant son chevalet, il essaya de conduire son pinceau sur la toile, l'ombre de l'amazone planait au-dessus de lui, écartait sa main, caressait son front. Cependant, après une heure de lutte contre le beau fantôme, il se mit à l'œuvre. On eût pu le croire vainqueur; il était vaincu.

Le sujet ébauché que devait représenter la toile était un cavalier croisé, blessé, mourant, couché sur le sable et secouru par une jeune fille arabe. Tandis que des esclaves noirs, qui s'étonnaient qu'au lieu de l'achever on vînt en aide à un chien d'infidèle, soulevaient la tête du mourant, la jeune fille, au second plan, allait, dans le casque du chevalier, puiser de l'eau à une fontaine ombragée par trois palmiers.

Ce tableau, au moment où Pétrus était rentré de sa promenade, lui avait paru l'allégorie précise de sa vie. N'était-il pas, en effet, ce chevalier blessé dans ce rude combat de l'existence où tout artiste est un croisé accomplissant un long et dangereux pèlerinage à la Jérusalem de l'art, et cette amazone qu'il avait rencontrée n'était-elle pas cette bienheureuse fée qu'on appelle l'espérance, sortant de sa grotte liquide chaque fois que le travail dépasse les forces, et faisant tomber goutte à goutte, comme la Vénus Aphrodite, du bout de ses cheveux tordus, la rosée qui rafraîchit le voyageur?

Ce symbole idéal, qui souriait à son imagination, lui parut si frappant, qu'il résolut d'en faire le symbole de sa vie, et, prenant son couteau à gratter, en un instant il effaça les deux têtes de la jeune Arabe et du croisé, et substitua son visage à celui du chevalier et celui de l'amazone au visage de la jeune fille. Voici dans quelles conditions il s'était remis au travail. Nous avions donc raison de dire qu'au lieu d'être vainqueur, il était vaincu.

A partir de ce moment, il fut quatre mois sans revoir la belle amazone, et, disons mieux, sans chercher à la revoir. Mais par le même hasard qui la lui avait fait rencontrer une première fois, un jour du mois de janvier 1827, par une matinée de neige éclatante, il la rencontra de nouveau dans une calèche fermée, sur les boulevards déserts.

Cette fois, elle était vêtue de noir et accompagnée d'une vieille dame qui semblait dormir au fond de la calèche. La voiture allait du boulevard des Invalides jusqu'à l'allée de l'Observatoire; puis elle revenait de l'allée de l'Observatoire au boulevard des Invalides, recommençant incessamment le même manége. Enfin elle disparut à l'angle de la rue Plumet.

Pétrus comprit que c'était dans cette rue que demeurait son idéalité. Un matin, il s'enveloppa jusqu'au menton dans un grand manteau et alla se blottir sous le portail d'une des maisons de la rue Plumet, attendant le retour de la voiture qu'il venait de voir passer.

Vers une heure de l'après-midi, la voiture rentra dans l'hôtel dont Pétrus, au commencement de ce chapitre, avait avec tant de précision établi le gisement. Notre moderne Van Dick avait donc, comme on le voit, fait un gros mensonge en disant que tout le monde devait savoir l'adresse des La Mothe-Houdan, puisqu'un mois auparavant lui-même ne la savait pas.

Il est inutile de parler de la joie que causa au jeune homme la visite de cette fée qu'il n'avait jusqualors connue, comprise et presque admirée qu'à l'état de vapeur, et il est probable que, si la vieille dame qui l'accompagnait eût été sourde et aveugle, Pétrus fût monté chez lui et eût descendu à la jeune princesse non-seulement le portrait qu'elle désirait, mais vingt autres portraits encore, car, depuis six mois, le jeune peintre avait malgré lui donné à toutes les femmes les traits charmants, quoiqu'un peu altiers, de Régina.

LXXXI

VIEILLE HISTOIRE TOUJOURS NOUVELLE.

Pétrus, de retour dans son atelier, regarda avec joie d'abord, avec dégoût ensuite, les diverses toiles où de souvenir il avait peint la fille du maréchal de La Mothe-Houdan. En effet, au bout de dix minutes d'examen, ces portraits lui semblaient si fort au-dessous du modèle, qu'il fut tout près d'en faire un auto-da-fé. Par bonheur, l'arrivée de Jean Robert le détourna de cette résolution. Jean Robert était trop bon observateur pour ne pas voir qu'il se passait quelque chose de nouveau et d'extraordinaire dans la vie de son ami ; mais c'était un garçon fort discret que Jean Robert, qui ne hasarda qu'un pied sur le terrain de la curiosité, et qui, sentant de la résistance, fit immédiatement un pas de retraite.

Les jeunes gens, les jeunes gens distingués du moins, parlent rarement entre eux de leurs maîtresses, de leurs amours, et même de leurs simples liaisons ; tout cœur délicat aime l'ombre et le mystère, et introduit difficilement même un ami intime dans le tabernacle de ses affections.

Jean Robert resta le temps qu'il crut nécessaire pour donner à sa visite une autre apparence que celle d'une entrée et d'une sortie, puis il inventa un prétexte et laissa Pétrus jouir solitairement de ses émotions. Quelles étaient ces émotions ? C'est ce que Jean Robert ignorait, mais peu lui importait ; il avait deviné au sourire de son ami, à ses yeux demi-voilés, à sa silencieuse distraction, que ces émotions étaient douces.

Pétrus, demeuré seul, passa une de ces adorables journées dont l'homme à son déclin ne retrouve pas sans frissonner de joie le vivifiant souvenir. A partir de ce jour, le rêve caressé par tout artiste, par tout jeune cœur hors du courant vulgaire, l'amour d'une femme dont le front porte la triple couronne de la beauté, de la grandeur et de la jeunesse, ce rêve se réalisa pour lui : toutes les princesses de ses songes venaient de prendre une forme et de s'incarner pour lui, de s'incarner en une seule femme. Il fermait les yeux, et il la voyait descendre de sa voiture dans un nuage de dentelles, de velours et d'hermine.

Il passa toute la soirée devant son piano. Comme tous les peintres, Pétrus adorait la musique. Sa main eût été inhabile à formuler sur la toile une seule de ses décevantes émotions. La musique seule, avec sa voix enchantée, ses vibrations qui naissent au ciel et se répandent sur la terre, la musique seule pouvait répondre aux appels passionnés du jeune homme.

Ce ne fut que bien avant dans la nuit qu'il se décida à se coucher et qu'il s'endormit. Nous nous trompons en disant qu'il s'endormit. Il veilla les yeux fermés jusqu'au moment où le jour arriva. Il veilla, c'était bien le mot, car une voix ne cessa de murmurer à son oreille le nom de Régina.

Il sortit de chez lui dès neuf heures du matin, bien que le rendez-vous ne fût que pour midi ; mais il lui eût été impossible de demeurer en place, et il passa les trois heures qui le séparaient de l'heure indiquée à se promener devant l'hôtel du maréchal.

L'hôtel de La Mothe-Houdan, situé rue Plumet, aujourd'hui rue Oudinot, se composait d'un grand corps de bâtiment situé entre cour et jardin, et au fond de ce jardin, dans un endroit qui semblait une oasis à mille lieues de Paris, d'un pavillon formant une salle à manger, un salon et un boudoir enfermés dans une serre gigantesque qui faisait à cette gracieuse succursale du principal corps de logis une muraille de fleurs.

A l'extérieur, la clôture, à part les soubassements de la construction, était de vitres, et à travers ces vitres on apercevait, comme au Jardin des Plantes de Paris, comme au Jardin Botanique de Bruxelles, comme dans les serres du célèbre horticulteur Van Haet, mille plantes exotiques dont les feuilles larges ou effilées, mais toutes d'une forme inconnue au nord et à l'occident, jetaient sur ce petit coin une couleur tropicale des plus pittoresques.

Ce pavillon, entouré d'arbres de tous côtés, était visible cependant sur une de ses faces. C'était la face du sud : une éclaircie ménagée entre les hauts marronniers et les tilleuls touffus permettait de la distinguer à travers la grille de clôture. C'est dans le boudoir de ce pavillon, dans ce jardin à ciel de verre, moitié atelier, moitié serre, car les plus belles œuvres de l'art comme les plus rares produits de la terre s'y trouvaient réunis, que Régina attendait Pétrus, non pas avec une impatience égale à celle du jeune homme, mais du moins, il faut l'avouer, avec une certaine curiosité. Il y avait dans le tempérament aristocratique de la jeune fille une appréciation rapide de toute supériorité; supérieure elle-même, elle avait aux premiers mots senti qu'elle heurtait dans Pétrus un homme supérieur.

Le jeune homme arriva à l'heure dite, ni une minute avant, ni une minute après; il était dans les strictes conditions de cette exactitude que Louis XIV appelait la politesse des rois. En mettant le pied dans cette corbeille de l'archipel Indien, Pétrus fut saisi d'un frisson de plaisir et d'admiration.

Vu du seuil de la porte, c'était en effet un spectacle ravissant pour un artiste comme l'était Pétrus que celui qui se déroulait sous ses yeux. Le rêve de la plus riche imagination n'eût pas été plus loin que cette abondante réalité. Il semblait que, dans les embrassements sublimes d'un céleste amour, l'art et la nature eussent enfanté leurs plus beaux chefs-d'œuvre. Là étaient toutes les merveilles de l'art; là étaient toutes les richesses du sol; là étaient toutes les fougères gigantesques de l'Amérique du sud : deux amants en marbre blanc s'embrassaient chastement, comme l'Amour et la Psyché de Canova: là, sous des bosquets de ravenalas et de palmiers, fuyaient des naïades échevelées de Clodion.

C'étaient vingt terres cuites des maîtres du dix-septième siècle, de Bouchardon, de Coisevox, mélangeant leurs teintes rougeâtres avec le bronze florentin des maîtres du seizième. C'étaient toutes les rosacées de l'Europe sous les magnolias de l'Amérique du nord, les Grâces de Germain Pilon, les Nymphes de Jean Goujon, les Amours de Jean de Bologne, ce grand maître que l'Italie nous a volé et ne veut pas nous rendre, quoique depuis trois cents ans son ombre réclame le titre de Français.

C'étaient, enfin, cent chefs-d'œuvre de terre, de pierre, de bois, de marbre, de bronze, disposés harmonieusement dans cette forêt vierge en fleurs, où toutes les contrées offraient un échantillon de leurs végétations particulières et caractéristiques, depuis les calcéolaires et les passiflores de l'Amérique du sud, depuis les camélias, les hortensias, les palmiers, les arbres à thé, jusqu'aux lotus bleus, blancs et roses, jusqu'aux palmiers doux, jusqu'aux dattiers de l'Afrique; depuis les sensitives, les figuiers, les fougères en arbres de Madagascar, jusqu'aux eucalyptus, jusqu'aux mimosas de l'Océanie. C'était, en un mot, une mappemonde en fleurs.

Régina semblait la déesse protectrice, la fée toute-puissante de ce monde merveilleux. Pétrus hésitait à entrer, même après que le valet l'eut annoncé, et Régina fut obligée de lui dire en souriant :

— Mais entrez donc, Monsieur. — Je vous demande pardon, Mademoiselle, dit Pétrus; mais, sur la porte du paradis, il est permis aux pauvres mortels d'hésiter.

Régina se leva et fit passer Pétrus au salon, transformé en atelier; au milieu du salon était dressé un chevalet supportant une toile assez haute et assez large pour y esquisser un portrait de grandeur naturelle. Sur un pliant étaient une boîte à couleurs et une palette. Le jour était ménagé par une main savante, et Pétrus n'eut presque rien à changer à la disposition des stores.

— Veuillez, Mademoiselle, dit Pétrus, avoir la bonté de vous asseoir où vous voudrez, et de prendre la pose qui vous paraîtra la plus simple et la meilleure.

Pétrus prit un fusin, et, avec une sûreté de main étrange, il esquissa l'ensemble du portrait. Arrivé aux détails et voyant que le visage de Régina allait manquer de cette animation de la bouche et des yeux qui fait la ressemblance :

— Mon Dieu, Mademoiselle, dit Pétrus, voulez-vous permettre que nous causions un peu de ce que vous voudrez, de botanique, de géographie, d'histoire ou de musique pendant cette première séance. Je vous avoue que, quoique amoureux de la couleur, j'appartiens entièrement à l'école des peintres idéalistes. Si je rêvais quelque chose, si j'avais une espérance, ce serait de marier le sentiment de Schœffer à la couleur de Decamps ; il me paraît donc impossible de faire un bon portrait devant un visage immobile. J'entends par immobile un visage que la causerie n'anime point. Les personnes qui font faire leurs portraits donnent d'habitude, grâce au silence qu'elles gardent involontairement ou qu'un peintre inhabile ou timide leur fait garder, un air contraint, qui fait dire aux amis... Oh! ce n'est pas cela; c'est beaucoup trop grave... ou c'est beaucoup trop vieux. Et la faute retombe sur le pauvre peintre, tandis que l'on devrait songer que le peintre ne connaissant pas son modèle, au lieu de lui donner son expression habituelle, lui a donné l'expression du moment.

— Vous avez raison, répondit Régina, qui avait écouté cette longue thèse exposée par Pétrus sans prétention aucune, et tout en esquissant les accessoires du tableau ; et si, pour faire de moi un bon portrait, il vous suffit de voir mon visage animé par la causerie qui m'est la plus habituelle et la plus chère, je vous prie d'allonger la main et de sonner.

Pétrus sonna. Le laquais qui l'avait introduit et qui se tenait invisible, mais à la disposition du premier appel, entra.

— Faites venir Abeille, dit Régina.

Cinq minutes après, un enfant de dix à onze ans entra, ou plutôt bondit de la porte aux pieds de Régina. Pétrus, impressionnable comme un artiste, et subissant l'influence irrésistible de la beauté sur certaines organisations, jeta un cri.

— Oh! l'adorable enfant! dit-il.

L'enfant qui venait d'entrer, et que sa sœur avait évoquée sous le nom caractéristique d'Abeille, était en effet une charmante petite fille, à la figure transparente comme une feuille de rose, aux cheveux d'un blond ardent, bouclés tout autour de la tête comme une touffe de boutons d'or ; à la taille si mince qu'elle semblait, comme celle d'une abeille, toute prête à se briser. Son front ruisselait de sueur, bien que l'on fût à la fin du mois de janvier.

— Tu m'as appelée, ma sœur? demanda-t-elle. — Oui, où étais-tu donc? dit Régina. — Dans la salle d'armes, à faire assaut avec papa.

Un sourire passa sur les lèvres de Pétrus. Ce mot faire assaut lui semblait le dernier qui dût sortir des lèvres de cette enfant.

— Bon, mon père te faisait encore faire des armes!... En vérité, mon père est encore plus enfant que toi, Abeille, et je ne vous aimerai plus ni l'un ni l'autre, si vous ne voulez pas m'obéir. — Mais mon père dit toujours, Régina, que tu n'es devenue si grande et si belle, que parce que tu as fait des armes; et comme je veux devenir aussi grande et aussi belle que toi, je lui dis toujours : Papa, fais-moi faire des armes! — Oui, et lui qui ne demande pas mieux. Tiens! te voilà tout en nage, tout essoufflée; je me fâcherai, Abeille. Comprenez-vous, Monsieur, qu'une grande demoiselle de onze ans passe sa vie à faire des armes, comme un écolier de Salamanque ou un étudiant d'Heidelberg? —Sans compter que lorsque le printemps va revenir, je monterai à cheval. — Cela, c'est autre chose. — Oui, mais papa a dit que cette année il t'achèterait à toi un autre cheval, et qu'à moi, il me donnerait Lemio. — Oh! par exemple, si le maréchal fait cela, je le déclare parfaitement fou... Imaginez-vous, Monsieur, que Lemio est un cheval que personne n'ose monter. — Excepté toi, Régina, qui lui fais sauter des fossés de six pieds de large, et des barrières de trois pieds de haut. — Parce qu'il me connaît. — Eh bien, il me connaîtra à mon tour; et s'il ne veut pas me connaître je lui dirai tant de fois, à coups de cravache : Je suis la sœur de Régina et la fille du maréchal de La Mothe-Houdan, qu'il finira par comprendre. — Lemio, Mademoiselle, dit Pétrus en se hâtant de profiter de l'animation de Régina pour esquisser sa tête, n'est-ce point un cheval noir à longs crins, de race arabe, croisé anglais. — Oui, Monsieur, dit Régina; mon cheval serait-il assez noble aussi pour avoir un blason? — Il vient d'un pays, Mademoiselle, où les chiens et les faucons ont leur généalogie. Pourquoi n'aurait-il pas la sienne? — Ah! dit la petite Abeille à demi voix, c'est Monsieur qui fait ton portrait? — Oui, répondit Régina du même ton. — Est-ce qu'il ne fera pas le mien aussi? — Je ne demande pas mieux, Mademoiselle, dit en souriant Pétrus; et surtout, posée comme vous êtes en ce moment.

La jeune fille était à moitié couchée, les coudes sur les genoux de sa sœur, sa tête, pleine d'animation et d'intelligence, reposant entre ses deux mains, tandis que Régina lui caressait le visage avec une fleur de réséda.

— Tu entends, ma sœur, dit Abeille, Monsieur ne demande pas mieux que de faire mon portrait. — Oh! dit Régina, il y mettra bien quelques conditions. — Lesquelles? dit Abeille. — Mais, que vous serez sage, Mademoiselle, et que vous obéirez à votre sœur. — Bon! dit Abeille, je connais mes commandements de Dieu par cœur; ils disent :

Tes père et mère honoreras,

mais ils ne disent pas :

Tes frère et sœur honoreras;

je veux bien aimer Régina de tout mon cœur, mais je ne veux pas lui obéir: je ne veux obéir qu'à mon père.

— Je crois bien, dit Régina, il fait tout ce que tu veux. — Mais, je ne lui obéirais pas, sans cela, dit en riant la petite Abeille. — Allons, Abeille, dit Régina, tu te fais plus méchante que tu n'es; mets-toi là bien sagement près de moi, et raconte-nous une histoire.

Puis, se retournant vers Pétrus :

— Imaginez-vous, Monsieur, continua-t-elle, que quand je suis triste, ce qui m'arrive souvent, cette enfant vient près de moi et me dit : « Tu es triste, ma sœur Régina? Eh bien, je vais te raconter une histoire. » Et alors, en effet, elle me raconte des histoires qu'elle prend je ne sais où, dans sa tête folle certainement; mais des histoires qui parfois me font mourir de rire. Voyons, Abeille, une histoire. — Je veux bien, ma sœur, dit l'enfant regardant Pétrus, comme si elle eût voulu lui dire : Écoutez celle-ci, monsieur le peintre.

Pétrus écouta, tout en avançant énormément l'esquisse de la tête de Régina, qui, rendue au mouvement et à la simplicité de la vie habituelle, prenait une expression ravissante. La petite fille commença.

LXXXII

LA PRINCESSE CARITA.

(Conte de Fées.)

Abeille commença, avons-nous dit dans le chapitre précédent.

— « Il était une fois une princesse douée d'une vertu extraordinaire et d'une incomparable beauté. Elle était née à Bagdad, et vivait sous le règne du calife Haroun-al-Raschid, dont elle était très-proche parente. Son père, un des plus illustres généraux de l'armée du calife, voyant sa fille grandir et le nombre des guerres diminuer, offrit sa démission au calife, afin de consacrer tout son temps à l'éducation de Zuleyma. Zuleyma est un mot persan qui veut dire reine.

« Loin de refuser sa démission, le calife l'accepta, et, malgré le chagrin qu'il eut de se séparer d'un si brave militaire, il approuva son dessein et lui offrit pour l'éducation de Régina, pardon, petite sœur, je veux dire Zuleyma, et lui offrit pour l'éducation de Zuleyma les mêmes maîtres qui avaient formé l'éducation de sa propre fille. Le général se retira de la cour, où il avait eu son logis jusque-là, et alla habiter un beau palais qu'il possédait dans un des faubourgs de la ville, entouré, comme la rue Plumet, par une ceinture de jardins en fleurs.

« C'est là, qu'au milieu d'une serre pareille à celle-ci, venaient les maîtres de danse, les maîtres de dessin, les maîtres de chant, les maîtres de botanique, les maîtres d'histoire, les maîtres d'astronomie, de philosophie même, car le général voulait que l'esprit de la princesse fût orné de toutes les sciences connues à cette époque, et l'on peut dire sans la flatter qu'elle avait si bien profité des leçons de ses maîtres, qu'à dix-huit ans elle était d'une vertu, d'un esprit et d'une beauté accomplis. »

— Abeille, interrompit Régina, ton histoire n'est pas amusante le moins du monde, conte-nous-en une autre. — Il est possible qu'elle ne soit pas amusante, dit Abeille, mais elle a le mérite d'être vraie, et la vérité est le principal mérite d'une histoire; n'est-ce pas, Monsieur le peintre? continua la jeune fille en s'adressant à Pétrus. — Je suis de cet avis, Mademoiselle, dit l'artiste, voyant qu'Abeille allait faire allusion à quelques traits de la vie de Régina; aussi oserai-je supplier bien humblement Mademoiselle votre sœur de vous permettre de continuer.

Les joues de Régina devinrent du rouge des camélias qui s'épanouissaient au-dessus de sa tête.

— Et si je continue, demanda Abeille, que me donnerez-vous? — Je vous donnerai votre portrait, Mademoiselle. — Vraiment! s'écria Abeille toute joyeuse et en frappant ses petites mains l'une contre l'autre. — Parole d'honneur!

Abeille se retourna vers sa sœur, en étendant ses deux bras d'une façon qui signifiait: Tu vois, Régina, qu'il n'y a pas moyen de faire autrement.

Régina ne répondit point, mais elle recula lentement son fauteuil à trois pas en arrière, comme si elle eût voulu chercher, pour cacher sa rougeur, l'ombrage des arbres de cette forêt de salon. Abeille voyant que si Régina ne donnait point son consentement, elle ne le refusait pas non plus d'une façon bien déterminée, reprit son récit, en disant pour toute transition :

— J'en étais à la beauté accomplie de la princesse; mais passons là-dessus, puisque papa dit que la beauté périt, mais que la bonté reste.

« C'est que la bonté de la princesse Zuleyma était vraiment étonnante. Toutes les mères de Bagdad, quand elle passait dans les rues, la montraient du doigt à leurs enfants en disant :

« — Voilà la plus belle et la plus charitable princesse qui ait jamais été et qui jamais sera. »

« Il en résulta que peu à peu elle acquit dans son quartier une si grande célébrité qu'on ne la prit plus simplement pour une femme comme les autres, mais pour une véritable fée qui opérait des miracles partout où elle passait, consolant celui-ci et guérissant celui-là, rendant les méchants bons, les bons meilleurs.

« Or, il arriva qu'un jour un petit Savoyard de ce pays-là, qui gagnait sa vie en faisant danser une marmotte, pleurait à la porte de son palais, parce que n'ayant pas gagné un seul sou dans la journée, il n'osait point rentrer chez lui, de peur d'être battu par son maître.

« La princesse vit par la fenêtre les larmes du petit garçon, descendit vivement et lui demanda ce qu'il avait. Aussitôt que le petit Savoyard l'aperçut, il comprit que sa recette était faite, et il sauta de bonheur en disant :

« — La fée! ah! voilà la fée! »

« Puis, lui demandant l'aumône dans le langage de son pays, il lui répéta plusieurs fois : « Carita, carita, principessa, carita; » de sorte que plusieurs personnes qui avaient entendu le petit garçon, ne sachant de la princesse que son nom mortel de Zuleyma, qui veut dire reine, l'appelèrent d'un nom bien autrement beau, c'est-à-dire la fée Carita, ce qui veut dire la fée Charité. »

Régina interrompit pour la seconde fois Abeille.

— Mais comprenez-vous, Monsieur, dit-elle, où cette enfant va prendre toutes ces histoires? — Oui, princesse, dit Pétrus avec un sourire, oui, je le comprends parfaitement, et son imagination m'étonne moins que vous, attendu que je crois tout simplement que son imagination n'est que de la mémoire.

Le lecteur comprend à son tour que les joues de Régina s'empourprèrent de plus en plus sous le regard et la réponse de Pétrus. Mais la petite Scheherazade, sans faire attention ni aux regards de l'un ni à la rougeur de l'autre, continua :

— Enfin, monsieur le peintre, je n'entreprendrai pas de raconter toutes les belles et bonnes actions qui prouvent que la fée Carita était bien digne de son nom. Je n'en veux raconter qu'une seule, et ma sœur Carita, non, Zuleyma, non, Régina, je me trompe toujours, et ma sœur Régina, qui sait mieux les contes de fées que moi, attendu qu'elle est plus grande et qu'elle a bien plus d'esprit, pourra vous dire, Monsieur, si j'y ai changé un seul mot.

« Je vous ai dit que le palais de la princesse était entouré de jardins en fleur et de promenades qui faisaient tout le tour de la ville de Bagdad, comme les boulevards font tout le tour de Paris. Tous les jours d'été, la princesse allait se promener à cheval avec son père dans les allées de ces belles promenades, et quiconque les voyait passer tous deux ne pouvait s'empêcher de les remarquer. »

— C'est vrai, dit Pétrus en regardant la petite fille et en la remerciant du regard. — Ah! tu vois, ma sœur, dit-elle, Monsieur dit que c'est vrai.

— « Eh bien, continua-t-elle en revenant à son histoire, un jour, dans une de ses promenades, la fée Carita aperçut dans un fossé une petite fille de douze à treize ans qui, pâle, maigre, les cheveux déroulés et épars sur les épaules, tremblait de tous ses membres, bien qu'il fît ce jour-là une grande chaleur et qu'elle fût en plein soleil.

« Elle avait autour d'elle quatre ou cinq petits chiens qui la léchaient, qui la caressaient, et sur sa petite épaule nue une corneille qui battait des ailes. Mais ni la corneille, ni les chiens ne parvenaient à distraire la petite fille, et elle ne paraissait pas, tant elle souffrait, faire plus d'attention à eux qu'aux oiseaux qui chantaient au-dessus de sa tête ou aux cigales qui chantaient autour d'elle. Non, elle grelottait depuis les épaules jusqu'à la pointe des pieds, et ses petites dents claquaient les unes contres les autres comme si l'on eût été en plein hiver; et remarquez bien qu'on était seulement au mois d'août de l'année dernière. »

— Ah! que dis-je donc là! s'écria l'enfant.

Pétrus sourit.

— En effet, dit Régina, tu vois bien que tu bats la campagne, petite fille; tu parles du calife Haroun-al-Raschid et de l'année dernière; tu dis que les événements se passent à Bagdad, et tu mets en scène un petit Savoyard; tu n'es pas en verve aujourd'hui, Abeille; laisse donc là ta fée Carita; une autre fois tu seras plus heureuse. — Faut-il m'arrêter, monsieur le peintre? demanda Abeille à Pétrus, et êtes-vous de l'avis de ma sœur? — Oh! nullement, Mademoiselle, dit Pétrus; et je tiens, moi, l'histoire pour très-intéressante; si intéressante que je la devine à mesure que vous la racontez. J'ai déjà fini, moins la tête, la petite fille qui grelotte, et je commence à esquisser la princesse Carita. — Oh! montrez-moi cela, dit la petite fille se levant vivement des pieds de Régina où elle était assise, et s'approchant de Pétrus. — Non, non, fit Pétrus en cachant son papier; les dessins sont comme les contes, ils ont besoin d'être finis pour être compris; finissez votre conte, Mademoiselle, je vais finir mon dessin. — Où en étais-je? demanda Abeille. — Vous en étiez au mois d'août de l'année dernière, Mademoiselle, dit Pétrus. — Oh! que vous êtes méchant de me reprocher cela, monsieur le peintre, fit la petite Abeille avec sa plus gentille moue, je me suis trompée en disant l'année dernière, voilà tout. Ce ne pouvait pas être l'année dernière, puisque la chose se passe sous le calife Haroun-al-Raschid, et que tout le monde sait qu'Haroun-al-Raschid, cinquième calife des Abassides, est mort vers l'année 814, ou quinze ans avant Charlemagne, là.

Et, après cette orgueilleuse citation, la jeune fille reprit :

— J'ai voulu dire qu'il faisait vers ce temps-là à Bagdad une chaleur pareille à la chaleur qu'il fait ici au mois d'août sur les boulevards extérieurs, près de la barrière Fontainebleau, par exemple ; c'est une simple comparaison.

« Or, il était étonnant que cette petite fille grelottât, tandis qu'on ne pouvait pas tenir au soleil, tant il était chaud. C'est ce que remarqua très-bien la fée Carita. La fée Carita demanda en conséquence à son père la permission de descendre de cheval, afin de demander à la petite fille si elle n'était point malade.

« A peine eut-elle adressé la parole à la pauvre enfant, que celle-ci abaissa sur elle ses grands yeux qui étaient tournés vers le ciel.

« — Pourquoi, lui demanda la princesse de sa voix la plus douce, pourquoi trembles-tu ainsi, mon enfant? est-ce que tu es malade? — Oui, madame la fée, répondit la petite, qui devina tout d'abord que la princesse était fée. — Et qu'as-tu ?— J'ai la fièvre, à ce qu'on dit. —Et comment, ayant la fièvre, n'es-tu pas dans ton lit? demanda la fée. — Parce que les chiens étaient encore plus malades que moi, à ce qu'il paraît, et que l'on m'a envoyée les promener. — Ce n'est point ta mère qui t'a envoyée promener des chiens, dit la fée ; ta mère ne t'eût point permis de sortir frissonnante comme tu es. — Ce n'est point ma mère, en effet, madame la fée. — Où est ta mère ? — Je n'en ai plus. — Et qui t'en tient lieu, pauvre enfant ? — La Brocante. — Qu'est-ce que la Brocante ?»

« La petite fille hésita un instant ; la fée répéta la question.

« — Une chiffonnière qui m'a élevée, répondit la petite fille. — Tu n'as donc aucun parent? — Je suis seule au monde. — Comment, pas de mère, pas de père, pas de frère ?»

« La petite fille se mit non plus à grelotter, mais à trembler.

« — Non, non, non, dit-elle, pas de père! pas de frère! — Pauvre petite, dit tristement la princesse. Et comment t'appelles-tu? — Je m'appelle Rose de Noël. — En effet, mon enfant, dit la fée, tu as bien les couleurs maladives de la fleur dont tu portes le nom. »

« La petite fille fit un mouvement d'épaules qui signifiait : Que voulez-vous?

« — Où demeures-tu ? demanda la fée. — Oh ! madame la fée, dans une des plus sales et des plus vilaines rues de Bagdad. — Est-ce bien loin d'ici? — Non, madame la fée, à dix minutes de chemin à peu près. — Eh bien ! je vais te ramener chez toi et dire que l'on te mette au lit, veux-tu? — Je veux tout ce que vous voudrez, madame la fée. »

« La petite fille essaya de se lever; mais elle retomba dans le fossé, tant elle était faible.

« — Attends, dit la fée, je vais te prendre dans mes bras. »

« Et la princesse enleva la petite fille, qui était si faible et si chétive qu'elle n'était pas plus lourde qu'une grande poupée. Elle l'apporta à son père, qui la prit, la posa sur l'arçon de sa selle, et l'on se mit en route, Rose de Noël sur l'arçon de papa... Bon ! voilà que je me trompe encore ; Rose de Noël sur l'arçon du papa de la fée, et la fée à cheval tenant, elle, deux petits chiens qui n'eussent pas pu suivre. Les trois autres chiens étaient grands et trottaient derrière les chevaux. La corneille volait au-dessus de la tête de Rose de Noël, qui n'avait, pour que l'oiseau ne s'éloignât point, qu'à dire de temps en temps :

« — Pharès ! Pharès ! Pharès ! »

« On arriva bientôt dans une rue noire, en plein jour, comme si l'on eût été en pleine nuit ; et, quoique mon papa dise que le soleil luit pour tout le monde, il n'a certainement jamais lui pour les malheureux qui végètent dans cette rue.

« — Là, dit la petite en arrêtant la bride du cheval, c'est ici la porte. »

« La porte du chenil où sont les chiens de mon papa est bien certainement plus propre que la porte de cette maison-là. Il fallait se baisser pour entrer, comme lorsqu'on passe sous la porte d'une cave ; il fallait marcher à tâtons pour trouver l'escalier. Un petit garçon qui était à la porte, et que Rose de Noël appelait Babolin, offrit de garder les chevaux, et la princesse et son père arrivèrent enfin au bas de l'escalier où demeurait la Brocante. »

LXXXIII

SUITE DE L'HISTOIRE DE LA FÉE CARITA.

— « Autant la princesse était jeune et jolie, continua la petite conteuse, autant la Brocante était vieille et laide. Il n'était pas difficile de deviner au premier coup d'œil lequel des deux était le bon génie. La princesse avait à la première vue l'air d'une fée. La Brocante faisait tout de suite l'effet d'une sorcière.

« Et elle était bien sorcière réellement, à en juger par une grande marmite de fer posant sur un trépied, et dans laquelle bouillaient des herbes magiques ; par la grande baguette de coudrier qui était fixée dans le plancher au milieu d'un jeu de cartes traversé de grandes épingles noires ; et enfin par le balai qu'elle tenait à la main, et sur lequel elle s'appuya étonnée en voyant entrer le général portant Rose de Noël, et la fée Carita portant les deux petits chiens. Nous ne parlerons pas des trois autres chiens et de de la corneille qui faisaient cortége.

« La fée Carita commença par poser les deux petits chiens à terre, et s'adressant à la sorcière :

« — Madame, dit-elle, nous vous ramenons cette petite qui tremblait la fièvre sur le boulevard. Cette enfant est malade, il faudrait la coucher et la couvrir bien chaudement. »

« La Brocante voulait répondre ; mais les chiens faisaient un tel tapage, qu'elle fut obligée de les faire taire en les menaçant de son balai.

« — C'est elle qui a voulu aller se promener, dit-elle à la princesse en la regardant de travers, sans doute parce qu'elle reconnaissait en elle une bonne fée ; elle n'en fait jamais d'autres, et par ainsi elle se rend malade. — C'est un enfant, dit la fée, et il ne fallait pas l'écouter. Mais n'allez-vous point la coucher ? je cherche son lit et ne le vois point. — Bon ! son lit ! dit la sorcière. — Sans doute ; n'avez-vous pas une autre chambre ? demanda la fée. — Croyez-vous donc que ce grenier soit un palais ? répondit en grommelant la sorcière. — Eh ! là-bas, bonne femme, dit le général, répondez sur un autre ton, je vous prie, ou je vais envoyer chercher un commissaire, qui vous demandera où vous avez volé cette enfant. — Oh ! non, oh ! non, s'écria la petite, je veux rester avec la Brocante. — Je ne l'ai point volée, répondit la Brocante. — Allons, dit le général, ne vas-tu pas essayer de nous faire accroire que cette petite fille est à toi ? — Je ne dis pas cela, répondit la sorcière. — Alors, si elle n'est pas à toi, tu vois bien que tu l'as volée. — Je ne l'ai pas volée, Monsieur, je l'ai trouvée, et je l'ai recueillie comme mon enfant propre, et je n'ai pas fait de différence entre elle et Babolin. — Eh bien, alors, demanda la fée, pourquoi n'est-ce point Babolin que tu as envoyé promener les chiens, et n'est-ce pas elle qui est restée ici ? — Parce que Babolin ne veut rien faire de ce qu'on lui commande, tandis que Rose de Noël obéit avant qu'on ait fini de commander. — Soit, dit le général ; mais quand on recueille les enfants, ce n'est pas pour les faire mourir de la fièvre. Où couchez-vous cette enfant ? — Ici, dit la sorcière en montrant un enfoncement du toit, dans lequel Rose de Noël avait établi son domicile. »

« La fée plongea son regard dans la petite chambre séparée du reste du grenier par un rideau, et elle vit un petit réduit assez propre. Seulement, elle n'avait qu'un matelas. La fée toucha le matelas, et trouva la couche un peu dure.

« — En vérité, dit la princesse, j'ai honte d'être si douillettement couchée, en songeant que cette pauvre petite n'a qu'un matelas. — Elle aura un lit de plume et des couvertures et de jolis draps fins, dit le général ; je vais vous envoyer tout cela, bonne femme, et de plus un médecin. En attendant, tenez-la le plus chaudement possible et envoyez chercher une garde-malade ; voilà de l'argent pour la payer et acheter des médicaments ; si demain le médecin me dit qu'elle n'est pas bien soignée, je vous la ferai reprendre par le commissaire.»

« La sorcière se précipita sur l'enfant et la serra contre sa poitrine.

« — Oh ! non, dit-elle, soyez tranquille ; si Rose de Noël n'est pas soignée comme une princesse, c'est l'argent qui manque, voilà tout. — Adieu, Rosette, dit la princesse en allant à Rose de Noël et en l'embrassant ; sois tranquille, je reviendrai te voir. — Bien sûr, madame la fée ? demanda l'enfant. — Bien sûr, ma petite, répondit la princesse ; ce qui fit que les joues de l'enfant devinrent roses de plaisir, ce qui fit dire par Carita à son père : « Voyez donc comme elle est jolie. »

Elle était bien jolie, en effet, allez, monsieur Pétrus, et c'est d'elle qu'on ferait un beau portrait.

— Vous l'avez donc vue, Mademoiselle ? demanda Pétrus en riant. — Certainement, dit Abeille.

Puis, se reprenant :

— C'est-à-dire que j'ai vu son portrait dans mon livre de contes ; elle avait le costume du petit Chaperon rouge. — Vous me le montrerez, n'est-ce pas, Mademoiselle ? — Je n'y manquerai pas, Monsieur, répondit gravement la petite fille.

Puis elle continua :

— « La fée et son papa remontèrent à cheval, et une demi-heure après ils envoyaient à la pauvre Rose de Noël tout ce qu'ils lui avaient promis.

« Puis ils firent mettre les chevaux à la voiture et coururent jusque chez le médecin, qui demeurait au cœur de la ville. Le médecin partit devant eux, et la fée et son père rentrèrent dans leur palais ; la fée enchantée d'avoir un si bon papa, le papa enchanté d'avoir une si bonne fille. Le médecin avait promis de venir le soir donner des nouvelles de la petite Rose de Noël. Il tint parole et vint le soir même, en effet.

« La nouvelle qu'il avait à annoncer était triste : la pauvre petite était menacée d'une grosse maladie, ce qui mit la princesse au désespoir. Aussi, le lendemain matin, partit-elle en voiture avec son père, de sorte qu'avant neuf heures ils étaient tous deux chez la Brocante.

« Le médecin y était déjà depuis plus d'une heure; il avait l'air fort inquiet, et il y avait bien de quoi, vous en conviendrez, quand vous saurez que Rose de Noël avait une fièvre cérébrale. La pauvre petite avait le délire et ne reconnaissait plus personne, ni la Brocante qui l'avait recueillie, ni Babolin, son petit camarade, qui pleurait de chagrin au pied du lit, ni la corneille, qui se tenait sans bouger au chevet, et qui avait l'air de comprendre que sa petite maîtresse était malade, ni les chiens, qui n'avaient pas aboyé comme la veille, quand le général et la princesse étaient entrés. C'était une vue des plus tristes, et la fée détourna les yeux de la petite malade pour les essuyer.

« Ce n'était cependant pas la maladie de la petite qui effrayait le médecin; il répondait de la sauver si elle consentait à boire les tisanes qu'on lui présentait; mais, de sa petite main chétive et brûlante, elle repoussait tout ce qu'on voulait lui faire prendre. On avait beau lui dire :

« — Bois, petite, cela te guérira. »

« Cela était bien inutile, elle ne comprenait pas ce qu'on lui disait. Puis, de temps en temps elle se levait sur son lit comme pour fuir, et elle s'écriait :

« — Oh! ma bonne madame Gérard, oh! ma bonne madame Gérard, ne me tuez pas! A moi, Brésil! à moi, Brésil! et elle retombait comme morte avec un gros soupir. »

« Le médecin disait que c'était sa fièvre qui lui faisait voir des fantômes; mais sa figure exprimait une telle épouvante, que l'on eût juré que ces fantômes elle les voyait. La potion que lui présentait le médecin devait calmer la fièvre, et en calmant la fièvre faire disparaître ce vilain cauchemar. Aussi, tout le monde essaya-t-il de lui faire prendre la potion; le médecin, la garde-malade, la Brocante, Babolin et même un commissionnaire qui était là, et qu'elle aimait beaucoup quand elle avait sa raison. La Brocante essaya de lui faire boire une cuillerée de la potion par force; mais la petite fille, avec ses bras grêles, était plus vigoureuse que la sorcière.

« — Si elle ne boit pas cette potion par cuillerées, dit tristement le médecin, elle sera morte avant demain soir. — Que faire, docteur? demanda alors la princesse. — Je ne sais, en vérité, répondit le médecin. — Docteur, docteur! dit la princesse en pleurant, employez toute votre science, je vous en supplie, pour sauver la pauvre enfant. Il me semble que si j'étais aussi savante que vous, je trouverais bien un moyen de la sauver, moi. — Hélas! princesse, dit le docteur en secouant la tête, la science est impuissante en pareil cas : que votre bon cœur vous inspire donc; quant à moi, je ne puis que m'humilier devant la résistance invincible de cette enfant. »

« — En ce moment le commissionnaire s'avança les larmes aux yeux, promit à la petite malade poupées, joujoux, bergeries, belles robes, perles à faire des colliers; mais tout fut inutile. On eût dit que Rose de Noël était sourde, elle ne bougeait pas; de sorte que le pauvre jeune homme désolé, après avoir essayé de lui faire reconnaître sa voix par tous les moyens possibles, se retira le cœur serré dans un coin de la chambre.

« Un père n'eût point paru plus désolé devant le cadavre de sa fille. Le petit Babolin était bien chagrin aussi, et il contait à la petite toutes les histoires pour rire qu'il avait l'habitude de lui conter; mais elle ne lui répondait pas, aussi insensible à ses paroles, à ses baisers, à ses prières, que la sensitive qui est là-bas, quand l'heure de son sommeil est arrivée et qu'elle a croisé ses bras. Cependant le temps se passait, et la petite fille ne buvait pas la potion. Que faire? Tout le monde avait essayé, et tout le monde avait échoué.

« Alors, ce fut au tour de la princesse à venir s'installer au chevet du lit, à prendre sa tête et à l'embrasser tendrement; et quand je l'appelle la princesse, je me trompe encore, c'est la fée qu'il faut dire, car ce fut véritablement par une puissance au-dessus de toutes les puissances de la terre que la petite fille, qui avait les yeux fermés depuis le matin, les ouvrit tout à coup, et s'écria avec un accent joyeux :

« — Oh! je vous reconnais, vous; vous êtes la fée Carita! »

« Les yeux de tous ceux qui étaient là se mouillèrent de larmes, mais de larmes de bonheur, bien entendu. La jeune fille venait de prononcer les seuls mots de raison qu'elle eût dits depuis la veille. Chacun voulait se précipiter et embrasser Rose de Noël; mais le médecin étendit les bras sans prononcer un seul mot, de peur que la voix humaine n'éteignît tout à coup cette étincelle de raison que la voix divine venait d'allumer en elle.

« — Oui, ma chère petite, dit bien doucement et bien lentement la princesse, oui, c'est moi. — Carita, Carita, répéta la petite d'une voix encore plus douce, de sorte que ce joli nom de Carita, qui dans toutes les bouches n'était qu'un nom plus charmant que les autres, était dans la sienne quelque chose comme un saint cantique, comme une suave chanson. — M'aimes-tu bien, Rosette? demanda la princesse. — Oh! oui, madame la fée, répondit l'enfant. — Alors tu écouteras bien tout ce que je vais te dire. — Je vous écoute. — Eh bien, alors, bois ceci, dit la fée en présentant à la petite fille une cuillerée de la potion que le médecin venait de lui passer par derrière. »

« La petite malade ne répondit même pas, elle ouvrit la bouche, et Carita lui fit avaler une cuillerée de la potion qui seule pouvait la sauver.

« — Si elle boit ainsi pendant vingt-quatre heures, je réponds d'elle, dit le médecin. Malheureusement, Mademoiselle, je crains bien, dit-il, qu'elle ne repousse tout ce qui lui sera donné d'une autre main que la vôtre. — Mais, dit la bonne fée, je compte bien, avec la permission de mon père, veiller Rose de Noël jusqu'à ce qu'elle soit hors de danger. — Ma fille, dit le général, il y a des permissions qu'on ne demande pas à son père, car lui demander ces permissions, c'est supposer qu'il puisse les refuser. — Merci, mon bon père, dit la fée en embrassant le général. — Mademoiselle, dit le médecin, vous êtes l'ange de la bonté. — Je suis la fille de mon père, Monsieur, répondit simplement la fée. »

« Tout le monde, excepté la Brocante, la garde-malade et la fée Carita, se retira sur l'ordre du médecin, et le général emmena avec lui Babolin, qui rapporta à la princesse tout ce qui lui était nécessaire pour passer la nuit près de Rose de Noël. Elle resta quatre jours et quatre nuits dans cette vilaine chambre, ne prenant de repos que d'heure en heure, quand la petite avait avalé sa cuillerée de potion.

« Bien plus, à partir du moment où elle fut là, elle ne permit plus à la garde-malade, dont la figure répugnait à Rosette, de s'approcher de son lit; en conséquence, ce fut elle qui lui mit les cataplasmes, les sinapismes, les compresses d'eau glacée au front ; ce fut elle qui la changea de linge, qui la nettoya, qui la peigna, qui la tint éveillée par ses baisers, qui l'endormit par ses chansons.

« Enfin, au bout de quatre jours, la fièvre diminua, et le médecin déclara qu'elle était sauvée. Il força donc la princesse de retourner chez elle, sous peine de tomber malade à son tour. Ce qu'entendant Rose de Noël, elle s'écria :

« — Oh! princesse Carita, retourne vite chez ton père ; car si tu tombais malade pour m'avoir sauvée, je mourrais de chagrin de te savoir malade. »

« Et la princesse, après l'avoir embrassée mille fois, s'en alla, lui laissant sur son lit un grand carton tout plein de lingerie et d'étoffes éclatantes, comme les aimait Rose de Noël.

« A partir de ce moment, Rose-de-Noël alla de mieux en mieux ; et si quelqu'un doutait de la vérité de ce conte, celui-là n'aurait qu'à s'en aller rue Triperet, n° 11, demander à la Brocante et à Rose de Noël l'histoire de la fée Carita. »

Le conte était fini. Abeille chercha des yeux les yeux de Pétrus, mais il avait élevé, comme un rempart entre lui et la petite conteuse, une grande feuille de papier gris. La petite fille se retourna vers sa sœur, mais Régina avait, pour cacher son embarras, abaissé devant son visage une grande feuille de bananier.

Abeille, étonnée de l'effet qu'elle avait produit, et ne se rendant pas compte du pudique secret qui faisait, à chacun d'eux, chercher un voile pour son visage, Abeille demanda :

— Eh bien, qu'y a-t-il donc? Jouons-nous à cache-cache? quant à moi, mon conte est fini. Votre portrait l'est-il, monsieur le peintre? — Oui, Mademoiselle, répondit Pétrus en tendant à Abeille la feuille de papier gris.

La petite se précipita sur le dessin, et y ayant jeté un rapide coup d'œil, elle poussa un cri de joie en reconnaissant son portrait, et, courant à Régina :

— Oh! regarde le beau dessin, ma sœur, dit-elle.

Et, en effet, c'était un beau, un merveilleux dessin, aux trois couleurs, improvisé pendant le récit de la petite fille, et qui était venu aussi vite que la parole. Au fond, on voyait le boulevard, près la barrière Fontainebleau, qu'on reconnaissait à l'horizon. Au premier plan, au milieu de ses chiens qui la léchaient, sa corneille posée sur son épaule nue, était assise, maigre, pâle, échevelée et grelottante, Rose de Noël, ou plutôt une petite fille qui avait quelque ressemblance avec elle, car la misère et la maladie ont cela de triste, qu'elles impriment la même marque sur tous les visages.

Devant la jeune fille était Régina, habillée en amazone, comme le premier jour où Pétrus l'avait vue passer. Au second plan était, à cheval, le général de La Mothe-Houdan, tenant par la bride le beau cheval noir que Régina gouvernait si magistralement. Enfin, au même plan que sa sœur, derrière un orme et dressée sur la pointe des pieds, Abeille, curieuse et craintive à la fois, cherchait à voir, sans être vue, ce qui se passait sous ses yeux.

Ce dessin, enlevé et fait de chic, selon l'expression pittoresque des rapins était une merveilleuse traduction du conte de fée d'Abeille. Régina regarda longtemps le dessin, et, tandis qu'elle le regardait, l'expression de sa figure indiquait l'étonnement le plus profond.

En effet, quel était donc ce jeune homme qui devinait à la fois et l'expression mélancolique et maladive du visage de Rose de Noël et le costume d'amazone dont, ce jour-là, elle était vêtue, elle, Régina? Elle fit mille conjectures, mais sans jamais arriver à la vérité; puis enfin ce fut sur le ton de l'admiration la plus complète qu'elle dit à la petite fille :

— Abeille, tu me demandais l'autre jour, au Louvre, de te montrer un dessin d'un grand maître ; eh bien ! regarde celui-là, mon enfant, car véritablement c'en est un.

Pétrus rougit d'orgueil et de plaisir. Cette première séance fut charmante, et Pétrus, après avoir pris rendez-vous pour le surlendemain, sortit de l'hôtel enivré de la beauté et de la bonté de la princesse Carita.

LXXXIV

REVUE DE FAMILLE.

La seconde séance fut en tout point semblable à la première : elle fut encore défrayée par le babillage de l'enfant, et, comme la première fois, Pétrus sortit ravi de l'hôtel de La Mothe-Houdan. Quinze jours s'écoulèrent ainsi : de deux jours en deux jours, Régina donnait séance au jeune homme. Alors le jeune homme, la jeune fille et l'enfant passaient des heures que Pétrus eût voulu voir s'éterniser.

Les jours où la petite Abeille était retenue par des leçons, Régina, fidèle à la recommandation que Pétrus lui avait faite d'animer son visage par la causerie, amenait la conversation sur le premier sujet venu : et le premier sujet venu, indifférent d'abord, devenait bientôt une source croissante d'intérêt, car Régina déroulait à tous propos, aux yeux de Pétrus, des trésors de science, de bonté et d'esprit.

La conversation s'engageait d'habitude sur la peinture ou la statuaire : on passait en revue les peintres de tous les temps et de tous les pays. Pétrus était savant en antiquités comme Winkelmann ou Cicognara. Régina, qui avait voyagé en Flandre, en Italie et en Espagne, connaissait tout ce qui s'était fait de grand dans les trois écoles. Puis de la peinture on passait à la musique; elle connaissait tout, depuis Porpora jusqu'à Auber, depuis Haydn jusqu'à Rossini; de la musique à l'astronomie, de l'astronomie à la botanique; il y a plus de connexité qu'on ne croit entre les étoiles et les fleurs : les étoiles sont les fleurs du ciel, les fleurs sont les étoiles de la terre. Puis, tous les sujets épuisés, on arrivait à parler de sympathie, d'attraction, de communion d'âmes.

Les jeunes gens firent ainsi, sur le chemin lumineux de la pensée, mille voyages dans les contrées lointaines. Ils se promenèrent sur toutes les plages désertes, ils écoutèrent, du haut des récifs, la grande voix de la tempête; ils entendirent les bruits mystérieux de la nuit, dans les cabanes des forêts vierges. Ils s'enveloppèrent enfin tout entiers dans la robe de lin des jeunes illusions.

Avant qu'il se doutât de la violence de son amour, Pétrus était amoureux comme un fou. Il lui prenait des tentations insensées d'écarter toiles et pinceaux, de se jeter aux pieds de Régina et de lui dire qu'il l'adorait. Malgré l'admirable puissance que Régina avait sur elle-même, il semblait à Pétrus que, parfois, l'œil de la jeune fille s'arrêtait sur lui avec une expression qu'il interprétait en faveur de son amour. Mais à côté de cela, une si suprême dignité éclatait dans les moindres paroles de Régina, que les paroles mouraient avant d'être nées sur les lèvres tremblantes du jeune homme; de sorte qu'après avoir erré avec Régina dans les plaines du ciel, il retombait, comme un titan orgueilleux, foudroyé sur la terre. Mais ce qui, outre le respect que lui inspirait Régina, ce qui augmentait sa timidité, c'était l'entourage de Régina. Son père d'abord, le maréchal de La Mothe-Houdan, vieux soldat de l'empire, tout gentilhomme de l'ancienne race qu'il était, mais revenu, depuis 1815, à ses principes de royalisme, et fait maréchal à propos de la campagne d'Espagne en 1823; ayant, au milieu de tout cela, conservé les traditions plutôt peut-être encore du dix-septième que du dix-huitième siècle, plein à la fois de bonté, de fierté et de morgue, surtout à l'endroit des artistes. De temps en temps il montait au salon qui servait d'atelier, surveillant le portrait de sa fille, et donnant à Pétrus les mêmes conseils exactement qu'il eût donnés à un maçon réparant une aile de son hôtel.

Puis, cette vieille et impertinente personne qui accompagnait Régina, le jour où elle était venue lui faire une visite à son atelier; cette dame, tante de Régina, qui avait nom la marquise de La Tournelle, était alliée pa rfeu son mari à toute la noblesse bigote de l'époque. Depuis l'archevêque jusqu'au dernier marguillier de la paroisse, elle connaissait tous les hommes d'église; comme depuis le président de la chambre des pairs jusqu'aux huissiers de M. de Talleyrand, elle connaissait tous les hommes politiques.

Puis le comte Rappt, son protégé, membre de la chambre des députés, chef d'une des fractions les plus puissantes de la droite, ancien aide de camp du maréchal; homme de trente-neuf à quarante ans, froid, brave, ambitieux, cachant sous un masque de glace les ruineuses passions du jeu sous toutes les formes, à la Bourse comme sur le tapis vert. Pendant ces quinze jours, il était venu trois fois, et, quoiqu'il eût daigné accorder une attention toute particulière au portrait de Régina, il avait souverainement déplu à Pétrus.

La seule personne dont la présence lui fût agréable était madame Lydie de Marande, amie de pension de Régina, et femme, depuis deux ans déjà, d'un des plus riches et des plus populaires banquiers de l'époque, membre de la chambre des députés, où il faisait une opposition obstinée au parti ultra-royaliste. Il y avait encore dans la maison une personne dont Pétrus avait entendu souvent parler par Régina et par Abeille : c'était la maréchale de La Mothe-Houdan, femme du maréchal et mère des deux jeune filles; elle était d'origine russe et fille de prince. De là venait le titre de princesse que souvent, et par courtoisie, on donnait à Régina.

Nous trouverons ces différents personnages au fur et à mesure que nous aurons besoin d'eux pour le développement de notre action. Abandonnons-les donc un instant, pour jeter un regard sur un parent de Pétrus, appelé, de son côté, à prendre quelque importance dans le cours de notre récit.

Dans un hôtel de la rue de Varennes, rue triste et aristocratique s'il en fut, demeurait le général comte Herbel de Courtenay, oncle de Pétrus, et frère aîné de son père. Le comte Herbel, né à Saint-Malo, était venu offrir en 1789, à Louis XVI, son dévouement actif et le concours de plusieurs de ses compatriotes, officiers de génie ou de marine comme lui. Deux ans après, l'Assemblée ayant décrété la suppression des fonctions royales, et ayant demandé aux troupes un serment où le nom du roi ne serait pas prononcé, plusieurs officiers, considérant cette mesure comme contraire à leur loyauté, emmenèrent des régiments entiers et émigrèrent avec armes et bagages, se rendant à Coblentz, où le prince de Condé, chef de l'émigration armée, avait établi son quartier général.

Le comte Herbel n'avait point suivi ce chemin; comme Chateaubriand, il avait traversé l'Atlantique, et il était à la Nouvelle-Orléans lorsqu'il apprit la prise des Tuileries et l'emprisonnement du roi. Alors il lui sembla que la voix de la royauté mourante lui criait que la place d'un gentilhomme n'était point, à l'heure qu'il était, en Amérique, mais bien aux bords du Rhin. Il partit donc par le premier bâtiment faisant voile pour l'Angleterre, débarqua en Hollande, et, de la Hollande, gagna Coblentz.

Là se trouvait le noyau de l'armée royaliste, formé par les gardes du corps qui, licenciés après les 5 et 6 octobre, n'étaient point restés en France: armée que l'on compléta en y incorporant des émigrés venus de tous les points de la France. On rétablit, et ce ne fut point un des moindres reproches que l'on fit aux émigrés, on rétablit sur le pied où elle était sous Louis XV l'ancienne maison du roi. On vit alors reparaître les compagnies des mousquetaires, des chevau-légers, des gendarmes de la garde, et enfin des gardes françaises, sous le nom d'*hommes d'armes à pied*.

Le vicomte de Mirabeau, celui que nous avons vu émigrer dès 1789, et qu'on appelait Mirabeau Tonneau, leva une légion dont fit partie le régiment de Berwick irlandais, soldats dont les pères s'étaient déjà exilés plutôt que d'abandonner Jacques Stuart, leur roi légitime. De son côté, le comte de La Châtre, ayant obtenu de l'archiduchesse Christine la permission d'établir dans la ville d'Ath un cantonnement de gentilshommes, mille officiers de toutes armes vinrent se ranger sous ses ordres.

Enfin on leva des corps sous le nom de chaque province, et le ban de la noblesse fut formé. Disons en passant que cette noblesse qui, à son point de vue individuel et par conséquent égoïste, pouvait être excusable de servir contre son pays, affichait un luxe qui n'a pas peu contribué à faire naître l'indifférence et le discrédit dans lequel elle était tombée auprès des princes des bords du Rhin et des souverains étrangers; c'est que ni le luxe ni la mollesse ne conviennent à des proscrits, et que la ville qui leur donne asile doit ressembler à un camp où veillent des soldats, bien plus qu'à un boudoir où dorment, jouent ou plaisantent des courtisans.

Le comte Herbel, né aux bords de l'Océan, sur les âpres grèves de Saint-Malo, était habitué dès l'enfance aux sombres spectacles de la mer, et cette vie efféminée que l'on menait à Coblentz lui inspirait un profond dégoût. Il attendait donc avec impatience le moment de combattre, et, après avoir traîné, selon les caprices des cabinets de Prusse et d'Autriche, cette vie étrange de l'émigration, de champ de bataille en champ de bataille, en compagnie des ducs de La Vauguyon, de Crussol et de La Trémouille, des marquis de Duras et du comte de Bouillé, qui faisaient comme lui partie de l'état-major du prince de Condé, il fut fait prisonnier le 19 juillet 1793, le jour de l'enlèvement à la baïonnette de la redoute de Belheim, par M. le maréchal de camp vicomte de Salgues. Blessé grièvement et prêt à être percé par le sabre d'un cavalier républicain, celui-ci lui cria de demander quartier.

— Nous l'accordons toujours, répondit le comte Herbel, mais nous ne le demandons jamais. — Tu es digne d'être républicain, s'écria le cavalier. — Oui, mais, par malheur, je ne le suis pas. — Tu sais le sort réservé aux émigrés pris les armes à la main ? — Fusillés à l'instant même. — Justement.

Le comte Herbel haussa les épaules.

— Eh bien, imbécile, dit-il, inutile de me dire de demander quartier.

Le soldat républicain le regarda avec un certain étonnement, quoique les soldats de la république ne s'étonnassent point facilement. Dans ce moment on amena trois autres gentilshommes, prisonniers comme le comte Herbel; ils étaient liés et garrottés dans une charrette. Ceux qui les amenaient tinrent un instant conseil avec celui qui avait pris le comte Herbel : puis, on fit monter le comte Herbel avec ses compagnons, et l'on prit le chemin d'un petit bois qui avoisinait la ville; il était évident que c'était pour les fusiller. En arrivant dans le bois, et au moment où l'on venait de faire descendre les prisonniers, le républicain qui avait pris le comte Herbel s'approcha de lui.

— Tu es Breton, lui dit-il. — Et toi aussi, répondit le comte. — Si tu t'en es aperçu, pourquoi ne l'as-tu pas dit plus tôt? — N'as-tu pas entendu que nous ne demandons jamais quartier; te dire que j'étais ton compatriote, c'était te demander quartier.

Le cavalier se retourna vers ses camarades.

— C'est un pays, dit-il. — Eh bien? demandèrent ses camarades. — Eh bien, dit le cavalier, il ne sera pas dit que je fusillerai un pays, voilà tout. — Eh bien, ne le fusille pas, ton pays. — Merci, compagnons.

Puis, se retournant vers le comte Herbel, il lui ôta les cordes qui lui liaient les mains.

— Parbleu! dit le comte Herbel, tu me rends bien service, je mourais d'envie de prendre une prise.

Et, tirant de sa veste une tabatière d'or, il savoura, après en avoir offert au républicain, qui refusa, une large pincée de tabac d'Espagne. Les républicains regardaient en riant cet homme qui, au moment où il croyait qu'on allait le fusiller, savourait avec tant de bonheur le plaisir de prendre une prise de tabac.

— Eh bien, pays, dit le cavalier, maintenant que tu as pris ta prise, sauve-toi. — Comment, que je me sauve! — Oui; au nom de la république, je te fais grâce, comme à un brave. — Et fait-on grâce aussi à mes compagnons? demanda le comte. — Oh! quant à cela, non, dit le cavalier : ils payeront pour toi. — Alors, dit l'officier breton en remettant sa tabatière dans sa poche, je reste. — Comment, tu restes? — Oui. — Pour être fusillé? — Sans doute. — Ah! çà, mais tu es fou! — Non, mais je suis Breton, et je ne fais pas une lâcheté. — Allons, voyons, sauve-toi; dans dix minutes il sera trop tard. — J'ai émigré avec eux, répondit le comte Herbel en fourrant ses mains dans ses poches, j'ai combattu avec eux, j'ai été pris avec eux, je me sauverai avec eux ou je mourrai avec eux. Est-ce clair cela? — Eh bien, tu es un brave pays, dit le cavalier républicain, et à cause de toi et pour l'amour de moi, mes camarades vont vous relâcher tous. — Oui, mais qu'ils crient vive la république, dit un des cavaliers. — Entendez-vous, camarades, dit le comte Herbel, ces braves gens-là disent que si vous voulez crier vive la république, ils nous feront grâce à tous. — Vive le roi! crièrent les trois gentilshommes en secouant la tête pour faire tomber leur chapeau, afin de pousser leur cri la tête découverte. — Vive la France! se hâta de crier le Breton de sa voix la plus forte, afin de couvrir leurs voix. — Oh! cela tant que vous voudrez, dirent les quatre gentilshommes.

Et tous quatre d'une seule voix crièrent :

— Vive la France! — Allons, dit le compatriote du comte en les déliant les uns après les autres, sauvez-vous depuis le premier jusqu'au dernier, et que tout soit dit.

Et, remontant sur leurs chevaux, la petite troupe républicaine s'éloigna au galop en criant aux royalistes :

— Bonne chance, et souvenez-vous de ce que nous venons de faire pour vous à l'occasion. — Messieurs, dit le comte Herbel, ils ont raison de nous crier de ne pas oublier ce qu'ils viennent de faire; ces braves sans-culottes, car je ne sais pas si à leur place nous nous serions conduits aussi noblement qu'eux.

Le 13 octobre de la même année, après la prise de Lauterbourg et de Weissembourg, où, à la tête de son bataillon, le comte Herbel avait enlevé successivement trois redoutes, pris douze pièces de canon et cinq étendards, le général comte Wurmser, commandant en chef de l'armée autrichienne, vint le féliciter; et le prince de Condé, l'embrassant devant ses compagnons d'armes, lui fit don de sa propre épée.

Mais, autant mourir pour la monarchie paraissait un noble devoir au gentilhomme breton, autant la guerre civile qu'il était obligé de faire avec les armées ennemies répugnait à sa conscience. Où allaient-ils, d'ailleurs, remorqués à la suite de ces soldats étrangers, dont l'esprit d'envahissement et de conquête se révélait à tous propos? Ne faisait-on pas fausse route, et le prince de Condé, qui tentait avec le sang de ses compagnons et le sien cet effort désespéré, n'était-il pas dupe de la politique des souverains alliés?

En effet, les habitants des frontières françaises, qui commençaient à suspecter le dévouement à la monarchie française de la Prusse et de l'Autriche, ne se levaient plus à l'appel des armées royalistes; on reconnaissait des conquérants là où l'on avait cru trouver des libérateurs, et l'on commençait à se voiler le visage à la vue des uniformes étrangers.

L'expérience, qui vient aux princes comme aux autres hommes après que les fautes sont commises, mais qui seulement leur arrive plus tard, l'expérience était déjà venue pour le comte Herbel; et ce fut bien plus par devoir que par conviction qu'il suivit l'armée de Condé jusqu'au 1er mai de l'année 1801, jour où fut opéré le licenciement de cette armée.

LXXXV

LE GÉNÉRAL COMTE HERBEL DE COURTENAY.

La dissolution de l'armée de Condé jeta en Allemagne, en Suisse, en Italie, en Espagne, en Portugal, aux États-Unis, en Chine, au Pérou, au Kamtchatka, en un mot sur tous les points du globe, des milliers d'émigrés, qui finirent par où ils eussent dû commencer, c'est-à-dire qui, au lieu de porter les armes contre la France, demandèrent aux arts, aux sciences, au commerce, à l'agriculture des moyens de subsister.

M. le marquis de Boisfranc, capitaine de dragons du prince de Condé, se fit libraire à Leipzig; M. le comte de Caumont La Force se fit relieur à Londres; M. le marquis de La Maisonfort se fit imprimeur à Brunswick; M. le baron Mounier établit une maison d'éducation à Weimar; M. le comte de La Fraylaye se fit maître de dessin; M. le chevalier de Payen, maître d'écriture; M. le chevalier de Botherel, maître d'escrime; M. le comte de Pontual, maître de danse; M. le duc d'Orléans, maître de mathématiques; M. le comte de Lascazas, M. le chevalier de Hervé, M. l'abbé de Levezac, M. le comte de Pomblanc, se firent maîtres de langue française; M. le marquis de Chavannes entreprit le commerce de charbon de terre; M. le comte de Cornullier-Lucinières trouva une place de jardinier; enfin, la famille de Polignac alla dans l'Ukraine et la Lithuanie cultiver la terre, comme faisait Dupont de Nemours à New-York, le comte de La Tour du Pin sur les rives de la Delaware, le marquis de Lezai-Marnézia sur les rives du Sciotto.

Le comte Herbel se réfugia, lui, en Angleterre, et songea à se pourvoir comme les autres d'une industrie qui pût le faire vivre. Seulement, le comte Herbel, aîné d'une grande famille, propriétaire d'une immense fortune qui avait été confisquée par la nation comme bien d'émigrés, le comte Herbel ne savait que se battre. Il était donc on ne peut plus embarrassé.

Il eut un moment la pensée d'accepter l'offre que lui faisait un capitaine de dragons, de lui donner gratuitement des leçons de guitare, afin qu'il pût l'enseigner fructueusement aux autres. Mais le général, convaincu de la décadence prochaine de l'instrument, refusa l'offre du capitaine, et se mit à chercher avec obstination un état à la fois plus lucratif et moins agaçant.

Un soir, en passant sur les bords de la Tamise, il vit un gamin anglais occupé gravement à tailler avec un canif un morceau de bois d'un pied de longueur environ. Il s'arrêta, regarda le gamin, lui sourit avec bienveillance lorsque celui-ci le regarda à son tour, et peu à peu il vit le morceau de bois devenir une coque de navire, puis la carène d'un brick de dix canons en miniature.

Il se souvint avoir autrefois, avec son frère cadet, marin enragé dont nous aurons à nous occuper bientôt, comme père de Pétrus, taillé lui aussi, fils de l'Océan, enfant des grèves bretonnes, taillé de petits bâtiments que s'arrachaient ses jeunes camarades. Il rentra chez lui, acheta du sapin, et se mit, avec les instruments nécessaires, à fabriquer des bâtiments de toutes nations, depuis la corvette américaine aux mâtereaux élancés, jusqu'à la lourde jonque chinoise.

Ce qui avait d'abord été un amusement devint une industrie; ce qui avait été une industrie devint un art. Taille, coupe, appareillage, peinture, aménagement, gréement, le comte étudia tout. Il fit bientôt mieux que des imitations : il fit des modèles. Il finit par obtenir une place de conservateur à l'Amirauté de Londres, ce qui ne l'empêchait pas d'avoir dans le Strand un magasin, sur lequel étaient écrits ces mots en grosses lettres :

Le général comte Herbel de Courtenay, descendant des empereurs de Constantinople, tourneur en bois.

Et en effet, on trouvait dans la boutique du descendant de Josselin III, non-seulement les petits modèles de bâtiments qui faisaient le fonds de son commerce, mais encore des tabatières, des toupies, des quilles et une foule d'autres objets concernant l'état qu'il avait adopté.

Le 26 avril 1802, l'amnistie fut prononcée. Le comte Herbel de Courtenay était philosophe ; il avait son existence assurée en Angleterre, il ne l'avait point en France : il resta en Angleterre.

Il y resta encore en 1814, malgré la rentrée des Bourbons en France, et se félicita d'y être resté en voyant les Bourbons sortir de France en 1815. Il y resta jusqu'en 1818, et revint alors en France, avec une centaine de mille francs, fruit de ses économies et de la vente de son magasin.

Plus tard, M. le comte Herbel de Courtenay toucha sa part du milliard d'indemnité, douze cent mille livres. Il s'en fit soixante mille livres de rente. Une fois redevenu riche, il fut trouvé par ses concitoyens digne de les représenter, et envoyé en 1826 à la chambre des députés. Il y prit place au centre gauche. Il y représentait une nuance d'opposition, entre Lameth et Martignac.

C'est là que nous allons le retrouver en 1827, au moment où M. de Peyronnet vient de présenter sur la presse ce projet de loi qui, selon l'expression de Casimir Périer, n'avait d'autre but que de supprimer entièrement l'imprimerie. La discussion s'était ouverte au commencement de février; quarante-quatre députés s'étaient inscrits pour combattre la loi, et trente-un pour la défendre.

Disons que presque tous ceux qui allaient défendre la loi appartenaient au parti religieux, tandis que ceux qui devaient la combattre étaient à la fois des députés de l'ancienne gauche et des membres de la droite, qui, quoique adversaires acharnés, s'étaient réunis dans une opposition commune au parti clérical et à MM. de Villèle et de Peyronnet. Parmi ceux qui contribuaient de tous leurs efforts au renversement prochain du ministère, était le comte Herbel, qui, ennemi acharné tout à la fois des républicains et des jésuites, ne haïssait que deux choses au monde : les jacobins et les prêtres.

Appartenant, comme Lafayette et Mounier, à ce que l'on appelait en 1789 le parti constitutionnel, il commençait à comprendre les avantages du gouvernement parlementaire ; comme M. de Labourdonnaye, il plaçait le bonheur de la France dans l'alliance de la Charte et de la légitimité ; et il les regardait comme tellement inséparables l'une de l'autre, qu'il ne voulait pas plus de la Charte sans la légitimité que de la légitimité sans la Charte.

Or, la nouvelle loi contre la presse paraissait au général Herbel violente et absurde, et elle lui avait semblé dirigée bien plutôt contre la liberté que contre la licence; aussi avait-il bondi en entendant dire à M. Sallabery, qui avait entamé la discussion, que l'imprimerie était la seule plaie dont Moïse eût oublié de frapper l'Égypte; et avait-il failli provoquer M. de Peyronnet, qui avait éclaté de rire, contre son habitude, à cette pointe équivoque de l'honorable député. Enfin, le général Herbel, qui s'appelait de son nom de famille Jacques de Courtenay, c'est-à-dire qui portait un des plus vieux et des plus illustres noms de la France, sans en excepter le nom du roi ; le général Herbel tout en étant, par sa noblesse, par ses instincts et par son éducation, du faubourg Saint-Germain, appartenait, par son esprit sceptique et railleur, à l'école voltairienne ; par son caractère ardent et despotique, au système impérial, et, pour ainsi dire, à l'école moderne, par ses opinions exemptes de préjugés.

Deux sectes seulement, avons-nous dit, avaient le privilége de le mettre en fureur. Les jésuites et les jacobins. C'était un singulier composé d'oppositions, que le général Herbel. Voulez-vous me suivre et entrer avec moi chez lui? Nous l'étudierons à notre aise. Il va jouer, sinon un premier rôle, au moins un rôle important dans notre drame, et nous ne saurions prendre trop de soins à faire de lui un portrait ressemblant.

On était, comme nous l'avons dit, au lundi gras; le général, sorti de la chambre à quatre heures, venait de rentrer dans son hôtel, rue de Varennes. Il était étendu sur une causeuse, et lisait dans un livre in-quarto doré sur tranche, et relié en maroquin rouge. Son front était soucieux, soit que la lecture qu'il faisait l'agitât, soit que sa préoccupation fût antérieure à sa lecture, et que sa lecture ne pût l'en distraire.

Il allongea le bras vers une petite table, cherchant à tâtons, sans cesser de lire, trouva une sonnette sous sa main, et sonna. Au bruit du timbre, son front parut se rasséréner; un sourire de satisfaction passa sur ses lèvres, il ferma son livre, tout en prenant son pouce dans l'ouverture, leva les yeux au plafond, et fit à haute voix, et se parlant à lui-même, les réflexions suivantes :

— Décidément, Virgile est, après Homère, le premier poëte du monde. Ouf!

Et comme personne n'était là pour le contredire :

— Plus je lis ses vers, dit-il, plus je les trouve harmonieux.

Et, en les scandant avec un moelleux mouvement de tête, il modula de mémoire une dizaine de vers des *Bucoliques*.

— Qu'on vienne après cela me parler des Lamartine, des Hugo; rêveurs, métaphysiciens que tous ceux-là!

Et le général haussa les épaules. La solitude dans laquelle il se trouvait, malgré le coup de sonnette qu'il venait de donner, faisant que nul n'était là pour le contredire, il continua :

— Du reste, ce qui m'enchante dans les anciens, c'est sans doute cet air de parfait repos, cette profonde sérénité de l'âme qui règne dans leurs écrits.

S'arrêtant quelques secondes après cette judicieuse réflexion, son sourcil se fronça de nouveau. Il sonna une seconde fois; puis, après avoir sonné, son front reprit sa sérénité première. Le résultat de cette sérénité fut la reprise de son monologue.

— Presque tous les poëtes, les orateurs et les philosophes de l'antiquité vivaient dans la solitude, dit-il; Cicéron à Tusculum, Horace à Tibur, Sénèque à Pompéia; et ces teintes douces qui charment dans leurs livres sont comme le reflet de leurs méditations et de leur isolement.

Pour la troisième fois, en ce moment le sourcil du général se fronça, et il sonna pour la troisième fois, mais cette fois avec un tel acharnement, que le battant de la sonnette se détacha et alla rebondir dans une glace qu'il faillit briser.

— Frantz! Frantz! viendras-tu, misérable coquin! cria le général avec une sorte de rage.

A cet appel énergique, parut un domestique dont la tournure rappelait ces soldats autrichiens sanglés au milieu du corps par la ceinture de leur pantalon collant; il portait une espèce de croix à un ruban jaune et des galons de caporal. Au reste, il y avait une raison pour que Frantz ressemblât à un soldat autrichien, c'est qu'il était de Vienne en Autriche.

Dès son entrée, il prit l'attitude militaire, les jambes rapprochées, la pointe des pieds en dehors, le petit doigt de la main gauche à la couture de la culotte, la main droite ouverte à la hauteur du front.

— Ah! c'est toi, enfin, drôle! dit le comte furieux. — C'être moi, oui mon chénéral, présent. — Oui, présent, drôlement présent; voilà trois fois que je t'appelle, scélérat. — Che n'afre entendu que la seconte, mon chénéral. — Imbécile! dit le général, riant malgré lui de la naïveté de son brosseur. Et le dîner, où est-il? — Le dîner, mon chénéral? — Oui, le dîner.

Frantz secoua la tête.

— Comment? veux-tu dire qu'il n'y a pas de dîner aujourd'hui, marouffle? — Si, mon chénéral, il y a un dîner, mais il n'est pas l'heure. — Il n'est pas l'heure? — Non. — Quelle heure est-il donc? — Cinq heures un quart, mon chénéral. — Comment cinq heures un quart? — Cinq heures un quart, répéta Frantz.

Le général tira sa montre de son gousset.

— C'est ma foi vrai, dit-il; quelle humiliation pour moi que ce marouffle ait raison!

Frantz sourit de satisfaction.

— Je crois que tu t'es permis de sourire, coquin, dit le comte.

Frantz fit signe que oui.

— Et pourquoi as-tu souri? — Parce je savais mieux l'heure que mon chénéral.

Le général haussa les épaules.

— Allons, va-t'en, dit-il, et qu'à six heures précises le dîner soit sur la table. Et il reprit la lecture de son Virgile.

Frantz fit trois pas vers la porte, puis se ravisant tout à coup, il fit un tour sur ses talons, regagna les trois pas perdus et se retrouva à la même place et dans la même position où il était un instant auparavant.

Le général sentit plutôt qu'il ne vit le corps opaque qui lui interceptait, non pas son soleil, mais son ombre. Il releva les yeux de la pointe du soulier de Frantz à l'extrémité de ses doigts. Frantz était immobile comme un soldat de bois.

— Eh bien, demanda le général, qui est là? — C'est moi, mon chénéral. — Est-ce que je ne t'avais pas dit de t'en aller? — Mon chénéral l'avait dit, c'est vrai. — Pourquoi n'es-tu pas parti, alors? — Je suis parti. — Tu vois bien que non, puisque tu es là. — C'est que je suis revenu. — Et pourquoi es-tu revenu, je te le demande? — Je suis revenu parce qu'il y avait là une personne qui veut parler au chénéral. — Frantz, s'écria le comte en fronçant le sourcil plus fort qu'il n'avait fait encore, je t'ai déjà dit cent fois, malheureux, qu'en sortant de la chambre je désirais me retremper dans la lecture des bons livres pour oublier les mauvais discours; autrement dit, je ne veux recevoir personne. — Mon chénéral, dit Frantz en clignant de l'œil, c'est une tame. — Une dame? — Oui, mon chénéral, une tame. — Eh bien, marouffle, quand ce serait un évêque, je n'y suis pas. — C'est que j'ai dit que fous y étiez, mon chénéral. — Tu as dit cela? — Oui, mon chénéral. — Et à qui as-tu dit cela? — A la tame. — Et cette dame est? — La marquise de La Tournelle. — Mille millions de tonnerres, s'écria le général bondissant sur sa causeuse.

Frantz sauta à pieds-joints en arrière, et se retrouva à un demi-mètre plus loin, dans la même position.

— Ainsi, tu lui as dit que j'y étais, s'écria le général furieux. — Oui, mon chénéral. — Eh bien, écoute, Frantz, tu vas ôter ta croix et tes galons, tu les serreras précieusement dans ton armoire et tu ne les porteras pas de six semaines.

Il se fit sur le visage du vieux soldat un bouleversement qui indiquait l'effroyable tempête qui s'élevait dans son âme, sa moustache s'agita en tous sens, une larme brilla au coin de son œil, et il fut obligé de faire un effort surhumain pour ne pas éternuer.

— Ah! mon chénéral, murmura-t-il. — C'est dit; et maintenant, fais entrer cette dame!

LXXXVI

CAUSERIE D'UNE DÉVOTE AVEC UN VOLTAIRIEN.

Frantz ouvrit la porte et fit entrer cette vieille et impertinente personne que nous avons vue servir de chaperon à Régina, dans la visite que celle-ci faisait à Pétrus pour lui demander son portrait. Le général possédait au plus haut degré cette qualité suprême de l'aristocratie, que le peuple a désignée dans cet axiome tant soit peu vulgaire, *faire contre mauvaise fortune bon cœur*. Nul ne savait mieux sourire, non pas à un ennemi, avec les hommes le général était franc jusqu'à la brutalité, mais à une ennemie, car avec les femmes, de quelque âge qu'elles fussent, le général était courtois jusqu'à la dissimulation.

A l'entrée de la marquise, il se leva donc, et avec une certaine paresse dans la jambe gauche, attribuée par lui à une ancienne blessure, par son mé decin à une récente attaque de goutte, il alla au-devant d'elle, lui offrit galamment la main, et la conduisit à la causeuse qu'il venait de quitter, approcha un fauteuil de la causeuse et s'assit sur le fauteuil.

— Comment, marquise, lui demanda-t-il, c'est vous en personne qui me faites l'honneur de me visiter? — Et vous m'en voyez vous-même toute surprise, mon cher général, dit la vieille dame en baissant pudiquement les yeux. — Surprise, marquise? permettez-moi de vous dire que, de votre part, le mot n'est point aimable. Surprise! et quelle chose peut vous surprendre ici, marquise? — Général, n'attachez point aux paroles que je vous dis ici et en ce moment toute l'importance qu'elles pourraient avoir dans une autre heure et dans un autre lieu. J'ai un si grand service à vous demander, que j'en suis remplie de confusion. — Je vous écoute, marquise. Vous savez que je suis tout vôtre. Je vous écoute, parlez, de quoi s'agit-il? — Si le proverbe : loin des yeux, loin du cœur, n'était point une désolante vérité, dit coquettement la marquise, vous m'épargneriez la peine d'aller plus loin, en devinant le service que je viens vous demander. — Marquise, ce proverbe-là est faux comme tous les proverbes qui pourraient me faire du tort dans votre esprit; car, bien que j'aie été privé du plaisir de vous voir depuis notre dernière dispute à propos du comte Rappt... — A propos de notre... — A propos du comte Rappt, interrompit vivement le général, et il y a près de trois mois que la dispute a eu lieu, je n'ai point oublié que c'était le jour de votre anniversaire, et je viens de vous envoyer mon bouquet; vous le trouverez en rentrant chez vous. C'est le quarantième bouquet que vous aurez reçu de moi. — Le quarante et unième, général. — Le quarantième; je tiens à mes dates, marquise. — Voyons, récapitulons. — Oh! tant que vous voudrez. — C'est en 1787 que le comte Rappt est né. — Pardon, c'est en 1786. — Vous en êtes sûr? — Parbleu! mon premier bouquet date de l'année de sa naissance. — De l'année qui la précède, mon cher général. — Non, non, non, non. — Enfin. — Oh! il n'y a pas d'enfin, c'est comme cela. — Soit; d'ailleurs, je ne viens pas pour vous parler de ce malheureux enfant. — Malheureux enfant! d'abord, ce n'est plus un enfant; un homme, à quarante et un ans, n'est plus un enfant. — Le comte Rappt n'a que quarante ans. — Quarante et un! Je maintiens le chiffre; puis, pas si malheureux, ce me semble. D'abord, vous lui faites quelque chose comme vingt-cinq mille livres de rente. — Il devrait en avoir cinquante, si son père n'avait pas le cœur dur comme un rocher. — Marquise, je ne connais pas son père, je ne puis donc pas vous répondre là-dessus. — Vous ne connaissez pas son père! s'écria la marquise, du ton dont Hermione dit :

Je ne t'ai point aimé, cruel! qu'ai-je donc fait?

— Ne nous embrouillons pas, marquise; vous disiez, en parlant du comte Rappt, qu'il était malheureux, et moi je vous disais, pas si malheureux. D'abord, vingt-cinq mille livres de rente que vous lui faites. — Oh! ce n'est pas vingt-cinq mille livres de rente qu'il devrait avoir, c'est... — Cinquante, vous l'avez déjà dit; donc, vingt-cinq mille livres de rente que vous lui faites, son traitement de colonel, quatorze mille francs, sa croix de commandeur de la Légion d'honneur, deux mille quatre cents; avec cela, député, en position, à ce que l'on assure, par votre influence sur votre frère, de faire un mariage de deux ou trois millions avec une des plus belles héritières de Paris. Mais ce malheureux enfant, au contraire, me paraît heureux comme un bâtard. — Oh! général, fi donc. — Eh bien! mais c'est un proverbe; vous en usez bien, vous, pourquoi m'en priverais-je? — Vous avez dit à l'instant même que tous les proverbes étaient faux. — Je n'ai parlé que de ceux qui pouvaient me faire du tort dans votre esprit. Mais il me semble que nous marivaudons, marquise, et que vous étiez venue, dites-vous, pour me demander un service; voyons, marquise, quel service? — Vous ne vous en doutez pas un peu? — Non, d'honneur. — Cherchez bien, général. — Je suis mortifié, marquise, mais je ne m'en doute pas. — Eh bien, général, je viens vous inviter à mon bal de demain. — Vous donnez un bal? — Oui. — Chez vous? — Non, chez mon frère. — C'est-à-dire que votre frère donne un bal. — C'est toujours la même chose. — Pas tout à fait, à mon endroit du moins; je n'ai pas envoyé quarante bouquets à votre frère comme à vous. — Quarante et un. — Je ne veux pas vous contrarier pour un de plus ou de moins. — Viendrez-vous? — Au bal de votre frère? — Enfin y viendrez-vous? — Est-ce sérieux ce que vous me demandez là? — Oh! voilà encore une de vos idées. — Votre frère, qui m'appelle le Vieux de la Montagne, parce que je suis au centre gauche et que je vote contre les jésuites, pourquoi ne m'appelle-t-il pas régicide tout de suite? Qu'est-ce qu'il faisait donc, lui, tandis que je tournais des toupies et que je gréais des bricks dans le Strand? Il faisait ce que faisait mon brigand de frère; il servait

M. Bonaparte; seulement mon pirate de frère le servait sur mer, tandis que le vôtre le servait sur terre. Oh! oh! je vous le demande encore, marquise, votre invitation est-elle sérieuse? — Sans doute. — La Plaine invite la Montagne? — La Plaine fait comme Mahomet, général. La Montagne ne voulait pas aller à Mahomet... — Oui, Mahomet a été à la Montagne, je sais cela; mais Mahomet était un ambitieux qui a fait une foule de choses qu'un honnête homme n'aurait pas faites. — Comment, mon cher général, vous ne serez pas là le jour où l'on annoncera le mariage de ma nièce Régina avec notre cher?... — Avec votre cher fils, marquise. Ainsi, c'est le rameau d'olivier que vous m'apportez? — Enlacé d'un rameau de myrte, oui, général. — Mais, marquise, en vérité, n'est-il pas un peu hasardé, le mariage que vous faites là, car vous ne direz point que ce n'est pas vous qui le faites. — Hasardé en quoi? — Votre nièce a dix-sept ans. — Après? — C'est bien jeune pour épouser un homme de quarante et un ans. — De quarante. — De quarante et un, sans compter, chère marquise, qu'il a couru, vers 1808 ou 1809, certains bruits sur le comte Rappt et madame la princesse de La Mothe-Houdan. — Chut, général; est-ce que des gens de notre qualité disent les uns sur les autres de ces sortes d'infamies? — Non, ils se bornent à les penser; mais comme je pense tout haut avec vous, marquise, je n'ai pas cru devoir tourner deux fois ma langue dans ma bouche avant de parler. Maintenant, laissez-moi vous dire une chose. — Laquelle? — C'est que je ne croirai jamais que vous ayez pris la peine de venir de la rue Plumet à la rue de Varennes dans la seule espérance de recruter pour votre bal un danseur de ma sorte. — Pourquoi donc, général? — Voyons, marquise, on dit que la pensée des femmes se trouve toujours dans le post-scriptum de leurs lettres. — Et vous voudriez connaître le post-scriptum de ma visite? — C'est mon désir le plus cher. — Je comprends, vous voulez me faire sentir que vous la trouvez longue, et me reprocher poliment de vous l'avoir faite. — Ce serait le premier reproche que je vous eusse fait de ma vie, marquise. — Prenez garde, vous allez me donner de la vanité. — Ce sera le seul défaut que je vous connaisse. — Oh! général, voilà un compliment qui vient en droite ligne de la cour de Louis XV. — Il viendra d'où vous voudrez, pourvu que je sache d'où votre invitation vient elle-même. — Allons, je vois que vous êtes encore plus incrédule qu'on ne le dit. — Écoutez, chère marquise, c'est la troisième fois que j'ai l'honneur de vous voir depuis dix-huit mois. La première fois que vous êtes venue, c'était pour me faire une confidence qui m'eût bien touché si j'avais pu y croire: c'est que le comte Rappt, né juste douze mois après la mort de ce pauvre marquis de La Tournelle, était né neuf mois juste après le premier bouquet que je vous avais envoyé. — Neuf ou dix mois avant, mon cher général. — Neuf ou dix mois après, ma chère marquise. — Convenez que vous mettez un entêtement à rajeunir notre union. — Convenez que vous mettez une persistance à la vieillir. — Bien naturelle chez une mère. — Alors, chère amie, pourquoi diable avez-vous attendu si longtemps pour m'annoncer le bonheur suprême que m'accordait la Providence en m'accordant un héritier au moment où je m'y attendais le moins? — Général, il y a des aveux qui coûtent toujours à une femme. — Et qui finissent par lui échapper cependant quand l'homme à qui elle avait hésité trente-sept ou trente-huit ans à les faire se trouve tout à coup, et par une circonstance imprévue, comme celle du vote d'un milliard d'indemnité, avoir douze cent mille francs à toucher pour sa part. — Il y avait, vous en conviendrez, mon cher général, une certaine délicatesse à ne point vous dire que vous aviez un fils, quand l'absence de fortune devait vous donner le chagrin de ne pouvoir laisser à ce fils que votre nom, très-honorable, très-illustre, mais très-pauvre. — Marquise, si vous venez comme il y a dix-huit mois, comme il y a douze mois, comme il y a six mois, pour me persuader que notre liaison date de 1786, quand je suis sûr, moi, qu'elle ne date que de 1787, je vous dirai, marquise, que je me suis abonné hier à l'*Art de vérifier les dates*, que j'ai passé la nuit dernière à vérifier celle du premier bouquet que je vous ai envoyé, et que... — Et que..? — Et que c'est mon frère le corsaire, ou mon neveu le peintre, tout indignes que je les reconnaisse de porter mon nom et d'hériter de ma fortune, qui hériteront de ma fortune et qui porteront mon nom. Cela vous suffit-il, marquise? — Non, général, car je ne venais point pour cela. — Alors, pourquoi diable venez-vous donc? s'écria le général en manifestant son premier mouvement d'impatience qu'il eût laissé échapper; est-ce pour que je vous épouse? — Avouez, entre nous, que vous m'avez assez aimée pour qu'une proposition pareille n'ait rien qui puisse vous surprendre. — Je l'avoue entre nous, marquise, mais entre nous seulement; alors, c'est donc pour cela que vous veniez; que ne le disiez-vous tout de suite? — Que m'auriez-vous répondu? — Que je n'avais aucune répugnance à mourir dans la peau d'un vieux garçon, tandis que j'aurais une honte profonde à mourir dans celle d'un sot. — Consolez-vous, général, je ne viens pas pour cela. — Alors, mille millions de tonnerres!... Ah! pardon, marquise, mais c'est qu'en vérité vous feriez perdre le paradis à un saint qui aurait déjà mis le pied sur le seuil de la porte.

Et le général, qui s'était levé en laissant échapper son gros juron, se mit à se promener de long en large; puis, s'arrêtant enfin devant le marquise :

— Mais si vous ne venez pas pour cela, dit-il, au nom du bon Dieu tout-puissant, pourquoi venez-vous donc? — Allons, dit la vieille dame, je vois bien qu'il faut aborder la question. — Abordons, marquise, abordons, je vous en supplie! — Bon! voilà que vous parlez comme votre frère le corsaire. — Nous allons parler de mon frère le corsaire, alors, marquise? — Non. — Mais de quoi allons-nous parler, alors? — Vous avez sans doute entendu dire que le comte Rappt... — Nous y voilà revenus. — Laissez-moi achever..... avait été mandé par le roi? — Oui, marquise, j'ai entendu dire cela. — Vous n'ignorez pas dans quel but? — Faites comme si je l'ignorais, marquise. — C'était dans le but d'appeler notre cher fils..... — Votre cher fils! — Au ministère. — J'en suis stupéfait, mais je le crois. — Pourquoi le croyez-vous, si vous en êtes stupéfait? — *Credo, quia absurdum.* — Ce qui veut dire? — J'attends la suite de votre discours, marquise. — Eh bien, dans cette entrevue entre Sa Majesté et le comte Rappt, il a été fort question de vous. — De moi? — Oui; car il faut vous le dire, mon cher général, si la voix du sang est muette chez vous, elle parle dans le cœur du pauvre enfant. — Marquise, vous allez me toucher. — Elle fait plus que parler, elle crie. — Et qu'a-t-on dit de moi dans cette entrevue? — Que vous étiez le seul homme capable de succéder au ministre de la guerre actuel. — Tenez, marquise, il faut en finir, car j'attends mon neveu à dîner à six heures précises, et à moins que vous ne nous fassiez l'honneur de dîner avec nous... — Vous êtes bien bon, mon cher général, mais je dois absolument dîner chez mon frère; c'est aujourd'hui que se règlent les articles du contrat de mariage entre Régina... — Oui, et votre cher comte Rappt. Eh bien, comme je ne veux pas vous attarder, j'arrive au but en deux mots, à la fin finale. Si la loi passe, M. Rappt est ministre; et pour que la loi passe, il vous manque trente ou quarante voix; vous venez me demander la mienne et celle de mes amis. — Eh bien, dit câlinement la marquise, si c'était là en effet le but, la fin finale de ma visite, que diriez-vous? — Je dirais que je regrette de ne pas avoir cent voix, cinq cents voix, mille voix, afin de les donner toutes contre cette loi, que je regarde comme abominable, infâme, et ce qui est bien pis, absurde. — Tenez, général, dit la marquise s'emportant à son tour, vous mourrez dans l'impénitence finale, c'est moi qui vous le dis. — Et c'est moi qui vous en réponds. — Se peut-il que, pour faire une niche à un homme que vous détestez, tandis qu'au contraire vous devriez... — Marquise, vous allez me rendre enragé, je vous en préviens. — Vous votiez avec les libéraux! Savez-vous bien que si une révolution arrivait, les faubouriens, les jacobins et les sans-culottes vous feraient jouer le rôle de M. Lafayette? Vous en avez déjà les cheveux blancs, tenez. Oh! si les Courtenay revenaient au monde, je suis, en vérité, curieuse de savoir ce qu'ils diraient en voyant leurs noms portés par un corsaire, un jacobin et un artiste. — Marquise! s'écria le général furieux. — Je vous laisse, général, je vous laisse; mais la nuit porte conseil, et j'espère que demain vous aurez changé d'avis. — Changé d'avis! Mais ni demain, ni après-demain, ni dans huit jours, ni dans cent ans. Ainsi, marquise, il est inutile que vous reveniez avant cette époque-là. — Vous me chassez, général, vous chassez la mère de votre... — Monsir Pétrous Herbel, annonça Frantz en ouvrant la porte.

En même temps la pendule sonna six heures.

LXXXVII

CAUSERIE ENTRE UN ONCLE ET UN NEVEU.

Pétrus parut dans la pénombre du corridor.

— Viens ici, dit le général; ah! morbleu, tu arrives à temps. — Il me semble pourtant que vous n'aviez pas besoin de renfort, général, dit la marquise; si vous étiez arrivé cinq minutes plus tôt, monsieur Pétrus, votre oncle vous eût donné une belle leçon de galanterie.

Et la marquise accompagna ces paroles d'un salut qui indiquait une certaine familiarité à l'endroit du jeune homme.

— Tiens, vous connaissez mon neveu, marquise? demanda le général. — Mais oui, le bruit de ses succès est arrivé jusqu'à nous, et ma nièce Régina a voulu avoir un portrait de sa main. Vous devez être fier, général, ajouta la vieille dame d'un ton moitié dédaigneux, moitié railleur, d'avoir dans votre famille un artiste d'un pareil talent. — J'en suis fier en effet, car mon neveu est un des plus honnêtes garçons que je connaisse. J'ai l'honneur de vous saluer, marquise. — Adieu, général. Songez au sujet de ma visite et quittons-nous bons amis. — Je veux bien que nous nous quittions, marquise, mais bons amis, c'est autre chose. — Oh ! gendarme, va, gronda la marquise en se retirant.

A peine fut-elle sortie du salon, à peine la porte fut-elle refermée derrière elle, sans répondre à son neveu qui lui demandait des nouvelles de sa santé, le général se précipita sur le cordon de la sonnette et le secoua avec fureur. Frantz accourut. Il n'avait déjà plus sa croix ni ses galons, tant il était sévère observateur de tout commandement militaire.

— Vous avez sonné, mon chénéral ? dit-il. — Oui, j'ai sonné. Mets-toi à la fenêtre, drôle.

Frantz se dirigea vers l'endroit indiqué.

— Me foilà, dit-il. — Ouvre-la donc, imbécile.

Frantz ouvrit la fenêtre.

— Regarde dans la rue.

Frantz se pencha en avant.

— J'y regarte, mon chénéral. — Qu'y vois-tu ? — Rien, mon chénéral; la nuit est noire comme une giberne. — Regarde toujours. — Ah ! je fois une foiture, mon chénéral. — Et puis ? — Et puis une tame qui monte dedans, la tame qui sort d'ici. — Tu la connais, cette dame, n'est-ce pas ? — Pour mon malheur, mon chénéral.

Frantz faisait allusion à sa dégradation.

— Eh bien, Frantz, quand elle viendra pour me voir, tu lui diras que je suis au Champ de Mars. — Oui, mon chénéral. — C'est bien, ferme la fenêtre et va-t'en. — Mon chénéral n'a plus rien à me commander ? — Si fait, morbleu, j'ai à te commander d'aller donner la schlague au cuisinier. — J'y vais, mon chénéral.

Et Frantz s'achemina vers la porte. Mais, s'arrêtant au moment de sortir :

— Et s'il me demande pourquoi la schlage, que lui dirai-je ? — Tu lui diras : parce qu'il est six heures cinq minutes, et que le dîner n'est pas sur la table. — Ce n'être pas la faute de Jean si le dîner n'être pas sur la table, mon chénéral. — Alors c'est la tienne ; va dire à Jean de te la donner. — Ce n'est pas la mienne non plus. — La faute à qui, alors ? — C'est la faute du cocher de madame la marquise. — Bon, il ne me manquait plus que cela pour me raccommoder avec elle. — Il est entré dans la cuisine, et comme il portait sous son bras le chien de la marquise, qui sentait le musc, l'odeur du musc a fait tourner les sauces. — Tu entends, Pétrus, dit le général en se tournant d'un air tragique vers son neveu. — Oui, mon oncle. — N'oublie jamais que la marquise a fait dîner ton oncle à six heures un quart. Allez, monsieur Frantz, et ne reprenez vos galons et votre croix qu'au bout de trois mois.

Frantz sortit de l'appartement dans un état voisin du désespoir.

— La visite de la marquise vous a fait éprouver quelque contrariété, à ce qu'il paraît, mon oncle ? — Je croyais que tu la connaissais, disais-tu ? — Mais oui, un peu, mon oncle. — Eh bien, tu dois savoir que partout où passe la vieille dévote, c'est comme si le grand diable d'enfer y avait passé. — Pardon, mon oncle, dit Pétrus en riant, mais on vous accuse de par le monde d'avoir eu beaucoup de dévotion pour cette dévote. — J'ai tant d'ennemis ; mais, morbleu ! parlons d'autre chose ; as-tu reçu des nouvelles de ton pirate de père ? — Il y a trois jours à peu près, mon oncle. — Et comment va-t-il, le vieux corsaire ? — Très-bien, mon oncle, il me charge de vous embrasser. — Pour m'étrangler, comme un vieux jacobin qu'il est. Ah çà ! dis-moi donc, est-ce que c'est pour ton oncle que tu as fait cette toilette? — Un peu pour vous, et beaucoup pour lady Grey. — Tu sors de chez elle? — J'ai été la remercier. — — De quoi? De ce que son frère l'amiral, toutes les fois qu'il me rencontre, me fait des compliments sur les prouesses maritimes de ton scélérat de père? — Non, mon oncle; de l'intention qu'elle a eue de me faire vendre mon Coriolan. — Je le croyais vendu. — Il ne tiendrait qu'à moi qu'il le fût en effet. — Eh bien? — J'ai refusé. — Le prix ne te convenait pas. — On m'en donnait le double de ce qu'il valait. — Pourquoi as-tu refusé, alors? — Parce que l'acheteur ne me convenait pas. — Tu te permets donc d'avoir des préférences entre l'argent et l'argent? — Oui, mon oncle, attendu qu'il me semble que rien ne se ressemble moins que l'argent et l'argent. — Ah çà! drôle que tu es, après avoir ruiné monsieur ton père, ce qui n'est pas un grand malheur, attendu que le bien mal acquis ne profite jamais, aurais-tu par hasard la prétention de me dépouiller à mon tour? — Non, mon oncle, soyez tranquille, dit en riant Pétrus. — Et quel était cet acheteur qui ne vous convenait pas, monsieur le difficile? — Le ministre de l'intérieur, mon oncle. — Le ministre de l'intérieur a voulu t'acheter ton tableau; mais il se connaît donc en peinture? — Je vous ai dit que c'était sur la recommandation de lady Grey. — C'est vrai; et tu as refusé? — J'ai refusé, oui, mon oncle. — Et peut-on savoir la raison de ce refus? — Votre opposition, mon oncle. — Et qu'a donc à faire mon opposition avec vos tableaux? — Il m'a semblé que cet achat d'un tableau au neveu était une flagornerie faite à l'oncle; nous avons à la chambre des gens incorruptibles pour eux, et qui ont cent mille francs de places dans leur famille.

Le général réfléchit pendant un instant, et un sourire de satisfaction éclaira son visage.

— Écoute, Pétrus, dit-il du ton le plus paternel, je ne veux pas t'imposer mes opinions, mon enfant, et, bien que je sois l'ennemi acharné du ministère en général, et du ministère de l'intérieur en particulier, je ne veux pas que tu refuses à cause de moi les encouragements que le gouvernement croit devoir donner aux hommes de mérite. Je ne partage pas la sotte opinion de ceux qui prétendent qu'un artiste ne doit accepter ni un travail, ni la croix, parce que le ministère ne représente pas son opinion; or, comme en tous cas le ministre représente le pays, c'est du pays que l'on reçoit, et non du ministre. C'est le ministre qui commande les tableaux, c'est vrai, mais c'est la France qui les paye. — Eh bien, mon oncle, je ne veux rien recevoir de la France; elle est trop pauvre. — Dis trop économe. — Et puis, que deviennent toutes ces malheureuses toiles commandées par les deux ou trois générations de directeurs des Beaux-Arts que nous avons vues fleurir? on n'en sait rien. A moins que les tableaux ne soient signés d'un grand nom, on les enfouit dans des musées de sous-préfecture, dans des musées de chefs-lieux de canton; peut-être même qu'on gratte la peinture et qu'on revend les cadres et les toiles. Sérieusement, mon oncle, je n'ai pas fait un tableau pour qu'il aille meubler un réfectoire de couvent, ou une école mutuelle. — Si tous les peintres étaient comme toi, mon cher ami, je voudrais bien savoir ce que deviendraient les galeries de province. — On en ferait des serres, mon cher oncle, avec des orangers, des grenadiers, des bananiers, des ravenelas, des palmiers, ce qui vaudrait bien, je vous le jure, les paysages de quelques peintres de ma connaissance. D'ailleurs, je ne suis pas le seul qui fasse de ces choses-là, et je n'ai fait que suivre l'exemple qu'un plus illustre que moi venait de me donner. — Voyons l'exemple, cela me fera peut-être attendre plus patiemment le potage; d'abord, quel est ce plus illustre que toi? — Abel Hardy.., — Le fils du conventionnel? — Justement. — Qu'a-t-il fait? — Il a refusé la croix et quatre fresques à la Madeleine. — Vraiment? — Oui, mon oncle. — Quel âge as-tu, Pétrus? — Vingt-six ans, mon oncle. — Eh bien, mon enfant, je te trouve jeune pour ton âge. Ce n'est pas un malheur irréparable, heureusement; vu que l'on vieillit toujours assez vite. — Que voulez-vous dire? — Que tu ferais bien, mon cher Pétrus, de te tenir en garde contre les appréciations irréfléchies que tu fais, ou que tu acceptes toutes faites, sur les hommes et sur les choses. Quand il t'arrive de t'engouer de quelqu'un, et cela t'arrive assez souvent, Dieu merci, tu vois en lui, pauvre niais, toute la candeur que tu as en toi. Ainsi, par exemple, en ce moment, ton amitié pour Abel Hardy vient de te faire dire une de ces sottises dont j'eusse rougi pour toi si nous eussions eu un témoin; ce témoin-là eût-il été Frantz, mon brosseur, ou Croupette, ce chien de la marquise qui fait tourner les sauces de mon cuisinier parce qu'il sent le musc. — Je ne vous comprends pas, mon oncle. — Tu ne me comprends pas; apprends d'abord, cher ami, qu'on ne refuse pas la croix, attendu qu'on ne la donne que quand on la demande; quand tu la voudras, tu la feras demander par la maîtresse du directeur des Beaux-Arts, ou par le sacristain de Saint-Acheul, et tu l'auras. — Vous doutez de tout, mon oncle. — Mon ami, on n'a pas vu, tu comprends bien, la Révolution, le Directoire, le Consulat, le Consulat à vie, l'Empire, la Restauration, les Cent-Jours et Waterloo, sans avoir le droit de douter de beaucoup de choses, et même des gouvernements; à mon âge, comme tu auras vu probablement autant de gouvernements que moi, tu seras aussi sceptique que moi. — Bon pour la croix; mais les fresques, mon oncle; j'ai vu la commande. — Revenons donc aux quatre fresques; ton ami les a refusées? — Refusées. — Parce que? Il y a une raison à son refus? — Sans doute; parce qu'il ne veut rien faire pour un gouvernement qui empêche M. Horace Vernet, notre peintre national, d'exposer ses batailles de Montmirail, de Hanau, de Jemmapes et de Valmy. — Mon cher Pétrus, ton ami Abel Hardy a refusé les fresques de la Madeleine parce que l'empereur de Russie, dont le gouvernement, tu en conviendras, n'est pas beaucoup plus libéral que le nôtre, lui a commandé un tableau de la Retraite de Russie, et qu'il lui paye ce tableau 30,000 fr., tandis que le gouvernement ne payait que 10,000 fr. les fresques de la Madeleine. Voyons, mon cher ami, conviens-en, ceci n'est point du patriotisme, c'est de la tenue de livres. — Oh! mon oncle, je connais Abel, et j'en répondrais sur ma vie. — Bien que tu sois le fils de ton père, c'est-à-dire d'un infâme écumeur de mer, ta vie m'est trop précieuse, mon cher Pétrus, pour que je te permette de l'exposer si légèrement. — Vous êtes un cœur desséché, mon oncle, vous ne croyez plus à rien. — Tu te trompes, je crois à ton affection, et ton affection est d'autant plus désintéressée, que je ne t'ai jamais donné et ne te donnerai jamais rien de mon vivant, excepté mon dîner, quand tu voudras bien le venir prendre, encore celui d'aujourd'hui me paraît-il bien problématique; il y a plus, je crois à ton avenir, si tu ne gaspilles pas ton temps, ton talent, ta vie. Tu es peintre, tu exposes depuis trois ans, tu as eu la médaille d'or l'an dernier, et tu ne portes ni feutre pointu, ni pourpoint moyen âge, ni pantalon collant; tu t'habilles comme tout le monde, enfin, de sorte que tu n'es pas obligé quand tu sors de courir à toutes jambes pour ne pas être suivi comme un masque par tous les polissons du quartier, c'est déjà quelque chose; eh bien! si avec les dispositions que tu as, mon enfant, tu veux bien ne pas dédaigner les conseils d'un vieillard qui a beaucoup vu... — Je vous aime comme un second père, et je vois en vous mon meilleur ami. — Ton plus vieil ami au moins, et c'est à ce titre que je te prie de m'écouter, puisque nous n'avons rien de mieux à faire. — Je vous écoute, mon oncle. — Je connais toutes tes relations sans en avoir l'air, mon cher Pétrus, je connais ton ami Jean Robert, je connais ton ami Ludovic, je connais ton ami... je connais tous tes amis, enfin. — Avez-vous quelque chose à dire contre eux? — Moi, absolument rien; mais pourquoi te lier avec des poëtes et des carabins? — Parce que je suis peintre, mon oncle. — Alors, si tu veux absolument voir des poëtes, fais-toi présenter chez M. le comte de Marcellus. — Mais, mon oncle, il n'a fait qu'une ode à l'ail. — Il est pair de France. Chez M. Briffaut? — Il n'a fait qu'une tragédie. — Il est de l'Académie. Tu te lies trop avec des jeunes gens, mon cher. — Est-ce vous, mon oncle, l'admirateur de la jeunesse, jeune homme vous-même, qui, par fatuité, portez une perruque de cheveux blancs; est-ce vous qui pouvez m'adresser un pareil reproche? — De semblables liaisons ne profitent pas, Pétrus; elles ne servent ni à la fortune ni à la gloire. — Qu'importe, si elles servent au bonheur! — Oui, et tu appelles le bonheur fumer dans un atelier, accroupi à la manière des Turcs, de mauvais cigares de contrebande, en racontant l'histoire de M. Mayeux, ou boire des demi-tasses dans les cafés en faisant des théories sur l'art. Quand on a l'honneur d'être fils d'un pirate honnête homme, qui n'a pas de quoi vous nourrir, il faut soutenir l'honneur de son nom, que diable! Piraterie oblige, et nous descendons des empereurs de Constantinople. Mon cher Pétrus, crois un homme qui a connu Richelieu vieux, et Lauraguais jeune; ce sont les femmes qui font notre réputation dans la société, et par suite notre fortune. Il faut en avoir beaucoup, tant que tu pourras, et le plus intimement que tu pourras. Une femme bien placée, qui s'engoue de nous et qui nous prône à sa coterie, c'est là prospérité en chair et en os, mon enfant. Ne te lie donc pas si facilement; songe, toutes les fois que tu fais une liaison nouvelle, aux avantages que tu peux en retirer; c'est là ce qu'on appelle la connaissance du monde, l'expérience de la vie. Profite de mon expérience et de ma connaissance du monde, à moi; prends pied dans tous les ministères, prends langue dans toutes les ambassades, tu feras de l'opposition quand tu auras 50 ans et 60,000 livres de rente. Vois dans tes moments perdus quelques femmes de banquiers, une ou deux femmes de notaire, mais pas plus. Fais quelques pastels de douairières, cela te posera; si tu ne connais pas de douairières, inventes-en. C'est dans un coin de leur boudoir que les femmes font et défont les réputations; vois les femmes, mon cher, vois les femmes, ce sont les femmes qui font l'opinion, et, au bout du compte, l'opinion est la reine du monde. — Mais c'est une société insociable, mon oncle, que celle que vous me proposez là. — La société, mon enfant, est un bois où chacun se promène, armé de son arme: l'arme de celui-ci, son esprit, l'arme de celui-là, sa fortune; malheur à celui qui se fie à la façon dont la police est faite, et qui ne prend pas ses précautions en conséquence. Le jeu de la vie, mon cher Pétrus, est comme le piquet: quelques-uns le jouent honnêtement et se ruinent, beaucoup d'autres font filer la carte et s'y enrichissent. — Il y a cependant des hommes qui s'enrichissent, mon cher oncle, sans se livrer à ces sortes de combinaisons. — Il faut faire la part du hasard, qui parfois se trompe, et qui entre chez un honnête homme, croyant entrer chez un fripon : il y a des portes qui se ressemblent. — Si la société est telle que vous le dites, mon oncle, mieux vaut tout quitter et s'en aller planter des choux et des carottes. — C'est cela. Et vivre dans l'espérance de les manger, n'est-ce pas? Eh bien, c'est encore une illusion qui t'échappera; tu croiras les manger tendres, ils seront durs. — Oh ! que vous avez dû souffrir pour en arriver là, mon cher oncle, dit Pétrus. — Non; seulement, je meurs de faim, dit le général. — Monsir le chénéral il être servi, dit Frantz ouvrant la porte, avec un visage aussi joyeux que peut l'avoir un caporal autrichien qui ne porte plus ni galons ni croix. — Allons, viens, dit le général en prenant le bras de son neveu, nous reprendrons la conversation au dîner, et peut-être alors verrai-je le monde sous un autre jour. Morbleu ! je comprends ceux qui font des révolutions, sous le prétexte qu'ils ont faim !..

LXXXVIII

OU L'ONCLE ET LE NEVEU CONTINUENT DANS LA SALLE A MANGER LA CONVERSATION DU SALON.

Le général et son neveu entrèrent, bras dessus, bras dessous, dans la salle à manger. Le général pesait sur le bras de Pétrus de tout le poids d'un homme qui ne se soutient plus. Il s'assit dans son fauteuil, à sa place habituelle, et fit signe à son neveu de s'asseoir en face de lui. Le général commença par avaler silencieusement deux grandes assiettes d'une bisque aux écrevisses qui suffisait à prouver que le cuisinier, lui aussi, était un grand artiste. Puis il se servit un verre de madère, qu'il dégusta lentement, s'en versa un second verre et passa la bouteille à son neveu, en l'invitant à en faire autant que lui.

Pétrus se versa un verre de madère et l'avala avec une insouciance qui révolta visiblement son oncle, lequel apportait d'habitude la plus grave et la plus religieuse attention aux choses de la table.

— Frantz, dit le général, donnez à M. Pétrus une bouteille de marsalla, il n'en fera pas de différence avec du vrai madère.

C'était sa façon de dégrader Pétrus de sa dignité de buveur, comme il avait dégradé Frantz de son grade de caporal. Pétrus accepta la catastrophe avec une profonde résignation. Le général passa presque de la colère au mépris. Cependant il tenta une seconde épreuve.

On venait de lui apporter une bouteille de haut-laffitte tiédie à point. Il s'en servit un verre comme il l'avait fait du madère, le dégusta en homme qui en apprécie les qualités suprêmes, fit claquer sa langue, et dit à son neveu :

— Tends ton verre.

Pétrus, préoccupé, tendit son verre à vin ordinaire.

— L'autre, dit le général ; le verre mousseline, malheureux!

Pétrus tendit le verre mousseline, qui, par la finesse de sa forme, par la transparence de son cristal, méritait son nom plutôt deux fois qu'une. Puis le verre plein, il le reposa devant lui.

— Mais bois donc tout de suite, dit le général.

Pétrus ne songea nullement que cette recommandation de son oncle fût pour empêcher le vin de se refroidir ou de s'évaporer ; il pensa seulement que son oncle s'inquiétait de l'avoir vu manger d'un ou deux plats sans boire. Il abaissait une recommandation gastronomique à la simple hauteur d'une mesure d'hygiène.

Aussi, obéissant à son oncle, et sentant qu'en effet le piment dont était assaisonné le barick à l'indienne qu'il venait de déguster lui avait laissé une certaine flamme dans la gorge, il transversa son vin du petit dans le grand verre, remplit le grand verre d'eau fraîche, et l'avala d'un trait.

— Ah! scélérat! s'écria le général. — Quoi donc, mon oncle? demanda Pétrus presque effrayé. — Mais si ton corsaire de père n'avait pas constamment fait ses courses dans la Manche, je croirais qu'il a rapporté du Cap un chargement de vin de Constance, ou de la mer Noire une pacotille de vin de Tokay, et que tu as été nourri au biberon avec du nectar. — Pourquoi donc cela, mon oncle ? — Comment, malheureux ! je te verse un verre de haut-laffitte, du même qui a été mis en cave aux Tuileries en 1812, l'année de la comète; du vin qui vaut douze francs la bouteille dans ma cave, mais qui, tiédi et servi à point, n'a pas de prix, et tu bois ce vin-là avec de l'eau! Frantz, tâche de te procurer du vin de Suresne, et désaltères-en mon neveu.

Puis avec une grande mélancolie :

—Frantz, dit le général, retiens bien ceci : L'homme boit, l'animal s'abreuve. — Excusez-moi, mon oncle, dit Pétrus, j'étais profondément distrait. — C'est poli, ce que tu me dis là. — C'est plus que poli, mon oncle, c'est galant : j'étais distrait, parce que je pensais à notre conversation de tout à l'heure. — Flatteur, dit le général. — Non, parole d'honneur, mon oncle ; vous disiez donc ? — Je ne sais plus ce que je disais; seulement, comme j'avais faim, il est probable que je disais des bêtises. — Vous me disiez, mon oncle, que j'avais tort de déserter le monde. — Ah! oui; parce que tu comprends bien ceci, mon cher enfant, l'individu a toujours besoin du monde, c'est-à-dire de la généralité ; tandis que la généralité, c'est-à-dire le monde, n'a jamais besoin de l'individu. — Ceci, mon oncle, est d'une vérité incontestable. — Ah ! ceci n'est point une raison ; il n'y a que les vérités incontestables qui aient été contestées avec acharnement; témoin Colomb, à qui on a contesté l'existence de l'Amérique; Galilée, à qui on a contesté le mouvement de la terre ; Hervey, à qui l'on a contesté la vaccine ; et Fulton, à qui l'on a contesté la vapeur. — Vous êtes prodigieux, mon oncle! dit Pétrus avec une certaine admiration pour la verve de ce spirituel vieillard. — Merci, mon neveu. Eh bien, je te disais donc, ou je ne te disais pas, cela ne fait rien, puisque je te le dis maintenant, que je t'avais présenté chez madame Lydie de Marande, une des plus jeunes, des plus jolies, des plus influentes femmes de l'époque. Tu y as été naturellement le jour de ta présentation, tu y as mis ta carte, et tu n'y es pas retourné. Elle reçoit la meilleure compagnie. — Oh! mon oncle, dites la plus mauvaise ; elle reçoit tout le monde ; on dirait un salon de ministre. — Mon cher neveu, j'ai causé de toi assez longtemps avec madame de Marande; elle t'a trouvé de figure agréable, mais elle n'aime pas ta tournure. — Voulez-vous que je vous donne une idée du goût de madame de Marande ? — Donne. — Son mari avait acheté la *Locuste* de Sigallon, un chef-d'œuvre; elle n'a pas eu de tranquillité qu'il ne l'ait rendu à l'auteur, sous prétexte que ce n'était pas un sujet agréable à voir. — C'était vrai. — Comme si le *Saint-Barthélemy* de l'Espagnolet était une chose réjouissante. — Mais aussi je ne voudrais pas avoir le *Saint-Barthélemy* de l'Espagnolet dans ma salle à manger. — Eh bien, mon oncle, tâchez de l'avoir, vous me le donnerez. — Je m'en occuperai, mais à condition que tu retourneras chez madame de Marande. — Je commençais à l'aimer, mon oncle, vous allez me la faire haïr. — Pourquoi cela? — Une femme qui reçoit un artiste et qui ne voit en lui qu'un visage agréable et une mauvaise tournure. — Eh! que diable veux-tu qu'elle y voie? Qu'est-ce que madame de Marande? une Madeleine en puissance de mari et en impuissance de repentir; est-ce qu'elle s'occupe d'art, elle? Elle voit un jeune homme, elle le regarde; quand tu vois un cheval, tu le regardes aussi. — Oui, mais si beau qu'il soit, j'aime mieux une frise de Phidias. — Et quand tu vois une jeune et jolie femme, aimes-tu mieux une frise de Phidias ? — Ma foi, mon oncle... — N'achève pas ou je te renie pour mon neveu. Madame de Marande a raison et tu as tort, il y a en toi trop d'artiste et pas assez d'homme du monde; ta démarche a une sorte de laisser-aller qu'on peut pardonner à un étudiant, mais qui ne sied pas à un homme de ton âge et de ton nom. — Vous oubliez, mon oncle, que je me nomme du nom de mon père et non du vôtre, et que si l'on doit être sévère sur la tournure d'un descendant de Josselin III, on doit être indulgent sur celle du fils d'un écumeur de mer, comme vous appelez mon père. Je m'appelle Pétrus Herbel, mon oncle, et non le vicomte Herbel de Courtenay. — Tout cela n'est pas une raison, mon neveu; il y a beaucoup du caractère de l'homme dans sa démarche, dans sa façon de se tenir et porter la tête, de mouvoir les bras; un ministre marche autrement que ses employés, un cardinal autrement qu'un abbé, un garde des sceaux autrement qu'un notaire. Voudrais-tu, par hasard, marcher comme un huissier ou comme un garde du commerce? Tiens, par exemple, tes vêtemens sont fabriqués d'une façon pitoyable, ton tailleur n'est qu'un âne. — C'est le vôtre, mon oncle. — Ah! la belle réponse; que je te donne mon cuisinier comme je t'ai donné mon tailleur, et au bout de six mois mon cuisinier sera un droguiste. Fais venir M. Smith. — Je m'en garderai bien, mon oncle, il vient assez sans que je le fasse venir. — Bon! nous avons des dettes chez notre tailleur. — Voulez-vous que je lui dise de passer chez vous en venant chez moi? — Ma foi, j'en suis tenté. — Ah! mon oncle, la belle tentation que vous avez là! — Nous verrons cela tout à l'heure. Je te disais donc, fais venir ton tailleur, et demande-lui : Qui est-ce qui fait les habits de mon oncle? S'il te répond : c'est moi, M. Smith est un fat; c'est comme si mon cuisinier me disait que c'est lui qui fait ma cuisine. Ce qui fait mes habits, mon cher, c'est ma manière de les porter; fais comme moi, qui ai soixante-huit ans. Pétrus, donne la valeur de l'élégance à ce que tu portes, et tu seras un charmant cavalier, que tu appelles Herbel ou Courtenay. — Quelle coquetterie pour moi, mon oncle! — C'est comme cela, que veux-tu. — Mais à propos, pourquoi vous occupez-vous de mes habits? Voudriez-vous faire de moi un dandy, par hasard? — Tu tombes toujours dans les extrêmes. Je ne veux pas faire de toi un dandy, je veux faire de toi un homme élégant, mon neveu. Songe donc que lorsque les jeunes gens qui nous connaissent te voient, ils disent à ceux qui ne nous connaissent pas : « Voyez-vous ce jeune homme? — Oui. — Eh bien, il a un oncle qui pèse cinquante mille livres de rente. » — Oh! mon oncle, qui dit cela? — Toutes les mères qui ont des filles à marier, Monsieur. — Bon, et moi qui vous écoutais sérieusement, mon oncle. Tenez, vous n'êtes qu'un égoïste. — Comment cela ? — Je vous vois venir; vous voulez vous débarrasser de moi, vous voulez me marier. — Eh bien, quand cela serait? — Je vous répéterais ce que je vous ai déjà dit mille fois depuis un an : Non, mon oncle. — Eh! mon Dieu, tu diras cent fois, mille fois, dix mille fois non, et un beau jour tu diras oui.

Pétrus sourit.

— C'est possible, mon oncle; mais jusqu'à présent, rendez-moi cette justice d'avouer que j'ai dit non. — Tiens, tu es un brigand comme ton père. Je te vois venir; tu as dessein, un jour que tu trouveras ta belle, de forcer mon secrétaire. Voyons, pourquoi cet entêtement à rester garçon ? A la fin, tu me feras perdre patience. — Mais vous êtes bien resté garçon, vous? — Parce que je m'en rapportais à ton père et à toi de perpétuer la race des Courtenay. Comment, je m'occupe de te chercher une femme, je te trouve une jeune fille remplie d'esprit qui te tend les deux mains, qui t'apporte cinq cent mille francs dans chaque main, et tu refuses cette estimable personne ! Mais sur qui comptes-tu donc? sur la reine de Saba? — Que voulez-vous, mon oncle, la jeune fille était laide, moi je suis peintre, vous comprenez? — Non, je ne comprends pas. — La forme avant tout. — Alors, bien décidément, tu ne veux pas épouser ce million-là? — Non, mon oncle. — Eh bien, soit, je t'en chercherai un autre. — Hélas! mon oncle, je sais bien que vous le trouverez; mais laissez-moi vous dire ceci : ce n'est pas la mariée que je n'aime pas, c'est le mariage. — Mais tu es donc un sacripan comme ton père? mais tu ne fais donc pas attention que tu attentes froidement aux jours de ton oncle? Comment, j'aurai jeté dans ce gouffre qu'on appelle un neveu le fruit de soixante ans d'expérience, je l'aurai aimé comme mon propre fils, je me serai brouillé pour lui comme je viens de le faire avec une amie, je me trompe, avec une ennemie de quarante ans, et le drôle ne me sera pas agréable une fois dans sa vie! Je ne lui ai jamais demandé qu'une chose, c'est de se marier, et il refuse! mais tu n'es donc qu'un bandit! Je veux que tu te maries, te dis-je, je l'ai mis dans ma tête, et tu te marieras, ou tu diras pourquoi. — Mais je viens de vous le dire, mon oncle. — Écoute, si tu ne te maries pas, je te désavoue, je te renie, je ne vois plus en toi qu'un héritier; c'est-à-dire un ennemi armé contre mes cinquante mille livres de rente, et je me marie moi-même comme mesure de sûreté; j'épouse ton million. — Vous m'avez avoué tout à l'heure que la jeune fille était laide, mon oncle. — Mais une fois ma femme, je ne l'avouerai plus. — Et pourquoi cela, mon oncle ? — Parce qu'il ne faut jamais dégoûter les autres de ce qui ne vous convient pas. Voyons, Pétrus, sois bon garçon; si tu ne te maries pas pour toi, marie-toi pour ton oncle. — Vous me demandez justement la seule chose que je ne puisse faire pour vous. — Mais donne-moi au moins une raison valable, mille millions de tonnerres! — Mon oncle, je ne veux pas tenir ma fortune d'une femme. — Et pourquoi cela? — Parce qu'il me semble qu'il y a quelque chose de honteux dans ce calcul. — Pas mal pour le fils d'un pirate. Eh bien, je te dote, moi. — Oh! mon oncle. — Je te donne cent mille francs. — Je suis plus riche, garçon, sans vos cent mille francs, que je ne serais étant marié, avec cent mille livres de rente de plus. — Je t'en donne trois cent mille, je te donne la moitié de ma fortune s'il le faut, je ne suis pas Breton pour rien.

Pétrus prit la main de son oncle et la lui baisa tendrement.

— Tu me baises la main, ce qui veut dire : Allez vous promener, mon oncle, et plus vous irez loin, plus vous me ferez plaisir. — Oh! mon oncle. — Ah! j'y suis! s'écria le général en se frappant le front. — Je ne crois pas, mon oncle, répondit Pétrus en souriant. — Tu as une maîtresse, malheureux! — Vous vous trompez, mon oncle! — Tu as une maîtresse! — Je vous jure que non! — Je la vois d'ici. Elle a quarante ans, elle te tient dans ses serres, vous vous êtes juré de vous aimer toujours, vous vous croyez seuls au monde, et vous vous figurez que les choses dureront ainsi jusqu'au jour où sonnera le buccin du jugement dernier. — Pourquoi quarante ans, mon oncle? demanda Pétrus en riant. — Parce qu'il n'y a qu'à quarante ans qu'on croit à l'éternité de l'amour, les femmes, bien entendu; ne ris pas, c'est là ton ver rongeur. Je suis certain de ce que je dis; en ce cas, mon ami, ajouta le général avec un air de profonde compassion, je ne te blâme plus, je te plains; et il ne me reste plus qu'à attendre tranquillement la mort de ton infante. — Eh bien, mon oncle... — Quoi? — Puisque vous êtes si bon... — Tu vas me demander mon consentement pour épouser ta grand'mère, malheureux! — Non, soyez tranquille. — Tu vas me supplier de reconnaître les enfants que tu as eus. — Mon oncle, rassurez-vous, je n'ai pas le bonheur d'être père. — Est-ce que l'on est jamais sûr de cela? Au moment où tu es entré, la marquise de La Tournelle voulait bien me persuader... — Quoi? — Rien. Continue, je m'attends à tout. Seulement, si la chose est trop grave, remets-la à demain, pour ne pas troubler ma digestion. — Vous pouvez entendre sans émotion ce que je vais vous dire, mon oncle. — Alors, parle. Un verre d'alicante, Frantz : je veux entendre ce que mon neveu a à me dire dans les meilleures dispositions possibles. Là, c'est bien; parle, maintenant, Pétrus, continua tendrement le général en mirant, aux flammes du candélabre, le rubis contenu dans son verre; ta maîtresse? — Je n'ai pas de maîtresse, mon oncle. — Mais qu'as-tu donc alors? — J'ai, mon oncle, j'ai depuis six mois, pour une personne qui le mérite sous tous les rapports, une de ces passions, voyez-vous... — Non, je ne vois pas, dit le général. — Qui n'aura probablement aucun résultat. — Eh bien, mais alors, la passion est du temps perdu. — Non, pas plus que n'a été du temps perdu la passion de Dante pour Béatrix, de Pétrarque pour Laure, du Tasse pour Éléonore. — C'est-à-dire que tu ne voulais pas épouser une femme et lui devoir ta fortune, tandis que tu veux bien avoir une maîtresse et lui devoir ta réputation; est-ce bien logique, Pétrus, ce que tu fais là? — On ne peut plus logique, mon oncle. — Et quel chef-d'œuvre dois-tu déjà à ta Béatrix, à ta Laure, à ton Éléonore? — Vous souvenez-vous de mon tableau du Croisé? — C'est ton meilleur; depuis que tu l'as retouché, surtout. — Le visage de la jeune fille qui puise de l'eau à la fontaine a paru vous satisfaire complétement. — C'est vrai, il m'a singulièrement plu. — Vous m'avez demandé où j'avais pris mon modèle. — Et tu m'as répondu que tu l'avais pris dans ton imagination, ce qui, soit dit en passant, m'a paru assez fat. — Eh bien, je vous avais indignement trompé, sournoisement trompé, mon bon oncle. — Scélérat! — Mon modèle, c'était elle, mon oncle. — Elle, qui, elle? Vous voulez que je vous dise son nom? — Comment! si je le veux, je le crois bien! — Remarquez que je n'ai ni l'espérance d'être jamais son mari, ni la prétention d'être jamais son amant. — Raison de plus pour la nommer; il n'y a pas d'indiscrétion avec un pareil préambule. — C'est mademoiselle...

Pétrus s'arrêta tout tremblant; il lui semblait qu'il allait commettre un crime.

— C'est mademoiselle?... répéta le général. — Mademoiselle Régina. — De La Mothe-Houdan? — Oui, mon oncle. — Ah! s'écria le général en se renversant violemment en arrière, ah! bravo! mon neveu. Si nous n'avions pas la table entre nous deux, je te sauterais au cou et je t'embrasserais. — Que voulez-vous dire, mon oncle? — Ah! je dis qu'il y a un Dieu pour les honnêtes gens. — Je ne vous comprends pas. — Je dis que tu seras, mon enfant, mon Rodrigue, mon vengeur. — Expliquez-vous, par grâce. — Mon ami, demande-moi tout ce que tu voudras; tu viens de me faire le plus grand plaisir que j'aie éprouvé de ma vie. — Oh! mon oncle, croyez que j'en suis aux anges. Alors je puis continuer? — Non, pas ici, mon enfant. Je suis un philosophe de l'école d'Épicure, un fils de la molle cité que l'on appelle Sybaris; la fraîcheur de ton récit s'accorderait mal avec l'odeur du gigot et de la choucroute; passons au salon. Frantz, d'excellent café, mon garçon, des liqueurs les plus fines, les plus parfumées. Frantz, tu peux remettre ta croix, recoudre tes galons, je te pardonne en faveur de mon neveu... Viens, Pétrus, cher enfant de mon cœur. Ainsi, tu dis donc, que tu aimes mademoiselle Régina de La Mothe-Houdan?

Et, ce disant, le général jeta son bras autour du cou de Pétrus avec autant de grâce et d'élégance, et nous dirons presque de jeunesse, que le fait Pollux autour du cou de Castor, dans ce beau groupe antique, chef-d'œuvre d'un maître inconnu. Et tous deux passèrent devant Frantz, qui, la main gauche à la couture de sa culotte, la main droite à son front, les regarda passer, le visage rayonnant de joie et de fierté, en murmurant :

— Oh! mon chénéral, mon chénéral!

LXXXIX

PENDANT LE CAFÉ.

Le général l'avait dit : il était bien véritablement un disciple de l'école d'Anacréon, un citoyen de la voluptueuse Sybaris. Il eût pu ajouter, un rival de Brillat-Savarin et de Grimod de La Reynière. Tout, chez lui, indiquait dans les moindres détails une profonde étude du confortable et de la recherche. De même qu'il ne croyait devoir boire le bordeaux haut-laffitte que dans ces verres mousselines dont la transparence se joint à la ténuité du cristal, pour ne rien faire perdre aux yeux et aux lèvres de la couleur et du parfum du vin, il n'eût pas pris son café dans un autre récipient que dans une tasse de Chine ou de vieux Sèvres.

Le café attendait donc, fumant et parfumé, dans une cafetière de vermeil, en compagnie d'un sucrier de même métal, de deux fines tasses aux fleurs d'or, et de quatre carafons de liqueurs différentes.

— Ah! dit-il en poussant son neveu sur un fauteuil, assieds-toi là, moi ici, et prenons notre café en philosophes qui apprécient ce qu'il a fallu de temps, d'événements, d'hommes de génie, de grands rois, de soleils ardents, pour préparer ces deux substances savoureuses cueillies aux deux antipodes du monde et qu'on appelle le martinique et le moka.

Mais Pétrus était dans un tout autre ordre d'idées.

— Mon bon oncle, dit-il, croyez que dans un autre moment j'apprécierais comme vous, quoique moins savamment et moins philosophiquement, tout l'arome de cette divine liqueur; mais à cette heure, vous devez comprendre que toutes mes facultés physiques et morales sont concentrées dans cette question, que je vais vous renouveler : Que peut-il y avoir, dans mon amour pour mademoiselle de La Mothe-Houdan, qui vous rende si joyeux? — Je t'expliquerai cela tout à l'heure, quand j'aurai pris mon café; tu sais ce que je te disais avant de me mettre à table, à propos de l'influence qu'un bon repas pouvait avoir sur la manière dont on envisage les choses. — Oui. — Eh bien, mon ami, maintenant que j'ai dîné, je vois tout en rose, et je te fais mon compliment bien sincère; laisse-moi prendre mon café, et alors, je te dirai pourquoi je te fais mon compliment. — Vous la trouvez donc belle, mon oncle? demanda Pétrus, se laissant aller à cette douce pente que descendent, sans s'en apercevoir, les amoureux en parlant de leur amour. — Si je la trouve belle! de par le diable, je serais bien difficile, mon cher. Peste! c'est tout simplement une des plus ravissantes femmes de Paris, et, en me remémorant son visage, je trouve qu'elle ressemble à cette nymphe d'Ovide... — Oh! mon oncle, à personne; n'abaissez pas ce visage céleste, en le comparant même à une demi-déesse. — Allons, allons, mon enfant, tu es bien amoureux, tant mieux, tant mieux! J'aime à voir la jeunesse et la force dans l'exercice moral de cette puissante faculté qu'on appelle l'amour. Eh bien, soit! elle ne ressemble point à une nymphe d'Ovide, c'est au contraire une héroïne de roman moderne dans toute l'acception du mot. — Oh! mon oncle, bien au contraire, et surtout ce qui me ravit en elle, c'est qu'elle ne se modèle en rien sur ce qu'elle a vu ni lu. — Comment, coquin! tu te permets d'aimer une femme sans la permission de ton oncle, et tu ne veux pas même lui permettre de chercher à qui elle ressemble! — J'avais bien raison d'être discret avec vous, mon cher oncle, j'étais sûr d'être grondé. — Dis envié, heureux coquin; il n'y a que ces fils de pirates pour avoir du bonheur. Donc, nous posons d'abord ce fait : te voilà amoureux, très-amoureux. — N'appelez pas, cher oncle, je vous prie, le sentiment que j'ai pour Régina, de l'amour. — Ah! non plus; comment veux-tu que je l'appelle, voyons? — Je n'en sais rien, mon oncle; mais l'amour, n'est-ce pas de ce nom grossier que les hommes les plus vulgaires nomment leurs instincts matériels, leurs fantaisies brutales? Croyez-vous que j'aie, pour cette ravissante créature, le même sentiment qu'éprouve votre portier pour sa femelle? — Bravo! Pétrus; va, mon enfant, va, je ne saurais te dire à quel point tu me réjouis. Ainsi, ce n'est point de l'amour que tu éprouves pour Régina; eh bien, explique-moi ce que c'est; moi, grossier matérialiste, homme de l'autre siècle, j'avais cru jusqu'ici que l'amour était la combinaison matérielle et immatérielle de ce qu'il y avait de plus pur dans l'homme, comme ce café est ce qu'il y a de plus subtil dans la plante qui pousse sur la terre et sous le soleil qui brille au ciel. Je m'étais trompé, tant mieux. Il y a un autre sentiment plus céleste, plus éthéré, plus ardent que celui-là; je demande à faire connaissance avec lui, désespéré d'avoir attendu si tard pour me le faire présenter. — Vous vous moquez de moi, mon oncle. — Oh! par exemple! — Mais ce que je vous dis est vrai, sur ma parole. Ce que j'éprouve pour Régina est un sentiment qui n'a pas de nom dans la langue, nouveau, doux, frais, suave, sublime comme elle, qui n'existait pas avant elle, qui n'a pu être inspiré que par elle. Oh! mon oncle, vous dites que, malgré votre expérience, ce sentiment vous est inconnu; cela ne m'étonne pas, car aucun homme, à ce que je crois, n'a éprouvé ce que j'éprouve. — Je t'en fais mon compliment bien sincère, mon ami, dit le général en savourant les dernières gouttes de son café, et, je te le répète, tu me causes, à plusieurs points de vue différents, une joie véritable, la première que je te doive. Ne prends donc pas à la lettre ce que je t'ai dit du monde avant de nous mettre à table, mon ami; c'était le cauchemar d'un estomac creux. Ah! continua le vieux gentilhomme en s'étalant dans son fauteuil et en clignant béatiquement les paupières, je crois que je ne hasarde rien en disant que lorsque j'aurai pris cette pincée de tabac d'Espagne, je serai véritablement et complétement heureux. — Croyez, mon oncle, dit Pétrus, que je vous remercie de toute mon âme de vouloir bien prendre une part si vive à mon bonheur. — Tu te trompes, mon cher Pétrus, ou plutôt tu n'es pas à mon point de vue. — Vous me faisiez la grâce de me dire, mon oncle, que vous étiez complétement heureux. — Oui, mais ce n'est pas ton bonheur seul qui me réjouit si fort. — Qu'est-ce donc, mon oncle? — C'est la sournoise pensée que ce bonheur va faire le tourment d'un autre.

Pétrus regarda son oncle avec des yeux interrogateurs.

— Or, continua le général, cet autre étant mon ennemi intime, tout ce qui peut lui arriver de désagréable me remplit de satisfaction. Tu vois, mon ami, que je ne prends de ton bonheur que la part qui me revient; ne me garde donc aucune reconnaissance, et continue ton récit, après avoir goûté de ce rhum dont tu me diras des nouvelles. J'écoute.

Le général, toujours renversé dans son fauteuil, croisa ses mains sur son ventre, fit tourner ses deux pouces l'un autour de l'autre et écouta effectivement.

— C'est étrange, mon oncle, dit Pétrus, je ne sais quelle est votre pensée, mais j'ai comme un pressentiment qu'il va m'arriver quelque grand malheur. — Ce qui t'attend est, en effet, un bonheur ou un malheur, selon la façon dont tu l'envisageras. Mais, heureux ou malheureux, je ne veux pas te porter le coup sans t'y avoir préparé, autrement dit, je ne t'apprendrai la vérité que quand tu auras achevé ton récit. — Mais je n'ai point de récit à vous faire, moi, mon oncle; je vous ai dit tout ce que j'avais à vous dire. J'aime, voilà tout. — Il y a pourtant une chose assez importante que tu as omise, mon très-cher. — — Laquelle, mon oncle? — Tu m'as bien dit que tu aimais, c'est vrai, mais tu as oublié de me dire si tu étais aimé.

Le visage de Pétrus se couvrit à ces mots d'une rougeur qui n'était qu'une longue et indiscrète réponse. Mais comme le visage de Pétrus était dans l'ombre, le général ne la vit pas.

PENDANT LE CAFÉ.

TYP. L. CLAYE.

— Que voulez-vous que je vous dise, mon oncle? — Comment, ce que je veux que tu me dises? Je veux que tu me dises si elle t'aime. — Je ne le lui ai jamais demandé. — Et tu as bien fait, mon garçon; en effet, ces choses-là ne se demandent pas, elles se devinent, elles se sentent. Maintenant que tu as senti, qu'as-tu deviné? — Sans dire que le sentiment que j'ai inspiré à mademoiselle de La Mothe-Houdan soit de la nature de celui que j'éprouve, dit Pétrus d'une voix tremblante, je crois cependant que Régina me voit avec plaisir. — Pardon, c'est à ton tour toi qui ne me comprends pas très-bien. Je vais, en conséquenee, préciser ma question : crois-tu, par exemple, que la situation offerte et acceptée telle qu'elle est, c'est-à-dire dans les conditions d'une sympathie réciproque, mademoiselle de La Mothe-Houdan, au cas où tu demanderais sa main, t'accepterait pour mari? — Oh! mon oncle, nous n'en sommes pas là. — Mais si les jours succèdent aux jours et les nuits aux nuits avec leur régularité ordinaire, vous en viendrez là, mes enfants, un jour ou une nuit. — Mon oncle... — Tu ne veux pas l'épouser? — Mais mon oncle... — N'en parlons plus, libertin! — Mon oncle, je vous en supplie! — Parlons-en, alors! — Eh bien, oui, parlons-en, car vous venez de toucher à une de mes espérances, que je n'osais pas même entrevoir en rêve. — Ah! Je demande donc, mon cher neveu, si, dans le cas où tu demanderais en mariage mademoiselle Régina de La Mothe-Houdan, tu crois, dans ton âme et conscience, qu'elle t'accepterait comme mari? Remarque bien, mon cher neveu, que la prétention ne serait nullement orgueilleuse; bien que ton malheureux père soit un profond scélérat, tu n'en descends pas moins des Courtenay, mon garçon; nos aïeux ont régné à Constantinople; les Josselin avaient des cheveux blancs, que les La Mothe-Houdan n'avaient pas encore poussé leurs dents de lait; ils croisent des bâtons de maréchal de France derrière leur blason, mais nous surmontons le nôtre d'une couronne fermée. — Eh bien, mon oncle, s'il faut vous dire toute la vérité... — Toute, mon garçon. — Ou du moins, ce que je pense? — Dis-moi ce que tu penses. — Je crois, bien que je n'aie jamais interrogé l'avenir, qu'à moins d'obstacles venant de mon mince patrimoine, mademoiselle de La Mothe-Houdan ne refuserait pas l'offre de ma main. — Si bien, mon cher neveu, que si par aventure, ce qui n'est pas probable, je commence par te le dire, j'étoffais ce mince patrimoine d'une partie de ma fortune pendant ma vie et de toute ma fortune après ma mort, et remarque bien que je suis à deux mille lieues d'avoir une pareille idée; de sorte que si, pour parler en termes plus précis, je te dotais et te reconnaissais pour mon héritier, cet obstacle levé, tu crois que mademoiselle de La Mothe-Houdan consentirait à t'épouser? — Dans mon âme et conscience, oui, mon oncle. — Eh bien, mon cher neveu, je te répète à propos de toi, ce que je te disais à propos de ton ami qui a refusé la croix : tu es trop jeune pour ton âge. — Moi, mon oncle, dit Pétrus en pâlissant. — Oui. — Que voulez-vous dire? — Je veux dire que mademoiselle de La Mothe-Houdan ne t'épouserait pas. — Et pourquoi cela, mon oncle? — Mais, parce que la loi défend à la femme d'épouser deux hommes, et à l'homme d'épouser deux femmes à la fois. — Deux hommes? — Oui; cela s'appelle de la bigamie, de la polygamie; il y a dans M. de Pourceaugnac une chanson là-dessus. — Mais il me semble comprendre; que voulez-vous dire? — Qu'avant quinze jours, mademoiselle Régina de La Mothe-Houdan sera mariée. — Impossible! mon oncle! s'écria le jeune homme en pâlissant affreusement.

— Impossible! voilà encore une parole d'amoureux. — Mon oncle, au nom du ciel, ayez pitié de moi, expliquez-vous? — Il me semble que ce que je dis est bien clair et n'a aucunement besoin d'explication; mademoiselle Régina de La Mothe-Houdan va se marier. — Se marier! répéta Pétrus stupéfait. — Et je suis payé pour le savoir, Dieu merci, puisqu'elle épouse mon prétendu fils. — Mon oncle, vous allez me rendre fou; quel est ce prétendu fils? — Oh! rassure-toi, il n'est pas reconnu, quoique sa tendre mère ait bien fait tout ce qu'elle a pu pour cela. — Mais enfin, mon oncle, qui épouse-t-elle? — Elle épouse le colonel comte Rappt. — Monsieur Rappt? — Monsieur Rappt lui-même, oui mon neveu; l'aimable, l'honnête, l'illustre monsieur Rappt. — Mais il a vingt ans de plus que Régina. — Tu peux même dire vingt-quatre, cher ami, attendu qu'il est du 11 mars 1786, ce qui fait quarante et un ans bien comptés; et comme mademoiselle Régina de La Mothe Houdan n'en a que dix-sept, dame, calcule toi-même. — Et vous êtes sûr de cela, mon oncle? dit le jeune homme la tête basse et comme foudroyé. — Demande à Régina elle-même. — Adieu! mon oncle, s'écria le jeune homme en se levant. — Comment, adieu? — Oui, je vais la trouver, et je saurai bien!.. — Plus tard, tu sauras mieux encore; fais-moi le plaisir de te remettre à ta place. — Mais, mon oncle. — Il n'y a plus d'oncle, quand le neveu est ingrat. — Moi, ingrat! — Mais certainement, ingrat. C'est être un ingrat neveu que d'abandonner son oncle au commencement d'une digestion laborieuse, au lieu de lui offrir un verre de curaçao, pour faciliter cette digestion. Offre un verre de curaçao à ton oncle, Pétrus.

Le jeune homme laissa tomber ses deux bras.

— Oh! murmura-t-il, pouvez-vous plaisanter avec une douleur pareille à la mienne? — Connais-tu l'histoire de la lance d'Achille? — Non, mon oncle. — Comment, voilà l'éducation que ton pirate de père t'a donnée; il ne t'a pas fait apprendre le grec, lire Homère dans l'original. Tu es obligé de le lire, malheureux, dans madame Dacier ou dans M. Bitaubé; eh bien, je vais te dire, moi, l'histoire de cette lance. Sa rouille guérissait la blessure que sa pointe avait faite. Je t'ai blessé, mon enfant; eh bien, je vais essayer de te guérir. — Oh! mon oncle, mon oncle, murmura Pétrus en allant tomber aux pieds du général, et en lui baisant les mains.

Le général regarda le jeune homme avec une expression qui indiquait la profonde tendresse qu'il avait pour lui. Puis, d'une voix calme et grave :

— Va t'asseoir, mon ami, dit-il, sois homme, nous allons causer sérieusement de monsieur Rappt.

Pétrus obéit, regagna son fauteuil en chancelant, et tomba dessus plutôt qu'il ne s'y assit.

XC

OU IL EST LONGUEMENT QUESTION DES VERTUS DE MADAME LA MARQUISE YOLANDE PENTALTAIS DE LA TOURNELLE.

Pétrus appuya son coude sur le bras de son fauteuil, et laissa tomber sa tête sur sa main. Le général le regarda un instant avec cette compassion du vieil lard pour les maux qu'il n'éprouve plus, mais qu'il se rappelle avoir éprouvés.

— Et maintenant, dit-il cet instant écoulé, mon cher Pétrus, prête à ce que je vais te dire une oreille attentive. Ce sera plus intéressant pour toi que ne l'était pour Didon et ses courtisans l'histoire d'Énée, et cependant dit le poëte :

Conticuere omnes, intentique ora tenebant.

— J'écoute, mon oncle, dit tristement Pétrus. — Tu connais M. Rappt? — Je l'ai vu deux fois dans l'atelier de Régina, répondit le jeune homme. — Et tu le trouves outrageusement laid, n'est-ce pas? c'est naturel. — Laid n'est pas le mot, mon oncle. — Tu es bien généreux. — Je dirai plus, continua Pétrus, aux yeux de beaucoup de gens pour lesquels l'expression du visage ne signifie rien, le comte Rappt peut même passer pour un bel homme. — Morbleu! comme tu parles d'un rival. — Mon oncle, il faut être juste, même avec un ennemi. — Ainsi, tu ne le trouves pas laid? — Je le trouve bien pis que cela, mon oncle, je le trouve inexpressif. Tout est froid et immobile comme le marbre dans cet homme, et semble par un certain instinct matériel tendre vers la terre. Les yeux sont ternes, le nez rond, les lèvres minces et serrées, le teint couleur de cendres; la tête remue, jamais les traits. Si l'on pouvait recouvrir un masque de glace d'une peau vivante, mais qui a cependant cessé d'être animée par la circulation, ce chef-d'œuvre d'anatomie nous donnerait quelque chose de pareil au visage de cet homme. — Tu flattes tes portraits, Pétrus, et si je veux laisser un souvenir embelli de moi à la postérité, je te chargerai de lui transmettre mon image. — Mon oncle, revenons, je vous prie, à M. Rappt. — Bien volontiers; mais enfin, tel que tu trouves ton rival, ne t'étonnes-tu pas que Régina consente à l'épouser? — En effet, mon oncle, une personne d'un goût si pur, d'une appréciation si élevée! je n'y comprends rien; mais, que voulez-vous? Il y a de ces mystères-là dans les femmes, et malheureusement, Régina est une femme. — Bon! tout à l'heure tu ne l'acceptais pas comme une demi-déesse, et voilà que parce qu'elle ne t'aime pas et qu'elle va en épouser un autre, tout en l'aimant, tu la rabaisses au-dessous de l'humanité. — Mon oncle, nous ne sommes point ici, daignez vous le rappeler, pour discuter les agréments, la vertu, ou le plus ou moins de divinité de mademoiselle Régina de La Mothe-Houdan; nous sommes ici pour parler de M. Rappt. — C'est juste, et tu me le rappelle : vois-tu, mon cher Pétrus, il y a, dans l'histoire obscure et tortueuse de cet homme, deux mystères. L'un m'a été révélé, mais je n'ai jamais pu pénétrer l'autre. — Et ce mystère que l'on vous a révélé, mon oncle, est-il un secret? — Oui et non. Mais en tout cas, je me crois le droit de le partager avec toi. Tu me disais avant le dîner, cher ami, que j'avais été particulièrement dévot à cette dévote que l'on appelle la marquise de La Tournelle. Il y a, par malheur, du vrai là-dedans : « Mademoiselle Yolande de La Mothe-Houdan épousa, en 1784, le marquis Pentaltais de La Tournelle, ou plutôt les quatre-vingts ans et les cent cinquante mille livres de rente du susdit marquis; de sorte qu'au bout de six mois de mariage elle se trouva veuve, marquise et millionnaire.

« Elle avait dix-sept ans, elle était ravissante: tu jurerais, n'est-ce pas, qu'elle a toujours eu soixante ans et qu'elle n'a jamais été belle? Jure, mon ami, mais ne parie pas, tu perdrais. Tu dois comprendre que tout ce qu'il y avait de gentilshommes élégants à la cour du roi Louis XVI présenta ses hommages à la belle veuve; mais, grâce à un directeur de conscience très-sévère qu'elle avait, elle résista, dit-on, à toutes les tentations du diable. On attribuait cette vertu, qu'on ne savait à quoi attribuer, à la mauvaise santé de la marquise. En effet, vers la fin de 1785, on la vit pâlir, maigrir, dépérir, au point qu'on lui ordonna les eaux de Forges, fort à la mode à cette époque. Si efficaces que fussent les eaux de Forges, au bout d'un mois ou deux, on s'aperçut qu'elles étaient insuffisantes, et le médecin conseilla celles de je ne sais quel petit village de Hongrie, appelé Rappt, je crois. »

—Mais, mon oncle, c'est le nom du colonel, interrompit Pétrus. —Je ne te dis pas le contraire; pourquoi veux-tu, puisqu'il y a de par la terre un village qui s'appelle Rappt, qu'il n'y ait pas de par le monde un homme qui s'appelle comme ce village? — C'est juste. — « Ce médecin était un très-habile homme; la belle et languissante veuve partit pour la Hongrie vers le commencement de 1806, pâle, amaigrie, défaite; elle resta six mois aux eaux ou ailleurs, et revint vers la fin de juin de la même année, fraîche, grasse, bien portante, plus belle enfin que jamais.

« Le bruit de sa sauvagerie avait alors jeté, parmi les prétendants de la belle Yolande, le même désordre que jeta parmi ceux de Pénélope le retour d'Ulysse; moi seul n'avais point désespéré au départ et ne désespérai point au retour. Cela tient à ce que, envoyé en mission auprès de l'empereur Joseph II, j'avais eu l'idée, la réponse à ma dépêche ne pouvant être donnée qu'au bout d'une quinzaine de jours, j'avais eu l'idée, dis-je, d'aller faire un tour en Hongrie, et une fois en Hongrie de pousser jusqu'à Rappt. Je ne peux pas te dire ce que je vis sans être vu, mais tout ce que je vis me donna cette certitude, que la rigide veuve n'était point aussi sévère qu'elle le paraissait; et c'est l'espoir qu'à son retour je pourrais, avec de l'assiduité et de la patience, obtenir d'elle ce qu'il était plus que probable qu'un autre, plus heureux que moi, avait déjà obtenu... »

— Elle était enceinte? demanda Pétrus. — Je n'ai pas dit un mot de cela.— Mais il me semble, mon oncle, que si vous n'avez pas dit un mot de cela, c'est au moins cela que vous avez voulu dire. — Mon cher Pétrus, tire de mes paroles les conséquences que tu voudras en tirer, mais ne me demandes pas d'explications. Je suis comme Tacite, je raconte pour raconter, et non pour prouver, *narro ad narrandum, non ad probandum*. — J'écoute, mon oncle.

—« Un an après, j'eus la preuve évidente et irrécusable que La Fontaine fut un grand moraliste, le jour où il lança cet axiome :

Patience et longueur de temps
Font plus que force ni que rage. »

—C'est-à-dire, mon oncle, que vous fûtes l'amant de la marquise de La Tournelle. — Oh ! que tu as une méchante habitude, Pétrus : c'est de vouloir faire mettre aux gens les points sur les *i*; c'est de mauvaise compagnie au possible, cette exigence-là ! — Je n'insiste pas, mon oncle, mais ces bouquets que régulièrement vous envoyez... — Depuis quarante ans, mon cher, oui; je souhaite que, dans quarante ans, la belle Régina de La Mothe-Houdan reçoive un bouquet ayant signification semblable à celui que j'envoie à la marquise de La Tournelle. — Ah! vous voyez bien, mon oncle, que c'est à la marquise de La Tournelle que vous donnez cette marque de souvenir. — Ai-je donc laissé échapper le nom de la pauvre marquise? Si cela est, je suis impardonnable, en vérité; d'autant plus impardonnable, que ma liaison avec elle ne dura que quelques mois, attendu que, vers le mois de mai 1787, sa majesté la reine Marie-Antoinette me renvoya en mission en Autriche, dont je ne revins en 1789 que pour quitter de nouveau la France, le 7 octobre de la même année.

« A partir de ce moment, tu sais ma vie, mon cher Pétrus. J'ai voyagé en Amérique, je suis revenu en 1792 en Europe, je suis entré dans l'armée de Condé, j'y suis resté jusqu'au licenciement; je me suis établi à Londres marchand de jouets d'enfants, je suis revenu en France en 1818, j'ai touché mon indemnité, et, finalement, j'ai été nommé député en 1826. En entrant à la chambre, j'y ai trouvé M. le comte Rappt.

« D'où venait-il? qui était-il? à qui devait-il sa fortune? Personne ne pouvait le dire. Comme Catinat, il avait reçu ses lettres de noblesse, sans être obligé de faire ses preuves. Le nom du comte, qui était le même que celui de ce petit village de Hongrie qui jouait un rôle dans les événements de ma jeunesse, attira mon attention sur mon honorable collègue. Une discussion que j'eus quelque temps après avec ma vieille amie, la marquise de La Tournelle, sur l'âge positif du colonel qu'elle s'obstinait vis-à-vis de moi à rajeunir d'un an, l'y fixa. Je me mis aux enquêtes sur les antécédents du comte.

« Or, voici ce que j'appris : je te préviens d'avance que je tiens toutes les choses que je te vais dire pour de méchants propos auxquels je t'invite à n'ajouter qu'une foi fort douteuse. La carrière militaire du comte Rappt date de 1806; on le voit poindre tout à coup près du général de La Mothe-Houdan, à la bataille d'Iéna. Le colonel comte Rappt est brave, personne ne lui conteste cela, il faut bien lui laisser quelque chose; il se distingua, fut fait lieutenant sur le champ de bataille, et, à peine nommé lieutenant, fut choisi par le général de La Mothe-Houdan pour lui servir d'officier d'ordonnance. »

— Pardon, mon oncle, interrompit Pétrus, mais si, comme tout donne lieu de le supposer, le colonel Rappt est fils de la marquise de La Tournelle, la marquise étant la sœur du maréchal, le comte Rappt se trouverait le neveu de M. de La Mothe-Houdan? — En effet, mon cher ami, voici comment les mauvaises langues expliquent son avancement rapide, sa faveur constante près du maréchal et son influence politique à la chambre. Mais tu comprends bien que si l'on croyait tout ce que disent les mauvaises langues... — Continuez, mon oncle, je vous en prie.

— « Eylau ajouta un degré à la fortune militaire du jeune officier; nommé capitaine vers la fin de février 1807, le général de La Mothe-Houdan put le prendre pour aide de camp. Ce fut en cette qualité qu'il assista, le 27 septembre 1808, à l'entrevue d'Erfurth. Mon cher ami, lorsque tu t'occuperas d'histoire contemporaine, tu viendras me demander quel but avait cette paix jurée entre les deux plus puissants souverains de l'Europe; et comme j'habitais Londres à cette époque, et que, tout tourneur en bois que j'étais, je voyais, en ma qualité de descendant des empereurs, des hommes assez bien renseignés, je te dirai que l'Angleterre, qui avait frissonné lors du camp de Boulogne, trembla lors de l'entrevue d'Erfurth.

« Elle avait senti l'Inde prête à lui échapper. Mais nous n'avons point à nous occuper, par bonheur, de ces suprêmes questions : de moindres intérêts nous agitent, comme on dit au Théâtre-Français. L'empereur Napoléon avait présenté *à son ami*, l'empereur Alexandre, les généraux qui l'accompagnaient, faisant à chacun la part de la naissance, du rang ou du courage. Le général de brigade de La Mothe-Houdan fut présenté comme les autres. Sa naissance était illustre, son courage proverbial. Seulement il était pauvre.

« — Sire, dit un jour l'empereur Napoléon à l'empereur Alexandre, avez-vous une riche héritière dont vous ne sachiez que faire ? J'ai un brave mari à lui donner. — Sire, répondit l'empereur de Russie, j'ai justement en ce moment sous ma tutelle une jeune princesse orpheline et riche à millions. — Une jeune princesse ? — Oui, et ce qui est rare en Russie, une vraie princesse de vieille souche, d'antique noblesse, une descendante des anciens Knias, non pas un nom en *off*, comme nous autres Romanoff, par exemple, qui sommes de la noblesse d'hier, mais un nom en *ky*. — Jeune ? — Dix-neuf ans. — Jolie ? — Elle est Circassienne. — Voilà qui me convient à merveille. Eh bien, mon cousin, je vous demande la main de votre orpheline pour mon protégé. — Accordé, mon cousin, répondit Alexandre. »

« Et quinze jours après, la princesse Rina Tchouwadiesky épousa le général de division comte de La Mothe-Houdan. »

— Passe-moi un verre de rhum, égoïste, qui ne songes pas même à demander à ton oncle s'il n'a pas l'habitude de prendre quelque chose après son café.

Pétrus, désireux de connaître la fin de l'histoire, se hâta de verser un verre de rhum à son oncle, et de lui présenter la chaude et ardente liqueur, mûrie sous le soleil d'or de la Jamaïque.

XCI

OU IL EST LONGUEMENT PARLÉ DES VERTUS DU COLONEL COMTE FRÉDÉRIC RAPPT.

— « L'empereur ne s'était pas trop avancé en disant que sa pupille était charmante. Fille d'un prince tcherkesse qui s'était révolté contre son souverain et qui avait été tué dans la révolte, la jeune fille s'était réfugiée, avec le trésor de sa famille, dans les États de l'empereur de Russie qui s'était déclaré son tuteur. Ce trésor, moitié en pierres précieuses, moitié monnayé, pouvait s'élever à une valeur de cinq ou six millions.

« Au retour d'Erfurth, le général reprit donc l'hôtel de La Mothe-Houdan, qui, à la suite de la décadence de la famille, après avoir été loué, allait être vendu ; il le fit meubler d'une façon ravissante, et, par un raffinement de galanterie toute française, ayant envoyé son aide de camp visiter l'appartement qu'habitait la princesse Tchouwadiesky à Moscou, chargea le comte Rappt de le précéder à Paris, pour faire accommoder à la circassienne tout un rez-de-chaussée donnant sur le jardin.

« L'arrivée de la princesse Rina à Paris fut un événement dans le monde impérial ; la belle circassienne était presque un trophée de cette magnifique campagne de 1807; mais notre vie plaisait peu à l'indolente fille d'Orient : couchée toute la journée sur ses larges coussins nommés taffetas, elle roulait, pour toute distraction, dans ses mains, un tchotky aux mille grains, et, pareil à une fée des *Mille et une nuits*, ne vivait que de confitures de roses.

« Il résulta de cette sauvagerie orientale, que peu de personnes virent alors, et ont vu même depuis, la princesse de Tchouwadiesky. Ceux qui furent admis à cette faveur sortirent en disant que c'était une splendide personne aux yeux nacrés, aux cheveux noirs et luisants, au teint mat comme du lait, et que le général n'était certainement pas le plus mal récompensé; la possession de cette ravissante créature et des six millions qu'elle lui avait apportés en dot lui étant assurée d'une manière plus positive que le trône de Westphalie à Jérôme, que le trône d'Espagne à Joseph, que le trône de Naples à Murat, et que le trône de Hollande à Louis.

« Ce qui surtout semblait condamner la belle Rina, qu'à cause de sa dignité vraiment royale on finit par appeler peu à peu Régina, ce qui surtout semblait la condamner à un isolement perpétuel, ou du moins à une société restreinte, c'est que la princesse ne parlait que le circassien, le russe et l'allemand.

« Par bonheur, le général parlait cette dernière langue de façon à comprendre tout ce que lui disait la princesse, et de son côté à se faire comprendre d'elle; quant au comte Rappt, élevé en Hongrie jusqu'à l'âge de dix-neuf ans, il parlait l'allemand comme sa langue maternelle. Comme tu le comprends bien, cher Pétrus, cette faculté de transmettre ses idées dans une langue familière à deux personnes, et qui cependant n'était la langue ni de l'un ni de l'autre, amena entre elles des rapprochements. Tu trouves le comte Rappt désagréable, parce qu'il va épouser Régina; je le trouve laid, parce qu'on a voulu l'introduire malgré moi dans ma famille, et que j'ai crié comme une anguille de Melun, à l'idée de me reconnaître le père d'un pareil coquin; mais tout le monde n'était pas de notre avis, et les mauvaises langues du temps, et il y avait une foule de mauvaises langues dans la population française depuis que les hommes de dix-huit à quarante ans en avaient à peu près disparu, mais les mauvaises langues du temps prétendaient que la femme du général de La Mothe-Houdan n'était pas de notre avis.

« Ces propos prirent probablement naissance parce que le général, oubliant de plus en plus la distance qui existe entre un chef de corps et son aide de camp, logea le compte Rappt, qu'il aimait comme un neveu, dans son propre hôtel, ne pouvant, disait-il, se séparer d'un homme dont le dévouement de toutes les heures lui était si nécessaire.

« Au retour de la campagne et de l'entrevue de 1808, qui avait disposé de sa destinée, la princesse Tchouwadiesky fut donc installée dans son boudoir circassien, et le comte Rappt dans le pavillon des fleurs. Tu connais ce pavillon, n'est-ce pas? C'est là probablement que mademoiselle de La Mothe-Houdan te donne ses séances?»

— Est-ce que le comte Rappt y demeure encore, mon oncle? — Ah! non; sa fortune grandissant, la princesse vieillissant, le comte Rappt a maintenant son hôtel à lui.

« Or, à cette époque où il n'était que capitaine et aide de camp, il ne l'avait pas, et il demeurait rue Plumet, dans l'hôtel de son général. A cette époque, mon cher, on ne demeurait pas : on était comme l'oiseau sur la branche, on perchait; la guerre d'Espagne était dans son beau et allait mal, comme toutes les guerres dont Napoléon n'était pas; le génie de la république était mort avec les Kléber, les Desaix, les Hoche, les Marceau; il n'y avait plus que le génie des batailles, il était tout entier dans Napoléon.

« Napoléon partit pour l'Espagne vers le commencement de novembre avec son état-major. C'était le lendemain du jour où le général de La Mothe-Houdan venait de s'installer dans son hôtel de la rue Plumet, et d'y installer sa nouvelle épouse.

« C'était bien triste pour une Circassienne, arrivée de la surveille à Paris, d'y rester seule, en compagnie d'une femme de chambre; car, la femme de chambre de la princesse étant la seule personne qui parlât russe et circassien, M. de La Mothe-Houdan et le comte Rappt étant les seuls qui parlassent allemand, la compagnie de la belle princesse se bornait à son mari, au comte Rappt, et à mademoiselle Grouska.

« Aussi, malgré les instances du comte Rappt, qui tenait à faire la campagne d'Espagne, le général de La Mothe-Houdan exigea-t-il qu'il restât à Paris : il fallait bien quelqu'un qui acclimatât la pauvre princesse. Le devoi. d'un aide de camp est d'obéir à son général : le comte Rappt obéit.

« Au reste, la campagne ne fut pas longue : arrivé le 4 novembre en Espagne, Napoléon était de retour à Paris dans les premiers jours de janvier. L'Autriche s'était révoltée. C'était ainsi que l'on appelait alors l'action d'un royaume ou d'un empire qui déclarait la guerre à la France. Pendant cette courte absence du général, celui-ci n'oubliait pas ce qu'il avait fait perdre à son fidèle Rappt, en ne l'emmenant point avec lui, et celui-ci, comme fiche de consolation, avait reçu son brevet de chef de bataillon.

« On s'étonna quelque peu que ce fût au moment où il était absent des drapeaux, que le comte Rappt obtint cette nouvelle faveur, d'autant plus remarquable, que le jeune officier avait vingt-quatre ans à peine; mais les mauvaises langues y trouvèrent une raison. L'aide de camp d'un général, dirent-elles, est au service de son général avant d'être au service de l'empereur ou de l'empire : son titre *aide* de camp l'indique. Or, ajoutaient les mauvaises langues, ce fut surtout pendant ces deux mois que le général de La Mothe-Houdan fut en Espagne, que l'aide de camp Rappt aida son général.

« Il n'avait pas perdu son temps, l'actif jeune homme; à son passage à Paris, le général de La Mothe-Houdan trouva sa femme acclimatée, son hôtel meublé, peuplé de domestiques, établi enfin sur le pied qui convenait à sa nouvelle fortune.

« Nous disons à son passage, parce qu'en réalité le général ne fit que passer à Paris. Il fut, dès la fin de janvier, acheminé sur la Bavière, où notre ami Maximilien nous appelait à grands cris à son secours.

« Cette fois, le général emmena avec lui son aide de camp, et la princesse resta avec sa confidente Grouska. Je ne te narrerai pas la campagne de 1809; ce diable d'homme qu'on appelait Napoléon avait fait à cette époque un pacte avec la fortune; le 20 avril, victoire d'Abensberg; le 21 avril, victoire de Landshut; le 22 avril, victoire d'Eckmulh; le 23 avril, victoire de Ratisbonne; le 4 mai, victoire d'Ebesberg; le 13 mai, entrée à Vienne; le 22 mai, bataille d'Essling; enfin, le 5 juillet, je crois, bataille de Wagram qui termine la campagne.

« Il va sans dire que, dans cette campagne de quatre mois, depuis Abensberg jusqu'à Wagram, le général et son aide de camp avaient fait des prodiges de valeur. Seulement, vers la fin de la journée, le général avait reçu une grave blessure.

« Une balle lui avait contourné l'os de la cuisse, et on hésita un instant pour savoir si on ne lui couperait pas la jambe. Sa fermeté seule à déclarer qu'il ne demandait pas mieux que de mourir, mais qu'il voulait mourir entier, sauva le membre menacé.

« L'empereur, en récompense de sa belle conduite, ne pouvant pas lui donner cette honorable mission à lui-même, puisqu'il était couché sur son lit de douleur, chargea son aide de camp, le comte Rappt, d'annoncer à Paris la nouvelle de la victoire de Wagram.

« L'aide de camp partit le soir même; sept jours après il était à Paris, où il arriva juste, d'abord pour annoncer la grande victoire qui devait amener le traité de Schœnbrunn, mais ensuite, récompensé de sa fatigue et de son dévouement, pour recevoir dans ses bras la plus charmante petite fille que jamais Circassienne ait donnée, après huit mois et demi de mariage, à un général français. »

— Oh! mon oncle! — Mon cher, les chiffres sont des chiffres, n'est-ce pas?

« Le général épouse la princesse, que lui amène son aide de camp, le comte Rappt, le 15 novembre 1808. La princesse accouche le 30 juillet 1809. Il y a juste huit mois et demi. D'ailleurs, il n'y a rien d'étonnant à cela. Le Code et la Médecine constatent qu'il peut y avoir d'heureux accouchements à sept mois, à plus forte raison à huit mois et demi.

« L'accouchement fut des plus heureux; et la preuve, c'est que la petite fille n'est autre que la belle Régina, qui reçut sur les fonds de baptême le même nom que sa mère, arrangé, comme l'avait été celui de sa mère, à la manière française. »

— Mais alors, mon oncle, vous voudriez donc dire.... — Je ne veux rien dire, mon ami, ne me fais point parler. — Que Régina serait la fille... — Du général de La Mothe-Houdan, c'est chose incontestable : *Pater is est quem nuptiæ demonstrant*. — Mais, mon oncle, qui peut pousser le comte Rappt à cette infâme action? — Régina a un million de dot. — Mais le misérable a vingt-cinq mille livres de rente. — Cela lui en fera soixante-quinze mille, et comme à la mort du général et de la princesse Régina il héritera de deux autres millions, ça lui en fera cent soixante-quinze mille. — Mais ce Rappt est un indigne scélérat, mon oncle. — Qui est-ce qui te dit le contraire? — Que le général, qui ignore tout, consente à ce mariage, je comprends cela; mais que la princesse souffre que sa fille épouse... — Oh! mon Dieu, mon ami, cela se fait tous les jours. Tu n'as pas idée de la peine qu'ont les gens propriétaires d'une grande fortune à laisser passer cette fortune en des mains étrangères. Puis, il faut dire que la pauvre princesse est dans un état affreux ; elle a une maladie nerveuse qui la tient presque toujours couchée; elle en est arrivée à ne plus pouvoir supporter l'éclat du jour, de sorte qu'elle vit dans un crépuscule éternel, mangeant de la conserve de roses, respirant des parfums, et roulant les grains de son tchotky, toutes choses qui agacent singulièrement les nerfs. Qui dit même qu'elle sait que sa fille se marie? — Mais, mon oncle, souffrirez-vous donc, vous qui semblez si bien au courant de toute cette trame.... — Il est vrai que, par la marquise de La Tournelle... — Souffrirez-vous de sang-froid qu'on accomplisse sous vos yeux un pareil crime? —Bon, et en quoi cela me regarde-t-il? je te le demande. De quel droit m'y opposerais-je? — Mais du droit qu'a tout honnête homme de démasquer un criminel. — Pour démasquer un criminel, il faut des preuves. Puis, mon cher, il n'y a pas de loi qui punisse ces sortes de crimes, c'est-à-dire les vrais crimes. — Oh! mais moi, je... — Toi tu feras comme moi, Pétrus, tu regarderas faire. — Non, non, non, par exemple! — Tu laisseras le diable mêler l'écheveau de soie noire du comte Rappt à l'écheveau d'or de la belle Régina, et tu attendras que le diable dénoue ce que le diable aura noué.

Pétrus poussa un soupir qui pouvait passer pour un gémissement.

— Vois-tu, mon ami, continua le vieux général, il y a un proverbe qui dit qu'entre l'arbre et l'écorce il ne faut pas mettre le doigt; c'est un proverbe plein de sagesse. D'ailleurs, tout ce que je te rapporte là, tu comprends bien, ce sont des on dit. — Oh! et cet homme vit dans le monde en grand seigneur, il a une réputation... — Exécrable. — Ce qui ne l'empêche pas, mon oncle, d'être à la tête d'un parti. — Du parti jésuite; aide de camp seulement, comme chez M. de La Mothe-Houdan. — Qu'il va être ministre. — Si je lui donne ma voix. — Qu'il va épouser Régina. — Ah! cela, c'est son grand crime. — Mon oncle, ce crime ne s'accomplira pas! — Mon ami, dans huit jours, mademoiselle Régina de La Mothe-Houdan sera la comtesse Rappt. — Mon oncle, je vous dis, moi, qu'il ne s'accomplira pas, répéta Pétrus en se levant vivement. — Et moi, dit le général avec une dignité suprême, moi je vous dis, Monsieur, que vous allez vous asseoir et m'écouter.

Pétrus retomba en soupirant sur son fauteuil. Le général se leva et alla s'appuyer au dossier du siége sur lequel était assis son neveu.

— Je vous dis, Pétrus, continua-t-il, qu'indigné en tout temps, je l'espère, de l'action qui s'accomplit aujourd'hui, vous ne l'êtes cependant si fort que parce que vous aimez Régina et que la chose vous touche. Maintenant, dites-moi, quel droit avez-vous d'aimer Régina? qui a autorisé cet amour? elle? sa mère? son père? personne. Vous êtes un étranger introduit dans la famille; de quel droit un étranger va-t-il donc peser sur le destin de cette famille où il a été introduit? De quel droit va-t-il dire à une femme, qui n'a peut-être failli que par ignorance de nos mœurs : vous êtes une épouse adultère! A un mari heureux, ignorant du passé, sûr de l'avenir : vous êtes un mari trompé! A une fille qui respecte sa mère, qui aime son père, car rien ne dit que M. de La Mothe-Houdan ne soit pas le père de Régina : tu vas, à partir d'aujourd'hui, mépriser ta mère et regarder ton père comme un étranger! Allons donc, mon neveu; vous qui vous vantez d'être un honnête homme, si vous faisiez cela, vous seriez un infâme coquin, un gueux de la trempe de M. Rappt, et vous ne le ferez pas, c'est moi qui vous le dit! — Mais, mon oncle, qu'arrivera-t-il? — Cela ne vous regarde pas, dit le général; cela regarde un juge bien autrement juste et bien autrement sévère que vous, un juge qui sait comment les choses se sont passées, lui, qui a tout vu, tout entendu, et qui, soyez tranquille, un jour ou l'autre, rendra son jugement; cela regarde Dieu. — Vous avez raison, mon oncle, dit le jeune homme en se levant et en tendant la main au général. — Et dans cette dernière entrevue... — Je ne dirai pas un mot de ce que vous venez de me raconter. — Sur ta parole de gentilhomme? — Sur ma parole d'honneur! — Eh bien, embrasse-moi; car, quoique tu sois fils d'un pirate, je crois à ta parole, comme je croirais.... comme je croirais à celle de ton pirate de père.

Le jeune homme se jeta dans les bras de son oncle, prit son chapeau et sortit précipitamment. Il étouffait!

XCII

UNE VISITE A LA RUE TRIPERET.

Le lendemain de cette soirée si cruelle pour le pauvre Pétrus était justement ce jour du mardi gras où commence notre livre, et dans la matinée duquel on a vu le jeune peintre si maussade et si misanthrope. Par malheur, ce jour-là il n'y avait pas séance; ce fut ce qui lui fit proposer à ses amis, dans un excès de misanthropie dont nous avons vu les développements et les suites, de faire cette mascarade de la halle, par laquelle s'ouvre notre récit. A force de fatigues physiques, Pétrus en était arrivé, nous l'avons vu, non pas à oublier, mais à vaincre la fatigue morale.

Il avait dormi un instant sur la table du tapis-franc mais n'avait point tardé à être réveillé par l'arrivée de Chante-Lilas et des blanchisseuses de Vanves. Nous avons vu comment, avec la joyeuse troupe, l'orgie avait à peu près recommencé; puis comment enfin, à cinq heures du matin, on s'était quitté, Ludovic accompagnant Chante-Lilas et la comtesse du Battoir au Bas-Meudon, Pétrus rentrant rue de l'Ouest. On se rappelle que, sur les instances de Ludovic pour que Pétrus vînt jusqu'au Bas-Meudon avec la troupe joyeuse, Pétrus s'était contenté de répondre d'un ton fort misanthropique:

— Je ne puis pas, j'ai séance.

Cette séance, dont il s'était contenté d'indiquer la nécessité, était celle dans laquelle allait se décider pour lui le destin de sa vie. La séance était fixée pour une heure de l'après-midi. Dès neuf heures du matin, Pétrus était rue Plumet. Rentré chez lui, il s'était couché, avait essayé de dormir; mais la solitude et le silence l'avaient rendu à lui-même, c'est-à-dire à l'orage terrible de son esprit et de son cœur.

Là, mille projets différents avaient traversé son esprit sans s'y arrêter un instant. Illuminé par cette lampe intérieure qu'on appelle l'intelligence, Pétrus, au fur et à mesure qu'ils paraissaient, les reconnaissait impraticables.

Neuf heures étaient venues sans qu'il se fût arrêté à aucun; seulement, son agitation avait rendu une plus longue attente impossible. Il était sorti dès neuf heures. Pourquoi faire? Pourquoi le joueur qui a perdu sa fortune et qui espère la regagner attend-il deux heures à l'avance l'ouverture du gouffre où va s'engloutir, après sa fortune, son honneur peut-être? Pétrus, pauvre joueur qui n'avait que son cœur à mettre en jeu, avait mis au jeu son cœur et l'avait perdu. Il allait comme un insensé, tantôt d'un pas rapide, tantôt s'arrêtant sans motifs, de la rue du Montparnasse à la rue Plumet, passant devant l'hôtel du maréchal, revenant par la rue des Brodeurs, la rue Saint-Romain, la rue Bagneux, et regagnant par la rue Notre-Dame cette rue Montparnasse d'où il était parti.

Il entra dans un café, non pas pour déjeuner, mais pour tuer le temps, prit une tasse de café noir, et essaya de lire les journaux. Les journaux! Que lui importaient les nouvelles de l'Europe? De quel intérêt étaient pour lui les discussions de la chambre? Il ne comprit même pas comment on pouvait noircir tant de papier pour dire si peu de chose. La tasse de café noir et les cinq ou six journaux qu'effleura Pétrus le conduisirent jusqu'à onze heures du matin.

A onze heures sonnant aux Invalides, il se remit en chemin. Il avait encore deux heures à attendre. Il prit alors un grand parti : c'était de s'imposer une course assez longue pour que cette course lui fît perdre une heure. Mais où irait Pétrus? Il n'avait affaire nulle part, excepté dans l'hôtel du maréchal, et il avait encore au moins une heure et demie avant de s'y présenter.

Tout à coup cette histoire de la fée Carita lui revint à l'esprit. Cette petite fille qui avait été malade, cette petite Rose de Noël qu'avait soignée Régina! Il avait besoin de faire un croquis d'après elle, pour le tableau qu'il comptait exécuter sur le récit d'Abeille, et dont il avait fait le croquis séance tenante, en inventant une figure d'après la description imagée de la petite fille. C'était un but de voyage. Il y avait en effet presque un voyage, des Invalides à la rue Triperet.

Pétrus remonta le boulevard jusqu'à la rue d'Ulm, prit la rue des Marionnettes, celle de l'Arbalète, la rue Gracieuse, et se trouva à l'extrémité de la rue Triperet. Le jeune homme ignorait le numéro de la maison qu'il cherchait, mais la rue n'a qu'une douzaine de maisons; il alla donc de porte en porte, demandant où demeurait *la Brocante.*

A l'une des maisons, c'était le numéro 11, il ne put rien demander, attendu qu'il ne trouva personne à qui adresser ses questions; mais à la conformation de l'allée, à l'obscurité du corridor, à la raideur de l'escalier, il crut qu'il était arrivé au but de sa course. L'échelle glissante franchie, il se trouva en face d'une porte grossière, mais solidement fermée en dedans.

Il frappa avec une certaine hésitation; malgré la description exacte qui lui avait été faite des localités, il lui semblait difficile que des créatures humaines logeassent dans un pareil bouge. Mais à peine le bruit que fit son doigt le long de la porte eut-il été entendu, que les aboiements d'une dizaine de chiens se firent entendre à leur tour. Pétrus, cette fois, commença de croire qu'il ne s'était pas trompé. Dans une pause que firent les chiens, une petite voix douce demanda harmonieusement :

— Qui va là?

Pétrus ne s'était point attendu à cette question; aussi répondit-il, instinctivement et naïvement, le simple monosyllabe :

— Moi. — Qui, vous? demanda la voix douce.

En se nommant, Pétrus n'apprenait rien de nouveau à celle qui le questionnait; il lui vint donc à l'idée d'employer le nom de mademoiselle de La Mothe-Houdan, à titre de passe-port.

— Quelqu'un qui vient de la part de la fée Carita.

Rose de Noël, car c'était bien elle, poussa un cri de joie et accourut ouvrir la porte. La porte ouverte, elle se trouva en face de Pétrus, qu'elle ne connaissait pas. Tout au contraire, Pétrus la reconnut à l'instant même.

— Vous êtes Rose de Noël? dit-il.

Son regard, en effet, avait du premier coup d'œil, un coup d'œil de peintre, embrassé tout l'ensemble du taudis. Au premier plan, devant lui, la jeune fille à la robe écrue, retenue et plissée autour de sa taille par une cordelière, aux pieds nus et à la tête drapée d'un voile rouge; sur la poutre, au second plan, la corneille croassant, moitié inquiète, moitié joyeuse.

Enfin, dans les profondeurs du grenier, dépassant le rebord de leur hotte, les têtes des chiens, aboyant, hurlant, glapissant. C'était bien là le tableau esquissé par la petite Abeille.

— Vous êtes Rose de Noël? demanda Pétrus. — Oui, Monsieur, répondit Rose de Noël, vous venez de la part de la princesse? — C'est-à-dire, mon enfant, répondit Pétrus en regardant la pittoresque créature qu'il avait sous les yeux, c'est-à-dire pour qu'à nous deux nous lui fassions une surprise. — Une suprise! Oh! bien volontiers; une surprise qui lui fera plaisir? — Je le crois. — Laquelle? — Je suis peintre, mon enfant, et je voudrais faire pour elle un portrait de vous. — Un portrait de moi, que c'est drôle! voilà trois ou quatre peintres qui demandent à faire mon portrait; je ne suis pourtant pas jolie. — Si fait, au contraire, mon enfant, dit Pétrus ; vous êtes charmante.

La petite fille secoua la tête.

— Je sais bien comment je suis, dit-elle, j'ai un miroir.

Et elle montra à Pétrus un fragment de glace brisée que la Brocante avait trouvé dans la rue en faisant son état de chiffonnière.

— Eh bien? demanda Pétrus. — Quoi? fit Rose de Noël. — Voulez-vous que je fasse votre portrait? — Dame, dit la jeune fille, cela ne me regarde pas, cela regarde la Brocante. — Qu'a-t-elle répondu aux autres peintres? — Elle a toujours refusé. — Savez-vous pourquoi? — Non. — Et croyez-vous qu'elle me refusera, à moi? — Dame, je ne sais pas. Peut-être qu'avec un petit mot de la princesse... — Mais je ne puis pas demander un petit mot de la princesse, puisque c'est pour lui faire une suprise que je veux prendre un croquis de vous. — C'est vrai. — Mais, voyons, en lui offrant de l'argent. — On lui en a offert. — Et elle a refusé? — Oui. — Je lui donnerai vingt francs, pour une séance de deux heures qu'elle viendra passer avec vous dans l'atelier. — Elle refusera. — Comment faire? — Je n'en sais rien. — Où est-elle? — Sortie pour chercher un logement. — Vous allez donc quitter ce grenier? — Oui, M. Salvator le veut. — Qu'est-ce que M. Salvator? demanda Pétrus, tout étonné de trouver le nom de son compagnon nocturne dans la bouche de Rose de Noël. — Vous ne connaissez pas M. Salvator? — Parlez-vous du commissionnaire de la rue aux Fers? — Justement. — Vous le connaissez donc? — C'est mon bon ami, qui veille à ma santé et qui s'inquiète toujours s'il me manque quelque chose. — Et si M. Salvator permet que je fasse votre portrait, la Brocante le permettra-t-elle? — La Brocante fait tout ce que veut M. Salvator. — Alors, c'est à M. Salvator qu'il faut que je m'adresse? — C'est le plus sûr. — Mais vous, cela ne vous contrarie-t-il pas, que je fasse votre portrait? — Moi? au contraire. — Cela vous fera plaisir, alors? — Beaucoup de plaisir; seulement, vous me ferez bien jolie, n'est-ce pas? — Je vous ferai comme vous êtes.

La petite fille secoua la tête.

— Non, dit-elle, alors, je ne veux pas.

Pétrus regarda sa montre. Il était midi.

— Nous arrangerons tout cela avec M. Salvator, dit-il. — Oui, fit Rose de

Noël. Oh! que M. Salvator le permette, et la Brocante n'osera pas refuser. — Bien, je vous le dis, elle sera en outre bien payée.

Rose de Noël fit un mouvement de lèvres qui voulait dire : ce n'est point cela qui me décidera.

— Et vous, demanda Pétrus, que désirez-vous que je vous donne? — A moi? — Oui, en récompense de ce que vous me laissez faire votre portrait. — Oh! de grands morceaux de soie rouge ou bleue, avec de beaux galons d'or.

Primitive comme un enfant de la Bohême, la petite Rose de Noël aimait les couleurs éclatantes et les oripeaux dorés.

— Vous aurez tout cela.

Et il fit un mouvement vers la porte.

— Attendez, dit Rose de Noël, — Quoi? — Vous ne lui direz pas que vous me connaissez. — A qui? — A la Brocante. — Non. — Vous ne lui direz pas que vous m'avez vue. — Pourquoi cela? — Elle me gronderait de vous avoir ouvert la porte en son absence. — Même quand vous lui direz que je venais au nom de la fée Carita? — Il ne faut rien lui dire. — Vous avez une raison? — Si elle savait que la princesse a envie de mon portrait... — Eh bien? — Elle lui demanderait de l'argent, et je ne veux pas qu'on vende mon portrait à la fée, mais qu'on le lui donne. — Bien, mon enfant, dit Pétrus ; ainsi, bouche close.

Rose de Noël fit, avec son charmant mais triste sourire, un signe de croix avec le pouce sur ses lèvres empourprées par la fièvre, ce qui voulait dire que de son côté elle serait parfaitement muette.

Pétrus jeta sur elle un dernier regard, comme pour incruster cette poétique physionomie dans sa mémoire, au cas où, par une fatalité quelconque, il ne reverrait pas la petite mendiante. Puis, à son tour, avec un sourire :

— C'est bien, dit-il, je demanderai à M. Salvator la permission ou l'ordre pour la Brocante de vous amener dans mon atelier. Mais s'il me la refuse... — S'il vous la refuse? demanda Rose de Noël. — Eh bien! la princesse n'en aura pas moins votre portrait, c'est moi qui vous le dis.

Et il sortit en faisant un signe amical à la petite fille, qui repoussa les verrous derrière lui.

XCIII

OU IL EST PROUVÉ QUE, CHEZ LES ARTISTES, TOUTES CHOSES TOURNENT AU PROFIT DE L'ART.

Lorsque Pétrus arriva à la porte du maréchal de La Mothe-Houdan, sa montre marquait une heure moins un quart. Il pouvait donc à la rigueur se présenter, cette avance d'un quart d'heure pouvant être mise sur le compte de l'empressement et non de l'indiscrétion. Mais à peine eut-il fait quelques pas dans la cour, que le suisse l'arrêta en lui disant que mademoiselle de La Mothe-Houdan était sortie dès le matin, et qu'on ignorait à quelle heure elle reviendrait.

Il demanda au brave homme s'il avait reçu quelque instruction à son endroit : il n'en avait reçu aucune. Il n'y avait rien à faire ; pousser plus loin les questions, c'était un manque de savoir-vivre dont Pétrus était incapable. Il se retira.

Il était dans le quartier de Jean Robert, à l'extrémité de la rue de l'Université ; il résolut d'aller faire une visite à son ami, et enfila l'immense rue.

Jean Robert, vers sept heures du matin, était rentré, avait sellé lui-même son cheval, était parti au galop, en disant qu'on ne fût point inquiet de lui si son absence se prolongeait, et n'avait point reparu. Il fallait tuer le temps ; il songea à Ludovic et reprit le chemin des hauts quartiers du Luxembourg. Ludovic n'était pas rentré. Son oncle était à la Chambre.

Il rentra chez lui et se mit à esquisser de souvenir un portrait de la petite Rose de Noël, sous le costume de la Mignon de Gœthe. Il avait choisi le moment où la petite bohémienne, pour distraire Wilhelm Meister, exécute la *Danse des Œufs*.

Vers cinq heures du soir, un domestique à la livrée du maréchal apporta un billet de la part de la princesse Régina. Pétrus eut toutes les peines du monde à se contenir et à prendre le billet d'un air indifférent. Il l'ouvrit tout tremblant quoiqu'il doutât que le billet fût de Régina elle-même ; mais à la signature, il reconnut qu'il était bien d'elle. Il contenait ces quelques lignes :

« Excusez-moi, Monsieur, de ne point m'être trouvée chez moi ce matin, lorsque vous avez bien voulu vous y présenter. Un accident funeste, arrivé à l'une de mes meilleures amies de pension, m'a retenue toute la matinée hors de Paris. J'arrive seulement à quatre heures et j'apprends que vous êtes venu ; j'eusse dû vous écrire ce matin pour vous épargner cette peine, mais vous m'excuserez, je l'espère, en songeant au trouble où j'étais.

« Ne pouvant réparer ma faute, je l'atténue.

« Serez-vous libre demain à midi, Monsieur ? Je vous donnerai toute une longue séance ; ma famille a hâte de posséder achevé votre magnifique portrait.

« Régina. »

— Dites à la princesse, répondit Pétrus, que je serai demain chez elle à l'heure indiquée.

Le domestique se retira, Pétrus resta seul.

Trois jours auparavant, un pareil billet l'eût comblé de bonheur ; la seule vue de l'écriture de Régina l'eût ravi en extase, et il eût baisé cent fois sa signature. Mais depuis la révélation du général Herbel à l'endroit du mariage de la jeune fille avec le comte Rappt, il s'était fait un tel bouleversement dans l'âme du jeune homme, que la vue de ce billet lui était plus douloureuse qu'agréable.

Il lui semblait qu'en ne lui disant rien de la situation où elle se trouvait, Régina l'avait trahi, qu'en se laissant aimer elle lui avait tendu un piége. Et cependant il lut et relut la lettre. Ses yeux ne pouvaient se détacher de cette charmante petite écriture, fine, régulière, aristocratique. Il fut interrompu au milieu de cette occupation par le bruit de sa porte qui s'ouvrit de nouveau. Il se retourna machinalement et aperçut Jean Robert.

Le jeune homme, après la journée orageuse qu'il avait passée, arrivait du

Bas-Meudon. Il était venu droit chez Pétrus, comme Pétrus était allé droit chez lui. Si Pétrus eût trouvé Jean Robert, rue de l'Université, il lui eût probablement, dans ce premier moment de dépit où le cœur déborde, parlé de cette séance manquée et de l'original du portrait qu'il était en train de faire, mais trois ou quatre heures de travail couronnées par la lettre de Régina avaient rendu au jeune homme, sinon le calme, du moins une certaine puissance sur lui-même. C'était Jean Robert qui venait chez Pétrus, ce fut Jean Robert qui parla.

Pétrus, lui, n'avait que le cœur plein. Jean Robert avait le cœur et l'esprit également préoccupés, mais à la manière égoïste des poëtes, c'est-à-dire au point de vue de ce qu'il pourrait tirer en roman ou en drame des événements de la journée. Malgré l'emphatique exorde du jeune poëte, Pétrus, tout préoccupé des propres événements de sa journée, ne faisait qu'une médiocre attention au récit des amours de Justin et de Mina, quand tout à coup les regards du narrateur tombant sur l'esquisse de la *Danse des Œufs* de la petite bohémienne, il s'écria :

— Tiens, Rose de Noël! — Rose de Noël! demanda Pétrus; tu connais cette jeune fille? — Mais oui. — Comment cela? — C'est sa vieille bohémienne de mère qui a trouvé la lettre que Mina a jetée par la portière de la voiture. J'ai été chez elle avec Salvator. — En effet, elle m'a dit connaître notre ami de la nuit dernière. — C'est son protecteur, il veille sur elle, s'occupe de sa santé, lui envoie des médecins. Il paraît que cette affreuse Brocante est une vieille avare qui laisse mourir l'enfant de froid l'hiver et de chaud l'été. Est-ce que tu ne trouves pas cette petite fille ravissante, Pétrus? — Tu vois bien que si, puisque j'ai fait son portrait... — En Mignon, c'est une bonne idée. J'ai pensé tout de suite : oh! si j'avais une actrice comme celle-là, je ferais tout de suite un drame du roman de Gœthe. — Attends, dit Pétrus, je vais te montrer autre chose, alors...

Il tira de son carton le grand dessin qu'il avait fait quelques jours auparavant dans le salon des fleurs de Régina, puis, comme Jean Robert voulait voir sans retard :

— Attends, dit-il, j'ai quelques coups de crayon à donner encore.

En effet, on se rappelle que dans cette grande composition de Rose de Noël trouvée grelottante avec ses chiens dans un fossé du boulevard Montparnasse, il avait fait d'imagination la tête de la petite bohémienne. En cinq minutes la tête rêvée fut effacée, et la tête réelle remise en place.

— Tiens, dit Pétrus, regarde maintenant. — Ah! mais, fit Jean Robert, sais-tu que c'est très-bien, cela?

Puis, tout à coup :

— Tiens, dit-il, le portrait de mademoiselle de La Mothe-Houdan!

Pétrus tressaillit.

— Comment? demanda-t-il; que veux-tu dire? — N'est-ce point là le portrait de la fille du maréchal? là, là, en amazone. — Oui; tu la connais donc? — Je l'avais vue une ou deux fois chez le duc de Fitz-James, et je l'ai revue aujourd'hui; voilà pourquoi la ressemblance de cette amazone avec elle m'a sauté aux yeux. — Tu l'as revue, et où cela? — Oh! dans une circonstance terrible, agenouillée avec deux autres amies de pension, élèves de Saint-Denis comme elle, autour du lit d'une pauvre enfant qui a voulu s'asphyxier. Mais qui n'a pas réussi. — Oui, dit Jean Robert avec tristesse, elle a eu ce malheur. — Ce malheur? — Sans doute, puisqu'elle s'asphyxiait avec son amant, et que son amant est mort. C'est tout cela que j'allais te raconter, cher ami, lorsqu'en même temps que je remarquais ta préoccupation, qui te faisais prêter une oreille médiocrement attentive à mon récit, j'ai reconnu le portrait de Rose de Noël. — Pardon, Robert, dit Pétrus en tendant la main avec un sourire au jeune poëte, j'étais préoccupé, c'est vrai, mais ma préoccupation est passée; raconte, mon ami, raconte.

Ainsi est faite l'âme humaine dans ses rapports avec les objets extérieurs, égoïste presque toujours. Pétrus, insouciant au récit des amours de Justin et de Mina, tant qu'il ignorait l'intervention de Rose de Noël dans ces amours; Pétrus, distrait au récit des malheurs de Colomban et de Carmélite, tant qu'il n'y voyait pas apparaître mademoiselle de La Mothe-Houdan; Pétrus était avide maintenant d'entendre cette double narration à laquelle Régina se trouvait mêlée : à la première, indirectement par Rose de Noël, à la seconde, directement par elle-même.

Pétrus n'avait point douté un instant que Régina fut attirée hors de chez elle par un événement arrivé à une de ses amies, mais il était enchanté que Jean Robert vînt confirmer la réalité de l'événement. D'ailleurs, Jean Robert avait parlé de la beauté de mademoiselle de La Mothe-Houdan en poëte, et, malgré le sentiment de jalousie qui brûlait son cœur en songeant que cette beauté appartenait d'avance à un autre, il était heureux et fier de cette beauté. Puis il apprenait une chose, c'est que madame Lydie de Marande, chez laquelle il s'était fait présenter et chez laquelle son oncle lui avait reproché de n'être point retourné, était non-seulement une connaissance de Régina, mais une amie intime, une compagne de Saint-Denis. Il en était ainsi de cette jeune fille dont Jean Robert ne savait rien autre chose que le nom, qui vivait avec Salvator, et que l'on appelait Fragola.

Dès lors, le récit de Jean Robert prenait, aux yeux et aux oreilles de Pétrus, un intérêt prodigieux. Nous disons aux yeux, parce qu'à mesure que les oreilles entendaient, les yeux voyaient.

De son côté, Jean Robert, sentant qu'il était écouté et qu'en termes d'artiste il faisait son effet, de son côté, Jean Robert racontait en poëte. Mais, au fur et à mesure qu'elle avançait, la narration prenait une telle influence sur Pétrus, qu'il ne se contenta bientôt plus des détails vagues et diffus du récit.

Il mit un crayon dans la main de Jean Robert et le pria de lui donner une idée du spectacle funèbre que présentait la chambre de Carmélite. Jean Robert était loin d'être peintre, mais c'était un habile metteur en scène; c'était lui, en général, lorsqu'il montait une pièce, qui allait à la bibliothèque, dessinait ou calquait les costumes, faisait le plan et jusqu'aux maquettes des décorations.

Il avait, en outre, cette mémoire particulière aux romanciers qui leur permet de décrire fidèlement la localité qu'ils n'ont vue qu'une fois, ou même qu'ils n'ont fait qu'entrevoir. Jean Robert prit un papier et fit d'abord le plan géométral de la chambre de Carmélite. Puis sur un autre papier l'aspect de cette chambre, avec les trois jeunes filles groupées autour du lit de la quatrième, couchée dessus.

Puis dans le fond, sous son magnifique costume de dominicain, il indiqua

Sarranti, le beau prêtre, calme, sévère, immobile comme la statue de la Contemplation. Pétrus le suivait avidement des yeux. Avant même qu'il eût fini, il lui tira le papier des mains.

— Merci, dit-il, j'ai tout ce qu'il me faut, mon tableau est fait; donne-moi seulement quelques détails sur le costume des élèves de Saint-Denis.

Jean Robert prit la boîte à l'aquarelle et indiqua les couleurs sur une des jeunes filles agenouillées.

— C'est cela, dit Pétrus.

Et à son tour il prit un papier Bristol, et devant Jean Robert commença d'esquisser cette scène douloureuse dont le poëte, lui, avait fait un croquis informe, mais un récit plein de couleur et de vérité. Les jeunes gens se quittèrent assez avant dans la nuit.

Le lendemain, à midi juste, Pétrus se présentait à l'hôtel du maréchal de La Mothe-Houdan. Qu'y venait-il faire? qu'allait-il dire? il n'en savait rien. Il s'était, pendant ces deux jours d'attente, préparé pour ainsi dire le cœur à d'immenses tristesses, à de profondes douleurs.

XCIV

LE PORTRAIT DE M. RAPPT.

Régina, debout sur le seuil du pavillon, la main posée sur la tête de la petite Abeille, attendait. Qui attendait-elle? Non pas Pétrus peut-être, mais, à coup sûr, l'homme qui devait l'amener.

Pétrus la vit donc de loin. Les jambes faillirent lui manquer; il regarda s'il y avait à sa portée un arbre pour s'y appuyer, un banc pour s'y asseoir. Mais, par une réaction rapide de sa volonté, il retrouva, sinon toutes ses forces, du moins une partie de ses forces. Seulement, dès qu'il aperçut Régina, il se découvrit et passa sa main sur son front pâle et humide. La jeune fille était aussi pâle que lui. On voyait visiblement sur son visage la trace de l'insomnie et des larmes.

Le visage de Pétrus trahissait de son côté, sinon les larmes, du moins l'insomnie. Tous deux se regardèrent avec plus de curiosité que d'étonnement : on eût dit que chacun cherchait à savoir ce qui se passait dans le cœur de l'autre. Un pâle sourire passa sur les lèvres de Régina.

— Je vous attendais, Monsieur, dit-elle de sa voix mélodieuse comme un chant d'oiseau. — Vous m'attendiez, moi? dit Pétrus. — Sans doute, n'avons-nous pas séance aujourd'hui? n'avez-vous pas reçu mon billet? n'ai-je point, après vous les avoir faites par écrit, des excuses de vive voix à vous faire? — Des excuses? dit Pétrus. — Sans doute. J'eusse dû vous écrire le matin au lieu de vous écrire le soir, pour vous épargner un dérangement; mais j'étais tellement préoccupée, que j'ai eu le tort de l'oublier.

Pétrus s'inclina, et sembla attendre que Régina lui montrât le chemin du salon.

— Allons, allons, viens, ma sœur, dit la petite Abeille; tu sais qu'il faut que ton portrait soit fini aujourd'hui. — Ah! dit amèrement Pétrus, *il faut* que votre portrait soit fini aujourd'hui?

Une flamme passa sur les joues pâles de Régina et disparut comme eût fait le reflet d'un éclair.

— Ne faites point attention à ce que dit cet enfant, Monsieur; elle aura entendu dire à quelqu'un qui ne sait point ce que c'est que les exigences de l'art *qu'il fallait* que ce portrait fût fait aujourd'hui, et elle répète ce qu'elle a entendu dire. — Je ferai de mon mieux, Mademoiselle, dit Pétrus en s'asseyant devant sa toile; si je puis, je vous débarrasserai de moi en une séance. — Me débarrasser de vous, Monsieur, dit Régina; le mot ne m'étonnerait pas dit à ma tante, la marquise de La Tournelle, mais dit à moi, il est injuste; j'allais même, ajouta-t-elle avec un soupir, j'allais même dire cruel. — Excusez-moi, Mademoiselle, dit Pétrus; puis, sans pouvoir retenir ni le geste ni la parole, portant la main à sa poitrine : Je souffre! dit-il. —Vous souffrez? dit Régina avec un étrange sourire, comme si elle eût voulu dire : Il n'y a rien là d'étonnant, moi je souffre aussi. — Monsieur Pétrus, dit la petite Abeille, je vais vous dire une chose qui vous fera plaisir. — Dites, Mademoiselle, fit Pétrus saisissant au vol la distraction qu'allait lui apporter le babil de l'enfant. — Eh bien, mon père, pendant que Régina était à la campagne, est venu voir hier le portrait de ma sœur avec M. Rappt, et il en a été très-content. — Je remercie M. le maréchal de son indulgence, dit Pétrus. — Vous devriez plutôt remercier M. Rappt que mon père, dit la petite Abeille, car M. Rappt, qui n'est jamais content de rien, en a été très-content aussi.

Pétrus ne répondit rien, tira son mouchoir de sa poche et essuya son front. A ce nom odieux qui venait d'être prononcé deux fois, toutes les colères soulevées depuis quarante-huit heures en lui, apaisées un instant, recommencèrent à gronder comme un orage. Régina vit cette émotion, et instinctivement elle comprit qu'elle venait des paroles de l'enfant.

— Abeille, dit-elle, j'ai soif, fais-moi le plaisir d'aller me chercher un verre d'eau.

La petite fille, pressée d'obéir à sa sœur, bondit hors du salon. Mais comme le silence était la chose la plus embarrassante du monde dans la situation d'esprit où étaient les deux jeunes gens, Régina ne voulut point le laisser s'établir, et sans trop savoir ce qu'elle disait :

— Et qu'avez-vous fait, Monsieur, dans cette triste journée d'hier, ne pouvant travailler à mon portrait? — J'ai d'abord été voir la petite Rose de Noël. — La petite Rose de Noël? dit vivement Régina.

Puis, plus bas :

— Vous avez été voir cette enfant? — Oui, dit Pétrus. — Puis? — Puis j'ai fait une aquarelle. — D'après elle? — Non, de fantaisie. — Sur quel sujet? — Oh! dit Pétrus, un sujet fort triste. — Lequel? — Une jeune fille a voulu s'asphyxier avec son amant. — Plaît-il? interrompit Régina. — Elle n'y a pas réussi, continua Pétrus; l'amant seul est mort. — Mon Dieu! — J'ai choisi le moment où, couchée sur son lit, elle rouvre les yeux. Trois de ses amies sont agenouillées autour de son lit; dans le fond, un moine dominicain prie les yeux levés au ciel.

Régina regarda Pétrus d'un air effaré.

— Et cette aquarelle? demanda-t-elle. — La voilà, dit Pétrus.

Et il présenta à Régina le papier roulé. Régina le déroula et jeta un cri. Pétrus, qui ne connaissait ni Fragola ni Carmélite, avait fait la tête de la première cachée entre ses mains, et celle de la seconde dans l'ombre portée par le rideau du lit; mais les têtes de Régina, de madame de Maran de et dumoine, qui étaient connues de Pétrus, étaient d'une ressemblance parfaite.

En outre, les moindres détails de la chambre de Carmélite, détails indiqués par Jean Robert, faisaient de ce dessin quelque chose d'inexplicable, de magique, d'inouï pour Régina. Elle regarda Pétrus. Pétrus travaillait ou faisait semblant de travailler.

— Tiens, ma sœur, dit la petite Abeille en rentrant sur la pointe du pied pour ne rien perdre du breuvage qu'elle rapportait, voilà ton verre d'eau.

Il n'y avait pas moyen de demander la moindre explication devant la petite Abeille; d'ailleurs, Pétrus voudrait-il en donner? Régina prit le verre et le porta à ses lèvres.

— Puis, dit Pétrus, outre cette visite à la petite Rose de Noël, outre cette aquarelle faite d'imagination, j'ai encore appris une chose, Mademoiselle, dont je vous fais mon compliment bien sincère; c'est que vous allez épouser M. le comte Rappt.

Pétrus put entendre, dans le silence qui suivit ces paroles, les dents de Régina claquer aux bords du verre qu'elle portait à ses lèvres, et que, d'un mouvement presque convulsif, elle rendit à la petite Abeille en répandant sur sa robe la moitié de l'eau qu'il contenait. Cependant, faisant un suprême effort sur elle-même.

— C'est la vérité, répondit-elle.

Et ce fut tout. Puis, attirant l'enfant à elle, comme si elle était si faible qu'elle cherchât un appui dans l'enfance, c'est-à-dire dans l'emblème de la faiblesse, elle baissa les yeux et appuya sa tête sur la tête blonde de l'enfant.

Il y eut, dans cette réponse et dans ce mouvement de Régina, une telle expression de douleur, que Pétrus comprit qu'il n'avait plus rien à demander. Il avait frissonné jusqu'au cœur en entendant la voix, il avait suivi des yeux la tête de la jeune fille se penchant mollement comme une fleur qui se fane, et demeurant enfin dans une indéfinissable attitude. Tout cela voulait dire :

— Pardonnez-moi, ami, je suis aussi malheureuse, peut-être même plus malheureuse que vous.

A partir de ce moment, il se fit dans la serre un tel silence, qu'on eût pu entendre les boutons des roses s'ouvrir. Que pouvaient-ils se dire, en effet, les deux beaux jeunes gens? Les sons les plus doux, les mots les plus harmonieux pouvaient-ils rendre la millième partie des émotions suaves qui murmuraient tout bas dans leur cœur. Le silence de Régina disait :

— Voilà donc le secret qui faisait ta pâleur, jeune homme, et la tristesse de ton visage n'était que le reflet de la tristesse de ton cœur! Ainsi donc hier, quand, agenouillée auprès du lit d'une amie qui avait voulu mourir avec son amant, je me disais en pensant à toi : « Heureuse Carmélite, si tu fusses morte avec l'amant de ton cœur! Heureuse, oui, bien heureuse, car mieux vaut mourir avec celui qu'on aime, que de vivre avec celui que l'on hait! » Toi, pendant ce temps, rêvant à moi, tu allais voir cette enfant que j'avais soignée pendant sa maladie; puis, par un miracle d'intuition, tu me suivais dans ma course, et tu me voyais agenouillée au pied du lit de mon âmie! As-tu donc l'œil des anges, artiste divin, et, comme eux, vois-tu à travers l'espace, sans que les obstacles matériels puissent arrêter ta vue? Tu m'accuses au fond du cœur, ingrat aimé! et tu ignores que depuis que je t'ai vu, j'ai, moi aussi, mes heures d'insomnie et d'épouvante. Oui, d'épouvante! car, comme toi, et plus avant que toi peut-être, j'ai plongé dans le gouffre profond où l'on va m'ensevelir; tu es pâle comme la mort, regarde et vois ce que sont devenues les couleurs de mes joues! Oh! que ne puis-je te rendre les tiennes et faire reprendre à ton front sa blancheur immaculée et sa sérénité céleste, en répandant sur toi, pauvre arbre flétri par l'orage, en répandant sur toi, comme une rosée salutaire, toutes les larmes de mon cœur!

Et le silence de Pétrus répondait :

— Ah! tu m'aimes donc, beau lis virginal, et je me suis trompé quand je t'accusais de marcher souriante à cet hyménée. Oui, quand ta sœur, l'indiscrète enfant, a prononcé le nom de cet homme, j'ai vu le vent de la pudeur passer sur ton front, et voilà que maintenant tu sais que je t'aime! Voilà que, brisée jusque dans l'âme, pareille à la colombe amoureuse, tu caches ton front sous ton aile pour pleurer! Hélas! tu m'as demandé le secret de ma pâleur, tu le connais maintenant, puisque te voilà à ton tour aussi pâle et plus pâle que moi. Mais pourquoi restes-tu muette, ô ma pensée? pourquoi n'entends-je pas ta voix, ô mon amour : c'est que le silence à deux c'est la symphonie de l'amour, le rêve du matin plein de célestes murmures, d'ineffables espérances. Ne me réponds donc pas, et écoute chanter dans mon cœur, comme j'écoute chanter dans le tien l'hymne, l'hymne sacré, mélange d'allégresse et de douleur, qu'on n'entend qu'une fois, et qui, éteint, ne se réveille jamais!

Et ce silence fut en effet pour les deux jeunes gens une joie suprême, une minute de bonheur illimité; joie d'autant plus grande, bonheur d'autant plus ardent, que tous deux sentaient qu'en creusant ce bonheur et cette joie, ils finiraient par trouver une profonde douleur. Ils s'aimaient, comme l'avait dit Pétrus à son oncle, d'un amour que la langue humaine n'avait pas de mots pour exprimer.

Seulement, au lieu de s'exhaler en chansons comme celui des oiseaux, leur amour, comme celui des fleurs, se répandait en parfums, et ils en savouraient les suaves émanations. Par malheur, à cet instant suprême où leurs deux âmes, bien près de se confondre, allaient se réunir dans un paradis enchanté, la porte de la serre s'ouvrit brusquement, et la dévote et impertinente marquise de La Tournelle parut sur le seuil.

Cette apparition fit lourdement retomber les deux rêveurs sur la terre. A la vue de la marquise, Petrus se leva, mais inutilement; la marquise ne le vit pas ou ne fit pas semblant de le voir. Peut-être aussi fut-elle distraite par la petite Abeille, qui courut à elle et lui donna son front à baiser.

— Bonjour, petite, bonjour, dit-elle en l'embrassant et en allant à Régina.

Régina lui tendit la main en se soulevant sur sa chaise.

— Bonjour, ma nièce, continua la marquise passant d'une salle à l'autre; je viens de la salle à manger, on m'a dit que vous y aviez à peine posé. Cependant, je tenais à vous voir, attendu que j'ai quelque chose de fort important à vous dire. — Si j'avais su avoir le plaisir de vous voir descendre au déjeuner, ma tante, répondit Régina, je vous eusse bien certainement attendue; mais je croyais qu'hier et aujourd'hui vous étiez en retraite ou que vous déjeuniez chez vous. — Aussi pour vous seule suis-je descendue, ma nièce, et j'ai fait exception en votre faveur, en raison de la gravité des circonstances. — Oh! mon Dieu, vous m'effrayez presque, ma tante, dit Régina en essayant de sourire; qu'y a-t-il donc? — Il y a, ma nièce, que M. Coletti me mande dans une lettre qu'hier, mercredi des cendres, on ne vous a pas vue à l'église. — C'est vrai, ma tante, j'étais au chevet d'une de mes amies mourante. — C'est aujourd'hui que monseigneur fait son introduction au carême, et il espère que vous assisterez au sermon. — Vous m'excuserez auprès de monseigneur, ma tante, mais je ne compte pas sortir de la journée. J'ai eu hier une grande affliction, je suis encore très-souffrante, j'ai besoin de tranquillité et ne bougerai pas d'ici aujourd'hui. — Ah! fit aigrement la marquise. — Oui, continua Régina avec une fermeté de voix et de regard qui semblait justifier son nom; je compte même me retirer dans ma chambre après la séance, car vous voyez que je suis en train de poser, ma tante, et à ce propos je vous ferai remarquer que vous me cachez complétement à M. Pétrus. — Tiens, fit la vieille dame.

Et, se retournant vers le peintre :

— Pardonnez-moi, dit-elle, monsieur l'artiste, je ne vous avais pas aperçu. Vous allez bien, depuis lundi? — Parfaitement, Madame. — Tant mieux! Imaginez-vous, ma nièce, quelle a été ma surprise, lundi, en trouvant M. Pétrus Herbel chez le général de Courtenay auquel j'allais rappeler que c'était avant-hier, mardi, mon anniversaire. — Je ne vois pas ce qui a pu vous surprendre là-dedans, ma tante. Il n'y a rien d'étonnant, ce me semble, à trouver le neveu chez l'oncle. — Vous saviez cela, vous? — Je savais que M. Pierre Herbel de Courtenay était neveu du général comte Herbel de Courtenay; oui, ma tante, je savais cela. — Eh bien! je l'ignorais, moi; je suis toujours étonnée qu'un peintre soit allié à une famille dont les ancêtres ont régné. — J'espère, Madame, dit Pétrus, qu'une personne aussi éminemment religieuse que vous met les apôtres et les saints au-dessus de tous les rois et tous les empereurs de la terre? — Pourquoi espérez-vous cela? — Je ferai observer à madame la marquise de La Tournelle qu'elle répond par une question à la question qu'a l'honneur de lui adresser le vicomte Pierre de Courtenay.

Si impertinente qu'elle fût, la marquise se trouva un peu décontenancée.

— Sans doute, répondit-elle. Je mets les apôtres et les saints au-dessus des empereurs et des rois, puisqu'ils viennent après Jésus-Christ. — Eh bien! madame la marquise, saint Luc était bien peintre, pourquoi un descendant des empereurs ne le serait-il pas?

La marquise se mordit les lèvres.

— Ah! dit-elle vous me rappelez à la véritable question, et je vous remercie, je savais bien que j'étais venue pour autre chose.

Ni Régina ni Pétrus ne répondirent.

— J'étais venue, continua la marquise s'adressant à Pétrus, pour vous demander si le portrait serait bientôt fait.

Régina baissa la tête et poussa un soupir qui ressemblait à un gémissement. Pétrus entendit la question de la vieille marquise, vit le mouvement de Régina, mais ne comprit absolument rien ni à l'un ni à l'autre.

La marquise les regarda l'un et l'autre, et voyant que ni l'un ni l'autre ne répondait :

— Eh bien! qu'y a-t-il donc de si extraordinaire à ma question? fit-elle. Je vous demande, monsieur Pétrus, si le portrait du comte Rappt avance? — Je ne comprends pas ce que madame la marquise me fait l'honneur de me demander, répondit Pétrus, dans le cœur duquel commençait à pénétrer un vague soupçon. — C'est moi qui m'exprime mal, en effet, dit la marquise, j'appelle par anticipation le portrait de Régina le portrait de M. Rappt. Il est vrai qu'il ne sera le portrait de M. Rappt que le jour où mademoiselle Régina de La Mothe-Houdan sera la comtesse de Rappt. Mais comme d'ici huit jours ce sera chose faite... — Pardon, Madame, demanda Pétrus pâlissant affreusement, ce portrait que je fais là est donc destiné à M. Rappt? — Mais sans doute. C'est le principal ornement de la chambre nuptiale.

Il se fit à ces mots un tel bouleversement sur le visage de Pétrus, que la marquise s'en apercevant :

— Oh! oh! Monsieur, dit-elle, qu'avez-vous donc? on dirait que vous allez vous trouver mal.

En effet, Pétrus, debout, le front ruisselant de sueur, l'œil hagard, ressemblait à la statue du Désespoir. La marquise se retourna alors vers sa nièce pour lui faire remarquer la pâleur du jeune homme. Mais elle vit Régina si pâle elle-même, qu'on eût dit qu'elle venait d'être frappée à la même place du même coup qui avait frappé le jeune homme. La marquise était femme d'expérience; elle devina à l'instant même ce qui se passait entre les deux jeunes gens, et portant alternativement ses regards de l'un à l'autre, elle répéta entre ses dents ce monosyllabe expressif :

— Tiens! tiens! tiens!

Puis prenant Abeille par la main, de peur que, malgré sa jeunesse, la petite fille ne comprît quelque chose à cette double douleur, et l'entraînant avec elle :

— Je n'avais pas autre chose à vous demander, ma nièce, dit la marquise. Je sais maintenant tout ce que je voulais savoir...

Et elle sortit. A peine la portière était-elle retombée derrière elle, que Pétrus jeta un cri, et, tirant de sa poche un petit poignard turc qu'il portait habituellement sur lui :

— Ah! dit-il, et ce portrait que je faisais avec tant d'amour, c'était pour lui, pour le comte Rappt, pour cet infâme! cela ne sera pas ainsi! Je puis être la victime de son bonheur, je n'en serai pas le complice!

Et, enfonçant le poignard dans la toile, il la déchira depuis le haut jusqu'en bas. Régina entendit le craquement de la toile, et, à ce craquement, ressentit la même commotion que si le poignard l'eût frappée au lieu de frapper le portrait, et, en la frappant, lui eût tranché la grande artère du cœur. Et cependant, tout en pâlissant encore, ce qu'on eût cru impossible, tout en renversant sa tête en arrière, comme si sa dernière force et même celle de la volonté l'eût abandonnée, elle eut encore la puissance de tendre la main au jeune homme :

— Merci, Pétrus, dit-elle, c'est comme cela que je voulais être aimée.

Pétrus se précipita sur cette main, la baisa avec fureur et s'élança hors du salon en criant :

— Adieu pour toujours!

Un gémissement lui répondit, Régina venait de s'évanouir. Et maintenant, laissons mademoiselle de La Mothe-Houdan et Pétrus Herbel à leur désespoir amoureux, et allons d'un seul bond voir à Vienne ce qui s'y passait dans la soirée du mardi gras 1827.

XCV

REPRÉSENTATION AU BÉNÉFICE DE MADEMOISELLE ROSENHA ENGEL, PREMIÈRE DANSEUSE DU THÉATRE DE LA PORTE DE CARINTHIE, A VIENNE.

Le mardi gras de l'année 1827, vers six heures du soir, la ville de Vienne présentait un aspect inaccoutumé.

Un étranger, voyant la foule qui se pressait dans ses rues, eût été bien embarrassé de dire à quelle fin la population se ruait si précipitamment, de Stubenthor, de Léopoldstadt, de Schottenthor et de Mariahulf, en un mot, de tous les faubourgs de la ville, et convergeait pour ainsi dire des quatre points cardinaux vers un même centre, qui semblait être la place du palais.

Et pourtant ce n'était point vers le palais que se dirigeait cette foule; et si mille équipages aux armes de toutes les grandes maisons d'Allemagne stationnaient dans les rues avoisinant ce même palais, ce n'était ni pour une naissance, ni pour une mort, ni pour un deuil, ni pour une défaite, ni pour une victoire, que la ville était en rumeur. Non, toute cette foule se rendait simplement au théâtre impérial, où la célèbre danseuse Rosenha Engel donnait, par extraordinaire, sa représentation à bénéfice, le théâtre de la Porte de Carinthie étant en réparation.

Or, la réputation européenne de beauté, de vertu et de talent de la célèbre danseuse justifiait l'empressement de la population viennoise; d'autant plus qu'on disait vaguement que cette représentation était la dernière qu'elle donnerait dans la capitale de l'Autriche, attendu qu'elle se disposait à partir pour la Russie, qui, dès cette époque, commençait à nous enlever nos meilleurs artistes. Quelques-uns soutenaient même qu'elle se retirait sérieusement et définitivement du théâtre, si sérieusement qu'elle était sur le point d'épouser un prince. D'autres enfin, mais c'était le plus petit nombre, il faut le dire, affirmaient qu'elle allait entrer dans un couvent.

Il y avait donc mille raisons qui expliquaient l'empressement de cette foule, et la preuve, c'est qu'elle accourait du pas dont on va voir un spectacle qu'on ne reverra plus jamais. Toutefois elle accourait vainement; depuis huit jours la salle était louée, et la salle eût contenu trente mille personnes de plus, qu'elle eût été louée de même. Le désappointement fut donc grand pour ceux qui, venus en toilette et sans avoir dîné de Heidling, de Meitzing, de Beaumgarten, de Brigitten, de Stadhau et de tous les pays à cinq lieues à la ronde, trouvèrent l'entrée interdite à quiconque n'avait pas sa place louée d'avance.

Ce fut un hourra de dépit, d'indignation et de colère qui, parti de la place de la Parade, retentit jusqu'au Prater, lorsque se répandit cette nouvelle que la salle était complétement louée; et nul doute que la foule furieuse ne se fût livrée à quelque bruyante représaille, si les équipages de l'empereur et de la cour, venant tout à coup à passer et à s'arrêter devant le théâtre, n'eussent, comme une digue, fait rentrer cette marée dans son lit.

La foule, nous parlons de la foule autrichienne surtout, la foule, qui jamais n'a de rancune, mais qui toujours a besoin de crier, se dédommagea des malédictions que l'empêchait de pousser la présence de la famille impériale, en criant : « Vive l'empereur! » et, comme Ruy-Blas, de pittoresque et poétique mémoire, se contenta, pour tout spectacle, de regarder descendre des équipages, après Sa Majesté, toutes les princesses, duchesses, archiduchesses et comtesses de la cour.

Bien que ce spectacle soit sans doute fort intéressant, nous préférons aller attendre l'arrivée des illustres personnages qui en font l'objet, commodément assis dans une stalle de théâtre, où notre titre d'auteur dramatique, que nous déclinons au contrôle, nous donne le droit d'entrer librement, et à la porte duquel un immense bassin d'argent reçoit les offrandes destinées par le public d'élite à la bénéficiaire.

La salle du théâtre impérial de Vienne est, dans les temps ordinaires, médiocrement élégante; mais, parée comme elle l'était ce soir-là, elle offrait un coup d'œil vraiment féerique. A la voir dans son ensemble, on eût dit l'intérieur d'un palais arabe où chatoyaient, étincelaient, chantaient, respiraient, des diamants, des perles, des dentelles, des femmes et des fleurs; de quelque côté que l'on tournât les yeux, on n'apercevait que blancs visages et fraîches épaules, au milieu desquels ne faisait tache ni la figure morose, ni le vêtement sombre de l'homme; c'étaient des masses de fleurs qui s'épanouissaient sans que par aucun endroit perçât le tronc noir de l'arbre, et il semblait que quelque divinité reproductrice eût été chargée de réunir là tout ce qu'il y avait de beau dans le vieux monde, afin d'en composer un nouveau.

Dans la loge impériale, placée à l'avant-scène de droite et formée de la réunion de trois loges qui se séparent ou se confondent à volonté, étaient d'abord dix femmes, toutes jeunes, toutes belles, toutes blondes, toutes vêtues uniformément de robes de dentelles, la poitrine et la tête couvertes de fleurs, entre lesquelles, comme des gouttes de rosée, scintillaient des diamants; dix femmes, ou plutôt dix jeunes filles, car la plus âgée n'avait pas vingt-cinq ans, dix jeunes filles qu'on eût prises pour dix sœurs, tant elles se ressemblaient en grâces, en jeunesse, en beauté, tant elles figuraient les dix premières journées du mois de mai.

En face de la loge impériale, c'est-à-dire dans l'avant-scène de gauche, comme dans une seconde corbeille destinée à faire pendant à la première, s'étageaient les sept fleurs fraîchement écloses de la nouvelle branche de Bavière, les princesses Joséphine, Eugénie, Amélie, Élisabeth, Frédérique, Louise, Marie.

Les loges attenantes à la loge impériale d'Autriche et à la loge royale de Bavière, semblaient une forêt héraldique où s'entrecroisaient les rameaux généalogiques des arbres princiers de toutes les Hesses : Hesse-Darmstadt, Hesse-Hombourg, Hesse-Phinfeldt, Hesse-Rothembourg, Hesse-Cassel, Hesse-Creuseberg, Hesse-Rhilipstal, Hesse-Barchfeldt; les princesses de Nidda, de Hohenlohe, Wilhelmine de Bade, et les petites princesses Berthe et Amélie, imperceptibles boutons de ce riche bouquet de fleurs.

Puis venaient les loges des maisons de Wittemberg, de Stuttgard, de Neustadt, de Montbéliard, de Saxe, de Brandebourg, de Bade, de Brunswick, de

Mecklembourg, de Schwerin, d'Anhalt, des princesses Marianne et Henriette, et de la petite princesse Thérèse, du rameau royal de Nassau.

Mais ce qui attirait particulièrement l'attention des spectateurs, ce n'étaient ni la loge impériale d'Autriche, ni la loge royale de Bavière, ni toutes ces autres loges déployant au-dessus du parterre le blason vivant de l'Allemagne; ce n'étaient ni les aigrettes de diamants qui envoyaient leurs rayons, ni les couronnes de fleurs qui envoyaient leurs parfums, ni les lèvres doublées d'émail qui envoyaient leurs sourires; non.

Ce qui éveillait tous les regards, ce qui excitait un sentiment d'admiration, presque d'enthousiasme; ce qui, enfin, comme nous l'avons dit tout à l'heure, donnait à cette salle l'aspect d'un palais d'Orient, et eût pu faire croire à un rêve des *Mille et une Nuits*, c'étaient les étranges et beaux personnages qui occupaient la loge de face, d'habitude destinée aux aides de camp de l'empereur, et correspondant à celle qui, chez nous, tient le milieu de la galerie.

Qu'on imagine, en effet, l'éventail à la main, vêtu de cachemire blanc tramé de perles et d'or, le cou enveloppé d'une écharpe de gaze où, comme scintillent les étoiles à travers un nuage, scintillaient de splendides pierreries, la tête couverte d'un turban de brocart d'où s'échappaient les plumes d'émeraude d'un paon, fixées au-dessus du front par un diamant gros comme un œuf de colombe; qu'on imagine un bel Indien de quarante-cinq à quarante-huit ans, aux moustaches et à la barbe parfaitement noires, qu'à la fierté de ses yeux on eût pris pour un des radjahs indépendants du Rohilkand ou du Bandelkand, et à la richesse de ses vêtements, pour le génie des mines de diamants de Panna.

Autour de lui, puisque nous sommes en face d'un tableau de Dehly ou de Lahore, qu'on nous permette d'employer une comparaison indienne, autour de lui, comme des étoiles autour de la lune, quatre jeune filles aux paupières noircies, aux joues safranées, aux yeux étincelants sous la lumière des mille bougies de la salle, comme au milieu des ténèbres les yeux des animaux de la nuit, quatre jeunes Indiennes, dont l'aînée n'avait pas quinze ans, enveloppées de gaze et vêtues de tuniques de cachemire blanc de Boukara.

Derrière le radjah, c'était le titre que l'on donnait à l'étranger, six jeunes Indiens, vêtus de robes de soie brochées vert, bleu et orange, de tous ces tons vifs et chauds nuancés par le soleil lui-même sur cette gigantesque palette de l'Inde où Véronèse semble avoir trempé son pinceau.

Enfin, tout au fond de l'immense loge, dans une espèce de salon de service, se tenaient debout, immobiles, huit valets à grandes barbes et à longues robes de percale blanche, en turban d'or et d'écarlate.

L'un d'eux, qui occupait près du radjah l'emploi de héraut, était le tchouparassi, ainsi appelé de sa large écharpe rouge qu'il portait de l'épaule droite au côté gauche, et à laquelle pendait une grande plaque d'or où étaient tracés, en langue persane, les noms, titres et qualités du maître. Les autres étaient des *Hankaras* de Dehly, un *Tamoul* de Madras et un *Pundit* de Bénarès, titres qui correspondent, chez nous, à ceux de chambellan et janissaires.

Au milieu de cette salle, où la blancheur des dentelles et des robes rayonnait aux lumières comme la neige au soleil, cette loge indienne, éclatante, colorée, ressemblait à une verdoyante oasis assise sur un des plateaux neigeux de l'Himalaya, et en fermant, sous les rayons qu'elle projetait, leurs yeux éblouis, les spectateurs voyaient en imagination se dérouler devant eux comme un panorama toutes ces villes de l'Inde dont le nom seul, murmuré à nos oreilles, nous fait l'effet d'un conte ou d'une chanson ; Sazaram, Bénarès, Mirzapour, Kallinger, Kalpi, Agrah, Bendrabund, Muttrah, Dehly, Lahore, Cachemire.

On voyait défiler les palais, les tombeaux, les mosquées, les pagodes, les kiosques, les cascades, toutes les féeries de l'antique architecture hindoue.

Il vous arrivait comme des parfums de fraisiers et d'abricotiers sauvages, comme des bouffées odoriférantes de branches de cèdre brûlées par les montagnards sur les rampes du Djavahir. Et, des cimes neigeuses, des sommets vaporeux de cette rêverie, on voyait luire les verts gazons des vallées tibétaines, où, disent les poëtes, la pluie n'est jamais tombée.

On oubliait enfin le lieu où l'on était, l'heure, le théâtre, l'empereur, la ville, l'Europe, et l'on se sentait prêt à ouvrir les ailes et à s'envoler vers les terres bénies d'où venaient ces splendides visions !

Au milieu de cette ville de l'Inde en miniature, au premier rang de cette loge, à la droite de celui qui semblait un prince indien, tant autour de lui tout était royal et asiatique, se tenait un homme dont nous n'avons pas encore parlé, et qui, par son costume européen, par son habit noir fermé et à la boutonnière duquel était attaché le ruban d'officier de la Légion d'honneur, faisait un singulier contraste avec l'étranger.

Pourtant, en examinant soigneusement le costume du radjah, le contraste n'eût point paru si grand ; car on eût aperçu, attachée dans un pli de sa robe blanche, une rosette semblable à celle qui décorait la poitrine de l'Européen. Nul ne savait précisément ce qu'étaient ces deux hommes arrivant du pays des rêves et qui partout, au théâtre ou à la promenade, dans la même loge ou la même voiture, se présentaient sur le pied de l'égalité.

Voilà les bruits qui couraient à leur endroit : Le radjah des *Mille et une Nuits*, cet étranger dont le cortége ressemblait à celui du roi Salomon venant de recevoir la reine de Saba ; ce nabab, sur lequel étaient braquées les lorgnettes de tous les spectateurs et surtout de toutes les spectatrices, était, comme nous l'avons dit, un homme de quarante-cinq à quarante-huit ans, aux yeux bleus comme l'émail, à la figure loyale, ouverte, franche, communicative comme celle des Indiens des montagnes, à la tournure facile et dégagée, aux manières élégantes des Indiens des plaines.

On disait de lui que, disgracié par l'empereur Napoléon en 1812 à propos de l'opposition qu'il s'était permis de faire tout haut à la campagne de Russie, ne voulant point rester inactif au commencement de sa carrière, ne voulant pas, comme Moreau ou Jomini, servir contre la France, il était parti pour l'Inde et était venu offrir ses services à Randjit-Singh, qui lui-même, de simple officier, était devenu radjah ou maradjah, ou plus simplement encore, roi absolu de Lahore, du Pendjab, de Cachemire et de toute la partie inconnue de l'Himalaya que bornent l'Indus et le Setledge.

Présenté au général Allard, qui commandait la cavalerie du radjah, par le général Ventura, qui commandait l'infanterie, le nouvel émigré, que l'on disait Maltais et dont on ignorait le nom, avait été bientôt appelé par Randjit-Singh au commandement de l'artillerie, aux appointements de cent mille francs par an.

Mais de là ne lui venait point la fortune immense dont il jouissait. Une légende tout orientale lui attribuait une autre source. On racontait qu'un jour le roi de Lahore était venu passer dans le Pendjab la revue des troupes que commandait le général maltais. Celui-ci lui avait fait dresser un trône magnifique, posé sur un splendide tapis, trône du haut duquel le roi avait pu voir les merveilleuses évolutions auxquelles, en moins de trois ans, le commandant de l'artillerie avait dressé les troupes et le matériel placés sous ses ordres.

La revue terminée, Randjit-Singh, tout étourdi de ce qu'il venait de voir, avait voulu doubler les appointements de son général d'artillerie; mais celui-ci, en souriant, lui avait demandé si, en échange de cette splendide augmentation, qui peut-être éveillerait la jalousie de ses autres généraux, il ne serait pas égal au radjah de lui accorder le don qu'il allait lui demander. Randjit-Singh avait incliné la tête en signe de consentement.

Alors, le Maltais lui avait demandé de lui donner en toute propriété le sol recouvert par le tapis qui supportait son trône, c'est-à-dire un espace de terrain de vingt-cinq pieds carrés à peu près. Le roi avait acordé cette demande en souriant. Le tapis recouvrait une mine de diamants; de sorte que le général de Randjit-Singh était devenu si riche, disait-on, qu'il eût pu payer pour son compte l'armée du radjah, qui était de trente à trente-cinq mille hommes.

Il était, ajoutait la légende indo-germanique, depuis sept ou huit ans près du roi de Lahore, lorsqu'un Corse, ancien officier de l'empereur, était arrivé à son tour près de Rundjit-Singh. Le radjah accueillait avec ardeur tout ce qui venait d'Europe, et il n'avait point attendu que le nouveau venu lui demandât un emploi. Il lui avait fait offrir une place, soit dans ses armées, soit dans son administration. Mais le nouveau venu était porteur d'une somme assez considérable, qui, disait-on, lui avait été donnée à Sainte-Hélène par l'empereur lui-même, et il avait tout refusé.

Ce nouveau venu, ce Corse, c'était, disait-on encore, l'homme à l'habit noir, au ruban rouge, au visage pâle, aux moustaches noires et épaisses, aux yeux profonds et pénétrants, qui se tenait à la droite du magnifique Indien, et qui se faisait remarquer par son front soucieux comme un nuage qui récèle la foudre, et par cette attitude mâle et fière particulière aux hommes qui ont combattu toute leur vie pour la même idée.

Que venaient faire ces hommes en Europe? Chercher, disait-on, des ennemis à l'Angleterre, Randjit-Singh n'attendant que l'appui d'une puissance européenne pour soulever l'Inde tout entière. Ils s'étaient arrêtés à Vienne pour y attendre, disaient-ils, le fils du radjah, jeune prince de la plus haute espérance, resté en convalescence à Alexandrie.

En arrivant dans la capitale de l'Autriche, ils avaient remis à M. de Metternich leurs lettres de recommandation, signées du radjah de Lahore, et l'empereur d'Autriche les avait reçus avec la même cordialité et la même pompe déployée, pendant l'année 1819, pour recevoir Aboul-Hassan-Khan, ambassadeur de Perse. Muni des présents que le radjah l'avait chargé de déposer aux pieds de l'empereur, et parmi lesquels était son portrait encadré d'une riche bordure en pierre de jade de Chine, des tissus de soie et de cachemire, des colliers de perles et de rubis, il avait fait une entrée triomphale à la cour, et la porte du palais que l'empereur lui avait désigné pour habitation était assiégée du soir au matin par les courtisans envoyés par leurs femmes, leurs sœurs ou leurs filles, avec recommandation de serrer assez tendrement les mains du nabab pour en faire tomber les diamants, les émeraudes et les saphirs dont elles ruisselaient.

Et maintenant j'espère que l'on comprendra parfaitement pourquoi, le côté pittoresque à part, la loge de l'envoyé du maradjah de Lahore était le point de mire de tous les regards.

XCVI

MIRAGE INDIEN.

Mais tout au contraire de cette foule qui, son but trouvé, semblait n'avoir de regards que pour eux, les deux amis laissaient errer leurs yeux sur toutes les loges à la fois, n'ayant pas l'air de s'occuper le moins du monde des nobles princesses qui occupaient le premier rang, ni des belles spectatrices qui occupaient les autres places; mais ayant l'air de vouloir percer avec les rayons de leurs yeux la profondeur des salons, pour y chercher quelque spectateur encore absent, ou si bien caché, que leurs efforts pour le découvrir étaient inutiles.

— A force de chercher à voir, dit l'Indien à son compagnon dans le dialecte de Dehly, que tous deux semblaient parler avec la même facilité que les indigènes, je n'y vois plus, mes yeux se troublent. Et vous, Gaëtano, y voyez-vous quelque chose? — Non, répondit l'homme à l'habit noir, mais quelqu'un de bien informé m'a assuré que, visible ou non, il assisterait à cette représentation. — Il est peut-être malade. — Avec sa volonté de fer, une indisposition, même sérieuse, ne serait point un empêchement pour lui; il viendra ici ce soir, dût-il venir en litière et se faire porter à sa loge. Quant à moi, je suis certain qu'il y est déjà, et qu'il assiste à la représentation incognito, caché dans quelque baignoire ou quelque loge du cintre. Comment voulez-vous qu'il laisse échapper, sans en prendre sa part, cette représentation, la dernière, assure-t-on, que donne une femme qui lui accorde, à lui, ce qu'elle refuse à tout le monde? — Vous avez raison, Gaëtano, il y est ou il y sera; et vous avez, aujourd'hui encore, reçu de nouveaux renseignements sur la Rosenha? — Oui, général. — Conformes aux premiers? — Plus rassurants encore. — Elle l'aime? — Elle l'adore. — Sans intérêt, vous dites? — Mon cher général, je croyais que vous connaissiez les Allemandes; elles se donnent, mais ne se vendent pas. — Je la croyais Espagnole, mais non Allemande. — C'est-à-dire qu'en effet sa mère était Espagnole; mais que prouve cela? Qu'elle est fière comme une Castillane, désintéressée comme une Allemande. — Vous avez eu des renseignements sur la jeunesse de cette fille, je me trompe, de cette femme? — C'est tout une histoire, mais étrangère à ce qui nous occupe. Sa mère, ou peut-être la femme qui passait pour sa mère, il paraît qu'elle-même n'a rien de certain à cet égard, tant que la petite fut enfant, vivait Dieu sait comme, en donnant à jouer, en faisant pis peut-être; mais, Rosenha devenue jeune fille, on commença à s'apercevoir de sa merveilleuse beauté et l'on pensa à en tirer parti. Ce fut alors que la petite fille, pour échapper au sort qui l'attendait, s'enfuit; elle avait onze ans, se mêla à une troupe de gitanos, où elle apprit toutes les danses espagnoles. A treize ans elle débuta sur le théâtre de Grenade, passa successivement sur ceux de Séville et de Madrid; puis enfin vint en Allemagne, recommandée à l'entrepreneur royal, par l'ambassadeur autrichien en Espagne. Ce n'est point sa vie que je vous raconte, comprenez bien, général; c'est un sommaire des événements qui l'ont composée. — Et dans tout cela, vous voyez?... — Un côté parfaitement digne, parfaitement noble, parfaitement dévoué. — Auquel vous croyez qu'on peut se fier? — Auquel, du moins, je me fierais, moi. — Si vous vous y fiez, vous, vous comprenez bien que je m'y fierai aussi, Gaëtano, ou plutôt que je m'y suis fié déjà, puisque ma lettre est tout écrite, là dans cette bourse. Mais ce que je demande, c'est si elle aura l'esprit assez grand pour comprendre l'immensité d'un projet comme le nôtre. — Les femmes comprennent avec le cœur, général : celle-là aime ; elle doit vouloir la gloire, la renommée, la grandeur de son amant ; elle comprendra. — Mais comment, au milieu de la surveillance dont il est l'objet et qui est d'autant plus rigide qu'elle est plus dissimulée, comment comprenez-vous qu'on laisse pénétrer cette jeune fille jusqu'à lui! — Il a seize ans, général, et la surveillance de la police, si sévère qu'elle soit, doit fermer les yeux sur certaines choses à l'endroit d'un jeune homme de seize ans, dont les passions vives et précoces sont, dit-on, celles d'un homme de vingt-cinq. D'ailleurs, elle ne le voit qu'à Schœnbrunn, où elle est introduite par un jardinier du château, qui passe pour son oncle. — Oui, que les deux enfants croient être à leur dévotion, et qui, selon toute probabilité, est à la dévotion de la police. — C'est probable, mais on n'aura besoin que de leur recommander le silence le plus absolu. — C'est l'objet du post-scriptum de ma lettre. — Et comme j'ai un moyen sûr de pénétrer jusqu'à lui, sans mettre personne dans ma confidence... — Vous êtes bien sûr de vous retrouver, même par une nuit noire, dans ces immenses jardins de Schœnbrunn? — J'ai habité Schœnbrunn en 1809 avec l'empereur, puis, j'ai le plan qu'il m'a remis lui-même à Sainte-Hélène. — D'ailleurs, il faut bien donner quelque chose au hasard et à la Providence, à Dieu, dit comme un homme à peu près décidé le général ; mais enfin, pourquoi n'est-il pas ici? — D'abord, général, rien ne vous dit qu'il n'y soit pas; il croit, pauvre enfant, sa passion inconnue, et il ne veut pas la trahir en allant dans la loge des archiducs, et en laissant voir ces émotions qu'un jeune cœur n'est pas maître de contenir. Ensuite, comme je vous l'ai dit, il est peut-être dans la salle, mais caché ; enfin, comme il n'adore pas la musique, à ce qu'on assure, que d'ailleurs il veut sans doute donner à la belle Rosenha la preuve qu'il ne vient que pour elle, il est encore possible, plus que possible, probable même, qu'il laissera passer l'opéra et ne viendra que pour le ballet. — Ah! ceci, Gaëtano, pourrait bien être, comme on dit là-bas, la vérité vraie; à moins... à moins toutefois qu'il ne soit malade, trop malade pour venir. — Vous en revenez encore à cette fatale idée? — J'en reviens aux idées terribles, mon cher Gaëtano: il est d'une faible complexion, et il use de la vie, le malheureux enfant, comme ferait un homme robuste. — On exagère peut-être la faiblesse de sa santé, comme on exagère ses excès; que je le voie de près seulement, et je vous dirai ce que j'en pense. Il a seize ans ou il va les avoir dans un mois, comme je vous le disais tout à l'heure, eh bien, à cet âge, la séve monte, et il faut bien que l'arbuste pousse ses premières feuilles. — Gaëtano, rappelez-vous ce que nous disait avant-hier son médecin ; vous me serviez d'interprète, n'est-ce pas, vous ne l'avez pas oublié! Eh bien, n'avez-vous pas été effrayé, comme moi, de ce qu'il nous a raconté de sa puissance d'énergie et de sa faiblesse de constitution? C'est un grand et frêle roseau, qui, au moindre vent, frémit et courbe la tête! Ah! que ne puis-je l'emmener là-bas avec moi dans l'Inde, et le faire durcir au soleil, comme ces bambous du Gange qui défient tous les ouragans!

Au moment où le général disait ces mots, le chef d'orchestre leva l'archet et donna le signal de l'ouverture du *Don Juan* de Mozart, ce chef-d'œuvre de la musique allemande que les deux amis écoutèrent sans sourciller, préoccupés qu'ils étaient par l'absence du personnage dont ils attendaient si impatiemment l'apparition.

Or, le personnage qu'ils attendaient, nous n'apprendrons rien au lecteur en lui disant que c'était cet illustre et malheureux enfant qui avait reçu au berceau le titre de roi de Rome, et auquel, par une patente du 22 juillet 1818, l'empereur François II avait donné le titre de duc de Reichstadt, empruntant ce nom, devenu si profondément historique, à l'une des terres qui devaient former l'apanage autrichien de l'héritier de Napoléon.

C'était donc le duc de Reichstadt qu'attendaient si impatiemment le général indien et son ami ; et la jeune fille sur laquelle ils faisaient reposer toutes leurs espérances, c'était la célèbre Rosenha Engel, la belle danseuse pour laquelle, comme nous l'avons vu au commencement du précédent chapitre, toute la ville de Vienne était en rumeur.

Don Juan achevé aux rares applaudissements de la foule, qui, malgré le respect qu'elle a pour les chefs-d'œuvre, sacrifie en général le passé au présent, il partit de toutes ces loges, silencieuses pendant l'opéra, mille bruits confus de causeries assez semblables au bourdonnement des abeilles ou au babillage des oiseaux se réveillant joyeusement et bruyamment aux premières lueurs du matin.

L'entr'acte dura vingt minutes environ, et les deux étrangers employèrent ces vingt minutes à inspecter de nouveau toutes les loges les unes après les autres. Mais le jeune prince n'était évidemment dans aucune de ces loges dont ils passaient l'inspection.

Le chef d'orchestre donna le signal de l'ouverture du ballet et, après quelques phrases de prélude, la toile se leva de nouveau.

Le théâtre représentait les faubourgs verdoyants d'une ville indienne, avec ses kiosques et ses pagodes, ses statues de Brahma, de Siva, de Ganésa, de Lachme, déesse de la bonté; au fond, les rives d'or du Gange, étincelant sous le bleu foncé du ciel. Un chœur de jeunes filles, vêtues des pieds à la tête de longues robes blanches, s'avança sur le devant du théâtre en chantant un adorable pantoum dont le refrain était :

Oum mani padmei, oum!
Heu! gemma lotus heu!

Hymne adressé au diamant nénuphar, qui mène ceux qui le chantent, disent les habitants du Tibet, en droite ligne au paradis de Bouddha. Les deux amis, en voyant le décor asiatique, en écoutant cette chanson indienne que les pâtres chantent le soir en chœur en ramenant les troupeaux de chèvres et de brebis, les deux amis reconnurent le ballet qu'on allait représenter.

C'était une imitation, moitié poëme, moitié pantomime, de la vieille pièce indienne du poëte Calidasa, dont nous avons eu vers le même temps une traduction en France, traduction connue sous le nom de *la Reconnaissance de Sacountala*. Un jeune poëte viennois, en voyant passer le radieux cortége du général indien, avait eu l'intention délicate de lui faire, à lui seul poëte, une réception royale, en lui rappelant, de peur qu'il ne les regrettât, et les chansons, et les costumes, et les danses, et le ciel bleu de son beau pays.

Les deux amis furent touchés et confus en même temps de la solennité dont ils étaient en quelque sorte les héros. En effet, au moment où le chœur, chantant la dernière strophe du pantoum, se tourna vers eux, comme si cette dernière phrase leur était adressée, tous les regards se tournèrent vers leurs loges, et, malgré la présence de la famille impériale et de tous ces princes allemands, des applaudissements éclatèrent, qui, après avoir oublié de saluer le pouvoir officiel, si respecté à cette époque, à Vienne surtout, allèrent saluer ce pouvoir poétique de la richesse et du mystère, si entraînant partout et à toutes les époques.

Tout à coup le cercle du chœur s'écarta, et, comme un bouquet dans un vase d'albâtre, on vit apparaître les chatoyantes étoffes de satin et de brocart, de soie et d'or d'une trentaine d'almées, et au centre, comme la fleur principale d'un bouquet dépassant les autres fleurs de toute la hauteur de la tête, en paraissant s'ouvrir aux regards des spectateurs, la reine des almées, la divinité de la beauté et de la grâce, la fleur incarnée en femme qu'on appelait la signora Rosenha Engel.

Ce ne fut qu'un cri unanime, qu'un hourra immense, qu'un applaudissement universel, et, du fond des loges, de l'orchestre, du parterre même, s'élancèrent, comme les fusées d'un feu d'artifice parfumé, mille bouquets qui, tombés tout autour des almées, jonchèrent bientôt le parquet et firent de la scène un reposoir de la Fête-Dieu, une sorte d'autel éclatant, embaumé, dont les almées semblaient les prêtresses, mais dont Rosenha Engel était véritablement la divinité.

Quiconque a voyagé en Italie connaît les applaudissements prolongés, les bravos frénétiques, les cris passionnés de la foule pour ses artistes bien-aimés; eh bien! nous n'hésitons point à affirmer que jamais, ni à Milan, ni à Venise, ni à Florence, ni à Rome, ni même à Naples, ne furent poussées acclamations pareilles, plus longues, plus unanimes, plus méritées.

A partir de ce moment, spectacle et spectateurs, archiducs, princes, princesses, courtisans, tout disparut. Il n'y eut plus de salle, il n'y eut plus de théâtre. Une colonie de deux mille personnes vécut, pendant cinq heures, confondue sans distinction de rang ni de titre, dans les sites enchantés de l'Inde. Les deux heures qu'on avait passées à contempler la loge du général avaient admirablement préparé toute cette foule à voyager avec lui, et, pendant une heure, cette fraction aristocratique et intelligente de la population viennoise, enfermée dans le théâtre impérial, devint indienne et fut prête à se prosterner en adoration devant la déesse Rosenha, qui venait d'opérer cette métamorphose.

Le rideau tomba au milieu des applaudissements, et se releva au milieu des cris frénétiques de la foule, redemandant la signora Rosenha Engel. La signora Rosenha Engel reparut.

Alors ce ne fut plus une pluie, ce fut une averse, un déluge, une avalanche de fleurs. Des bouquets de toutes les formes, de toutes les grosseurs, nous dirons presque de tous les pays, car quelques-uns étaient le produit des plus riches serres de Vienne, tombèrent donc tout autour de la bénéficiaire en cascades parfumées.

Mais, chose étrange, au milieu de ces merveilles de la flore universelle, la seule offrande que la belle Rosenha Engel parut remarquer, le seul bouquet qu'elle ramassa de sa blanche main, fut un petit bouquet de violettes au centre duquel s'épanouissait un bouton de rose blanc comme la neige. Ce bouquet était évidemment l'offrande d'une âme timide, presque craintive.

Comme la violette, cette âme se cachait à l'ombre, et elle envoyait son parfum sans montrer ses corolles. La violette représentait la timidité et la discrétion : la rose blanche, la pureté et la pudeur. Il y avait évidemment alliance de celui qui envoyait le bouquet, avec celle qui le recevait.

Ce fut du moins, selon toute probabilité, l'opinion de la belle Rosenha, car, ramassant avec précipitation ce bouquet, comme nous avons dit, elle le leva presque à la hauteur de ses lèvres, regarda la loge presque perdue au cintre de laquelle il était tombé, et reporta sur les fleurs un regard d'amour. Ne pouvant les dévorer des lèvres, elle semblait les embrasser des yeux.

Les deux amis avaient suivi attentivement les moindres détails de toute cette scène; leurs yeux, comme ceux de la danseuse, avaient monté jusqu'à la loge mystérieuse, et le général avait saisi le bras de son ami au moment où la signora Rosenha Engel avait presque embrassé le bouquet.

— Il est ici ! s'était écrié en français, et oubliant qu'il pouvait être entendu, le général indien. — Oui, là dans cette loge, répondit l'homme à l'habit noir en dialecte de Lahore, mais pour Dieu, général, parlons indien. — Vous avez raison, Gaëtano, dit le général dans la même langue.

Et passant sa main dans la poche de sa grande robe :

— Je crois, ajouta-t-il, que c'est le moment de jeter aussi notre nazzer à la belle Rosenha.

On appelle nazzer, dans l'Inde, l'offrande faite par un inférieur à un supérieur. Le nazzer du général consistait en un sac de musc, fait de la peau même de l'animal, curiosité asiatique, rareté tibétaine qui se trahissait à son parfum, et qui ramena vers lui tous les yeux, tournés pendant un instant sur cette loge d'où était parti le bouquet de violettes.

Et en effet, le général, dénouant le bracelet de diamants qui était enroulé autour de son poignet, en noua le sac de musc et lança le tout à la signora Engel, qui ne put retenir un cri de surprise en voyant éclater, comme un soleil, une rivière de diamants de la plus belle eau.

XCVII

CE QUE CONTENAIT LE NAZZER DU GÉNÉRAL INDIEN.

La cérémonie faite, comme il est dit naïvement dans la légende de Marlborough, chacun s'en fut coucher, les uns avec leurs femmes et les autres tout seuls. Nous ne les suivrons ni les uns ni les autres, mais, profitant toujours de nos droits et priviléges d'auteur dramatique, nous allons pénétrer hardiment dans les coulisses, et tenter de voir, à travers les carreaux dépolis de sa loge, ce qui se passe chez la signora Rosenha Engel.

D'abord, à la porte, attendaient une foule de princes, d'électeurs, de margraves, de banquiers, pareils à des courtisans faisant antichambre au petit coucher d'une reine. Il fallait le temps à la signora Rosenha de quitter son costume d'almée, d'ôter son rouge et son blanc, et de passer sa robe de chambre. Seulement, ce soir-là, l'attente se prolongeait bien au delà du temps ordinaire; il en résultait que cette foule aristocratique, entassée à la porte d'un couloir étroit, étouffait et commençait à murmurer, plus poliment à l'extérieur, c'est vrai, mais presque aussi impatiemment au fond, que fait la foule populaire.

On entendit un pas qui s'approchait de la porte, et la porte s'entr'ouvrit, au milieu d'un murmure de satisfaction. Mais, par cette porte entr'ouverte, passa le museau fûté d'une camériste française, laquelle dit, avec cette facilité d'élocution qui caractérise l'honorable classe des femmes de chambre françaises en général, et des femmes de chambre d'actrices en particulier :

— Messieurs, la signora Rosenha est désespérée de vous faire attendre, mais elle est souffrante et elle vous demande encore, si vous tenez absolument à rester, dix minutes de repos.

Ce fut, à cette nouvelle, un véritable hourra dans la foule. Dix minutes dans cet étroit espace, privé d'air extérieur, c'était bien certainement une ou deux asphyxies pour les poumons délicats des diplomates, et autant de congestions cérébrales pour les cerveaux épais des banquiers. On murmura.

— Ah! dit la Marton, je crois que l'on murmure là-bas; Messieurs, c'est à prendre ou à laisser, chacun est libre de rester, mais encore bien plus libre de partir. — Charmante! charmante! dirent plusieurs voix, affectant l'accent français. — Nous accordons les dix minutes, mais pas une minute avec, dit un gros banquier, habitué à ne pas donner de délai à ses débiteurs. — C'est bien, c'est bien, dit la Marton en fermant la porte, la signora est prévenue, et si elle a besoin d'une minute, de deux minutes, de dix minutes, elle ne vous les demandera pas, elle les prendra. Il faut bien qu'on respire, que diable!

Et le pêne de la serrure grinça dans la gâche. Or, ce n'était ni le désir de repos, ni le besoin de respiration qui retardait l'entrée de la cour de Rosenha, la réception officielle de ses adorateurs; la jeune fille était habillée depuis longtemps; mais en regardant le bracelet de diamants qui entourait le sac de musc de l'Indien, en entr'ouvrant le sac lui-même, elle avait aperçu une lettre, et la valeur du sac précieux, jointe à l'originalité de l'envoi, avait donné à la jeune fille une vive curiosité de savoir ce que contenait la lettre.

Alors elle avait déplié le billet, l'avait lu, était restée pensive, l'avait relu, avait paru s'enfoncer dans une seconde rêverie plus profonde encore que la première. Alors, jetant un dernier regard sur la signature, elle replia la lettre, la remit dans son enveloppe musquée et attacha le nazzer de l'Indien à sa ceinture. Puis, comme si elle voulait jouir à son aise d'une douce émotion dont dût la distraire la présence de tous ces importuns, elle fit dire à ses adorateurs, par l'organe de mademoiselle Mirza, qu'elle demandait encore dix minutes pour se reposer et respirer.

Puis, ces dix minutes écoulées, elle appela sa camériste et lui ordonna d'ouvrir la porte. Elle sourit et leva les épaules de pitié en entendant rugir ses flatteurs à l'approche de la femme de chambre, comme à l'approche du belluaire rugissaient les animaux du cirque. Ils se précipitèrent à travers les portes de la loge entr'ouverte comme font les flots pressés à travers une écluse. Puis la procession commença, chacun défila devant la danseuse couchée nonchalamment sur son canapé, et lui baisa la main.

Nous tiendrons nos lecteurs, et surtout nos lectrices, quittes des fades compliments qui vinrent échouer aux pieds de la belle Rosenha. A la forme près, le fond de chacun était le même : vous êtes belle comme les amours, et vous avez dansé comme un ange.

La danseuse les écoutait à peu près comme les divinités auxquelles nous nous adressons écoutent nos prières.

Comme elles, son esprit planait dans de hautes régions, et elle n'entendait le bourdonnement de toutes ces voix que vaguement, sans le comprendre et sans y répondre, absolument comme la rose entend le bourdonnement des abeilles. Il est cependant bon de dire, en conteur consciencieux, que sous les douces fleurs de rhétorique de ces discours qu'on lui adressait et qu'elle n'écoutait pas, se cachait le serpent de la jalousie, lequel de temps en temps dressait du milieu des fleurs effeuillées aux pieds de la danseuse sa tête plate et sifflante.

Chose étrange, ce n'était pas ce précieux nazzer échappé, aux yeux de tous, des mains de l'Indien, ce n'était pas ce bracelet de diamants enroulé au poignet de la jeune fille et qui semblait s'épuiser en jets de flamme, ce n'était pas ce sac parfumé sous sa broderie d'or, pendu à la ceinture de la belle Mirza comme une escarcelle, ce n'était pas toute cette richesse visible qui mordait au cœur les adorateurs de la danseuse.

Non, c'était ce bouquet de violettes que l'on cherchait inutilement parmi les autres bouquets étalés sur le canapé, sur les fauteuils et les consoles, ce bouquet de violettes, dont le parfum suave combattait l'odeur pénétrante du musc, et qui était tombé d'une main invisible. Non, c'était le regard que Rose des Anges, si nous nous permettons de donner en français l'équivalent du nom allemand de la danseuse, c'était le regard que Rose des Anges avait jeté vers la loge d'où il était parti; c'était la façon preste, mignonne et joyeuse dont elle l'avait ramassé, pour l'élever ensuite à la hauteur de ses lèvres; c'étaient ces détails, futiles en apparence, qui cependant avaient été vus, observés, commentés de mille façons différentes, du résumé desquelles il résultait que cette réputation de vertu, qui était le plus beau fleuron de la couronne de la jeune fille, venait de recevoir, dans cette soirée, un premier, mais vigoureux échec.

Aussi, après avoir demandé la permission d'admirer le bracelet de diamants enroulé autour du bras de la danseuse, après s'être récrié sur la richesse de cette peau de rat musqué, qui, de son vivant, était loin de se douter qu'elle serait brodée de perles et d'or après son trépas, le marquis de Himmel, un des plus assidus sigisbés de la belle Rosenha, se hasarda-t-il à lui demander si elle n'avait aucune idée du personnage mystérieux qui lui avait jeté le bouquet. Alors, tout bas, presque à part :

— Marquis, avait dit Rosenha, c'est mon confesseur. — Comment, votre confesseur? — Pas l'ancien, le nouveau. — Je ne comprends pas. — C'est pourtant bien simple, et plus simple même pour vous que pour aucun autre : c'est vous qui avez divulgué ma résolution de me retirer dans un couvent. Or, mon engagement étant fini ce soir, mon noviciat commençant demain, vous ne pouvez pas trouver mauvais que mon nouveau directeur ait été curieux de faire le plus tôt possible connaissance avec sa novice.

Le vieux comte d'Aspern, qui n'avait pas entendu la réponse de Rosenha, lui avait fait la même question, et celle-ci lui avait dit à demi voix :

— Comte, je puis vous dire la vérité, à vous, puisque c'est vous qui répandez le bruit que je vais me marier; et, soit dit en passant, je ne sais pourquoi vous me desservez à ce point, quand j'ai plus de faiblesse pour vous que pour aucun de ces messieurs ici présents. Eh bien, comte, c'est le bouquet de mon fiancé, la rose blanche est le symbole de ma vertu, et la violette celui de sa discrétion. Respirez les violettes, comte, et tâchez d'en garder le parfum.

Enfin, un attaché d'ambassade russe, le jeune comte de Gersthoff, ayant demandé à son tour le secret du bouquet, Rosenha l'avait regardé en face, en lui disant tout haut :

— Ah çà! comte, est-ce bien sérieusement que vous me faites cette question? — Mais sans doute, avait répondu le comte. — C'est me dire que vous voulez mettre ces messieurs dans le secret de nos petits arrangements particuliers. — Je ne vous comprends pas, avait répondu le dandy moscovite. — Messieurs, voilà le fait : Vous savez qu'on m'a fait des propositions pour le théâtre impérial de Pétersbourg?

Les uns répondirent que oui, les autres répondirent que non.

— Eh bien! c'est M. le comte qui a été chargé de me transmettre ces propositions, et qui, pour me déterminer à accepter un engagement, au reste des plus avantageux, y a ajouté l'offre de son cœur, en me disant, comme je n'étais encore décidée à accepter ni l'un ni l'autre : « Si vous acceptez, belle Rosenha Engel, le plus modeste des bouquets qui vous seront jetés ce soir, vous ferez de moi le plus heureux des hommes, car ce sera une preuve que vous venez à Pétersbourg et que vous me permettez de vous y accompagner. » Or, décidée, sinon à profiter des deux offres, mais au moins d'une, je laisse à la modestie de monsieur le comte de deviner laquelle. J'ai ramassé le bouquet de violettes, le tenant pour le plus modeste des bouquets qui m'avaient été jetés. — Ainsi, vous partez pour Pétersbourg? s'écrièrent plusieurs voix. — Si je ne pars pas pour l'Inde, où me demande Randjit-Singh pour son théâtre royal de Lahore, comme vous pouvez le voir, Messieurs, par les arrhes magnifiques que m'a envoyées ce soir son ambassadeur. — De sorte que votre engagement?... demanda le marquis de Himmel. — Est là, dit Rosenha, dans cette peau de rat musqué. Je ne vous le montre point, parce qu'il est en hindou. Mais demain je le ferai traduire, et s'il est tel que j'ai lieu de l'espérer, je donne rendez-vous, à ceux de mes adorateurs qui ne craindraient pas de se déplacer pour moi, sur les bords du Sind ou du Pendjab. Or, continua la belle Rosenha en se levant, comme il y a huit cents lieues d'ici à Pétersbourg, quatre mille lieues d'ici à Lahore, et que de quelque côté que je fixe mon choix je n'ai pas de temps à perdre, permettez, Messieurs, que je prenne congé de vous, en vous faisant cette promesse bien sincère de ne jamais oublier les bontés dont vous m'avez comblée.

Et la danseuse, avec un sourire charmant, avec une révérence d'une irréprochable exactitude chorégraphique, prit congé de l'illustre et galante assemblée, qui, voulant jouir de sa présence jusqu'au dernier instant, l'accompagna jusque sur la place du théâtre, où l'attendait sa voiture. Elle y sauta avec la légèreté d'une mésange qui rentre dans sa cage, et au moment où le cocher rendit les rênes aux chevaux impatients, tous les chapeaux, en signe d'adieu, s'enlevèrent d'un coup et en même temps, comme si une trombe eût passé par là.

Laissons la voiture de la jeune fille s'enfoncer dans Augustinergass, Kruger Strass, et s'arrêter dans Seilerstadt, où était situé son hôtel.

XCVIII

HISTOIRE D'UN ENFANT.

Le spectateur qui, sortant du théâtre impérial l'imagination enflammée par le spectacle féerique qu'il avait eu pendant une heure sous les yeux, eût craint de rentrer chez lui de peur de retrouver, à la vue des objets connus, le sentiment de la vie réelle qu'il avait pour un instant oublié, ce spectateur-là, pour continuer à travers la nature vaporeuse et poétique de la haute Allemagne le conte des *Mille et une Nuits* commencé au théâtre, n'eût pas manqué, au lieu de reprendre le chemin de sa maison, de traverser la place de la Parade, et, s'engageant dans le faubourg de Mariahulf, d'enjamber, au clair de la lune, la grande route qui conduit au château de Schœnbrunn, afin de contempler tout à son aise, une fois placé sur un des sommets qui dominent le château, le merveilleux panorama qui se fût déroulé devant lui.

Mais peut-être cependant, avant d'arriver au village de Meidling, se fût-il arrêté en voyant, à une des fenêtres de l'aile gauche du château de Schœnbrunn, les deux coudes appuyés au balcon de la fenêtre, la figure éclairée par la lune, aussi pâle que lui, un jeune homme ou plutôt un enfant de seize ans, qui semblait lui-même en contemplation devant ce splendide spectacle que notre spectateur fût venu chercher.

En effet, de la fenêtre où il était placé, il pouvait voir, à travers l'atmosphère transparente de cette nuit lumineuse comme une nuit de printemps, devant lui et au-dessous de lui, Vienne avec tous ses édifices, ses clochers, ses hautes tours, que domine la flèche élégante et gigantesque de sa magnifique basilique, et, comme contraste, la ville encore éclairée au dedans par les derniers feux, mais ombrée vigoureusement au dehors par sa vaste enceinte et ses noirs remparts; puis au delà de la ville le géant Danube, qui, après avoir pris sous un de ses bras l'île de Lobau, continue sa route et va se perdre à l'horizon dans les plaines célèbres d'Aspern, d'Essling et de Wagram.

Du côté opposé il eût pu voir encore, comme contraste au tableau, l'immense prairie entourée de collines d'où s'échappaient des eaux abondantes, tombant en cascades dans des lacs transparents, et dont de hauts arbres séculaires semblaient défendre l'approche comme des sentinelles vigilantes; enfin, en regardant plus attentivement encore, il eût sans doute aperçu, à travers les brumes vaporeuses de cette nuit, l'horizon des collines couvertes de forêts qui vont, en bondissant comme un troupeau de buffles effarouchés, gravir jusqu'aux cimes les plus élevés des dernières Alpes.

Mais ce n'était ni le spectacle de Vienne à moitié endormie dans son opposition de lumières et d'ombres, ni les lacs murmurants, ni les cascades bondissantes, ni les horizons brumeux, ni les montagnes sombres, que cet enfant regardait.

Non, ses yeux fixés au-dessous de lui plongeaient sur la route qui va de Schœnbrunn à Vienne, et les oreilles tendues, sans paraître faire attention aux brises glacées d'une froide nuit de février, il écoutait attentivement les moindres bruits venant du côté de la ville; et plus d'une fois le craquement d'une branche d'arbre, le grincement d'une girouette ou le grondement des dernières portes du château, que l'on fermait, le firent tressaillir.

Au reste, le spectateur placé au-dessous de lui et le regardant, vêtu de son habit blanc de colonel autrichien, avec ses longs cheveux blonds bouclés et flottant au vent, eût été frappé de la beauté mélancolique de ce jeune homme, qui, dans cette attitude pensive, semblait ou un amoureux attendant l'heure de son premier rendez-vous, ou un jeune poëte demandant au silence et à la nuit l'inspiration de ses premiers vers.

Disons tout de suite que le jeune homme aux cheveux blonds, au visage mélancolique, à l'habit blanc, était celui-là même qu'avaient, quoiqu'il assistât à la représentation, tant et si inutilement cherché les deux Indiens, pendant cette longue soirée qu'ils venaient de passer au théâtre impérial.

Dès lors, on se doute bien que ce n'est point un poëte cherchant dans les étoiles le secret de la création qu'on a devant les yeux, mais tout simplement un amoureux qui suit de son regard mobile la partie de la route éclairée par la lune qui va de Schœnbrunn à Seilerstadt, comme un ruban de satin blanc destiné à guider jusqu'à lui les pas de la belle danseuse. Pendant un moment, soit fatigué de la même posture, soit qu'il crût entendre un bruit lointain, il se redressa, et alors apparut dans toute sa taille : sa taille, en effet, était trop haute pour sa corpulence, et, mince et flexible comme celle d'un peuplier, elle motivait suffisamment les inquiétudes qu'avait exprimées sur sa santé le général indien.

Maintenant, nos lecteurs désirent-ils connaître sur cet enfant, debout à la fenêtre, certains détails ignorés que notre fidélité d'historien nous a forcé de recueillir, et qui peut-être ne seront point déplacés ici? Nous allons lui donner ces détails en quelques mots. Une strophe de notre grand poëte Victor

Hugo nous en dira d'abord plus que vingt pages de M. de Montbel, sur les commencements de cette vie si courte, qu'elle appartient bien plus à la poésie qu'à l'histoire.

Un soir l'aigle planait aux voûtes éternelles,
Lorsqu'un grand coup de vent lui cassa les deux ailes.
Sa chute fit dans l'air un foudroyant sillon.
Tous alors sur son nid fondirent pleins de joie,
Chacun selon ses dents se partagea sa proie,
L'Angleterre prit l'aigle et l'Autriche l'aiglon.

L'aiglon fut mis en cage dans le château impérial de Schœnbrunn, situé, comme nous croyons l'avoir dit déjà, sur les bords de la Vienne, à une lieue et demie à peu près de la capitale de l'Autriche. Là, il grandit avec le splendide spectacle que nous avons décrit sous les yeux. Il grandit sous l'ombrage de ce magnifique jardin qui conduit au pavillon de la Gloriette, et dont les bassins, les marbres, les serres eussent pu lui rappeler le parc de Versailles, tandis que les sangliers, les biches, les daims, les cerfs et les chevreuils, se croisant en tous sens, eussent pu lui donner une idée de ceux de Saint-Cloud et de Fontainebleau.

Il grandit, voyant rayonner au soleil les charmants villages de Meidling, de Grunberg et d'Hietsing, pareils à des groupes de maisons de campagne semées autour du palais; il balbutia avec effort ces noms inconnus, et finit par les apprendre, au fur et à mesure qu'il oublia ceux de Meudon, de Sèvres et de Bellevue. Et cependant il avait, le pauvre enfant exilé, de profonds et lumineux souvenirs passant devant lui comme des éclairs.

Il se souvenait par exemple que, tout enfant, son nom était Napoléon, son titre le roi de Rome. Mais, à partir du 22 juillet 1818, son nom fut Frantz, son titre le duc de Reichstadt.

— Pourquoi m'appelle-t-on Frantz ? demanda un jour l'enfant à son grand-père l'empereur d'Autriche, qui le faisait sauter sur ses genoux; je croyais qu'on m'appelait Napoléon.

La demande était précise, la réponse embarrassante. L'empereur réfléchit un instant, puis :

— On ne vous appelle plus Napoléon, dit-il, par la même raison qu'on ne vous appelle plus le roi de Rome.

L'enfant, à son tour, parut réfléchir un moment; mais sans doute la réponse ne lui parut point satisfaisante, car à son tour il répliqua :

— Mais alors, grand-papa, pourquoi ne m'appelle-t-on plus le roi de Rome ?

L'aïeul fut encore plus embarrassé à cette seconde question qu'à la première. Sans doute songea-t-il à l'esquiver comme il avait fait de l'autre, mais, réfléchissant qu'il valait mieux frapper son petit-fils d'un grand raisonnement, afin qu'il ne revînt plus sur ce sujet :

— Vous savez, mon enfant, qu'à mon titre d'empereur d'Autriche est joint celui de roi de Jérusalem, sans que j'aie aucune autorité sur cette ville, qui est au pouvoir des Turcs. — Oui, fit l'enfant, suivant, avec toute l'attention dont il était capable, le raisonnement de François II. — Eh bien, reprit l'empereur, vous êtes roi de Rome, mon cher Frantz, absolument comme je suis roi de Jérusalem.

Soit que l'enfant ne comprît pas tout à fait l'explication, soit qu'il la comprît trop, il baissa la tête, garda le silence, et ne revint jamais sur ce sujet. Au reste, tout enfant, par qui, Dieu le sait! par l'intuition, par l'ange de ses premières années peut-être, qui causait avec lui dans le silence des nuits, il avait quelque réminiscence de la gloire et des malheurs de son père.

Un jour, le fameux prince de Ligne, un des plus braves et des plus spirituels gentilshommes du dix-huitième siècle, vint faire une visite à l'impératrice Marie-Louise, alors près de son fils au château de Schœnbrunn. On l'annonça devant l'enfant sous le titre de : « M. le maréchal prince de Ligne. »

— C'est un maréchal? demanda l'enfant à madame de Montesquiou, sa gouvernante. — Oui, Monseigneur. — Est-ce un de ceux qui ont trahi mon père?

On lui dit que non, et qu'au contraire le prince était un brave et loyal soldat. Aussi prit-il en grande amitié le vieux maréchal.

Un jour il lui racontait, l'enfant bien entendu, combien il avait été frappé de la pompe militaire qui avait escorté le convoi du général Delmotte, et le plaisir qu'il avait éprouvé à voir défiler tant de belles troupes.

— En ce cas, Monseigneur, lui répondit le prince, je vous donnerai bientôt une bien plus grande satisfaction, car l'enterrement d'un feld-maréchal est dans ce genre tout ce que l'on peut voir de plus magnifique.

Et, en effet, le prince tint sa parole. Cinq ou six mois après, il donna à l'enfant impérial le spectacle splendide de dix mille hommes de troupes, avec tous leurs équipages de guerre, escortant le cercueil d'un feld-maréchal.

Vers la même époque, la princesse Caroline de Furstemberg, avec quelques autres personnes, s'entretenait en présence du jeune duc de Reichstadt des événements et des réputations du siècle. On avait oublié qu'il était là, ou peut-être croyait-on pouvoir tout dire devant un enfant de six ans. Le général Sommariva nomma alors trois illustres personnages, qu'il cita comme les plus grands capitaines du temps. Tout à coup l'enfant, qui avait écouté l'énumération pensif et la tête baissée, releva le front, et, interrompant le général :

— J'en connais un quatrième, que vous n'avez pas nommé, monsieur le général, dit-il. — Lequel, Monseigneur? demanda le général étonné. — Mon père, s'écria l'enfant avec force.

Et il s'enfuit rapidement. Le général Sommariva courut après lui, le rejoignit et le ramena.

— Vous avez eu raison, Monseigneur, de parler comme vous avez fait de votre père, mais vous avez eu tort de vous enfuir.

Malgré le titre de duc de Reichstadt qui lui était imposé, malgré la comparaison ingénieuse sur cette royauté de Jérusalem et de Rome que lui avait faite son aïeul, l'enfant n'avait point oublié les splendeurs de son berceau.

Un jour, dans une réunion de la famille impériale, un des archiducs lui montra une de ces petites médailles d'or qu'on avait frappées à l'occasion de sa naissance, et qui furent distribuées au peuple après la cérémonie de son baptême. Son buste y était représenté.

— Sais-tu qui représente cette médaille, Reichstadt? demanda l'archiduc. — Moi, répondit sans hésiter l'enfant, du temps où j'étais roi de Rome.

A l'âge de cinq ans, âge auquel commence l'éducation des princes de la maison d'Autriche, commença l'éducation du fils de Napoléon. Le comte Maurice Dietrischtein en avait la direction supérieure; et sous lui, le capitaine Foresti pour les choses de guerre, et le poëte Collin, frère de Henri Collin, auteur des tragédies de *Régulus* et de *Coriolan*, auteur lui-même d'une tragédie du *Comte d'Essex*, en suivaient les détails. A cinq ans, le jeune duc parlait français comme un Parisien, et cela, avec l'accent particulier aux habitants de la capitale.

On songea à lui apprendre l'allemand. La lutte fut longue, et l'acharnement qu'il opposa à l'étude de cette langue est, encore aujourd'hui, proverbial en Autriche. On avait beau lui démontrer, par tous les raisonnements imaginables, l'intérêt qu'il avait à parler la langue d'un pays devenu désormais sa patrie, l'enfant résistait de toutes ses forces, et s'obstinait à ne parler que français ou italien. Il fallut, pour vaincre cette obstination, promettre à l'enfant que l'allemand ne serait jamais pour lui qu'une langue de luxe, et qu'il continuerait à parler le français.

Son caractère, déjà assez tranché à cette époque, était un mélange de bonté et de fierté, de fermeté et de raison. Opiniâtre par nature, il commençait, à toute idée qui ne lui était point familière, par opposer une vive résistance, dont il ne se départait que par le raisonnement.

Bon naturellement pour ses inférieurs, tendre pour ses maîtres, sa bonté et sa tendresse étaient intérieures; il fallait les deviner, cachés au fond de son cœur, les aller chercher comme le plongeur va chercher la perle. Il avait l'amour du vrai absolu poussé jusqu'au fanatisme, mais il détestait les contes et les fables.

— Puisque cela n'est pas arrivé, disait-il, cela n'est bon à rien.

Ce n'était point l'avis de son professeur Collin, qui, en sa qualité de poëte, vivait au contraire dans le monde des rêves. Aussi essaya-t-il de surmonter cette répugnance de l'enfant à n'accepter pour vrai que ce qui l'était absolument. Il crut avoir trouvé un moyen. Il partit avec le jeune prince, avec le projet arrêté de faire une longue promenade, et tous deux arrivèrent sur les montagnes verdoyantes qui dominent Schœnbrunn.

Arrivés là, ils firent une halte d'un instant, et s'enfoncèrent, en reprenant leur course, au fond d'une vallée étroite et ombreuse, où se trouve une enceinte qui, séparée entièrement par des arbres touffus de la vue de Vienne et des vastes plaines du Danube, n'a plus pour horizon que les montagnes qui vont en s'élevant de gradins en gradins, comme un amphithéâtre gigantesque, jusqu'au cimes du Schecberg. En cet endroit s'élevait une chaumière solitaire, isolée, construite en harmonie avec les montagnes qui l'entourent, dans la forme d'un chalet tyrolien, et qu'à cause de cette ressemblance on nomme Tyroler-Haus.

Ce fut là, dans cet endroit qui est séparé du reste du monde par des montagnes, des ravins et des forêts, ce fut là qu'après avoir fait comprendre à son élève les beautés de ce site pittoresque, et avoir essayé de lui montrer la grandeur de la nature sauvage et solitaire, il lui raconta tout à coup, sans la lui donner pour vraie ni fausse, la merveilleuse histoire de Robinson Crusoé, laquelle frappa si profondément l'esprit de l'enfant, ou plutôt réveilla si complétement son imagination encore endormie, qu'il se crut un instant dans un désert, et qu'il proposa de lui-même à son professeur d'essayer de fabriquer les instruments nécessaires aux premiers besoins de la vie, et que, ces instruments fabriqués tant bien que mal, ils creusèrent ensemble, en moins de quinze jours, sur le modèle de celle du naufragé anglais, une grotte que l'on montre encore aujourd'hui aux voyageurs comme l'ouvrage du fils de Napoléon, et qu'on ne désigne que sous le nom de la Grotte de Robinson Crusoé.

A l'âge de huit ans, le prince dut commencer l'étude des langues anciennes; ce fut l'épreuve la plus difficile qu'eut à supporter son professeur Collin, l'enfant manifestant le plus profond dégoût pour le grec et le latin; toute son intelligence se portait instinctivement vers les seules sciences relatives à l'art militaire.

En 1824, cependant, cette répugnance était vaincue. Collin mourut, et M. le baron d'Obenhaus, son successeur, mit entre les mains du jeune homme Tacite et Horace. Mais ayant entendu comparer son père à César, le jeune duc abandonna complétement la lecture de l'historien et du poëte pour celle du capitaine, et les *Commentaires* de César devinrent sa lecture favorite.

Tout cela c'était de l'histoire ancienne, et la difficulté était de faire aborder à un pareil élève l'histoire moderne, c'est-à-dire l'étude de ce qui avait précédé, engendré et suivi la révolution.

Ce soin fut confié à M. de Metternich.

Ce que l'habile diplomate raconta à son élève, ce qu'il mit en lumière, ce qu'il laissa dans l'ombre de cette prodigieuse histoire, est un mystère pour nous. On n'osa point tout lui cacher, mais on ne put tout lui dire; il vit et toucha tout ce qui était trop proche de lui pour être dérobé à ses regards; mais il n'entrevit, du reste, que de vagues horizons, et son regard ne plongea dans certaines profondeurs que comme l'œil plonge dans un précipice à la lueur d'un éclair. Mais cette ténacité d'esprit du duc de Reichstadt, qui le ramenait toujours vers un même but; cette adoration religieuse qu'il avait vouée à la mémoire de son père, tout cela, si habile que fût l'instituteur politique, hérissait de difficultés la tâche que s'était imposée M. de Metternich.

Aussi, dès les premiers rapports qui avaient été faits à la cour sur cette passion naissante du jeune duc pour la belle Rosenha Engel, l'ordre avait-il été donné de fermer complétement les yeux sur cette petite fantaisie du jeune homme, laquelle pouvait donner quelque distraction à cet esprit qui n'avait de désirs et d'appétences qu'aux choses que pour son bonheur il eût dû ignorer. Seulement, ce que l'on avait cru devoir se borner à une fantaisie avait pris les proportions que prenait chaque chose à laquelle s'arrêtait cet esprit ardent et volontaire. La fantaisie était devenue une passion.

Ce qui faisait qu'à une heure du matin, par une froide nuit de février, le jeune prince attendait la belle danseuse, non pas dans la chaude atmosphère de sa chambre à coucher, derrière les épais rideaux de brocart, à la vitre tiède de la fenêtre, mais en dehors, accoudé sur le balcon, nu-tête et toussant si profondément et si douloureusement que parfois, sous la secousse de cette toux, tout le corps faible et élancé du jeune homme s'ébranlait comme un peuplier que secoue le bras vigoureux d'un bûcheron.

Hélas! le bûcheron qui commençait à secouer le jeune arbre impérial, c'était la mort, qui, cinq ans plus tard, devait l'abattre si loin du grand et robuste chêne qui avait couvert le monde de son ombre. Voilà pourquoi, la main sur sa poitrine, le pauvre condamné du destin s'était redressé un instant de toute la hauteur de sa taille. Puis peut-être aussi ce mouvement était-il produit chez lui par un bruit sourd comme un grondement de tonnerre lointain, qui semblait se rapprochant de Vienne à Schœnbrunn, et qui, pour les imaginations calmes, n'était autre chose que le bruit d'une voiture.

Bientôt il n'y eut plus de doutes, car, au roulement qui allait se rapprochant toujours, se joignit la double flamme de deux lanternes qui semblaient voler sur la route, plus rapides que ces feux follets qui courent à la surface des étangs. Frappé à la fois par deux de ses sens, l'ouïe et la vue, et peut-être encore mieux prévenu par ces pressentiments qui frémissent dans les jeunes cœurs, le prince ne parut plus conserver aucun doute, et, sautant comme un écolier, battant des mains comme un enfant, il s'écria plusieurs fois, comme s'il eût confié son bonheur à quelqu'un, et dans cette langue française, la seule chose qu'il eût gardée de la France :

— C'est elle, Dieu béni! c'est elle!

XCIX

JULIETTE CHEZ ROMÉO.

Un instant, on eût pu croire que l'attente du jeune homme était trompée et que la voiture ne s'arrêtait pas au château. En effet, arrivant rapidement par la route de Hetsing, elle côtoya les communs et disparut du côté de Meidling. Mais sans doute le prince ne fut pas dupe de cette indifférence affectée, car, refermant rapidement la fenêtre qui donnait sur la route, il traversa son salon et sa chambre à coucher, qui avait été celle de l'empereur son père en 1809, et alla coller son front, qui avait passé de la plus extrême pâleur à la rougeur la plus vive, à la vitre d'un petit boudoir donnant sur les jardins.

Il y était depuis dix minutes à peu près, lorsque la porte du jardin privé de l'empereur s'ouvrit, et qu'il vit au clair de la lune deux personnes s'approcher du palais et disparaître sous la voûte où s'ouvre l'escalier de service. Sans doute ces deux personnes, quoiqu'elles fussent vêtues d'habits appartenant aux classes inférieures de la société, étaient celles que le prince attendait; car cette fois, comme il avait déjà fait à l'arrivée de la voiture en quittant la fenêtre du salon pour celle du boudoir, il quitta la fenêtre du boudoir pour courir à la porte de l'escalier.

Arrivé là, il colla son oreille à la porte et écouta attentivement. Quelques secondes se passèrent, pendant lesquelles il demeura dans l'immobilité la plus complète, pareil à la statue de l'Attente ; puis sa figure s'anima d'un charmant sourire, il entendit le bruit d'un pas léger qui montait l'escalier, et sans doute il reconnut si bien ce pas qu'il n'attendit point qu'il eût atteint les dernières marches, et qu'ouvrant vivement la porte il étendit, en criant : Rosenha ! chère Rosenha ! deux bras dans lesquels vint se jeter une femme vêtue du costume pittoresque des jeunes filles du Tyrol.

Malgré son changement de costume, c'était bien la jolie bénéficiaire que nous avons vue apparaître, semblable à une Péri, sur la scène du théâtre impérial de Vienne, que de la scène nous avons suivie dans sa loge, et que de sa loge nous avons vue, au milieu de ses courtisans, reprendre au grand trot de ses chevaux le chemin de Seilerstadt, où était situé son hôtel.

Mais ce n'était point pour se reposer des fatigues de la soirée que la belle danseuse était rentrée chez elle ; car, à peine arrivée dans son cabinet de toilette, comme si la foule qui venait de l'applaudir au théâtre l'attendait encore, et que, pressée par un changement, elle craignît de manquer son entrée, la belle Rosenha avait lestement jeté bas sa robe de chambre de cachemire, et, avec l'aide de sa cameriste, non moins lestement revêtu un adorable costume de paysanne tyrolienne, après quoi, tout en causant, elle avait franchi les deux chambres qui la séparaient de l'escalier de service, prenant ce chemin, dans la crainte, si elle sortait par la place, d'être aperçue par quelques-uns de ses amoureux qui, plus persistants que les autres, se seraient établis de planton devant son hôtel, et qui, la voyant sortir à une pareille heure, n'auraient pas manqué de la suivre pour savoir où elle allait.

Disons que sa crainte était fondée, et que deux ou trois voitures stationnaient sous les fenêtres de son hôtel. Mais, soucieuse du bonheur de ses courtisans, Rosenha avait poussé la précaution jusqu'à éclairer sa chambre à coucher, dont les fenêtres donnaient sur la rue ; de sorte que les plus gelés, grâce à cette puissance d'imagination qui n'appartient qu'aux amoureux, pouvaient oublier le froid en se réchauffant aux rayons qui perçaient à travers les vitraux, dans les interstices des draperies mal fermées.

Au bas de l'escalier de service, à quelques pas d'une porte de derrière ouvrant sur une petite ruelle, la voiture de Rosenha, que le cocher avait reçu ordre de ne pas dételer, l'attendait. Elle y sauta légèrement, et le cocher, qui avait ses instructions, partit au grand trot de ses chevaux. Dans la voiture était toute préparée une pelisse garnie de fourrures, dans laquelle la jeune fille se pelotonna comme un oiseau dans la ouate de son nid.

Nous savons comment cette voiture tant attendue était arrivée en vue du château de Schœnbrunn, et comment, sans s'arrêter, elle avait tourné du côté de Meidling. A cent pas d'une petite maison habitée par le jardinier en chef du palais, elle s'était arrêtée, mais, si rapidement qu'elle eût passé, la porte de cette maison s'était ouverte au bruit de ses roues, et une tête avait passé par l'entre-bâillement de cette porte.

Hâtons-nous de dire que cette tête n'était point, comme on eût pu le craindre, celle d'un espion épiant les deux jeunes gens pour les dénoncer, mais celle d'un serviteur attendant les deux amants pour les servir dans leurs amours. La jeune fille sauta rapidement de la voiture sur la route, franchit, légère et silencieuse comme un oiseau nocturne, l'espace qui la séparait de la maison, et s'y élança par la porte qui, au fur et à mesure qu'elle s'en approchait, s'ouvrait comme par un ressort, et qui, comme par un ressort, se referma derrière elle aussitôt qu'elle en eut franchi le seuil.

— Et vite, et vite, mon cher Hans, dit-elle en allemand à celui qui l'attendait ; j'ai été retardée, il est plus tard que de coutume, le prince doit s'impatienter, dépêchons, dépêchons !

Et elle jetait bas sa pelisse et poussait par le bras le gros Autrichien, qui ne comprenait rien à cette furie moitié française, moitié espagnole.

— Oh ! mais, Mademoiselle, prenez garde, dit-il, vous allez avoir froid. — D'abord, mon cher Hans, rappelez-vous ceci, c'est que je ne suis pas *mademoiselle*, je suis *votre nièce*, ce qui vous expliquera que je ne puis garder à votre bras une pelisse de renard bleu. Ensuite, je suis danseuse et non chanteuse, peu m'importe donc de m'enrhumer; mais ce qui m'importe énormément, c'est de ne point faire attendre le prince, qui pourrait bien s'enrhumer, lui. Prenez donc les clefs de toutes vos portes, de toutes vos grilles, de toutes vos orangeries, et venez, mon cher oncle.

Hans se mit à rire d'un gros rire, prit ses clefs et marcha devant. Rosenha, appuyée au bras de *son oncle*, traversa donc rapidement le jardin anglais de l'empereur, et entra dans le parc. C'est à ce moment qu'après l'avoir perdue de vue un instant, le jeune duc l'avait retrouvée, et avait couru de la fenêtre du salon à la porte de l'escalier.

En sa qualité de jardinier en chef, maître Hans avait, non-seulement dans les parcs dont les clefs lui étaient confiées, mais dans le palais, ses grandes entrées. Jamais sentinelle n'aurait eu l'idée de croiser la baïonnette devant maître Hans, et une fois à son bras, sa nièce jouissait naturellement des privilèges accordés à l'oncle.

Voilà comment la belle Rosenha Engel était arrivée jusqu'à l'appartement du duc, où elle était si impatiemment attendue, et dans lequel l'entraînèrent rapidement les bras qui s'étaient ouverts à son approche, laissant à Hans, qui montait du pas grave qui convient à un jardinier en chef d'un parc impérial autrichien, le soin de refermer la porte et de s'établir dans l'antichambre comme il l'entendrait.

Les deux beaux jeunes gens, toujours enlacés et tournant sur eux-mêmes comme deux valseurs enivrés de danse ou d'amour, allèrent retomber sur un grand canapé faisant un entre-deux de fenêtre de la chambre à coucher du prince. Seulement, le jeune homme tomba pâle et épuisé d'émotion, tandis que la jeune fille suivait le même mouvement, mais haletante de bonheur et pleine de vie. A la lueur des candélabres qui brûlaient sur la cheminée, elle s'aperçut de la pâleur et de la faiblesse du jeune homme, et l'enlaçant plus étroitement de son bras.

— Oh! mon bien-aimé duc! s'écria-t-elle en lui baisant le front en tous sens, comme pour absorber les gouttes de rosée perlant sur ce lis; qu'avez-vous donc? êtes-vous malade? souffrez-vous? — Oh! non. Je ne souffre plus, puisque te voilà, Rosenha, dit le jeune homme; mais tu as tant tardé, et je t'aime tant. — Est-ce m'aimer, chère Altesse, que de jouer ainsi votre chère santé en respirant l'air malsain de la nuit; et ne m'avez-vous pas promis cent fois de ne plus m'attendre à ce balcon maudit? — Oui, j'ai juré cela, Rosenha, et je commence par te tenir parole. A onze heures, je suis de ce côté des vitres; si tu venais à onze heures, tu m'y trouverais. — A onze heures! Mais vous savez bien, Monseigneur, qu'à onze heures le ballet est à peine fini. — Oui, je sais cela; mais à onze heures, il y a déjà un jour et quelquefois deux jours que j'attends. Aussi, à onze heures et demie je mets la main sur l'espagnolette, à minuit j'ouvre la fenêtre, et que veux-tu? je m'impatiente et je t'accuse, jusqu'à ce que j'entende le roulement de ta voiture. — Et alors? demanda en souriant la jeune fille. — Et alors, je ne t'accuse plus, mais je m'impatiente encore jusqu'à ce que je te voie paraître à la porte du jardin anglais. — Et alors? fit elle avec une naïve coquetterie. — Et alors, je cours à la porte de l'escalier de service. — Et alors? insista-t-elle. — Et alors, j'écoute le bruit de tes pas, qui retentit jusqu'au fond de mon cœur, j'ouvre la porte, j'ouvre les bras!.. — Et alors? — Et alors, je suis si heureux, Rosenha, acheva le prince d'une voix brisée, douce comme celle d'un enfant malade; et alors, il me semble que je suis si heureux que je vais mourir! — Mon beau prince! fit la jeune fille, joyeuse et fière de sentir l'amour qu'elle inspirait. — Ce soir, dit le duc, je ne t'attendais plus. — Alors, vous m'avez cru morte! — Rosenha! — Ah çà! Monseigneur, auriez-vous par hasard la prétention, parce que vous êtes prince, d'aimer Rosenha mieux que Rosenha ne vous aime? Oh! tant pis, car je vous préviens que je ne vous céderai point là-dessus! — Tu m'aimes donc bien, Rosenha? demanda le jeune homme en arrivant avec effort, et pour la première fois depuis l'entrée de la jeune fille, au bout de sa respiration oppressée. Oh! dis-moi cela d'assez près pour que je puisse respirer tes paroles; elles me donneront de l'air, elles me feront du bien. — Enfant que vous êtes, vous me demandez si je vous aime! On voit que votre police est moins bien faite que celle de votre auguste aïeul, sans quoi vous ne me feriez pas une pareille question. — Rosenha, on ne fait pas toujours de ces questions parce qu'on doute; on les fait pour qu'on vous réponde : Oui, oui, oui! — Eh bien, oui, oui, je vous aime, mon beau duc. Vous m'attendez, vous vous impatientez quand je tarde, vous doutez quand je ne viens pas. Est-ce que vous croyez par hasard, Monseigneur, que je pourrais passer un seul jour sans vous voir? Est-ce que vous n'êtes pas ma pensée unique, mon rêve incessant, ma vie entière? Est-ce que toutes les heures de mes jours, quand je suis loin de vous, ne se passent pas à regarder votre douce image, à adorer votre cher souvenir? Comment avez-vous pu penser que je ne viendrais pas ce soir? — Je ne l'ai pas pensé, je l'ai craint. — Méchant! Est-ce que je n'avais pas à vous remercier de votre précieux bouquet; toute la journée je n'ai pensé qu'à le recevoir, et je le respirais avant de l'avoir entre les mains. — Et où est-il? demanda le prince. — Où il est? belle question, dit la jeune fille le tirant tout flétri mais tout parfumé encore de sa poitrine, le voilà.

Et elle baisa tendrement le bouquet, que le prince lui arracha des mains pour le baiser à son tour.

— Oh! mon bouquet, mon bouquet! s'écria la jeune fille.

Le prince le lui rendit. Et elle, le regardant et souriant délicieusement :

— Vous l'avez cueilli vous-même, n'est-ce pas?

Le prince voulut répondre affirmativement.

— Chut! taisez-vous! dit Rosenha, c'est votre façon de marier les fleurs, je l'ai reconnue. Je vous voyais de là-bas, de Vienne, courant pour trouver ces belles violettes dans les serres qui avoisinent la ménagerie. A mesure que vous en cueilliez deux, vous les couchiez sur un lit de mousse, de peur que la chaleur de vos mains ne leur enlevât leur fraîcheur. Et à propos, vos mains sont bien brûlantes, il me semble. — Non, non, sois donc tranquille, jamais je ne me suis si bien porté. — Est-ce ainsi que vous avez fait? dites. — Oui. — Aussi, mon bien-aimé duc, si vous saviez de quels regards je les ai dévorées, de quels baisers je les ai couvertes. — Chère Rosenha! — Quand je mourrai, mon beau duc, je veux que vous mettiez sur le coussin où reposera ma tête deux touffes de violettes; il me semblera alors que vous me regardez pendant l'éternité avec vos deux grands yeux bleus.

Ainsi enlacés, jeunes, beaux, amoureux, babillants, poétiques, les deux enfants, car à peine la jeune fille avait-elle quelques mois de plus que le jeune homme, les deux enfants étaient charmants à voir. En les voyant, certes, on se fût rappelé les plus suaves scènes des poëtes qui ont chanté l'amour; mais on eût principalement songé à Juliette et à Roméo. On eût cru voir leurs fronts éclairés par les nuages roses de l'aube, et l'on se fût demandé si c'était le chant du rossignol ou celui de l'alouette qu'on allait entendre dans les jardins de Schœnbrunn. La vue de l'amour fait croire au printemps éternel.

C

JALOUSIE.

Tout à coup, le front du jeune homme se rembrunit. Ses yeux venaient de s'arrêter sur le bracelet de diamants enroulé au bras de la jeune fille, et du bracelet de diamants avaient passé au sachet brodé pendu à la ceinture de Rosenha. Le prince jeta un faible cri et porta sa main à sa poitrine, comme s'il venait de recevoir un coup d'aiguille dans le cœur.

La jeune fille redoubla de tendresse et de chatteries, mais le front du prince resta soucieux. Elle, cependant, continuait de sourire, quoiqu'elle eût entendu ce faible cri, quoiqu'elle vît ce front plissé. Enfin, elle parut se résoudre à aborder la question.

— Vous avez là sur ce beau front, dit-elle en passant son doigt effilé sur la place qu'elle désignait, vous avez là une pensée que vous me cachez, mon bien-aimé prince; mais pour moi elle est aussi visible sur votre front qu'une mauvaise herbe dans un champ de roses.

Le duc respira péniblement.

— Voyons, continua Rosenha, qu'est-ce que cette pensée? Avouez-la, mon beau duc. — Rosenha, dit le prince, je suis jaloux! — Jaloux! dit Rosenha avec une coquetterie charmante, eh bien, sur ma parole, je m'en doutais. — Ah! vous le voyez bien. — Jaloux! répéta Rosenha. — Oui, jaloux. — Et de qui, mon cher seigneur? — D'abord, je suis jaloux de tout le monde en général. — C'est n'être jaloux de personne. — Mais d'un homme en particulier. — Alors, c'est du bon Dieu, mon duc, car après lui je n'aime que vous. — Non, Rosenha, c'est d'une créature humaine. — Alors, c'est de votre ombre, Monseigneur. — Ne plaisante pas avec une douleur, Rosenha. — Avec une douleur! Votre jalousie va jusqu'à la douleur? Oh! dans ce cas, faisons-la cesser bien vite. Voyons, quelle est cette personne? — Elle était ce soir au théâtre. — Ah! pour cela, c'est vrai; vous aviez, mon bien cher seigneur, ce soir au théâtre un rival. — Vous en convenez? — Et dont j'ai reçu une déclaration d'amour dans toutes les formes. — Et le nom de ce rival, Rosenha? — C'est le public, Monseigneur. — Oh! quant à cela, dit le prince avec un petit mouvement d'humeur, je sais bien, Rosenha, que la ville tout entière est amoureuse de vous; mais écoutez-moi. Je veux parler d'une personne qui vous regardait d'une certaine façon, avec des yeux si passionnés, qu'en vérité, Rosenha, j'aurais eu un certain plaisir à chercher querelle à cet impertinent personnage!

Rosenha sourit.

— Je parie, dit-elle, que vous voulez parler de l'Indien, Monseigneur. — Justement, oui, je veux parler de cet homme qui s'épanouissait insolemment dans sa loge. — Très-bien, très-bien, Monseigneur, continuez, je vous écoute. — Oh! ne raille pas, Rosenha, car j'en suis sérieusement jaloux. Il ne t'a pas quittée des yeux un seul instant du moment où tu es entrée en scène, tandis que pendant l'opéra il semblait n'assister au spectacle que pour te chercher dans chaque loge. — Que pour me chercher, moi, en êtes-vous bien sûr? — Et toi, méchante fille, de ton côté, quand tu cessais de me regarder, c'était pour tourner les yeux du côté de ce nabab. Aussi, quand tu as reparu, quel présent royal t'a-t-il jeté, ce radjah de Lahore! — Vous pouvez en juger, Monseigneur, dit la jeune fille en levant son poignet à la hauteur des yeux du prince. — Oh! j'ai bien reconnu les diamants, va, ils sont venus m'aveugler jusque dans ma loge. Pauvre petit bouquet de violettes, quelle piètre mine tu faisais auprès d'eux! — Où était le bouquet de violettes, Monseigneur?

Le duc sourit à son tour.

— Où sont les diamants? — Pourquoi les diamants ne sont-ils pas chez toi? — Parce que je n'ai pas voulu les séparer de la bourse qu'ils accompagnaient. — Pourquoi cette bourse est-elle à ton côté, alors? — Parce qu'elle renferme une lettre. — De cet homme? — Oui, Monseigneur, de cet homme. — Cet homme a osé t'écrire, Rosenha? Voyons, ne me fais pas souffrir plus longtemps; l'as-tu vu avant ce soir? le connais-tu? t'aime-t-il? l'aimes-tu?

Ces derniers mots furent prononcés avec un tel accent de souffrance, qu'ils retentirent jusqu'au fond du cœur de la belle danseuse. Son visage redevint sérieux, et, quittant le ton de la plaisanterie :

— Tout est sérieux avec vous, Frantz, dit-elle, et j'aurais mauvais cœur de rire plus longtemps de la peine que ce soupçon a pu vous causer. Je connais, ou plutôt je devine, mon cher duc, toutes les tristesses que peuvent donner les soupçons les moins fondés; aussi je veux écarter au plus vite celui-ci de votre cœur. Oui, Frantz, cet homme m'a regardée toute la soirée. Ne frisonnez pas ainsi, attendez que j'aie fini. Non, Frantz, cet homme ne m'a pas quittée des yeux; mais au regard de cet homme, croyez-moi, Frantz, une femme ne se fût pas trompée une minute; ce regard, ce n'était pas le regard passionné de l'amour, mais le regard humble et suppliant de l'amitié. — Mais il vous a écrit, il vous a écrit, Rosenha, vous me l'avez dit tout à l'heure, vous me l'avez avoué vous-même. — Oui, sans doute, il m'a écrit. — Et vous avez lu sa lettre! — Deux fois d'abord, Monseigneur, puis une troisième fois. — Oh! que feriez-vous donc pour une lettre de moi, alors? — Une lettre de vous, mon duc, je ne la lis pas une fois, je ne la lis pas deux fois, trois fois, je la lis toujours. — Pardonne-moi, Rosenha, mais la pensée qu'un homme ose t'écrire, cette seule pensée me fait bouillir le sang. — Avant que vous sachiez pour quelle cause cet homme m'écrit? pauvre fou!... —Fou tant que tu voudras, Rosenha, je ne dis pas non, fou d'amour! Voyons, chère fille de mon cœur, ne me rends pas malheureux plus longtemps; tiens, j'ai la poitrine oppressée, comme s'il n'y avait plus d'air dans cette chambre. — Ne vous ai-je donc pas dit que j'avais là sa lettre? — Oui. — Eh bien, si je l'ai apportée, c'est pour vous la faire lire. — Alors, donne-la-moi.

Et le prince étendit la main vers le sachet parfumé. La jeune fille prit cette main et la baisa tendrement.

— Oui sans doute, je vais vous la donner, dit-elle, mais une pareille lettre ne doit pas être prise d'une main furieuse et jalouse. — Dis-moi comment je dois la prendre, mais, pour Dieu, donne-la-moi, Rosenha, si tu ne veux pas me voir mourir!

Mais Rosenha, au lieu de remettre la lettre au prince, posa successivement la main sur son cœur et sur son front, comme fait un magnétiseur à l'endroit du sujet qui lui est soumis.

— Calme-toi, cœur bouillant, dit-elle ; refroidis-toi, front enflammé! ce n'est plus à mon bien-aimé Frantz que je m'adresse, c'est à Napoléon II, roi de Rome, que je désire parler.

Le jeune homme se redressa vivement, et se levant de toute la grandeur de sa taille :

— Que me dites-vous là, Rosenha, demanda-t-il, et de quel nom m'appelez-vous?

Rosenha resta à genoux.

— Je vous appelle du nom que vous avez reçu devant les hommes et devant Dieu, sire, et je remets, de la part d'un des plus braves généraux de votre illustre père, cette humble supplique à Votre Majesté.

Et, toujours à genoux, la jeune fille, tirant du sachet parfumé la lettre qu'il contenait, présenta cette lettre au jeune prince. Celui-ci la prit avec hésitation.

—Rosenha, dit-il, vous m'assurez que je puis lire cette lettre?—Non-seulement vous le pouvez, sire, dit la jeune fille, mais vous le devez.

Le duc essuya avec son mouchoir la sueur qui coulait sur son front pâle, et, déployant la lettre, il lut d'une voix basse et tremblante :

« Ma sœur... »

— Sa sœur! Cet homme est-il donc votre frère, Rosenha? — Lisez, sire, insista la jeune fille demeurant encore à genoux et continuant de donner au prince son titre royal.

Le prince reprit sa lecture.

« Les Indiens, en donnant à Lachmé, déesse de la bonté, les contours suaves, les grâces ineffables, les séductions enchanteresses de la beauté, les Indiens ont voulu exprimer par cette idée que nulle n'était bonne sans être belle, de même que nulle n'était belle sans être bonne.

« La beauté du visage n'est, selon nos poëtes, que le reflet naturel de la bonté de l'âme. Et voilà pourquoi, ayant eu la félicité de contempler les beautés de votre visage, j'ai découvert à travers cette beauté, comme à travers un cristal limpide, les trésors de bonté de votre cœur. »

Le duc interrompit sa lecture : les quelques lignes qu'il venait de lire n'étaient qu'un prélude complimenteur qui le laissait encore indécis sur le sens de la lettre; il regarda la jeune fille, comme pour lui demander une explication.

— Continuez, je vous prie, dit Rosenha.

Le duc reprit :

« Nous avons tous les deux, ma sœur, pour le même homme, ou plutôt pour le même enfant, la même tendresse, le même amour, le même dévouement. Or, cette communauté d'affection établit entre nous, quelque étrangers que nous soyons en apparence l'un à l'autre, une étroite et sainte fraternité dont je réclame humblement les priviléges.

« Un de ces priviléges, ma sœur, le premier, le plus précieux de tous, c'est d'aller causer de lui avec vous, le plus souvent et le plus longtemps qu'il me serait possible; c'est de vous parler, dans ces entrevues que je réclame au nom de ce qu'il y a de plus sacré au monde : une conviction et un dévouement, de sa santé qui m'effraye, de son avenir que je redoute, de son présent qui me brise le cœur; c'est de chercher avec vous une issue à cette vie que la fatalité semble avoir minée; c'est de nous efforcer ensemble de tout faire, non-seulement pour son bonheur, mais encore pour sa gloire.

« C'est là, depuis que son père est mort, ma secrète pensée, mon but unique, mon espérance suprême. C'est pour arriver à sa réalisation que j'ai franchi les mers, traversé la moitié du monde, et que je traverserais l'autre moitié, au risque de laisser vingt fois ma vie sur le chemin que j'aurais à parcourir avant d'arriver jusqu'à lui.

« Or, vous le comprenez bien, c'est pour un grand dessein que je suis venu. J'ai, à quatre mille lieues d'ici, quand je n'avais plus rien à désirer pour moi-même, fait pour lui le rêve de changer le nom de Frantz en celui de Napoléon. Laissez-moi donc espérer, ô ma sœur! qu'aidé par vous, je remettrai sur le front du fils la couronne du père. J'en ai la ferme, l'immuable volonté, et, s'il ne faut pour le remplacer sur le trône de France que les bras d'un million d'hommes, je sais le moyen de les trouver.

« Un homme qui a suivi son père dans son double exil, à l'île d'Elbe d'abord, à Sainte-Hélène ensuite, un homme qui vient lui parler de son père de la part de son père, un homme dont le nom peut être parvenu jusqu'à lui, malgré l'emprisonnement où on le tient, un homme dont le nom est le symbole de la fidélité et du dévouement, Gaëtano Sarranti, mon compagnon, mon ami, celui qui est là à ma droite, connaît tous mes projets. C'est lui que je charge d'en instruire le prince ; il fera ce que je ne puis faire, à mon grand regret, moi dont tous les pas sont épiés. Obtenez pour lui une entrevue, et que cette entrevue soit sans témoins, nocturne, secrète.

« Il s'agit, comprenez-le bien, non pas de nos têtes, ce ne serait rien : nous ne faisons que notre devoir en les résignant à ce jeu terrible des conspirations, mais de l'avenir du roi de Rome, de la fortune de Napoléon II.

« Nous ne venons pas vous dire : Trouvez le moyen de nous introduire près du prince ; ce moyen, nous l'avons. Nous venons vous dire que le prince consente à recevoir M. Sarranti, et demain, à la même heure où le prince aujourd'hui lira cette lettre, M. Sarranti sera près de lui.

« Demandez au prince la permission de me recevoir demain pour me rendre sa réponse, et, si cette permission de me présenter chez vous m'est accordée, après avoir écarté les rideaux de la troisième fenêtre de l'aile droite qui regarde Meidling, levé et abaissé trois fois une bougie devant cette fenêtre, je n'ai pas besoin d'autre avis. Dans l'attente de cette réponse, à laquelle nous attachons plus d'importance qu'un condamné à mort n'en attache à la nouvelle de sa grâce, je vous remercie, ô ma sœur! et vous embrasse fraternellement.

« Le général comte LEBASTARD DE PRÉMONT.

« *P.-S.* — Une recommandation suprême, ma sœur : le prince sait de quelle surveillance, invisible peut-être, mais réelle à coup sûr, il est entouré. Vous ne sauriez donc trop lui recommander la plus grande circonspection. Il n'a besoin de se fier à personne au monde qu'à nous et à vous ; qu'il ne se fie donc à personne, pas même à ce jardinier dont vous croyez être sûrs, et qui vous introduit chaque soir près de lui. »

Le duc de Reichstadt releva la tête. C'était tout. Au reste, la voix du jeune prince, au fur et à mesure qu'il avançait vers la fin de la lettre, avait pris un accent d'intonation qui indiquait à quel point il était impressionné par cette lecture ; mais en arrivant à la signature il ne put retenir un cri. Ce nom de Lebastard de Prémont avait été vingt fois prononcé devant lui, comme celui d'un des plus braves généraux de la période napoléonienne.

Quant à la jeune fille, demeurée à genoux les mains jointes devant le prince pendant toute la lecture de cette lettre, elle sentait couler sur ses joues deux larmes silencieuses, à l'attendrissante pensée de ces deux hommes, cœurs fermes et dévoués, qui venaient du fond des Indes pour avoir une entrevue avec le fils de leur ancien maître, oubliant les mesures inquisitoriales qui avaient été prises par les hommes de la coalition, la police arbitraire semée sous toutes les formes en Europe, et particulièrement à cette époque, la sévérité inflexible dont usait le gouvernement autrichien envers tout homme ayant approché l'empereur Napoléon.

Elle frissonnait malgré elle en songeant que cet homme, qu'elle venait de voir libre, étincelant dans sa loge comme une divinité indienne dans son sanctuaire, pouvait, sur la connaissance de cette lettre qu'il lui avait jetée sous les yeux de cent mille personnes, être enlevé et conduit dans quelque noir cachot du Spielberg. Et ce qui la touchait surtout profondément, la jeune femme au cœur pur, ardent et généreux, c'était la confiance que ces deux hommes avaient mise en elle, pauvre paria de la société, pauvre badine de théâtre. Aussi, jurait-elle tout bas de reconnaître cette confiance, en secondant de tout son pouvoir les desseins de ces deux hommes.

CI

LES TROIS SOUVENIRS DU DUC DE REICHSTADT.

Rosenha sentit que le prince la prenait par la main et la relevait de terre : on se rappelle qu'elle était restée à ses genoux. Alors, elle jeta les yeux sur lui. Non moins ému qu'elle, il avait les yeux au ciel, et deux grosses larmes coulaient sur ses joues.

— Oh ! larmes précieuses, larmes d'Achille ! s'écria la jeune fille en les aspirant des lèvres ; larmes tombées du cœur du fils sur la tombe du père, soyez recueillies par la France ! Oh ! continua-t-elle avec enthousiasme, c'est ainsi que je vous aime, ô mon beau duc ! C'est en vous voyant ainsi transfiguré que je remercie Dieu de m'avoir placée près de vous, comme le calice destiné à recevoir la rosée de vos larmes. Pleurez, pleurez, mon beau duc ; les larmes du fils sont fécondes, et retombent en larmes de deuil sur le cercueil du père.

Pleurez, pendant que nous sommes seuls; vos larmes sont comme les violettes: elles ne s'épanouissent qu'à l'ombre ou dans l'obscurité.

Et, tout en parlant ainsi, la jeune fille couvrait de baisers, chastes comme ceux d'une sœur, le visage du prince tout humide de larmes. Et lui répondait en l'embrassant avec passion, mais cependant avec une pensée qui semblait planer au-dessus des nuages :

— Oui, oui, chère fille, tu l'as dit: c'est Dieu qui t'a placée auprès de moi comme l'ange des larmes; devant toi seule, chère créature, cette source de pitié qui est en moi, tarie et refoulée sous le regard des autres, jaillit et s'écoule sous ton regard bienfaisant. — Mon duc! — Sois bénie, continua le prince sans songer à essuyer ces larmes qui semblaient lui dégager la poitrine, sois bénie pour les douces heures que me donne ton souvenir, et la précieuse vie que me donne ta présence. Oh! tu l'as dit, avec toi seule je puis pleurer et sourire tout haut, avec toi seule je puis oublier et me souvenir, avec toi seule, enfin, je puis parler de mon père et de la France!

Rosenha comprit que c'était par cette voie qu'elle devait arriver à son but.

— Oh! te les rappelles-tu, mon beau duc? demanda-t-elle. Alors, parle-m'en, je t'en prie? Moi aussi, moi aussi, dit-elle avec un soupir, j'ai des rêves, comme Mignon et comme toi, d'une mère et d'un pays perdus. — Oui, dit le duc dont l'œil limpide et charmant semblait regarder dans le passé; oui, je me rappelle mon père, mais dans une seule circonstance. « Une nuit, je m'éveillai dans mon berceau, comme lorsqu'au milieu de son sommeil on sent près de soi la présence de quelqu'un qui vous aime. Deux personnes étaient debout près de moi : l'une, ma mère, la duchesse de Parme, le jeune homme prononça ces mots avec une profonde amertume; l'autre, mon père, l'empereur Napoléon, et, tout au contraire, en prononçant ces mots le prince leva la main comme pour toucher le ciel. Il se baissa sur mon lit et m'embrassa. J'entourai son cou de mes bras, et je l'embrassai aussi; mais, chose singulière, il me reste de cette étreinte paternelle le même souvenir qui me resterait du baiser d'une statue. »

— Et tu sens toujours ce baiser, n'est-ce pas, mon duc? — Oui. — Tu vois toujours celui qui te l'a donné? — Oui. — Oh! garde bien ce souvenir dans ton cœur, ne l'oublie jamais. — Il n'y a pas de danger, dit le jeune homme avec un mélancolique sourire et en mettant sa main sur sa poitrine, c'est tout ce qui me reste de lui; tu n'as pas d'idée comme il était beau, Rosenha, beau comme une effigie antique, beau comme la médaille d'Alexandre, beau comme la médaille d'Auguste.— On dit que tu lui ressembles, mon beau duc. — Oui, comme le rêve fugitif et sans corps ressemble à la statue d'airain! Non, ajouta-t-il avec un accent presque douloureux, non, j'ai les yeux de ma mère, j'ai les cheveux de ma mère; non, je suis Autrichien, moi, je m'appelle Frantz! — Tu es Français et tu t'appelles Napoléon, c'est moi qui te le dis, reprit la jeune fille. Voyons, parlons de ton père; voyons, parlons de la France. — Mon père, je te l'ai dit, c'est le seul souvenir que j'en aie; il partit pour cette grande et splendide campagne de 1814, où toute la gloire est du côté du vaincu. J'ai souvent comparé mon père à Annibal vaincu par Scipion, et cependant plus grand devant la postérité que son vainqueur. — Oui, oui, plus grand que Scipion, plus grand que César, plus grand que Charlemagne, plus grand que tout. O mon duc! quel exemple.... — Écrasant, Rosenha, et c'est ce qui me désespère ; que faire après un pareil homme? Tiens, je pense souvent que j'ai été placé par le destin près de cette grande figure, comme une ombre pâle et mélancolique destinée à la faire ressortir ; comme ces Égyptiens que le peintre met au pied des pyramides, pour faire ressortir la petitesse de l'homme et la grandeur du monument. — Et cependant, mon duc, l'Arabe peut gravir la pyramide, l'Arabe peut atteindre le couronnement de la gigantesque bâtisse ; il est vrai que chaque degré par lequel on atteint à ce haut sommet est de deux coudées. — J'y succomberai, Rosenha. Je n'ai pas la force d'être grand.

Il se laissa aller épuisé sur le canapé.

— Je n'ai pas même celle d'être heureux.

La jeune fille se coucha à ses pieds et pensa qu'il fallait ramener ses idées à des souvenirs moins écrasants.

— Et voyons, maintenant, dit-elle, quels sont vos souvenirs de la France? — Oh ! ceux-là se bornent à deux. — Dites-les-moi, mon cher prince, dit la jeune fille en appuyant ses deux bras sur les genoux du prince, dont le front pensif et incliné disparaissait sous ses beaux cheveux bouclés.

— « Un jour, je crois que c'était le jour anniversaire de ma naissance, le 20 mars 1814, une semaine avant de quitter Paris pour toujours peut-être; les premiers rayons du printemps brillaient au ciel ; nous revenions dans ma voiture, madame de Montesquiou et moi. Je vis tout à coup beaucoup de fleurs; où? je n'en sais rien. Tu sais comme j'aime les fleurs, Rosenha. Je m'écriai : Oh! des fleurs, je veux des fleurs, j'en veux beaucoup, j'en veux encore, j'en veux plein ma voiture!

« On alla chercher les plus belles fleurs.

« Pendant ce temps, je regardais par la portière, et, à l'entresol, au-dessus de ma tête, je vis assis près d'une croisée un jeune homme et une jeune fille travaillant chacun de son côté, le jeune homme à faire des montres, la jeune fille à faire des fleurs.

« — Tiens, dis-je à madame de Montesquiou, je croyais que c'était le bon Dieu qui faisait les fleurs. — Sans doute, me répondit-elle, sire, c'est le bon Dieu. — Mais non, lui dis-je en lui montrant la jeune fille, tu vois bien que ce sont les femmes. »

« Elle sourit. Et moi je continuai de regarder et d'écouter. La jeune fille chantait une chanson avec un refrain, et le jeune homme chantait le refrain avec elle. Malheureusement, sans doute leur dit-on que c'était moi qui était là, tout près d'eux, devant leurs fenêtres, car ils s'interrompirent tout à coup, l'un de faire ses montres, l'autre de faire ses fleurs, et tous deux se mirent à crier : Vive le roi de Rome ! Mais moi je criais de mon côté : Je veux qu'ils chantent, je veux qu'ils chantent! La voiture partit.

« Rosenha, je vois encore les deux beaux jeunes gens à leur fenêtre. Souvent, depuis, j'en ai parlé à madame de Montesquiou. Quand j'étais enfant, elle me disait que c'était le frère et la sœur; mais depuis j'ai compris qu'ils étaient amant et maîtresse. Deux chardonnerets sautaient dans une cage, la jeune fille chantait, Rosenha. Je me mettrais à faire des montres cette nuit même, si je pouvais aller les faire à Paris, dans une chambrette au bord de la Seine, tandis que toi tu ferais des fleurs et chanterais cette chanson, qui est restée au fond de ma mémoire. Oh! si tu savais combien de fois depuis j'ai passé des heures d'insomnie à renouer dans ma tête les différentes mesures de cet air, doux et mélancolique comme un air de Weber.

— Dites-moi cet air, mon cher duc, peut-être le retrouverai-je.

Le prince essaya, mais vainement; à la troisième ou quatrième note, l'air se brisait entre ses lèvres.

— Oh! si je savais l'air, dit-il, je suis bien sûr que je retrouverais les paroles. Je l'ai fait demander partout, chez tous les marchands de musique de Vienne et de l'Allemagne; partout, même à l'ambassade de France. — Mais enfin, ne vous rappelez-vous pas le titre de la chanson? — Non. Je ne crois pas même l'avoir entendue entière, j'en aurai entendu un couplet ou deux. Eh! mon Dieu, je te raconte cela, chère Rosenha, pour te dire que je n'ai pas oublié le pays de mes premières années. — Oh! mon Dieu! mon cher duc, que je voudrais donc savoir cette chanson-là. — Peut-être est-elle absurde au bout du compte, dit le jeune prince, mais cela m'étonnerait bien. J'en ai gardé un souvenir si pur, si doux, si frais; oh! mon enfance écoulée, oh! mon pays natal disparu, oh! les fleurs dont on encombrait ma voiture, oh! la petite fenêtre avec les deux amants, ce jeune homme faisant des montres et la jeune fille chantant :

N'imite pas la pâquerette,
Et fuis les yeux... les...

Rosenha jeta un cri et courut au piano.

— Où vas-tu? demanda le duc. — Attendez-donc, Monseigneur, dit la jeune fille, serait-ce cela, par hasard?

Et laissant courir ses doigts sur le piano, elle fit, après un brillant prélude, entendre un air suave, sur lequel elle chanta ces deux vers :

N'imite pas la pâquerette,
Et fuis les regards du matin.

— C'est cela, s'écria le jeune homme. Oh! tu la sais, tu sais ma chanson! Chante, chante, je t'en prie!

La jeune fille chanta :

Sur les gazons la pâquerette,
Au premiers rayons du matin,
Entr'ouvre d'une main coquette
Les plis blancs de sa collerette
A tous les passants du chemin.

— Est-ce bien cela? demanda-t-elle. — Oui, oui, c'est bien cela, quoique je n'aie pas entendu chanter ce premier couplet, qui était chanté sans doute quand je suis arrivé. Oh! chère Rosenha, j'avais bien raison de dire que tous mes bonheurs viennent de toi; n'es-tu pas bien réellement ma sœur, dis, toi qui peux me chanter à seize ans les chansons que j'ai entendues à trois? Oh! je me trompe, en croyant que je te connais depuis quelques mois seulement; tu as été élevée avec moi, nous avons vécu ensemble en France; chante, Rosenha, je t'écoute.

Rosenha voulut reprendre la chanson où elle l'avait laissée.

— Non, dit le duc, du commencement, du commencement!

Rosenha reprit :

Sur les gazons la pâquerette,
Aux premiers rayons du matin,
Entr'ouvre d'une main coquette
Les plis blancs de sa collerette
A tous les passants du chemin.
N'imite pas la pâquerette,
Et fuis les regards du matin.

— Oh! c'est cela! s'écria le jeune homme, plus heureux que s'il eût trouvé un trésor.

La jeune fille continue:

Dans les prés verts la marguerite
Se promène coquettement;
Le vent se met à sa poursuite,
L'enlace, et la pauvre petite
Expire aux bras de son amant.
N'imite pas la marguerite,
Et fuis jusqu'au souffle du vent.

— Je me rappelle, je me rapppelle! s'écria le prince en battant des mains; chante, Rosenha, chante, j'écoute.

Rosenha reprit :

Au fond des bois, les violettes
Chastes dérobent leur beauté,
Ne disant qu'aux herbes discrètes
Le secret de leurs amourettes
Pendant les belles nuits d'été.
Au fond des ombreuses retraites,
Fuyons ensemble, ô ma beauté!

Et, après chaque vers, le jeune homme répétait le vers; et, après chaque couplet, le couplet; il ne laissa Rosenha quitter le piano que lorsqu'il sut la chanson entière, paroles et musique. Mais elle comprit, la belle et poétique jeune fille, qu'elle venait de s'écarter de son but; elle jeta les yeux sur la pendule, deux heures du matin allaient sonner dans dix minutes; elle devinait que, soit le général de Prémont, soit Sarranti, soit tous deux peut-être, attendaient en vue de la fenêtre le signal qui devait leur être donné. Aussi revint-elle au second souvenir du duc de Reischstadt.

— Mais, dit-elle, Monseigneur m'avait encore parlé d'un éclair de sa jeunesse, d'un reflet de ses premiers jours. Je ne le tiens pas quitte. — Oh! celui-là, celui-là, dit le duc en laissant tomber sa tête sur sa poitrine, c'est quand il me fallut quitter les Tuileries pour Rambouillet. « L'ennemi allait envelopper Paris. Ma mère me dit : Viens, Charles. Mais moi je m'écriai : Non, non, je ne veux pas m'en aller, je ne veux pas quitter les Tuileries! et je m'accrochai aux rideaux du lit, aux tapisseries de la porte, criant : Non, non, non, je ne veux pas m'en aller.

« On m'emporta malgré moi, continua le jeune homme d'une voix étouffée.

Un pressentiment me disait que je ne reverrais jamais les Tuileries; mon pressentiment ne m'a pas trompé. »

— Eh bien, Monseigneur, dit la jeune fille, les Tuileries, si le vous voulez, songez-y bien, vous ne les aurez pas quittées pour toujours, les Tuileries, si vous le voulez, vous les reverrez.

Et elle courut à la fenêtre, à la troisième fenêtre de l'aile droite du château de Schœnbrunn regardant Meidling; et, saisissant les rideaux d'une main, de l'autre elle éleva et abaissa trois fois la bougie. C'était, on se le rappelle, le signal demandé par le général Lebastard de Prémont. Le jeune homme fit d'abord un pas pour l'en empêcher, mais, réprimant presque aussitôt ce premier mouvement de faiblesse :

— Allons, dit-il, il faut que la destinée de tout homme s'accomplisse; merci, Rosenha!

Cinq minutes après, on entendit le bruit d'un cheval qui passait à fond de train sur la grande route, dans la direction de Meidling à Vienne.

CII

QUI N'EST UTILE A RIEN, QU'A CONTENTER UN CAPRICE DE L'AUTEUR.

Un romancier habile et désireux de ménager ses effets sauterait par-dessus le chapitre qu'on va lire, et passerait tout de suite, du bruit produit par le galop du cheval qui emporte son maître vers Vienne, à l'apparition de M. Sarranti.

Mais, pour aujourd'hui, qu'on nous permette d'être un romancier inhabile. Nous l'avons dit, cette histoire est une histoire que nous racontons, pour ainsi dire, dans l'intimité de trois ou quatre mille amis. Nous nous donnons donc toute licence de faire avec notre fantaisie et non avec un compas, certains que nous sommes qu'on nous écoute avec indulgence, et qu'on nous aime jusque dans nos défauts.

Que voulez-vous? Nous n'avons pas eu le courage d'abandonner ainsi ces deux beaux enfants, que nous allons être forcés de quitter dans quelques chapitres pour ne plus les revoir jamais peut-être, et qui, pour nous, souvenirs de notre cœur plutôt que création de notre esprit, ont tout le charme de Daphnis et Chloé de Longus, de Roméo et Juliette de Shakspeare, de Paul et Virginie de Bernardin de Saint-Pierre.

Inventez la plus gracieuse des poses que vous prêtez aux deux jeunes Grecs, aux deux beaux Véronais, aux deux ravissants créoles de l'Ile de France, et vous n'aurez pas de tableau plus gracieux que celui que nous offriront les deux héros de ce récit, au moment où nous rentrerons dans la chambre à coucher du jeune prince.

Pour la seconde fois, le prince avait fléchi sous l'effort; le prince avait disparu, l'enfant timide et maladif avait repris sa place. C'était lui qui, à son tour, était couché sur les coussins, et dont la tête pâle, aux artères convulsives, s'allongeait sur les genoux de Rosenha.

Assise sur l'ottomane, la jeune fille, de ses deux mains étendues, faisait un collier au duc. Ses doigts roses et effilés se croisaient sous le menton encore imberbe du prince, et, lui renversant doucement la tête en arrière, elle mirait ses yeux noirs et veloutés dans l'azur humide des yeux de son amant.

Oh! que de fois, quand j'ai senti l'impuissance de ma plume à rendre ce que je voyais si bien dans le miroir de mon imagination, que de fois j'ai regretté de ne pas avoir, au lieu de la plume impuissante avec laquelle j'essaye d'écrire, le pinceau magique du Titien ou de l'Albane!

Mais que voulez-vous? Il n'a été donné qu'au seul Michel-Ange d'avoir reçu du ciel quatre âmes. Il faut se contenter de ce que le Seigneur nous donne, et ce n'est pas moi, quelque sujet que j'en aie peut-être, qui me plaindrai de l'avarice de Dieu.

L'enfant, fatigué d'avoir un instant atteint la hauteur d'énergie de l'homme, l'enfant était redevenu enfant. Rosenha avait compris sa faiblesse et caressait le prince comme fait une mère de son fils, ou plutôt une sœur aînée de son frère.

Ah! nous ne nous lassons pas de le redire, c'était un tableau adorable que celui de ce visage, un peu efféminé peut-être, mais doux, suave, pur, renversé en arrière et souriant les lèvres entr'ouvertes, les dents perlant derrière les lèvres, à cette belle et douce créature qui avait à la fois, pour le sublime abandonné, une triple affection, dévouée comme celle de la mère, indulgente comme celle de la sœur, tendre comme celle de la femme.

Oh! que de fois, dans les heures de tristesse et d'isolement, elle l'avait, ainsi qu'elle faisait en ce moment, calmé, bercé, endormi sous ses caresses, sous ses chansons, sous ses baisers; pleurant avec lui, se consolant avec lui, riant avec lui; prête à partir s'il l'ordonnait, prête à rester s'il le voulait, prête à mourir s'il le désirait.

C'est que sa sollicitude pour l'illustre enfant était immuable, infinie, suprême; c'est qu'elle était fière de lui, fière et folle en même temps. On eût dit que ce jeune homme était sa créature à elle, que nulle autre, ni sœur, ni mère, ni nourrice, n'avait de droits sur lui. Elle sentait son souffle, sa vie, son âme, intimement et indissolublement liés à la vie, à l'âme, au souffle de son amant; c'étaient cette sollicitude, ce soin, ces prévenances dans le sourire, dans le regard, dans le geste, qui, depuis trois mois, avaient fait oublier au jeune homme sa captivité dorée; et la prison du prince, métamorphosée par Rosenha en paradis, était devenue un lieu de délices dont il n'eût jamais songé à s'enfuir.

Mais cette terre enchantée était pareille à l'île flottante de Latone: elle semblait être à l'ancre comme un vaisseau, et à chaque instant le câble, soit brisé par souffle de Dieu, soit coupé par la main des hommes, pouvait laisser dériver l'île vers ces horizons ambitieux que l'on s'efforçait de cacher aux regards du jeune duc.

C'était dans ces moments-là que le jeune aiglon, sentant pousser ses ailes, songeait à les ouvrir et à s'envoler. Mais ces désirs de liberté qui agitaient parfois le cœur de l'homme se dissipaient bien vite au souffle des passions capricieuses de l'enfant; et, comme plus jeune il quittait son livre d'études pour voir défiler un cortége militaire, jeune homme, il laissait ses souvenirs et ses aspirations d'ambition politique pour voir défiler, comme de blanches théories couronnées de fleurs, le lumineux cortége de ses illusions amoureuses.

Mais alors, le prince trouvait un soutien à sa virilité dans cette jeune fille même, qu'on ne laissait peut-être pénétrer jusqu'à lui que dans l'espérance qu'elle l'éteindrait; alors, au lieu d'être une ennemie à cet avenir plein de tempête, mais aussi plein de foudroyante lumière, elle lui devenait une alliée; au lieu de combattre contre lui, elle combattait pour lui; au lieu d'abaisser le prince jusqu'à elle, elle tentait de s'élever jusqu'au prince. Mais jusque-là, aimante, passionnée, au lieu d'être la voix qui conseille, elle était l'écho qui répond; au lieu d'être la colonne de flamme qui guide à travers le désert, elle était le foyer qui réchauffe; elle combattait, mais sans force, sans volonté, sans but; et ces combats, commencés par des prières, des encouragements et des bravos, finissaient toujours par des baisers.

Mais ce soir-là, la lettre du général indien l'avait transformée, et l'on a vu l'influence qu'elle venait d'avoir sur la détermination du prince. Cette détermination, le jeune homme, étonné de l'avoir prise, commençait à s'en épouvanter.

C'était la première fois, au milieu des mille sollicitations de ce genre dont il avait été l'objet, c'était la première fois qu'il consentait sans l'autorisation du prince de Metternich, sans l'aveu de son aïeul François, à recevoir un étranger, un serviteur de son père; et certes, il ne se fût jamais élevé jusqu'à cette audace, si la jeune fille n'avait été là pour l'exalter, le soutenir, et faire enfin matériellement, en donnant le signal du rendez-vous du lendemain, ce qu'il n'eût jamais osé faire lui-même.

Toutes les difficultés d'une pareille entreprise lui revenaient alors à l'esprit, et, quelle que fût l'audace, quelle que fût l'adresse, quel que fût le dévouement de ces deux hommes, il ne pouvait s'empêcher de frissonner pour lui et surtout pour eux, en songeant que le lendemain à pareille heure, au lieu de causer d'amour avec une douce maîtresse, il causerait fuite, conspiration et combats avec un rude et sévère guerrier.

Aussi, au milieu de ce silence étendu sur le tableau charmant que nous essayons de décrire, et qui, par son immobilité, ressemblait à un groupe de marbre peint, parfois le prince, frissonnant tout à coup, secouait-il la tête. Alors la jeune fille lui demandait :

— A quoi pensez-vous, Monseigneur?

Mais le prince continuait de rester silencieux, et, comme si le bruit qu'eussent fait ses pensées en se formulant l'eût effrayé, il pensait tout bas. Enfin, à une de ces questions, il répondit :

— A quoi je pense, Rosenha? je pense à la folie de ces hommes. — A leur folie, Monseigneur; j'aurais cru que Votre Altesse pensait à leur dévouement. — Quand je parle de leur folie, Rosenha, je fais allusion à cet impossible projet de pénétrer jusqu'ici. — Rien n'est imposible, Monseigneur, à qui veut fermement. N'avons-nous pas lu ensemble l'histoire d'un prisonnier français nommé Latude, qui trois fois s'est échappé de sa prison : deux fois de la Bastille, une fois de Vincennes? — Oui, tu as vu parfois un prisonnier fuir de sa prison, mais tu n'as jamais vu un ami y entrer. — Ils y entreront, Monseigneur. — Oui, mais ils seront vus, dénoncés, arrêtés; tu ne sais pas de quelle invisible façon je suis gardé? — Ils le savent eux, puisqu'ils vous disent de ne vous confier à personne. — Si je vais faire une promenade sur le Danube, il y a un pêcheur qui raccommode ses filets juste à cent pas de l'endroit où j'abandonne la terre; en même temps que la mienne, sa barque quitte le rivage; il a l'air de ne pas me voir et ne me quitte pas de vue: il a l'air de ne pas me connaître, et si je vais à lui, si je lui adresse la parole, il balbutie les mots d'Altesse, de Monseigneur. — Croyez-vous que j'ignore cela? — Si je vais à la chasse et que je me laisse emporter à la poursuite du cerf, que par mégarde ou volontairement je me perde sous la voûte de nos immenses forêts, sous l'ombre de nos grands arbres, et qu'arrivé là, me croyant seul, loin de tous les regards, je respire librement, non pas comme respire un prince, mais comme respire le dernier des hommes, j'entends, à cinquante pas de moi, la chanson du bûcheron qui lie son fagot; ce bûcheron, c'est moi qu'il attendait. La corde avec laquelle il lie la charge de bois ramassé a un de ses bouts enroulés autour de ma botte, et je m'aperçois que je m'étais trompé; que les arbres n'ont plus d'ombre, que la forêt n'a plus de solitude. — Vous ne m'apprenez rien de nouveau, Monseigneur. — Si, pendant les belles nuits d'été, j'étouffe dans ces appartements aux tapisseries épaisses, et qu'il me prenne l'envie de descendre dans ce parc dont les frais tapis se déroulent sous mes yeux, je rencontre d'abord quelque valet de chambre attardé qui monte l'escalier tandis que je le descends; à la porte une sentinelle qui s'arrête et me porte les armes; alors, ennuyé d'être prince sans cesse, prince toujours, prince dans l'obscurité comme à la lumière, je m'élance dans le parc, je quitte les allées, je m'élance dans le labyrinthe du bois vert; tu crois que je suis seul, Rosenha? tu te trompes : j'entends derrière moi le bruit d'une branche qui craque; je vois un tronc d'arbre qui se dédouble, une ombre qui se glisse; je suis aussi captif que dans mon appartement; seulement, ma prison, au lieu d'avoir vingt pas de diamètre, a trois lieues de circonférence; ce n'est plus ma fenêtre qui est grillée, c'est mon horizon qui a un mur. — Hélas! ce que vous me dites là, Monseigneur, tout le monde le dit comme vous; mais où serait le mérite d'accomplir ce qu'ils entreprennent si la tâche n'était pas difficile, exorbitante, presque impossible? — Ils y renonceront, Rosenha, dit le prince dissimulant une espérance sous un doute. — Monseigneur, aussi vrai que vous m'avez fait mauvais visage à mon entrée dans votre appartement, aussi vrai, c'est la crainte et non la conviction qui vous fait dire une pareille chose. — Mal reçue? — Oh! la méchante figure que vous avez parfois, mon prince. — J'étais triste, Rosenha. — Dites que vous étiez jaloux. — Soit, j'étais jaloux. — Fi! la vilaine chose que la jalousie, Monseigneur. Laissez cela aux princes de la maison d'Autriche, et aimez, puisque vous êtes Français, comme on aime en France. — Tu sais donc comment on aime en France, Rosenha? — Non; mais j'ai entendu dire, mon Dieu, qu'en France la jalousie était le plus grand outrage que l'on pût faire à une femme. — Il y a du vrai là-dedans, Rosenha; mais ce qui est vrai ne l'est point pour toi, qui n'es ni Française, ni Autrichienne, ni Anglaise, ni Espagnole, ni Italienne, quoique tu aies à toi seule au moins un des dons que Dieu a faits à chacun de ces bienheureux pays. Oh! s'écria le jeune homme en jetant ses bras autour du cou de Rosenha et en soulevant ses lèvres ardentes jusqu'à la hauteur de son visage, que tu es belle et comme ta mère devait t'aimer! — Vierge Marie! s'écria la jeune fille en jetant les yeux sur la pendule; quatre heures passées! Adieu, adieu, mon duc. — Déjà! — Comment! déjà? — Oui, nous avons encore trois heures de nuit. — Et quand dormirez-vous, Monseigneur? quand prendrez-vous ce repos dont vous avez si grand besoin? D'abord, je vous préviens d'une chose, c'est que, si vous ne me laissez point partir, je ne reviendrai point demain. — Tu te trompes, Rosenha; tu veux dire ce soir. — Demain, Monseigneur. Ce soir, c'est M. Sarranti que vous recevez; ne l'oubliez pas. — Oui ; mais si par hasard il ne venait point? — Je le saurais, puisqu'à midi j'attends la visite du général. — Mais comment le saurai-je, moi? — Je vous écrirai.

Le prince pâlit.

— Et quel est le messager auquel tu oserais confier une pareille lettre?

La jeune fille réfléchit.

— Je n'en connais pas un seul, moi, dit le prince. — Moi, j'en connais un, dit Rosenha. — Lequel? — Venez, Monseigneur.

La jeune fille passa son bras sous le bras du prince et l'entraîna vers un petit boudoir qui avoisinait sa chambre à coucher. C'était une chambre de huit ou dix pieds carrés, exposée au midi, pleine de pots de fleurs et de caisses d'arbustes, dont toutes les fenêtres, treillagées, fermaient la nuit leurs vitres intérieures qu'elles ouvraient le jour.

Des oiseaux des espèces les plus rares, rouges, bleus, verts, dorés, argentés, y dormaient dans toutes sortes de postures.

Au milieu de cette petite chambre, ou plutôt de cette grande cage, était planté un perchoir en bois de rose, couronné par un toit en forme de château chinois, petite prison au milieu de la grande; c'était le kiosque des colombes.

A l'approche des deux jeunes gens, et au bruit qu'ils faisaient en s'approchant, une d'elles fit un léger mouvement, tira sa tête de dessous son aile, fit briller dans l'ombre son œil d'or, et passa son bec rose à travers une des petites portes de son pavillon. Elle semblait la colombe tourière.

Elle inspecta les nouveaux venus, et sans doute fut satisfaite de l'inspection, car elle poussa à leur vue un petit roucoulement qui voulait dire : « Tu peux approcher, ami Frantz et amie Rosenha, car nous vous connaissons de longue date, et nous savons que nous n'avons rien à redouter de vous. »

— Eh bien? demanda le duc à Rosenha. — Eh bien! vous ne comprenez pas, Monseigneur, de quel messager je veux parler? — Ah! si fait. — Craignez-vous que celui-là ne vous trahisse? — Rosenha, tu es une fée.

Et le prince ouvrit la porte, allongea le bras, et prit sur son bâton la colombe qui les avait, à leur arrivée, salués de son roucoulement.

— Viens, ma belle messagère, lui dit-il en l'embrassant, ne pleure pas ainsi; tu ne quittes ton nid que pour quelques heures, et je quitterais bien volontiers le mien, pour dormir une éternité dans celui où tu vas être.

Et il tendit la colombe à la jeune fille, après avoir embrassé une seconde fois le ruban de velours noir noué par la nature autour de son cou. Rosenha la prit, l'embrassa à la même place, ouvrit vivement sa mante, et la cacha dans sa poitrine.

Il fallait se quitter. On convint que la colombe rapporterait la réponse de midi à une heure, et que, de midi à une heure, le duc attendrait cette réponse à la fenêtre; puis les deux jeunes gens se séparèrent, Rosenha faisant jurer au duc de ne plus l'attendre sur le balcon, le duc faisant jurer à Rosenha de venir le lendemain à la nuit, pour ne s'en aller que le surlendemain au jour.

CIII

L'APPARITION.

Le lendemain, ou plutôt le soir de cette nuit, le duc de Reichstadt, malgré la prière et la défense de Rosenha, malgré le serment qu'il avait fait sur cette défense et cette prière, le duc de Reichstadt était, comme la veille, à cette fenêtre, attendant, non pas la jeune fille, comme la veille, mais M. Sarranti, dont la colombe était venue, à l'heure convenue, lui annoncer la visite pour minuit.

Il était onze heures et demie du soir. Encore une demi-heure, et il allait se trouver en face d'un des hommes qui avaient le plus fidèlement servi l'empereur, et qui s'apprêtait encore à le servir plus fidèlement après sa mort que pendant sa vie.

Soit impatience, soit difficulté de supporter la froide atmosphère de février, le jeune homme rentra à onze heures trois quarts à peu près, referma la fenêtre, tira hermétiquement les rideaux, alla s'asseoir sur le canapé, et, laissant tomber son front dans ses mains, médita profondément. A quoi songeait-il? Son enfance, comme le cours monotone d'une rivière, passait-elle devant lui; ou voyait-il enchaîné à son rocher, le flanc ouvert, les entrailles saignantes, le Prométhée de Sainte-Hélène?

Au reste, la chambre qu'il habitait suffisait seule à éveiller tous ses souvenirs. N'était-ce pas dans cette même chambre qu'avait, par deux fois et à deux époques différentes, habité l'empereur Napoléon : la première fois, nous l'avons dit en 1805, après Austerlitz, la seconde fois en 1809, après Wagram.

Malgré dix-huit ans écoulés, la distribution de l'appartement était restée la même. Il se composait et se compose encore aujourd'hui de trois vastes pièces, d'une antichambre, d'un salon, d'une chambre à coucher avec cabinet de toilette, somptueusement décorés de sculptures, de dorures, de tentures de l'Inde, de meubles de laque de Chine, le tout étant contigu aux galeries où se voient les peintures représentant les fêtes et les cérémonies de la cour, au temps de Marie-Thérèse et de Joseph II.

Le portrait de l'empereur François de Lorraine, celui de Joseph, de Léopold et de l'empereur régnant, peint dans son enfance auprès de sa mère, décoraient la salle de réception, dans laquelle on remarque une assez belle statue de la Prudence, sculptée en marbre. La chambre du prince était la troisième pièce, et n'avait derrière elle que le cabinet de toilette. La porte d'entrée faisait face à ce cabinet.

Cette chambre était ornée d'immenses glaces prises dans des panneaux sculptés et dorés. Son ameublement, un peu sombre, mais ne manquant pas d'un certain grandiose, était en soie verte brochée de fleurs jaunes jouant le reflet de l'or. Ces fleurs, fleurs de fantaisie, se rapprochaient, par un singulier hasard, de la forme des abeilles. Sur une des faces latérales était le canapé dont il a été déjà question dans la mise en scène des chapitres précédents ; le lit était en face de la cheminée, surmontée d'une glace.

prouver que je suis bien celui qui vous est annoncé, et que je viens de la part de votre père. — Oh! quoique je ne sache ni comment vous venez, ni d'où vous venez, je vous crois.

Alors Sarranti tirant de sa poche un papier soigneusement enveloppé dans un autre :

— Monseigneur, dit-il, permettez que j'aie l'honneur de vous remettre ma lettre de crédit.

Le duc prit le papier, en enleva la première enveloppe, ouvrit la seconde, et vit une boucle de cheveux noirs et soyeux. Il comprit que c'étaient des cheveux de son père. Deux grosses larmes jaillirent de ses paupières; il porta les cheveux à ses lèvres, et les baisant avec tendresse et piété :

— O pieuses reliques, dit-il, seul souvenir matériel que j'aie de mon père, vous ne me quitterez jamais!

Et ces mots furent prononcés avec un accent de tendresse et de piété qui fit tressaillir Sarranti jusqu'au fond du cœur. L'enfant était donc tel qu'il l'avait espéré, le fils était donc digne de son père. Sarranti leva sur le jeune homme des yeux baignés de larmes.

— Oh! dit-il, je suis payé de mon dévouement, de ma fatigue, de mes soins. Pleurez, pleurez, Monseigneur, ce sont des larmes de lion que vous versez là.

Le duc prit la main de Sarranti qu'il serra avec force et silencieusement. Puis, au bout d'un instant, levant à son tour les yeux sur Sarranti, et voyant le rude et mâle visage de celui-ci tout baigné de larmes :

— Monsieur, s'écria-t-il, mon père ne vous a-t-il donc pas recommandé de m'embrasser pour lui?

Sarranti tomba dans les bras du jeune homme, et ainsi enlacés l'un à l'autre, le robuste chêne au faible roseau, tous deux confondirent leurs larmes. Cette première émotion passée, Sarranti montra du doigt au prince que sous la boucle de cheveux transparaissaient quelques lignes écrites à la plume.

— De mon père? demanda le jeune homme.

Sarranti fit signe de la tête que oui.

— De l'écriture de mon père?

Sarranti renouvela le signe affirmatif qu'il avait déjà fait.

— Oh! s'écria le prince, j'ai demandé dix fois de cette écriture à ma mère, elle m'a toujours refusé.

Et il baisa religieusement les caractères tracés par la main de son père, et il lut les mots qui suivent tracés d'une écriture illisible pour tout autre que pour un fils.

« Mon fils bien-aimé,

« La personne qui vous remettra cette lettre et le souvenir qu'elle contient est M. Sarranti. C'est un frère de bataille, un compagnon d'exil, auquel je remets l'exécution de mes plus secrètes pensées et de mes plus chères espérances. Écoutez ses paroles comme si vous les écoutiez de la bouche même de votre père, et, quelques conseils qu'il vous donne, suivez-les comme vous suivriez les miens.

« Votre père qui ne vit que pour vous.

« NAPOLÉON. »

— Oh! s'écria le jeune duc, il vivait, il vivait alors; c'est sa main qui a tracé ces lignes! Soyez aimé, soyez béni, mon père, comme vous méritez de l'être! Monsieur Sarranti, embrassez-moi encore! Oui, oui, continua-t-il tout en pressant le compagnon d'exil de son père contre son cœur, oui, je suivrai vos conseils comme s'ils sortaient de la bouche même de celui qui n'est plus, mais qui, par cela même qu'il n'est plus, nous voit, nous écoute, est là peut-être.

Et, avec une espèce de terreur, le duc étendit la main vers l'angle le plus sombre de la chambre.

— Mais avant tout, Monsieur, continua le duc, comment êtes-vous ici? comment y avez-vous pénétré? comment en sortirez-vous? — Venez, Monseigneur, dit Sarranti, entraînant le jeune homme vers la lumière et lui montrant un second papier figurant un plan géométral avec des indications de l'écriture de l'empereur. — Qu'est-ce que cela? demanda le duc. — Vous n'ignorez pas, Monseigneur, dit Sarranti, que vous habitez au château de Schœnbrunn, le même appartement qu'y a habité votre auguste père? — Je sais cela, oui, et c'est à la fois un tourment et une consolation. — Eh bien, jetez les yeux sur ce plan, Monseigneur; voici une antichambre, un salon, une chambre à coucher, un cabinet de toilette; voici tout : jusqu'à l'ouverture des portes, jusqu'à la place des meubles. — Mais c'est le plan de l'appartement où nous sommes. — Fait de souvenir par votre père, oui, Monseigneur, après dix ans et à votre intention. — Je commence à comprendre l'utilité de ce plan pour vous une fois entré dans ce cabinet de toilette; mais pour y entrer, comment avez-vous fait?

Sarranti prit une bougie, et s'avançant vers la porte du cabinet de toilette :

— Ayez la bonté de me suivre, Monseigneur, dit-il, et vous allez voir par vos yeux.

Le prince marcha derrière cet homme, qui lui inspirait une espèce de terreur superstitieuse comme eût fait un être surnaturel, et pénétra avec lui dans le cabinet de toilette. Le cabinet de toilette était hermétiquement fermé.

— Eh bien? demanda le prince impatient. — Attendez, Monseigneur.

M. Sarranti s'approcha de la glace, éclaira son cadre avec la bougie, appuya sur un bouton caché dans la moulure, et le panneau tout entier, entraînant avec lui la console chargée d'ustensiles de toilette, tourna sur ses gonds et démasqua l'ouverture d'un escalier. Le prince s'approcha avec curiosité.

— Oh! demanda-t-il, que veut dire ceci? — Cela veut dire, Monseigneur, qu'au moment où il habitait Schœnbrunn, en 1809, l'empereur Napoléon, lassé d'avoir à traverser les appartements de réception, fatigué d'avoir à répondre aux sourires des courtisans attendant dans son antichambre, cela veut dire que, pour être libre de descendre le matin, le soir, la nuit, le jour, dans ces beaux jardins qui s'étendent sous vos fenêtres, l'empereur Napoléon a fait pratiquer cette porte secrète, cet escalier dérobé, dont la dernière marche donne dans une espèce d'orangerie boisée, déserte, où personne ne va; et comme cet escalier a été pratiqué par les officiers du génie, comme il devait rester caché à tout le monde, il est probable qu'on ignore ici qu'il existe, et que nul depuis l'empereur n'y a passé, si ce n'est son ombre, qui peut-être vient vous visiter par ce chemin. — Mais alors, dit le duc émerveillé, mais alors...

Il n'osait finir sa phrase.

— Alors cet escalier, pratiqué par le père, pourra, après vingt et un ans, servir au fils. — Et je n'étais pas né quand il a été fait. — Dieu voit jusque dans le néant, Monseigneur, et ses décrets sont écrits d'avance au livre de la destinée. Seulement, lorsqu'aussi visible il se manifeste, il faut le seconder, Monseigneur.

Le jeune prince tendit la main à M. Sarranti.

— Quelle que soit la volonté de Dieu à mon égard, Monsieur, dit-il, je ne m'opposerai pas, je vous le promets, à son accomplissement. Dites-moi donc maintenant ce qui vous reste à me dire.

M. Sarranti referma la porte secrète, et rentra dans la chambre à coucher, faisant passer cette fois le prince devant lui.

— Et maintenant que me voilà plus tranquille, Monsieur, dit le jeune homme, parlez, je vous écoute.

Puis, posant sa main sur l'épaule du Corse :

— Prenez votre temps, Monsieur; ne vous pressez donc point : vous comprenez qu'il est important que je sache tout.

CIV

DELENDA CARTHAGO.

— « Monseigneur, dit le Corse, il y a eu autrefois deux villes qui avaient entre elles la largeur de toute la mer, et qui, cependant, ne trouvèrent pas qu'il y eût sous le soleil assez de place pour elles deux. A trois reprises différentes, elles s'étreignirent, comme Hercule et Antée, d'une lutte terrible, acharnée, mortelle; et le combat ne cessa que lorsque l'une d'elles expira sous le pied de l'autre. Ces villes étaient Rome et Carthage. Rome représentait la pensée, Carthage le fait. Ce fut la matière qui périt, ce fut Carthage qui succomba. Il en est de même de la France et de l'Angleterre; comme Caton, votre illustre père n'avait qu'une idée. Détruire Carthage! *Delenda Carthago!*

« Ce fut cette idée-là qui lui fit faire la campagne d'Égypte, ce fut cette idée-là qui lui fit faire le camp de Boulogne, ce fut cette idée-là qui lui fit faire la paix de Tilsitt, ce fut cette idée-là qui lui fit faire la guerre de Russie.

« Une fois, il crut avoir atteint son but : ce fut au moment, où sur le radeau du Niémen, il serra la main à l'empereur Alexandre. Le même soir, les deux empereurs étaient debout chacun, aux côtés d'une table sur laquelle était déployée une carte du monde. L'un, la regardant d'un regard vague, insouciant, distrait, la touchant d'une main froide et couverte d'un gant; l'autre, la dévorant d'un regard avide, ambitieux, profond, la touchant d'une main agitée et fiévreuse.

« Il ne s'agissait de rien moins, entre ces deux hommes, que de se partager le monde. Quelque chose de pareil avait lieu, deux mille ans auparavant, entre Octave, Antoine et Lépide. Ces deux hommes, c'étaient l'empereur Alexandre et l'empereur Napoléon.

« — Voyez-vous, disait votre père de sa voix saccadée, douce et impérieuse à la fois : à vous le Nord, à moi le Midi; à vous la Suède, le Danemark, la Finlande, la Russie, la Turquie, la Perse et l'Inde intérieure jusqu'au Tibet; à moi la France, l'Espagne, l'Italie, la Confédération du Rhin, la Dalmatie, l'Égypte, l'Yémen et l'Inde des côtes jusqu'à la Chine; nous serons les pôles vivants de la terre : Alexandre et Napoléon équilibreront le monde. — Et l'Angleterre? demanda vaguement Alexandre. — L'Angleterre disparaît comme Carthage; plus d'Inde, plus d'Angleterre, et à nous deux nous prenons l'Inde. »

« Un sourire de doute passa sur les lèvres du czar. Napoléon vit ce sourire.

« — Vous croyez la chose difficile, impossible même, dit-il, parce que vos yeux ne se sont jamais arrêtés sur ce problème, parce que votre esprit n'a jamais creusé cette idée. Moi, c'est mon rêve éternel, et dans ma pensée, depuis que nos deux mains se sont touchées, sire, l'Angleterre est morte! — J'écoute, sire, dit Alexandre. Je connais toute la puissance de votre parole, et ne demande pas mieux que d'être convaincu par elle. — Oh! dit votre père, ce sera facile; mais pour être véritablement convaincu, il faut voir l'Inde, non pas telle qu'elle apparaît, mais telle qu'elle est. Voulez-vous la voir ainsi, mon frère, il faut alors consacrer avec moi un quart d'heure à cette grande question dont dépend l'avenir du monde; et, en un quart d'heure, je résumerai pour vous le travail de toute ma vie. — Ce quart d'heure sera un grand et glorieux souvenir dans ma vie, sire, dit Alexandre, avec cette triple courtoisie russe, grecque et française à la fois qui le caractérisait. — Écoutez, alors; je serai bref. Votre Majesté admet bien que le pouvoir des Anglais dans l'Inde est un pouvoir despotique, n'est-ce pas? — C'est plus que le despotisme, répondit Alexandre, c'est la conquête. — Or, tout pouvoir despotique est fondé sur une de ces deux bases : l'amour ou la crainte. »

« Alexandre sourit.

« — Quelquefois sur toutes deux, dit-il. — Mais le plus souvent sur la dernière. Or, demandez, sire, au rajdah accroupi sur le seuil de la chétive hutte où sa famille se roule dans la vermine; demandez au cultivateur qui envie l'existence d'une bête de somme; demandez au tisserand sans ouvrage, qui voit vendre sous ses yeux les percales et les mousselines anglaises; demandez au zémindar ruiné par les impôts; demandez au brame qui voit l'Anglais se nourrir de l'animal immonde; demandez au musulman qui le voit méprisant ses souvenirs et ses traditions, entrant avec ses bottes, presque avec son cheval, dans ses splendides mosquées; demandez à toute la race hindoue, enfin, si elle aime le joug qui la courbe; et Hindou, musulman, brame, tisserand, cultivateur, radjah, vous répondront : « Mort aux hommes roux venus par mer de pays inconnus et d'une île ignorée. » — Aimaient-ils mieux leurs princes tatares? demanda le czar. — Oui, cent fois oui; car les princes tatares habitaient le pays, y dépensaient leurs immenses revenus, et il en revenait toujours quelque chose au plus pauvre paria. Mais aujourd'hui, l'Anglais, ce maître passager, l'Anglais, comme la chenille du printemps, ne reste dans l'Inde qu'une saison; et dès qu'il sera devenu un papillon aux ailes d'or, il s'envolera dans la mère patrie. — Et comment, demanda l'empereur Alexandre, avec cette haine générale que l'on porte aux Anglais, comment les révolutions ne sont-elles pas plus fréquentes? — Parce qu'il ne peut y avoir dans l'Inde que des soulèvements individuels, jamais de tempête générale. Pour qu'il y eût une révolution sérieuse, compacte, universelle, il faudrait que les masses ne fussent point divisées comme elles le sont par les intérêts, les haines, les croyances; il n'y aura jamais de mouvement universel, parce que, du moment où deux sectes se réuniront dans une même conspiration, on est sûr que la veille du jour où la conspiration devra éclater, une des deux sectes trahira l'autre. Voilà ce qui arrivera infailliblement tant que ces peuples seront livrés à eux-mêmes. Mais en serait-il de même, sire, si l'Angleterre était attaquée dans l'Inde par une autre puissance européenne? Les populations hindoues resteraient-elles fidèles à l'Angleterre? Non. Neutres entre le nouvel assaillant et l'Angleterre? Non. Elles seront hostiles à l'Angleterre, elles deviendront les alliées de son ennemi, quel que soit cet ennemi, de quelque part qu'il s'avance, dans quelque but qu'il vienne. Sire, pour l'homme qui comme moi, depuis quinze ans, rêve la tête inclinée du côté de l'Inde, tout ce côté de l'Asie n'est qu'un vaste bassin où dorment superposés les débris de cinquante civilisations, les ruines de cinquante empires; le moindre tremblement de terre, le moindre souffle de tempête suffit pour les ébranler, les réunir, les amalgamer, les soulever comme des trombes. C'est une poussière sociale pleine d'atomes destructeurs, si on la laisse se promener au hasard; pleine de principes fécondants, si on les sème avec intelligence. A ces tourbillons errant au hasard sous des formes bizarres, inattendues, fantastiques, que manque-t-il, jusqu'à présent? Un ciment quelconque, un esprit de patriotisme unique, une religion commune; il manque ce qu'avaient fait autrefois Dupleix et Bussy, ces deux génies abandonnés et reniés par la France. Mais le chef habile, aventureux, énergique, qui viendrait comme un autre Alexandre, qui éblouirait toute cette multitude par des succès; ce chef, il condenserait cette multitude, il en ferait un peuple, une nation; la surface mouvante de l'Inde deviendrait une surface solide. Vous n'en croyez rien, sire; voyez la Neva : un enfant dans une barque coupe son cours, fouettant son eau de ses deux rames; que le vent du nord s'élève du pôle, s'avance et souffle, et l'onde de la Neva devient un cristal solide, où la pioche et la hache viennent se briser, où le fer est inutile et le feu impuissant. Croyez-moi, sire, l'Angleterre, forte contre un Tippou-Saëb, un Hayder-Aly, un Sewa-djy ou un Amir-Khan, l'Angleterre sera faible chaque fois qu'un géant de force égale à elle viendra d'Europe dans l'intention de lutter avec elle sur les rives de l'Indus; le choc des deux colonnes fera naître la tempête, ébranlera le sol, agitera l'atmosphère; alors s'élèveront aussitôt ces tourbillons dont je vous parlais tout à l'heure; alors, sur tous les points, ils commenceront à agir, en vertu de la loi de formation et de condensation. Dès lors, malheur à l'Angleterre! A ce moment seul, elle saura combien elle est haïe, à quel point elle est détestée; plus la lutte se prolongera, plus les défections, plus les attaques, plus les trahisons se multiplieront; plus la mer immense de ses ennemis se soulèvera rugissante, et plus le flot descendant du Kaboul au Bengale la repoussera jusque sur ses vaisseaux, que, fugitive, elle sera trop heureuse de retrouver dans ses ports de Madras, de Calcutta et de Bombay. — Vous êtes miraculeux, sire, dit Alexandre; quand vous ne faites pas des prodiges, vous en rêvez. — Mais c'est que ce n'est point un rêve; c'est que ce n'est point un prodige, du moment où vous me secondez. Savez-vous, sire, ce que les Anglais ont de soldats dans l'Inde? — Mais, soixante mille hommes, à peu près. — Parce que vous comptez les troupes indigènes; je ne les compte pas, moi. Les Anglais ont dans l'Inde douze mille hommes de troupes anglaises; celles-là, je les compte; je les compte pour vingt-quatre mille même, si vous voulez. Mais les quarante mille hommes d'indigènes, de natifs, de cipayes, je ne les compte pas.

« Alexandre sourit.

« — Comptons-les, dit-il, ne fût-ce que pour mémoire. — Soit, comptons-les. Quarante mille hommes de troupes indigènes et douze mille hommes de troupes anglaises, cinquante-deux mille hommes en tout. Or, écoutez ceci, mon frère : l'Inde appartiendra toujours à la puissance qui amènera sur le champ de bataille le plus grand nombre de troupes européennes. Maintenant, voici ce que nous faisons : trente-cinq mille Russes descendront le Volga jusqu'à Astrakan, s'embarqueront dans cette ville et iront à l'autre extrémité de la mer Caspienne occuper Asterabad, où ils attendront l'armée française. Trente-cinq mille Français descendront le Danube jusqu'à la mer Noire ; de là ils seront transportés par les bâtiments russes jusqu'à Taganrog. Ils remonteront ensuite par terre le cours du Don jusqu'à Pratisbianskaïa, d'où ils se porteront à Tsaritsin sur le Volga, qu'ils descendront en bateaux jusqu'à Astrakan où ils s'embarqueront pour rejoindre le corps russe à Asterabad. Les deux corps français et russes auront donc franchi, presque sans fatigue, cet immense espace de terrain ; de là ils se porteront, à travers le Khoraçan et le Kaboul, sur l'Indus. — En traversant le Grand-Désert Salé ? — Je connais le désert, j'ai eu affaire à lui : rapportez-vous-en à moi pour y faire serpenter la gigantesque caravane. — Conduiriez-vous donc cette expédition en personne? — Sans doute, dit Napoléon. — Et qui veillera sur la France quand vous serez à trois mille lieues d'elle? — Vous, sire, répondit simplement Napoléon. »

« Alexandre pâlit : le Grec était épouvanté de cette réponse toute française.

« — Mais, insista-t-il, outre le Grand-Désert Salé, nous allons avoir des difficultés effrayantes. — L'Afghanistan, n'est-ce pas, dont la géographie est tout à fait inconnue, et dont les tribus inhospitalières infesteront d'innombrables tirailleurs, pillards, assassins, la marche de notre armée? — Sans doute. — J'ai prévu l'obstacle, et, d'avance, l'obstacle est renversé. J'envoie un de mes meilleurs généraux à un des petits souverains du Béloutchistan, du Lahore, du Sindhé ou du M ilvah ; il organise ses troupes à l'européenne et nous fait un allié qui vient au-devant de nous, et à qui nous laissons, pour sa récompense, la souveraineté de tout le pays qu'il a parcouru. — Eh bien ! soit, sire : vous voilà dans le Pendjab ; comment nourrissez-vous et approvisionnez-vous l'armée ? — Quant à cela, nous n'avons pas besoin de nous en préoccuper tant que nous aurons une bourse bien garnie, et à Téhéran et à Kaboul des sahocars * qui feront honneur à nos traites. Là, nous trouverons un commissariat admirable, économique, immense tout organisé, et cela depuis des siècles, dans le but, on le dirait, de seconder tous les conquérants qui se sont succédé et se succéderont dans la conquête de l'Inde. — J'ignore absolument ce que vous voulez dire, fit l'empereur Alexandre, et j'avoue franchement mon ignorance. — Eh bien, sire, vous saurez qu'il existe dans toute l'immense étendue de la péninsule hindoustanique une gigantesque tribu de bohémiens connue dans l'Inde sous le nom de Brinjaries. Ce sont eux qui, dans l'Inde, font exclusivement le commerce de grains, à dos de bœufs et de chameaux; ils les transportent à des distances inouïes, et en caravanes si nombreuses, qu'on dirait des corps d'armée. Ce sont ces hommes-là qui ont nourri, en 1791, lord Cornwallis et son armée dans sa guerre contre Tippou-Saëb ; ce sont des Indiens nomades fort peu embarrassants, en ce qu'ils ne logent jamais dans

* Banquiers.

des maisons, mais vivent sous des tentes; fort utiles, parce qu'entre autres coutumes étranges, ils ont celle de ne jamais boire de l'eau de rivière ou d'étang. Il en résulte qu'ils deviennent d'excellents compagnons de marche dans le désert, attendu qu'il n'y a pas une goutte d'eau dans le voisinage qu'ils ne sachent trouver, à quelque profondeur qu'elle soit. Eh bien, sire, ces hommes, dont le commerce est la vie, qui observent la plus stricte neutralité entre les armées belligérantes, qui n'ont pour but que de vendre leurs grains et de louer leurs attelages à celui qui les paye le plus cher, ces hommes, bien payés, seront à nous. — Mais ils seront à l'Angleterre en même temps. — Certes, je ne compte pas, dans mes prévisions de victoire, sur la faim et sur la soif, sire : je compte sur nos canons et nos baïonnettes. »

« Le czar pinça ses lèvres minces.

« — Maintenant, dit-il, reste l'Indus. — L'Indus à traverser? — Oui. »

« Napoléon sourit.

« — C'est un des préjugés répandus par les écrivains anglais, dit-il, que l'Indus est un obstacle suffisant pour arrêter une invasion, et que l'armée anglaise, en se concentrant sur la rive gauche du fleuve, peut en interdire le passage à une armée, si puissante qu'elle soit. Sire, j'ai fait sonder l'Indus de Desa-Ismaël-Khan à Attok : il a une profondeur de douze à quinze pieds, avec sept gués reconnus et qui nous attendent. J'ai fait calculer son cours : son cours est à peine d'une lieue à l'heure. L'Indus n'existe donc pas pour un homme qui a traversé le Rhin, le Niémen et le Danube. »

« L'empereur de Russie resta un instant comme écrasé sous la puissance du génie qui le dominait.

« — Laissez-moi respirer, sire, lui dit-il; ce monde que vous soulevez comme un autre Atlas retombe sur ma poitrine et m'étouffe. »

— Et moi, dit le jeune prince, je vous dirai à mon tour, comme l'empereur de Russie : laissez-moi respirer, Monsieur.

Puis, levant ses deux mains et ses yeux au ciel :

— Oh! mon père, mon père, dit-il, que tu étais grand!

CV

DELENDA CARTHAGO.

L'ancien soldat de l'empereur, l'ancien compagnon d'exil de Napoléon, n'avait tant insisté sur les détails de ce vaste plan, que pour en arriver à l'effet qu'il venait de produire; c'est-à-dire à faire mesurer au fils la grandeur du père, et à l'amener en conséquence à reconnaître les devoirs que lui imposait, en face du monde, le nom gigantesque qui pesait sur lui.

Le jeune homme, en effet, comme s'il se sentait écrasé par ce nom, se leva, secoua la tête, et se mit à marcher à grands pas dans la chambre. Puis, tout à coup, s'arrêtant devant Sarranti :

— Et cet homme est mort! s'écria-t-il, mort comme un autre homme, plus douloureusement, voilà tout. La flamme qui l'animait s'est éteinte, et l'on ne s'est pas aperçu que quelque nouveau soleil flamboyait au ciel! Oh! comment, le jour de cette mort, une obscurité universelle n'a-t-elle pas couvert le monde? — Il est mort les yeux sur votre portrait, sire, en disant : Ce que je n'ai pu faire, mon fils l'achèvera !

Le jeune prince secoua mélancoliquement la tête.

— Oh ! dit-il, qui oserait toucher à cette œuvre de géant ? Quel homme, portant le nom de Napoléon, viendra dire à la France, à l'Europe, au monde : « A mon tour ! » Oh ! monsieur Sarranti, le moule de la tête sublime a été brisé par le sculpteur divin ; et j'avoue que pour moi je baisse les yeux à la seule pensée de ce qu'on attendra de Napoléon II ; n'importe, continuez, Monsieur.

— « Le czar manqua à la promesse faite, et cette Inde que votre père, comme un autre Alexandre, croyait déjà tenir, lui échappa des mains, mais ne sortit pas de sa pensée. Vingt fois, les yeux fixés sur une immense carte de l'Asie, je le vis suivre, sur cette carte, la route des grandes invasions indiennes; si quelqu'un de ses familiers entrait alors : — »

« — Tenez, disait-il, c'est par cette route de Giznèh à Desa-Ismaël-Khan, que, de l'an 1000 à l'an 1024, Mahmoud Ghiznevide envahit sept fois l'Hindoustan, avec une armée de cent et de cent cinquante mille hommes, qu'il ne trouva jamais de difficultés à nourrir. Dans sa sixième expédition, en l'an 1018, il poussa jusqu'à Kanodge sur le Gange, à cent milles au sud-ouest de Dehly, et revint dans sa capitale par Mathra : trois mois lui avaient suffi pour cette gigantesque expédition. En 1020, il se dirigea sur le Guzerate pour y renverser le temple de Somnauth, et fit, du côté de Bombay, une pointe aussi facile que celle qu'il avait faite du côté de Calcutta.

« C'est par la même route de Desa-Ismaël-Khan, que Mahmoud sort du Khoraçan, s'avance en 1184 à la conquête de l'Inde, envahit le territoire de Dehly avec une armée de cent vingt mille hommes, et substitua sa dynastie à celle de Mahmoud Ghiznevide. C'est par la même route, à peu près, qu'en 1396 Timour le Boiteux, les suit et part de Samarcande, prenant sa route un peu à l'est de Balkh, descend par le défilé d'Anderab sur Kaboul, d'où il marche vers Attok et envahit le Pendjab. C'est au-dessous d'Attok, à l'endroit même où je l'eusse franchi, que Baber traverse l'Indus en 1525, et, suivi de quinze mille soldats seulement, s'établit à Lahore, s'empare de Dehly, et fonde la dynastie mogole. C'est la même route que suit son fils Houmayoun, quand, chassé de l'héritage paternel, il le reconquiert en 1551, avec le secours des Afghans.

« Enfin, c'est par la même route que Nadir-Chah, se trouvant à Kaboul en 1739, et apprenant le massacre d'un de ses envoyés dans la ville de Allah-abad, fait, pour venger la mort d'un homme, ce que je voudrais faire, moi, pour venger l'oppression du monde : s'engage dans la montagne, passe au fil de l'épée tous les habitants de la ville coupable, s'avance par cette même route, déjà foulée aux pieds par tant d'armées, descend sur le Khyber, sur Peychaver et Lahore, et s'empare de Dehly, qu'il livre à un massacre et à un pillage de trois jours. »

« Puis, se frappant le front :

« — C'est par là que je passerai comme eux, disait-il ; j'ai bien franchi les Alpes après Annibal, je franchirai bien l'Himalaya après Tamerlan. »

« Sire, continua Sarranti, vous saurez un jour quelle puissance de réalité finit par prendre dans l'esprit un rêve longtemps poursuivi. Dès lors, vous né, votre père arriva par conséquent au comble des prospérités ; il n'eut plus qu'un but : obtenir par force du czar ce qu'il n'avait pu obtenir de sa bonne volonté. Le 22 juin 1812, l'empereur déclare la guerre à la Russie. Mais depuis un an déjà cette guerre est résolue.

« Au mois de mai, l'empereur a appelé près de lui, aux Tuileries, le général Lebastard de Prémont, sur le dévouement duquel il savait qu'il pouvait compter. Pour tous, la campagne de Russie est couverte d'un voile mystérieux; elle s'appellera la seconde guerre de Pologne. Le général Lebastard de Prémont entrera seul dans les secrets de l'empereur.

« — Général, lui dit l'empereur, vous allez partir pour l'Inde, vous entrerez au service d'un des maradjahs du Sindhi ou du Pendjab; je connais votre bravoure et votre science d'instructeur, dans un an, vous serez général en chef de ses armées. — Et une fois général en chef de ses armées, que ferai-je, sire ? — Vous m'attendrez. »

« Le général recula d'étonnement. L'empereur avait si longtemps réfléchi à son projet, qu'il le regardait comme accompli.

« — Ah! c'est vrai, dit-il en souriant, *vous ne savez pas, et il faut que vous sachiez*, mon cher général. »

« Sa carte favorite, sa carte de l'Asie était étendue sur une table.

« — Venez, dit-il, vous allez comprendre. Je déclare la guerre à l'empereur de Russie, je traverse le Niémen avec cinq cent mille hommes et deux cents bouches à feu, j'entre à Vilna sans tirer un coup de fusil, je prends Smolensk, et je marche jusqu'à Moscou; sous les murs de la ville, je livre une de ces gigantesques batailles, comme Austerlitz, comme Eylau, comme Wagram; j'anéantis l'armée russe, et j'entre dans sa capitale. Là, je dicte mes conditions pour la paix. La paix, c'est la guerre à l'Angleterre, mais la guerre dans l'Inde.

« Un jour vous entendez dire qu'un homme qui commande à cent millions d'hommes en Occident, qui entraîne dans sa fortune la moitié de la population de la chrétienté, dont les ordres s'exécutent dans un espace qui comprend 19 degrés de latitude et 30 de longitude, s'avance par le Khoraçan pour conquérir l'Inde. Alors, vous dites à votre radjah : Cet homme, c'est mon maître et votre ami. Il vient pour consolider les trônes indépendants de l'Inde, et pour anéantir, du golfe Persique aux bouches de l'Indus, la puissance anglaise. Appelez tous les rois, vos frères, à la révolte, et dans trois mois l'Inde sera libre. »

« Le général Lebastard regardait votre père avec une admiration qui allait jusqu'à l'épouvante.

« — Maintenant, continua l'empereur, de même que je vous ai dit mon plan de la campagne de Russie, voici mon plan pour la campagne de l'Inde : L'Angleterre viendra au-devant de moi ou m'attendra avec une armée de cinquante mille hommes, dont dix-huit à vingt mille Anglais et trente ou quarante mille indigènes. Partout où je joins l'armée anglo-indienne, je reconnais son ordre de bataille et je l'attaque; partout où je trouve de l'infanterie européenne, je prépare une seconde ligne en réserve de la mienne, afin de rallier les débris de la première si elle plie sous les baïonnettes britanniques; partout où il n'y aura que des cipayes, on marchera sur cette canaille sans la compter; il suffira de fouets de poste et de bâtons de bambous pour les mettre en fuite. Une fois en fuite, on ne les reverra jamais. L'armée anglaise se reformera; je la connais; sa devise est celle du 57e régiment : *They will die hard*, dure à mourir. J'aurai un second combat à livrer, soit à Lodienha, sur le Setledje, soit à Passipul, où blanchissent déjà tant d'ossements. Mais je n'aurai plus à compter qu'avec huit ou dix mille Européens ; les autres se seront fait tuer à la première bataille. Ce sera l'affaire de quelques heures et tout sera dit.

« Il faudra deux ans à l'Angleterre pour m'envoyer une nouvelle armée : un an pour la lever, un an pour l'instruire. Pendant deux années, je me serai arrêté à Dehly pour reconstruire le trône du Grand-Mogol et relever son étendard. Cette action mettra de mon côté dix-huit millions de musulmans. D'un autre côté, je relève le drapeau sacré de Bénarès. Je fais son radjah libre et indépendant, et j'ai pour moi trente millions d'Hindous, tout le cours du Gange, du Yumna au Brahmapoutre ; j'inonde l'Hindoustan de proclamations incendiaires ; fakirs, joghis, kalenders, sont mes apôtres, tous proclament en mon nom la restauration et l'indépendance de l'Inde. J'inscris sur mes aigles : Nous venons délivrer et non conquérir ; nous venons pour rendre justice à tous : musulmans, Indous, Radjepouts, Jhauts, Mahrattes, poligars, radjahs, nababs. Chassez l'usurpateur, reprenez vos droits, rentrez dans vos possessions, élancez-vous comme au temps des Timour et des Nadir, pour moissonner dans les plaines de l'Inde la richesse et la vengeance.

« De Delhy, au lieu de me diriger sur Calcutta, qui n'est qu'un entrepôt de commerce, un centre de lâche et molle population, je marche par Agrah, Goualior et le Kandeych, sur Bombay, insurgeant les populations, reformant les confédérations radjepoute et mahratte, leur donnant leurs anciens chefs ou d'autres pris dans les mêmes familles. Bombay, c'est la bouche par laquelle respire l'Angleterre, c'est son point de contact avec l'Europe, c'est la tête vitale de l'hydre ; Bombay pris, je tends la main au Nizam, je volcanise le Maïssour, je fais prendre Madras par un de mes lieutenants, pendant que je marche sur Calcutta, et que ville, remparts, forteresses, garnison, hommes et pierres, je pousse tout dans le golfe du Bengale. Voulez-vous partir pour l'Inde, mon ami ? »

« Le général Lebastard de Prémont tomba aux pieds de l'empereur et partit.

« Maintenant, son histoire est bien simple ; il quitta la France sous le poids d'une fausse disgrâce, débarqua à Bombay, remonta la route que Napoléon voulait descendre. Cabaye, Goualior, Agrah ; il atteignit le Pendjab, rencontra là un homme de génie qu'on appelait Ranjit-Singh, qui, né d'une tribu obscure, avait été depuis douze ans élu chef par ses compatriotes, avait relevé la nation des Seykhs, avait réussi à la soustraire à la domination anglaise, et s'était rendu peu à peu maître de son royaume, grand comme la France, et comprenant le Pendjab, le Moultan, le Cachemire, le Peychaver, et une partie de l'Afghanistan. Il entra à son service, organisa son armée, et attendit l'oreille ouverte du côté de la Perse.

« Un jour, il entendit un grand bruit : c'était celui que faisait, en s'écroulant, la fortune de Napoléon. Il crut tout fini, pleura son maître, et ne s'occupa plus que de sa fortune. Mais en 1820, je quittai la France à mon tour, j'allais le rejoindre et je lui dis : Celui que vous pleurez avait un fils ! »

— Étrange chose ! murmura le jeune prince, tandis que j'ignorais presque jusqu'à mon nom, il y avait des hommes qui, à trois mille lieues de moi, me préparaient l'avenir.

Puis, tendant la main à Sarranti :

— Quelque soit le résultat de ce long dévouement, de cette fidélité obstinée, dit-il avec une majesté suprême, au nom de mon père et au mien, Monsieur, je vous remercie! Et maintenant, Monsieur, demanda le prince, il vous reste à me dire où, comment, et à quelle époque vous avez quitté mon père, et quelles sont les dernières paroles qu'il vous a dites.

Sarranti s'inclina en signe qu'il était prêt à répondre.

CVI

LE PRISONNIER DE SAINTE-HÉLÈNE.

— Vous savez où est Sainte-Hélène ; vous savez ce que c'est que Sainte-Hélène, Monseigneur? » —On m'a caché tant de choses, Monsieur, répondit le prince, que je vous prierai de parler comme si j'ignorais tout. — « Une scorie de volcan éteint sous l'équateur, le climal du Sénégal et de la Guinée au fond des ravins, le vent âpre, froid, sec, aigu de l'Écosse, à chaque ouverture des rochers. Pour les étrangers forcés d'habiter l'horrible climat, le terme de la vie est de quarante à quarante-cinq ans; pour les indigènes, il est de cinquante à soixante. On ne se rappelait pas, à notre arrivée dans l'île, y avoir vu de mémoire d'homme un vieillard de soixante-cinq ans. C'était une véritable inspiration britannique, que d'envoyer là l'hôte du Bellérophon.

« Néron se contenta d'envoyer Sénèque en Sardaigne, et Octavie à Lampadouse; il est vrai qu'il fit étouffer l'une dans un bain, et donna à l'autre l'ordre de s'ouvrir les veines : mais c'était de l'humanité. Vous savez que l'île avait un geôlier, et que ce geôlier s'appelait Hudson Lowe? Vous ne devez pas être étonné, Monseigneur, que, voyant ce que souffrait votre père, j'eusse eu l'idée de conspirer sa fuite. En conséquence, je m'étais lié avec un capitaine américain, qui nous avait apporté de Boston des lettres de votre oncle, l'ex-roi Joseph. Nous avions, ce capitaine et moi, formé un projet d'évasion dont la réussite nous paraissait assurée.

« Un jour que je venais de chasser des chèvres sauvages dans l'espoir de procurer à l'empereur un peu de viande fraîche dont il manquait souvent, je rencontrai le capitaine. Nous nous enfonçâmes dans un ravin, nous arrêtâmes nos dernières dispositions, et je résolus, dès le même soir et sans retard, de communiquer nos projets à l'empereur. Mais mon étonnement fut grand d'entendre, dès le premier mot que je prononçai, l'empereur me dire :

« — Tais-toi, niais! — Mais, sire, lui dis-je, laissez-moi au moins vous raconter notre plan, il sera temps de le refuser s'il est mauvais. — C'est inutile que tu prennes cette peine, ton projet... — Eh bien, sire... »

« L'empereur haussa les épaules.

« — Ton projet, je le connais aussi bien que toi. — Que veut dire Votre Majesté? — Écoute, mon brave, et tâche de comprendre : voilà la vingtième fois que l'on m'offre de fuir. — Et vous avez toujours refusé? — Toujours.»

Je restai muet et attendant.

« — Et maintenant, continua l'empereur, sais-tu pourquoi j'ai toujours refusé de fuir? — Non. — Parce que c'est la police anglaise qui me le faisait offrir. — Mais, sire, insistai-je, cette fois je puis bien vous jurer... — Ne jure pas, Sarranti, et demande à M. Las-Cases qui il a rencontré hier soir, causant dans l'ombre avec M. Hudson Lowe. — Qui cela, sire? — Ton capitaine américain qui m'est si dévoué, niais! — C'est vrai, cela, sire? — Ah! vous doutez de ma parole, monsieur le Corse? — Sire, avant ce soir, j'aurai eu raison de cet homme! — Ah! bien, il ne manque plus que cela; pour qu'on te pende sous mes fenêtres, car tu ne seras pas même fusillé. Un beau spectacle que tu me donneras là! »

« En ce moment, M. de Montholon entra.

« — Sire, dit-il, le gouverneur demande à vous parler. »

« L'empereur haussa les épaules avec un inexprimable sentiment de dégoût.

« — Faites-le entrer, » dit-il.

« Je voulus me retirer. Il me retint par le bouton de mon habit. Le colonel Hudson Lowe entra. L'empereur attendit, restant dans la pose où il était, sans se retourner, regardant de côté et pour ainsi dire par-dessus son épaule.

« — Général, dit le gouverneur, je viens me plaindre à vous. » Hudson Lowe ne venait jamais que pour cela. — De qui? demanda l'empereur. — De monsieur Sarranti, ici présent. — De moi! m'écriai-je. — M. Sarranti se permet de chasser. »

« L'empereur l'interrompit.

« — Cela tombe bien, Monsieur, dit-il, avec un accent de profond dégoût, que vous ayez à vous plaindre à moi de M. Sarranti : j'allais me plaindre de lui à vous. »

« Je regardai l'empereur, stupéfait.

« — Vous vous plaignez qu'il chasse, continua-t-il; je me plains de bien autre chose, moi, je me plains qu'il conspire. »

« Je fus prêt à jeter un cri.

« — Ah! fit Hudson Lowe, en nous regardant l'un après l'autre. — Oui. L'homme que vous voyez, et qui se croit mon fidèle serviteur, ne comprend pas tout l'intérêt que j'ai, devant l'Europe et en face de la postérité, à rester ici, à souffrir ici, à mourir ici; parce qu'il ne s'y trouve pas bien, l'ingrat, il croit que j'y suis mal, il m'engage donc de tout son pouvoir à fuir. — Ah! Monsieur Sarranti vous engage... — A fuir, oui. Cela vous étonne? Moi aussi; cela est ainsi, cependant, et à l'instant même, il me proposait un plan d'évasion. »

« Je frissonnai en entendant ces paroles.

« — Impossible! fit le gouverneur feignant la surprise. — C'est comme j'ai l'honneur de vous le dire, cependant. Monsieur, d'accord avec le capitaine d'un brick américain, tenez, celui-là même avec lequel vous causiez hier soir, prépare sournoisement un projet de fuite, dont il me faisait part juste au moment où l'on vous a annoncé. »

« Le gouverneur était certainement plus étonné de cet aveu qu'il ne feignait de l'être; mais comme il connaissait le projet, pour l'avoir tramé lui-même, et que le secret n'avait pu encore transpirer, il lui fallut bien croire, sans pouvoir deviner quelle raison le poussait à cet acte qui lui paraissait insensé, il lui fallut bien croire que l'empereur disait la vérité. L'empereur vit l'embarras du gouverneur.

« — Ah! dit-il, oui, je comprends. Vous vous étonnez que je vous livre ainsi le secret d'un de mes plus fidèles; vous vous demandez pourquoi j'expose à votre sévérité un de mes plus dévoués : monsieur Sarranti est un Corse, un vrai Corse, et vous connaissez l'entêtement des hommes de cette race. Eh bien, vous avez déjà fait une épuration heureuse, vous avez déjà envoyé en

Europe quatre de mes serviteurs, cinq même : Poniatowski, Archambault, Cadet, Rousseau et Santini. Eh bien, au milieu de nous, hommes mûrs, graves et résignés, qui n'attendons plus rien que de la Providence, Sarranti, en voulant aider cette Providence, lui souffler ses desseins, en hâter l'exécution, Sarranti est un brandon d'incessante discorde; voilà déjà vingt fois que je veux vous prier de l'envoyer en Europe avec les autres, l'occasion s'en présente, je la saisis ! »

« L'empereur prononça ces mots d'une voix tellement vibrante que je me trompai à l'intention : je pris pour de la colère contre moi ce qui n'était que du mépris contre le gouverneur. Je tombai aux pieds de votre père.

« — Oh ! sire, m'écriai-je, est-il possible que vous ayez songé à m'exiler, moi, moi, c'est-à-dire un de vos plus fidèles serviteurs ? Est-ce que ma patrie n'est pas où vous êtes ? Est-ce que la terre d'exil ne sera pas pour moi celle où je ne vous verrai plus ? »

« Le gouverneur me regardait en pitié ; il n'avait jamais pu comprendre ce qu'il appelait *le fétichisme* de ceux qui entouraient l'empereur, pour l'empereur.

« — Eh ! qui vous dit que je doute de votre dévouement, Monsieur ? J'en suis trop sûr, au contraire, répondit l'illustre prisonnier ; ce dévouement est tel, qu'il vous faudrait encore bien des années pour accepter, non pas pour vous, mais pour moi, la vie de Sainte-Hélène ; si bien que vous êtes pour nous tous, non-seulement un incessant sujet de scandale, mais un éternel motif de crainte. Je ne vous vois pas sortir d'ici sans inquiétude, je ne vous vois pas rentrer sans effroi; tenez, pour ne vous parler que de ce qui se passe dans ce moment, n'est-ce pas à cause de vous qu'un homme de l'importance de monsieur le gouverneur se dérange et me fait une visite, qui n'est pas plus agréable à lui qu'à moi ? n'est-ce pas parce que vous avez prétendu que moi, l'homme des bivouacs, le Spartiate à qui suffirait une racine et un morceau de pain, qui ai vécu en Italie avec une écuelle de polénta, en Égypte avec un plat de pilau, en Russie avec rien du tout; n'est-ce point parce que vous avez prétendu qu'il me fallait du rôti à mon dîner, que vous êtes allé à la chasse aux chèvres sauvages, action coupable, qui excite à bon droit la colère de monsieur le gouverneur ? Je demande donc formellement à monsieur Hudson Lowe de vous renvoyer en Europe ; vous avez un fils à élever, Monsieur, et aux yeux de la nature, un père est bien autrement nécessaire auprès d'un enfant qui grandit, qu'auprès d'un vieillard qui meurt, ce vieillard fût-il César, Charlemagne ou Napoléon. Je dis vieillard relativement, bien entendu ; on est vieux à quarante-sept ans, dans un pays où l'on meurt à cinquante. Retournez donc en France, et, que je vive ou que je meure, je n'oublierai pas que j'ai été forcé de vous renvoyer d'ici parce que vous m'aimiez trop. »

« Ces derniers mots avaient été dits d'une voix tellement émue, que je commençais à comprendre, non pas le vrai sens des paroles de l'empereur, mais la véritable situation de son esprit. Je relevai la tête, et son merveilleux regard, fixé sur le mien, me dit le reste. Quant au gouverneur, il ne vit rien que d'enlever à l'empereur un de ses serviteurs les plus dévoués, rien que de faire tomber encore une des branches de ce chêne, qui avait couvert l'Europe de son ombre.

« — L'intention du général Bonaparte, demanda-t-il, est-elle bien sérieusement qu'on renvoie cet homme en France ? — Ai-je l'air d'un homme qui plaisante, Monsieur? demanda l'empereur. Je demande positivement qu'on me débarrasse de M. Sarranti, qui me gêne ici, parce qu'il m'aime trop, est-ce clair? »

« Cette grâce était de celles que le geôlier de Sainte-Hélène était toujours prêt à accorder à son prisonnier. Aussi, séance tenante, le gouverneur eut-il la bonté de faire droit à la demande de l'empereur et d'annoncer que, le surlendemain, je serais embarqué à bord d'un brick de la Compagnie en rade à James-Town et en partance pour Portsmouth. L'empereur me fit un signe. Je compris qu'il désirait que je m'éloignasse. Je me retirai désespéré, le laissant seul avec le gouverneur. J'ignore ce qui se passa pendant cette entrevue de quelques minutes, mais un quart d'heure après le départ de sir Hudson Lowe, le général Montholon m'annonça que l'empereur me demandait. J'entrai, l'empereur était seul. Mon premier mouvement fut de me jeter à ses pieds.

— J'ai l'air bien dur, bien rugueux, n'est-ce pas, Monseigneur, dit le Corse en s'interrompant; on dirait que je ne sais pas plus plier que le chêne de nos montagnes; que voulez-vous? devant cet homme tout était roseau, que soufflât le vent de sa colère ou celui de son amour. « Oh! sire, m'écriai-je, comment ai-je pu mériter un pareil traitement de votre part? Chassé, chassé par vous! »

« Et je levai vers lui mes mains jointes et suppliantes. Mais lui, se baissant avec un sourire, malheureux l'enfant, fût-il prince, qui ne connaît que par ce que les autres lui en disent le sourire de son père; mais lui, se baissant avec un sourire :

« — Arrive ici, dit-il; mais tu seras donc un niais toute ta vie? arrive ici et *ascolta.* »

« C'était une des expressions de la familiarité et de la bonne humeur de votre illustre père, lorsqu'il parlait avec moi, d'entremêler son français d'italien. Je fus donc complétement rassuré.

« — Mais alors, lui demandai-je, Votre Majesté est revenue sur sa décision, elle ne me renvoie pas? — Au contraire, caro balordo, je te renvoie plus que jamais. — Mais alors, c'est que Votre Majesté a contre moi quelque sujet de mécontentement qu'elle ne veut pas me dire. — Vous figurez-vous, par hasard, méchant Corse, que je prendrais la peine de faire de la diplomatie vis-à-vis de vous? Mais non, je vous le répète, je n'ai qu'à me louer de votre fidélité et de votre dévouement, signor minchione. — Et cependant, m'écriai-je, Votre Majesté me renvoie. — Si da vero, ma di questo cattivo luogo. — Mais, pourquoi donc me renvoyer, sire? — Parce que tu m'es inutile ici, tandis que je puis avoir besoin de toi en France. — Oh! sire, m'écriai-je tout joyeux, je crois que je commence à vous comprendre. — Ce n'est pas malheureux, siam pur giunti. — Alors, ordonnez. — Tu as raison, il n'y a pas de temps à perdre: car qui me dit que puisque tu dois partir, on ne t'enlèvera pas d'un moment à l'autre? — J'écoute, sire, et pas une de vos paroles ne sera perdue, pas un de vos commandements ne sera oublié. — Tu te rendras droit à Paris; tu iras voir Clausel, Bachelu, Foy, Gérard, Lamarque, tous ceux enfin qui ne se sont prostitués, ni aux Bourbons, ni à l'étranger. — Que leur dirai-je, sire? — Tu leur diras que tu as habité un an Sainte-Hélène avec moi; que Saint-Hélène c'est, il regarda autour de lui et continua avec un inexprimable accent d'amertume, que Sainte-Hélène, c'est « un luogo simile al paradiso sopra la terra, un luogo ripieno di delizie, che si beve, che si canta, che si balla sempre, che s' anda a spasso per deliziosi giardini. » Oui, dans des jardins délicieux, où les feuilles ne se fanent jamais, où les arbres sont toujours verts, qui produisent des fruits délicieux, arrosés par de fraîches fontaines, où viennent se désaltérer des oiseaux dont le chant réjouit les oreilles, e che v' era finalmente tutto cio, che puo piacere ai santi. »

« Je le regardais avec étonnnement.

« — N'est-ce pas cela qu'ils ont dit, n'est-ce pas ce qu'ils ont osé écrire de Sainte-Hélène ? N'ont-ils pas affirmé que cette île, où l'on boit la mort avec l'air que l'on respire, était un lieu enchanté? Sans doute pour que mon fils croie que j'y reste parce que je m'y trouve bien, et que le charme du climat m'y fait tout oublier. — Mais pourquoi y restez-vous, m'écriai-je, ou tout au moins pourquoi ne tentez-vous pas de fuir?—Eh, niais! s'écria l'empereur, parce que cette mort, c'est le complément de ma vie. Sur le trône je n'eusse fondé qu'une dynastie ; ici, je fonde une religion. En m'égorgeant, les rois se tuent. Alexandre, César, Charlemagne ont été des conquérants; pas un n'a été martyr. Qui a fait Prométhée immortel? ce n'est pas d'avoir ravi le feu du ciel, ce n'est pas d'avoir fait l'homme intelligent et libre; c'est d'avoir été enchaîné sur le Caucase, par la Force et la Violence, ces deux bourreaux du Destin. Laisse-moi mon Caucase, laisse-moi mon Golgotha, laisse-moi mon Calvaire, et retourne en France. Seulement, retournes-y comme un apôtre, et dis ce que tu as vu. — Mais vous, mais vous, sire? — Moi, je mourrai ici; c'est arrêté entre moi et Dieu. N'ayant pu tuer physiquement l'Angleterre dans l'Inde, il faut que je la tue moralement dans l'histoire. Ce n'est donc plus de moi qu'il s'agit, Sarranti, mais de mon fils : je l'ai désiré comme mon héritier; Dieu me l'a donné, je l'ai aimé comme mon enfant; Dieu me l'ôte en même temps que mon empire, et j'oublie mon empire pour ne plus penser qu'à lui. C'est donc pour lui, c'est donc à son intention que je t'envoie en France; va trouver, comme je te le disais, mes fidèles généraux; ils conspirent mon retour; ils espèrent me revoir, ils ont tort; ils regardent du côté où le soleil se couche, ils ont tort; qu'ils tournent les yeux du côté où l'aube se lève : Sainte-Hélène n'est plus qu'un phare, c'est Schœnbrunn qui est l'étoile. Seulement, qu'ils prennent garde de compromettre le malheureux enfant, qu'ils n'agissent que lorsqu'ils seront sûrs de réussir, que Napoléon II n'aille pas grossir la liste des Astyanax et des Britannicus. »

« Puis, avec un accent paternel dont je voudrais pouvoir vous donner une idée, Monseigneur :

« — Quant à toi, dit-il, plus heureux que moi, cher Sarranti, tu verras ce bienheureux enfant, cette tête bénie; c'est la récompense que je te garde de ta fidélité pour moi; tu lui donneras ces cheveux, tu lui donneras cette lettre, tu lui diras que je t'ai chargé de l'embrasser; et, au moment où il t'embrassera, au moment où tu sentiras ses lèvres se poser sur tes joues, tu te diras, Sarranti : Voilà un baiser pour lequel un empereur eût donné son empire, un conquérant sa renommée, un captif, le reste des jours qu'il a encore à vivre! »

Et l'enfant et l'homme se retrouvèrent poitrine contre poitrine, visage contre visage, confondant leurs larmes et leurs sanglots!...

FIN DU PREMIER VOLUME.

TABLE DES MATIÈRES

DU PREMIER VOLUME.

FIN DE LA TABLE DES MATIÈRES.

LAGNY. — Typographie de VIALAT.

Bureaux de l'Écho des Feuilletons, à Paris, rue de Beaune, 6
PRÈS LE PONT-ROYAL (ANCIEN HÔTEL DE NESLE).

LES MOHICANS DE PARIS

PAR

ALEXANDRE DUMAS

ÉDITION ILLUSTRÉE

De 30 gravures dessinées par PHILIPPOTEAUX et gravées par PISAN, POUGET, PENNEMAKER, etc.

L'ouvrage complet forme deux beaux volumes à 7 fr. 50 c., ou 60 livraisons à 25 c.

COMPLET : **15** FR.

PROSPECTUS

PARIS — LES MOHICANS !...

Deux noms heurtés comme le qui-vive de deux inconnus gigantesques, au bord d'un abîme traversé par cette lumière électrique dont Alexandre Dumas est le foyer.

Paris, la reine des passions, vivante énigme au front jaspé d'éclairs, au sein de marbre ardent, au cœur de bronze, aux pieds de boue !

Paris, Circé moderne, qui rit de tout, mange de l'or, boit du sang ou des larmes, puis étouffe en marchant la fourmilière de ses adorateurs.

Les *Mohicans*, race fatale qu'on n'évite nulle part ; — serpents qui s'enroulent des hauteurs du palais aux bas-fonds du taudis ; — bâtards de Satan, légitimés en haut par la richesse du vice, désavoués en bas sous les haillons du crime, mais se reconnaissant tous au mot d'ordre du Mal ;

Pour théâtre, la capitale de toutes les étrangetés ;

Pour décors, tous les mirages de la vie heureuse, — tous les enfers de la souffrance humaine ;

Pour drame, les mystères d'une société sans aïeux et sans postérité ;

Pour acteurs, nos propres voisins ;

Pour dénoûment, *l'imprévu*, ce grand maître des justices de Dieu :

Voilà le spectacle immense où nous convie l'œuvre nouvelle du célèbre écrivain.

Jamais M. Dumas n'avait plané de si haut sur le domaine des catastrophes. Le succès des *Mohicans* ne ressemble à aucun des succès auxquels est accoutumé depuis si longtemps le grand dramaturge. On dirait que M. Dumas a été tout à coup investi d'une révélation surnaturelle.

On sent avec frisson qu'il peut lire d'un coup d'œil, au front de l'homme ou de la femme, les secrets gardés par une volonté de fer, et même arracher de la tombe ceux dont l'Éternité se croyait seule maîtresse.

Le terrible génie de Faust s'est dressé dans ses veilles, pour lui ouvrir les Limbes de ce peuple ignoré qu'il nomme les *Mohicans*, mais dont le vrai nom frémira sur vos lèvres, quand le dernier voile du drame, déchiré par la foudre, aura mêlé ses cendres aux larmes de vos cœurs.

SPÉCIMEN DU TEXTE

Rose de Noël, qui pose pour Mignon, c'est un souvenir de cette belle Régina qu'il aime d'un si profond amour, et qui lui échappe en ce moment même pour jamais. Un instant, la vie sombre de la pauvre petite bohémienne s'est éclairée au reflet éclatant de la vie de Régina. Pour avoir un prétexte de s'occuper, ne fût-ce qu'indirectement, de la fille du maréchal, de la femme du comte de Rappt, car Régina va être la femme de son rival, Pétrus a cherché

Lagny. — Imprimerie de Vialat.

www.ingramcontent.com/pod-product-compliance
Lightning Source LLC
LaVergne TN
LVHW011255110826
845149LV00001B/147

* 9 7 8 2 0 1 3 6 9 5 3 1 2 *